荣县首义

王锐 著

北方文艺出版社

图书在版编目（CIP）数据

荣县首义 / 王锐著. -- 哈尔滨：北方文艺出版社，2023.5
　　ISBN 978-7-5317-5859-4

　　Ⅰ.①荣… Ⅱ.①王… Ⅲ.①长篇小说-中国-当代 Ⅳ.①I247.5

中国国家版本馆 CIP 数据核字（2023）第 046981 号

荣县首义
RONGXIAN SHOUYI

作　者 / 王　锐

责任编辑 / 赵　芳

出版发行 / 北方文艺出版社	网　址 / www.bfwy.com
邮　编 / 150008	经　销 / 新华书店
地　址 / 哈尔滨市南岗区宣庆小区 1 号楼	
发行电话 / （0451）86825533	

印　刷 / 成都兴怡包装装潢有限公司	开　本 / 710mm×1000mm　1/16
字　数 / 550 千	印　张 / 27.5
版　次 / 2023 年 5 月第 1 版	印　次 / 2023 年 5 月第 1 次印刷
书　号 / ISBN 978-7-5317-5859-4	定　价 / 108.00 元

目 录
Contents

第一章　五宝民团横空出世 / 001
　　1. 王家坝出了个王二胖　　　　　　　　　　　　/ 001
　　2. 龚胖子进言王天杰　　　　　　　　　　　　　/ 005
　　3. 王二胖弃学投军办民团　　　　　　　　　　　/ 010
　　4. 龙鸣剑说要办成"党人武装"　　　　　　　　/ 013
　　5. 五宝民团横空出世　　　　　　　　　　　　　/ 018

第二章　民团剿匪初试牛刀 / 024
　　1. 陌生男子神秘来访　　　　　　　　　　　　　/ 024
　　2. 匪首郭麻子其人其事　　　　　　　　　　　　/ 028
　　3. 王二胖发兵剿匪　　　　　　　　　　　　　　/ 032
　　4. 碉楼攻守大战　　　　　　　　　　　　　　　/ 036
　　5. 炮打碉楼大获全胜　　　　　　　　　　　　　/ 038

第三章　山雨欲来的荣县 / 042
　　1. 长山桥小学堂的秘密　　　　　　　　　　　　/ 042
　　2. 堪比"岳母刺字"的党人故事　　　　　　　　/ 044

3. 陈孔白五宝拜会王天杰 / 048
4. 张智剑过年时被捕 / 053
5. 革命党进了县大狱 / 057
6. 公堂上的革命党 / 061

第四章　荣县保路同志会成立 / 067
1. 筹办民团训练所 / 067
2. 王二胖走马上任当督办 / 071
3. 县衙夏师爷之警世箴言 / 077
4. "保路风潮"初起 / 082
5. 荣县保路同志会成立 / 087

第五章　省城乱局 / 092
1. 九眼桥茶谈 / 092
2. "赵屠户"名号之来历 / 097
3. 赵尔丰有点举棋不定 / 101
4. 荣县人朱国琛奋笔《川人自保商榷书》 / 106
5. 《川人自保商榷书》成了一枚"纸炸弹" / 110

第六章　资州罗泉井会议 / 116
1. 胡范渠书楼的神秘来客 / 116
2. "秦大炮"其人其事 / 120
3. 罗泉客栈里的"巧遇" / 124
4. 福音堂里的"攒堂大会" / 128
5. 同志会改成"同志军" / 131

第七章　革命党大闹县城 / 135
1. 党大商议立"先皇牌位" / 135

2. 县衙门前也立牌位 / 138

　　3. 守卡团丁痛殴县衙赵捕头 / 142

　　4. 王天杰、龚郁文主持罢市 / 146

　　5. 接管三税局与抗粮抗捐 / 151

　　6. 一份出人意料的请柬 / 156

　　7. 王天杰拘押柳知县 / 159

第八章　省城风云突变 / 165

　　1. 赵尔丰诱捕同志会领袖 / 165

　　2. 赵老四、赵老九出面当"好人" / 170

　　3. 制台衙门"开红山" / 175

　　4. 曹笃小巷意外巧遇龙鸣剑 / 183

　　5. 冒险趁夜"缒城而下" / 188

　　6. 九眼桥发送"水电报" / 192

第九章　"荣县首义" / 199

　　1. 王天杰发动"五宝起义" / 199

　　2. 挥师轻取荣县县城 / 203

　　3. 砸县大狱救出张智剑等革命党 / 208

　　4. 龙鸣剑飞马返荣县 / 214

　　5. 县衙花厅议事 / 218

　　6. 民军"誓师北伐" / 223

　　7. "不杀赵尔丰，决不再入此门" / 227

　　8. 吴玉章受命返荣县 / 231

第十章　过水乡民团出征 / 234

　　1. 小学堂国文教员要带兵去打成都 / 234

　　2. 乡场袍哥大爷带队亲征 / 237

3. 木匠石匠纷纷请战出征 / 241
4. 老猎户也要报名出征参战 / 244

第十一章　北伐成都之旅 / 248
1. 双古坟的整编与决策 / 248
2. 清军武字营起义来投 / 252
3. 旗开得胜轻取仁寿县城 / 255
4. "探子"原是自己人 / 261

第十二章　首战失利 / 266
1. 横梓场遭遇战 / 266
2. 巡防军快枪有点凶 / 269
3. 兵败如山倒 / 271
4. 秦大炮率部赶来接应救援 / 274
5. 深夜联席军事会议 / 278
6. 过水民团出征后事 / 282
7. 省城周边的转战 / 287

第十三章　转战川南各州县 / 295
1. 战略大转移 / 295
2. 同志军强攻嘉定府 / 297
3. 嘉定攻城战惨烈收场 / 302
4. 五通桥夜话 / 307
5. 扩充队伍，喜迎转机 / 311
6. 龙鸣剑分兵打叙州 / 315
7. 把酒而别 / 319

第十四章　荣县军政府横空出世　　　　　／ 322

1. 吴玉章坐镇下的荣县　　　　　　　　／ 322
2. 王天杰率同志军回师县城　　　　　　／ 326
3. 成立荣县军政府　　　　　　　　　　／ 330

第十五章　秦大炮遇难始末　　　　　　　　／ 334

1. 秦大炮突然到访　　　　　　　　　　／ 334
2. 秦统领县衙交锋　　　　　　　　　　／ 338
3. 秦统领中计蒙难　　　　　　　　　　／ 341
4. 杀害秦载赓凶手伏法　　　　　　　　／ 345

第十六章　同志军东征自流井　　　　　　　／ 350

1. 同志军盐工支队成立　　　　　　　　／ 350
2. 宋秀才寨子堡招兵　　　　　　　　　／ 352
3. 盐工支队出征　　　　　　　　　　　／ 355
4. 成佳场整训　　　　　　　　　　　　／ 358
5. 黄泥塘遭遇战　　　　　　　　　　　／ 361
6. 同志军强攻贡井　　　　　　　　　　／ 366
7. 巡防军挂出"汉字旗"　　　　　　　／ 369
8. 东路同志军进军自流井　　　　　　　／ 372

第十七章　"荣县三杰"不同归宿　　　　　／ 376

1. 攻叙府龙鸣剑卧病百花场　　　　　　／ 376
2. 面对心病太医也束手无策　　　　　　／ 380
3. 情系荣县军政府　　　　　　　　　　／ 383
4. 壮志未酬，龙鸣剑病逝军中　　　　　／ 387
5. 吴玉章筹建内江军政府　　　　　　　／ 391
6. 吴玉章重庆平叛　　　　　　　　　　／ 396

第十八章　王天杰蒙难始末　　　　　　　／ 401
1. 不愿做官，解甲归田　　　　　　　　　／ 401
2. "二次革命"起兵讨袁　　　　　　　　／ 406
3. 保卫县城的白石铺之战　　　　　　　　／ 409
4. 永川受阻，闯周骏师部不幸被害　　　　／ 414
5. 龚郁文蒙难重庆大梁子　　　　　　　　／ 418
6. 死后哀荣，流芳千古　　　　　　　　　／ 423

后　记　　　　　　　　　　　　　　　　／ 426

第一章　五宝民团横空出世

1. 王家坝出了个王二胖

吴玉章在其著作《辛亥革命》里写道："荣县起义，发动于 8 月初，比武昌起义要早两个月。荣县宣布独立是 9 月 25 日，比武昌起义也早半个月。因此，它的影响很大，成为成都东南民军反清武装斗争的中心。"

又说："在荣县独立前后，起义军还占领过彭山、眉州、青神、井研、名山、洪雅、夹江等十数州县，但都旋得旋失，没有得到巩固。只有荣县建立了革命政权，并且一直坚持下去。"

吴玉章这里对荣县起义，以及荣县独立的历史地位，做出了高度评价。而荣县起义和荣县独立的成功，正是和吴玉章、龙鸣剑、王天杰"荣县三杰"的卓越斗争与努力分不开。

其中，在荣县五宝镇发动五宝起义，打响反清第一枪的王天杰，贡献尤大。

王天杰于 1911 年 8 月初，在龙鸣剑策划组织下，于荣县五宝镇率民团一千多之众，首先发动五宝起义，然后挥师西进，一举占领荣县县城。

五宝起义，比 10 月 10 日发生的著名武昌起义，早了两个多月。因此，也有人评论说，五宝起义才真正算是打响了辛亥革命第一枪。

王天杰亦因此扬名天下。这也正合了其父母为之取名"天杰"的本意：天杰，寓意为"天下英杰"，"天下杰出之材"也。

王天杰，字子骧，1888 年（清光绪十四年）生于荣县城郊的王家坝。当年，王家是当地数一数二的富户，广有田土资财。王天杰生性豪爽，喜交朋友，在当地颇有名声。因体态较胖，又排行在二，外人那里，就获得了"王二胖"的绰号。

家里人对如此诨号，很觉不雅。王天杰却颇有气度，别人在公开场合这样称呼他，他自己也不计较，一副不急不恼的样子，笑嘻嘻的，望人家声喊声应。

当地有年长而又能阅世事的人，见了就称赞说：

"这娃儿，小小年纪就有肚量，将来一定是个成大事的人物。"

王天杰听了，也不喜形于色，依旧广交朋友，出手大方，过自家的快活日子。

少年时代，王天杰在家读私塾。青年时，进县城求学，就读于荣县旧职中学。王天杰虽是富家子弟，却也好读书，肯钻研，尤喜历史。在县城，他在与一批有进步思想的党人以及青年知识分子的交往中，深受其影响，立志"革命"。

1906年，年仅18岁的王天杰，由著名党人谢奉琦等介绍，正式加入同盟会，成了革命党人。

入同盟会后，王天杰思想发生极大变化，他强烈意识到，要推翻清王朝，必须有行动，遂决定弃学从军，他说动父亲，拿出家资办民团，组建自己掌握的地方武装。

王天杰能有此壮举，据说与他的同窗好友，也是同盟会会员的龚郁文的进言有关。

荣县同盟会，经县境内外荣县籍党人多年来坚持不懈、前仆后继的努力，会员数量发展很快。到1910年前后，荣县全县已经有党人数十名之多。

荣县籍党人中，有些人可算最早加入同盟会的先驱人物。1905年孙中山先生在日本东京创建同盟会，8月20日开成立大会，仅有70多人参加，其中就有荣县籍党人但懋辛、丁厚扶、李正熙三人在列。此外，荣县籍党人谢奉琦也曾参与过同盟会的筹备。

稍后一点，"荣县三杰"中的吴玉章、龙鸣剑，以及荣县籍的吴永寻、兰作栋、周世屏、范蔡、张国伟、肖湘等人，亦相继参加同盟会。其中，但懋辛、吴玉章因能力出众，均被孙中山先生委以重任。吴玉章任同盟会总部评议员，但懋辛负责宣传工作。谢奉琦则被孙中山委以调查评议要职。

1906年，孙中山委派熊克武、谢奉琦秘密回国，负责组建同盟会四川分会，并主持分会工作。主要任务是发展组织，扩大党人的革命力量。熊、谢两人归国后，先后在荣县县城及荣县与井研县交界的长山镇（熊克武是井研人）建立秘密据点，并在荣县县城建立荣县同盟会组织。

荣县同盟会成立后，陆续发展了一批爱国志士入会。由熊克武、但懋辛、谢奉琦主盟，在荣县加入同盟会的有龚郁文、王天杰、黎靖嬴、朱国琛、赖君奇、杨允公、李晁文、邹因元、赵叔尧、刘念谟、但新洲、姚文仲等。由吴玉章、丁厚扶、黄树中主盟，加入同盟会的有张植如、龚绍伯、杨亚东等。

赖君奇、杨允公两人，在荣县教育界颇有声望。两人入盟后，多次分批约集县城一批教师和学生，在城区"九摺屏"、万寿宫附近的绅商研究所、飞仙浦草场以及省城武侯祠等地方秘密集会，讲解和宣传同盟会纲领，并陆续发展了罗叔明、吴凡超、吴兆环、李子叙、李朝甫等人入盟。

1907年，又有范燮、范模两兄弟加盟。其后，在成都、叙府、嘉定的举事中，又有荣县人朱国经、但懋权等人入盟。

1909年，荣县人张智剑在成都加入同盟会。次年，张智剑来到荣县所属的贡井盐场，住在谢奉琦家。在那里又发展了谢均之、钟硕颀、周大猷、季慎、李光甫、向阳、向杰等人加盟。

其时，川南各州县都相继有党人发动起事，荣县同盟会的组织和人员已经有相当基础，就有人提议，应当把党人在荣县的起事提上议事日程。

有一天，以龚郁文为首的几个荣县党人骨干，相约在城内秘密碰头。

当时的荣县县城，有一个不大不小的庙宇，叫川主庙。这个川主庙有点来历，辛亥革命前，它成了荣县党人集会、联络的一处"秘密机关"。

其原因在于，这川主庙内有一家茶园，是一名党人亲戚开的。茶园较小，地点又僻静，不太引人注目。党人就常以喝茶为名，来此议事。久而久之，这里就成了党人的秘密联络点。

却说这天，以龚郁文为首的党人，主要商议的就是起事大计。此外，几个主要成员做了一些分工安排。

其时，龙鸣剑在省城未归。但以龙鸣剑的资历、声望和能耐，肯定该由他来当首领。几个人那天商议的结果，首先决定：整个荣县党人之组织领导，由龙鸣剑承头总负责。

其他分工：龚郁文负责党人财务，另外还兼任自流井、犍为、仁寿、荣县等地的联络员；赖君奇、杨允公两人在教育界有声望，负责宣传联络。

之后，几个人议到起事相关的具体问题，其主要者，就是人员和经费两大项。

商议之下大家觉得，要说起事的人员，多少还好办一些，县城里青年学生以及乡镇袍哥里面都可以去组织发动。唯有经费一项，几个人比较作难。

县城党人里面，多数是穷人，充其量小有家资而已。要大家凑钱出来办军火，难度可真是不小。

那天议事，对起事的经费筹措几个人议来议去，皆面有难色。

最后，有人就想到了王天杰身上。王天杰在当时荣县党人中，家资最富有。几个人就将筹备起义经费、购置武器弹药重任，分配与他。

那时的王天杰，过于年轻，又有点富家子弟的贪玩习性，并不是荣县党人核心成员。这天的秘密会议，起初也并未通知王天杰参加。

这个决定做出后，大家都觉得轻松了不少。没料到，这时有人突然发问道：

"决定倒是这样决定了，那么，我们在座之中，哪个人去说服王二胖呢？"

他望大家一眼，又说："不仅如此，还要让他王二胖去再说服他老汉（方言，指父亲）把家里银子拿出来办军火呢！"

一听这话，众人你看我，我望你，一时面色上都有些作难。因为大家都知晓，办军火动不动就要花费上千两银子，甚至是几千两银子的巨款。

对于荣县的一个乡下财主来说，喊他一次就拿出上千两，甚至几千两银子，那不等于要他老命？

更何况，这回办军火搞武装，不是如当年曾国藩、李鸿章建湘军建淮军那样，属于建功立业，可以封官晋爵，光宗耀祖。

而此番办军火，搞武装，却是反叛朝廷，属于造反。弄不好，要砍头，要抄家，还要灭九族。就算王天杰本人愿意，但其父母及家族，也未必肯答应。所以大家觉得事关重大，一时难以开口。

龚郁文看大家面有难色，似乎都难以接受这事。思索一阵，正想说话，赖君奇就朝他说：

"龚兄，这事还是你去做，更有把握一些。一来，你口才好，道理也讲得明白。"

赖君奇看了没出声的龚郁文一眼，又说：

"二来，依我看，王天杰和你龚胖子关系最好，而且也比较服你。由你龚胖子去向他进言，说服他王二胖，拿点家资出来办军火，在座的各位，恐怕哪个都没你龚兄出面更有把握。"

赖君奇这话一说，众人都觉得有道理。龚郁文自己想想也是。在座之中，就要数他龚胖子同王天杰关系好些。自己不去试试，恐怕就没人敢接手这事了。他思索一番，也就把这事答应下来。

龚郁文其人，也长得较胖，且体形高大，朋友圈子里都称他龚胖子。两个胖子私交还真有点好。事情答应下来，如何向他进言，如何说服王二胖，龚郁文还真动了些脑筋。

当天归家以后，他还在默默思索这事。最后，他个人在心里暗想：

"看来，要劝服王二胖，不能只讲大道理。有些事，如俗话所说，要顺着他的毛毛摩挲。这王二胖为人豪爽，喜欢出头，好'高帽子'。说动他，恐怕也要从这方面下手。"

2. 龚胖子进言王天杰

第二天，龚郁文就专门去找王天杰，完成众党人交付的进言重任。

哪知，他在城里王二胖常去的几个地方找了一遍，连王天杰的影子也没见到。大热天的，又是胖子一个，要找的人没找到，自己倒弄得一身热汗。

走了大半天，龚郁文脚下走累了，口里也渴了。举眼看了看，就在西街口找家茶铺，要了一碗当地绿毛峰，个人坐下来喝口茶，也歇口气。

这绿毛峰，是荣县山区的高山茶，口感不错。几口绿毛峰喝过，龚郁文心绪稍安。又想起今天要办的正事未办，回头见邻桌有个熟识的茶客，龚郁文就向他打听王天杰今日的去向。

这时，正好有个熟人刚走进茶铺来喝茶，听见他问话，就对他说：

"你找王二胖？听说他一大早就到城外大佛岩那边去了。"

"大佛岩？"龚郁文好生奇怪，"他到大佛岩那边去干啥子？"

那茶客说："哪个晓得他去干啥子，大概是有啥子好耍的事情吧。"

龚郁文一听，顾不得天热，匆匆付过茶钱，转身就赶去大佛岩那边。

在那里，龚郁文果然把王天杰寻到了。还在大路上，他就远远望见王天杰爬在大佛岩半坡一棵松毛树上。

龚郁文心想，这小子不知在弄点什么名堂，遂站在大路边，扯起嗓子高喊：

"王二胖！王二胖！王天杰王二胖！"

王天杰一回头，见是龚郁文，也高兴大喊：

"大胖,你也来大佛岩啊?快到这边坡上来,好要得很!"

王天杰被人称作"二胖",有次,龚郁文也这样喊他,王天杰就说:"我算二胖,你龚兄也是胖子一个,就该叫大胖,是不是?"说罢,哈哈大笑。

自此,"大胖"也就成了圈子里朋友称呼龚郁文的一个外号。

龚郁文今天不想和王天杰说笑玩闹,就朝他大声说:

"二胖,你赶快下来,我找你是有正事要说!"

王天杰听说有正事,就从坡上走了下来。他兴致勃勃拿几个才摸到的麻雀蛋,向龚郁文炫耀:

"大胖,这是刚才在那棵松毛树上摸到的,你看,好大个!"

想了想,又问:"龚兄,大热天的,你跑大佛岩这边来,是来捉叫鸡子(蟋蟀)还是来摸麻雀蛋?"

龚郁文见王天杰还是一副淘气鬼样子,又好气又好笑,就数落他说:

"二胖,你都做了革命党了,还搞这些小孩子玩意,不怕遭人笑话?"

王天杰不服气,他看了看龚郁文,说:

"革命党就不许摸麻雀蛋了?哪个说的?革命党也该有苦有乐嘛。"

又说:"大胖,你说找我有正事,到底找我有啥子正事?"

龚郁文就按昨晚想好的思路,对王天杰说:

"我专门来找你,是说点正经事,地地道道的正经事。我俩去找个茶铺,喝起茶慢慢说。"

大佛岩通往南门的大路边上,有家小茶铺。上午茶客不多,特别清静,正好谈事情。两人进了里间,找靠窗一张茶桌子坐下。茶铺老板送来两碗青茶。

这青茶也是高山茶,水是大佛岩下正宗山泉水,泡出来的茶水清香扑鼻,口感也纯正,比县城里面那些茶馆茶铺的茶水,都要好许多。

龚郁文很舒服地喝了两口热茶,才放低点声音,又很恳切地对王天杰说:

"二胖,现今天下之势,你我是已经看到的了。清廷黑暗腐败如此,垮台是迟早的事。可是,古语称,百足之虫,僵而不死。"

龚郁文喝口茶,又说:"这就活像一座要垮未垮的老楼,虽说根基已烂,但毕竟还没垮。若是大家不去推它,估计它一时半刻也不会自己垮掉。二胖,你我参加革命党,就是要去推这座似垮未垮的老楼,让它早点垮,天下老百姓早点过上好日子,是不是?"

王天杰有点不好意思地点点头,起先一直在手里把玩的几个麻雀蛋也不再玩了。龚郁文又喝了口茶，再看看坐在茶桌对面的王二胖神色，才继续说：

"可是，古话又有说，秀才造反，三年不成。这就是说，我等革命党要闹革命，推翻腐败朝廷，不能只靠动动嘴、跑跑路就可成，就天下大定了。是不是？"

龚郁文看了看王天杰，又说："我等革命党要闹革命，一定要实干，要起事举兵，要打仗。我等革命党不去起事，不去打仗，朝廷这座老楼是推不翻的。你说是不是？"

王天杰再次点点头。他也揭开茶碗盖喝茶，脸上若有所思。突然，他一把抓起放在茶桌上的几个麻雀蛋朝窗外扔了出去。

龚郁文看在眼里，知道王二胖的心思这会儿真正被打动了。可他却仍是不露声色，按原先思路顺势说将下去。

"二胖，我等革命党现今要起事，要打仗，就得有党人的武装，就得有军费。否则没武装、没军费，你我拿啥子去起事？拿啥子去和朝廷官军打仗？可见，眼下最要紧的，我等革命党人，就是要搞我们自家的武装，筹措自家的军费。"

听到这里，王天杰也多少明白了，龚郁文今日急于找他说事的心思。可是，他在心里也不免有些犯难。这时，只听龚郁文又说：

"二胖，实话跟你说，我们荣县这批革命党，大都家穷。能拿得出钱来办武装、做军费的，就只有你王天杰王二胖了！二胖你说，我说的是不是实话？"

"龚兄，你哥子说的，实话倒是实话。可是——"王天杰此时已经完全明白了龚郁文的意思，这就是希望他拿出家财来办武装、办军火，为革命党起事出军费。

可是，这样的大事，又哪是他王二胖可以做得了主的。王天杰真的有些为难起来了。他盯着自己面前的茶碗，好一阵没有出声。

见此情形，龚郁文以为王二胖有所顾虑，或是不愿意把家财拿出来办这些事。他心里寻思着，该进一步说点什么话，或用点什么法子，来向这个似乎还没太醒事（方言，明白事理）的王二胖进一步灌输革命道理，让其深明大义，答应疏财干革命，疏财救国。

正在龚郁文凝神思索时，坐他对面的王天杰却突然起身，几步跨到外屋去了。

龚郁文有点摸不着头脑，呆了呆，拿起茶碗边喝茶，心里边盘算，下一步该如何把王二胖给说服，圆满完成自己此番"说客"的使命。

没想，龚郁文心头的主意还没完全想好，只片刻工夫，却见王天杰一手端着两碗凉粉，一手拿两个大锅盔，一路嚷着，欢欢喜喜地走了进来：

"大胖，快来吃锅盔夹凉粉！"

王天杰顺手递给龚郁文一碗凉粉、一个锅盔，自己也坐了下来。他一边用筷子搅和自己那碗已加足了各类佐料的凉粉，一边兴致勃勃地对龚郁文说：

"龚兄，你知不知道，这家凉粉担子经常挑到大佛岩这边来卖。每回我碰到都要吃它一碗两碗，有时又像今天这样，买个大锅盔来夹凉粉。"

王天杰咬了一口锅盔，一副很惬意的样子，又说：

"这老者卖的凉粉，又麻又辣，吃起来过瘾得很。锅盔也打得好，据说是正宗'张锅盔铺'的手艺。"

龚郁文这才弄明白，刚才王天杰是听到大路边上凉粉担子的叫卖吆喝声，赶出去买凉粉锅盔去了。看王天杰吃得津津有味，龚郁文也感觉，今日上午为找这个王二胖，走了大半天，自己肚子真有些饿了。

龚郁文也就把面前那碗凉粉，用筷子仔细搅拌起来，尝了一口，味道还真是不错。又把锅盔从边沿处分开，做成口袋状，再将那碗拌上佐料的凉粉全部装到锅盔里面，用手夹住刚才开的口子，送入嘴巴一口一口咬来吃。

这种大锅盔夹凉粉的吃法，在荣县、威远一带，乃至贡井、自流井盐场里外都是很流行的。锅盔又香又脆，凉粉又麻又辣，吃起来的确是很爽口，十分过瘾。当时那一带的民间很流行锅盔夹凉粉这种吃法。

不过，像龚郁文这种有身份的大文人，用手抓着吃，凉粉又往往沾点在嘴巴上，吃相似乎有些不雅。

平时，当着外人面，他还真不敢有如此放肆不雅的吃相。好在今天是在城外茶铺里，又只有他和王天杰两人在，所以吃相不雅也不算好大回事。

匆匆把锅盔夹凉粉吃过，肚子也基本饱了，两人抹了抹嘴巴，又重新喝茶谈正事。

王天杰望着龚郁文，自己摸摸脑壳，有点迟疑地说：

"我老汉那里，是有钱，可能还不在少数。到底家里有好多钱，我还真不大清楚。可是，龚兄，你不知道，那些家财银子，都是我老汉在管起得。平时，我在县城读书生活一切开销都要找我老汉要。"

王天杰露出有点不好意思的神色，把自己难处讲了，才明白地告诉龚郁文：

"龚兄,就算我真心想拿些家财出来办武装、充军费,我又哪里拿得动啊?"

王天杰看了看不说话的龚郁文,喝口茶,又很诚恳地表态说:

"要说,我手头倒是有点私房钱,可是,加起来也就几百两银子。这点钱,哪够办武装办军火?"

听见王二胖这样说,龚郁文心里反而踏实了。想了想,他对王天杰说:

"二胖,我跟你出个主意,你可赶回家找你老汉要啊!听说,你老汉还是个开明人物,不是守财奴那种乡下老财。"

看王天杰没出声,龚郁文又说:"你只要把功夫做够,说不定他会拿点家财出来,支持你办武装。反正,你家里银子有的是,另外,还有那么多田土在收租。"

王天杰虽说没出声,但看神色,似乎有些心动。龚郁文趁此又说下去:

"二胖,我实话跟你说吧,我跟赖君奇、杨允公几个人都商量了,连鸣剑龙兄也同意了的,说是,只要你二胖肯说动家里拿出钱来办武装、做军费,你肯如此出头捐资闹革命,我们大家就拥戴你,选你王二胖做统领。"

龚郁文这番话,真把王二胖给打动了。他先似是不太相信地往龚郁文脸上望了又望,看他是不是在开玩笑。望了一阵,见龚郁文那张胖乎乎的脸上,神色郑重,样子作古八经(方言,正经),不像开玩笑。

王天杰思索片刻,继而又朝龚郁文发问:

"龚兄,你此话可当真?你几个当真商量过?连鸣剑大哥也同意?"

被王天杰尊为大哥的龙鸣剑,在荣县党人中威信很高,众人皆服他。所以王天杰特别关心龙鸣剑对此事持何种态度。

"当然当真。"龚郁文连连点头,郑重其事地说,"上回鸣剑兄从省城回荣县,我们几个就同他商议了。他相当赞同。"

王天杰一听,当然喜出望外,他一巴掌重重拍在茶桌子上,茶碗茶盖都跳起来了,茶水流了一桌:

"干!此番老子当真干!"

王天杰这一巴掌,把外间的茶铺老板吓了一跳,以为两个茶客干起架来了,忙探过身子进来看里边动静。龚郁文连忙给他摆摆手,表示没事。

这时,只见王二胖又站起身子来,大声说:

"大丈夫,生当为人杰,死亦为鬼雄!走,龚兄,你我回县城商量。我今天就赶回王家坝找我老汉要钱!拿出来办武装、办军火!"

3. 王二胖弃学投军办民团

王天杰是个急性子，干事情，向来说干就干，雷厉风行。

那天，回家的路途中，王天杰想的都是如何说动他老汉拿出家资来办民团的事情。

回家的第二天，吃过早饭，王天杰见老爸似乎心情尚好，就进里屋，郑重其事找老爸谈了自己想在乡里办民团的想法。

王天杰按大胖龚郁文事前教他的那一套说辞，首先对老爸开讲，说眼下时局不好，四处兵荒马乱，盗匪出没，为害老百姓。而这其中，又以各地的富室财主、有钱人家，遭祸最甚。因此，他想出头来办民团，借以来防匪防盗，保家安民。

他老爸听他谈着，咬着叶子烟杆，似在思索什么，好一阵没出声。

王天杰看他老爸一时没出声，以为他不肯答应，想了想，就进一步说：

"当下远的不说，就说川南各州府县，办民团是大势所趋。况且，办民团也是造福地方的大事，是利家又利民的义举。更何况，官府也不干涉。"

王天杰看他老爸还没出声，又说："眼下，正是咱王家出头的机会，何乐而不为？"

直到这时，他老爸才把咬着的叶子烟杆，从嘴巴上拿开，一边在茶几边上敲烟灰，一边慢条斯理地问道："二娃，我先问你，你想办民团，到底要花多少银子了事？"

王天杰一听，心想，有戏了。眼睛盯着老爸，脑子里迅速地转了几转，他先想报个大点的数目。

但转念又想起龚郁文大哥对他的嘱咐："跟老汉说钱的事，一定要慢慢来，别想一锄头挖个金娃娃。先把事情整起来了再说。"

于是，王天杰就望着老爸脸色，试探着说：

"办民团，办武器装备要银子，招募团丁也要银子。还先不说发不发饷那些事，把人召齐了，白米饭或苞谷杂粮饭总得要让大家吃饱吧。我初步估算了一下，开办费，也至少有个千多两银子吧。"

没承想，他老爸咬着叶子烟杆沉思一会儿，开口说：

"二娃，我先拿给你开办费两千两银子，你看合适不合适？"

王天杰一听，完全出乎他的预料，不禁大喜过望，连忙说：

"要得，要得。两千两银子，我把民团办起再说。钱不够了，再来找老汉要吧。"

"二娃，我再问你，你办民团，是想在哪个地方办？"

"当然就在这王家坝办民团啊。"王天杰望着老爸回答一句。

他老爸抽着叶子烟杆沉思一会儿，说："我看，在这王家坝办民团恐怕不行，干脆你下到五宝镇去，在那里把民团办起来再说。"

五宝镇坐落在荣县东南角，距县城较远，当年物产也算丰富。五宝与宜宾县、富顺县接邻，属三县交界之地，亦是交通重镇。

其实，王天杰有所不知，他老爸之所以爽快答应出家资办民团，并让他远到五宝镇去办，是有深层原因的。

原来，这一阵，王天杰老爸，心里想的，思虑的，也正是这办不办民团，以及如何办，要办又去哪个地方办的事。

这些年，朝纲不振，衙门腐败，天下颇不太平。地面上，盗匪出没，民不聊生。穷人活不下去，有钱人又担惊受怕，日子也过得不安稳。

几个月前，五宝镇相邻不远的龙潭场，场镇上大户人家吴胖子的爱孙，在一个赶场天，被家中女仆带上街买糖食。没想到，行至场街十字口，被混在赶场乡民中的龙团山土匪郭麻子手下劫走，绑了肥猪（方言，指绑架）。

郭麻子手下匪探，化装成乡民或游方小贩，已经在龙潭场街上及吴家大院门口侦探了好几个赶场天，只等机会下手。匪首郭麻子得手后，派人送信到吴家，开口就要赎金一千块大洋。

吴胖子家里一时拿不出那一千块现大洋，东凑西借，动作稍微慢了点，孙儿就被郭麻子割了一只耳朵催票。

吴家老太太，看见孙儿那只血淋淋的耳朵，当即昏死过去。吴胖子后来在贡井一家钱庄用十亩好田抵押，才到手那一千块大洋，把残了一只耳朵的孙儿救出。

此案一出，周边震惊。有钱人家一个个提心吊胆，纷纷拿钱出来修整院墙，添置武器，招养家丁。有的还专门建造了防匪的枪楼、炮楼。一旦有事，全家老小都往炮楼里面躲。

此外，中秋节前，王天杰岳父赵天元从宜宾过来贺节，两亲家也说起地方办民团的事。赵天元说，宜宾那边，大多数乡镇都办起了民团，而且多数是地方乡绅大户出头。赵亲家还说，他也想在当地办民团，却找不到合适的人来做团首。

王天杰老爸膝下有两子一女。大女已出嫁，小儿子还年幼。能指望得上的，只有大儿王天杰。让他老爸犯难的是，王天杰在县城读中学堂。这小子，平时流露出的都是想远走高飞的念头，未必肯为保家献力。

却没想到，王天杰这二娃子，不知哪股筋扯通泰（方言，通畅）了，突然要回来办民团。王天杰老爸自是喜出望外，求之不得。

其次，还有一层原因是，王天杰在县城读书以后，同一些革命党人士走得很近的事，他老爸也隐隐约约听到了一些。至于王天杰本人，加没加入革命党，他老爸不敢断定。为此，王天杰老爸就暗自有些担心。如今，干脆让他到五宝镇去办民团，令其离县城那些革命党远点，未尝不是好事。

其三，王家祖上，在五宝那一带有些产业，现今王天杰还有个堂伯，在五宝当粮户并做些生意买卖。其堂伯也是袍哥堂子人物，在当地有些声望与人脉。王天杰去那里弄民团，也方便照应。

虽说是答应了拿出家资银子，让王天杰去五宝办民团，但他老爸怕其年轻不醒事，就再三告诫他：

"二娃，先说好，这两千银子是拿给你办正事的，你别拿来东支西舞地乱用！这些钱乱用了，今后别想在我这里拿一两银子！听见没有？"

王天杰连忙说："晓得，晓得。"一溜烟跑出去，告诉手下兄弟赶快忙正事。

回县城后，王天杰简单收拾了一下住处的东西。还有些未了的事情，托付给身边朋友，该交代的交代一下，实在交代不了的，就暂时不去管它。三下五除二，就把各样杂事匆匆料理一番，当天就要赶去五宝。

几个同盟会党人，见王二胖果然有魄力，行事果断，大家都很高兴。又留了他一天，谈了些相关事情。

第二天，几个人凑了点钱，在西门风雨桥酒楼置点好酒好菜，为王天杰饯行。

酒是当地特产"荣县冰曲"。又专点了王二胖爱吃的五通烘肘、长山酥肉汤，以及旭水河里现捞的河鲜鲫鱼等几样佐酒下饭的好菜。这令王二胖很是感动，也很兴奋。

王天杰本来善饮，那天，他连饮了三大杯。然后再斟满一杯站起身来，对龚郁文、赖君奇、杨允公、黎靖嬴、李子叙、李朝甫等几个党人同伴致意答谢：

"我王二胖，承蒙几个哥子看得起，引为至交。今日，为革命大计，又付托以重任。此番我王某就在这里先表个态，"王天杰手拿酒杯，眼望在座几位党人同伴，恳切而带壮志豪情地表态说，"我王二胖下定决心，跟随几位哥子闹革命党，不获成功死不回头。这次去五宝，一定把办民团的事弄出点名堂，搞成我们党人自己的武装。几位哥子，就在县城等候我的好消息吧！"

说完，一仰头，又将那满杯酒一口干了，立时博得个满堂彩。

临分手，龚郁文多送他几步路，要一直把他送过风雨桥。其实，是刚才喝酒时，龚郁文又想到一个点子，想单独给他说一说。

两人刚上风雨桥，龚郁文就问王天杰："二胖，听说宜宾你老岳父赵家，在当地也很有家资势力。还有人说，你老岳父家里面，还养着武装家丁？"

王天杰点头答称："正是。"不过，他一时倒弄不明白龚郁文这时问他此话的意思。

王天杰岳父是宜宾县大财主赵天元，当地人称赵员外。赵天元也是当地袍哥界知名人物。王天杰夫人，是人称四小姐的赵家幺女。

两人走过了风雨桥，在桥头稍稍站了一站，龚郁文就对王天杰说："二胖，我这里再给你出个主意。"

王天杰问："啥子主意？"

"当然是好主意嘛，"龚郁文一笑，说，"二胖，我给你说，若是民团开办起来，不管起初规模有多大，你都到宜宾老岳父那里，跑他一次两次。主意就一个，求你老岳父赵老员外也拿点钱出来，帮你为民团添置军火。"

王天杰听了，这时脑子有点开窍了。只听龚郁文又说：

"你对你老岳父，也就把说动你老汉那番话，再说一次。"龚郁文还给王天杰出点子说，"也说自己出头办民团，是防匪防盗、保家安民，是造福地方的义举，老岳父也是走过码头、见过场合世面的人，不会不明白这些道理。"

王天杰听了龚郁文这一番建议，心想：到底龚郁文是当大哥的，就是不同些。书读得比我多不说，脑瓜子还真比我灵光些。

4. 龙鸣剑说要办成"党人武装"

却说王天杰，开办费两千两银子到手，很是高兴。他当即找两个亲信哥们商量开办民团的事。

其中有个小名叫刘四娃的，曾经在威远县一个乡场上当过团丁，还是个小头目。他很知道一些乡场民团的内部情形。

那天中午刚过，王天杰约刘四娃及另一个亲信哥们，在镇街西头大槐树边一家茶馆吃茶。

开办民团方方面面的事情，三个人仔细商量一个下午，最后弄出来一个大致方案。上过中学堂的王天杰，当即用纸笔记下，没多大工夫，就拟出了一个简要提纲。

第二天，王天杰即带了一手下兄弟找到龚郁文等党人，谈了相关情形。他从身上掏出提纲，让龚胖过目。龚郁文对王天杰把事情办得如此顺手，还弄出了大致方案，也大为高兴。

他一边阅视那简要提纲，一边带点赞赏的口气夸王天杰说：

"二胖，看不出来，你娃儿还真是个干大事的料，两千两银子开办费，轻而易举就弄到了手。你娃儿办事有大将风度，好事情，好事情！将来是个当统领的料！"

龚郁文几句夸奖话，说得王天杰心里乐滋滋的。说完提纲的事，王天杰对龚郁文说："希望早点拿到官方关防，把五宝民团的牌子正式挂将出来。"龚郁文想了想，说："这事我倒是可以托人给你办。"沉吟一下，又说，"这事若要办得又快又妥当，可能得花点门包银子。"

王天杰急于想拿到正式关防，让他这个团首早点得到官方确认，当即就说：

"门包银子好说，只要把事情办得又快又妥，多花几个银子也值得。就不知到底该是个什么数？"

龚郁文略微沉吟，说："这门包银子，到底是个啥子实数，我也不知，得下来问问与县衙人等有交道的朋友。一般来说，恐怕要视所办事情之大小，以及轻重缓急而定。照我推测，这种拿到官方民团关防的事，起码价在十两银子以上，若是想早拿，恐怕会翻一番，要达二十两银子上下。"

王天杰二话不说，立马拿出随身钱袋子，从里面数出四十两银子交到龚郁文手上，还说了句：

"龚兄，这点银子，你先拿去托人办事，若是不够，再来找我。"

龚郁文说："恐怕要不了这么多，先有个二十两，大概也够了。"

龚郁文始终只肯要二十两，多的不肯要。还说若有超出，再拿不迟。王天杰却坚持把那剩下的二十两银子重新交到龚郁文手上。

两人在那里推来推去，最后王天杰很豪爽地说："龚兄，这四十两银子你先收下来再说。事情办完剩下的，也都留在你那里，作为我捐党人的一点活动费好了。反正你龚胖是党内管财务的。有时要去外乡镇、外州县跑点事，有时又要约党人朋友喝茶议事，顺便再吃点小酒，也不用自掏腰包了。今后党人活动费不够，再来找我王二胖就是。"

龚郁文听王天杰如此说，也想到早先一些党人捐的那点活动费，已经所剩无几，确实该补充一点，才终于把那四十两银子全部接收下来。

真是如俗话所说，钱能通神，有门包银子开道，仅三四天工夫，龚郁文就在县衙找准了路子，很顺利办妥了相关手续，拿到荣县五宝镇民团的正式关防。

拿到正式关防，尤其看到官方文书上五宝民团团首位置端端正正写着"王天杰"三个字，此时的王二胖，比读中学堂时拿到批个优等的国文卷子还要兴奋。

正好当天，龙鸣剑从省城回了荣县。王天杰就让随他来的那个手下兄弟，去风雨桥酒楼订了一桌酒席。一是为龙鸣剑大哥接风，二是庆贺五宝民团正式关防到手，可以择日开张了。

当晚，在风雨桥酒楼二楼暖阁，那张被花鸟屏风隔开的八仙桌上，龙鸣剑与王天杰一起坐了首席。依次有龚郁文、赖君奇、杨允公、黎靖赢、李子叙、李朝甫等党人在座，又是一顿党人聚会的大酒。

席间，虽然龙鸣剑连日奔波，旅途劳顿，脸上微露倦容，但他神情显得很高兴，酒也喝得爽快。

龙鸣剑对这种时候王天杰能站出来，弃学回乡办民团，且很快就正式竖起了"五宝民团"这块招牌的举动，显然很是满意，大加赞赏。

此前，龙鸣剑曾与龚郁文私下商议过，荣县党人要举事，手里必须要有自家的武装，即"由党人掌握，由党人指挥调动的武装"。眼下局面下，荣县境内外，能够打主意的，只有地方民团。

龚郁文也很赞成龙鸣剑这番见解。两人就把荣县几十个乡镇状况，以及荣县党人内部人员情形，逐一做了仔细分析。

两人比较一番后觉得，在荣县党人中，王天杰王二胖最适合站出来弄民团的事。

龙鸣剑此前与王天杰私交不多，但暗中认真观察过，对其有自己的一番认定。他觉得王二胖这人，由于年岁不大，身上还有一些娃儿习性。因富家子弟出身，读书也不大用功努力，有点贪玩，成绩不太长进，似不是成材的料。但王天杰性情豪爽，为人热情，真诚坦荡，好交朋友，重哥们义气。况且，龙鸣剑还观察到，王天杰身上潜藏着一种领袖气质，行事果断有魄力，敢作敢为，这是很难得的。

龙鸣剑就是五宝人，对当地情形甚为了解。五宝在乾隆时期就已经是镇的建制，是当年荣县到宜宾的交通要道上一个重要口岸，镇上还设有官方驿站。当年五宝周边的百花场、莲花、古文、牛尾、鼎新等乡场都有到五宝赶场的习俗，故当地坊间有盘不完的五宝镇之说。

但另一方面，从地域来说，五宝又离县城较远，那里的动静不大引人注意。民团办起来，荣县党人将其掌握，变成党人的起事武装，可能性较大。

正是基于以上考虑，龙鸣剑授意龚郁文，私下多做做王天杰的工作。这才有那天龚郁文当面向王天杰表的态，说是如果他能说服他父亲拿钱出来办军火，"大家就拥戴你，选你王二胖做统领"的那番话。龙鸣剑还真是认定，王天杰是一个有领袖气质的人才。

当然，龙鸣剑的着眼点，还不仅仅是一个小小的五宝民团。他着眼的是整个荣县，甚至整个川南、川西地域。

此刻，龙鸣剑喝过王天杰的一杯敬酒，自己也拿过酒瓶斟了满满一杯酒，回敬王天杰，说：

"二胖兄，五宝民团在老兄不懈努力与操持下，也在各方朋友帮助下，正式建起来了，可喜可贺。我这里也敬你二胖兄一杯酒。"

王天杰高高兴兴接过杯子，一口干了，连声向龙鸣剑拱手致谢。王天杰印象中，这似乎是在荣县众党人心目中德高望重的龙鸣剑首次当众向他敬酒。

接下来，龙鸣剑带点鼓励又语重心长地说：

"二胖兄，五宝民团虽是建立起来了，但也仅是走出了第一步。今后路子还长，要做的事情还多，需要认真去做，下功夫去做。接下来，民团的武器装备、团丁的招募组织、平时的训练、真正需要打仗时的指挥等等，这些都需要你二胖兄去过问与操心，需要你二胖兄去思虑与定夺。所以，你二胖兄肩上的担子，其实是很重的。不过古人有说，事在人为，又说，实践出真知。因此，这也是你二胖兄的锻炼机会。包括我在内的在座各位哥子都关注着你，也寄希望于你。二胖兄，祝你以此为开端，既全力以赴，又踏踏实实，真正干出一番大事来，最终成为威震一方，乃至扬名天下、青史留名的人物！"

龙鸣剑一席话，说出了在座各位党人的心声，大家齐声叫好，更说得王天杰心潮澎湃，全身热血沸腾。他连声对龙鸣剑说：

"谢谢龙大哥，谢谢龙大哥！我一定不忘龙大哥的教诲，一定努力照龙大哥说的去办！"

又转头向座党人再一拱手，说：

"各位大哥，感谢你们对小弟我的关爱与相助，也谢谢各位大哥对我王天杰的捧场和抬举。既然龙大哥和各位大哥，对我王天杰如此关爱与看重抬举，小弟我，今天就当着龙大哥和各位大哥的面表个态。这里，还是借用那句古诗，'生当为人杰，死亦为鬼雄'！"

酒席之后，当晚龙鸣剑又约上龚郁文，私下与王天杰密谈了一次。龙鸣剑叮嘱他："一定要把五宝民团办成革命党自己的武装，其支配领导权，自始至终控制掌握在党人手里。平时，表面上宣称是为了'保境安民，防匪防盗'，暗地里却是为革命党人举行反清起事做准备。"

龙鸣剑又告诫说："把五宝民团掌握在党人手里，并不是说一定要在团丁里面发展好多同盟会员。团丁本身素质不高，官方又盯得紧，急于发展会员，说不定结果适得其反，反而弄拐事（方言，坏事）。最多，你把手下两三个信得过的骨干发展入会，也就行了。"

龙鸣剑又勉励王天杰说："你先把五宝民团的事情办好，锻炼自己的统帅领导与指挥应变能力。实际本事有了以后，今后有你王二胖发挥才干与本事的地方。我正在考虑，如何找个名义，弄它一个啥子机构，把全县民团都统在一起，统一管起来。到时，说不定就让你王二胖来当荣县四十八个乡镇民团的总首领。"

王天杰一听，简直喜出望外，才知道那天龚郁文对他说的，将拥戴他出来做首领，龙鸣剑大哥也同意了的那番话并不是虚言。他王天杰，有可能成为荣县四十八个乡镇民团总首领，即全县民军总司令。

"不过，二胖兄，你我有话说在前头，"龙鸣剑与龚郁文对望一眼，然后目光锐利地盯着王天杰，说，"办这五宝民团，就是一块试金石。若是你没把五宝民团的事情办好，甚至给弄糟了，弄砸了，那对不起，县四十八个乡镇民团总首领，就没你王二胖什么事。听明白没有？"

王天杰连忙带点诅咒发誓的样子，对龙鸣剑和龚郁文两人说：

"龙大哥，龚大哥，我王天杰这里向你们两位大哥保证，若我不把五宝民团的事情办好，我王天杰将无脸见人！更不要说给办糟了，办砸了。我这里再向两位大哥多说一句，我王天杰若没把五宝民团的事情办好，你们两位大哥不要说骂我，就是当面打我，我王天杰也心甘情愿受了，决不喊黄（方言，失败）！"

第二天，王天杰和手下那位兄弟带着官府文书及关防喜滋滋赶去了五宝。

去五宝之前，王天杰回了一趟王家坝，将那份官府文书及关防给老爸过目。

王天杰老爸将两样东西拿手上反复摩挲，爱不释手。他仿佛看到了儿子今后的出息、未来的大好前程，以及家族的荣光。直到此时，王天杰老爸才深觉，当初拿出来让儿子办民团那两千两银子，实在是花得太值了。

5. 五宝民团横空出世

有了官府文书及关防，五宝民团就正式开张了。待当初那一番兴奋喜悦之情，稍稍平息了一点，王天杰方才静下心，着手料理组建民团的大小事情。

俗话说，万事开头难。眼下，白手起家，作为一团之首，王天杰首先面对的，是两件要紧事情。其一，五宝民团的团部，应该设在哪里？其二，手下民团那些团丁，该如何招募？

民团团部的选址，是第一桩须立即安顿的大事。在王天杰心目中，民团团部，应是院子阔大、门庭高朗，很有点气派的样子。

他带人在镇上各处考察一番，却始终不称意。似乎当时五宝镇街各处，都找不到大一点、规矩一点的祠堂或民居大院落可做民团团部。

正发愁，王天杰突然想起，镇街西边，离镇子一里地，有座断了香火的古庙。小时候，他和一帮伙伴常去古庙玩耍打闹，爬上庙内大树掏雀窝，往菩萨身上头上画花脸等等。印象中，那古庙，不仅庙门颇为气派，而且庭深院阔，还有多处厢房。眼下，可否将此古庙改建成民团团部？

脑子里转着这些念头，这天上午，王天杰就带几个手下兄弟前往古庙考察。

几个人走拢一看，古庙确已荒废多时。其庙门破损，殿堂里菩萨缺头断手，祭台半垮，很有点残破的样子。但仔细察看一番后，又觉得，古庙的房梁屋瓦、大殿立柱、四周院墙等尚完好无损。若找来工匠，花点工夫做些修整，打扫出来，就是一个不错的地方。

主意打定，王天杰拿出一笔银子，先请来内行工匠，前往古庙考察。该如何修整，如何置办材料，一切由几位工匠做主。

他又从自家庄园找十来个家丁雇工做帮手，他自己每天来亲自督阵。如此花了大约半个月工夫，终于将古庙修整打扫一新。

看到修整得干净整齐的古庙，王天杰很是快活。完工那天，他特意在镇街一家馆子里摆了两桌酒席，请几位工匠以及出了力的家丁雇工吃乡下人最喜爱的九大碗。

那古庙就此做了五宝民团的团部。王天杰专门从县城置办的荣县五宝镇民团大牌子，醒目挂在古庙大门口。又派了几个身佩马刀、手持梭镖的团丁，昼夜分班值守。

古庙大殿里及大院内十数间厢房，都收拾成供团丁宿住的营房。王天杰自己，在大殿一侧简单设置了几张桌椅，放了一架大屏风稍做遮挡，做成了团首的司令部。

大殿门前台阶处，又安排了两个佩腰刀的团丁做卫兵。王天杰想了想，又将儿时经常跟在自己屁股后面跑的一个小兄弟，招来做了身边亲随兼传令副官。

王天杰自己的五宝民团团部，也就正式开张了。

民团团部开张后，王天杰老爸亲自去了一趟五宝，并到这设于古庙的司令部来看过一次。

还在场口大路边上，老人家一眼看见古庙大门口，身佩马刀手持梭镖的值守团丁，就觉得王天杰这娃儿如此操练一盘后，各方面长进确实不小。干点事情有模有样，还真像那么回事了。

及至进了古庙，仔细看过修整一新的厢房、大殿等处，又看到大殿门前台阶处两个佩腰刀的团丁卫兵，王天杰老爸又在心里感叹了一回："王天杰这娃儿有长进！"

晚上，王天杰在场街馆子里整了一桌酒席为老父亲接风，他那堂伯及当地袍哥堂子人物，亦应邀作陪。酒席桌子上，王天杰老爸突然说：

"二娃，我屋里还有张垫椅子的豹皮，是那年在自流井，一位凉山客商住店时，从他手里花二百两银子买过来的，正宗金钱豹皮。哪天你带过去，铺在你司令部座椅上吧。哪有铺山羊皮的？让外人见了笑话。"

没几天，王天杰果然将座椅上的老山羊皮换成了正宗金钱豹皮。

王天杰老父亲当年，之所以花大笔银子买下那张金钱豹皮，是他听说，在坊间，金钱豹的地位仅次于狮虎。而金钱豹如同被称为兽中之王的华南虎、满洲虎一样，只出没于深山老林，一般大山里也很难见到。因此，坐一把铺着整张金钱豹皮的椅子，也是许多大人物多年的梦想。老父亲当年买的这张豹皮就是为王天杰准备的。如今，梦想果然成真。

王天杰父亲看他扯旗放炮，一副正经干事的样子，也放心。心想，这二娃子到底有点出息了。又写信告诉了远在宜宾的亲家赵员外，信中把王天杰着实夸了一回。

民团团部大事既定，接下来要办的事，就是招兵买马，扩充实力。

几项大事初有头绪后，王天杰才稍稍松了口气，可以在司令部里泡上一碗茶，个人坐下来思索一些事情。自正式出任团总以来，王天杰经过这些天的实践，他深感自己受年岁及经历限制，学识见识多有不足，身边要有一个有事可以商量，能出点主意的智囊人物才好。

龙鸣剑、龚郁文大哥等远在县城，况且他们各自有一摊子事，不可能到五宝来与之商量事情，帮他出点主意。

几经思索，王天杰想起了一个人，这就是他一直视为恩师的早年的私塾老师宋秀才。私塾停办后，宋秀才经人介绍，外走盐场贡井，在一盐商那里做了文案师爷。

王天杰一心想把宋秀才请回五宝，做民团高参。他立马给恩师宋秀才写了一封书信。

这封信，王天杰写得既慷慨激昂，又言辞恳切。他在信中说，眼下天下不太平，自己已经弃学从军，想干一番大事。王天杰在信中特别写明，要学恩师一向崇敬的曾国藩，自办民团，为家乡父老，亦为国家效力。"恳盼恩师回五宝襄助自己，共同成就一番惊天动地的大事业。"

最后，王天杰还附上二十两银子。说十两银子做路上的车马茶水费，另外十两银子做恩师辞工返五宝的家用开支。

这封书信和银子，王天杰派手下亲信当天就送去了贡井。王天杰特别交代送信的亲信说，一定要留在贡井住店等候。直等到恩师那里有了肯定回音，方才可返回五宝复命。

四天后，那亲信带回了恩师回信。这回信让王天杰兴奋异常。恩师宋秀才在信中明确表示，不日将辞工返五宝襄助弟子。信中还特意夸奖了王天杰几句。

但王天杰送去的那二十两银子，宋秀才只收了十两，说是这点银子，留做五宝老家的家用已经足够了。另外那十两银子的车马茶水费，坚决不肯收。

王天杰得此恩师回信，顿觉吃了一颗定心丸，很是高兴，就盼他早日回来。

这天下午，一众团丁分别在两处演武场操练。王天杰先后在两处演武场走了走，督阵操练。天热太阳大，自己又有些口渴，王天杰就回到大殿喝点茶，歇口气。

古庙大殿虽有些破旧，但房架高朗通风，夏天倒是比较凉快。身材较胖的王天杰，坐在大殿里不用扇子也不觉太热。他端起茶碗喝了两口凉茶，正一个人思索间，却见恩师宋秀才左手一柄叶子烟杆，右手摇着一把大蒲扇，脚步匆匆地跨进了殿门。

宋秀才本名宋玉衡，是王天杰当年的私塾老师，四十多岁年纪，瘦脸，窄鼻，印堂较高，下巴上有稀疏胡须。常年穿长布大衫，头上戴顶轻便瓜皮帽，一根很长的叶子烟杆整天不离手，一副乡村学究模样。

王天杰在镇上，找来一个字写得好的老童生，请他当民团文书。由王天杰口授，文书写出了好多张"五宝民团广招团丁告示"，在镇街四处张贴。

再后来，招丁告示不单在五宝镇张贴，还在外乡周边场镇张贴。

其时，五宝周边一带，年景不好，乡下歉收缺粮的、逃荒外流的、吃不饱饭的，不在少数。来民团当团丁，每天能吃饱肚子，仅此一项，对吃不上饱饭的乡民来说，本身就很有吸引力。何况告示上还说，到时还会发少许丁饷。

消息传开，来五宝民团报名欲做团丁的青壮年男子，络绎不绝。仅半个来月，就招了两百多人。

王天杰见报名者踊跃，心里很是高兴。不过，他也知晓，招这帮人马，不是拿来做样子摆门面的，今后是要和官军对阵打仗的，不能马虎行事。他想了想，亲自把关，经目测加体测，将老弱年幼者送点路费打发，仅留下一百二十个精壮汉子。

他将留下来的一百二十人，编成三个队，每队四十人。又把庙前那块空坝子以及自家那个打谷场收拾出来，两处都做了民团训练演武场。又重金请来两名武师当教头，分头操练团丁。

其后，又四处托人，购置各类武器。

人马有了，军费也有了。让王天杰为难的是武器。四处托人购置来的，不过是些大刀长矛，以及民间打猎的鸟枪、鸟铳、火药土炮之类。王天杰深知，凭这点杂七杂八装备，与清廷官军相比，差远了，若打起仗来根本不是敌手。

个人思索一阵，又想起龚郁文先前给他出的那个点子，决定亲自到宜宾走一趟，去老岳父那里，想办法让他出点血。

王天杰这次到宜宾，他事先做足了功夫。自拉起民团任团总以来，王天杰一改以前愣头青的习性，处事老练成熟多了。

这回，他要把场面摆够，这既是为他王二胖撑面子，也是为老岳父赵员外撑面子。

他自己骑一匹小名叫"千里风"的棕色骏马，身佩一支西洋左轮手枪，另带十二名团丁做随卫。这十二名团丁，清一色崭新杏黄色民团团服，红布包头。前胸四个字：五宝民团。后背大圆心里面，就一个大字：丁。

这身团服，是王天杰找人比着清军兵勇的服装专门设计的。一眼看去，很精神，很醒目。

十二名团丁，其中四人挎腰刀，四人持长矛，另四人最洋盘（方言，洋气、时髦），一色九子快枪。这四把九子快枪，连同王天杰自用的那支左轮手枪，全是正宗洋货，是整个五宝民团里面最新式最厉害的武器。王天杰左托右托朋友，好不容易从重庆码头那些外国轮船上搞来的。九子快枪，是一次可装九颗子弹、可以连续射击的步枪。它不像火药枪或土枪，射击一次就必须装一次火药或子弹，所以民间称之为快枪，当时在官军里面也算厉害武器。

为保险起见，王天杰还专门带夫人同行。赵四小姐坐轿子，王天杰骑高头大马，有十二名团丁随行护卫，前呼后拥，好不气派。为添声威气势，王天杰还特意带了两个唢呐吹鼓手，在队伍前方吹吹打打开道。

一行人到了宜宾赵家庄园，早派人趋前通报。未到庄园大门，唢呐吹鼓手即奏乐造势，周围邻居民众，全轰动了，都跑来围观。一时，赵家庄园大门前，热闹非凡。

赵家早已得报，老岳父赵员外带家人仆役等，亲来大门口迎接。尽管此前已接到过亲家来信，知道女婿这一阵大有长进，但今日见了王天杰这番排场气势，还是大大吃了一惊。赵老太爷完全没有想到，仅仅几个月不见，王天杰这女婿就如此出息。

赵员外当晚款待女儿女婿以及随从的家宴，自是又丰盛又隆重。酒席上，当了几个月团总的王天杰，举止谈吐都与过去那个二愣小子大不相同。加上爱女关键时刻不时出面夸几句丈夫，赵老太爷和夫人高兴得不得了。因此，饭后赵员外和女婿单独谈正事时，对王天杰提出的要求，老岳父没有一点迟疑，几乎照单全收。

王天杰宜宾之行收获巨大。回五宝时，老岳父一共给了他三十支九子快枪，外加十支毛瑟枪。还答应，设法从云南昭通那些地方给他弄几门猪槽炮。一个月后，两门猪槽炮就送来五宝了。所谓猪槽炮，就是样子有点像猪槽的土炮。其威力虽比不上"开花炮"，但比打火药加钢珠铁渣的老式土炮，射程及杀伤力又强了许多。

这批武器到手，五宝民团实力大增。王天杰又重金请弄过枪炮、有实战经验的高手来五宝任教习，操练团丁如何打仗。王天杰把五宝民团的声威弄得越来越响，远近都有点名声了。

第二章　民团剿匪初试牛刀

1. 陌生男子神秘来访

有一天，王天杰和军师宋秀才正在大殿里喝茶议事，突然，古庙大门外，传来一阵喧闹之声。两人不知出了什么事情，王天杰正想派身边亲随去查问，宋秀才说：

"不如我去看看再说，看到底为何事吵闹？"

来到大门口，只见一个外地来的中年男子一定要进古庙来，求见"王团首"。守门团丁看他像是外地来的，又是陌生面孔，不放心，就一再盘问他。

"你到底是什么人？"守门团丁拦住他问，"求见我们团总到底有何事？"

那人就是不肯说，只说："我见了你们团总才说，你先放我进去。"

守门团丁自是不放行，两人就在大门口争执起来。一个坚持要进，一个坚决不准进。两不相让，就吵闹起来。

宋秀才先是站在大门侧处，举眼仔细打量那陌生男子。只见此人衣着举止不俗，面色深沉，又像带点悲戚之色，且神色有些焦急。看其样子及神情，不像是有不良意图的人。

宋秀才又想，这外地男子，别的地方不走，别的人不找，却专来五宝这里，想求见王天杰，说不定真有要紧事儿要谈。

想了想，就走上来，对陌生男子说：

"我是这里的师爷，姓宋。王团首有事正忙，先生有话，尽可先对我说无妨。"

陌生男子看了看他，略有迟疑，又左右望望，说：

"宋师爷老辈，我这次专从龙潭场赶过来，确有要事面见王团首，当面商议。既然老辈是这里的师爷，与你老辈说之亦无妨。不过，这里不是说话的地方，宋师爷老辈可否借个僻静之处，再仔细说话？"

宋秀才沉思片刻，暗想，既然人家不像有恶意，听他谈谈又何妨，遂对那人点头说：

"那好，先生请随我来。"

进得大殿，宋秀才指了指坐在上首的王天杰，对那人说：

"这位就是我们王团首。"

中年男子闻声，认真看了看端坐椅子上的王天杰，当即叩头而拜，口里说：

"团首在上，在下姓吴，眼下在贵州经商，老家在离此不远的龙潭场。本人久闻王团首大名，真当世英雄豪杰，特来拜望。恭请王团首，先受在下一拜！"

说毕，向王天杰连行三个叩头大礼。

王天杰微觉诧异，也向对方略略回礼，说："吴先生不必客气，请坐下叙茶。"

回头招呼手下人，给吴先生施座上茶。又向对方介绍宋秀才说：

"这是宋师爷，是咱五宝民团的军师。"

中年男子又赶忙向宋秀才施礼，说："宋师爷，宋军师，久仰久仰，也请受在下一拜！"

这才坐将下来，慢慢喝茶说话。王天杰和宋秀才当时都不知道，这陌生中年男子，正是上次遭难的龙潭场大户人家，吴胖子的大儿子。其长年在外地经商，这两年一直在贵州赤水一带做木材生意。

那个被土匪郭麻子割残了耳朵的幼童，正是他的独子。

吴姓中年男子，这次从贵州赤水返家，专到五宝来走一趟，是欲请王天杰的五宝民团去剿灭龙团土匪郭麻子，为父为子报仇雪恨。

原来，吴家遭祸以后，吴胖子又气又急，又恨又痛，就此卧床不起，不久即含恨去世。

吴姓中年男子听到消息，风雨兼程从贵州赶回老家奔丧。守灵时，方知老父亲临终时，含恨为自己留下遗言：

"哪怕吴家全部家财不要，也要设法擒拿郭麻子，为吴家报仇雪恨。否则，我死不瞑目！"

吴先生处理完后事，一连数天闭门不出，思索良久。最终，他做出决断，匆匆赶去贵州赤水那边，将一切生意停了，又转头匆匆赶回老家。

　　吴先生痛定思痛，做出的决断是破釜沉舟，不惜一切代价也要擒拿或除掉土匪郭麻子一伙。

　　可是，他左思右想，哪怕绞尽脑汁，一时也想不出什么好主意好办法。郭麻子一伙，不仅凶残，且人多势大。而且，据他暗中了解，郭麻子一伙，还与地面上那些"浑水袍哥"之辈多有暗中牵连勾结，根子很深。连官府官军也没法对付，他一介小商人，能有什么好办法去收拾处置此悍匪，为老父和爱子报仇雪恨？

　　吴先生一时无法可想，几至绝望时，突有当地某位高人，因同情给他出了一个点子：

　　"吴兄，你何不去去五宝那里，找当地有名的王二胖试一试？"

　　看吴某似是不解，那人又说：

　　"听说这个王二胖正在五宝大办民团，手下实力不俗。据说他那个五宝民团里面，不仅有九子快枪等洋人武器，连猪槽炮也有。他那五宝民团若是肯出动，恐怕郭麻子不是对手。"

　　一句话点醒了吴先生。他又私下找人打听了一下，都说此主意好。有人更是说，世间从来是一物降一物，郭麻子这种悍匪，恐怕只有王二胖这类豪杰才收拾得了。吴先生顿时转忧为喜。

　　第二天一早，他即动身，在龙潭场口雇了一抬轻便滑竿，风尘仆仆来到五宝，求助王天杰五宝民团为之出师，剿灭郭麻子一伙土匪，为民除害。

　　此刻，他当着王天杰和宋秀才的面表示，吴家愿意将上次从贡井钱庄赎回的那十亩好田，再加一笔银子，献给王天杰，"充做民团军饷"。

　　吴先生要求只有一个，那就是，恳请王团首出动手下五宝民团，前往农团尖山，剿灭土匪郭麻子，为父为子报仇。

　　王天杰一听，知此事重大，一时不好表态。他看看军师宋秀才，只见宋秀才在向他使眼色。

　　王天杰会意，沉吟着对中年男子吴先生说：

　　"兹事体大。出兵剿匪，兴师动众这等大事，有许多地方须仔细商议安排才好。况且，这也不只是我民团可以做主的事，是不是要报请县衙官府，也须从容考虑。吴先生可暂找个地方住下，容我等商量一下再说。"

　　吴姓男子听此话说得在理，也不好多说什么。想一想就说：

"在下也不先回龙潭场了，就在镇上找个客店住下来，等候王团首回音。"

告退时，吴姓男子再三朝着王天杰和宋秀才，很动情地恳求说：

"王团首有所不知，郭麻子一伙土匪，为害地方多年，无恶不作，其罪行简直罄竹难书。周边老百姓，长久不得安生，对之痛恨已极。在下今日上门来，恳请团首率民团仁义之师，剿灭郭匪，也不只是为吴家报仇雪恨，同时也是为地方根除一害。此乃造福地方，于国于民皆有大益的功德事情。此事拜托王团首和宋师爷，为地方黎民百姓着想，早日定夺。"

吴姓男子告退后，王天杰就和宋秀才专门商议此事。

"恩师，你看吴家这事，如何处置为好？"王天杰望着正抽着叶子烟默然不语的宋秀才说。

其实，就王天杰自己来说，倒是很想答应吴家的请求。吴家许诺的那十亩好田再加一笔可观银子，可充实民团军饷不说，还能让自家一手打造的这支民团队伍借此役"初试牛刀"。此时，五宝民团已装备操练得有些火候了。但王天杰心里明白，操练得再好，没经过实战锻炼，今后也难同官军对阵。何不借此战检验一下实力，也锻炼一下手下队伍？

不过，此事确系重大，方方面面牵涉极多，王天杰怕自己过于年轻气盛，万一考虑不周，坏了大局。所以，想先听听军师宋秀才的意见再说。

宋秀才认真抽了两口叶子烟，才缓缓开口道："天杰，依我看，此事可接。"

恩师宋秀才，在两人独处无外人时，仍照过去样子直呼其名"天杰"，以显亲切。有外人在场或大众场合，则称王天杰为"团首"。

宋秀才抽了口叶子烟，缓缓吐掉烟气，又说："依老夫之见，吴家刚才说的那事，你大可接下来，认真干它一干。"

说过这话，宋秀才在桌子边角，搕了搕长烟杆里面积下的那点烟灰，又说：

"我刚才仔细想过，接吴家这事，不管于作为团首的你，还是于五宝民团，皆是大有好处的事情。首先，此事可让新建起的这支民团队伍，做一次实战练兵。古话说，百练不如一战，就是这个道理。请咱们赴尖山剿郭麻子那伙土匪，正是别人送上门的难得练兵机会，不可轻易放弃。此其一。"

这话正合王天杰心意，他连忙点头，说："恩师所说极是。我也想趁此练它一次兵。"

宋秀才喝口茶，又说："此外，五宝民团初创，眼下士气正旺。自古带兵，皆称士气可鼓不可泄。此番与郭匪一战，是安定地方，师出有名。若是一鼓胜之，可大涨我民团士气。于今后的起事作战，大为有益。此其二。"

王天杰在一边听得连连拍掌，欢喜道："极是，极是。恩师说得太好了！"

"还有，"宋秀才端过桌上茶碗，不慌不忙喝下两口茶水，又说，"此番出动民团剿匪，确实是安定地方，为地方根除一害的义举。于天理，于王法，都在理在法，师出有名。倘若一战而胜，在官府那里，正可证明我等兴办民团，是造福地方、保土安民之举，合理合法，有功有益。"

宋秀才正式出任五宝民团军师后，有天晚上，王天杰曾与之深谈过一次。虽说没明确告知恩师，承认自己是"革命党"，自家建民团，是为日后"反清举事"做准备，但话语间，则是有意隐隐约约、或深或浅向恩师透露了一点自己"反清反朝廷"的政治立场。

宋秀才当时听了，没表态，没作声。但以宋秀才之精明，岂有听不出其中味道的？他不表态，不作声，其实也就是默认了弟子王天杰"反清反朝廷"的政治立场。

这时，只听宋秀才又说：

"如此，可大大减少官府对我民团的猜疑和防备。在老百姓那里，可大增我五宝民团的名气声威，获民众拥戴，真正视我为仁义之师。古时先圣有言，得人心者得天下。民团此次兴兵一战，倘若一举剿灭郭麻子匪众，将大获地方人心，有助于团首日后举事起兵，与各路英雄豪杰联手，平定天下。这才是最大益处。"

宋秀才这番话，听得王天杰满心欢喜，又满心佩服。心想，恩师不仅学问人品好，其见识也比我等年轻后生高明不少。心里更增加了对恩师作为自己身边智囊高参的看重与期待。

两人当下就把事情定议下来，又商量了一些出兵剿匪的具体细节。

2. 匪首郭麻子其人其事

第三天，早饭刚过，吴姓男子即上门求见，催问结果。

仍是在军师宋秀才陪同下，王天杰在司令部与之面谈。因事情已议定下来，这次面谈，气氛很友好融洽。

主客坐定，王天杰招呼手下送来烟茶。吴先生不抽烟，只取了一碗盖碗茶,三个人慢慢喝茶叙话。

王天杰示意军师宋秀才先说。宋秀才把手里的水烟袋放下,看了看多少带点不安与急迫心情的吴先生,捋捋下巴上的胡须,缓缓开口道:

"兴办民团,本是防匪灭盗,保土安民,以造福地方。"

宋秀才又看一看极想知道结果的吴先生,略微停顿一下,又说:

"由此,贵先生欲求助我五宝民团,赴尖山剿灭郭麻子匪众的事,经王团首与本师爷慎重商量,决定答应下来,随后将集合我五宝民团全部精锐,择时出征。"

说到这里,宋秀才转过头来,向坐于首位的王天杰望了一望。王天杰当即微微点头,表示认可。

"不过,"宋秀才喝下口茶水,继续开口道,"民团跨境出征剿匪,可能需要官府报批备案。好在王团首今日一早,已着人快马去县衙门报批备案。估计近日即可批复。"

看两人爽快答应出动民团人马,远赴尖山征剿郭麻子,吴先生大喜,当即站起身来,向王团首拜谢,又谢了宋师爷,连连说:

"王团首,宋师爷,你等肯兴此仁义之师,剿灭郭匪,为地方除害,功德无量,功德无量!"

等吴先生拜过把话说完,重新落座之后,宋秀才突然话锋一转,直视着对方说:

"自古以来,兵马未动,粮草先行。此番民团要出征尖山,粮草军饷,武器弹药,都得早做准备。也不知吴先生昨日说的,那笔助民团此次出征的军饷银子,何时可以落实?"

"王团首,宋师爷,两位放心,此事在下早有准备。相关银票,在下已经准备好了。"

说罢,吴先生立马从身上摸出一张四百两银子的银票,交给宋秀才。

宋秀才接过来看了看,确实是一张写有四百两银子可即取即提的银票。宋秀才又将银票交给王天杰过目。

吴先生高兴之余,还豪爽地表示,这点银钱,只当是作为此次剿灭郭匪行动的"一点定金"。待郭匪剿灭,大功告成之时,他另有重谢,决不食言。

王天杰再次向吴先生拱手致谢,两人又客气一番。临别时,王天杰很有把握地对吴先生说:

"请放心,民团此番出征尖山剿灭郭匪,决心已定,待有些事稍做安顿,人马即可出动。你就归家等候消息吧。一定是好消息！"

吴先生高兴地说："等捷报传来那一天，在下一定置酒以待，请王团首、宋师爷到时一定赏光！"

送走吴先生，王天杰将四百两银票交给管财务的手下，即刻去办理出征各项事宜。

这边，再和宋秀才关起门来，两人仔细商量此番出征剿郭麻子匪众的方案策略。

王天杰明白，这是五宝民团成立以来，第一次出动打仗，意义非同小可。此番出征尖山，要求只能胜，不许败。否则后果不堪设想，民团前景堪忧。因此，队伍出动之前，应把各项事情考虑得更充分一点，准备得更完善一点。这些方面，自然希望军师宋秀才多拿主意。

宋秀才手里拿着一支楠竹水烟袋，静静抽烟，眼里露出思索之色。好一会儿，他才放下手里的水烟袋，缓缓开口说：

"天杰，古人兵法上有说，知己知彼，百战不殆。依我看，此番出征，要想获胜，首先应探知尖山郭麻子匪众的底细，知其到底有多少实力。"

宋秀才手捧楠竹水烟袋，抽了两口烟，将烟气徐徐吐出，又说：

"比如，其匪众人数到底有多少？战力如何？其枪支弹药配备，大致是个啥样子？其寨布防如何？有几条上山通道？等等，都须事先派人侦知，越详尽越好。"

宋秀才在贡井当盐商师爷时，就听茶馆茶客及坊间民众，传说过尖山郭麻子的一些情况。还听一些江湖人士说，郭麻子尖山匪巢里面建有一座坚固碉堡，且里面筑有一条暗道，与外面山林相通，十分隐蔽。

郭麻子匪寨建于关隘之上，加之碉堡坚固，易守难攻。若实在守不了，可于暗道出逃。所以官军进剿数次，皆无功而返。

宋秀才把自己了解的郭麻子匪众情形仔细对王天杰讲了，然后建言说，最好多派出几路探子，去打探郭麻子底细与匪巢现况，越详细越好。

王天杰点头表示赞同，觉得恩师与自己想到一块了。他早就想过，动兵之前，应派出探子，打探对手底细。只是当初没想到应多派出几路，对郭麻子及匪巢予以全方位打探摸底。

事不宜迟，王天杰当即唤来手下头目，分别派出四路探子，一路去贡井，一路去龙潭，两路去尖山周边，摸清郭麻子底细和当前动向。

军师宋秀才还对几路探子，一一交代了打探要领，并发话说，打探郭麻子底细及山寨匪巢状况，也来个论功行赏。今后哪路探子打探的情报最有价值，打了胜仗后，将予重赏。赏银从几两银子，到十两银子乃至二十两银子不论。

众探子听说如此赏银，一个个神情兴奋，反应踊跃，打探起来也特别卖力。

打发走探子，王天杰与宋秀才又回过头来商议准备出征各项事宜。又将底下几个民团骨干找来，一是正式告知即将出征尖山，剿灭郭麻子匪众一事，二是商量一下相关出征准备。知晓民团要出征打土匪，一众头目也很兴奋，个个摩拳擦掌，巴不得早点动手。

几天后，几路探子返回五宝，各人皆有收获。尤其去贡井那一路和去尖山周边一路，所获最丰。

去贡井那一路探子，经多方打探，找到一位码头袍哥朋友，再经袍哥朋友介绍，结识了某位道上熟人。通过这位熟人，辗转介绍，最后找到一位当年曾在郭麻子手下待过，后来洗手不干的哥子，详细打探到郭麻子的底细。

据探子所报，郭麻子，云南盐津人。原系当地土著，无汉姓。后来，成了当地某郭姓大户人家的一名家奴，从主姓郭，小名郭五。幼时得过天花，脸上留下一些麻点，人称"郭麻子"。

再后，郭姓大户人家将其"卖娃子"，卖到昭通绿营当兵。

郭麻子生性凶勇强悍，打仗时敢冲锋卖命，后立军功当上哨长。

有次军中休假，郭麻子伙同两名手下营兵上昭通县城闲逛。夜间，三人见财起意，抢了县城一家珠宝店，还将店主砍伤。

店主报官，官衙捕快设网追捕，三人闯哨卡时，两名营兵一死一伤。郭麻子无处可逃，索性上山落草为寇。

郭麻子先是随匪众在川云边界一带打家劫舍，流窜作案。郭麻子凶勇强悍、敢亡命的性格以及军中当过哨长的资历，让其逐渐在一众土匪中露头，成了一方头目。

后来，该股匪多次遭官军围剿，损失颇大。又与当地土匪争地盘内讧火拼，郭麻子差点丧命，在当地待不住了。

其手下匪众中，有个小兄弟是尖山一带乡民，在他的建议下，郭麻子两年前才流窜至尖山，据寨为匪。

郭麻子行事一贯心毒手狠，又有绿营当兵经历，敢亡命，很快在周边匪众中有了名声，陆续有人投奔，成了荣县宜宾交界周边地区最大的一股强匪。

据去尖山周边两名探子所报，现今郭麻子手下匪众，有一百二三十人之数。

这百余匪众，分踞尖山之前山与后山两个匪寨。郭麻子带主力，踞后山匪寨。

尖山匪众手中武器，主要是马刀、梭镖一类，有十来支抬枪、鸟枪、火药枪。另有两门只能打火药铁渣子的土炮。

郭麻子为防官军进剿，分别在前山、后山两个匪寨以及进山要道关卡处设置一门土炮。此外，还在后山匪寨一处险要地方，筑了一座石头砌的大碉楼。该碉楼共有三层，里面分别储有粮食、武器及郭匪历年劫夺来的一批价值可观的金银财物等。

两名探子还报告说，该碉楼内，确实建有一条地道可直通山林暗处。这是郭麻子为防万一修建的。若被围困，实在打不赢，他可率碉楼内的土匪从地道出逃。

获得这些有用情报后，王天杰和宋秀才都相当满意，果然重赏了几路探子，几个探子拿到数目不等的赏银后欢欢喜喜地走了。

3. 王二胖发兵剿匪

接下来那两天，王天杰和宋秀才两人，一直在商议拟定作战计划。

首先，两人分析对比了敌我双方实力。其时，五宝民团共有四个营队，每个营队编制四十人，全团一共有团丁一百六十余人。

从战力人数来看，五宝民团明显占了上风。但宋秀才提醒王天杰说，郭麻子队伍里有些是惯匪，与官军多次交手，有比较丰富的实战经验，而五宝民团无一人有真正作战实践与经验，处于劣势。

但另一方面，民团组建后，训练有时，且求战心很强，士气正高。两相比较权衡，战力上，民团稍微强一些。

再从双方武器装备来看，五宝民团现有三十多支九子快枪和十余支来复枪，并有猪槽炮两门。

所谓猪槽炮，也是土炮，外形类似乡间村民给猪喂食的石槽或木槽，其威力不及现今官军装备的采用西洋技术制造的罐子炮、开花炮一类，却是一种发射炮弹的土炮，其杀伤威力远远超过郭麻子只能打火药的老式土炮。

九子快枪和来复枪皆是新式枪械。五宝民团拥有三十多支九子快枪和十来支来复枪，在当时，其火力连官军也不敢小视。而郭麻子匪众只有十来杆老式抬枪、火药枪，根本不是对手。

武器装备上，五宝民团占有相当优势。

从战力和武器装备两个主要方面分析，五宝民团现有实力拿下郭麻子一伙土匪，应是较有胜算。

再从天时、地利、人和三种因素来看，五宝民团占了天时、人和两样；而郭麻子匪众那一方，占有地利一样。

"天时即天道，"宋秀才抽罢水烟，神色郑重，望王天杰缓缓说道，"就是说，世间任何人行事，必须遵天道、循天理。如此，自然就占了天时。郭麻子匪众，多年来聚众为匪，专事打家劫舍、祸害民众的勾当。反天道、违天理，自是失了天时。而我五宝民团，出征剿匪，则是遵天道、循天理的好事。可谓占了天时，此次行事自有天助。"

王天杰听得连连点头，表示恩师分析得在理。

"再说人和，"宋秀才放下水烟袋，继续缓缓而言，"人和即人心，也即古人说的人心向背。古人还说，得人心者得天下。郭麻子一伙土匪，长期占山为王，对民众凶狠残暴，滥杀无辜，人心丧尽。我五宝民团此次出征，为地方剿匪，为民除害，当然是众望所归，大得人心的大好事情。由此，我方亦占有了人和。"

"最后来说地利，"宋秀才特别提醒王天杰说，"不得不说，在地利方面，郭麻子匪众那边，占有明显优势。这是因为，其一，郭麻子匪众，据险而守，以逸待劳，况且，其匪寨筑有一石砌大碉楼，易守难攻。其二，郭麻子一伙土匪，在尖山盘踞多年，对所处地形皆很熟悉，我方攻寨，则是远道作战，山势地理多有不熟。其三，据称，郭麻子碉楼还筑有暗道，方便战局不利时出逃开溜。可见，地利之优势，尽在郭麻子那边。"

"恩师，"王天杰沉默片刻，望宋秀才讨教说，"可否有什么办法来抵消郭麻子那边之地利优势呢？"

宋秀才沉思一阵，又起身踱了几圈，坐下来，重新拿起刚才放下的水烟袋，默默抽烟。又抽了几口水烟，终于抬起头来，望着王天杰说：

"要说办法，也倒是有。要破除郭麻子那边的地利优势，那就是要做到兵法上说的出其不意，趁其未多加防范之时，打他个措手不及。由此，我方行动，一是要快，历来有兵贵神速之说嘛；二是行动前，要严守秘密，不得让出征消息及计划走漏一点风声。"

恩师宋秀才这些主意,作为团首的王天杰,全部采纳。

经过紧锣密鼓的一系列安排调度,几天后一个晚上,王天杰除留下一个营队镇守五宝外,自己偕军师宋秀才,率领五宝民团三个营队,共一百二十余人,携两门猪槽炮、三十多支九子快枪和十余支来复枪,快速行军,分批秘密抵达农团乡尖山一带。

出发当天傍晚,参战众团丁,特意饱餐一顿。餐后,王天杰及宋秀才分别做了战前动员。

行前,王天杰将一百二十名团丁分成三队,前后两队分别做主攻,各四十人,均配一门猪槽炮,长矛大刀冷兵器外,各加上十支九子快枪及来复枪。王天杰本人亲率一队攻前山,由教习带领一队,攻后山。其余团丁,持马刀长矛,分头从前后山进攻。

军师宋秀才,率二十人带另外十支快枪,坐镇中路接应。

下午商议时,对此番安排,军师宋秀才曾有异议。宋秀才当时对王天杰说:

"团首作为一团之首,全军统帅,应坐镇中路指挥,不该亲率队伍当先锋攻山。"

宋秀才劝王天杰与他一起,坐镇中路指挥接应。

王天杰笑了笑,不听,说:

"中路有军师你接应调度就行了。我还是亲自带队,上最前方去冲锋陷阵更好。"

其实,年轻且好奇心甚重的王天杰,此刻,也同他手下那许多年轻团丁一样,心内渴望尝尝在战场上真刀真枪同敌人拼杀放枪,究竟是何等一番滋味。

当天深夜子时之前,五宝民团几队人马,按事先侦获的匪窝情报,分头秘密进入事先计划中的攻击位置,隐蔽待命。一百二十名团丁,手握刀枪,一个个摩拳擦掌,盼着号令一下,就冲上去与山上的土匪厮杀。

午夜子时一到,王天杰一声令下,无数支"过山号"在山野间骤然吹响。两队团丁呐喊着,分别从前后山奋起出击,向山上土匪棚寨发起强攻。

此时此刻,在山上有利位置架好的两门猪槽炮,由数名民团炮手操作,瞄准两处匪寨,先后各开了四炮。

炮声惊天动地。顿时有两处寨内土匪窝棚中炮起火。大火燃起,风助火势,火光映红了半边天空。

按预定作战部署，持九子快枪及来复枪团丁组成的枪队是进攻前队。炮声响起之后，在过山号激励下，枪队一边开枪射击，一边呐喊冲锋。

持大刀长矛的那些团丁组成马刀队、长枪队，是进攻第二梯队，在枪队的快枪掩护下，紧随枪队之后，群起向山顶冲击。

尖山顶上，一时枪炮声大作。匪众对此毫无防备，一个个骤然从睡梦中惊醒。又从来没见过如此大的阵仗，都以为是官军围剿来了。

多数匪徒来不及做什么抵抗，慌乱中四散，只顾自己逃命了。只有少数顽抗者，欲持械抵挡，却被民团枪炮击中，非死即伤。

在王天杰率领下，不到一个时辰，五宝民团前后两个营队，没遭到多大抵抗，就冲破土匪设置的哨卡防线先后攻上了山顶。

王天杰本人亲率进攻前山营队，最先攻进匪寨。其后，主攻后山的营队，在那名教习带领下，也从后山小道攻入寨内。

民团前后两个营队山顶匪寨会师后，在王天杰指挥下，经历一番冲杀，分别占领了最后两处匪巢。此时，土匪溃败已成定局。

不过，匪首郭麻子毕竟过上战场，有些作战经验和胆识。落草为匪后，小有多次与官军交战经历。遭此突袭，倒也不显得太过惊慌。

五宝民团攻山的枪炮声刚刚打响，郭麻子即带几个随身卫兵和亲信抓起身边的刀枪，冲出已起火的棚屋，欲组织手下匪众还击抵抗。

没料到，举目四望，那些没有经历过大事的匪众，因惊慌失措，纷纷逃命溃散。

郭麻子大怒，立马露出悍匪本色。他从随身卫兵手中夺过一把马刀，冲上去，一刀砍翻一个正逃命的土匪，又向其余匪众怒喝道：

"顶住！给老子顶住！再跑，老子一样格杀勿论！"

可是，俗话说，兵败如山倒。郭麻子手下那帮土匪，原本就是一群乌合之众。平时打家劫舍，残害手无寸铁的老百姓，自是一个比一个厉害，而面对真刀真枪有组织的进攻，就立马现出乌合之众本色。

别的不说，五宝民团一阵紧似一阵的攻山枪炮声，以及不断飞过来的炮弹枪弹，早把那些没见过阵仗的匪众，吓得魂飞魄散，屁滚尿流。眼下的全面溃败局面，哪是郭麻子砍杀一两个人就可以镇住的？

匪众保命要紧，不管郭麻子如何威吓发怒，提刀砍人，纷纷四散逃命。

郭麻子制止不了匪众溃逃，又眼见逃路被阻，方知大势已去。生死关头，他无奈地对天长啸一声，反身带身边卫兵和几个亲信躲进了寨内那座大碉楼。

4. 碉楼攻守大战

进碉楼后，郭麻子指挥卫士亲信，先紧闭了楼门，搬来顽石堵死。一伙人爬上二楼，从枪眼里往外放枪，顽抗死守。

坐镇中路接应的宋秀才，也率二十名增援人马，携十支快枪，赶上山顶来了，参加对残匪的最后围歼。

王天杰此时已胜券在握，胸有成竹。在军师宋秀才及手下两个得力头目陪同下，他察看了一番碉楼周围地形山势，指挥各营人马将那座大碉楼团团围住。

与此同时，王天杰又在下山两条小路道口，分别设置了几道哨卡，派兵严守。总之，绝不让匪首郭麻子有可逃之机。

这座大碉楼，是两年前匪首郭麻子为防范官军上山围剿，组织匪众花大力气筑造起来的。

其时，郭麻子还派人下山，专门请来"阴阳道士"看过风水。又重金请来两个外地工匠，协助筑建碉楼。这座大碉楼的外墙，均用坚硬大条石筑造，可抵挡火枪火炮。碉楼内储有供三十人食用两月以上的粮食，他们还将山顶一股山泉之水从暗道引入碉楼，解决水源问题。

郭麻子让工匠在碉楼内挖有一条地道，直通山顶一处悬崖绝壁。情况紧急时，匪徒可从碉楼内这条暗设的地道逃生。

所以这天，虽被王天杰指挥的几路攻山营队团团围困在大碉楼里面，郭麻子并未完全绝望。他还不相信，自己是气数已尽，死期将到。

在王天杰指挥下，五宝民团几路人马，对大碉楼展开一番强攻。郭麻子和几个亲信凭借碉楼坚固外墙和有利地势，顽抗死守。双方相持了差不多一个时辰。

眼见东方天色开始发白，快要天亮了，王天杰久攻不下，心中未免有点焦躁起来。他让团丁将两门猪槽炮调上来，架好炮位，预备炮轰大碉楼。两门猪槽炮，各炮还有四发炮弹，王天杰打算全部用来炮轰碉楼。

这时，却见宋秀才走上前来，将其拉到旁边，低声进言道：

"团首，碉楼里面，郭匪虽是顽抗，但毕竟火枪弹药有限。郭匪他再凶狠，再顽抗，把几支猎枪火药枪弹药打完，就再无力抵抗。依我看，在炮轰碉楼之前，倒是要先防止匪首郭麻子趁机逃跑。"

看王天杰眼里闪现某些疑虑，宋秀才又说：

"眼下，郭匪虽是被围困在碉楼里面，看似逃路已断，不过，古话说，狡兔三窟。有些时候，土匪比狡兔还要奸猾狡诈。我的意思是，要防止其在大势已去之下，借暗道逃走。"

王天杰心想，此话倒有些道理。正想问个仔细，只见宋秀才指着碉楼几丈之外那处悬崖绝壁，又说：

"适才我仔细察看了这碉楼周围的地形山势，其暗道出口最有可能在那崖壁之上。开炮之前，团首可派人事先守住那崖边。倘若郭匪一伙真从那边悬崖而逃，可用快枪狙击。"

王天杰一听，深觉此主意好。当即派了枪队里面枪打得最准的四名团丁，各持一支九子快枪，守在那崖边。

王天杰对四名团丁发话说：

"等会儿，若是有碉楼里的土匪从这边滚崖逃走，就给老子狠狠开枪打！打中一个，赏大洋五块！若打中的是郭麻子本人，赏大洋十块！"

一切布置就绪，王大杰亲自指挥炮打碉楼。两门猪槽炮先是各开一炮。因碉楼外墙很是坚固，猪槽炮威力也有限，炮火轰过去，那碉楼竟是纹丝不动，毫发无损。

王天杰急了，下令把两门猪槽炮，往前移了一丈多，又各开了一炮。这次效果稍好，轰掉了碉楼外墙一角，落下了一地石渣。但整个碉楼，损伤还是不大。

此时天已大亮。碉楼里的郭麻子匪众，已看清进山围攻他们的不是什么官军，而是地方民团。

一会儿，又有人认出，这批装备不错、有枪有炮的攻寨人马，是离龙潭不远的五宝民团，就有匪徒出言相骂。

楼内有匪徒高喊："五宝民团的龟儿龟孙子，尽管朝老子打炮，尽管轰！老子们不怕！你郭爷爷的碉楼是钢打铁铸的，经得起你们轰！"

又有匪徒喊："五宝民团的龟儿龟孙子听着，你们把炮火打完，也休想把老子们的碉楼轰落一块皮！"

正在这时，郭麻子本人又从碉楼枪眼里向王天杰隔空喊话：

"王团首，王大哥！我郭某对你有话要说！我郭某有话要说！"

刚才出言开骂的那些匪徒，见匪首似是要向对方"下矮桩"，也一个个闭了嘴，不再吭声。静默片刻，郭麻子又喊道：

"王团首，早听江湖码头上有人说，你是当今一个英雄好汉。我郭某也是江湖上好汉一个。我与你王大哥，可说是前世无怨，今世无仇。我郭某和手下，也从来没去你五宝地盘上生事，你何苦要兴师动众来尖山打我？"

见民团这边，并没有什么反应，郭麻子提高嗓音，再喊道：

"王团首，王大哥！你此举是中了官府的奸计啊！那帮贪官污吏，让你我英雄好汉自相残杀，两败俱伤，最后是官府得利啊！"

看民团这边，还是没啥反应，稍停，郭麻子又从碉楼里向王天杰喊道：

"王团首，王大哥！你我今日，也像梁山水泊英雄好汉一样，来个不打不相识，如何？今天我也不怪你。我亲眼所见，你王团首，王大哥，确实本事高强，我郭某服你了。只要你今日高抬贵手，放兄弟一马，我郭某从今以后，投你王大哥名下，俯首称臣，当牛做马都心甘情愿！"

对郭麻子这番胡言乱语喊话，王天杰起初并不想搭理。从内心讲，他不屑与郭麻子这种烂人多说点什么。此刻，听到这里，他终于忍不住了，就扯开大嗓门，朝碉楼里的郭麻子喊道：

"郭麻子，你这个土匪头，你算啥子英雄好汉？你平时残害百姓，无恶不作，罪大恶极，弄得这一带天怨人怒。老子此番带民团进山剿灭你，是替天行道，为老百姓除害，为那些冤死受害者报仇！你晓不晓得？"

停了片刻，王天杰又喊道：

"我王天杰堂堂汉子，顶天立地，向来疾恶如仇，岂肯与你匪辈为伍？郭麻子，你这个惯匪，眼下逃路已断，赶快出来缴械投降！否则，今日就是你的死期！"

王天杰的话音未落，碉楼里郭麻子手下匪众骂声再起。同时，有人又往外朝王天杰喊话的地方放了两枪。

王天杰见此，心中火起，也不再多言，忙着布置指挥炮手，再次向碉楼开炮。

5. 炮打碉楼大获全胜

一边的宋秀才，眼见两门猪槽炮，各只剩下两发炮弹，他担心炮弹全部轰完，那大碉楼也轰不垮。

他忧虑的是，万一那碉楼轰不垮，战场形势，就从当初的旗开得胜，一下子演变成了僵局。而一旦僵局出现，对长途奔袭、劳师远征的五宝民团非常不利。而郭麻子匪众，则是据险而守，以逸待劳，且那大碉楼中，粮草充足，不怕你围困。

若是战局真成了那个样子，五宝民团再想取胜，就有点难了。

宋秀才想了想，就再次上前向王天杰进言道：

"团首，眼下两门猪槽炮，所剩炮弹皆已不多。依老夫所见，再次发炮，宜动点脑筋为好。"

沉思片刻，宋秀才又说：

"我想，最好能设法做到，发一炮，顶它几炮，甚至顶它十炮最好。"

"一炮顶几炮？甚至顶十炮？"王天杰一听，顿时来了兴趣，"莫非军师有啥好法子？"

"此事莫急，容老夫仔细想一想。"

宋秀才一时没出声，却拿眼睛上上下下仔细观察那大碉楼和几个枪眼。观察了好一阵，宋秀才心中一喜，终于有了新发现。

原来，经仔细观察比较，他发现碉楼朝西边的一个枪眼，似乎比其他枪眼稍大一点。宋秀才眼前一亮，顿时有了主意。

他走去炮架那边，把几个炮手召集过来，与王天杰一起，指着西边稍大的那个枪眼，对他们说：

"你们看清了，就是朝西边的那个枪眼。若是再把猪槽炮架得近一点，你等能否把炮弹直接从那枪眼里打进去？"

几个炮手仔细观察了一阵，一时没作声。过了一会儿，其中有个炮手沉吟着对宋秀才说：

"回军师的话，若是把炮架得离碉楼再近一点，开第一炮，不敢说有绝对把握。但开过一炮，校正其弹着点后，第二炮，第三炮，我敢说肯定能打进那个枪眼。"

宋秀才和王天杰听了大喜。当即指挥炮手，把其中一门猪槽炮向碉楼差不多近两丈的地方架起。反正碉楼里面，向外开枪的次数，越来越稀少，估计郭麻子匪众那里，弹药已经不多了。就是偶有开枪，其老式的火药枪也很难打得准。

那门猪槽炮炮位架好，刚才说话那炮手，俯身在猪槽炮上聚精会神对准那枪眼，仔细瞄了又瞄，似有几分把握。回头向王天杰和宋秀才请示，王天杰发话：

"轰！给老子使劲轰！"

第一炮打过去，炮火稍有偏差，打中那枪眼的左下角，差了那么几寸样子。站他旁边的军师宋秀才，拍了拍炮手的肩膀，夸他说：

"打得好！继续打！第二炮一定就打进去了！"

炮手受此鼓励，再凝神观察了那弹着点，略调了调炮口，沉住气又开了一炮。

这一炮竟是大获成功。那炮火不偏不倚，直端端从那枪眼里飞了进去。碉楼里面传来爆炸声，以及匪众的惨叫声。瞬间，楼里又燃起了大火。

以王天杰为首，周围民团将士一片欢呼。大火燃起，匪众乱叫一阵后，碉楼里面突然沉寂下来。众人正疑惑，宋秀才突然醒悟，他望向王天杰急切地说：

"不好，郭麻子一伙想必钻了地道！团首，赶紧再派点人，守住那崖边，要提防郭麻子匪众钻地道逃跑！"

话音刚落，那边悬崖绝壁处已响起枪声。又有团丁高喊：

"土匪滚崖了！土匪要滚崖逃走了！"

王天杰赶紧带人奔了过去，只见那绝壁半坡处，有一矮小树丛。土匪暗道的出口，正开在那矮树丛后面。平时有树丛掩护，外人根本发现不了。

刚才，炮火从枪口飞进碉楼，在里面开花，当场炸死郭麻子卫兵一名，炸伤两人，且引发大火。郭麻子这才彻底慌了，当即下楼，试图钻暗道滚崖逃脱。

也活该郭麻子命绝。钻地道时，狡诈的郭麻子担心遇伏，特让一名卫兵跑在最前面，他自己紧随其后。

前面的那匪徒，钻出暗道滚崖时，守在上方的四名民团枪手猝不及防，朝其开枪，那匪徒已滚至崖底，侥幸逃脱。

而紧随其后的郭麻子，却被民团枪手九子快枪击中右腿。虽中枪后仍滚至崖底，但伤腿后跑不动，被随后飞身下崖的几名团丁所俘。其余钻出暗道滚崖的匪徒亦非死即伤，一个都没跑脱。

"报告团首，匪首郭麻子逮到了！龟儿子脚杆被打断了！没跑脱！"

听到崖下喊声，王天杰飞奔至崖下，当场让团丁把负伤的郭麻子五花大绑。

其后，王天杰又让宋秀才带人负责搜查清点匪寨及大碉楼内各种财物，他自己带队搜山，肃清残匪。宋秀才带十余团丁，整整搜查清点了两天，才将郭麻子匪众这些年所劫掠的各种财物大致清理完毕。

此战，郭麻子那伙土匪，十死二十余伤，除少数匪徒趁黑从小道或跳崖逃出外，大部被擒。五宝民团这边，仅轻伤数人，重伤一人，无一阵亡。

搜查清扫匪寨，更是大有所获。除缴获了十来支猎枪火药枪以及数十把马刀、砍刀、长矛等武器外，还缴获了上万斤大米稻谷和其他杂粮。

另有百余丈各类布匹、两千多块银圆、上千两银子、几千串铜钱以及一批黄金珠宝。这些财物都陆续搬回五宝，大大充实了民团武库及军费。

经请示县衙，县衙当局口头批复，对匪首郭麻子可就地处置。几天后，王天杰于龙潭场场口，将郭麻子及另外两个土匪头目当街砍头示众。

那天正是赶场天，看热闹的乡民挤得人山人海。吴家全家男女老幼，包括残了耳朵的小少爷都来场口看郭麻子砍头。全家男女喜极而泣，连呼："老天有眼！老天有眼！"

吴家又出重金，从刀斧手里买下三颗人头，拿到吴胖子坟头处，摆上香案果品，燃起香烛祭奠，告其在天之灵。

剿灭土匪郭麻子一战，令王天杰和五宝民团名声远扬。五宝周边一带，从此匪盗绝迹，清静了好多年。

不仅荣县，连威远、富顺、宜宾、井研周边数县，坊间民众都知晓并不断传说，王天杰兴师剿灭土匪郭麻子的故事。赞称：

"五宝出了个王二胖，了不得！了不得！"

第三章　山雨欲来的荣县

1. 长山桥小学堂的秘密

长山镇，位于荣县以西数十里，与井研县相接，是荣县西边的一个重要市镇。位于从自流井、荣县通往嘉定府的交通要道上，地理位置重要。

长山镇，以长山桥得名。长山桥是一座古桥，始建于明代。最早是一座造型奇特、工艺精致的木桥。民国后，修筑自流井、荣县通乐山的公路。木桥被拆毁，新建一座石桥。石桥虽说坚固耐用，但与原本古色古香、工艺精湛的木桥相比，还是少了许多韵味。

荣县长山桥，就此失去了其年代久远、充溢着古韵的深厚历史文化内容。

不过，荣县长山到底是经济发达、交通便利的重要市镇，光绪末年，朝廷在推行新政时，当地亦办起了一个施行西式教育的长山桥小学堂。

这所长山桥小学堂，就办在原先的老式长山书院的旧址内。

虽说远离荣县县城，但这所原本不大起眼的长山桥小学堂，在荣县内外渐渐办出了一些名气，也办出了一点名堂。

当地人发现，这所长山桥小学堂，经常有一些陌生人进进出出。这些陌生人，既不是小学堂教员，也不是学生，给人一种神秘感。

这些有点神秘的陌生人，有时当日来当日走，有时又在小学堂里住上那么三两天才走。若是有人问，回答则是，此君是某某教员的朋友。

而这类"教员朋友"的真实身份，哪怕在小学堂教员内部，也是不轻易示人的一种秘密。哪怕有人有所猜测疑问，但彼此都心照不宣地沉默。

当年的长山桥小学堂，环境及办学条件不错，设有专门的教员休息室。

休息室外,有一个大客厅,客厅内还有个小天井。天井之内,有一座石砌大水缸,其中置有假山石,并养有不少金鱼,成了小学堂一景。

教员们上课之余,就常在小天井边上的石阶上,围着石砌水缸闲坐。一面观赏缸内假山石和水中游弋的金鱼,一面喝茶散心。

有天下午课余,黎靖赢、赖君奇、余契等几名教员,又在小天井边上石阶处围着大石缸闲坐喝茶。恰好前两天,又有一位神秘客人在小学堂访友,住了一天,今日上午才离去。此神秘客人,说是黎靖赢的朋友,且与赖君奇等亦认识,看样子私交还很好。

余契是内江人,来此长山桥小学堂任教时间不长。余契不久即发觉,小学堂内,除了教员中毫不掩饰的反清、反朝廷气氛之外,还存在着另一种神秘气氛。他怀疑好些教员,包括黎靖赢、赖君奇等,都是革命党。那些时不时来小学堂的神秘客人,也是革命党。

这些似乎都是公开的秘密,大家却防着他,不肯让他知道内情,明显对他不信任。这种被视为外人的感觉,让余契大为苦恼。尽管平时他同黎靖赢、赖君奇这些人都相处得很好,私交也不错。

其实余契自己就是个革命党志士,只不过特殊原因,他没能加入同盟会,成为正式的革命党。

一年前,余契在成都附近的彭县,参与并领导了彭县起义。起义失败,余契被官府追捕。他隐姓埋名逃回老家,后经人介绍,辗转来长山桥小学堂,以教员身份隐匿下来。

但他不是正式同盟会会员,没取得党人资格。黎靖赢、赖君奇等党人为整个组织及安全方面考虑,与余契打交道时,就不得不谨慎从事,不敢轻易对他暴露组织及自己的党人身份。

余契的猜测没有错。黎靖赢、赖君奇等教员,都是货真价实的革命党,而且,这长山桥小学堂还是革命党在荣县及相邻几个县区的一处重要机关。

前两天在小学堂进出并在此住了一天的那位神秘客人,正是在党人中大名鼎鼎的、孙中山先生亲自委任的同盟会在四川支部的总负责人熊克武!

因熊克武是井研县人,长山桥离井研县城很近,情况熟悉,亦便于联络,在组建当地同盟会基层组织及秘密联络点时,便选择了长山桥。经一系列运作,长山桥小学堂,就成为党人的大本营及联络荣县内外的一处重要机关。

这天下午,几名教员在小天井喝茶闲坐时,余契想起上午离去的那位神秘客人的事,感觉几个同事有意瞒他,不免心有不快。

其时，余契还不认识熊克武。但在圈子内外，久闻熊克武大名，知其是同盟会四川支部总负责人，对其非常景仰佩服。

喝了几口茶，余契突然心生一计，决定来一次"火力侦察"。

想了想，余契有意把话题引到眼下时局方面，关于"革命党"与"保皇立宪派"的分歧和论争上。接下来，余契大骂立宪派，大骂康有为、梁启超是保皇党，斥其主张极为荒谬。同时，余契又借机申说了自己的政治主张，当然是同盟会革命党那一套。

见此，黎靖赢和赖君奇对望一眼，相视而笑。短暂沉默后，一时没人出声。

过了一会儿，赖君奇打破沉默，对余契说：

"余兄，你只夸口，说那些漂亮话无益。哪怕你说得铁钉子都咬得断，也没用。余兄，我只问你，假若现在就有加入同盟会的机会，去实行革命，你敢不敢干？"

余契眼一瞪，当即望着赖君奇说："哪有不干之理？说干就干！"

赖君奇说了一声："那好。"举目四望，目光落在了石砌大水缸里面。

赖君奇用手指着正在大石缸里游来游去的那些金鱼，对余契说：

"余兄，你敢把那金鱼抓起来当众吃它一条，我就相信你说的是真心的。"

没想到，余契闻听此言，立马站了起来，走到大石缸边上，从水里捞起一条金鱼，果真张口就吃。看得周围几个同事，目瞪口呆。

余契此番举动，把黎靖赢、赖君奇等几个党人同事，深深地打动了。终于知道，这余契老弟是真心要实行革命的。

后来，由黎靖赢、赖君奇介绍，余契正式加入了同盟会，成了真正的革命党。不仅如此，余契还为同盟会在荣县革命活动的开展，以及其后的荣县独立，做出了应有贡献。

这个"当众生吃金鱼以表革命决心"的故事，后来成了荣县独立革命进程中，最生动有趣，也最令人回味的典故。

曾任四川省省长的荣县籍辛亥革命元老但懋辛，在著文回忆辛亥革命及荣县独立进程时，还专门叙写了这个典故。

2. 堪比"岳母刺字"的党人故事

1910年暑假期间，外出读书的荣县籍学子，陆续返回老家度假。而一批党人志士，也趁假期机会，以走亲访友之名积极从事以反清、反朝廷、建立共和为目标的革命活动。

这天，早饭过后不久，位于县城北街一小巷深处，某张姓人家住所小院内，陆陆续续来了好多客人。平时僻静冷清的小院子一下子热闹起来，显得高朋满座、人声喧哗。

左邻右舍发现，这些来客，大多是身着学生装、读书人气息很足的青年学子。其中，也有两三个年岁稍大一点的，有人认出，有两人是县城内小学堂的教师。

邻居对此并不觉得奇怪。因为他们都知道，那个叫张智剑的张家大儿子，眼下正在省城的一所法政学堂读书。每个寒暑假，都会返回荣县老家度假。张智剑返家时，常有同学朋友上门做客。

张智剑能考进省城的"洋学堂"读书，在邻居乃至亲朋的心目中，是很叫人羡慕不已的事。邻居都在张母面前，夸张智剑"有出息""以后要当大官"。每当这种时候，张母面子上还是要对邻居客气几句，心里却是乐滋滋的。

这天张母知道家里有客人要来，却没料到，一下子来了这么多。

儿子张智剑参与革命党的事，张母隐隐约约知道一点。她是从儿子平时与同学朋友的一些言谈，以及她的弟弟即张智剑的舅父那里或多或少听到过一些。

对此，张母既不特别反对，也不特别支持，采取听之任之的态度。实际上，是默认了儿子可能是革命党的事实。

而实际上，张智剑是一个真正的革命党，而且是一个很积极很活跃的革命党人。

1905年，从荣县高等小学堂毕业后，张智剑靠舅父资助，赴省城考上了成都嘉属联中。在省城就读，大大开阔了张智剑的眼界。从嘉属联中校长吴天成那里，张智剑读到了邹容的《革命军》、陈天华的《警世钟》、黄梨洲的《明夷待访录》等革命书刊，内心受到强烈冲击，思想亦发生了很大变化。

宣统元年（1909），张智剑考入了四川法政学堂。在那里，结识了已经是党人的同学徐健人，两人过从甚密，私交极好。

从徐的口中，张智剑得以知道同盟会的许多秘密。比如，孙中山在日本创建同盟会，目的是推翻清王朝，建立民国。又如，四川籍留日学生中的熊克武、黄复生、吴玉章、龙鸣剑、但懋辛、谢奉琦等，积极追随孙中山，成了坚定的革命党人。其中，吴玉章、龙鸣剑、但懋辛、谢奉琦等，也都是张智剑的荣县同乡。

徐健人同学又先后介绍了《民报》《鹃声》《四川》等革命刊物给张智剑阅读。受徐健人的影响，张智剑逐渐认同了孙中山先生那些政治主张，并接受了同盟会的革命理念。再以后，当他知晓徐健人原来也是革命党人后，就坚决要求参加革命。

1910年1月的一天，徐健人约张智剑出城，两人去了西郊的杜甫草堂。

名义上，两人是去草堂寺喝茶，实际上，是徐健人带张智剑去办理加入同盟会的手续并宣誓。原来，杜甫草堂旁边的一家茶馆，是省城革命党的一处秘密机关。

张智剑就此成了一名真正的革命党人。其后，他又同荣县籍党人龙鸣剑、谢奉琦、龚郁文、赖君奇等，以及井研籍的著名党人熊克武、陈孔白等建立了联系。

这天上午，先到的客人正坐在小院内阴凉处喝茶闲谈，随着院门一声响动，一个青年男子兴冲冲跨进门来。

"哎呀，是孔白兄啊！稀客，稀客！"

"孔白兄远道而来，快里面请，里面请！"

张智剑、赖君奇等人赶忙迎上去招呼。张母又打来一盆凉水，让其洗脸擦汗，凉快凉快。

这位走得一脸热汗的青年男子，正是从井研远道而来的陈孔白。他昨日从井研动身，赶了一天的路，昨晚夜宿离县城十余里的乡场小旅店。今天一早赶路，刚刚抵达荣县县城，就一路赶到这里来了。

这陈孔白，当年可是一方人物。他出生于医道世家，其父陈锡周，系当地名医。陈孔白自幼天资聪慧，六岁能文，七岁习武。初入学，老师问其志向，答曰："欲将十万兵，扫除天下秽气！"其师大奇，叹曰："此娃今后必有出息。"小孔白读史，每读至南北朝及宋、明之末，往往搥案扼腕而叹："天道不公，何其华夏之不昌也！"

有次，其父陈锡周出诊，雪夜中救回一倒卧雪地的游方道人。道士病愈后，见小孔白喜习武，且资质非常，感其父恩，就收之为弟子，密传不轻易示人的"一百零八路纯阳剑法"。陈孔白勤学苦练，终得其精髓，练得一身好剑法，成当地能文能武之一方名士，获"铁胆书生"之美誉，名震井研内外。

陈孔白真是个传奇性人物。为救国，曾在井研当地组织反清秘密团体。

后来，为报效国家，又仿效他崇拜的英雄岳飞，投军报国，一度赴省城投凤凰山新军。在军中，能文能武的陈孔白一开始也得到上司重用，没多久就当上了哨长。有次，因看不惯其顶头上司某管带虐打士兵，陈孔白仗义而出，与上司发生冲突。上司一怒之下想打他。陈孔白忍无可忍，施展自家武功，将那管带痛殴一顿后，逃出军营。

陈孔白自此逃亡江湖，却因祸得福，先后结识了有党人身份的谢奉琦、熊克武以及袍哥领袖佘竞成等，并加入了同盟会。成为党人的陈孔白，后来又与龙鸣剑、王天杰相识，并结为金兰之交。

张智剑与陈孔白，在成都时即相识，彼此性情相投。张智剑这次趁暑假之机，邀一批党人朋友来家议事，特地写信告诉了陈孔白，亦邀其来家一聚。

陈孔白是个热心的党人，接信后，不怕天热路远，即风尘仆仆地从井研赶过来了。

这天在张智剑家的聚会，除远道而来的陈孔白外，荣县党人有赖君奇、祝剑光、赵叔尧、余契、朱海鲲、李迟等十余人参加。

大热天，这十余人挤在张智剑暂做书房兼卧室的小屋里，其空间实在是太小了。这间屋子，不仅屋小，窗户也小，又不大通风，十多个大男人挤在里面，闷热难当。没待一会儿，一个个都热得脸上身上汗水直冒。

"哎呀，好热，好热！"连身材比较瘦弱、平时自称从不怕热的赖君奇，也一边不停地摇着一把大蒲扇，一边不停地用一张小手巾擦拭脸上的汗水。

"这间屋子太小了，挤了这么多人，当然热啊。"有人回应说。

"各位，实在抱歉啊，"张智剑一脸歉意，对大家解释说，"家里没再大的屋子了，只好忍耐忍耐吧。"

这时，一直在堂屋里张罗茶水的张母，闻声走了进来。屋子太小，她站在门口往屋里望了望，便什么都明白了。

不过，张母什么话也没说，只抬眼把小卧室与堂屋相邻的夹壁认真看了一看，脸上显露出沉思之色。

片刻工夫，张母从厨房拿来一把平时劈柴的斧头，另外还有一把柴刀，再次走了进来。

当众人正惊讶之际，张母把那斧头和柴刀交给张智剑，又指了指卧室与堂屋相邻的夹壁，用不容置疑又带点命令式的口气说：

"智剑，你们把那夹壁立刻给我打了！"

一屋子的人，先是不明白怎么回事，你望我，我望你。待终于明白过来，是又惊又喜，纷纷竖起拇指称赞。

张智剑接过斧头，又顺手把柴刀递给身边站着的赵叔尧，二话不说，对准那夹壁就动手开砍开拆。赵叔尧先是一愣，后来见到张智剑手持斧头对着自家屋壁一阵猛砍猛拆，呆了片刻，自己也手持柴刀参加进来。

晚清的四川，县城也好，乡镇也好，一般民居住所大都是小青瓦盖顶，木梁木柱，屋壁则是竹篾泥灰夹壁，外壁再刷一层白灰做装饰。

这种竹篾泥灰夹壁，拆起来简单省事。张智剑和赵叔尧两人乒乒乓乓一阵砍拆，没几分钟，就把那面夹壁彻底打穿了。原本的狭小卧室，顿时与堂屋连成了一间大屋子，立即有清爽凉风从堂屋大门处吹了进来。

众人一阵欢呼。有些人又协助张母和张智剑把那些拆落下来的夹壁残渣碎片搬运到小院里堆放，又把并在一起的卧室堂屋打扫清理干净。

张母重新张罗来茶水，放在茶桌上，望着大家说：

"夹壁打了，就凉快多了，你们好议事。这里有新鲜凉茶，各位请慢用。"

说毕，给大家请个安，就转身到厨房里为大伙准备午饭去了。

在座一众党人，对此大受感动，纷纷朝张智剑赞曰："阿母真有见识啊！"

事后，荣县内外的革命党人，一直将此事传为佳话。有人甚至将之与古时著名的"岳母刺字"相比。

龙鸣剑从成都返荣县，知道了这事，也大为赞赏，说：

"难得，难得！我革命党人有这样深明大义的阿母，何愁革命不胜？"

那天在张智剑家的聚会，主要商量的议题是革命党人的发展，以及革命党之组织建设等事项。这次议事以后，荣县革命党得到较好发展，为日后的荣县独立打下了厚实基础。

3. 陈孔白五宝拜会王天杰

这天聚会后，陈孔白在荣县县城住了一天，第二天一早，他就动身独自去了五宝。

陈孔白这次到荣县来，除了参加在张智剑家的党人聚会，另外还有一个目的，这就是见一见有金兰之交的龙鸣剑和王天杰。

龙鸣剑原本是要回荣县参加这次议事的，后临时有事留在了成都。而王天杰，其时正忙于五宝民团的一些紧要事情，也未来成。

陈孔白与龙鸣剑上回相见，还是在成都的时候，是当年春天的事。大概是清明节后两天，有个朋友写信，约陈孔白到省城一见。陈孔白正好在省城有些事情要办，就去了成都，住在朋友北门外一间租屋里。

那朋友姓郭，是下川南合江县人，也在凤凰山新军里待过，后来亦离开了。因那次陈孔白仗义而出，痛殴上司管带的事情，那朋友很是敬重陈孔白，还专程到井研来拜访过他。

郭姓朋友那时还不是党人，但思想观念上，与党人很一致。陈孔白就想介绍他加入同盟会，成为关系更深一层的党人朋友。

那天，两人本说在北门码头上，找一家茶馆喝茶。陈孔白嫌码头茶馆太吵闹，喝茶环境气氛不佳，两人就朝城里走。

后来，见文殊院一侧有家茶馆比较清静，两人就走了进去。却没料到，在内堂的一张茶桌上，陈孔白与龙鸣剑意外相逢。两人多时没见面了，骤然在这茶馆里相遇，彼此都很高兴。

龙鸣剑正和两个朋友坐在内堂那张茶桌旁，几个人低声谈着什么话。陈孔白一眼看见，其中有个人他是认识的。那人是成都与华阳等地各码头上享有大名的袍哥秦载赓。因其个头大，说话嗓门大，江湖上有人称他"秦大炮"。陈孔白有次在朋友请客的酒席上见过他，但无深交。

茶桌上另一人，年龄与陈孔白差不多，长得魁伟结实，一表人才。陈孔白不认识，后来才知道那人叫钟岳灵，是当年龙鸣剑在成都法政学堂的学生。他是资州罗泉井人，如今在当地办民团，赫赫有名。

可能龙鸣剑与陌生人在一起，就没招呼陈孔白一起入座。只是问了陈孔白住在哪里，来成都待几天。又说了他自己的落脚处，正是龙鸣剑的荣县老乡朱国琛在九眼桥边上办的"农事实验场"那里。

可惜的是，两天后，陈孔白专去九眼桥农事实验场，得知龙鸣剑已于当天一早动身返荣县了。朱国琛也不在场里。陈孔白访友不遇，怏怏而返。

直到第二年夏天，陈孔白应邀赴资州参加有名的"罗泉井会议"，才得以与龙鸣剑再次见面，亦见到了秦载赓秦大炮，以及长得一表人才的钟岳灵。其时，三人都成了那次罗泉井会议的主角。

陈孔白这才明白，那次在成都文殊院旁边那家茶馆，碰见他们三人在茶桌上低声议事，绝不是偶然的。

陈孔白这次来荣县张智剑家，参加党人议事，又没能见到龙鸣剑，很觉遗憾。想了想，就决定远走五宝，去见见王天杰也好。

离了县城，陈孔白虽一直急走赶路，但来到五宝场口时，太阳已经快西落，接近日暮时分了。场口大路边上，设有一个民团岗卡，两个团丁，一个手执梭镖，一人佩带一把长腰刀，在那里守卡值哨。

见陈孔白是陌生人，又走得风尘仆仆，就对其盘查不休：

"你是什么人？来这五宝场有啥子事？要找哪一个？"

陈孔白走了一天路，此时又热又渴，见盘查的团丁，口气不甚友好，心里难免有些不快，也就不甚友好地回应说：

"你这人好不晓事，俗话说，来者都是客，你们五宝场，就是如此对待远道而来的客人？"

"来者都是客？怕没那么简单，万一你是土匪棒客探子，或是官府派来的探子呢？总之，你不把来历说个清楚，这里是不会放你进去的！"

"你看我像探子？"

"难说。你到底来五宝场要找哪一个？"

"要找哪一个？我要找你们民团的王团首。你赶快进去通报王团首，就说我井研铁胆书生陈孔白今日里来这五宝拜访他来了！"

手执梭镖的团丁不服气，拿手中梭镖一扬，口气硬硬地喝道：

"我们王团首，是你想见就能见的？走开！你少来找麻烦！"

陈孔白顿时火冒，当年在军营中痛殴上司那犟脾气，又上来了。他一把夺过团丁手里的梭镖，身上一运气，手上一使劲，立马将梭镖木杆子折为两截。又顺手朝那团丁身上掷去，口里骂道：

"不长眼睛的东西！不看你等是哥们王二胖手下，今天非痛打你等一顿不可！"

两团丁见此大惊，知道遇上了高手，转身就跑。陈孔白也不追，大步朝场街里面走。街上好些人都朝他望，有些人还指指点点。

陈孔白也不管他们，径自大步往里走。一条场街走了一半，前面闹哄哄之声传过来，转弯处，气昂昂走来一帮人，刚才挨打的那两团丁也在里面。其中一人指着陈孔白，向为首汉子大声说：

"团首，就是那混蛋小子要闯关！"

哪知话音未落，为首汉子却向对方喊道："哎呀！果然是孔白兄啊！"

又连忙抱拳施礼，口里说：

"得罪，得罪！手下人有眼不识泰山，孔白兄，多有得罪！孔白兄要发气，冲我王二胖发就是！"

陈孔白冲王二胖一笑，说："二胖兄，你手下那些人未必也要成梁山好汉那样，不打不相识？"

王二胖也是一笑，说："我手下那些人，哪里经得起你打？还不要说有名的一百零八路纯阳剑法，就是你把平时练起耍的功夫，抬丁点儿出来，也会把我这手下两个立时打趴。你说是不是？"

陈孔白也是一笑，说："那倒是。那年在凤凰山新军营里，那狗官上司，下毒手乱打士兵，我劝他几句，那狗东西反而要来打我。把老子惹毛了，就朝他开打。还没使出啥子绝世功夫本事，也没用好大的劲，就只普普通通朝他胸口打了几拳，后来听说那狗官的肋巴骨被老子打断了好多根，还整了个内出血。管带当不成了，不得已只好回乡了事。"

王二胖哈哈大笑，说："现今的官军，不管他新军，还是绿营，练的都是花架子功夫，不经打。真要讲平时的操练养兵，恐怕还不如我这五宝民团。不过，听说倒是赵尔丰赵屠户，在川边藏地训练的十多营巡防军能打仗一些。"

又唤过刚才守卡那两个团丁，让他们给陈孔白赔礼道歉，说：

"你两个也不长眼睛，啥子人都敢拦，啥子人都敢惹。这是与我有金兰之交的拜把兄弟，在整个上川南一带都大名鼎鼎的铁胆书生陈孔白！还是井研县仁字旗袍哥大爷里边，坐第一把交椅的总舵把子。"

又说："你等晓不晓得这位孔白兄身上多有武功，别的不说，单是那绝世一百零八路纯阳剑法使出来，你三二十人也打他不过。你两个敢惹？"

两个团丁吓得脸色发白，连连给陈孔白当众施礼赔罪。还要下跪磕头，被陈孔白一把拦住，笑道："我早说过了，我等都是梁山好汉一类，不打不相识，而且越打越亲。哈哈！"

又说："两位哥子，要继续操练，好好学点真本事，今后跟随你们团首，南征北战打天下，没点真本事不行。"

陈孔白这次来五宝，事先没打招呼，两人这天相见算是意外，王天杰高兴得不得了。

王天杰兴致勃勃带着陈孔白参观了自家设在古庙的司令部，还把这位有名的铁胆书生给军师宋秀才和手下大小头目一一做了介绍。

王天杰还让陈孔白参观了民团军火库。五宝民团那三十多支九子快枪，十余支来复枪以及那几门猪槽炮让陈孔白大感兴趣，问了好多细节才罢休。

当晚，王天杰在场街上的五宝酒家设了一桌酒席，为陈孔白洗尘。军师宋秀才和几个主要头目作陪，两人当然喝了一顿"大酒"。

酒席之后，又回古庙喝茶叙谈。那晚上，王天杰与陈孔白，两人几乎通宵茶叙。话题很多很广，但主要还是政局以及革命党的一些事情。俗话说，耳闻不如眼见，陈孔白所亲眼见到的五宝民团实力给他留下了深刻印象。这让他有了回井研后，也要办民团，拉起一支由自家掌握的队伍的想法。

王天杰也极力鼓动陈孔白，叫他回去后一定要办起民团。他说：

"我等革命党人，办民团，就是要搞我们革命党人自家的武装，要起事，否则没武装，你我拿啥子去起事？拿啥子去和官军打仗？可见，眼下自家有武装最要紧。回去把当地的民团办起来。"

那天晚上，王天杰还向陈孔白透露，他想以五宝民团为核心，进而把整个荣县民团组织掌握在一起，组建成一支实力雄厚的荣县民军。

王天杰对陈孔白说：

"孔白兄，既有荣县民团荣县民军，你回井研后，也把井研民团办起来，组建成井研民军。到时候，把两支民军合在一起，弄成实力了得的上川南民军，推举龙鸣剑龙大哥来做总首领。"

王天杰越说越兴奋：

"孔白兄，到那时，你来做副总首领，再让龚胖龚郁文大哥来做参谋长。至于我王天杰嘛，就来当个打头阵的先锋。你们当总首领的，喊我打哪我就打哪，保证冲锋在前。到那时，既可东征自流井，亦可西征嘉定府，再不然，南下打叙州。必要时，还可会合川西、川北民军，合攻省城成都。若是把成都打下来了，咱们革命党人在四川的革命就成功了。那才叫一个巴适（方言，舒服，不错）！"

听了王天杰这样一番话，陈孔白一时也心潮澎湃，说：

"二胖兄，这个副总首领该你来做。我陈孔白才是当先锋打头阵的料。我还认为，到时应该先东征自流井。首先把自流井打下来了，有充足盐税银子做军费，再联合各地民军，合攻成都。

"自古以来，擒贼先擒王嘛。先把成都攻下，把总督衙门占了，然后通电全国，宣布四川独立。其他各省响应后，我等四川革命民军，学诸葛亮兴师北伐，六出祁山，逐鹿中原。再直捣京师，平定天下，建立共和。"

第二天上午，王天杰特地让陈孔白观看了五宝民团的日常操练。

看民团操练得兴起，王天杰鼓动陈孔白，来一盘他那一百零八路纯阳剑法。陈孔白推托不过，也只好上场当众表演了一回，果然技艺非凡，获得个满堂彩。

后来,"保路风潮"起事后,王天杰和陈孔白真的各带一支同志军,合攻自流井。同志军与赵尔丰派驻自流井的巡防军所进行的两场大战,正是分别由王天杰和陈孔白充当了主角。

其中,王天杰所率领指挥的东路同志军,在贡井艾叶滩之外进行的黄泥塘大战,击败了巡防军,大获全胜。进而在贡井鹅儿沟山顶上,架起罐子炮猛轰巡防军司令部天后宫,迫使巡防军管带挂白旗投降,为同志军占领自流井打开了西大门。

而陈孔白所率领指挥的井研同志军,打下威远县城后,挥师再攻自流井。因消息不通,孤军深入,在自流井郊外马鞍山中了巡防军埋伏,所部同志军被击溃,陈孔白因伤被俘。

巡防军劝降不成,用煤油浇陈孔白之身,将其活活烧死,上演了四川辛亥志士英勇献身最惨烈的一幕。陈孔白殉难时,年仅二十六岁。就义前,除大骂劝降的巡防军管带,还当场高吟此前已遇难的两位党人密友——谢奉琦和佘竞成的《狱中遗诗》各一首,表明革命赴死决心。

1912年,四川军政府建立后,成都多家报纸都刊载了同志军合攻自流井的马鞍山大战中陈孔白英勇殉难的事迹。陈孔白之英名与献身事迹,就此广泛为世人所知,并得以英名长存,流芳千古。

4. 张智剑过年时被捕

这天是农历腊月二十九日。

一连几天,荣县县城天气都不太好。天色总是阴沉沉的,欲雨未雨的样子。再过一天,就是辛亥年春节。县城几条大街上,人来人往,热闹得很。有出街来添置年货的百姓,也有趁年前来城里卖点东西挣点"过年钱"的乡民。

一阵紧似一阵的北风,带着逼人寒气,从北门那边吹过来,掠过城楼,向四街八巷横吹竖扫,惹得满街的人都缩起颈子走路。

偶尔,还有几颗小雨点,从天上飘然而下,落在人们脸上,冰凉冰凉的。有人说,那是雨夹雪。又说:"过年时节,落了雨夹雪,怕来年不是啥子好兆头。"

"啥子叫雨夹雪?"有人当即说,"雨就是雨,雪就是雪。哪有啥子雨夹雪?"

"也难说,"另有人说,"过了年就是辛亥年了。听有些老人说的,这辛亥年,不是啥子好年。说是一个甲子,每逢辛亥,天下必有大乱。"

"每逢辛亥,天下必有大乱?"有人连忙问,"当真有这事?"

"哪个晓得?"那人说,"有些老人说的,一个甲子前那个辛亥年,天下就遭长毛之乱,祸及大半个中华,连西太后都抓不到缰。幸亏曾大帅的湘军出马,其后曾老九又攻下天京,才帮朝廷把洪杨长毛之乱平定下去了。"

"那明年就是辛亥年,莫非天下当真要出乱子?"

"出不出乱子,哪个晓得?"

几个人边逛街边摆谈时,一个身穿学生制服从南门桥进城的年轻人正好从他们身边经过。听见这些话,就忍不住回头看了他们几个一眼,还善意地朝他们笑了笑。

这个青年男子,正是寒假归家的张智剑。省城的法政学堂放寒假后,张智剑并未立即回荣县,而是去了坐落在天池山麓、旭水河畔的贡井,住在了谢奉琦那里。

张智剑在谢奉琦家,一住就是十多天。原来,他是趁各家学堂放寒假之机,在贡井、自流井等地秘密发展同盟会会员。

谢奉琦是四川最老的同盟会会员之一,而且是同盟会四川分会早期领导人。张智剑同谢奉琦认识后,谢奉琦也很赏识张智剑的才干,两人来往密切。

那次在贡井自流井发展同盟会会员的活动,卓有成效。据张智剑后来回忆:"在短时间内,入盟者,即有钟砺颍、谢均之、周大猷、李季慎、李光甫、向杰、向阳等。"

又说:"当时的活动,是极秘密的。"

可惜,正如俗话所说,没有不透风的墙。张智剑自以为"极秘密的"这些活动,还是被官府捕快秘密侦知,并报送了县衙门。其时,贡井属荣县管辖,荣县官方在贡井,设有分县衙门。

分县衙门捕房便将张智剑在贡井的这些活动速报县衙门。荣县知县柳某拟趁过年之机,抓捕一批革命党人,以在上司那里邀功。

由此,一张大网已将张智剑作为目标,秘密张开了,而张智剑本人,对此却毫不知晓。

张智剑抵达县城后,出于谨慎,没直接回家,而是先到了舅父那里,看看情况再说。

舅父见张智剑终于回来了，稍觉心安。寒假以来，县城里面赴外地读书上学的学子，都先后返家度假，准备过年，唯有张智剑始终未归。眼看都要过年了，张智剑仍无消息，张母又着急又担心，好几次来他舅父这里过问。

舅父当然知道，张智剑是个革命党，而且一直很热心在做革命党那些危险事情。虽然舅父没说反对，但与张母一样，总是为他担心。因为他知道，弄不好，那是要坐牢蹲大狱，甚至官府要"砍脑壳"的事情。

舅父又告诫他说："这几天，你要注意点，少到外面去走动。就住在我这里，吃年夜饭也在我这里吃。你妈都说好了的，明天她也会过来，一家人高高兴兴团个年。过年过节的，你不要再弄出啥子事情来。"

其实，舅父通过县衙门的熟人关系，已经知晓了相关内情。荣县知县柳某，此前根据县衙捕房的耳报，已拟出一份缉捕黑名单。张智剑赫然在列。县衙熟人还说，除夕及正月初一二那几天就可能下手。

而昨天上午，即有捕房耳报去张家邻居处打探，问张智剑回来没有。

舅父知此情况，更为张智剑担心，所以一再告诫他不要外出，不能归家，就待在他这里。舅父已经与张母商量好了，待过了年，让张智剑到乡下一处亲戚那里去躲一阵再说。

张智剑答是答应了，但舅父的一再告诫并没让他意识到眼前的危险，也没把舅父的告诫当多大回事。

张智剑舅父是县城一家商行的老板，颇有家资，在当地也算殷实人家。张智剑父亲早亡，上面有个姐姐，母亲把两姐弟拉扯大，全靠舅父相济。张智剑赴省城从中学堂念到四川法政学堂，也多亏舅父资助。

舅父待人坦诚实在，在县城里交往较广，人脉很广，还在县商会兼着一个理事职位。舅父同县衙一些官府人士也有不错交情，所以消息比较灵通。

当天张智剑倒是一直待在舅父家里，没有外出。第二天即是农历除夕，家家忙着过年。舅父店里及商会那里还有些事情要办，他出门前，又告诫张智剑不要外出，不要回家。

张智剑在屋里待了一阵，颇觉郁闷。舅父家里也没有什么书报可看。又喝了两杯茶，张智剑暗想，都过年了，家家忙着吃团年饭，莫非那些衙门捕快自家不回去过年？

如此，张智剑在舅父家就待不住了。又过了一刻，张智剑想到，舅父这里没什么书看，不如回家去取几本书过来。反正这好多天，可能都得关禁闭一样待在屋里,趁此时间看几本书也是好的。

这样一想,张智剑就忘了舅父的一再告诫,也忘了可能的危险,就向舅妈打了个招呼,说是回家取几本书来读读。

舅妈还对他说:"你舅父叫你不要出去呢!"

张智剑回说:"我回家拿书去,很快就回来了。没事的。"

边说边出门了。大街上人仍然很多,有些人家已在吃团年饭了。张智剑脚步匆匆只顾走,哪知,刚走到县衙门大门口,突然有人在叫他名字。

张智剑驻足,抬头一看,大门旁边,一名捕快一名差役正盯着他望,又招手叫他过去。张智剑一惊,心里说:"拐事了,拐事了。"

正犹豫要不要开跑,左右一看,前后各有一名佩腰刀的差役已经围了过来。

"张智剑,我们正到处找你。"那名捕快走过来,朝他说,"有点事,你跟我们到衙门走一趟。"

张智剑退无可退,就被几个人弄进了县衙大门。大门口已经围了一些看热闹的民众。

有人说:"天哪,大年三十过年了,衙门捕快还在街上逮人!"

有人又说:"那娃儿年纪轻轻的,还穿着洋学生制服,怕又是啥子革命党的事。"

有人叹息道:"这下团年饭吃不成了,只能在县大狱里吃牢饭!"

原来,那几个捕快差役,已经在张智剑住家那小巷的两个巷口差不多守候了一个上午。他们以为张智剑肯定会回家过年,但一直没守到。眼看快到午饭时辰,那几个捕快差役在寒风中又冷又饿,终于守不下去就撤了。

却没想到,那几名捕快差役,刚走回县衙大门口,张智剑倒自己送上门来了。几个人自然喜出望外。

进了县衙大门,一帮捕快差役立马就把张智剑押上了二堂。其时,柳知县已封印归家度年节假去了。衙门事务,由刑名师爷范某在主持。

范师爷五十多岁年龄,一张脸瘦瘦筋筋,眉眼细小,头戴一顶老式瓜皮帽,长棉袍外面套件羊皮马褂,正跷起个二郎腿坐在二堂上方一把太师椅上品茶看书。

时近中午,见差役终于把张智剑捕到,范师爷很是高兴,也有点得意。还夸了众捕快差役两句,说待柳知县节后开印视事时,要为他几个人在知县面前讨点赏。

然后，范师爷斜眼打量了张智剑一眼，"嘿嘿"两声，带点阴阳怪气的语气说道：

"年纪轻轻，不好好在学堂读书，却走歪门邪道，去弄啥子革命党？嘿嘿，日后有你的好果子吃！"

范师爷把手里的书一丢，站起身来，二话不说，也不升堂问案，就转头吩咐差役：

"把这人给我彻彻底底搜他一下，再关他入县大狱了事。哼，革命党，革命党，牢饭有你吃的！"

说完，刑名范师爷一个人起身而去，缓步出了二堂。

5. 革命党进了县大狱

既有刑名师爷发话，师爷前脚一走，几个差役就一拥而上，把张智剑全身上下搜了个遍。

昨天舅父给的十块银圆的压岁钱，他出门时带了四块在身上，当即被几个差役搜去瓜分了。身上另外的一点零钱，也被几个差役搜去。

所谓"县大狱"，就是县衙门的监狱。荣县之县大狱，设在县衙门的后院，是个小四合院改建的。县大狱的叫法，出自坊间，原因是古时县衙门的监狱，多是"大仓"，关押的大都是一些未决犯。

荣县衙门的县大狱，背面是厚厚的砖墙，两侧就是犯人住的囚仓。

这种囚仓，与现今监狱的囚室有很大不同。囚仓的外方以及各仓之间的间隔，均是木栅栏，仓里仓外情形一眼可以望见。冬天，冷风亦直吹而进，无法避寒。

囚仓共有十来间，房屋一律矮小，皆无后窗。所有木栅栏、墙壁、房梁上，都落着常年未经打扫的灰尘垢，黑得像涂了墨色一样。所以，时人称监狱监所为"黑房子"。

每个囚仓里面，放有一个不加盖的屎尿桶，供犯人大小便。墙壁上，有个凸出的泥窝，上面放有一个盛着点菜油的破碗，这就是囚仓里夜间唯一的照明。

囚仓是没有床铺或是土炕的，地上随便搁上三两张破烂草席，这就是犯人睡觉的栖息之地。整个囚仓，弥漫着一股混合着屎尿、霉臭气味的难闻气息。

狱卒先后打开两道加锁的铁门，张智剑被推入其中一间。举眼看去，里面已关有近十名犯人，老的老，小的小，均是盗抢偷窃或涉命案的刑事犯。其中两个中年男子，脚上还上有铁镣。

大概是在阴暗潮湿、状况极差的监狱里待久了，这些囚犯大多衣衫褴褛，蓬头垢面。或躺或坐在两张破草席上，一个个面容灰暗，目光呆滞。张智剑身穿样式讲究的学生制服，一身光鲜，在仓内囚犯里面，显得鹤立鸡群，格格不入。

见有新犯进来，原本沉闷枯寂的囚仓内，多少活跃了一点。众囚犯纷纷朝张智剑上下打量。又听见角落里有囚犯小声议论："是个洋学生，怕又是犯革命党的事！"

张智剑站在囚仓门口，一时不知如何是好。此时靠仓门边上，那个脚上有铁镣的中年男子往囚仓最里面的地方指了指，示意他待到那个地方去。

原来，自古到今，监狱囚犯中有个不成文的规矩，就是新来的犯人，不管你是谁，一律先安顿在囚仓里面最差的位置。然后随着囚犯的进进出出，再逐渐朝好点的位置前移。

张智剑后来才知道，那戴铁镣的男子是这个囚仓里的"仓头"。

这些规矩，从没坐过牢的张智剑自然不懂，依然无所适从的样子。那仓头看张智剑还站那里发愣，就有点不耐烦，带恶声地朝他喝道：

"还站起干啥子？到屎尿桶那边待着去！"

这时，囚仓靠里位置，一个上了点岁数的老犯人带点善意地对张智剑说："学生哥，董仓头董大爷喊你坐这里边来！"

靠里的几个囚犯也纷纷往外边挪一挪，给留出了一点可供他一个人坐卧的位置。张智剑这才朝囚仓最里边走，在挪出来的破草席最边上坐了下来。

那地方正靠屎尿桶，臭气熏鼻，且阴冷潮湿，寒气逼人。坐草席上举目四望，一屋子关押的都是犯有各式罪行的囚犯，学生出身的张智剑，从小到大哪经历过这等事情，一时不禁思绪万千，心乱如麻。

他自己也很是后悔，不该不听舅父的一再告诫，想当然出门归家去拿书；又惦记着家中盼他回家过年的母亲，如今见不到他，吃团年饭时也望不到人影，不知其下落，心里不知该有多焦急！

张智剑舅父中午回家吃饭，才知道张智剑未归。又等了些时候，仍未见他回来，感觉有些不妙。又赶去张家过问，张母称一直未见张智剑影子，舅父心里说:"糟了,糟了,这娃儿要拐事!"

赶忙又去找衙门的熟人打听。那熟人进衙门一打探,果然是出事了,张智剑中午被县衙捕快差役,逮到了衙门里头,刑名范师爷发话,丢进了大狱里。

舅父得到确切消息,顾不得当日是大年三十,家家都在团年,当即托熟人关系,展开营救。无奈此系涉革命党的大案,须年节衙门开印后,由柳知县亲自审理,其他人不便过问,亦无法保释。

事已至此,舅父只好退而求其次,设法去打通狱卒的关节,让张智剑在狱中少吃点苦头。这时张母亦得到消息了,赶到他舅父家来,与他舅妈等一众女眷泪水洗面,哭成一团。

舅父自己不便亲自出面,便托好友高太医进县大狱,与狱卒周旋,暗通关节。高太医是县城一方名医,人脉也很广,与张智剑舅父是至交。

受张智剑舅父所托后,高太医顾不得自家团年的事,立马赶去衙门。先是找刑名范师爷,然后再进县大狱找狱卒。

刑名范师爷也好,县大狱当事狱卒也好,都曾经找高太医看过病,很卖高太医的面子。况且,张智剑舅父事前就分别许诺了打通各人关节的"好处费"。

就在县大狱小院那坝子里,张智剑看见高太医与值守的狱卒耳语了一阵,又拿手指朝狱卒比画,似乎在向对方示意了一个数目。那狱卒原先冷冰冰不甚乐意的脸上立时绽出了笑容,并连连对高太医点头,表示认可。

狱卒前脚将高太医送出门,后脚即来打开张智剑那囚仓,向其招呼说:"你出来,给你换个地方。"其神态,比先前关他进来时那副凶巴巴的样子明显和善多了。

张智剑走出囚仓时,听见那上了岁数的老犯人带点羡慕地说:"学生哥,交上好运了。"

角落里,有犯人在叽咕:"这学生哥,怕是要转二监了。"

半坐在囚仓门口的仓头不屑地轻声说了句:"有钱能使鬼推磨!"

那狱卒装作没听见,并没理睬他。

狱卒将张智剑引出囚仓,开了旁边另一道铁门,里面是数间平房。狱卒打开其中一间,对张智剑说:"你先在这里住着吧,等一会儿有人会给你送东西来。"

狱卒说完也不锁门,就转身走了。只出去时,把过道上那道铁门给锁了。

后来才知道，这里是古时的县监狱，被坊间称作"卡房"的所在。

卡房，又称二监，算是当时的高等监狱。这是专门关押犯案的朝廷官员，或是有秀才等功名的读书人，或是地方上有钱有势人物的特殊监狱。卡房里面的各种条件，都比关押普通犯人的县大狱好得多。

比如，每个囚室只住两三人，甚至个人单住。室内有床，有桌有椅。又比如，卡房里面单独有厕所供犯人方便，而不是在囚室里摆放臭气熏人的屎尿桶。每个囚室均不上锁，人犯间可以来往交谈，摆点闲话。

张智剑那间囚室，摆有两张床，亦有桌有椅，眼下却只有他一个人住在里面。他举目四处打量了一下，觉得这地方条件甚至比一些客店还好。心里明白，这是舅父通过高太医打通县衙门各方关节才得到的优待。

知道舅父在关心着自己，并托人在为自身活动，张智剑稍微心安了一点，思绪也没先前那样纷乱了。他在椅子上坐下来，看了一眼空空如也的床铺，心里又想，床上被单被褥等什么也没有，等会儿拿什么来睡觉及御寒呢？

正想着，外边过道上那道铁门被人打开了。张智剑转头看去，进来的又是高太医。

高太医两手不空，在刚才那狱卒陪同下，走了进来。只见他一只手抱着毯子与枕头，另一只手提个竹篮子。狱卒手里抱着一床厚厚的棉被。

"小老弟，这是你家里送来的。"高太医将毯子、枕头、棉被等放在床上，朝张智剑说，"年三十回家吃不了团年饭，只好在这地方过年了，将就将就吧。"

高太医叹了口气，从竹篮子里拿出带来的过年饭菜，一样一样摆放在桌子上。舅父及张母等家人考虑狱中没有火灶，送来的都是冷吃凉菜，也倒是丰盛：凉拌辣子鸡、香肠、老腊肉、冷吃兔、鸭脚、油酥花生，另外还有温热的米饭、花卷、馒头等，甚至还有一小瓶白酒，高太医趁狱卒不注意，悄悄塞在了张智剑手中。

高太医还安慰了张智剑几句，让他好好在这里待着，外面的事用不着再去操心了。家里事情，也有他舅父舅妈等照料，不用担心。又说，每天每顿的饭菜，他会按时送来。即使他自己来不了，也会找人送来。还说，张智剑想吃点啥子，还想要点啥子东西，只管说，他都会想办法送进来。

说完这些话，高太医又安慰几句，就与狱卒一起走了。张智剑此时也真饿了，拿起筷子就开吃，好一阵狼吞虎咽后，才想起高太医私塞给他的小瓶白酒。又拿出那白酒，自斟自饮开喝，心想，幸亏有舅父及高太医关照，这监狱中的特殊年饭,有酒有菜,也还不错。

正吃得高兴,门边有响动,抬眼一看,一个身穿灰布长袍,头戴破旧瓜皮帽,样子像个乡村秀才的老者正站立门口朝他张望。

见他回头,老者客气招呼道:"小先生,一个人在吃年饭啊?"

张智剑料想其也是个落难在此的囚犯,又忆起那句古诗,"同是天涯沦落人,相逢何必曾相识",也就客气回应一句:

"老先生,你吃过没有?快请进来,一块来吃点吧。"

老者听张智剑如此说,也就跨进门来。张智剑移坐到床边上,将椅子让给他,请他入座。老者客气推让了几回,最后也就真入座了。

两人边吃边聊,摆谈中,方知这老者,还果真是乡村秀才,是墨林场那边的人,姓陈,近六十岁了。二十多年前县考时中过秀才,眼下在乡下开私塾教蒙馆为生。这次吃官司,据说是因其得罪了当地一个大粮户,遭其暗中陷害。

6. 公堂上的革命党

差不多到正月十五元宵节了,年节后启印,县衙门恢复办公事。又过了几天,张智剑终于等到了升堂提审的日子。

这天早饭后不久,即有两名差役来到二监,直呼张智剑名字。张智剑走出囚室问:"啥子事?"

差役说:"随我等走,县大老爷要升堂提审。"

两名差役二话不说,拿出铁锁链,把张智剑铐起就走。

按清政府规定,各州府县凡涉革命党的案子,皆属要案、重案,须由知府知县亲自提审。这天,县衙门提审张智剑,自然由柳知县亲审。被捕第一天,发话把张智剑丢入大狱的刑名范师爷,站立一侧伺候。

柳知县开始提审时,对张智剑还算客气。没要他照官府惯例,让他下跪候审,也没要他站立,而是对堂下衙役发话,为其打开了锁链,又叫人搬了条长凳来,让张智剑坐下候审。问话时,柳知县态度也甚和气。

公堂上,柳知县先是按程序,问了姓名、年龄、住址、在什么学堂读的书等个人情况。张智剑也不回避躲闪,逐一如实作答。

柳知县似乎还满意,让一旁做记录的衙门书办一一记录在案。

这些基本情况问过，柳知县停顿片刻，喝口茶，又装起很随意的样子问道：

"张智剑，我问你，你什么时候参加革命党的？"

张智剑当即毫不犹豫地予以否认，说："没有。"

柳知县当然不满意，又问了一次。张智剑仍然否认，说"没有"。

张智剑虽说年轻，相对而言缺少一点斗争经验，但他也明白利害，知道在一些关键问题上绝不能松口。一旦不慎松了口，就会为其他党人以及革命党组织带来危害。

比如，承认自己"参加了革命党"，对方就会进一步追问：在哪里参加革命党的？又是什么人介绍的？另外，荣县县城里面，还有谁是革命党？现今县城革命党活动如何？等等。

所以，张智剑下定决心：死不松口。就是用刑打死，也不松口！

柳知县对张智剑这番回答，甚是恼怒。当即手中惊堂木一拍，厉声喝道："狡辩！你狡辩！"

张智剑已是铁了心不松口，始终不肯承认。

柳知县见此，沉默片刻，自己稳了稳心绪，改作先前和善的样子低声对张智剑说：

"只要你跟我说实话，本知县一定保你无事。"

张智剑不为所动，一直沉默不语。

柳知县以上那话，又说了一次。张智剑仍然沉默不语。

说上第三遍，张智剑依旧不理。柳知县顿时大怒，猛拍惊堂木，怒喝道：

"你个革命党徒，死猪不怕开水烫！给我拉下去，拿香来烧背！再不然，痛打他三十板子再说！"

堂下衙役一听，亦齐声吆喝发喊助威：

"拿香烧背！痛打三十大板！"

站立一侧的刑名范师爷，此时已是从高太医那里得过张智剑舅父若干好处的，并答应"尽量大事化小，小事化了"。如今一看事情不妙，心想，若是对张智剑用刑，万一把身子打坏了，事主那里不好交代不说，事情传出去，说他办不成事，今后谁还敢来找他勾兑？如此，岂不等于自断了财路？

范师爷灵机一动，上前向柳知县耳语道："大人息怒，大人息怒。这些学生娃儿，细皮嫩肉，不经打。万一把身子打坏，失了活口，上司追究下来，于大人反而不好。不如从长计议，慢慢审理出个头绪再说。"

柳知县为官比较平庸。平时衙门大凡小事，都得靠这位范师爷为他出点子、拿主意。如今听范师爷如此说，他愣了愣，沉吟片刻，发话道：

"给其加上镣铐，丢下大监！"

说完，怒气冲冲站起来，拂袖而去。

这天县衙门的公堂提审，幸亏有被打通了关节的范师爷关照，张智剑免了一顿皮肉之苦。可是再也回不了自由自在的二监，他被重新上了镣铐，丢入大狱原先那个囚仓。

仓内众囚犯见张智剑又回到大仓来了，而且还加了镣铐，都很惊讶。

那个上了岁数的老者，带点惋惜的神色说：

"学生哥，都说你转到二仓卡房享福去了，怎么又发落到这大仓来遭罪？"

有人说："看到高太医这种有面子的人，都肯出面为你活动，打通关节，都以为你学生哥年节后就保释出去了。没想到过了年事情反而整重了，还给上了镣铐。咋个回事？"

有人就说："革命党的案子都是谋反大案，朝廷有规定，各级官府都不得取保的。"

又叹息："学生哥，你这回怕是凶多吉少。"

张智剑坐在草席上，也不开腔，任凭那些囚犯在那里东说西说。倒是那位一样也戴有镣铐的仓头，这时反而对张智剑生出了一点好感。片刻，他让铺位在他身边那囚犯往里边挪了挪，挪出一个铺位。然后招呼张智剑说：

"学生哥子，你坐这边来。"

张智剑先是没动，大概不好意思去占别人的铺位。

那仓头又发话道："喊你过来你就过来嘛！听见没有？"

上了岁数的老犯推了推他，说：

"仓头大哥喊你过去你就过去。囚仓里面，仓头大哥的话就是圣旨，必须要听的。"

张智剑这才移了过去，紧挨仓头那铺位坐了下来。仓头见他身边一无所有，又把自家那床旧棉被挪了一点出来给张智剑盖在腿上御寒。

下午时分，高太医连同张智剑舅父一起，由一名狱卒陪着，到大仓看他来了，还把留在二监的毯子、枕头、棉被等一并送了进来。

舅父看见张智剑，也没多说什么，更没责怪他。只是说了句：

"今后知县柳大人公堂上问话，你不要再顶嘴，听见没有？"稍停，又补了一句："常言说，好汉不吃眼前亏。"

此后，一直由舅父照料他一日三餐饭食，在家里弄好了，着人即刻送到县大狱囚仓里面来，多少能趁热吃一点。张智剑生活上还有什么需求，也会尽量办到。如此，张智剑在狱中，倒也没吃什么苦。

那个猎户仓头，后来从狱卒嘴里得知了张智剑公堂上那番情形，与他相处更好，甚至还有几分敬重。

以后同仓头与众囚犯混熟了，张智剑才知道，那仓头姓董，是双古场那边的一个有名猎户。上年，涉当地一件命案被捕，已经在县大狱中关了半年多。据说，县、州、省三级衙门都过堂下了判决，正等候中央朝廷的最后定夺。

至于最后判决，有的说是"斩立决"，有的说是"斩监候"。董姓男子对此并不在乎，常在囚仓里对人说：

"管它斩立决也好，斩监候也好，大不了就是砍一回脑壳。老子已经活了四十多年，这条命可说是捡来的，还怕砍脑壳？"

正由此，他才当上了仓头。不单众囚犯，连有些狱卒也有点虚火（方言，害怕）他，有时还要顺着他说话行事。生怕他故意在大狱里生事，闹出什么动静来，被上司追究，丢了在衙门里混事的饭碗，那才划不来。

仓头自己不怕死，因此他也敬重不怕死的人。张智剑虽说年纪比他小得多，阅历浅，又是个他向来不大买账的读书人，却也是个不怕死的革命党，还敢在公堂上与县大老爷对峙。这点令他不免对张智剑这个年轻后生也高看一眼。

有天仓头同张智剑闲聊时，忍不住问他：

"你等革命党，干的都是会遭砍脑壳的谋反事情。看你们学生哥子，一个个年纪轻轻、细皮嫩肉的，上了公堂，还当真不怕用刑，也不怕死。这是啥子道理？"

其他一些囚犯，也觉得有意思，围拢来追问："是呀，你等革命党，为啥子一个两个的都不怕死？"

张智剑知道那些革命道理，一时难以与这等人说得清楚，也不好深谈。况且，若是正面回答，就等于承认自己是革命党，万一被衙门的耳报听了，密报上去，岂不拐事？所以只是望众人笑了笑，并没做正面答复。

但从此张智剑在一众囚犯心目中以及在囚仓里面的地位，大大提高了，差不多到了可以与仓头平起平坐的地步。

一些囚犯知道张智剑读过许多书，囚仓里闲来无事，就央求张智剑为其讲点书以作消遣。

张智剑明白，众囚犯要讲点书，肯定不是讲"四书五经"，也不是讲啥子"学而时习之"一类，而是书场或茶馆里说书人那种"说书"，啥子"三侠五义"，啥子"封神""水浒""西游""聊斋"一类的。

这种书，张智剑平时兴趣不大，年少时，读倒是读过一点，但读了之后，印象不是太深，时日一久，大多也忘了。而且，那些人是要听故事，讲得越神奇越精彩，甚至越天花乱坠才越好。张智剑觉得自己不是讲故事、编故事的料，所以不肯讲。

众囚犯就一再央求说好话，后来连董姓仓头以及一直对张智剑很关照客气的那位老者也希望张智剑多少讲一点。

如此之下，拗不过众人盛意，后来张智剑就试着讲了讲。最先讲的是《岳传》，张智剑年少时，读《岳传》读得最多，也读得最感兴趣。虽时日已久，但多数人物情节仍有印象，所以也能徐徐道来，大致不差。

没料到，这一开讲，就不得了。整个一个县大狱，十来间囚仓，共关有几十名犯人。张智剑一开讲，原先闹哄哄、乌糟糟的囚仓，顿时变得清雅安静。一众囚犯，都挤到木栅栏最边上，伸长耳朵静听这边张智剑"讲书"。

不仅如此，有时一句两句听不清，有人就会突然喊一声：

"学生哥，刚才讲的书没听好清楚，麻烦你学生哥跟我等再讲一次好不好？"

众囚仓中，立时有人附和："要得，要得！麻烦学生哥再讲一次！"

若是附和的人多了，张智剑只好把刚才讲的再重讲一次。

有时遇到特别精彩的地方，也有人会高喊，央求张智剑再重讲一次。

如此，一部《岳传》，从"岳母刺字"开讲，张智剑凭当年记忆，陆续讲了岳云、陆文龙"枪挑小梁王"；又讲岳飞、岳云父子"精忠报国"，大破金兵，收复燕云十八州；最后讲了奸臣秦桧以"莫须有"罪名陷害岳飞，让宋高宗连下"十二道金牌"，以及"风波亭岳飞岳云父子遇难"等。

这部《岳传》，张智剑一连讲了几天。众囚犯越听越觉有味，也越听越觉得精彩。张智剑自己，也越讲越有经验，越讲越得心应手、从容不迫。有些时候，如同书场或茶馆里说书人那样，来个即兴发挥，自己编添一些情节进去。

因此，他的"讲书"，越来越受欢迎，不仅一众囚犯，有时连狱卒都搬条板凳来，在坝子中央坐下来细听。

张智剑自此成了县狱中最受欢迎、声望最高的人物。一部《岳传》讲完以后，歇息了几天，在众囚犯的一再央求下，张智剑又开讲《水浒传》。

张智剑开讲《水浒传》，是他经过深思熟虑后，有意为之。《水浒传》虽然人物众多，故事情节也变化多端，但《水浒传》主题及主要人物内容集中在一点，那就是"造反"二字。而且，在张智剑口中，这"造反"二字，是"既反贪官，也反皇帝"。张智剑明显为小说赋予了新的含义，这与同盟会革命党的政治主张，已是非常近似了。实际上，他这是在借讲《水浒传》，宣传革命党对朝廷"造反"的政治主张和立场。

其后，张智剑又开讲《太平天国》故事，讲洪秀全、杨秀清"造反"。这与开讲《水浒传》的意图，是一脉相承的。主题及主要内容，也是集中在"造反"二字。

第四章　荣县保路同志会成立

1. 筹办民团训练所

辛亥年开春以来，王天杰在县城与龙鸣剑、龚郁文等党人一起团聚。喝"春酒"那天，龙鸣剑下来后私下对他进行一番嘱咐，他便抓紧了五宝民团的日常训练以及对民团武器弹药的储备添置，暗中做着可拉起队伍随时起事的准备。

那天"春酒"喝过后，在龚郁文家里，龙鸣剑、龚郁文和王天杰三个人，在内室关起门来密谈了好些时候。

龙鸣剑对王天杰交代说："二胖，这辛亥年可能是个不平常的年头，天下不太平不说，还可能如早先的坊间传言所说，年内有大乱将至。我等革命党人，须心中有个数，预先早做准备。"

龙鸣剑还说："放眼整个荣县，我看，就你五宝民团多少还成一点气候。但真正要动手起事，单靠你那五宝民团，力量还是单薄了点。我和龚胖子私下就商量过，要把你那五宝民团作为基础，把整个全县的民团组织起来，整成一支有实力的民军，并且掌握在我等革命党人手里。"

这时，龚郁文插进来说："二胖，这事我和龙大哥一起仔细商议过两三回。眼下，多少有了个初步设想。待基本眉目有了，再通知你到县城来，看如何具体去办。"

当时龚郁文与他约定的时间，是在清明节前后。

清明过后两天，龚郁文果然有信来，让他即刻去县城，还说可能要他在县上多待几天，让他把五宝的事妥善安排一下再来。

王天杰接到龚郁文的来信，很是高兴。当即把五宝民团具体事务向军师宋师爷以及手下一个团副分别做了交代，即带着一名随从团丁，第二天就赶到了县城。

龚郁文见到王天杰，也很高兴。那名随从团丁，背有一个大背篼，里面装有五宝花生、家常香肠、老腊肉、山菇、明前青茶等一大堆礼品。另外还有两只风干了的山鸡及烟熏野兔。王天杰将这些礼品分成了两份，说一份给龚大哥尝个鲜，另一份留给龙大哥。

龚郁文笑着对王天杰说："二胖，你我之间，还兴请客送礼这一套啊？"

王天杰一笑，说："这哪是啥子送礼？不过一点乡村土产、山间野味，给你龚胖子下酒尝个鲜而已。"

因这次可能在县城多住几天，王天杰吩咐那随从团丁去订一间客店房间。然后与龚胖子出门找了家清静茶馆，两人坐下来喝茶细谈。

茶叙间，龚郁文告诉王天杰，说那天喝过"春酒"之后，他和龙鸣剑龙大哥商议过几次，也设想了几套方案。这一阵，又托衙门熟人关系，做了一点试探，如今事情有了点眉目。

龚胖子揭开茶碗盖子，喝了口散发着清香的毛峰茶，咂了咂嘴巴，似乎很惬意，又说：

"二胖兄，这次把你从五宝大老远地请到这县城来，还要你在县城多住几天，就是要落实一件要事。这件要事，就是让你老弟出任全县民团总首领，有了一定的眉目。大事定下来后，有些具体事情，当办的马上就办，以免错过时机。"

王天杰听说事情有了眉目，心里当然很高兴。这意味着他王二胖出任荣县民团总首领的梦想，即将成为现实。

把整个荣县民团组织掌握在一起，组建成一支荣县民军，这可以说是近几个月来，王天杰一直存在心里面的雄心壮志。

其实，这个想法，当初是龙鸣剑通过龚郁文说服他搞起五宝民团时，最早向他提出来的。不过当时的王天杰，初出茅庐都谈不上，连五宝民团团首这个位子都还没到手，哪敢去奢想做荣县民团总首领这等好事？所以龚郁文向他提出来时，他王二胖还认为，此事好是好，但比较遥远，属于狂妄野心一类。

但经过这段时间以来亲自操办五宝民团这一系列事情，多少有了些实践经验与心得。同时，他与龙鸣剑、龚郁文几位党人兄长密切相处，各方面眼界与见识，亦长进不少。再加上如今各事都有龙鸣剑、龚郁文等大哥协助与支持，他欲干一番大事的信心也更足了。

王天杰心里一高兴，想了想，就对龚郁文说：

"大胖，晚上在风雨桥酒楼整一桌怎样？我来做东请客，把赖君奇赖兄、赵叔尧赵兄、刘念谟刘兄这些人都通知来。过年那回聚了一次，又是好久没见面了。我平时也少到县城来，趁此机会大家聚一聚，高高兴兴喝一顿酒，你看要不要得？"

龚郁文多少猜透了王天杰心思，不觉心里有点好笑，又想，这王二胖到底年轻，是个稳不起的角色，心里一有啥子活动，言语行动就表现出来了。

沉思片刻，龚郁文就说："二胖，现在还不是喝庆功酒的时候。眼下情形是八字还没一撇，你我要先把事情做起来了再说。省里县里的局势，也是千变万化。许多事，原先以为十拿九稳，可是局面一变，说不定哪一天就变了。"

王天杰连忙说："大胖，我也不是说，现在就喝啥子庆功酒。主要是想大家聚一聚，高兴高兴罢了。"

龚郁文说："聚一聚的事以后再说吧，还是先办正事要紧。"

喝口茶，龚郁文又说："二胖，我实话跟你说，如何才能把全县民团组织到一起，掌握在我等党人手中，我和你龙大哥动过许多脑筋。现今比较可行的一条路子就是，我们要设法搞起一个县民团训练所。"

王天杰说："办一个民团训练所？"

龚郁文点点头，说："对头。民团训练所搞起来后，借训练的名义，让全县各乡镇民团陆续来训练所训练。这样就变相把全县民团组织在一起了，也就逐渐掌握在我们自己手中了。"

王天杰听了，顿时开窍，高兴地说："好主意！这个主意好，这个主意真正好！这个主意是你龚胖子想出来的，还是龙大哥想出来的？你们两人都是楚汉相争时的张良或是三国时诸葛亮那样的人物，眼观天下，足智多谋。我们荣县革命党及今后的民军，有你等雄才大略的人物，何愁革命不胜？"

龚郁文笑了笑，说："二胖，你不要给我戴高帽子了，我算啥子足智多谋、雄才大略？"

龚郁文拿起面前的茶碗，缓缓喝了口茶，又说：

"依我看，要说雄才大略，放眼县内外，龙鸣剑龙大哥倒多少算得上一个。还有，现今还远在日本东京同盟会总部的吴玉章也该算得上一个。至于像张良、诸葛亮那样的足智多谋，我看眼下暂时还没人可以称得上。好了，好了，不说这些，你我两个还是先说正事。"

接着，龚郁文向王天杰交了底。说开办民团训练所的事，通过前段时间打通关节，事情颇有头绪了。县衙门那里得批复，办关防，已经不成问题。现在需要具体落实的，主要有两件事。一是需要一个人来出面承头（方言，担当头面人物）；二是要把这一切事情办妥，需要一笔钱。

龚郁文对王天杰说："我与龙鸣剑反复商量过多次，龙大哥和我认为，这个出面承头的人，就是你王二胖最合适。民团训练所一旦开办起来，由你二胖来担任这个所长。"

这个决定，当然很合王天杰心意，他点点头表示认可。只听龚郁文又说："一是因为，龙大哥也好，我也好，都不宜出面承头，目标太大；二是因为，你王二胖已经是五宝民团的团首，办民团这些年来，已有相当经验。由你出任这个所长，比较名正言顺，官府那里也比较容易通过。"

说完这番话，龚郁文盯着王天杰看了看，又说：

"这第二件事，就是需要一笔钱的事。这笔钱，主要有两个用途。一是拿来做开办民团训练所的筹备费用；二是县衙门那边，打通关节、跑官府批复、办关防等，没有钱去铺路是难以办妥当的。这点事情，你二胖不知明白不明白？"

王天杰想都没想，当即说："筹备费用也好，打通关节费用也好，都不成问题，就不知到底需要好大一笔数？"

龚郁文略做思索，大概在心里算了算，才说：

"二胖，我大致算了算，筹备费和打通关节费用，两者相加，可能起码在一百两银子，而且筹备费还只是前期开办费用，不包括民团训练所办起来以后的运行费用。"

王天杰一听，爽快答应说："大胖，一百两银子对我王天杰来说，算个啥子？小事一桩。还不要说，这是拿来办正事，就是你龚胖子临时有点急难，手头紧，找到我王二胖名下，开口借个百十两银子，也是办得到的事。"

说完，忽又想起了什么，王天杰搔了搔脑壳，说：

"不过，大胖，我跟你说，这一百两银子，叫我马上拿出来倒是不得行。"

看龚郁文带点吃惊，又带点不解地看着他，王天杰有点不好意思地说：

"我这回上县城来，就只带有二三十两银子在身上，做点花销用度。也不好再去王家坝家里向老汉讨要。所以，这一百两银子，我得再回五宝去取就可以。"

龚郁文听罢，这才松了一口气，对王天杰说：

"没得事，没得事，又不是喊你今天马上拿出来。你明后天派人回五宝去取就可以。"

两人把事情说妥，又扯了几句闲话。看看快到吃午饭时辰，王天杰朝龚郁文说：

"大胖，南门靠城门口那边，有家小馆子，门面不大起眼，卖的肥肠鱼，还有红椒鲜姜兔丁，味道很是巴适，火候也拿得好。我在中学堂读书那阵，就和同学经常去吃。等会儿，你我一起去那馆子吃肥肠鱼，还有红椒鲜姜肉丁下烧酒，要不要得？"

中午，王天杰和龚郁文，还有那个随从团丁，果然一起去南门口那小馆子，吃了一小盆肥肠鱼，外加一盘红椒鲜姜兔丁，还有一人一个卤兔脑壳下烧酒，吃得很是满意。

其实，龚郁文也是个资格"吃货"，又是个"老县城"。荣县县城里面，随便哪个旮旯角落的店子，有啥子好吃的菜品，包括各种特色小吃，他龚胖子哪样不一清二楚？他如何不知道南门城门口那家小馆子，做的肥肠鱼，还有红椒鲜姜兔丁味道巴适？

2. 王二胖走马上任当督办

午饭吃过，王天杰写了一张条子，安排那随从团丁立即动身赶回五宝，拿着条子找军师宋秀才，在民团管财务的小头目那里取出一百两现银。然后即刻赶到县城来。

王天杰和龚郁文两人，继续就开办民团训练所的一些细节问题，做仔细商量。

龚郁文从王天杰手里拿过那一百两银子后，立即分出一笔钱，托衙门熟人关系去打通关节。

有银子开道，各样事情自是办得顺手。几天之内，跑官府批复、办关防等，一路畅通无阻。

眼看各事已有相当眉目，这天上午，龚郁文又把王天杰约出来。两人先是在西街一间茶铺里，一面喝茶，一面议事。

上午时辰，茶铺里面茶客不多，龚郁文慢慢品着茶碗里的荣州毛峰，一面对王天杰说些闲话。

喝了一开茶，两人才谈及正事。龚郁文告诉王天杰说，县衙门托办事情的那熟人昨晚来找过他，说是官府批复也好，关防也好，事情皆已落爽。若不出意外，三天之内，即可把两样关键东西拿到手头。

龚郁文半开玩笑地对王天杰说："二胖，事情一办成，你这个堂堂正正的民团训练所督办就要走马上任了。"

王天杰一听，有些喜形于色，说："大胖，这次辛苦你了。待关防拿下来了，我请客，在风雨桥酒楼办一桌酒席，大家喝两杯庆功酒。"

龚郁文一笑，朝王天杰说："二胖，庆功酒喝不喝，倒在其次，关键是，此事来之不易，你倒是该认真考虑考虑，如何把这民团训练所办好，把事情办巴适。"

王天杰连忙说："当然，当然。庆不庆功在其次，关键是把这民团训练所办好，办成党人所掌握民军的大本营，我等日后起事的一个基地。"

又说："不然，对不起你龚兄这一阵的操劳奔走，更对不起龙大哥的厚望和一片苦心。把事情办坏了，日后在一众党人朋友面前，我王二胖哪还有脸见人？"

喝口茶，看了看坐对面的龚郁文，王天杰又带点诚恳地说：

"怕只怕，我王天杰才疏学浅，能耐有限。如俗话所说，穿不伸展这身衣服。到时，还望你龚兄和龙大哥这些当兄长的多多帮助指教才好。"

龚郁文看王天杰说得真诚实在，就说：

"二胖，古话说，万事开头难。但任何事，只要开了头，一路坚持下去，必有所获。另有古话又说，只要功夫深，铁杵磨成针。这办民团训练所的事，也是如此，只要你二胖肯下功夫去做，哪有办不好的事？当然，我也好，龙大哥也好，其他党人朋友也好，在你王二胖遇到难事的时候，哪有不站出来为你二胖出出主意、助上一臂之力的道理？这方面，你尽管千放心、万放心好了。"

两人茶叙好一阵，又谈了些民团训练所的具体事情。看时候不早，已快到午饭时辰，王天杰就对龚郁文说：

"大胖，你我两个找家馆子吃饭去，喝点小酒。我招待你，龚兄，你想吃点啥子？"

龚郁文说："就你我两个人，又不是外人，随便找家小馆子，点两个菜，喝点酒，意思一下就是了。"

王天杰想了想，就说："干脆我们到南门口那边，吃红烧狮子头去。听说南门口那家馆子，从省城新来了个厨师，拿手菜就是红烧狮子头，正宗扬州口味。你我两个今天有闲，就去品尝一下，怎样？"

两人出了茶铺，顺街往南门那边走。其实今天龚郁文想吃的，不是啥子红烧狮子头，而是风雨桥旁边新开的一家威远羊肉汤馆子。

不过，他又不好对王天杰明说。南门口那家馆子的红烧狮子头，已成该馆子招揽顾客的一道招牌。上周，赵叔尧招待几个外码头袍哥朋友，就专门慕名而去，一心要品尝正宗口味的扬州狮子头。龚郁文亦在座当陪客。品尝一番之后，感觉那红烧狮子头味道火功皆不怎么样，离正宗扬州狮子头差了好些档次。

而西门风雨桥那家威远羊肉汤馆子，是上个月新开的。龚郁文爱吃羊肉汤，在朋友圈子中都知名。他尤其爱吃威远那边的羊肉汤。因为威远羊肉汤馆子蘸碟所用的红海椒一律是威远新店子海椒，俗称朝天椒。其辣味之正宗地道，非一般红海椒可比。

两人顺街走了一阵，龚郁文实在忍不住了，就对王天杰说：

"二胖，我看你我两个，不必走南门口那么远，去吃啥子红烧狮子头了。你我干脆到西门风雨桥吃羊肉汤吧。那里新开了一家威远羊肉汤馆子，说是味道不错。起先，你不是说要为民团训练所，寻一处好地址，我倒是想到了一处地方，离西门风雨桥羊肉馆不远，吃过饭就可顺路去看。"

王天杰听龚郁文说要为民团训练所寻一处好地址，立时有了兴趣。他朝龚郁文说："那就干脆吃威远羊肉汤吧。"

两人转头就往风雨桥那边走。那天中午，龚郁文和王天杰两人坐下来，一口气点了羊肉羊杂各半斤，另有炒羊肝、羊肉粉丝等两样炒菜。两人合喝半斤枸杞泡酒，着实饱吃了一顿羊肉羊杂汤。店家那朝天椒蘸碟，辣味正宗，真是名不虚传。

此时正是春夏交替的乍暖还寒时节，两人吃得脸冒红光，虽辣得额头和背心有微汗渗出，却通体舒畅，感觉奇好。尤其王天杰，很少吃这种辣法的饮食，走出店门时还在与龚郁文说：

"龚兄，这威远新店子朝天椒确实厉害。虽辣得我都冒汗了，但周身通泰，比洗了一个热水澡感觉还好，真是怪事。"

羊肉汤吃过，两人就去看龚郁文说的民团训练所地址。原来，龚郁文所说的，就是城内已经闲置多年的禹王宫。

这禹王宫，当地人又称"湖广会馆"，早年系荣县城里的湖广同乡会所建。"湖广填四川"后，陆续有两湖两广一带商人来荣县经商。尤其"长毛之乱"后，为避战祸入川的湖广人骤增。多年下来，客居荣县境内的湖广客商亦不少，为联谊乡情，遂集资建起了这座湖广会馆。

因传说大禹是湖北人，被两湖一带民众尊为"禹王"，此会馆落成后，就被民众称为"禹王宫"。近年来，由于朝纲不振，大局不安定，各业凋敝，生意难做，原旅居荣县的湖广客商，歇业返乡的不少。此湖广会馆亦逐渐衰落，到宣统元年，竟至完全关门闲置起来了。

龚郁文之所以想将新办的民团训练所落脚到这里，是因他与禹王宫原先的庙首比较相熟，知道其间一些内情。若是王天杰果真看中了这处地方，由他龚郁文出面去交涉，把地盘拿过来不是难事。

两人到了禹王宫门前，叫开了大门。那留在里面看门打扫的是位五十多岁的老者，姓朱，龚郁文也认识的。

龚郁文从衣袋里摸出十来文铜钱，送给他买茶买酒喝，才说，今日把民团王统领带来看一看场地。

朱姓老者，凭空得了这些个铜钱，欢喜得满脸笑意，连说，可以，可以。又要热心为两人带路。龚郁文朝他挥挥手，说：

"朱大爷，你忙你的事吧，我们随便走走就是。"

两人在禹王宫各处走走看看，心里大致有数了。这禹王宫，虽说场地不大，各处殿堂房屋，也有些老旧破损，但设施齐备，自成体系。离城内主要街市不远不近，其地理位置也合适。且四周围墙甚高，安全性较好。王天杰前前后后考察一番后，觉得这场地不错，比他在五宝做民军司令部那个古庙更好。

他向来是个说干就干的人，当即拍板选定，对龚郁文说：

"龚兄，就是这地方了，这地儿做民团训练所合适。你回头找那人说说吧，看他有啥子条件要提出来的。"

走了几步，又说："以后我二胖在县城有了个落脚处，你龚胖子和龙大哥等随时过来喝茶喝酒都方便。"

龚郁文当天晚上就找那庙首谈了。说是王天杰办了个民团训练所，想借禹王宫场地用用。此时，王天杰创办五宝民团并剿灭土匪郭麻子的事，已在县城各界为他带来不错的名声。对方见是王天杰借用场地，又是老熟人龚郁文出面，也很给面子，当即满口答应。

至于提出来的条件，只有一个，那就是禹王宫每年须向官府缴纳的地产房产税由王天杰这边按年缴纳。此外，禹王宫还欠看门老者朱大爷两个月工钱，也请这边一并付了。至于看门朱大爷留不留用，全由以后的民团训练所决定。

这点条件，王天杰想都没想，就一口答应下来。还连声说，这个庙首是个爽快人，不错，不错，值得交个朋友。

又对龚郁文说："大胖，你哪天把他约出来，一起吃个饭吧，当面道谢。"

王天杰是个急性子，没等官方正式批复及关防办下来，他就请来工匠对禹王宫进行全面修整。动工的前一天晚上，他托龚郁文把那庙首约出来，在县城有名的春香楼订了一桌酒席。

作陪的除了龚郁文，还有赵叔尧几个袍哥大爷以及赖君奇等县城有身份的人物，这让那庙首觉得很有面子。

酒席散席时，王天杰与龚郁文商量之后，又给那庙首封了个五两银子的红包。至于看门老者朱大爷，王天杰不但将他留用下来，仍旧做看门打扫那等事，每个月还给他加了三十文的工钱。

辛亥年农历三月，王天杰主持的荣县民团训练所在禹王宫正式挂牌开张。开张那天，王天杰听从龙鸣剑和龚郁文的建议，低调行事。既没张灯结彩，大放鞭炮，也没广请宾客，大办酒席。他只在禹王宫内殿摆了两桌，招待十数个上门贺喜的来客，多数是圈子内朋友。

官方客人倒也有一位，就是县衙刑名师爷范某。这位范师爷，就是龚郁文托衙门朋友关系，为民团训练所办官府批复及关防的那位关键人物。

这天将范师爷专门请来，一为让其以官方人士身份到场，表明这个民团训练所是得了官府批准的，是合法的；二是借此机会向范某表示一下感谢，希望这位范师爷，日后在一些事情上继续予以关照。

县城里面，凡是了解一点内情的人都知道，范师爷在县衙里面是柳知县的心腹之人，被誉为"第一高参"。其实，从骨子里来说，范师爷与他主子柳知县一样，是仇视革命党的。但范某又比较贪财，懂得衙门里的敛财之道，利用各种手段为自己捞好处。

龚郁文等人正是看准范某这个弱点，托各方朋友关系，打通这个关节，为党人办了一些实事。上次，龚郁文为王天杰办五宝民团批复及关防，就是辗转托关系找到范师爷名下，最终顺利办成。

这次办民团训练所的事，也是找的这位范师爷，其间还有些周折。原因在柳知县那里。因为一直以来，柳知县就十分防范革命党在荣县的相关活动。他早就接到县衙捕快耳报，说王天杰、龚郁文等有乱党嫌疑，所以对之有点防范。

当初王天杰办民团训练所，柳知县一直心怀警觉，疑其另有用意，就压着未批。后来，他因公赴省，前后耗时半月，县衙政务暂交范师爷代理，范师爷自作主张给批了。

柳知县回县衙理政，虽说对此事颇为不满，还把范师爷叫来过问一回，当面说了他几句，但毕竟生米已经煮成熟饭，也一时间没理由把那民团训练所批复及关防收回来，最后也只好观察观察再说，暂时不了了之。

这些内幕情形透露出来后，龚郁文和王天杰等人的反应各不相同。龚郁文暗自感叹，幸亏当时出手及时，否则，此事可能前功尽弃，到头来一切泡汤。

王天杰则很开心，对龚郁文说："这回，又耍了他柳瞎子一次。"

反过来，还对那位范师爷产生了那么一点好感，几次对龚郁文说：

"好不好你把那位范师爷约出来，请他吃一顿饭，封个银子红包给他？"

所以这大酒席之后，王天杰和龚郁文两人，特意将范师爷单独请到旁边一间客室喝茶。王天杰向范师爷表示感谢之余，额外奉送了一个十两银子的红包。

王天杰送红包时说：

"多谢范师爷费心。日后民团训练所的事还望范师爷多多关照。"

范师爷笑眯眯接过红包，连声说：

"好说，好说，日后王督办这里有啥子事要办，尽管到县衙来找我。"

其实，两人虽说面子上讲的都是客气话，其实都有点心照不宣。县衙捕快那些耳报，范师爷都是看过的。这位范师爷比柳知县有更多的消息来源证明王天杰、龚郁文等人，还有经常往来荣县与省城之间那个叫龙鸣剑的，都是革命党。

他甚至还猜到，王天杰龚郁文等人热心要筹办这个民团训练所是另有所图，很可能是在为革命党的事情暗中做某些准备。

精明的范师爷，除了贪图银子红包以及种种办事好处费之外，也更有一层心思。他是想为自己在革命党那里留一条退路。

范师爷之所以如此行事，主要是从衙门同事夏师爷突然辞职那件事情里得到了一点启示。

3. 县衙夏师爷之警世箴言

正当荣县县城里面革命暗流涌动，给人以"山雨欲来风满楼"感觉的时候，原县衙夏师爷辞职离荣之前的一段警世箴言，不知何故，突然流传于坊间，让人大感惊讶。

县城民众都知道，在县衙门里面，柳知县有两大智囊高参，一直被视为他的左膀右臂。这两大智囊高参，就是衙门里的两大师爷，范师爷和夏师爷。其中夏师爷是柳知县最倚重的师爷。

这个夏师爷，川省叙州府人，乡村秀才出身，文墨极好，当年是县衙门的文案师爷。在县衙当差二十多年，曾侍奉过好几任荣县县令，算是资深师爷。

在荣县县衙，夏师爷德高望重，办事认真，为人亦忠厚，对上对下关系都相处得好，很受人尊敬。

柳知县上任后，最初是抱着礼贤下士心态，与夏师爷打交道的，偶尔也向夏师爷请教一些地方上的事情，但并不特别看重。

可相处时间长了，柳知县这才发现，这位夏师爷，真是一个在现今官衙中难得一遇的资深长辈。夏师爷虽混迹衙门二三十年，身上却极少沾染官衙里面那些被称为"衙门老油子""官场老滑头"一类资深老师爷的陋习和坏毛病。

夏师爷人品好，清廉坦荡不说，对上司忠心耿耿，无论是出主意，还是出面处置难事急事，皆尽其所能，不存私念。这是夏师爷身上最让柳知县满意和看重的地方。久而久之，夏师爷成了柳知县最信得过，也最为倚重的参谋和助手。

可是，在去年年底，辛亥年开年之前，夏师爷以"年过六旬"又"体弱多病"为由，正式向柳桑春递交了辞呈。

时值多事之秋，正是用人之际，柳知县哪里肯让夏师爷辞职。于是坚决挽留，他私下找夏师爷谈过多次，一面晓以大义，一面示以私情，甚至提出增加每月的俸禄银子以及年节红包，只求夏师爷能留下来，再辅佐他干三两年。

可惜，夏师爷去意已决，走的态度异常坚决。柳知县苦留不住，便让账房封了一个十两银子的红包,接受了夏师爷辞呈。

在去年县衙年节封印前一天,夏师爷离了荣县,踏上归乡之路,回叙府老家养老,过清闲日子去了。

这一晃就过了好几个月。近来,县城一些小圈子内,突然出现一种有意思的传言。

传言称,夏师爷之所以坚决请辞,不肯再留荣县县衙为上司出谋划策、排忧解难,是因为听信了那"一个甲子中,每逢辛亥年,天下必有大乱"的坊间传言。

据说,夏师爷县衙请辞前,有次曾与当地一位深居简出的老秀才把酒饮谈。那个传言及其夜观天象的故事,就是饮谈时他对老秀才透露出来的。

这位老秀才,在荣县县城内外也是个有点神秘的人物。传说,此人曾经是荣县大才子赵熙的朋友,赵熙极为看重他的才学。一直到这辛亥年,赵熙仍同他有书信往来以及诗词唱和。

十数年来,老秀才深居简出,基本上完全闭门谢客,拒绝了一切客人来访。也不管上门客人是谁,身份如何,他一概拒见。

老秀才不仅给一般客人碰钉子,就连龚郁文、龙鸣剑这种有着留学生身份的读书人,他也一点不给情面。

却只有夏师爷是个例外。至于这位性情古怪的老秀才如何与衙门夏师爷成为好友的,人们亦多有不知。

那天,已经从县衙辞职的夏师爷,动身返叙州老家之前,专到其大佛寺脚下住处走了一次,拜访老秀才。实际上,是特来向这位交往十数年的老友辞行。

对夏师爷年关将近突然登门拜访,以及告知已从衙门辞职之事,老秀才似是心有所料,表现得一脸平静,甚至连问一下夏师爷为何要辞职的话,也没说一句。

此时已是年关将近,山里面朔风劲吹,寒气逼人。篱笆园子中,两人常茶酒对叙的草亭,已不适再坐,两人改在书房品茗而谈。

书房里烧着一盆木炭,给人温暖如春的感觉。炭火盆边,摆着一只锃亮的铜茶壶,吱吱冒出来带点茶香的水汽。

老秀才虽久居山野,平时足不出户,县城更是几年没去一次了,但喝茶十分讲究。春夏喝正宗蒙顶毛峰,入秋以后,则只喝资格(方言,正宗)云南普洱茶。按老秀才的"茶道""茶经",春夏喝绿茶,既可清热去火,又能静神养心；而入秋后喝红茶，而且是"熟茶"，则既能驱寒，暖脾胃脏腑，又可补脑健神，储存提升体内阳气。

夏师爷平时忙于衙门公事，喝茶自然没有那许多讲究。但听老秀才喝茶的"茶经""茶道"，还是觉得有趣。有时又想，哪一天自己告老还乡，不妨也试试，喝茶多少讲究点名堂。

因是年节将至，老秀才让家人摆出来待客的，还有好些佐茶零食。除了家常的炒花生、沙胡豆、爆米花外，还有街上糖食铺子里售卖的枣果、红丸、冬条、橘红等，甚是丰盛。

后来到了午饭时间，老秀才吩咐家人把酒菜直接摆到书房里面来，两人对坐饮谈。

老秀才虽年事已高，但还能喝一点酒。今日老友上门，自是要陪着喝一两杯。夏师爷亦小有酒量。古话说，酒逢知己千杯少，两人知己数年，又逢离别之时，这天更是把酒畅叙一番。

酒过三巡，两人都有了点酒意，夏师爷这才对老秀才讲了讲他此番从县衙辞职的缘由。他说：

"老兄，不瞒你说，自县衙辞职以来，多有人向老夫发问，此番辞职到底有何因由，连知县柳大人也问过多次。老夫一直推脱周旋其间，未做深说。老兄不是外人，此刻乘着酒兴不妨说它一说。"

老秀才微笑不语，点点头示意愿听对方一路说下去。

"说起此番辞职衙门的事由，想必老兄听说过坊间关于辛亥年的那个传言吧？"

老秀才仍是微笑不语，不置可否。只听夏师爷继续说道：

"开年即辛亥年。坊间一直有传言，天下每逢辛亥必有大乱。依据就是，一个甲子前那场洪杨之乱。对此传言，老夫一直似信非信。此前一些时候，老夫多次夜观天象，意在证此传言，是虚说还是非虚说。"

"天象何示？"老秀才停止了微笑，脸上神情显露出某种关注。

"说实话，老夫看到的天象，都不是啥子好天象。"夏师爷正色道，"乾坤错位，星迹迷乱。尤其是，西南方煞气太重，时有灾星划空而逝。"

夏师爷叹息一声："实话实说，老兄，这些都不是啥子好兆头啊。天象所示，似与坊间传言暗合。"

话说到这里，夏师爷眉宇间露出忧虑之色，甚至略带几丝迷惘。老秀才看着他，却一言不发。夏师爷朝老秀才望了望，叹了口气，才终于说：

"老夫由此断定，不出一年，天下必有大灾大乱。"

老秀才仍是一言不发。夏师爷叹一口气，说道：

"天象显示，西南方煞气太重。自古有话，天下未乱蜀先乱。西南方正是巴蜀方位。而这荣州，又在西南方位要冲之处。老夫暗想，此天象莫非预示着，天下之乱，应是先从西南方而起？若果真如此，辛亥年之大乱，必先乱于巴蜀，乱于荣州地界。既如此，那老夫作为县令柳大人幕僚，老兄，你说我咋办？对此该如何处置？"

老秀才似是微叹一口气，但仍是一言不发。夏师爷望老秀才沉思片刻，又说：

"为上司出谋划策吧，那样做，上违天意，下违民意，肯定绝无好结果，也无好下场；不为上司排忧解难，置身事外吧，又有违老夫做人之准则。如此，左也不是，右也不是，老夫一辈子名节毁了不说，弄不好自己身家性命也难保。"

夏师爷望着始终一言不发的老秀才，露出惆怅之色，片刻，又是叹息一声，说：

"既如此，这是何苦而来？老夫思虑良久，还是趁大乱未起之时，急流勇退为好。于此打定主意解甲归田，回老家耕读，静心过自家日子去吧。"

那天两人对坐饮谈，关于辛亥年大乱的话题到此戛然而止，没再继续下去。

夏师爷归乡远去后，他与老秀才这番书房对谈，不知为何流传出来了，且渐为坊间所知。

有人说，是老秀才一个侄子透露出来的。那天，他正好在老秀才那里做客。他从书房并未关严的门缝中，偷听到夏师爷这番言谈。后来在与朋友摆谈中讲了出来，就此传于坊间。

又有人说，是夏师爷自己讲出来的。其离开荣县返乡的前夕，有衙门同事置酒为之饯行。那是县衙的一名书办，比夏师爷小几岁，平时两人私交不错。那晚上，在衙门隔着一条街的酒楼，二楼一个包厢里，两人把酒对叙，开怀畅饮。

三杯酒下肚，彼此的话就多了起来。反正第二天就要离开荣县了，夏师爷也就没啥顾忌了，于是就趁着一点酒意，把那天与老秀才那番关于"辛亥年必有大乱"以及"夜观天象"的书房对谈给讲了出来。

反正也不管哪种说法为真，总之，关于夏师爷"辛亥年必有大乱"及

"夜观天象"的谈论就此传了出来,成了坊间茶余酒后的龙门阵之一。

不过,开初县人也没太在意,多数人仅看成市井八卦之类,一笑了之。

及至辛亥年入夏,果然"保路风潮"初起,且给人以"大乱将至"之感觉。坊间人等这才感叹,这位夏师爷果真有先见之明,甚至可称为"高人""神人"。

后来,连龚郁文、龙鸣剑、王天杰这些革命党,闻听这番言谈后,也不免对这位"老夫子"一样的夏师爷有点另眼相看。

甚至,几个人还有点后悔遗憾,当初没能与这位不一样的县衙师爷多打点交道。龚郁文因为交际多,常利用关系为革命党内外在县衙办些事情,同这位夏师爷不仅相识,还有点熟。但在龚郁文印象中,夏师爷为人有点清高,难打交道。

"保路风潮"起来后,龚郁文、王天杰、赖君奇、赵叔尧这些党人,尤其对夏师爷那番"天象显示,西南方煞气太重,而这荣州,正在西南方位要冲处""预示辛亥年之大乱,必先乱于这荣州地界"的推断,大感兴趣。

王天杰说:"这夏师爷倒还有些见识,若还留在荣县,请来当我五宝民团的军师也是不错。"

龚郁文亦说:"难得这般头脑清楚的一位衙门师爷,放在小小一个县衙中,真是有点可惜了。"

龙鸣剑对于古人"星占图""天象"一类说法历来不太相信,不过,听了夏师爷那番言谈后,也对之有了一点兴趣,尤其对"辛亥年之大乱先乱于荣州"的推断,大有兴趣。他有时自己在心里寻思,这是不是在暗示荣县党人若举事,一心应争"天下之先"?

这些想法,龙鸣剑还曾经私下对龚郁文、王天杰等人说过。龚、王等人,亦懂得龙兄的深层意思,均表示,荣县党人都是七尺男儿,大义面前,绝不"拉稀摆带"(方言,拖后腿)。若举事,该起就起,该上就上,哪怕刀山火海,哪怕枪林弹雨,也应争个"天下之先"。

再后来,龚郁文、龙鸣剑、王天杰等对这位衙门师爷更添好感,还在于坊间传言说:夏师爷并不大赞成柳知县那些卖力镇压缉捕革命党的做法,且多次为之建言,让其慎重行事。

可惜官迷心窍的柳知县,并未采纳。据说,这也是夏师爷执意请辞归家的原因之一。

夏师爷那番警世箴言,后来在荣县县城内外传播得越来越广,也越来越神。

再后来，到了闹"保路风潮"的时候，保路同志会的人也好，革命党也好，有意无意，都拿夏师爷此警世箴言做说辞，发动民众，动员其投入到"保路风潮"中，而且，据说还真起到了一些效果。

4. "保路风潮"初起

辛亥年四川这场"保路风潮"，最初是从省城闹起来的。

大概硬是要印证"天下未乱蜀先乱"那句古话，辛亥年这场大乱，真的首先从巴蜀之地四川乱起。

四川这场"保路风潮"，起源于1911年5月朝廷新颁布的一项铁路国有化举措。

此前，作为新政之一，清廷曾颁发了一项"铁路民办成案"，宣布可由民间集资修建铁路，建成后，亦由民资组建的铁路公司经营。其铁路路权及收益，均归铁路公司所有。

当时提交出来"民办"的铁路，主要有川汉铁路（四川成都经重庆到湖北汉口）以及粤汉铁路（广州到汉口）两条干线。

此项政策一经宣布，民间反响强烈。尤其四川、湖北两省，民众很快成立了相关的铁路公司。

铁路公司对社会各界发行股票，吸引民众投资入股。以四川为例，在成都成立的铁路公司，所发行的川汉铁路公司股票，为五十两银子一股，全川民众投资踊跃。

短短几个月时间，四川民众所筹集资建铁路的银子，即高达八百万两，居全国之首。

然而，1911年5月，清朝廷在盛宣怀、端方等大臣操纵下，推翻了原有"铁路民办成案"，重新颁布了一项铁路国有化政策。不仅宣布实行铁路国有，还将川汉铁路、粤汉铁路的路权作为抵押，从英、法、美、德四国银行财团借外债五百万英镑。实际上，等于把川汉铁路、粤汉铁路路权作价五百万英镑卖给了外国财团。

此铁路国有化举措一公布，全国大哗。尤其所涉及的四川、湖北、广东民众，更是群情鼎沸，怒气冲天。因为，这意味着此前的铁路投资完全打了水漂,而用真金白银换来的铁路公司股票等于废纸一张。

以成都为首的四川民众,反应尤为强烈。八百万两白银啊,那都是老百姓的血汗钱!

在省城成都,以铁路公司为大本营,以各界知名人士为首,当即展开了声势浩大的请愿活动。民众向四川总督衙门请愿,进而向中央朝廷请愿,坚决反对铁路国有化举措,强烈要求中央朝廷收回成命。震动全国上下,震惊朝廷内外的"保路风潮",自此而起。

6月17日,成都各团体、各界人士及股东代表,在岳王府街铁路公司总部召开股东大会。成都市民及郊县民众上万人,集聚会场内外声援助威。会上,决定成立"保路同志会",并发表宣言,号召市民大众立即行动起来,反对清政府的"卖路""卖国"行为,奋起"保路"。

那天的股东大会,还做出决定,设立常设机构,发动民众开展保路运动。另外还有一项重要内容,那就是号召全川各州府县股东代表,回去后应尽快成立当地的保路同志会。

那两天,龙鸣剑正好也在省城,住在九眼桥边上朱国琛所创办的农事实验场里。得到消息,两人当天即赶到岳王府街,一探究竟。他俩赶到现场时,铁路公司那里已经是人山人海,根本挤不进会场里去了。

虽然没进会场,但大会现场的气氛及民众的强烈反应还是让他俩热血沸腾,大受感染和鼓舞。大会散会时,两人在满街的人流中意外看到了曹笃和吴坚仲两位好友,四个人就走在了一起。

曹笃和吴坚仲两人来得早些,开会之前就挤进会场里了。

"哎呀,龙兄,朱兄,平时难得碰到一起,"曹笃热情地招呼龙鸣剑和朱国琛,说,"今日有幸相逢,也是缘分。走,我们找家馆子喝酒去。"

"你曹兄来做东?"吴坚仲半带玩笑问他,"曹兄,先说好,我荷包是空的哈。你不做东我不敢进门。"

"当然是我曹三爷做东,"曹笃乐呵呵地回应说,"我提议找馆子喝酒,哪个说了要你付钱?"

龙鸣剑和朱国琛都笑,几个人走了一阵,就在离皇城不远的一条背街,找了家稍微清静点的小馆子喝酒。选了内堂靠窗的一张桌子,四个人各坐一方。

那时成都的背街小馆子,生意比较清淡,店老板见一下子进来了四个客人,看衣装打扮样子,又是出得起钱的那种人,赶忙过来招呼伺候。店小二又送来一壶免费的老荫凉茶,让几个人解渴解暑。

曹笃看了看柜台壁上的粉牌,依次点了半斤卤牛肉、一盘五香花生米、一盘凉拌麻辣猪耳、一份火爆肥肠、一份红椒回锅肉、一盘麻婆豆腐,又加了一盘干煸苦瓜、一份素炒莲白。在酸菜粉丝汤与折耳根心肺汤两样汤菜中,选的是后者。最后是一斤枸杞桂圆酒。

曹笃点完酒菜,朝老板嘱咐一句:"掌柜的,把菜的味道火功整巴适点哈。"

"巴适,巴适。"店老板见曹笃一口气点了这许多菜,欢喜得不得了,连声回答说,"本店菜品,向来味道火功都讲究,都是资格成都公馆菜味道,巴适得很。"

酒菜陆续上桌,曹笃指着那盆汤菜,很有兴致地对几个人说:

"折耳根炖心肺这种汤菜做法,以前真没吃过。那回同李宗吾那书呆子逛地摊,在文庙后街一家小馆子喝酒吃饭,宗吾兄就专门点了折耳根心肺汤,让我开眼界。一尝,还真是别有一番滋味。"

"那宗吾兄很有趣,"吴坚仲与曹笃和李宗吾都是自流井人,且相交甚好,就说,"平时除了在屋子里看书发呆,就是出门东走西走。满城满街逛地摊,或是找旮旯胡同的小酒馆小茶铺喝茶吃酒,听茶客酒客摆老龙门阵。"

"李宗吾说的这折耳根心肺汤,"曹笃说,"是他当年在江油中学堂当监督时,在城门口一家小馆子最早品尝过。后来,在富顺板桥乡场上小馆子也吃过。但县城的馆子没有。却没料到,在成都背街小馆子、文庙后街那种地方都能吃到。"

四个人很随意地边吃边谈,渐至谈及主题。那就是,他几个革命党人该如何在即将来临的"保路风潮"中发挥自己的作用。

在座四人中,龙鸣剑和朱国琛两个是荣县人。曹笃和吴坚仲则是荣县相邻的自流井人。四个人都是同盟会员,也就是坊间说的"革字头"或革命党。曹笃和朱国琛,加入同盟会最早,都是1906年入的同盟会。

朱国琛是荣县长山桥人,当年长山桥小学堂,是该县同盟会的一个"窝子"。好些人在此以教师身份做掩护,从事反清革命活动,并在学生中秘密发展会员。1906年10月,朱国琛在长山桥小学堂任教期间,经熊克武介绍,加入同盟会。

后来,朱国琛赴日本留学。留学归来的朱国琛,一心要践行科学救国、实业救国理想,多方筹划奔走,在省城郊外九眼桥府河一侧,开办了这所农事实验场，想搞自己心目中的"农事实验"。这事让朱国琛这个荣县人，在省城那一众来自下川南同乡朋友圈中获得了小小名气。

曹笃虽说也是文人出身，却敢于担当，且有勇有谋，入同盟会后，不避风险，干了不少实事。他老家自流井檀木林的一处旧宅，离天主教堂不远，比较僻静，曹笃就将那地方做了同盟会秘密联络处。曹笃还在当地知名人士中发展了一批同盟会会员，比较有名的有富顺县清末最后一批秀才涂哲（富顺独立后任军政府军政部长）、老秀才廖秋华、当地哥老会首领郭武勋（辛亥时任保路同志会负责人）。在座的吴坚仲，也是曹笃发展成同盟会员的。

曹笃后来还与熊克武、黄复生、谢奉琦等人一起，先后在川南的江安、泸州、嘉定（现今乐山）筹划并参加了三次较大的武装起义。直到1909年10月嘉定起义失败，曹笃与熊克武一起分头做完起义烈士家人的安抚事宜，才重返省城。

其时，曹笃在川南经纬学堂的老师周孝怀，已出任省劝业道主官。周当时在省城官场算是比较开明、想干点实事的进取型官员，极重视人才。当年在经纬学堂，就颇赏识曹笃之学识才干，力劝其留省城做点实事。开办蚕桑学堂后，周孝怀委任曹笃为学堂监督（校长）至今。

龙鸣剑入同盟会稍晚些。他是1907年春，经伯父帮助得以赴日官费留学，在日本东京同盟会总部入的会。1908年夏，龙鸣剑奉命回国，于1909年春在成都创办"法政专科学堂"，并将其作为成都同盟会地下机关发展。

龙鸣剑其时刚满三十四岁，虽然也算年轻，但其经历丰富，性格深沉，在社会交往及为人处世方面比朱国琛这些书生气重的人成熟得多，也从容得多。从日本回国时，他就深刻领悟并接受了孙中山为首的同盟会总部关于大力联络发动袍哥、地方民团势力共举反清大业的指示，利用自己善于与社会各方交往应酬的能力，积极在各州县地方袍哥民团的头面人物中物色可资团结拉拢的对象，收获颇丰。

那天在酒桌上，龙鸣剑说："照这个势头看，省里保路同志会成立起来了，全川各州府县，也都立即会仿效省城，建立当地的保路同志会。这个势头不容小视。"

"同志会？这个名称有点怪模怪样的。"朱国琛说，"与我等的同盟会仅一字之差，不了解的还容易整混。"

"不管它啥子叫法，"龙鸣剑说，"反正四川民众，就此有了一个民众认可的机构，可以与官方唱反调。"

"对头，"吴坚仲说，"民众既能认可又能唱反调的机构，就有利用价值。到时，我等可学古人之法，来个挂羊头卖狗肉，以保路同志会之名，行革命党之实。"

"吴兄这个主意好，"龙鸣剑带点赞赏地说，"以保路之名，行革命之实。"

"如今省保路同志会成立起来了，"吴坚仲对龙鸣剑说，"我想立即赶回富顺，赶回自流井去，把当地同志会建立起来。"

龙鸣剑说："我也赶回荣县，把县同志会的事发动起来。"

吴坚仲又转头朝曹笃说："曹兄，你我一起赶回去，你去富顺县城，我回自流井，建当地保路同志会的分会，以便互相支持。到时，把富顺县城还有自流井的局面基本上给控制掌握起来，好不好？"

曹笃带点无奈地说："坚仲兄，我怎么走得脱？蚕桑学堂监督这块牌子还挂在我身上的，哪里能像你，想走就走？"

吴坚仲说："看来，还是古人说得好，无官一身轻。自己想走就走。"

曹笃看他一眼，想说啥子话，最终没说出来。

吴坚仲又说："反正我是要回老家整同志会的，不管是富顺，还是自流井，先把同志会的牌子整起来再说。"

朱国琛说："我手头这个摊子一时也甩不脱啊，其实我很想回荣县去，哪怕在民团里当个参谋，帮王二胖做点实事也好。"

龙鸣剑却不赞成大家都离了省城通通下州县，回老家搞保路同志会，或办民团的提议。他带点深思熟虑的神色，说：

"曹兄一时走不了，就留在省城也好。反正省城也要有人，关注了解省城的大势以及官方有些啥子动静。"

又望着朱国琛说："其实，就你朱兄来说，我认为，当然留在这里更好。不然我等党人在省城连个落脚处都没有。我跟你说，以后你朱国琛这里，就是一个党人联络点，一处革命党在省城的秘密机关。"

事实证明，龙鸣剑当时这番深谋远虑是十分正确的。正因为留在省城，朱国琛能就近观察了解省城保路风潮的大局，经过自己的深思熟虑，他才挥笔写下了那篇对局势发展有关键性意义的《川人自保商榷书》。

那天小馆子的一顿酒饭吃完，四个人的去留已定。龙鸣剑赶回荣县，吴坚仲赶回富顺或是自流井，设法把当地同志会建立起来。曹笃和朱国琛，暂留省城，观察局势发展与各方动静。彼此加强联系，看自己在眼下风潮中，到底能做点什么。

吴坚仲向来说干就干，行事果断，第二天他就离了省城。先是到富顺县衙，求见知县孙某，要求在富顺成立"县保路同志会"。知县孙某不肯答应。吴坚仲不肯罢休，缠着孙某左说右说，晓以大义。最后，孙某勉强答应，可在自流井先弄个同志会分会。

吴坚仲立马赶回自流井，与自流井分县衙门交涉，终于获准成立自流井保路同志会分会。

6月26日，自流井保路同志会分会在十字口广场召开成立大会，万余市民到场观看助威。吴坚仲自任会长，并发表慷慨激昂的保路演讲，震撼人心。

当天吴坚仲还主持了声势浩大的保路募捐，各界反应热烈，为保路同志会捐款颇巨。这些捐款，除一部分用作同志会日常开支，大部分留作日后自流井同志军起事的军饷与军费。

5. 荣县保路同志会成立

相比自流井，荣县的保路同志会成立的时间要迟一些，情况也复杂一些。

龙鸣剑是省保路同志会成立后，隔了三四天才赶回荣县。倒不是他在省城有其他什么事耽搁，实际上，龙鸣剑也是在几个人小馆子酒叙后，第二天一大早就离了九眼桥农事实验场。但他没立即回荣县，而是去了另外两个地方。

龙鸣剑去的那两个地方，一处是双流县，另一处是资州罗泉井。龙鸣剑去双流县，是拜会著名袍哥领袖、江湖人称"秦大炮"的秦载赓；去资州罗泉井，则是会晤罗泉井民团团首钟岳灵。

那天小馆子酒叙后，龙鸣剑晚睡前，对眼下局势及相应举措做了一些深度思考。龙鸣剑对局势的观察与思考，对大局走向的分析，肯定要比吴坚仲、曹笃等要深远一些。

他想的是，荣县本身革命党的基础就比较好。有一批像王天杰、龚郁文、余契、赵叔尧、赖君奇等党人骨干，力量雄厚且团结一心为革命事业奔波。不像省城或其他一些州县，党人力量分散，各干各的，难以形成合力。更为难得的是，荣县已经有一支由王天杰掌握的民团，实际上已形成革命党武装。

在龙鸣剑看来，荣县的保路同志会，早几天成立或迟几天成立，并不是事情的关键。因此，龙鸣剑把着眼点不仅仅是放在荣县一个地方，而是在更广阔的地域和更有深远意义的事情上。

除了荣县，以及吴坚仲去的富顺和自流井，龙鸣剑还想到了另外几处地方和那里的人物。他们分别是双流县的秦载赓、资州罗泉井的钟岳灵，还有井研县的陈孔白。他决定赶回荣县之前，到这几处地方走走，联络鼓动一下，让他们积极介入当地的保路风潮，争取有所作为，为党人事业开创新的局面。

主意打定，龙鸣剑离农事实验场当天，就去双流找到秦载赓。之后，又转道资州罗泉井见了民团团首钟岳灵。本想再去井研见陈孔白，但不顺道，要多耽误时间，就先回了荣县。

其时交通不便，旅途艰难，龙鸣剑赶回荣县时，已是6月下旬。回荣县一看，县城内外"风潮"果然已经起来了，但局面有些复杂。

说局面复杂，是县里风潮起来后，在风潮中处于领头或主流地位的，并非革命党人。一众党人骨干中，除赵叔尧以袍哥大爷身份参加其中外，王天杰、龚郁文、余契、赖君奇等皆非县城保路风潮初起的显赫人物。

原因是，6月17日，在成都岳王府街铁路公司召开的股东大会，实际是全川保路同志会的成立大会。

那天，荣县也有股东代表专赴省城与会。荣县参会的股东代表，是县租股局局员尹广心、刘纯等三人。那天的大会，有一项重要内容，就是号召全川各州府县股东代表，回去后应尽快成立当地的保路同志会。

与会的尹广心、刘纯等三人，等于直接领受了任务。回到荣县后，尹广心等人就分头与社会各界人士，尤其是知名或头面人物，联系沟通，商量荣县成立保路同志会的事。

王天杰、龚郁文也算知名人士，当地一方人物，也被拜会过告知过。但县保路同志会主客基本格局已定，充其量于其间当个协助参议之类的角色。

王天杰找龚郁文商量，两人没得到龙鸣剑音讯，也不知省城那保路同志会到底情形如何，因此拿不出更多主意。就只盼着早点见到龙鸣剑，或是有书信口信从成都传来。

一见龙鸣剑回了荣县，王天杰和龚郁文都相当高兴。尤其王天杰，兴冲冲对龙鸣剑直喊：

"哎呀，龙大哥，你终于回荣县了！这几天，我王二胖盼星星，盼月亮，到底把你龙大哥盼回来了！"

对县城当下这种局面，龙鸣剑其实心里早有预料。还在半途，他就知道了6月17日那天荣县有股东代表赴会的事。

"没关系，他们干他们的，我等干我等的。"听王天杰和龚郁文介绍了县城局势以及筹办县保路同志会的情形，龙鸣剑沉稳地表态说，"保路同志会那些人干得好，我们可以尽量协助支持；干得不好，我们可以另起炉灶，干我等党人的事。"

"他们干他们的，我等干我等的。"这句话，龙鸣剑见到秦载赓、钟岳灵时分别对他俩也说过。意在告知提醒，风潮起来后，哪怕自家没在当地保路同志会中得到理想的位置，我等革命党人也应当利用这个机会趁势而为。

到后来，在党人联络各地袍哥领袖秘密召开的罗泉井会议上，龙鸣剑这个"他们干他们的，我等干我等的"，更成了革命党人在保路运动中总的指导方针和行事方法。

听龙鸣剑这一说，王天杰和龚郁文两人顿时豁然醒悟，眼光、境界也开阔起来了，不再为党人在即将成立的保路同志会中能否取得领导权主动权而着急。

龙鸣剑还对两人说："县保路同志会当事者是些什么人，你我不必太在意，只要它成立起来后是为发动民众保路。而我等革命党人，有实力，手中有自己的武装，到时就能说得起话，就能左右局势。"

他指着王天杰说："二胖兄，趁这个势头，你好好把手中这个民团讲习所理顺管好，再把五宝那边的人马带好，今后一旦时机成熟，荣县党人要起事，还要靠这支武装。"

王天杰连忙说："龙大哥你放心，我王二胖别样本事没有，到时同盟会要起事，需要有人出头带人马冲锋陷阵，冲最前头的，肯定有我王二胖。"

接下来，三个人大致分析了县保路同志会可能的人员构成、官方对此的态度以及同志会应有的对策等。

龙鸣剑说："县衙那个柳知县是个顽固派，对革命党尤为仇视。张智剑兄被他着捕快逮捕后，至今还一直关在县狱里。我听赖君奇说，为营救张智剑兄出狱，他动了很多脑筋，也打通了好些关节，最后都卡在柳知县那里。"

龙鸣剑看了看龚郁文和王天杰，又说：

"我估计这次成立保路同志会，柳知县可能会要些花招出来。今后同志会的活动，也可能有不太顺的地方。到时，需要党人站出来，甚至动用民团力量，对其来点硬的，也未可料。到时，民团讲习所也好，我等革命党人也好，会有需要挺身而出、发挥作用的时候。"

王天杰当即表态："龙大哥放心，到时需要人打头阵，我王二胖决不拉稀摆带！"

果然不出龙鸣剑所料，柳知县对在荣县成立保路同志会的事阳奉阴违，一直借故拖延搪塞，又暗中指使县衙有关人员处处制造障碍。

如此，荣县保路同志会一直拖到7月18日才正式成立起来。

此前的7月5日和7月8日，分别召开了两次筹备会议，商议县保路同志会的相关事宜。此时，龙鸣剑已返回成都。龚郁文和王天杰，均应邀参加了两次筹备会议。参加筹备会议的同盟会员，还有赵叔尧、严遂初、吴桂胥、张锦乔等。

7月5日的筹备会议，主要是推选保路同志会的讲演员。经与会者推荐审核，全县包括各场镇，一共推选确定了八十名讲演员。

名单公布后，这些讲演员即就位，各自在县城及乡场集镇开展讲演，对民众进行保路宣传。其中，尤以同盟会员赵叔尧、严遂初、吴桂胥、张锦乔等人的讲演宣传鼓动效果最好，最受民众欢迎。

7月8日的筹备会议，则是确定县保路同志会的负责人。经与会者商议，最后确定县租股局局员尹广心担任县保路同志会会长，刘纯任副会长。

荣县保路同志会总机关部，设在县租股局内。

7月18日，荣县保路同志会召开成立大会，荣县各界人士及民众数千人出席大会。

县保路同志会成立前后，曾以筹备者之一、县教育会会长詹熙龙等八人的名义，向四川保路同志会呈送了一份报告，简述荣县筹建县保路同志会相关的一些活动情况。

这份编号为第二十三号的报告，后来编入四川保路同志会报告，全文如下：

荣县绅商各界来函报告同志协会成立云：自接到公告后，由租股局局员尹广心、刘纯联合各界组织保路协会，于本月初十、十三日（作者注：此为农历，下同）先后开会，签名者三四百人。公议暂以租股局为总机关部，就各场推击讲演员八十余人担任讲演，并定期二十三日再开会宣告同志协会成立。公举公长、部长，研究进行方法。业于十四、十五日分头讲演，听者颇多感动，纷纷到总机关部签名云云。

教育会会长	詹熙龙
五宝镇议长	张光森
劝学所视学	陈怀洙
高等小学校长	张鸿介
商务分会经理	郭宏佐
高等小学教员	吴　谪
镇紫镇议长	沈瀚周
巡警署区官	李农郁

第五章　省城乱局

1. 九眼桥茶谈

7月中旬的一个星期天，成都郊外九眼桥。举目望去，府河两岸阳光灿烂，风景正好。

九眼桥古老伟岸之桥身，与河中倒影相连，看上去别有一番韵味。桥下，府河水缓流不息，偶有河风吹过，能听见远处洗衣女棒击衣服的拍打声和欢笑声。

离桥头不远，紧靠府河岸边，一块农事实验场的牌子在初夏阳光里特别耀眼。

这农事实验场，占地一亩多，大门两边各围了一段简易竹篱笆围墙。篱笆墙里面，高高矮矮栽植有各色植物，阳光下葱绿一片，生机盎然。

这天，农场主人约请几位朋友来此一聚。每有客人来到，在篱笆围墙里忙活的小工陈三，便会扯起嗓子喊一声：

"朱场长，又有客人到了！"

这时，一个体形偏瘦、面色白净的青年男子就会应声从屋里走出来，与来客打招呼，并迎进客室。

青年男子三十岁出头，身材不高，浅浅的眉毛，眼睛细小，穿一件细竹布长衫，浑身上下透出的是一股浓厚书生气。这人正是后来写下那份《川人自保商榷书》，在"保路运动"中名声远扬的荣县人朱国琛。

上午十时左右，又先后来了两位客人。先来那位，个头大，说话嗓门也大，此人正是双流、华阳一带著名袍哥领袖，江湖人称"秦大炮"的秦载赓。

后来那位名叫钟岳灵，长得魁伟结实，一表人才。他也是一方名人，现在身份是资州罗泉井民团团首。

秦载赓一早从华阳过来，坐的是他平时出行用的丁字轿。下轿后，他掏出一点零钱，让几个轿夫找地方喝茶，吃顿便饭。又说，下午四点钟左右，仍来这里接他。几个轿夫欢欢喜喜接过钱，找地方喝茶去了。

钟岳灵坐的是带篷双人滑竿，昨天下午从资州罗泉井动身。在途中找旅店住了一夜，今天上午才抵达成都。

两人先后随主人进了客厅。客厅里，已经有几位客人先到，正坐椅子上品茶闲谈。见两人进来，众人纷纷起身相迎。

"载赓兄来啦，快请里面坐！"

"岳灵兄，一路辛苦，请坐，请坐！"

为首那客人中等身材，脸颊体形稍胖，上身穿一件白布短衫，下穿一条土蓝布裤子，尤其显眼的是脚下一双麻耳草鞋。虽脸色稍黑，可平静淡然的面容之下，似藏有几分警觉，深沉的目光里带点锐利，这人正是龙鸣剑。

他是前天从荣县到的省城，落脚在同乡朱国琛这农事实验场。今天这个聚会，也是他出头召集的。

两个人在客厅落座，主人朱国琛忙着张罗，小工陈三分别给秦载赓和钟岳灵上茶敬烟。

包括龙鸣剑在内，客厅里先前已经有了两位客人，分别是曹笃和陈孔白。

陈孔白也是前天才到的省城。他昨天下午专到这农事实验场来，是想打听龙鸣剑的音讯。没料到，龙鸣剑正在这里，得知今天聚会，早饭后他就赶来了。

秦载赓和钟岳灵两人，陈孔白是见过一面的，就是上次在文殊院旁边茶馆里，碰见龙鸣剑那回。曹笃对秦载赓和钟岳灵两人，虽说是初次见面，却并不生疏。因为平时龙鸣剑的言谈中，经常提起秦、钟两人。

作为主人的朱国琛，忙完各样招呼应酬及中午置酒款待杂事，自己也来到客厅坐下来与之茶叙。

其时，不论在省城也好，还是在外州县也好，"保路"一事，都已起风潮，且有了大风潮即将来临的苗头。

正因如此，龙鸣剑才特意来找朱国琛商议，安排了今日的聚会。

此前，通过各种途径，龙鸣剑已经知道了同盟会在广州发动的"大起事"，因种种原因，遭到了失败。熊克武等组织的一批川籍党人，在这次广州起事中也遇难了好几位。有些龙鸣剑认识，有些则不认识。但不管认识的还是不认识的，传回来的消息都说，他们死得很悲壮。真正是英勇捐躯，义无反顾。

熊克武带这批川籍党人，绕道云南，赴广州参加这次大起事前，龙鸣剑曾与他在成都见过一面。龙鸣剑向熊克武提出，自己也想随队一起去参加此次广州起事。

熊克武沉思一会儿，没有答应。他对龙鸣剑说：

"这次去广州的，都是起事时要敢于冲锋陷阵，同时也会打枪会甩炸弹的党人。龙兄，你的特长是组织发动，并不适宜上战场冲锋陷阵。因此，你还是留在四川为好。"

看龙鸣剑脸上露出遗憾之色，熊克武又说：

"龙兄，你留在四川，正好可以做点准备工作，配合这次广州大起事。如若我们在广州的起事获得成功，将通电全国，宣布广东独立。那时，你等可在川内响应，发动各州县党人同时起事，再合攻成都。打下省城后，通电全国，宣布四川独立。如此一个省一个省地宣布独立，清政府就会被推翻，革命就在全国胜利了。龙兄你认为，如此局面，是不是比你亲赴广州上战场冲锋陷阵更好？"

熊克武一席话，说服了龙鸣剑，让他意识到，自己留在四川做接应，于大局更有意义。

熊克武带川籍党人南下后，龙鸣剑在三四月间马不停蹄地游走各地，秘密进行串联和组织发动，为广州起事做好接应工作。他先后返荣县找王天杰，去井研联系陈孔白，去资州找钟岳灵等人，这些人手下都掌握着一支实力可观的民团队伍。

其后，又去华阳找袍哥领袖秦载赓，据说，秦大炮若振臂一呼，能号召底下上万袍哥兄弟。

龙鸣剑找这些实力派人物只一个目的，就是要他们做好充分准备：从人员到武器弹药，乃至军饷军费。一旦形势需要，即可带队伍接应广州那边，在川内发动起事。

所秘密联络的人中，得此消息最兴奋、最积极的是王天杰与陈孔白。两人都说："龙大哥，我们听你的。到时，你来当总司令官，你指向哪里，我等就打到哪里！"

袍哥领袖秦载赓参加同盟会时间较短，不是党人骨干，但他毫不迟疑地对龙鸣剑说：

"龙兄，没得事。到时一切听你龙兄的。真要起事合攻成都，多的不敢说，我秦大炮在双流、华阳一带，号召几千人来助阵，不是啥子难事。龙兄你千个放心，该上场合的时候，我秦大炮肯定会冲在前面！"

在省城，龙鸣剑还找过曹笃和吴坚仲等。两人都是自流井人，在那一带多有方方面面关系，龙鸣剑希望他们配合全川行动。曹笃和吴坚仲两人，自是答应，到时在富顺与自流井那边发动起事。

在荣县，龙鸣剑还向龚郁文、赖君奇等一众党人交过底，要他们做到心中有数，到时应变而起，协助起事民军打县衙，取县城。

诸事已毕，龙鸣剑那一阵就天天在盼着等着，等候广州那边有好消息传来。

却没料到，5月初，从各种途径陆续传来的竟是广州起事失利，革命党人牺牲惨重的坏消息。遇难于广州街头，后被人葬于郊外黄花岗之"七十二烈士"中，就有龙鸣剑认识的川籍党人喻培伦和饶国梁。

直接参加行动的熊克武，另一位参加起事的荣县党人但懋辛，以及曾参与策划这次广州起事的荣县籍党人吴玉章，一时也下落不明，生死不知。

得知消息那几天，龙鸣剑一直陷在悲痛与愤怒心绪之中，也深感革命不易。这种悲愤情绪，过了好久才慢慢化开了一点。

从悲痛中摆脱出来的龙鸣剑，以更加积极、更加坚定的姿态，投入到推翻清廷、实现共和的革命大事业中，以完成那些革命先烈的未竟之志。

至辛亥年，龙鸣剑已经与成都周边一些县上的袍哥领袖秦载赓、罗子舟、张达三等，以及资州罗泉井的民团团总钟岳灵等，建立了很深的关系，并将这些地方头面人物一一发展为同盟会会员。

谁也没想到，广州起事失利仅一个来月时间，声势浩大的保路风潮就应势而起。

风潮初起，龙鸣剑就敏锐地意识到，这场突然而起的全川保路风潮，可以为党人的革命大事业提供一个可加利用的难得机会。

自与曹笃、吴坚仲小酒馆叙谈后，龙鸣剑先后到双流见过秦载赓，到资州见过钟岳灵，又回荣县与王天杰、龚郁文等商议过。本想再去井研与陈孔白一见，后来有消息说，陈孔白可能去了省城，没在井研。

龙鸣剑就告别王天杰和龚郁文，重返成都，仍落脚在九眼桥朱国琛农事实验场那里。

龙鸣剑先前去过双流、华阳、资州、荣县等地，这一路考察下来，保路风潮起势后，各地民众的发动程度以及社会各界的广泛参与，给他留下极为深刻的印象。龙鸣剑强烈感受到，过去在党人内部盼望多时的革命高潮，可能真的就要来临了。

因此，龙鸣剑这些天除了兴奋外，脑子里一直在构想：我等革命党，可不可以利用眼前这个局势，来下一盘更大的棋？

而正因此想法，才有今天九眼桥这次朋友茶聚。聚会之前，龙鸣剑又专门去了一趟双流，却没料到秦载赓去华阳了。龙鸣剑又赶去华阳，才把秦载赓找到。

一见到龙鸣剑，秦载赓又惊讶又带点兴奋地说：

"哎呀，是龙兄啊！你来得正好，我正要派人到九眼桥，给你龙兄带个口信。再不然，我亲自来一趟，有些话要对你龙兄说。"

秦载赓当即把龙鸣剑引到华阳当地袍哥开的一处茶楼，找了个清静雅间，两人关门细谈。

秦载赓的兴奋，是有原因的。原来，前几天，新津会党领袖侯保斋，借自己六十大寿之机大办寿宴，广请各方宾客。当天，在新津王爷庙，有各方哥老会人物一百多人参加。

暗地里，这实为一次会党秘密会议。

在这次新津会议上，会党领袖们秘密做出了一个"起事决议"："各回本属，预备相机应召，一致进行。"

这次秘密会议还对起义计划做周密安排："如兵力不足，不能一鼓下成都，则先据川东南，扼富庶之地，再窥进取。"

这次会党高层会议，还正式强调了党人（同盟会）和袍哥（会党）的联系，实行两者结合，共同对敌。正式将两大反清组织，联结在一起了。

在这个会上，秦载赓发言激烈、态度坚定、观点鲜明，有大将风范，被众人推为首领。

龙鸣剑听了秦载赓这一番介绍，也不免有点兴奋。他敏锐地感觉到，在这件事情上，会党领袖们已经走在革命党人前头了，真正是形势逼人啊！兴奋之余，作为党人领袖，他不免又有几分惭愧。

龙鸣剑路上曾经想过如何利用眼前这个局势，来下一盘大棋，喝上两口茶水，再深想下去，一个主意渐渐成形。他沉思一会儿，望着秦载赓开口道：

"秦兄，我有一个想法，过两天，你可否到九眼桥来一下，就是朱国琛农事实验场那里。我想弄出一点大的动静，或者说下一盘大棋，有些具体事情要与秦兄细细商量。"

停了片刻，又说："到时，把钟岳灵也通知来。有些事，可能要与岳灵兄当面商议，才决定得下去。"

九眼桥那天的茶聚之事，就是如此由来。

从以后的发展看，这天在九眼桥农事实验场的朋友茶聚，实际上成了二十来天后，具有历史意义的资州罗泉井会议的一次预备会议。

2. "赵屠户"名号之来历

在晚清的四川总督中，赵尔丰是最后一任总督，也是名声最差的一位总督。

川人对赵尔丰颇有恶感，还不仅仅是在于他悍然制造了1911年9月初的成都大血案，而且还在于，此前赵尔丰无论在永宁道还是川边巴塘，都滥杀无辜，杀人如麻，素有"赵屠户"之称。

赵尔丰之所以被世人叫赵屠户，原因在于他靠杀人起家，也是靠杀人升官晋位，最后做到一品高官，封疆大员。

赵尔丰，祖籍山东莱州。其本是汉人，后来归化满族。赵尔丰祖上在明末时，随耿精忠等明将从山东渡海降清，自此成为旗人。

赵尔丰体形怪异，被人讥为"三斑个子"。即上半身长，下半身短，坐堂上看上去高，站平地却显得矮小。

其入川后，满口四川官话，对人亦经常笑容满面，不像凶狠之人。但多次接触后，方可发现其眼睛偶露凶光，知其是心地险恶又颇有心机的人。

赵尔丰自身才学平平，系誊录出身。后靠其兄赵尔巽提携，当上三品道员。

赵尔丰的发迹，起于永宁道道员任上。其时，永宁道下的古蔺县，发生了一起当地"龙会"与"成会"的械斗仇杀案。

这本是一起带地方宗族、地方势力纷争色彩的社会治安事件。"龙会"成员多为下层民众，而"成会"成员大多为士绅、团保等上层人物。这本是一起民间纠纷，赵尔丰得报后，出于自己想邀功升迁的个人目的，竟将此案上升到"匪患"甚至"谋反"，这样带政治色彩的重案要案高度，而且明显偏向士绅、团保等为首的"成会"一方。

他向上司报告,说是"龙会匪徒啸聚谋反"。有人胆敢啸聚谋反,这还得了!川督急报朝廷,赵尔丰遂奉命"领兵剿匪"。

赵尔丰带兵剿匪,来到当地被称为"九沟十八寨"的地方。那些地域,汉苗杂居,苗族占多数。赵尔丰率部进抵苗沟等地后,不分汉人苗人,纵兵大开杀戒,甚至见人就杀。不管其是否是龙会成员,也不管其是否参加过械斗。

那一次,赵尔丰纵兵足足杀了三千多人,大多是无辜者。

那时的古蔺县,本身就地广人稀。"九沟十八寨"那一带的居民,几乎被赵尔丰杀光,古蔺县成了"无人区"。

古时,不管打仗,还是剿匪,统计核实战功时,为防止"口报鲤鱼三百斤",一律以人头多少实计。赵尔丰这样滥杀无辜,砍下了三千多人头,但仍达不到他事先已上报的"战功"数目。

后来,为了凑够人头数,他下令把县大狱中关押的囚犯通通抓出来杀了,不管其有罪无罪,罪大罪小。

这些无辜者的人头,都被赵尔丰以"剿匪大捷"的"战功"上报,以讨朝廷封赏。

由此,赵尔丰获得"赵屠户"之恶名。永宁道一带,直到民国年间,当地人若有小儿啼哭,只要说声:"赵道台来了!"便可吓住小儿,不敢再哭。

那时在永宁道坊间还流传着"一碗汤圆两条人命"的"赵尔丰逸事"。

说是,有一天,在叙永县城,发生了一起纠纷。一位卖汤圆的老人,在街头扭住一位士兵,说是吃了他一碗汤圆没给钱。该士兵否认吃了老人汤圆。赵尔丰正好路过,询问,仍是一个说吃了,一个说没吃。

赵尔丰问不出个所以然,恼了,叫手下卫士当场把那士兵肚子用刀割开来看,看其是否吃过汤圆。结果没有。赵尔丰转头以"诬人清白"之罪名,把卖汤圆老人也砍了头。

一碗仅值两文钱的汤圆,竟让两人无辜丧命。"赵屠户"果是名不虚传!

然而在腐败透顶的清朝末年,赵尔丰这种杀人不眨眼的屠户,竟被朝廷认作能办事的干员、能员,大获赏识提升。赵尔丰被赐予"武勇巴图鲁"称号,又调任建昌道,为日后高升奠定了基础。

此时,恰遇光绪三十一年(1905)川边地区发生了著名的"巴塘事件",成为赵尔丰高升的天赐良机。

事件的缘由是朝廷当时的钦命驻藏帮办大臣凤全,因举止傲慢无礼,又强行改制,得罪了当地藏人高层,激化了矛盾,在巴塘被杀。

巴塘事件发生,朝廷震动,一面命四川提督马维琪领兵平巴塘;一面考虑到赵尔丰"剿匪"有能耐,令其带兵赴川边协助围剿反叛藏兵。

赵尔丰深感自己"建功立业"的机会又来了。接旨后,他从雅州起兵,带自练的巡防军三营,卫队二百多人,以及大批随员,开赴巴塘。

四川提督马维琪,云南人,行伍出身,骁勇善战。那年中法战争,马维琪立军功,获封为四川提督,掌全省兵权。奉朝廷军令后,马维琪即带巡防军五个营,进军巴塘。

五千多藏兵,事先在距巴塘五十多里的险要之地崩察木设伏。两军遭遇,马维琪虽遭藏兵埋伏,仍率军力战。藏兵人多,且地势有利,战斗场面异常惨烈。清军劳师远征,又不熟悉藏区地形,一度不支,阵线开始动摇。

马维琪表现出与法军对阵时的那股超常勇猛和胆魄,手持大环砍刀,亲临阵前,举刀高喊:

"娃娃们,展把劲!不怕死的,跟随我一起上!就差这点火候了!"

喊毕,身为提督的马维琪,持"鬼头大砍刀",亲率身边卫士亲兵,带头向藏兵冲锋。

见堂堂提督将领亦提刀带头率卫士亲兵冲杀,巡防军顿时士气大振。全体清兵,人人趋前卖力,一阵猛打猛扑,藏兵终于不支,全线溃败。

巴塘事件的两个主谋,当地土司大营官、二营官也死于这次"崩察木大战"乱兵之中。巴塘地区这场震动朝廷的"边地之变",就此平息。

此番崩察木大战已经全部结束后,赵尔丰那些人马才姗姗抵达巴塘。

此时,藏人已全部逃亡,巴塘已成一座空城。马维琪是武将,不擅处理地方事务。况且,征战巴塘大胜,自身使命已完成,就率部返驻地成都,把处理地方事务的大权交给了赵尔丰。

马维琪班师回成都之前,颇有心计的赵尔丰谎称自身兵力不足,怕难撑大局。马维琪见此,又将手下巡防军分了两营给赵尔丰。自此,赵尔丰手中,就有了整整五营巡防军精锐,比提督马维琪手中的人马还多,大大增强了其军力。

马维琪一走,赵尔丰就成了巴塘边地代表朝廷的最高官员。

赵尔丰抵达巴塘时,关键大战已经打完,赵尔丰坐镇统治此方川边藏地,实际是坐享其成。但为升官邀功心切的赵尔丰,并不以此满足。他在军营大帐中整天苦思冥想，如何利用眼下自己坐镇一方又是"天高皇帝远"的大好机会，创造点"文治武功"的业绩，再获朝廷嘉奖提升。

后来，有手下人看出了赵尔丰的心思，指点道，当地一个叫七村沟的地方，"甲棒"（藏语，即土匪）很多，大帅何不率兵前去剿匪？

所谓七村沟，是指当地巴楚河两岸，沿河谷分布的七个小村落。七村沟一共住有二三百户藏民人家。

事先已有行辕探子侦知，巴塘事件的底层参与者和直接出手者，无论喇嘛还是"甲棒"，多是当地七村沟的人。

赵尔丰经手下提醒，顿时大悟：对呀！何不如法炮制在古蔺县"剿匪"的经验？当即下令，进军七村沟剿匪。

其时，七村沟一带的村民，不管是普通老百姓，还是有所谓"甲棒"经历的人，怕遭官军报复，所有人全部逃离，躲在山上。

赵尔丰率兵到达时，面对的是一个个无人的空房子。正束手无策时，手下师爷献了一计，赵尔丰依计行事，就派人四处放风，并张贴了许多告示，说：

"本大人到此，只为安抚百姓。从今而后，在山虽为盗匪，回村即为良民。凡遵命回村者，每人赏茶叶、盐巴、布匹若干。本大人言出法随，决不食言！"

藏民外逃，躲于深山，本是迫不得已，多数人不放心家里。如今听说回去无事，还可领赏，开始不大相信，后来有人到底忍不住，试着悄悄回去，探看风声。住了几天，果然没什么事。其他村民见此，就陆续回来了。

其实，赵尔丰早就在每个村里，派驻了一哨士兵，观看动静，等待时机。看看各村村民回来得差不多了，赵尔丰密令各村统一行动。

事先，赵尔丰张贴告示，通知说，每户村民，于某一天派出一壮年男人到一大院前，排队领赏。

赵尔丰在领赏现场规定，领赏村民，一律从前门进去，领赏后，村民再从后门退出。

赵尔丰在后门处，暗伏士兵和军中刀斧手。凡领赏村民出来时，由士兵擒拿，刀斧手砍头，出来一个砍杀一个。然后又将这些物品，拿到前院继续发放。

前面列队等候领赏的村民，竟然一点也没察觉。如此，七村沟被清军连杀上百人，且均是各家各户青壮年。

赵尔丰把七村沟一带各家各户的青壮年杀得差不多了，就宣告"剿匪"大捷，班师回营。

回巴塘驻地后，赵尔丰令手下师爷，写奏章上报朝廷报捷。奏章称："七村大捷，斩首上百，官军无一伤亡。"

清廷获报大喜。那些朝廷权贵心想，勇将马维琪崩察木一战，虽说大胜，自家也伤亡数百。如今，赵尔丰同样是在藏区七村沟剿匪打仗，居然做到了"斩首上百，官军无一伤亡"，赵尔丰真是难得的"能员干材"啊！

因此，朝廷除了由皇上对赵尔丰予以嘉奖外，特破格晋升赵尔丰为川滇边务大臣，专理川边事务。

清末这批掌控中央朝廷的权贵，真是昏庸糊涂到家了。自古有话："杀敌一千，自损八百。"这是古来征战的惯例。除个别特殊情况，概莫能外。况且，川边藏区环境那般险恶，藏人叛匪又是那般强悍，赵尔丰"七村沟剿匪"，怎么可能"斩首上百，官军无一伤亡"？

如同过去他在永宁道滥杀无辜平民，却谎报砍了数千土匪脑袋一样，赵尔丰分明就是造假冒功。而真正在崩察木一战立了大功的勇将马维琪，却没得到封赏。

靠杀人起家，并一贯弄虚作假的赵尔丰，就这样从一个三品道员，一跃而升，成了为数不多的一品封疆大吏。

当然，平心而论，赵尔丰任川滇边务大臣，驻巴塘多年，也倒是多少有些战功。最主要的是，七村沟之前，曾经攻下过丁林寺。再后来，苦战数月，攻破了当地最厉害的桑披寺，确立了自身权威以及对当地藏人的统治。

3. 赵尔丰有点举棋不定

平心而论，赵尔丰虽有"赵屠户"之称，但最初被朝廷任命为四川总督，带巡防军入主成都之时，对全川闹得越来越凶的保路风潮他还是持慎重态度的。甚至后来有学者认为，赵尔丰最初对保路风潮的态度，是观望中带几分同情的。只是后来局势有失控之虑，加之中央朝廷一再对他施压，要他采用强力举措把风潮打压下去，赵尔丰才不得已施行了镇压手段。

且说这天下午，在督院上书房里，赵尔丰一边喝茶养神，一边摆弄把玩那些"石头"玩意儿，一直心情不错。

夏日午后的上书房，里外特别安静。督府衙门院子里凉风习习，那几棵香樟树上，有蝉声随一阵一阵清风传到书房里来。

赵尔丰每天喝的茶水，都是专门配制冲泡的。也倒不是他讲究那种程序繁多，排场十足的"茶艺""茶道"功夫，而是为了滋补养身。

赵尔丰每天的茶水，由一直跟随在他身边，服侍他日常起居的贴身小丫头慧姑在内室为他泡好，再送到书房来。除此之外，其他任何茶水，赵尔丰一概不沾。

有知情人透露，赵尔丰喝的茶水，是在蒙顶香片里面，加了一点人参、枸杞、大枣，另有少量藏药，略加一点冰糖。这种茶水，不仅提神醒脑，而且对赵尔丰这种年龄的男人，还有滋补壮阳之妙。

据称，其关键之处，在于那点藏药。到底是什么药？产自哪里？配方如何？外人一概不知。只知道，赵尔丰自从喝上这种茶水，身体确实比早年在永宁道为官那阵强健多了。不仅体形上比原先更魁梧健硕，而且脸面上气色更佳，看上去更有精神，更威风，更有大帅样子。

早在进川边藏地之前，赵尔丰在雅州招练巡防军时，就喜欢上了雅州治下芦山县的特产蒙顶香片。赵尔丰一直对蒙顶香片情有独钟，也是出于"扬子江中水，蒙山顶上茶"那流传千古的文人情怀。

赵尔丰虽一介武夫，但官做大了以后，也爱弄点附庸风雅的东西。闲时吟点诗词，写两笔书法，或是鉴赏收藏一点奇石，露出一番文士样子，应酬官场交往，也点缀自身门面。

小丫头慧姑，原系藏家女，时年不过二十来岁，是赵尔丰当年在乡城攻破桑披寺时收留下来的。

慧姑出身藏医世家，因家人得罪了该寺住持普宗扎洼，被囚于寺内。赵尔丰攻破桑披寺，将其解救。

慧姑粗懂藏药，会藏医按摩，又小有姿色，赵尔丰将其收为内房丫头，取汉名"慧姑"。慧姑追随赵尔丰多年，一直忠心耿耿，赵尔丰还让身边卫队平时教其打枪习武。

慧姑人很聪慧，学得也专心。三两年下来，武功和枪法都大有长进。赵尔丰大悦，如此，小丫头慧姑又兼做了赵尔丰贴身保镖。

这天，赵尔丰正坐在那把真正的虎皮椅上，沉思不语，脸上显露一丝倦容。

保路风潮的发生，以及局势骤然紧张所带来的各方压力，加上连日连夜的应对操劳，让赵尔丰看上去显得很是疲乏。两只鼓泡眼里，分明带着血丝。脸上显出某种忧烦困倦，似乎有点力不从心的样子。

赵尔丰是1911年4月20日被清廷任命为四川总督的。此前，他先后担任过川滇边务大臣、驻藏大臣等要职，还曾经一度护理川督。在朝廷眼中，赵尔丰是其时不可多得的一位能员。

赵尔丰被任命为四川总督时，保路风潮还没有发生。所以，并不是如有些著述所说，是因为四川发生了保路风潮，清廷为镇压风潮才任命赵尔丰为四川总督的。

赵尔丰之所以4月就被清廷任命为川督，而迟至当年7月才姗姗抵达省城就任，主要是因为此前在川边藏地尚有一些遗留事情需要处理，所以一再推迟行期。

却没料到，5月因清廷推行铁路国有化举措，引发了波及全川的保路风潮。局势一下子就复杂化了，赵尔丰走马赴成都就任川督的心思，也有些微妙起来。此时的赵尔丰，心情颇有点矛盾。

成为全国八大总督之一的四川总督，真正的封疆大吏，对于一个地方大员来说，这官是做到顶了。况且，对赵尔丰来说，又是从荒凉苦寒的边关藏地来到这物产丰富、繁华锦绣的蜀地，好比从蛮荒之地进入了天堂。

赵尔丰曾经短期护理过四川总督，但护理就是暂时代理，新的总督来了，就得把权力和官位交出去。这次不同，是真正被任命为川督。这是赵尔丰此生最看重的一个官位。

然而没想到，还没正式走马赴任，麻烦就来了。刚刚起势转眼就在省城及全川风起云涌的保路风潮，让赵尔丰赴成都就任的脚步明显慢了下来。

正因为此，赵尔丰在朝廷一再催促下，才于8月2日姗姗来迟地进了成都，入主总督衙门。此时，保路风潮已经几乎失控，经历了几次大小高潮。

不过，在来成都的路上，赵尔丰这个新上任的川督，还是一直关注着全川局势以及风潮的走向。他不断与当时护理川督的王人文电报联系，交换对局势的看法与对策。

其时护理川督的王人文，因在风潮的事发地及旋涡中心，对事情始末以及由此引发的局势动荡有较直观的感受与了解。在处置风潮的态度与手段上，比远在京城的那些顽固当权者也更为实际些，多少顺从照顾民意些。

王人文经与身边智囊谋士商量，并与保路同志会高层沟通，提出了一个"分部解决"的处置方案，即将四川铁路民众股款中的已用部分和未用部分予以分别处置。

据此，王人文主张，川路股款中未用的七百多万两银子，应尽数还归川人；已用的股款，除实在没法处理的倒账外，其余可换成国家铁路股票。

王人文将此方案电告了正在赴任途中的赵尔丰。赵尔丰于7月15日密电回复王人文，称同意他这个处置方案，还称赞此方案"正大切实，为国为民，两全之道"。

此前在致王人文的电文中，赵尔丰亦曾多次表示，支持王人文在风潮的立场态度与处置意见。还表示，自己接任后，也将效法王人文的原则立场。可见，在风潮初期，赵尔丰对这场保路运动，内心是有点同情支持的。

没料到，王人文这个合理方案，却遭到清廷以盛宣怀、端方等为首的顽固派的拒绝和反对。因不满意王人文对四川保路风潮的处置，清廷还以皇帝名义，两次对王人文予以"严厉申饬"。同时责令赵尔丰尽快赶到成都，从王人文手中接任川督一职。

一边是中央朝廷的顽固与高压，一边是省城民众如火如荼、越来越激烈的保路行动。赵尔丰正是在双方对立严重、局势几乎无解的夹缝中，来成都走马上任的，上任以后一直处在左右为难、举棋不定的状况中。

8月2日，入主省城督院街总督衙门的赵尔丰，一直心绪不宁。时而面容阴郁，沉默不语，似在苦苦思虑什么问题；时而又焦躁异常，动辄发怒，让人无所适从。

在手下眼中，这个平时总是威风凛凛、不怒而威的赵大帅，仿佛几日之间一下子苍老了许多。

不过，尽管有些左右为难，举棋不定，毕竟是主政一方的封疆大吏，守土有责。所以，在矛盾心情下，赵尔丰对眼下这场"风潮"的处置，还是做了两手准备。

一方面，赵尔丰接任后，主动与省城保路同志会高层接触，了解其意图打算，并努力沟通。赵尔丰还亲自参加铁路公司的股东大会，倾听各股东的诉求，并与众股东代表沟通。其上任后的第三天即8月5日，赵尔丰就亲率一帮手下来到铁路公司特别股东会现场，与这些特别股东交流沟通之余，还称赞与会者"具爱国之热忱"。

不仅如此，三天后的8月8日，赵尔丰再次率一众省中大员，出席铁路公司特别股东会。而且，赵尔丰当场表态，对这次特别股东会通过的《遵先朝谕旨保四川川汉铁路仍归公司商办案》，以川督名义向中央朝廷代奏。

8月11日，特别股东会通过《请勿庸展办新常捐输以宽筹路款案》，策动抗捐，试图将清廷在四川的主要捐税，移作修筑铁路之用。

8月24日，特别股东会又在全省范围发动罢市、罢课。两天后的8月26日，特别股东会更是提出决议：全省范围内以租股利息抵扣正粮；不纳捐输；相约不买卖房地产；自今年起，政府无论借外债若干，四川不负责哪怕一钱银子等对抗中央朝廷的措施。

这一切，皆有"犯上作乱"之嫌。尽管如此，作为地方大员的赵尔丰，却视而不见。并在8月26日当天，对特别股东会关于"暂时休会，静待拿办"的呈文上批复，称："路事要紧，该会长等既经任事在前，仍当确切研究，以善其后。"对其表现出宽容、理解，甚至有几分同情的态度。

其后，赵尔丰又多次代奏川人吁恳，并向中央朝廷陈述他本人对于"路事"的立场、态度。这些举措做法，明显与朝廷关于当下"路事"与"风潮"的基本立场是背道而驰的。

但另一方面，赵尔丰毕竟是一名地方官，其仕途前程乃至身家性命都操控于中央朝廷。在重大事情上，他必须听命于朝廷。因此，赵尔丰虽说是某种程度上理解、同情，甚至赞同保路同志会的立场，但又暗中做了一系列对其施压，乃至武力镇压风潮的准备。

赵尔丰知道凤凰山的新军装备好，有战力，但到武力镇压时他不一定指挥得动。而绿营官军，上下腐败不堪，恐怕一旦有事难堪大用。

因此，自接到川督任命后，赵尔丰就把他训练经营多年并在川边藏地屡经实战锻炼的嫡系部队——巡防军一并入川，带到成都。他之所以接任推迟，就是等候巡防军集结。

自8月初上任起，清廷就不断对赵尔丰施压，要他对保路同志会采取措施，将风潮打压下去。8月27日，即特别股东会发动罢市、罢课之后，又提出抗粮、抗捐的第二天，清廷再下"谕令"，责令赵尔丰严厉镇压。但赵尔丰仍然举棋不定，不愿真正动手。

从8月底到9月初，皇帝又连下三道"上谕"，催促赵尔丰动手。而股东会那边，却依然强硬如前，不肯做半点妥协。这样，赵尔丰退无可退，只好走强力打压之途了。

但据知情人后来透露，真正让赵尔丰下决心动手抓人的直接诱因，是他看见了手下亲信给他送来的一份刚出炉的传单。这份传单，正是当时震惊省城上下的《川人自保商榷书》。

4. 荣县人朱国琛奋笔《川人自保商榷书》

其实，赵尔丰及其亲信圈子，是错怪了保路同志会那些人。这篇令赵尔丰大为震怒的《川人自保商榷书》并非出自保路同志会，也非出自同志会高层周围任何一个文人笔杆子之手。保路同志会一些高层人物，最初见到这份《自保商榷书》时，也是大吃一惊，大为恼火。

那天下午，铁路公司正在召开股东大会。那天人来得很多，从大门处望进去，里面密密麻麻，拥挤而嘈杂。台上主持大会的人，不断高声喊，要大家安静一点，不然主持人的讲话以及别人的发言，许多人会听不清楚。

弄了好一阵，会场上终于安静些了。主持人的讲话，会场里的人基本上能听得到了。可是这种情形并没维持多久，因为有人挤进会场里边来向大家散发传单。

会场人很多，见有人发传单，大家纷纷索要开抢，一下子就散发了一千来份。这份传单，正是《川人自保商榷书》。

传单当场引起了轰动。有的人当场开念。有的人看了一段，竟是拍手叫好，一边念，一边大声说："这商榷书写得好！说得对！"

有人评论道："中国眼下真个像是要被列强瓜分了。朝廷只晓得打我们老百姓的主意，天天向我等要钱，却天天把中国卖给外国人。长此下去，恐怕到时，大家都要做亡国奴了。恐怕到时，中国连高丽也不如了。"

有人附和道："对头！眼下为川省前途计，除了川人自保，还有什么样生路好走？"

有人又有点担心，说："照这上面所说的自保法，岂不是要闹四川独立？这咋个得行？"

这时，有人将这份《川人自保商榷书》，送给正在台上主持会议的省谘议局副议长兼保路同志会会长罗纶。

罗纶一见传单标题，大吃了一惊。待仔细读过，更是显露出忧虑的样子，当众对台上那些人说：

"当下正局势混乱，人心浮动，居然有人来散发这种东西！这分明是乱整乱来啊！"

停了停，罗纶又说："我看，写这个东西的人，真是别有用心。你们说说看，若是照上面这些自保条款来实行，那不是要闹四川独立？万万行不通！"

他忧虑而有点恼火地望了望大家，语气激昂地说：

"倘若如此，我们何必还要向政府争路？何必还要向政府要求这要求那？不如直接拉起造反大旗好了！还争什么路？"

罗纶下来后，还让铁路公司的人赶紧查一查是谁把这份商榷书拿到会场上来散发的。

铁路公司方面，也确实派人认真查过。后来回复说，到会场上散发传单的人多是大街上卖报的报童，是有人花钱雇请报童来散发的。至于雇请者是什么人，则查无头绪。

最后，罗纶也只好不了了之。当时，罗纶等保路同志会高层也好，赵尔丰及其亲信圈子也好，都没有想到这篇一度震动各界、令双方都大为恼火的《川人自保商榷书》，出自一个不起眼的荣县人朱国琛笔下。

荣县人朱国琛在辛亥革命中的贡献，还不止于此。他最大的贡献，是在赵尔丰屠城当晚，与龙鸣剑、曹笃一起，发明了如今已举世闻名的，号召各地同志军起义的"水电报"。而那些写字投江的木片，全是他农事试验场的现成物品。

朱国琛与龙鸣剑有同乡之谊，两人在留学日本时就相识相交。归国返川后，亦交往甚多。龙鸣剑来省城，有时就落脚在朱国琛这里。

龙鸣剑与曹笃是好友，多有交往。由此，曹笃、朱国琛两人也成了相交甚好的朋友。

朱国琛留学日本时，喜欢植物学，又深受欧美现代农业影响，返川四处筹集了一点资金，在省城郊外九眼桥那里寻了块地方，别出心裁创办起一个农事试验场。

这个农事试验场里，朱国琛按植物学相关理论与实践，试栽培了许多植物。场里事情多了，他一个人忙不过来，还请了两个小工。如此，朱国琛就正经八百地当起了农场老板。朋友们都戏称朱国琛为农场主，他也安然受之。

其时曹笃正在成都蚕桑学堂任监督，时有空闲，就出城走九眼桥，在农事试验场里找朱国琛喝茶闲谈。

这回闹保路风潮，朱国琛虽未成省城的风云人物，自己也被农事试验场各种杂事缠身，难有大的作为，可他和曹笃一样，也时刻关注着时局，留心事态发展。而且，尽其所能地为保路运动做点实事。

朱国琛原本文笔甚佳，尤其擅写时评文论。其文风犀利，且所述论据周详,高屋建瓴,颇有气势。只是,自开办农事试验场后,杂事缠身,不说动笔,连读书的时间也少了。

那天下午,曹笃又到九眼桥找朱国琛喝茶闲谈。晚饭后,两人谈兴未尽,将两把竹架椅子摆到锦江岸边,又让小工泡来一壶好茶,继续品茶夜谈。

锦江一带夜色很好,大半轮圆月悬在锦江楼上空,月色清朗明净,岸边凉风徐徐。曹笃、朱国琛皆是心情大好,谈兴愈加浓烈。两人从赵尔丰入川的种种作为,谈到眼下四川时局;又从这保路风潮的前景,谈到未来川省治国方略,一直谈到临近二更天快要关城门了,曹笃才告辞回城。

朱国琛平时就对未来川省治国方略,多有思考探究,还先后作过一些笔记。这晚上,同曹笃的一席夜谈,更是触发其灵感。曹笃告辞后,他仍是思绪联翩,激情不退。一个人立在小窗前,远望沉思。最后,索性在卧室书桌上铺开久违的纸笔墨砚,又将旧日那些笔记翻找出来,打算挑灯夜战,写一篇惊世文章。

墨磨好,朱国琛先试了试笔锋,再铺开稿纸,蘸了一笔浓墨。望稿纸凝神静思片刻,终于灵感袭来,他信笔在纸上写下大气磅礴的开篇第一句:

中国现在时局,只得亡羊补牢,死中求生,万无侥幸挽救之理。

接下来,朱国琛沿着既有思路和袭上心来的灵感,一口气写将下去。越写,越觉思路顺畅,言之有物;越写,越感到文思泉涌,笔起波澜。

及至写到"以政府之疑虑难解,致外人之侵略无穷,遂将五千年古国,沉沦于九渊之下!"这几句,朱国琛顿觉胸中激情汹涌,已是悲愤填膺。他差点控制不住自己的情绪,恨不得丢下笔跑出屋去,对着苍天大吼几声,或是干脆痛哭一场才好。

朱国琛放下手中那支毛笔,站在那里,努力稳了稳自己的情绪。又端起书桌上放着的茶壶,接连喝下几口凉茶。几口凉茶下肚,心情稍为平静些了,就踱步来到窗前。

窗外,夜色静好,蛙虫鸣唱。朱国琛在窗前吹了吹凉风,立时觉得头脑清醒多了。又回到书桌前,再次挥笔写自己的文章。

在论述了四川地理环境、气候、人口以及物产方面的种种有利条件之后,停笔思索片刻,想到保路风潮中那些所见所闻,朱国琛又写道:

今因政府夺路劫款，转送外人，激动我七千万同胞幡然醒悟，两月以来，团结力，坚忍力，秩序力，中外鲜见，殊觉人心未死，尚有可为。

行笔到这里，连朱国琛自己都很有点信心了，就顺其思路继续写将下去：

及是时间，急就天然之利，辅以人事，一心一力，共图自保，竭尽赤忱，协助政府，政府当必曲谅，悉去疑虑，与人民共挽时局之危，措皇基于万世之安！

写"措皇基于万世之安"这句话时，朱国琛稍稍有些迟疑，觉得这完全是违心之论。不过，为了不致太让官府抓到把柄，认为此文纯粹是在"造反"，所以，还得非如此"违心"表白一句不可。

其后，朱国琛写道："谨将自保条件，分列于后，愿我七千万同胞，及仁人志士，付诸议会，讨论一是，指定方针，或得万一之幸！"

接下来，朱国琛将先前那些笔记中曾经零星记下的内容一一翻出，再进行仔仔细细归纳梳理，并加以补充。

如此一条一条地草拟下去，他脑子里一直以来构想着的"四川全省治国方略"，大致就初步成形了。朱国琛拟定的"自保条件"，共分甲、乙、丙、丁四个大项。分别是："（甲）现在自保条件""（乙）将来自保条件""（丙）筹备自保经费""（丁）除去自保障碍"。

每一大项里面，又包含若干小项。

把这四方面内容拟妥当，朱国琛终于松下一口气。又端起书桌一边那茶壶喝了两口凉茶，再一条一条地逐一推敲，仔细将全篇文章完善。

最后，朱国琛略做思索，写了一段简单结尾：

以上各种条件，时过势有迁，人事有异，未必恰适。然国之所以存，民之所以保，皇家之所以万世，其大端要不外此，愿为川人先事商榷，而励行之。

至半夜时分，那篇可称难得一见的奇文终于完稿。稿毕，朱国琛从头至尾再仔细审视了一番，略略修改了几个小地方。又通读了一遍，自己尚觉满意。

最后，朱国琛提笔饱墨，写下文章标题：川人自保商榷书。

这时，远处的农家已传来报晓的鸡叫声，朱国琛才带着满足感地伸了个懒腰，草草上床和衣而卧。

5.《川人自保商榷书》成了一枚"纸炸弹"

第二天，草草吃过早饭，朱国琛对小工陈三以及场里另一名小工打个招呼说：

"我有点事到城里去一趟，场里事情你两人照看着。午饭也不会回来吃。"

说罢，就带着已抄写工整的文稿匆匆出门。

朱国琛进城后，先走东大街，再沿西御河边走了一圈。最后，从厚载门进了旧皇城。曹笃任职的成都蚕桑学堂就设在旧皇城内。

这个地方，靠近当时成都市民所称的"煤山"前后一大片桑林。成都一马平川，自古以来都没有山的。所谓煤山，不过是一堆废弃的煤渣而已，日积月累，最终成为"山"。坊间就称此山为煤山。

时值盛夏，整个桑林枝繁叶茂，绿荫一片，很是亮眼。虽此处地点荒僻，桑树也不是什么名贵树木，举眼望去，也别有一番景致。

那些桑树，朱国琛听曹笃说过，学名叫"湖桑"。曹笃既然当了蚕桑学堂的监督，当然对桑蚕颇有研究。他曾告诉朱国琛，湖桑的特点是生长容易，发得很快。

蚕桑学堂为学生教学实习之需，引进种植了一大片。仅两三年工夫，就长成了好大一片桑林。

朱国琛在蚕桑学堂院子深处，那间挂有监督室牌子的房间里找到曹笃。

曹笃穿个白布汗衫，正埋头在书桌前忙点什么，抬头见是朱国琛进屋，脸上微露惊讶：

"朱兄，你一早就进城啦？有事吗？"

"当然有事。古人说，无事不登三宝殿嘛。"朱国琛在书桌旁边一把椅子上落座，笑吟吟望着曹笃说了句。

看朱国琛身上穿的仿绸上衣前胸后背都被汗水打湿了一块，曹笃连忙把书桌上一把大蒲扇递给他。又起身从柜边大茶壶里，为他倒来一碗凉茶。

天气热，又走了许多路，朱国琛也真是有些渴了，痛快地一气喝下小半碗凉茶，才抹抹嘴角茶水，带点神秘地望着曹笃说：

"曹兄，我给你看个东西。"

"什么样东西？弄得神秘兮兮的。"

曹笃有点好奇，带点探询神色，在朱国琛脸上望了一阵，又用开玩笑口气对他说：

"莫不是啥子炸弹？是想拿到总督衙门去刺杀赵尔丰的那种烈性炸弹？"

在省城为数不多的同盟会党人中，龙鸣剑与曹笃、吴坚仲等几人是比较激进，也是主张暴力革命的。

此前，他们几个人也真商议过，如何自己设法制造炸弹，去刺杀赵尔丰、尹良等高官。

但几个人中，没人懂化学，制造不来炸弹。且总督衙门警卫森严，除非有飞檐走壁的功夫，否则根本没法混得进去。商议一阵的刺杀计划，只好作罢。这事朱国琛知道。

"不是炸弹，但是比炸弹更管用。"朱国琛依旧笑吟吟地望曹笃说，"比炸弹威力更大。"

听朱国琛这样说，曹笃更加好奇了。他不再说话，只看着朱国琛，一心要见识他到底在弄个什么名堂。

没料到，朱国琛神秘兮兮掏出来的却是几张纸。

"你看我这件东西，是不是比炸弹威力更大？"

朱国琛将几页纸摆在曹笃面前，又说：

"不过，文字方面，还得请你曹兄过过目，帮忙给斟酌斟酌。若是改得好，中午我请客，请你到督院街吃夫妻肺片。"

曹笃拿起那几张纸仔细一看，是一份手抄的《川人自保商榷书》文稿。仅看那文章题目，曹笃就眼睛一亮。

"好题目啊！朱兄，你整了个好题目！"

曹笃向来是个性情中人，他拍了拍巴掌赞道。也顾不得多说什么，就一行接一行读了下去。

读到朱国琛前面当作"序言"的那些慷慨激昂、发人深省的话，曹笃自己亦激情澎湃，拍案赞道：

"写得好！痛快！"

及至读到正文里边，朱国琛所大胆构想且详细拟定出来那一条一项的"四川治省方略"，曹笃更是赞声不断，击掌连连。

没多大工夫，曹笃就将朱国琛那篇《川人自保商榷书》一口气读完。一篇不过数千字的文章，竟让曹笃读得有一种大汗淋漓又说不出的痛快感觉：

"好文章！好思路！好方略！"

曹笃一连赞叹了三个"好"字，又说：

"也真是颗炸弹！比保路同志会总部那些大先生，那种坐室清谈的东西有用多了，也有力多了。"

听曹笃连声称赞，朱国琛也深感欣慰，觉得昨天晚上差不多熬了个通宵的那番心血，到底没有白费。他大为高兴地又端起茶碗，咕噜咕噜把那小半碗凉茶一口气喝个底朝天。

这时，又听曹笃问他：

"朱兄，你这颗炸弹打算如何个投法？"

朱国琛想了想，不大有把握地说：

"我想，先找人抄写它一二十份，到处送它一送。"

曹笃听了，思索片刻，一时没出声。过了一会儿，他望朱国琛说：

"抄写一二十份？我的意思，那太少了，真的太少了。试问，抄写一二十份能让多少人看到？"

朱国琛就问："曹兄，那你的意思？"

"既然是颗炸弹，"曹笃沉吟道，"我在想，就该让它发挥的威力尽量大一点才好。"

朱国琛这时明白了曹笃的意思，就再次问他：

"曹兄，按你的意思，该咋个办？我听你曹兄的。"

曹笃摇起书桌上那把大蒲扇，沉思着，又站起身来，在屋子里踱了几圈。这样踱了一会儿，似乎有了主意，就停下来对朱国琛说：

"朱兄，我的意思，可不可以找个印书的地方，想法把这《川人自保商榷书》文稿给排印出来？"

曹笃在书桌面前坐下来，又说：

"朱兄，如果能印它几百上千份，四处散发，看到的人多了，影响力自然就大，让它真的成为炸弹。"

朱国琛面色有些迟疑，过了一会儿，才说：

"能印出来当然好。可是，这等内容，恐怕不会有地方肯印。"

曹笃思索着说："是倒是，这中间，当然就得想点法子了。"

他重新在屋子里踱步，走了两圈，带点决断地对朱国琛说：

"这事让我来想点法子。"

回头又说:"朱兄,你把这事交给我,印成传单的事我来替你办。只是,印费得你来掏腰包。"

过了一会儿,又说:"朱兄,这一阵,我手头有点紧,拿不出钱付印费。"

朱国琛听了十分欢喜,连声说:

"印费当然由我出,本来就该我出的。我现在把钱拿给你都可以。"

又说:"曹兄,走,我们出去找地方吃饭去。就去督院街那家馆子,我俩吃夫妻肺片下酒,我说了中午我请客的。"

几天后,曹笃利用私人朋友关系去外县找了家小印刷所,将朱国琛这篇《川人自保商权书》奇文秘密印了两千多份送回成都。

拿到印件后,曹笃把朱国琛找去,两人把印好的传单从头至尾又读了一遍。印好的文字与抄写的文稿,读起来的感觉真是大不一样。两人都觉得,印成了传单,文字读起来似乎更顺畅,也更有力量了。

看着自家大作成了印刷品,朱国琛尤其高兴。他立马付了印费,两人又商量了这些传单如何存放及发送的事情。

曹笃这蚕桑学堂,学生及教员杂工等人来人往,显然不能存放在这里。

自家那农事试验场,朱国琛怕被警察厅探知搜查,也不敢放。同时,又考虑由九眼桥带到城里,要走很多路,来去不方便不说,还可能在入城时遇到哨卡搜查出事。

两人想来想去,觉得最好是在城里面另外找个可靠地方存放。

朱国琛把自己在省城的朋友圈挨个过了一遍。其时,他有个姓刘的朋友,住在陕西街,人很可靠。最后,就把《川人自保商权书》印件存放陕西街刘姓朋友那里。那地点,又在热闹街市里,来去都很方便,需要时随时去取。

至于发送,朱国琛和曹笃两人,当天吃过午饭就分头走了些地方,将印好的《川人自保商权书》传单悄悄散发了一些。

晚上两人碰头,觉得如此亲自发送,既麻烦又容易出事,且发送的地方和目标有限,效果不是太好。最佳办法,是雇请报童及精于此道的人来干。

曹笃打听到铁路公司要开股东大会,就和朱国琛商量后,雇请报童趁开会之机,拿了好些传单到股东大会会场上去散发。此举效果极佳,当场就造成轰动。那些股东及与会人士纷纷争抢传单,自家阅读后,又竞相传阅,议论不已。

第二天，朱国琛又雇专人，分别向铁路公司、铁道学堂、省城的各个法团，各主要学堂、机构，甚至每个官府衙门，都投送了一些。

一时间，整个成都，都已经知晓这篇《川人自保商榷书》，各阶层人士对之议论纷纷，且多有争论。

有人大惊，说："天哪！川人自保？这到底是要闹哪一出？"

有人问："莫非咱四川当真要闹独立了？"

有人又说："嘿嘿，难说啊，这下有好戏可看了。"

也有人在猜测议论，这文章的执笔者到底是何方人物？又有啥子背景和来头？

"这么厉害的文笔，还有施政纲领，不大像是出自保路同志总会那帮笔杆子之手。"

"对头。恐怕是革命党那些人干的。"

"我看十有八九是革命党。这是要杀头砍脑壳的事，革命党胆子大，又不怕死。只有那种人才干得出来。"

"这回，倒要看他赵尔丰如何应对？如何向朝廷交代？"

几天后，朱国琛这《川人自保商榷书》传单，经层层报送转递，终于到了川督赵尔丰的案头。

赵尔丰先还没大在意，待静下来仔细看过，立时脸都气青了。

"混账！这是想要造反？"他一巴掌拍在桌子上，"再这么闹下去，朝廷岂有不震怒、不追责的道理？"

在自家那把虎皮椅上呆坐了一会儿，心绪烦乱、余怒未消的赵尔丰让手下人传话下去，立即通知几个身边亲信人物赶来督府内室小花厅，商议应对之策。

就此，渐入高潮的辛亥年四川保路运动，即将迎来一场大风暴、大变局。从这个意义上说，荣县人朱国琛那篇《川人自保商榷书》，真正是一枚"炸弹"，一份不同寻常的"纸炸弹"。

不过，罗纶的担忧也是有道理的。这篇文章为四川保路同志会高层惹来了祸事，令有"赵屠户"之称的赵尔丰，对保路同志会一众领袖痛下杀手。

赵尔丰正犹豫不决时，又接到亲兄赵尔巽从京城送来的密信。信中告诉他一个消息：朝廷已任命端方为钦差大臣，带湖北新军中的精锐之师于9月初动身入川。

端方带兵入川，明说是协助他打压眼下的风潮，可是其兄赵尔巽提醒他说，如他在眼下风潮中再处置不力，朝廷可能就会让端方取代他，接过四川总督这个位高权重的封疆大吏职位。

这才是赵尔丰最为担心的。官场摸爬滚打几十年，好不容易才弄到这个一品大员官位，岂肯轻易丢失？

那几天，总督衙门闭门谢客，赵尔丰再三思索犹豫后，终于下了动用铁血手段、强力打压风潮的决心。

第六章　资州罗泉井会议

1. 胡范渠书楼的神秘来客

　　四川资中县，当年称资州，清时设州府于此，属于四川中部地区大州府之一。

　　资州地处交通要冲，又在川渝大道上设有当时全川最大的官方驿站。资州因此成了川南交通重镇。

　　辛亥年那场大变局中，在资州地界上，先后发生了两件大事，于全省乃至全国局势都有相当大的影响，由此也令资州名声远扬，在海内外获得了相当高的知名度。

　　这两件大事，一件是当年8月初，在资州境内罗泉井，以龙鸣剑为首的革命党人召开了意义重大的一个会议，史称"罗泉井会议"。

　　另一件大事是，当年11月，受清廷派遣，以钦差大臣身份带湖北新军入川，拟增援川督赵尔丰，镇压四川保路风潮的朝廷大臣端方，在资州城内被新军里的起义革命党人杀死。

　　起义的湖北新军回师出川，声援武昌起义。此举的直接结果就是，加速了清王朝在四川两百多年统治的彻底垮台，促进了四川独立。

　　资州府境内，在与仁寿县、威远县、资中县三县交界处的珠溪河畔，有一个小镇名叫罗泉井。小镇风光秀丽，民风淳朴，沱江支流珠溪河绕镇而过。

　　罗泉井又名罗泉镇。东与资中铁佛镇接壤，南与威远连界镇毗邻，西与仁寿识经乡临界，北与资中龙结镇相接。

　　此镇虽是地处偏僻、镇藏深丘的川中小镇，但在周边各州府县名声在外。

这一是因为，罗泉镇历史悠久，享有千年古镇之盛名。镇上几条青石板铺路的老街上，年代久远的古庙、老祠堂一类古建筑很多，皆是雕梁画栋，造型奇特，各具风格，古风犹存。尤其是房梁上那些精美绝伦的雕刻以及色彩斑斓的图案，更是让人赞不绝口。

这二是因为，罗泉井产盐，镇上除有珠溪河流域最有名的盐码头之外，还有一条年代久远的茶马古道。

罗泉镇产盐，盐井古已有之。罗泉井，就是其中最有名的一口盐井。罗泉井也因此而得名，正如自贡的自流井、贡井等市镇，皆因盐井而得名一样。到晚清时期，罗泉镇开凿的盐井已达一千五百口之多。

不过，关于罗泉井的得名，民间另有一种带历史典故的说法。

当地老人传说是，三国时期，蜀国丞相诸葛亮南征，扎营此处营盘山。发现珠溪河之水咸味甚重，不宜饮用，遂命人挖井取水。

几天后，挖井深数丈时，突然泉水奔涌而出。诸葛亮接报大喜，亲来井边察看。见井中泉水清澈透明，即令身边卫士取水试饮。卫士饮后感觉甚佳，又呈丞相品尝。诸葛亮品后灵感即来，见所挖之井形似箩筐，遂将此井命名"箩泉井"。

因"箩""罗"同音，民间遂称之"罗泉井"。

当地民间之所以有这种说法，是因为在中国古代历史上，诸葛亮名声太大，已成智慧的化身，深受老百姓喜爱。凡事凡物，如果能同诸葛亮扯上关系，均可增色不少。罗泉井与诸葛亮之典故，大概就是因此来的。

当年罗泉井镇上，有一条街面宽仅四尺有余，却长达五里的老街。据称，这条老街的兴建与繁荣也与诸葛亮有关。

据说，诸葛亮南征之师，曾在营盘山上驻扎两年有余。军营需采购大量生活用品，而其时没有集市。诸葛亮就下令，轮流派兵帮助百姓建屋筑街。

有街即有市。最早搬进街市的不过五十户左右，后来住户达一百有余，当地人就把这一街市，取名罗泉井镇。罗泉井最兴旺时，老街上的商铺住户达两三百家。当地人喜欢喝茶坐茶馆，五里长街上，仅茶馆就有十多家。老人们一边悠闲喝茶，一边听戏或听说书，也成罗泉井老街一景。由青石条铺成的巷道，弯曲有致，靠山沿河，一路蜿蜒，从码头向两边延伸，逐渐成了一条年代久远的茶马古道。

罗泉的鼎盛时期，是清朝末年，小小镇上有十三家饭铺，三十二家面铺，数十家戏楼，十多家茶馆，十多家赌场，二十多家妓院，镇子周围还建有九宫十八庙。

关于现今罗泉井之改名，当地还另有一种说法。说是清时，当地一位罗姓分府官员，不满资州府一位竹姓官员官位比他大，压在他头上，遂强行将箩泉井那个"箩"字的竹字头去掉，换成自家姓名那个"罗"字。因之箩泉井地名，就此变成了罗泉井。

当然，这也是民间故事而已，或者称作民间八卦，茶余酒后供人开心的闲龙门阵。

晚清至民初，罗泉井小镇的一条老街上，有座两楼一底民居建筑，人称胡范渠书楼。

该楼造型别致，古色古香。楼前楼后，各有一个占地颇宽的园子，广种各色花草树木。在镇上各色民居中，显得别有一番天地。

这座读书楼，其时在川南各州府县，不论党人，还是袍哥界，都名声响亮。当地人都知晓，这座读书楼是当地民团团总钟岳灵藏书所在。

其实，外人不知晓，这里是四川同盟会在川南设立的一个秘密联络机关。

钟岳灵其人，系当地富家子弟，时年二十多岁，长得魁伟结实，一表人才。

钟岳灵虽出身富室，但从小胸有大志，不甘心终生做一个碌碌无为的地方"土财主"。年龄稍长，他毅然决然离家，赴省城求学，考入成都法政专科学堂。

这所位于省城四圣祠街的成都法政专科学堂，正是同盟会党人龙鸣剑所创办。

1908年夏，在日本东京留学的龙鸣剑，奉命回国，在当地发动革命。1909年春，他在其时还比较偏僻的四圣祠街，创办起成都法政专科学堂，并将该学堂建成同盟会在省城的一处秘密机关。

钟岳灵在该学堂读书期间，受龙鸣剑影响并经其介绍，加入了同盟会，成为一名坚定的革命党人。

从成都法政学堂毕业后，钟岳灵听从恩师龙鸣剑的建议，回到资州老家罗泉井，倾家资筹办地方民团。这方面，与荣县的王天杰办五宝民团极为相似。

罗泉镇民团建立起来后，钟岳灵自任团总，暗中却做着以民团地方武装，进行"反清起事"的准备，并将自家那座古色古香的胡范渠书楼建成了当地同盟会的秘密联络点。

1911年7月底的一天，罗泉井镇那条老街上的胡范渠书楼先后来了两位客人。这两位客人的装束和举止，都显得有点神秘。

两位客人一前一后进楼后，钟岳灵即安排了武装团丁值守大门，不许外人进入。读书楼前，左右两个街口，也派有游动哨密切注意街头动静。

而钟岳灵自己，几乎整天足不出户，待在楼里陪两位客人。所有公事私事，一律挡驾。这两位神秘客人，其中一人即是龙鸣剑。

正当朱国琛和曹笃两人，在省城为这份《川人自保商榷书》如何印成传单，又如何在省城散发，四处操心忙活时，龙鸣剑也没闲着。他不停地往返于省城与相关州县，暗中筹划着一个"大动作"。

如龚郁文所说，"龙鸣剑不愧是荣县革命党人中，少数具雄才大略，且富于远见卓识的人"。保路风潮的起势，让龙鸣剑看到了其中存在着革命党人可以利用的机会。因此，他与各地党人加强了联系，组织相关人员，积极参与投入到风潮中去，为革命高潮的到来做好人力物力方面的准备。

与此同时，龙鸣剑密切注视全川风潮的走向，以政治家的视角分析局势可能的发展，并适时采取相应的行动，以促进风潮大势，朝有利于革命党人的方向转化，这才有了那天在九眼桥农事试验场的聚会。

此后，龙鸣剑看到，随着省城之外各州府县保路同志会纷纷成立，投入保路风潮的民众越来越多，社会民众动员的层次也越来越深。不仅仅是普通市民大众，就连当地有身份地位、有影响的各界人士也先后卷入到风潮中来了，而且表现出反官方的立场和倾向。

龙鸣剑认为，革命高潮的到来，只是时间早晚的问题。但是，另一方面龙鸣剑也看到，省城里面执掌保路同志总会大权的那些领导人，如蒲殿俊、罗伦等，基本上都是"只反地方官府，不反中央朝廷"的立宪党人。

抛开最根本的政治立场与主张不谈，就是对这场保路风潮终极目标的认定与争取手段，蒲殿俊、罗伦等领导人也与革命党人相去甚远。因此，双方也谈不上有真正意义上的共识与合作。

这一点，龙鸣剑始终有清醒认识。所以，还在风潮之初，他就富有远见地为川内革命党制定了"放弃省城，着眼州县"的基本战略。以后的事实证明，龙鸣剑当初这个战略，不仅完全正确，而且可谓英明无比。

他一直往返于成都、华阳、仁寿、资州、荣县等地，为筹划那个大举措而奔走。

其实，从公开身份来讲，龙鸣剑是省谘议局议员，应属于立宪派之列。

1909年前后，清朝廷为应付各方，被迫推行了一些新政。1909年9月，中央朝廷下诏，宣布各省建立谘议局，实行"预备立宪"，立宪派即由此而来。

四川省谘议局，共选出议员一百二十七人。年仅三十多岁的龙鸣剑，因有日本留学生资历以及创办法政专科学堂等本事，被推选为省谘议局议员，且属于议员中的少壮派，颇受谘议局高层器重，在政界前景看好。

但龙鸣剑是坚定的革命党人，与那些立宪派始终貌合神离，谈不到一块。因之，在省谘议局议员中逐渐淡出，自我边缘化。其时，一百二十七名议员中，仅有几名同盟会员，身份不敢公开。在整个省城，革命党人力量也很弱小，且分散，难以形成气候。这也是龙鸣剑提出"放弃省城，着眼州县"的根本原因。

这场保路风潮发展到中后期，各州县民众充分发动起来，风潮向纵深发展，龙鸣剑意识到，革命高潮即将来临。

龙鸣剑决定筹备召开一个跨州县的全省范围的高层会议，将各州县的保路同志会，更名为"保路同志军"。待时机成熟，再正式举事，发动反清起义。

龙鸣剑作为川省同盟会负责人，负有组织联络成都及川南各州府县党人的重任。每次往返于成都荣县之间，龙鸣剑都会取道罗泉井，与钟岳灵碰头。

两人经常彻夜长谈，共同分析局势，交流信息，龙鸣剑还代表总会，向钟岳灵交代事情，布置任务。

他虽是钟岳灵的常客，这次来却面容警觉，还改了装束。平时常穿的有点洋气的新式便服不见了，改穿白布短衫、土蓝布裤子。头上的博士礼帽换成了一顶普通草帽，脚下一双麻耳草鞋，像个出门跑小生意的客商。

2. "秦大炮"其人其事

另一位客人，身形高大，举止不俗，衣着鲜亮华贵，还带两个跟班随从，似乎像个富商。其目光亦带几分警觉，其言谈中，又多少带点江湖气。

此人确实有点来历。他就是在成都与华阳等地袍哥码头上赫赫有名的哥老会总头子，江湖上有名的"秦大炮"秦载赓。

在成都华阳、新津、双流等地的袍哥江湖，秦载赓其人其事颇多传奇色彩。

秦载赓又名秦秉钧，清光绪四年（1878）出生于华阳中兴场。秦家系武林世家，其祖上几代皆习武，且"威以侠义"，在当地相当有名。秦载赓六岁时即随祖父习武。年龄稍长，已臂力过人。

十八岁那年，应当地考武秀才之童子试，因主考官不公，性情耿直、富有正义感的秦载赓，带头将主考官痛打一顿。此举虽差点让秦载赓入狱，但也为他赢得了江湖名声。

其时，华阳乡村，有民间组织"安吉团"。秦载赓豪爽侠义，不畏官府，被称为安吉团的"龙头大爷"。其后，安吉团沿府河向上下游发展，上至中和场，下达籍田铺，参加者上万人，最后发展为袍哥组织，"龙头"秦载赓被称为"秦大帅"。

在华阳、双流一带，袍哥势力很大。人员组成上，清水袍哥和浑水袍哥混杂。他们中有下层人士，也有地方士绅与团练兵头，有势力有兵力，常常一呼百应。

龙鸣剑以其独到的眼光，看中了这一点。他以个人魅力与秦载赓交上朋友，并将之发展为同盟会会员，让其实现了从袍哥领袖到革命党人这一角色转变。

那天九眼桥聚会后，秦载赓以安吉团为基本队伍，以袍哥组织名义兼并了仁寿县煎茶溪仁字袍哥"文明公"，取得"舵把子"地位。再积极联络其他袍哥组织，伺机举事。同时他还成立了华阳保路同志会，自任会长。

秦大炮秦载赓这次专来资州小地方罗泉井，是龙鸣剑对其一再鼓动的结果。

原来，此前十余天，成都郊县新津的会党领袖侯保斋，借口自己六十大寿，大办寿宴，广请各方宾客，实为举行会党秘密会议。当天，在新津王爷庙，有各方哥老会人物一百多人参加。

这次新津会议上，即做出了"起事决议"："各回本属，预备相机应召，一致进行。"并对起义计划做周密安排："如兵力不足，不能一鼓下成都，则先据川东南，扼富庶之地，再窥进取。"

这次会党高层会议，还正式强调了党人（同盟会）和袍哥（会党）的联系，实行两者结合，共同对敌，将两大反清组织，正式联结在一起。在这次会议上，秦载赓发言激烈，态度坚定，观点鲜明，颇有大将风范，被众人推为首领。

新津会议后，秦载赓即派人送"鸡毛信"给成都的龙鸣剑，两人约定，于7月底在罗泉井镇的胡范渠书楼秘密会面，共商大计。

此时，龙鸣剑与一些党人联络商议后，已形成共识，即对眼下这场保路风潮的策略，转变为"外以同志会之名，内行革命之事"，争取和掌握保路运动的主动权，伺机发动武装起义。

这天，在读书楼二楼的宽大书房里，听秦载赓谈了新津会议情况，龙鸣剑一时沉思不语。

少顷，他站起身来，一边摇蒲扇一边踱步。思索一阵，一个主意在他心中逐渐形成。

他停止踱步，在藤椅上坐下，端起茶几上的盖碗茶喝了两口，望向秦载赓、钟岳灵两人，带点征询神色说：

"我这里有个想法，不知你们两位觉得合适不合适。"

"龙大哥有啥子好主意，但说无妨。我听大哥的。"秦载赓说。

"一切听恩师安排。"钟岳灵也说。

"我想，"龙鸣剑看了看秦载赓，再看看钟岳灵，说，"可不可以重新把新津那次聚会的人，再召集到这罗泉井来一趟。此外，再加上川南各州县会党领袖，还有民团团首这些头面人物，再弄它一次高层聚会？"

"再召集到罗泉井来？"秦载赓、钟岳灵两人都感觉很突然，不知龙鸣剑此番主张是何用意，一时不好回答。

龙鸣剑看出了两人的疑虑和不解，对两人解释说：

"我考虑的是，当下时机很好，万不可以错过。新津那次会，应该说开得也很成功。不过有个缺憾，就是来赴会的，多是哥老会方面的人，同盟会的人少，此其一。"

龙鸣剑端起茶碗喝了口茶水，又说："另一方面呢，那些与会人物，都是成都周边、川西各州县之首领。而川南那一片地方的，基本上一个没来。这不能不说是另一个缺憾。"

不慌不忙说了此前深思熟虑后的一番见解，他继续说：

"这次，既要把会党的人叫来，也要把同盟会的人召集来。还有就是，川南一带，荣县、井研、乐山、富顺、自流井、泸州等府县，能来的都通知到，齐聚一堂共商起义大事。如此，才弄得出名堂，成得了气候。"

听龙鸣剑这样说，秦载赓、钟岳灵两人才醒悟过来，更觉得龙鸣剑到底眼光不同些，思虑更全面周详。

"至于为啥都召集到罗泉井来呢，这里面，其实有几个方面的考虑。"龙鸣剑又说,"其一,罗泉井这地方虽小,但盐业发达,来往做盐生意和相关买卖的各路客商多。各方人等,借经商为名来此集聚,不易引人生疑。其二,这里地处三县交界,比较偏僻,在这里开会不易被官方侦知。"

龙鸣剑那锐利的目光转到钟岳灵的脸上,带点赞许口气说:

"这其三,也是安全保障上最重要的一点。这些年,靠岳灵兄的努力,这罗泉井成了同盟会的一处秘密联络点,岳灵兄又掌有民团地方武装,一旦有事,民团可保卫会议安全。你看是不是?"

"安全保卫方面,请鸣剑老师和秦大哥绝对放心。"钟岳灵当即表态,语气坚决地说,"我手下那些民团弟兄,极为可靠不说,还深明大义,相当听我号召。只要我发了话,赴汤蹈火,与官军拼个你死我活,也是在所不惜的。"

想了想,又说:"若是怕我手下民团力量不够,我还可到附近场镇找信得过的民团朋友帮忙,借点武装弟兄,到时过罗泉井来帮忙保卫。"

龙鸣剑就问了问钟岳灵,他那民团有多少人数及武装,钟岳灵据实说了。

龙鸣剑就说:"足够了,足够了。不必再去惊动外乡场镇。这事情太过重大,要严防消息走漏。"

事情就这样定了。形势逼人,事不宜迟。开会日子就定在几天后的8月4日。

为掩人耳目,对内对外放出的风声,都说8月4日那天,是当地袍哥(哥老会)搞的"攒堂大会"。

那天三人议计已定,当即分头行动。

秦载赓安排随来的两个手下,立马用"鸡毛文书"的方式,通知各路哥老会首领于8月4日当日或提前赶到资州罗泉井议事。

所谓"鸡毛文书",民间俗称"鸡毛信",即在封好的信封外面插上一根鸡毛,以示"紧急"。此法古已有之。送信者及收信人只要一见信封上插有鸡毛,均知此信属紧急情况,对之当分外重视。

钟岳灵则马上找来手下民团的几个心腹,商议布置赴会人员及会场安全的保卫等事宜。

因8月4日开会在即,那几天,龙鸣剑、秦载赓都没离开罗泉井,就住在钟岳灵那藏书楼,有事好随时商量。

龙鸣剑一连两天都在钟岳灵那二楼书房里闭门不出。有时,他连饭也不下楼来吃,都是钟岳灵安排厨子把饭菜送上楼来。

往往在厨子把香气扑鼻的饭菜端进书房时,龙鸣剑仍陷在思索中,连头也不抬,理也不理。

厨子只好再客气招呼一声:

"龙大爷,您老请用饭!"

龙鸣剑这才惊醒过来,连忙答应一声。

厨子又笑眯眯问:"龙大爷,您老来不来点酒?"

龙鸣剑连连摆手:"不用不用。"

厨子又恭敬招呼一句:"龙大爷,您老还要点什么,往楼下打个招呼就是。"

厨子见龙鸣剑没啥吩咐了,才转身掩门而去。厨子把龙鸣剑也当成"袍哥大爷"了。

偶尔,龙鸣剑会叫来秦载赓或是钟岳灵,过问一下他们所分工负责事项的进展和一些关键细节问题。或是就自己的某个考虑,征询一下他们的意见,然后又重新回书房闭门不出。

龙鸣剑重点考虑的是,8月4日那天大会,要安排哪些重要议题以及必须在会上通过哪些决议。

3. 罗泉客栈里的"巧遇"

8月4日前两天,罗泉井小镇上的居民,发现这两天小镇里外的情形似乎有点不同寻常。

一是,小镇几条弯弯曲曲、大小不一的老街,突然多了好些外地客商打扮的人,来来往往,好不热闹。

这些外来客商,有的骑马,有的坐轿,或是坐一乘简易滑竿。也有一路步行跋涉,似是走远道来的。多数外地客商,其衣衫服饰、言谈举止,都像是有点来头或身份的人。有的人,身前身后,还有跟班跑腿的,一路跟随伺候。

还有就是,有些外来者,模样不大像客商,到罗泉井镇上后却不住客店栈房,而是直接进了钟团总的私宅大院。再不就是住进了老街上那胡范渠书楼里面。

这两处地方,也都有钟家的杂役人等或民团团丁出面招呼接待。

二是,镇上民众还注意到,这两天,那罗泉井几条对外通道,不管是大道还是小路都有团丁设卡把守,专门查问来往进出的可疑陌生人。

场街住户以及老街上几家茶铺酒馆里,自然有人议论或摆点闲龙门阵。

仔细一打听，有人说："那些客人，是钟团总专门请到罗泉井来的。听说场街上的袍哥堂口，要开攒堂大会。"

旁边有人感叹："怪不得，怪不得。"

有人说："听说华阳、新津、双流那些码头都派了人来，还有省城的袍哥堂口也都有人来。这场合整得好大。"

立马有人回应他："这你就不懂了。袍哥攒堂大会，那是绷面子的事，场合整得越大越好。"

谈及专门派出团丁设卡，有人就说："钟团总，也是码头上说得起话的人物。袍哥攒堂大会这种大事，他当然要派团丁出来撑起。为堂口撑点面子，也是分内的事。"

其实，住进钟岳灵私宅，或是老街胡范渠书楼里面的，主要是早先出席过新津会议的会党领袖和民团团首这些头面人物，如侯国治、孙泽沛、罗子舟、张达三、胡重义、胡郎和等。

这些人，都是华阳、新津、双流那一带袍哥码头上的重量级人物。其中，罗子舟、张达三与秦载赓一样有着双重身份，既是会党领袖，同时又是同盟会党人。

而来自川南各州县的与会者，则是一副外地客商打扮，住在场街各家客店栈房里面。

正在荣县忙民团训练所事情的王天杰，接到8月4日在罗泉井开会的鸡毛文书，提前两天即与龚郁文一起从荣县动身，冒着暑天烈日，一路急行赶往罗泉井。

这次罗泉井之行，王天杰装成布店客商，龚郁文扮作随行账房师爷。另带一名团丁做伙计，挑子里放些布匹样品，8月3日下午，即住进了老街上的罗泉客栈。

三个人的客房，安排在客栈二楼。团丁打来凉水洗脸擦汗，又去灶房打来开水，泡了一壶毛峰青茶，王天杰和龚郁文就待在客房里喝茶歇息。

龚郁文喝了一阵茶，下楼去厕所方便。哪知，在客栈楼下走廊里，却与一个住店客商打了一个照面，两人都一怔。

龚郁文"哎呀"一声，正要招呼对方，却见那人微微朝自己摆手，猛然醒悟过来。两人遂装作素不相识者，匆匆擦肩而过。

原来，此客商正是前一天从自流井赶来罗泉井的吴坚仲。

住店时，吴坚仲为保密不暴露真实身，化名"刘双林"，自称是自流井某盐号掌柜，来罗泉井谈售盐生意。他怕龚郁文用真名招呼他，就此露了马脚，所以暗中示意对方。

吴坚仲此时已经是自流井保路同志分会会长。那次在成都九眼桥农事实验场，与龙鸣剑、曹笃、朱国琛等聚会后没几天，吴坚仲即返回老家自流井，在当地成立了保路同志会分会，并自任会长。

开成立大会那天，吴坚仲在自流井闹市十字口广场，举行了声势浩大的保路募捐。自流井本身富有，各界民众反应踊跃，纷纷为保路捐款。由此，吴坚仲领导的自流井保路同志会分会筹款颇巨。

后来去了成都，吴坚仲听从龙鸣剑、曹笃等人建议，将募捐所得一部分上交了省保路同志会总会，其余大部留在了自流井保路分会，用作开办民团，以及今后的"起事军费"。

接到龙鸣剑、秦载赓所发将在罗泉井聚会的鸡毛文书，吴坚仲即带李松海、蔡三两手下骨干赶到罗泉井镇来了。为掩人耳目，吴坚仲此行装作盐号掌柜，李松海、蔡三扮作店员，比王天杰、龚郁文早一天住进了罗泉客栈。

龚郁文上完厕所，回到楼上客房，忍不住把刚才碰到吴坚仲的事，对王天杰说了。

王天杰此前不认识吴坚仲，但听龙鸣剑、龚郁文等说起过。他对吴坚仲在自流井成立保路同志会分会后，所搞的保路募捐筹款颇巨一事，很是欣赏羡慕。王天杰认为吴坚仲此人，本事十分了得。

此时听龚郁文说，吴坚仲也住在这罗泉客栈里，王天杰很是高兴。心想，今日既然碰巧同住一家客店里，也是缘分，就想约吴坚仲晚上找个地方喝酒一叙，彼此结识结识。

正与龚郁文说着，突然有人敲门。惊疑间，两人开门一看，一名客栈伙计笑容可掬地站在门口，客气地对他两人说：

"两位老板，住店楼下的自流井客商刘掌柜，想请二位晚间在街上酒店吃酒一叙，顺便谈点生意，不知两位老板晚间有空没空？"

龚郁文一听，顿时明白客栈伙计口中所说的刘掌柜，定是吴坚仲无疑。当即谢过客栈伙计，并答应下来。

晚上，龚郁文偕王天杰按时赴约。到了酒店，刚进店门报了身份，说有荣县客人来此赴酒席，当即有店伙计笑盈盈上前招呼，说：

"有的，有的，两位客官请随我来。"

伙计将二人引至一内室雅间门前，推开门说："两位客官请进。"

雅间里面，酒菜已经上桌，共有几位客人在座位上恭候。坐主位的那红黑脸膛汉子果真是吴坚仲。

见到龚郁文和王天杰，吴坚仲笑容满面，当即起身相迎：

"哎呀，龚兄！快请坐，快请坐！"

其他几位客人亦起身迎候。还没等龚郁文给众人介绍王天杰，其中一位客人跑过来，拉住王天杰的手，兴高采烈地又拍又叫：

"哎呀，果然是二胖兄！我听说是荣县客人，就猜想会有二胖兄在里面，果然是！"

此人正是从井研远道赶来的陈孔白。他和王天杰本是结拜兄弟，又性情相投，见面后自然亲热。

陈孔白此时既是井研县保路同志会负责人，也是井研民团团首。

不过，这次来罗泉井赴会，为稳妥起见，他也是乔装打扮，改变了身份。他与手下一名民团团副，化装成游走四乡八方，靠习武卖艺为生的江湖艺人，住在场街一家小客店里。也是昨天傍晚时分，在老街一家茶铺里喝茶，偶然与吴坚仲相遇，才有今天的酒叙。

吴坚仲又分别向龚王两人介绍了在座的其他几位客人。其中两位，是与他同来的李松海和蔡三。另一位客人姓郭，二十多岁的年轻壮汉，是与陈孔白一起从井研来的民团团副。

吴坚仲、李松海、蔡三等，与王天杰虽说是初次见面，却早从各路朋友，尤其党人朋友那里，久闻其人其事，可谓仰慕已久。况且都是性情中人，共同语言不少，酒席气氛自是随意，且话题很多。

李松海、蔡三这样的人物，分别出身武林和码头江湖，其时在当地名声很大。尤其李松海在嘉州武林聚会"擂台赛"上大显威风，后来又在自流井开办李门武馆，自创"李家拳"的经历以及蔡三"一碇子打死一条牛"这类传奇故事，在荣县的王天杰和龚郁文，在井研的陈孔白等，都或多或少听到过一些，也可说是慕名已久。如今终于得以一见，双方皆很欢喜快活。

当然，那天酒席上，说得最多的话题，仍是眼下时局，以及此次来罗泉井一聚，主持其事的头头脑脑，到底会拿出点啥子大的举措与动静。

王天杰、陈孔白、李松海、蔡三这些人，都是性情爽直、敢想敢干、敢做敢当的血性汉子，说到此话题，都是一脸兴奋，浑身热血沸腾，恨不得有人立时一声令下，带起自家人马直赴省城，攻下省督衙门，生擒赵尔丰。

在座的龚郁文、吴坚仲两人，年岁稍长，性情方面也要稳重得多。尤其是吴坚仲，参加过那天九眼桥聚会，知道的东西要多一点，言行上就没王天杰、陈孔白那样冲动。

不过，得到罗泉井赴会的鸡毛文书后，吴坚仲凭直觉意识到，原先一直盼着候着的这场保路风潮的关键性转折，已经提前到来了。

一想到平时和龙鸣剑、曹笃等一众党人朋友经常提到的"革命高潮"马上就要到来了，吴坚仲也难免有些兴奋。

他多次端起桌上的酒碗，以今晚宴席主人的身份，站起身来，向在座各位敬酒。那晚上的酒席，一直吃到店家关门，一众党人朋友才兴尽而散。

4. 福音堂里的"攒堂大会"

不过，8月4日这一整天下来，罗泉井镇上一切如常，什么事情也没发生。小镇上的居民，包括少数想看点热闹的闲人，始终没见到钟团总私宅和老街上的胡范渠书楼有点啥子动静。

前两日才赶来罗泉井，住在镇上各家旅店客栈里的那些外地客商，则三三两两，进进出出，各忙各的事情。

这天下午，有几个外地客商模样的茶客，闲坐在老街西头，靠珠溪河边上的一家茶馆里，神情悠然自得，似是在喝茶谈生意，又像是在摆闲龙门阵，却时不时朝远处那座福音堂看上一眼。

这几个人，正是以盐号掌柜和店员身份，从自流井赶来的吴坚仲、李松海、蔡三等，他们得到的通知是，夜间子时香之前，去场街那座福音堂，凭事先约定的暗号进入。

午后，三人外出喝茶之前，曾装作逛街样子，闲走至福音堂那边，把周围地形环境仔细看过一回，以做到心中有数。

而龚郁文和王天杰，则是让那团丁留在客栈里守店，他两人过了桥，去河对岸游山进寺庙看风光。

至于陈孔白，则带着那郭姓团副，干脆来到场街丁字口，扯起江湖场子，演示武功卖艺。场街上那些在家门口纳凉的民众，见有人打拳卖艺，纷纷围过来看热闹。

人圈子内的陈孔白，先打了一套"峨眉拳"，很吸眼球，立时有人叫好。其后，郭姓汉子则演示了一回"梅花剑"。看热闹的围观者越聚越多，喝彩声、掌声不断。亦有人走出人圈子，往摆在地上的一块布帕里，丢钱打赏。

最后，陈孔白玩得兴起，亮出他的看家绝技——"一百零八路纯阳剑法"。那剑法，真正看得人眼花缭乱，更是让围观看客拍巴掌，拍得一阵比一阵响亮，大呼小叫不止。

有意思的是，吴坚仲、李松海，蔡三几人，在茶馆里喝过茶后，正想找个地方吃饭。在场街丁字口，见有人扯起场子演武卖艺，忍不住走过来看个究竟。走拢一看，竟是陈孔白和他的副手在那里献艺。三人也就站在人圈子中观看。一直看到陈孔白亮出他的"一百零八路纯阳剑法"，亦是赞叹不已。同为武林高手的李松海和蔡三两人看得兴起，若不是想到晚上还有要事，真想跳进圈子去比试比试。

直到天色渐晚，场镇上已经点起了灯火，一整条老街，还是啥子动静也没有。倒是镇内大街上，那座洋人早年修造的福音堂里外，似乎有些动静。

罗泉井这座福音堂，始建于1808年，系英国教士来罗泉镇传经布道时所建。在资州境内，算是修建较早，建筑格局较大，且较有名气的洋人教堂。

最为特殊的是，罗泉井镇这座福音堂，不是如其他洋教堂那样有高高尖顶的西式楼房，而是采用的中式建筑风格。其主楼及院落均是中国传统建筑，那种重檐歇山式风格，独具特色，也别有风味。

眼看夜色渐浓，镇上那些想看热闹的居民，没看成热闹，有些扫兴。先先后后归家，干脆闭门睡觉去了。

这时，洋人福音堂里，却是灯火通明。福音堂大门口，有手执马刀和九子快枪的武装团丁把守。

一直到夜深人静，原先待在钟团总私宅和胡范渠书楼那些客人，先后悄无声息地分批由人引入那福音堂里面。

川南各州县来的客人，包括从荣县来的龚郁文、王天杰，从自流井来的吴坚仲、李松海、蔡三等，从井研来的陈孔白和郭姓团副，以及分别从威远和富顺县来的另外几人，也是先先后后、不为人注意地进了福音堂。在大门口，均是向守门团丁报出了事先约定的暗号，方得以进去。

半夜时分，福音堂内，由龙鸣剑幕后策划，秦载赓主持，对外宣称为袍哥"攒堂大会"的"同盟会紧急会议"正式召开。

尽管已是深夜，为保证安全万无一失，钟岳灵布下的团丁"看哨"，遍布几里外的各道路口。福音堂内外，亦有全副武装的民团值守待命。

会议期间，钟岳灵负责接待并放出看哨二十里以外；张益山负责探传资州军警动向情报和东大路一带外线警戒。

将大会安排到深夜才开,也是龙鸣剑、秦载赓等主持人从安全角度考虑。因为来罗泉井出席会议的,大都是各地会党和革命党的高层人物。若是被官府侦知,出兵一网打尽,那损失就太大了。

出席这次罗泉井会议的,同盟会方面的重要人物有龙鸣剑、王天杰、龚郁文、吴坚仲、陈孔白等;既是同盟会会员,又兼有会党首领身份的有秦载赓、罗子舟、张达三、钟岳灵等;纯是会党首领的有胡重义、侯国治、孙泽沛、胡郎和等;资州当地会党首领周星五、张盖山也出席了此次大会。

此外,侯宝斋以及各地因事未到会的会党首领,也派有代表或堂口管事赴会。

福音堂大厅内,上方供着关公牌位。三十多个汉子,排成两列,每人手里捧着一炷香火。秦载赓立于队列之前,用洪亮声音读着誓词。他每领读一句,下面各位首领就齐声复读一遍。

这天的誓词,由秦载赓授意,袍哥堂子中的一位老秀才执笔撰写,有强烈的反清倾向以及帮会色彩。龙鸣剑过目后,考虑到此系袍哥的"攒堂大会",也没做大的修订,只对誓词个别词句略加润色。

只听秦载赓朗声读诵道:

> 明远堂愚兄大令下,满堂哥弟听根芽。
> 令出如山非戏耍,犹如金殿领黄麻。
> 只为满奴兴人马,无端抢我大中华。
> 扬州十日遭残杀,嘉定三屠更可嗟!
> 把我汉人当牛马,视同奴隶毫不差。

朗读到这里,秦载赓语调明显带有悲愤之色。在下面捧香而立的各位首领壮汉亦声带悲愤,情绪明显有点激昂,有些人甚至把捧香的手捏成了拳头以表达自己内心的愤慨。

> 马蹄大袖加马褂,凉帽缀成马缨花。
> 本藩闻言喉音哑,率同豪杰走天涯。
> 权且此山来住下,金台山上浴风沙。
> 今日结成香一把,胜似同袍共一家。

　　　　　万众一心往前来，声摇山岳起龙蛇。
　　　　　不怕满奴军威大，舍生忘死推倒他！
　　　　　还我江山才了罢，补天有术效神娲。

　　这时，秦载赓语调也激昂起来。捧香而立的各位首领，情绪越发激昂壮烈，仿佛带有要与霸占我中华国土、奴役我国人两百多年的清王朝，决一死战，不达目的决不罢休的信念与决心。

　　　　　人生总要归泉下，为国捐躯始足夸。
　　　　　战死沙场终有价，将军马上弹琵琶。
　　　　　争回疆土功劳大，流芳千古永无涯。
　　　　　奋我精神扶我马，勇往直前莫差嗟。
　　　　　大众兄弟情不假，请进香堂把誓发。

5. 同志会改成"同志军"

　　由于事先筹划准备充分，大会开得很顺利。各个环节都考虑得很周到，会议气氛既严肃认真，又井然有序。
　　读完誓词，与会者依次上前，每人将手中捧着的香插入供有关公牌位的香案之中。
　　只见香案之上，一字排开放着三十多个酒碗，里面斟满了白酒。
　　此时，钟岳灵事先安排的一名团丁，立马将一只备好的雄鸡当场宰杀，并在每个酒碗里滴上一点鸡血。
　　插毕香的各位首领，每人端酒一碗，很豪气地仰头一饮而尽。这也是仿效古时英雄聚义，起事前"盟誓喝血酒"的场面。
　　龚郁文、龙鸣剑，甚至还包括吴坚仲、钟岳灵，都是文化人出身，不习惯这样大碗喝酒，尤其是不习惯喝这个"鸡血酒"。但为了不致坏了现场气氛，他们几个人也学那些首领样子，咬牙将那碗"鸡血酒"装作豪气样子一饮而尽。
　　血酒喝过之后，众位与会首领，才像《水浒》中的梁山好汉那样，依次而坐。此番"攒堂议事",方正式开始。

议事之初,秦载赓代表哥老会首领讲话,他表示,四川哥老会完全支持以孙中山先生为首的同盟会政治主张。

秦载赓讲话之后,龙鸣剑代表同盟会,作了深刻全面很有鼓动性的主题演讲。

其后,王天杰、陈孔白等同盟会激进人物,也先后短暂发言,慷慨激昂地号召即刻发动总起义,推翻清廷。

"攒堂议事"的最后一项议程,是通过事先准备好的一份"攒堂决议"。这就是有名的罗泉井决议。

可以说,通过这份决议,才是今晚议事的关键所在。此前在筹备这次罗泉井聚会之时,龙鸣剑在这决议的内容与措辞方面花的心思最多。最主要的是,如何表达与会者革命的决心与意志。

最后,龙鸣剑决定,在这决议中,要表达出最核心的一项内容,那就是,保路同志会更名为"保路同志军"。

此虽仅一字之改,其实质内容与分量,却是千差万别。

这份决议主要有五项内容,其分别是:

其一,从今日起,所属川西、川南各州府县保路同志会,一律更名为保路同志军,将过去的文明争路转为武装斗争。全省范围,由秦载赓、侯宝斋等,主持川东南起义工作;张达三、侯国治等,主持川西北起义工作。

其二,向各地团练局、民团以及富绅借用枪支弹药,以解决枪弹来源。

其三,向各县借用"积谷""社谷"以及其他公共财物,以解决各地保路同志军之粮饷。

其四,探查当地敌情,掌握官军警察的数量、装备、分布等情况。

其五,本次起义的总部,分别设在华阳和新津。由秦载赓担任总首领,负责全局指挥。各地要随时互通信息,交换情报,听从指挥。

"五项决议"一致通过后,为安全起见,当即宣布散会,各走各的路。

夏天的天亮得早,大会结束,天已蒙蒙亮。大家对会议结果都很满意,也很兴奋。尽管钟岳灵说,已安排了午间宴席,让各位大哥聚聚,喝杯酒再走,可是这些刚开过大会,要发动"总起义",推翻清王朝的领军人物,胸中已是激情似火,壮志满怀,哪顾得喝酒不喝酒?

不要说王天杰、陈孔白等年轻革命党,就连那些平时比较闲散,讲究生活享受和排场的袍哥首领也都急于赶回老家做起义准备。

所以，对钟岳灵的盛情留宴，大都笑答：

"等革命成功，大家再喝庆功酒不迟！那时，你敬我三大碗，我也会喝它一滴不剩！哈哈——"

说罢即匆匆分手而别。有些人连早饭都顾不上吃，便踏上了归程。

王天杰与陈孔白曾是结拜兄弟，私交甚好。此番在罗泉井相逢，除了那天在酒店里喝酒吃饭曾有交流外，其余时间都各自待着，不便交往。

原想待大会开过，彼此相约，再约上三五个谈得来又有点兴致的朋友，找个地点清静又风光好有景致的地方再聚一聚，痛快茶叙酒叙一天。

王天杰与龚郁文前一天游山走寺闲耍时，已经看好了一个去处，那就是有名的"罗泉八景"之一的"江塔秋风"所在。那里位于原名三星桥的"子来桥"下游二百来米，桥头有宝塔一座，其风景绝佳。

尤其金秋时节，珠溪河碧水荡漾，桥头山岭树叶金黄，山腰处红橘挂枝。一阵山风拂过，红叶飘落，松涛灌耳，宝塔檐角挂的铜铃发出清脆悦耳的铃声，令人陶醉。

其时，桥头宝塔一侧，开有一家茶园，再过去几十步，数家街房之中，又有一家小酒馆。那天闲来无事，龚郁文与王天杰游走至此，就在这家茶园里喝茶闲坐。之后，两人就近去那家小酒馆喝酒吃饭。

这地方离镇街稍远，平时来客较少，小店生意稍显冷清，但售卖的酒菜却极有特色。尤其是那道花生浆豆花，系店家自磨自创的特色菜品。

与平时在荣县各家饭馆所售卖豆花不同的是，这种豆花是煮在事先磨制的花生浆中。

那天，龚郁文与王天杰两人，一气各吃了两碗花生浆豆花，很觉惬意过瘾。此外，小店售卖的火爆鸡杂，味道与火候都不错，还有卤鸡爪、凉拌猪头肉亦是下酒好菜。

那家小店给龚郁文和王天杰印象很深，两人就说，待大会开过了，不妨在罗泉井多歇息一天。到时，干脆把陈孔白以及自流井来的吴坚仲、李松海、蔡三等朋友，一起约到这三星桥来聚一回。在欣赏"江塔风景"、茶园茶叙之余，专至那家小酒馆喝酒，吃那两样特色菜。一众朋友来此闲耍一天，岂不痛快。

却没想到，大会结束时，与会者都急于赶回去做起事准备，更不要说陈孔白这等有点性急的年轻党人了。就连王天杰本人，也不好意思再对吴坚仲、陈孔白等党人朋友说，不妨在罗泉井多歇息一天，一起去三星桥再聚一次，品尝特色菜品那些话了。

他只是在街口相逢，就要分手上路时，既带点惜别，也带点豪气地对陈孔白说：

"孔白兄，本想在这罗泉井多留一天，你我朋友找个好去处，痛快喝一顿大酒。可眼下起义事大，革命重于泰山。那还是待同志军打下了省城，拿下了赵尔丰，你我再约上一帮朋友，去望江楼喝庆功酒罢。到时一醉方休好不好？"

陈孔白大笑，拍着王天杰胖乎乎的肩膀说："要得，要得！二胖兄，到时我来请客。我不把你王二胖灌醉，我陈孔白就不姓陈！"

正好走到路口的吴坚仲、李松海、蔡三等人听到这话，亦乐滋滋说："当然要得！打下了省城，拿下赵尔丰，是大喜。这顿庆功喜酒，非喝他个三天三夜方罢！"

几个人在路口分手，各自匆匆赶路。值得一提的是，虽然那天龚郁文和王天杰没能再返那家小酒馆喝酒，但花生浆豆花这样的特色做法，自此却开始传到荣县，并很快在荣县落地生根，成了一道家喻户晓的特色菜品。到如今，荣县花生浆豆花与富顺豆花一样，已经成了当地的一道招牌菜。

罗泉井会议，被认为是辛亥革命在四川由初期的保路同志会主导的和平请愿发展为同志军武装斗争的转折点，也是中国同盟会把四川保路运动转变为反对清王朝的民主革命斗争的第一个步骤，也成为武昌起义的前奏。

如今的四川资中县罗泉井镇，那座曾经作为会址的福音堂，保存完好，已成为四川省重点保护文物，供世人参观景仰。

罗泉井会议后，龙鸣剑亦当即返省，又很快在成都四道祠街召开秘密会议，通报罗泉井会议相关情况。此后，他来往奔波于省城与州县之间，联络各方，又分派同盟会员或骨干，往各地组织督促起义。

龙鸣剑作为这次起事的总指挥，实在功不可没。

第七章　革命党大闹县城

1. 党人商议立"先皇牌位"

王天杰和龚郁文赶回荣县县城时，保路风潮正迎来高潮。

县城之外，全县各主要场镇，都成立了当地的保路同志会。一时间，参加同志会成了时髦，如同先前的场镇袍哥，各乡镇民众，都以能当上袍哥为荣。现如今，场镇民众都以参加同志会为荣、为时髦。

当然，在大多数地方，两者是一家人。同志会就是袍哥，袍哥就是同志会。同志会的会长、副会长，就是当地袍哥堂子的大爷，两者不分彼此。

也由此，同志会一经建立，在当地凭借袍哥的影响和势力，发展如鱼得水，基本上做到了要钱有钱，要人有人。

荣县从县城到各场镇是如此，全省各州府县也是如此。这也是保路风潮6月中旬才从省城起闹，仅仅一个多月，到7月下旬就风起云涌，迅速迎来了高潮的重要原因。

回县城的当晚，王天杰和龚郁文两人，顾不上暑天酷热和旅途劳累，就让人分头通知了赖君奇、赵叔尧、余契、刘念谟、李迟等党人，以及荣县保路同志会的会长、副会长等，到禹王宫民团训练所聚会。

这一是由两人向大家简单通报，此次罗泉井会议的开会情况以及所做出的几点重要决议；二是两人离开县城这些天了，也要了解荣县县城和各场镇眼下保路风潮的局势，以便相应做出新的安排与布局。

开会情况，主要由龚郁文介绍，再由王天杰补充。此外，两人还向大家转达了临别时龙鸣剑私下对他们两人交代过的，要他俩给荣县党人及保路同志会带回来的口信。

龙鸣剑说，眼下局势发展很快，我等党人一直盼着的革命高潮很可能会提前到来。大家要做好迎接革命高潮的各种准备，以免到时措手不及。

龙鸣剑还说，就全省来讲，发动总起义的日子可能为期不远了。经过党人的不懈努力，荣县各方面基础搞得很好，除了王天杰的五宝民团，现在又办了民团训练所，可作为统率全县民团的基地，这是其他州县不及的地方。因此，荣县应当争取为全省之先，甚至成为天下之先。

最后，龚郁文强调了龙鸣剑在口信里说的，一定要听从指挥。在未接到上头关于总起义的指令前，决不许轻举妄动，以免过早暴露自家实力和意图，坏了整个大局。

听了罗泉井会议的通报以及龙鸣剑的口信，大家都很兴奋，甚至称得上情绪激昂。在座者一个个摩拳擦掌，露出要大干一番，恨不得立即把整个荣县地域闹它个底朝天的样子。

赖君奇说："龙大哥说得对，荣县就是该为全省先，为天下先！"

赵叔尧也说："荣县是该为全川带个头。"

余契先是说："只要总指挥命令一下，老子们立马把荣县县城整它个四季花儿开！"说罢这话，转头又开骂，"这回，是该给柳瞎子一点儿颜色看看了！他个狗官，过年那天就把智剑兄逮起去了的，关了半年多还不肯放人。听说至今下在大狱里，还上了镣铐。"

余契骂的柳瞎子，就是荣县柳知县。柳知县因为眼睛近视，视力很差，被县人称为"柳瞎子"。

这时赖君奇就说："我上个月去县大狱探过监，智剑兄镣铐倒是给取了。但柳瞎子借口案情重大，就是不肯保释放人。"

李迟说："龟儿子不肯放人，总有一天，把县大狱给他砸了，那就不是放人不放人的事。"

龚郁文看大家对此反应热烈，也很高兴，但是又提醒说：

"龙大哥说了的，一定不要轻举妄动，以免误事。"

大家都说："龚兄放心，到时我等都听龙鸣剑大哥的，他喊开干才开干，不得误事。"

有人又说："柳瞎子这人顽固又讨厌，总该闹出点啥子动静，拿点苦头给他尝尝才好。"

王天杰这时突然想起，他和龚郁文从罗泉井回荣县途中住店时，听同住一店的刚从成都出城的旅客讲起,眼下省城的一些闹市大街以及东西南北四道城门口,都有民众立起先皇牌位。

那位成都出城的客人还对他和龚郁文说,此举明说是悼念去世的先皇光绪帝,实则是在保路风潮中,借此表达对当今朝廷的不满以及暗表对抗当政者在保路事件中的胡乱作为。

与此同时,也是给川省督赵尔丰及一众官员一个下马威,逼迫他们在先皇牌位前,不得不"武官下马,文官下轿"。

听王天杰这番说法,立时有人高兴地拍掌大声说:

"这个主意好!我等明天就干,给县衙柳瞎子等狗官来个下马威!"

其他在座者也纷纷说好,都说:"要得,这一是可以肇(方言,意为当众为难对方,羞辱对方,让对方没面子。常说'肇某某的皮')县衙狗官的皮,扫扫他们的官威;二是亦可以借此显示显示我们保路同志会的威风。一举两得,当然是好。"

王天杰就说:"说干就干,这事明天就整。明天一早,我派民团训练所的学员去办。"

龚郁文沉吟了一下,说:"立先皇牌位的事,我看,最好还是让县保路同志会出面为好。这样既合理又合法,让官方当局抓不到啥子把柄。县衙那些狗官虽说不满,却又打不出喷嚏,如此最好。"

众人都说龚郁文考虑得周到,大家又商议如何立先皇牌位的事。

最主要是商议县城里面应当立牌位的几个地点。几个人商议一阵,一致认为,除了几道城门口外,最该立牌位的地方,就是县衙门前那左右两个街口。

赵叔尧就说:"要肇县衙狗官的皮,打他等的官威,当然是县衙门前最好。"

余契带点恶意地说:"就是要让满城老百姓看到,平时出行骑马坐轿的官老爷,如何不得不乖乖下马下轿,还须到先皇牌位面前磕头朝拜。"

王天杰一听乐了,说:"对头,就是在县衙门前面两街口,把先皇牌位立起来,看他县衙门的官老爷们,如何下马下轿,磕头朝拜。"

事情一商定,当晚龚郁文就偕同余契去找荣县保路同志会会长尹广心和副会长刘纯,商议在县城里面立先皇牌位的事。

其实,保路同志会这两位负责人,下午就知道了省城街上及城门口立先皇牌位的事了。正想第二天过来,与龚郁文和王天杰等人商议要不要也在县城里立先皇牌位的事。

如今听龚郁文一说，尹广心和副会长刘纯简单议了议，就爽快把立先皇牌位的事承揽了下来。两人答应，他们会连夜对此做相应安排。

尹广心对龚郁文和余契说："两位放心，这是县保路同志会应该做的事。等会儿就安排，明天一早就派人去整。"

刘纯也说："县城各街区，下头各乡场，也都会把招呼打下去，让他们把先皇牌位立起来，整出点气候来。"

余契说："关键是县城里头那几条主街，尤其县衙门前面那街，一样弄个武官下马、文官下轿的皇牌，把县衙那帮狗官为难一下才好。"

龚郁文想了想，又说："若你们县同志会人手不够，我可以叫民团训练所那边选派几名团丁协助同志会的人守卡。"

尹广心和刘纯听了，更加放心，都说："有王督办民团训练所的人过来帮忙守卡，那是再好不过。"

县保路同志会的会长尹广心和副会长刘纯，都不是同盟会会员，但他们心里也知道，龚郁文、王天杰、余契这些人，还包括经常往来于省城与荣县之间的龙鸣剑，都是革命党人，是官府称为"乱党"的人。

他们多少也明白，看眼下大势，今后很可能将是革命党人的天下。官府垮台，是迟早的事。

2. 县衙门前也立牌位

第二天一早，荣县县城里的民众就看见，在几道城门口以及县衙门前面那条大街的东西两个街口，有人在忙着搭台子、摆香案的事情。

街上民众当即就认出，那些忙着搭台子摆香案的，大都是县保路同志会的人。

"大清早的，县保路同志会的人就出来了。"旁边有人说，"今天怕是有点啥子事。"

其时，保路风潮正在势头上，保路同志会的人，在当地又或多或少有点身份地位，所以，许多民众都把县保路同志会看成了"半个官府"。

几处搭台子摆香案的地方，都有民众走过去看热闹，并围着台子与香案议论不已。

有人说："又在搭台子，是不是又要开演讲？"

有人就说:"不对头,演讲台子不是这个样子搭法。若是开演讲,又摆个香案干啥子?这台子,恐怕是另有用处。"

尤其县衙门前面那两个街口,现场围观民众越聚越多,都想看一看同志会今天到底要弄些什么名堂。

其中,也有县衙门里的人等,但都不敢上前干涉。自保路风潮起事后,县衙门里,上至知县,下至普通杂役,对保路同志会搞的一些事情,大都睁只眼闭只眼,不敢多过问。

只见那些人,不慌不忙把台子弄好,又用大匹大匹的崭新黄布将整个台子围了起来。其后,黄布上又贴了一张纸,上写"皇位台"三个大字。那些人在台子上放置了香案,案上又摆放了香烛等物品。

见此,围观民众吃惊不小,叹说:"原来搭的是皇位台啊!这动静整得有点大。"

这里刚把台子围好,把香案等物品摆放妥当,那边,立马就有人送来了已经写好的一块牌子,牌子写的是"先帝圣谕"。那是从光绪皇帝当年的"上谕"中,摘录下来的两句话。

第一句话是:"庶政归诸舆论。"

第二句话是:"铁路准其民有。"

没一会儿,有人又从保路同志会总部送来写好的一副对联。这副对联,写的仍是光绪皇帝"上谕"那两句话。上联是"铁路准其民有",下联是"庶政归诸舆论"。

有人当即将那副对联,置放在"皇位台"上供着的光绪皇帝牌位两侧。

片刻工夫,有人又送来写好的两块大牌子。牌子上,分别写着,"武官下马""文官下轿"八个大字。

保路同志会的人,当即把两块大牌子立在"皇位台"左右两边。左边立的是"文官下轿",右边立的是"武官下马"。

如此一来,不甚宽的街面,基本上被这"皇位台"及两边的大牌子给封堵住了。行人车马,只能侧身而过。

那些围观民众,顿时惊呼起来。

有人叹道:"文官下轿,武官下马?县衙门的老爷们咋办?莫非柳知县柳大老爷的官轿也不让过?非得下轿来,像老百姓一样走路?"

有人又说:"还有那些骑高头大马的捕头老爷,未必到此也得下马走路?其威风何在?"

多数围观民众越发觉得，此事大有看头了，围聚着不肯走散，都说：

"今日怕有好戏看了，就是要看，到底是县衙官爷的面子大，还是同志会的面子大？"

围观看客争论不休，有人说县衙官爷的面子更大，有人不服气，硬是要说同志会的面子更大。彼此不服输，甚至要为之打赌。

关于街口卡子面前立先皇牌位，县衙有些官员有可能仗往日官势要威风闯关的情形，主事的龚郁文和王天杰早有预料，并事先有所准备。

为此，在县衙门前那两个先皇牌位卡子上，除了县保路同志会的人马值守，王天杰还专门在自家民团训练所，选派了八名得力团丁协助守卡。

东西街口卡子，各有四人。这八名团丁，皆是身材魁梧，有一番武功的精壮汉子。

王天杰事先对八名团丁特别交代说：

"若有人经过先皇牌位时，不肯下马下轿，不肯给光绪皇帝上香磕头，不管他是哪个，你们逮到就跟老子狠狠收拾！出了事由我王二胖负责。"

又选派余契做总指挥，坐镇现场，两边调度，随时处理突发事件。

不仅如此，龚郁文和王天杰两人，还在离县衙门不远处的一家茶楼二楼，订下一张靠窗的茶桌。当天早饭后，龚郁文和王天杰两人，就早早到了那二楼茶室，一边品茶闲谈，一边注视着楼下街面上的动静，以随时应变。

大约上午十时，县衙门里面就有了动静。先是传出一阵开道锣声，接着响起衙役几声吆喝，然后只见县衙大门里面，两块写有"回避""肃静"四个大字的"高脚牌"引路，又有持水火棍的差役在前面开道，其后才是柳知县的四抬大轿，前呼后拥地缓缓出了县衙大门。

围观民众一阵骚动，纷纷议论起来：

"快看，柳知县柳大老爷的轿子出来了！"

"就看柳大老爷轿子到了先皇牌位时，肯不肯下轿。"

柳知县的四抬大轿，一路吆喝着，先是朝东面那个街口缓行。哪知，到了保路同志会设的先皇牌位前，官轿被设卡者拦住。

"下轿！下轿！"

有人指着那立着的"文官下轿""武官下马"两块大牌子，朝县衙那些人高声吆喝。

"这里立有先皇牌位，赶紧下轿来为先帝上香磕头！"

差役一看情况不对，赶紧向轿子里的柳知县禀报并请示。

"大人，那边有同志会立的先皇牌位。"差役请示道，"同志会的人说，大人若要经过，须下轿来为先帝上香磕头后，方可过去。"

柳知县得报，吃了一惊，微微挑开轿帘，望前方观看了一阵。

在轿里沉思片刻，他吩咐打道掉头往西走。

哪知，到了西边那街口，一样有同志会设的先皇牌位，官轿依然被卡子拦住。

柳知县这下傻眼了，被弄得进退两难。

双方僵持了一会儿，出行两次受阻的柳知县，只好吩咐轿夫停轿。然后缓步走下来，再到"皇位台"前，对着先皇牌位上香磕拜。

围观民众又是好一阵惊呼感叹：

"快看，快看！柳知县柳大人果然下轿了！还拜了先皇牌位！"

"到底是同志会的面子大！知县柳大人都不得不低头！"

经此一番较量，县衙门包括那位曾经不可一世的柳知县，在民众中的声威地位简直是直线下降。而县保路同志会在民众心目中，则是比"官府还更官府"。

当然，大多数民众都不知道，在县保路同志会背后，有龚郁文和王天杰等一众革命党人在起着关键性作用，充当其强力后盾。

离县衙门不远那家茶楼里面，龚郁文和王天杰两人一直在茶室窗前观察街上的动静。刚才这一幕，两人自然也看到了。此时此刻，他俩对望一眼，脸上露出会心的微笑。

喝下一口茶，龚郁文望王天杰一笑，说：

"二胖，看着没有？柳瞎子这回到底还是下矮桩了。"

王天杰也是一笑，回应龚郁文说：

"柳瞎子他敢不下矮桩？还不说老子五宝的人马，单是我民团训练所那两三百团丁，就可以把他那个县衙门车他两三转（方言，车他一转，或车他两三转，都是表示不怕对方或藐视对方，可以随便修理对方）！"

龚郁文放下茶碗，把茶碗盖轻轻放好，带点神秘地回应王天杰说：

"二胖兄，我私下给你说，把县衙门车他两转，已经为期不远了，那是迟早的事。前两天，我悄悄为当朝起了一卦，是个凶卦。认真推算日子，竟是过不了这辛亥年。"

两人说得高兴，王天杰出茶室叫来一个茶倌，给了他几文铜钱做跑路费，吩咐下楼去糖食店买来一大包糖食佐茶。

3. 守卡团丁痛殴县衙赵捕头

然而，没有想到，临近中午，在围观民众正要散去，各自归家吃午饭之时，县衙大街东面那卡子上，突起了一场风波。

当时，大街上响起一阵清脆急骤马蹄声，围观市民抬眼望去，只见两匹高头大马，由东向西急速奔来。

有人仔细看了一下，说了句："是县衙捕房赵捕头。"

有人就说："这回又有看头了，就看赵捕头肯不肯下马？"

骑在马上的，正是县衙赵捕头和他手下一名捕快。两人上午去双石铺办事，事情办完，欲返回县衙向知县禀报。

走到城门口先皇牌位前，两人就在卡子上被拦住了。

赵捕头见坐骑被拦，很不痛快，在马上恶声恶气喝道："你等要干啥子？"

同志会设卡者，指着"武官下马"大牌子，要他们下马走路。

赵捕头是县衙的资深捕头，从一般差役干起，在县衙门捕房当差已近三十年，当捕头也当了十多年。平时骄横惯了，威风很大，在县城欺男霸女，鱼肉百姓，无人敢惹。

保路风潮以来，他对同志会的作为不满，心中一直有气。如今要他下马，他哪里肯听。

赵捕头顿时怒气冲冲，对设卡者大喝一声：

"滚开！不让开看老子整死你！"

说罢，扬鞭跃马，带着手下那名捕快，强行闯卡。同志会设卡的人没有提防，眼睁睁看着赵捕头和那名捕快，闯卡而去。

两匹高头大马，不仅闯翻了那块"武官下马"牌子，还把设卡的人员撞倒了一个。

进得城来，跑过几条街，远望见县衙那街口，亦设有卡子。赵捕头余怒未消，依然想如法炮制强行闯关。双腿把马肚子一夹，带着手下捕快，策马向那卡子急速闯去。

哪知，这回就不一样了。其时，余契正守在那里闲坐喝茶。

听见马蹄声，转头又见两匹马急速奔来，看那架势是不想下马走路，欲强行闯关的样子，余契心里一惊，方知来者不善，当即起身上前阻拦，又大声给协助守卡的团丁下令：

"拦住！通通给我拦住！"

四名团丁皆壮汉，武功在身，手里又有腰刀棍棒，自然是不会怯阵。四名壮汉当街站成一排，挡住去路。余契对着来者大喊：

"下马！听见没有？这里设有先皇牌位，快快下马磕头！"

赵捕头哪里肯听，他绕过为首阻拦的余契，欲纵马闯关。

说时迟，那时快，为首那名团丁壮汉，身上功夫了得，他一个斜跨步，侧身一跃，躲过了气势汹汹闯过来的马头。与此同时，手中那根长棍，对准两只后马腿一个横扫，立即将那匹高头大马打翻在地。

团丁口里还骂道："你敢来闯关，看老子如何收拾你！"

后面那名捕快，亦连马带人，被另外的团丁打翻。

没等赵捕头起身，其头上身上，已经接连吃了好几棍棒。又有团丁及守卡人等，围过来朝他狠狠踢了几脚。

赵捕头平时在县城耍威风，欺压百姓，民愤很大。但其衙门捕头的职位在身，可以随时抓人关监下狱，民众皆敢怒不敢言。如今有了收拾他的机会，心里恨他的团丁人等，自然不会轻易放过他。

立时，赵捕头额头被打破，满脸是血。那名捕快，亦扎扎实实吃了几棍。

余契站过来，指着赵捕头和那捕快骂道：

"狗东西！你没长眼睛？这是先皇牌位，你竟敢不下马！若送你到州府，可办你个欺君之罪，那是要抄家砍脑壳的事，你龟儿子承得起？"

说罢又让两名团丁把赵捕头拖到"皇位台"前面跪下，望先皇牌位叩头请罪。

这时的赵捕头，血流满面，脸上神光已褪，全然没有先前的威风了。听说要送其到州府，办他一个"欺君之罪"，赵捕头这才真有些怕了。此时的他，瑟缩着身子，要他跪下他就跪下，要他叩头他就叩头。

跪下叩头请罪一遍之后，赵捕头又被两名团丁强制按下脑袋，再叩了几个响头请罪方罢。

另外那名捕快，也被团丁拖到"皇位台"前跪下，望先皇牌位叩头请罪，好一番折腾。

县衙东面街口卡子发生的这番冲突，守在二楼茶室观察动静的龚郁文和王天杰也是看得一清二楚。

龚郁文怕余契过于意气用事，一时控制不住自家情绪，把动静闹得太大，把事情弄得复杂化，会影响整个大局。

这样一想，龚郁文就对王天杰说：

"走，我们下去看看。别让余契把事情整过了头。"

两人也就离了茶楼，快步来到卡子那里，以坐镇现场，控制事态。

其实，余契让团丁把赵捕头和闯关那捕快狠狠收拾教训一顿，心里那股气消了大半，也正在盘算如何收拾局面的事。

见龚郁文和王天杰两人来了，即迎上来说：

"龚大哥，二胖兄，你们来得正好，刚才这里生了点事。"

余契又指着赵捕头和那捕快说：

"这两个狗差役不听号召，见到先皇牌位居然不肯下马，还要强行闯关，刚刚被团丁教训了一顿，有人还说送到州府，办他一个欺君之罪。龚大哥，二胖兄，这两个狗差，你们看，如何处置为好？"

龚郁文沉吟片刻，对王天杰和余契说：

"依我看，教训两人几句，放其回县衙算了。"

王天杰和余契都说："要得，你龚大哥去教训几句罢。"

龚郁文即让团丁把赵捕头和那捕快叫了过来。龚郁文平日同县衙的人多有交往，这两人他都熟识，而且叫得出名字。他先让人拿来草纸，把赵捕头脸上额头上的血迹擦净，然后正儿八经对两人说：

"赵捕头，黄捕快，知不知道，你两人今天闯大祸了！"

龚郁文说完这话，观察了一下赵捕头和黄捕快的脸色，又说：

"今日这番事情，不怪同志会的人，也不怪民团训练所团丁。要怪，就该怪你们自己。"龚郁文又指了指那边的先皇牌位，说，"你俩看看，那是啥子？那是先皇光绪帝的牌位啊！朝廷有规矩，在设有先皇牌位的地方，文官下轿，武官下马。天下各省，各州县官府，必须照朝廷规矩行事。赵捕头，黄捕快，你等也都是在县衙门当差的人，未必不懂得朝廷的这些规矩？刚才柳知县柳大人出行，走此地经过，都是下了轿子，还拜了先皇牌位上香叩头后才走路，莫非你两个在县衙门，官职比柳大人还高，面子比柳大人还大？"

此时此刻的赵捕头和黄捕快听了龚郁文这番话，脸色立时变了，心里真正有些害怕起来了。只听龚郁文又说：

"若是要认真起来，这叫作藐视王法，有欺君之罪，你等两人承不承受得起？那是不仅要砍脑壳，而且还可能要抄家灭九族的大罪，你等两人晓不晓得？"

第七章 革命党大闹县城

赵捕头和黄捕快听了,脸色大变,扑通一声跪下,朝龚郁文连连磕头告饶说:

"龚大哥,我错了!我等有罪,罪该万死!龚大哥,你做个好事,让同志会的人放我们一马,千万不要把我等送州府办罪。龚大哥,你帮我等求个情,求他们高抬贵手好不好?"

龚郁文听罢,故露为难状。沉默片刻,才叹口气,说:

"看样子,今天我是要好人做到底了。罢,罢,都是一个县城的人,低头不见抬头见。这个情,我帮你等求一求算了。"

说罢,龚郁文缓步走到卡子那里,装作与余契或者同志会守卡的人,耳语了好一会儿,才又走回来,对眼巴巴望着的赵捕头和黄捕快说:

"事情我为你两个交涉过了。也算你两个运气好,碰到的这几个,还算可以通融一点的人。若是遇到那种坚持要公事公办的,你两个今日就要倒霉了。他几个看在我的面子上,又鉴于你等刚去了乡场办事回来,尚不知城里的规矩和变化,就答应对此高抬贵手,放你们一马。"

听到这话,赵捕头和黄捕快一直悬吊的心,这才真正放下来了。只听龚郁文又说:

"不过,也要跟你两个交代清楚,那就是,仅此一次,下不为例!听清楚没有?倘若今后再犯,那就老账新账一起算,还要罪加一等!好了,你两个回衙门去吧。"

赵捕头和黄捕快两人,这才如逢大赦,对龚郁文等人千恩万谢一番,一前一后,灰头土脸地回县衙去了。弄伤了的两匹高头大马,也被县衙的杂役给弄回县衙去了。

这样的结局,让围观民众大开眼界的同时,又大感意外。不免对此议论纷纷。

有人说:"还是同志会的人厉害,赵捕头平时那么霸道的人,这回都栽了。"

有人立马回说:"你哥子弄错了。出手那几个,哪是同志会的人?那是人家民团训练所的,大名鼎鼎王二胖的手下,所以功夫那样了得。"

有人叹道:"管他是哪方的人,反正这回县衙官府给斗输了。"

当即有人哼了一声,说:"好戏还在后头。等着看吧,还有好戏让大家看的。"

回县衙后,两人立即去找柳知县禀报。柳知县一见两人那模样,大吃一惊,连忙问个究竟。

赵捕头迟疑一阵，到底如实说了。黄捕快随后也补充了几句。柳知县听了，却默然不语。

静坐一阵，柳知县微微叹口气，对两人挥挥手，说："你们下去吧。"

赵捕头原想上司柳知县会多少为自己做主，讨回一点公道，此刻算是彻底清醒。

直到此时，赵捕头终于弄明白了一个事实，那就是：作为地方官府的荣县衙门，如今真正是大势已去。

4. 王天杰、龚郁文主持罢市

把先皇牌位这些事情处置完毕，王天杰和龚郁文商量一会儿，又把民团训练所的事情交代一番，自己到五宝去了一趟。

王天杰这次到五宝，主要是按罗泉井会议的决议精神，检查五宝民团在人员实力、武器弹药储备等方面具体情况，认真做好到时参加总起义的准备。

其时，王天杰掌握的民团，主要有三部分力量。一是他起家的基本队伍五宝民团，平时有四五百人，有事时可再征募数百人，如此，总数接近一千。二是他托军师宋秀才在贡井艾叶、长土两地招募，并在当地寨子堡训练，以失业盐工为主的民团盐工支队，亦有三四百人之多。三是以民团训练所的名义，在县城招募的以学生为主的民团学员，共有三四百人。

三部分加起来，总兵力接近两千人。在川南各州县，是实力最强的一支民团武装。论军力，荣县境内那点绿营官军，根本不是其对手。

况且，其武器装备方面，除新式来复枪外，早期还有猪槽炮，后来又购有威力更大的罐子炮。武器装备与地方官军比较起来，也并不算差。

这才有王天杰对龚郁文说的，"还不说老子五宝的人马，单是我民团训练所那三百团丁，就可以把他那个县衙门车他两三转"那番话。

王天杰不在五宝时，民团的日常事务，全靠军师宋秀才在主持。在五宝，王天杰向恩师简单介绍了罗泉井会议的情形，又隐约说了民团要做好各种准备，等待总起义的事。军师宋秀才虽然可靠，但不是党人，王天杰不便把事情说得太透。

在宋秀才陪同下，王天杰对民团的人员编制、训练以及武器弹药储备情况，都做了全面检查。宋秀才也真是能干，把民团的大小事情打理得井井有条。王天杰很是满意。

哪知在五宝刚待上两天，龚郁文就让人带信来，要王天杰即刻返回县城，说有要事急事相商。

如此，当天傍晚时分，王天杰即带着随行团丁，各骑一匹骏马，急匆匆赶回了荣县县城。

时令已是三伏季节，天气实在是太热，虽说是骑马，也弄出了一身热汗。回到禹王宫民团训练所，王天杰刚用凉水冲完澡，正穿着一条短裤在自家内室里凉快凉快，龚郁文就飘然而至。

"大胖，"光着膀子的王天杰有些奇怪，问龚郁文，"你咋知晓我回县城来了？"

"我起先打了一卦，就算准了你这时回禹王宫。"龚郁文笑眯眯地望着他说，"二胖，你知不知道？有些时候，我起的卦灵验得很，有些人用一两银子买我一卦，我还不肯干。"

龚郁文懂点《易经》，平时闲来无事，也爱弄点起卦问事这类，就当是玩玩。没料想，事情传出去，渐渐说得神，说得邪乎起来。到后来，坊间传说龚郁文起卦本事了得，真有人出钱请他去起卦问事。

龚郁文后来带点自嘲地对朋友说，待革命成功，天下共和，他就干脆去乡下找个清雅住处，闭门歇客三两载，深研《易经》。

"然后开个馆，一面宣讲《易经》收弟子，一面与人起卦问事。过神仙日子，好不快活。"

王天杰听他这样说，就说："大胖，到时我来做你的大弟子，干不干？"

龚郁文故意瞪他一眼，半开玩笑地说：

"二胖，你娃子不要来凑热闹，我这是要收钱的。当弟子听讲，三个月一期，收费三块银圆。起卦问事，半块银圆起价，还要看所卦所问事情的大小适时加价。你干不干？"

又说："不过二胖，你娃子是熟人，可以减价优惠。每样事情都给你个半价好不好？"

说罢，两人都哈哈大笑。笑罢，王天杰对龚郁文说："大胖，不管你咋个说，待革命成功后，我跟你跟定了。做不做弟子无所谓，也不说一定过神仙日子，就整天跟你身边看你起卦哄人，再讲点《易经》上的玄龙门阵，也安逸得很。"

看天色渐晚，外面也没那么热了，王天杰穿上汗衫，又对龚郁文说：

"大胖，你还没吃夜饭吧，就在我这里一起吃绿豆稀饭算了。顶着大太阳骑马赶了大半天路，出了一身热汗。回到屋里，我就让厨房煮了一大锅绿豆稀饭。暑天吃绿豆稀饭，又解渴又清热，巴适得很。再整点油酥花生米，泡萝卜皮蘸熟油海椒，硬是安逸。"

王天杰让手下人拿两把椅子、一张矮桌，摆放在禹王宫大殿后院那棵枝繁叶茂已少量开花的桂花树下。又让人泡了一壶青茶，与龚胖子在那里一边乘凉消闲，一边品茶谈事。

品了两口青茶，龚郁文才对王天杰说：

"二胖，之所以要带信喊你即刻赶回县城，说有要事相商，也确实是一件要事，而且最好今天晚上就要做出决断。"

王天杰向来性子有些急，又看龚郁文脸色郑重，赶忙就问："啥子事？"

他心里在想，莫非龙大哥那里有消息来，总起义的日子要提前了？但仔细看龚郁文神情，似乎又不像。

正在猜想，只听龚郁文又说：

"找你回来商量的事，就是关于罢市罢学的事。省城那边，两者都已经干起来了。我们荣县这里，到底是干，还是不干？县保路同志会一时拿不定主意，要想听听我们的意见。"

王天杰一听，立时就来了精神，朝龚郁文大声说：

"咋个不干？当然要干！既然省城那边都已经干起了，我们荣县咋个会不干？当然要干啊！"

龚郁文又喝了一口茶，才对王天杰缓缓说道：

"上午，县保路同志会那边把我请了过去，就是商量罢市罢学的事。"

两人正说着，有团丁来请示，说是厨房里来报，绿豆稀饭已经熬好了，是不是现在就吃？

王天杰回话道，稀饭既然熬好了，当然是现在就吃。并吩咐把碗筷和酒菜，就端到这后院来，他和龚郁文两人，就在这矮桌上吃。

手下人很快将碗筷摆好，酒菜上桌。龚郁文看到，果然是王天杰起先提到的那几样，油酥花生米，泡萝卜皮蘸熟油海椒，外加一大盆熬得香喷喷的绿豆稀饭。不过，考虑到两人要喝点酒，厨房又临时添了一盘凉拌猪头肉、一碟皮蛋拌烧海椒。

王天杰又让手下拿来半瓶高粱白酒，他晃着酒瓶对朝龚郁文说：

"天气热，酒就少喝一点。反正，我两个把这点酒整完了事。"

说罢，把酒斟起，两人就对坐一边开喝开吃，一边谈正事。

龚郁文重新提起今天上午县保路同志会把他请去商量罢市罢学的事。上午商量的结果，罢学的事好办，反正眼下县城里，不管中学堂小学堂，都放暑假了，不存在罢与不罢的事。但对于罢市，保路同志会那边，有点犹豫不决。

龚郁文说，犹豫不决的原因，一是，牵涉的商户商家众多，罢市了不让他们开门做生意，会多有损失，如此必有商家反对。同志会的人担心，若是反对的人多了，同志会怕镇不住堂子。

二是，罢市的事，县商会高层那里，多数人也不赞成，因为这牵扯到商会的利益。而县保路同志会那些人，怕把商会高层得罪了，今后有些事情不好办。

"这个市，必须要罢！不罢不行！"

听龚郁文大致把事情经过说完，王天杰把手里的筷子往矮桌上重重一拍。其后，带点决断地说：

"一定要让县保路同志会宣布全体罢市。至于怕有商家反对，他们镇不住堂子，这事好办，我派民团团丁去帮他巡市，帮他们去镇堂子。"

听见王天杰说出这番话，龚郁文多少放下心来。同时又心里感慨道，王二胖这娃儿，经过这一阵操练，越发是成熟起来，且显出一些大将风度了，实在可喜。

只听王天杰又说："我看商会那里，也不必管他。保路同志会觉得该怎么办，就怎么办去，不必在乎得罪不得罪的事。大胖，你就去跟同志会的人说，一切有我等革命党，有我王天杰的民团训练所来为他们撑腰，为他们镇堂子。"

王天杰拿起筷子，拈了两颗油酥花生米，放进嘴里有滋有味地嚼了一阵，又说：

"大胖，罢市的事，必须坚决罢，最好明天就罢。全县城都罢。然后再是各个乡场，各集镇也要罢。在罗泉井的时候，龙大哥就说，我们荣县党人能办事，争取为全省之先，天下之先。在这罢市事情上，我荣县也应该走在前头，为各州县之先。这不仅是荣县的事，也是全省的事。必须要造成大的声势，给赵尔丰一点厉害看看。"

龚郁文的意思，也是事不宜迟，明天就开始罢市最好。两人就边吃，边商议第二天罢市如何行事的种种构想和安排。

这顿饭吃完，两人商议的事，也大体上有个头绪了。手下人来将矮桌上的杯碗筷碟收走,看暑气还未褪尽,王天杰又让新泡上一壶茶水,留龚郁文又喝了一会儿茶。

两人闲扯了几句,王天杰突然冒出来一个想法,他一拍脑袋,说:

"大胖,明天罢市的事,你看这样子好不好?我们开它个大会,以保路同志会的名义来开,就叫罢市誓师大会。把县城全体商家商户都请来,当场宣布誓师罢市。只要那些商家商户来开了会,来誓了师,以后的罢市就好办多了。大胖,你说这办法要不要得?"

龚郁文一听,也觉得王天杰这主意好,忍不住还夸了二胖两句。两人又商量这誓师大会,该如何开法,安排在什么场地开为好。王天杰略一思索,即爽快地说:

"明天罢市的誓师大会,就在我这禹王宫里开好了。前殿那个大坝子上,临时搭个台子就行。如此,开大会的一切准备布置,都由我这边来承办。保路同志会总部那边,就省了许多麻烦。"

又说:"至于县城那些商家商户,就由保路同志会联合县商会的人,一起去通知。挨家挨户都通知到位。"

事情说定,两人即分头行动。龚郁文离开禹王宫后,直接去了保路同志会总部,找到会长,说了他和王天杰商量好的,明天开始全面罢市,并在禹王宫开罢市誓师大会的决定。

而王天杰这边,他把团副和手下几个队长找来,安排如何为同志会罢市保驾护航,协助巡街的事。

第二天是8月24日,一大早,王天杰安排的团丁工匠人等,就在禹王宫前殿大坝子上,忙着搭台子,写会场标语,拉会标横幅这些事情。

早饭刚过,禹王宫大门口,锣鼓声即热热闹闹地响起,并伴有唢呐高昂欢快的吹奏。那是民团训练所的鼓乐队。前殿大坝子上,临时搭建的台子上方,一块红布横幅上面,贴着用白纸写的魏碑大字:

荣县保路同志会罢市誓师大会

锣鼓唢呐声引来了看热闹的民众,一些小儿围着鼓乐队看敲锣打鼓,又在台子前跑来跑去,欢天喜地的样子。

县保路同志会总部以及县商会的高层人士,都是早早就来了。由王天杰安排的团丁接待着,在台子一侧临时搭起来的彩棚里,一面喝茶抽烟,一面歇息等候。王天杰和龚郁文等人周旋其间，各方应酬。

县城里那些商家商户，也陆陆续续来了。有些商家是自愿来的，态度比较积极。有些商家则不太情愿，是商会的人催促了几次，才姗姗来迟，神色上明显有些不乐意，似乎对罢市有抵触情绪。

上午十点钟左右，整个县城里几百户商家，基本上到齐了。加上县保路同志会总部及各分会支会的人、县商会人员、王天杰民团训练所的两百学员和团丁，以及看热闹的民众，共有数千人，把禹王宫前殿那个大坝子挤得满满当当。

一阵热闹锣鼓唢呐声响过，县保路同志会会长站上台子，宣布誓师大会开始。

其后，他发表了简短的演讲，讲明罢市行动的重要性和必要性，重点讲了"罢市"与"保路"的关系，以及县城全面罢市的相关举措。

县商会会长也站上台子，表示县商会完全支持同志会的罢市行动，并希望各商家商户积极配合，不做与罢市相违的事情。

龚郁文、王天杰也先后上台，做了简短的鼓动讲话。身为党人，又是县城仁字旗袍哥大爷的赵叔尧，以袍哥领袖的身份，亦上台讲话。他代表全县袍哥界，对保路罢市全力支持拥护。

最后，王天杰再次上台，向与会者高声宣布：

"荣县保路罢市，从即刻起，正式实施！"

又是一阵热闹锣鼓唢呐声，誓师大会到此结束，与会商家商户陆续散去。

一场轰轰烈烈的全面罢市行动，在荣县县城展开。王天杰在两百学员和团丁里面挑选人员，组织了四支纠察队，将县城划为东、南、西、北四个区域，每队负责一个区域的查店巡市。凡不遵守罢市规定的商家商户，纠察队有权干涉，直至扣留货品。

到后来，王天杰和龚郁文干脆住进县保路同志会总部，直接指挥全县罢市行动。

5. 接管三税局与抗粮抗捐

开展罢市以后，荣县的保路运动真正进入了高潮。商户商家的罢市行动，先是在县城展开，其后陆续波及全县各乡场市镇。

保路罢市，以及罢学、罢工等"三罢"的全面展开，将全川局势进一步复杂化了。这一是强硬显示了同志会和民众"誓死保路""誓死争路权"，与朝廷和地方官府对抗到底的决心与信念；二是进一步搅乱了已经相当严峻的局面，打破了现有政治格局下的力量均衡。局势进一步向着不利于地方官府，而有利于保路同志会和保路民众的方向发展。

从荣县来讲，因为有王天杰手下的民团训练所人马强力介入，做罢市后盾，以柳知县为首的县衙门，只能坐望事态发展，对此毫无办法。

而在民众心目中，在地方代表"皇权"的官府衙门，其形象及权威，显然已经是江河日下，今非昔比了。

但身为全县父母官的柳知县哪里知道，他的苦日子才刚刚开始。

罢市大约一周后的一天晚上，王天杰约了龚郁文、赖君奇、余契、赵叔尧以及刘念谟等几个党人骨干，来民团训练所喝茶议事。

几把椅子，以及那张矮茶桌，依旧摆在禹王宫大殿后院那棵桂花树下。王天杰让手下人泡的，仍是一壶青茶，另外为抽烟的人备了两根竹水烟袋及纸捻子等。

茶议之始，王天杰首先谈了自己的意思。他说：

"全县保路罢市，以及相关的罢学罢工，已实施这许多天了。市民也好，商户也好，都很支持配合，也没有大的违规事情发生，总体来说，效果也不能说不好。"

说到这里，王天杰口气一转，望着大家说：

"不过，我总感觉，这罢市，以及罢学罢工，对各级官府衙门的打击有限，产生的威力亦有限。对我们这荣县县衙门来说，充其量不理会就算了。因此，罢市和罢工罢学，于清政府并无大碍，也难以动摇其根基。那天，我和龚胖子两人闲扯，龚胖子也有这样的想法。"

王天杰望向坐在一侧，正捧起一根竹水烟袋闷头抽烟的龚郁文，示意一下，问他：

"龚胖子，你说说看，是不是有这样的想法？"

龚郁文赶忙把水烟袋从嘴巴上拿开，应声道：

"正是如此，那天我们两人是摆谈过。可谓英雄所见略同。"

又朝王天杰说："二胖，你继续说下去，我正抽水烟。"

王天杰一笑，望在座者继续说道：

"今天晚上，特把大家约到这禹王宫来喝茶，就是想商议一下，这下一步的事。具体点说，在我荣县县城和各乡场市镇，继开展罢市和罢学罢工之后，我等革命党还该再干点啥子事情？闹出点啥子动静来？"

听了王天杰这一说，在座的赖君奇、余契、赵叔尧等人，才明白今天的禹王宫茶谈，不是叫大家乘凉歇息、摆闲龙门阵的，而是要商量眼下的革命大计。

弄明白了这点，大家也就收起先前的闲情逸致，静下心来认真思索，并参与讨论，各自发表见解。

余契首先说："二胖兄说得对，要想革命成功，仅仅搞点罢市罢学之类肯定不够，我等是该再整出点大动静来！"

龚郁文说："啥子才算得上大动静？"

赖君奇就说："我想，可以发动民众去县衙门请愿上书，逼迫柳知县那狗官把县狱中关押的革命党，都给释放出来。这事，起码算得上一个大动静。"

望望在座几个人，赖君奇又说：

"别的不说，单说智剑兄，至今还关在县大狱里面。上周，我通关系进县狱探过一次监。智剑兄在狱中情形，倒是有了点改善。我又趁机把外面闹保路风潮的情形，悄悄向智剑兄通了个气。智剑兄听了很兴奋，巴不得即刻出来，立即投身到革命风潮里面来。"

喝了口茶，赖君奇再开口道：

"后来我走关系，找衙门刑名范师爷想办法，答应送点银钱，将智剑兄保释出来。可柳知县那狗官就是不答应。说是革命党案子，是谋反大案，不是他一个县令可以做主的。你们说柳知县那狗官，可气不可气？是该闹出点大动静，给那狗官一点颜色看看！"

赖君奇与张智剑是连襟，他利用这层关系，多次去县大狱探监。趁机把外间形势大局，向张智剑透露一点，坚定他等待革命成功，重获自由的信心。

赵叔尧说："我看，发动民众去县衙请愿上书，还客气了点。俗话说，打蛇打七寸，我等整出点大动静，最好能整到它命根子上。"

刘念谟说："捐税才是朝廷的命根子，官员俸禄，军费开支，哪一样都离不开捐税。没有了捐税，从中央朝廷到各级官府衙门，非垮台不可。"

余契听到刘念谟如此说，就提议道："要不，干脆发动民众，起来抗粮抗捐？"

王天杰听了，很是高兴，大声赞同说：

"这主意好！我等就该发动全县民众抗粮抗捐。先从县城整起，再整到各乡村市镇。把朝廷的钱粮命脉给截断了，看他拿啥子来镇压革命？"

龚郁文也很赞成，说："全县民众抗粮抗捐，这动静该算得上很大了。"

王天杰又说："这回闹动静，不仅要抗粮抗捐，老子还要在县三税局身上打点主意，把三税局此前收的税款以及地亩田丁款子拿点出来做我的民团开支。"

当晚议到这里，事情就有了眉目，决定第二天分头行动。

几个人的分工是，龚郁文、赖君奇负责抗粮抗捐等方面的事，与县保路同志会协商，以县保路同志会总部名义出面来发动；而王天杰、赵叔尧、余契等人，则负责打县三税局主意的事。

王天杰是个急性子，一向讲究说干就干。这边龚郁文、赖君奇等人还在与同志会总部的人商量，发动抗粮抗捐等方面的具体办法与措施，他那边已经带人在县三税局闹出了动静，而且是天大的动静。

当天晚上，几个人分手后，王天杰特意把赵叔尧、余契两人留了下来，商议对三税局的行动方案。

几个人商议一阵，最后决定，由王天杰率领民团训练所的人，出来打头阵。赵叔尧组织手下一帮袍哥兄弟，作为后备人马，负责接应。

第二天上午，王天杰亲自出马，带余契、张光森、李晃父等十八人闯进了县三税局。

三税局又叫征收局，是负责全县田亩税、人丁税及其他杂税等三种主要税种征收的官方机构。因其主要征收田亩、人丁及其他杂税等三税，坊间称为三税局。

其时，荣县三税局由一名陈姓局员在主持。陈局员年过五旬，川东人，去年才由省藩司派下来的。

这天上午，陈局员正在自家公事房里，一边喝着茶，一边审阅上两个月的报表账册。

自保路风潮以来，局势动荡，县内无论田亩人丁，还是其他杂税，其征收都大受影响，实际征收数额与应征收数额相比较，尚不足七成。

越翻阅这些报表账册，陈局员双眉蹙得越深。他为此忧心忡忡，心里暗自担心着，到时该如何向上司交代。

正忧虑着，三税局门丁急匆匆跑进来，一脸惊慌地朝他报告：

"大人，大人！民团训练所王监督带了好多人来，他说要见你！"

"哪个王监督？"陈局员似乎没回过神。

没等陈局员问出第二句话，王天杰亲已经带着余契、张光森等人闯进了公事房。

"你们这是？"陈局员看见是王天杰，又见其气势汹汹的样子，方知道来者不善。

"陈局员，我等是县民团训练所的，"王天杰直截了当地望着他说，"我们来此，是为讨要民团经费。"

"民团经费？"陈局员有点莫名其妙，"我这县征收局，是负责内县税费征收的，哪里有啥子民团经费拿给你？"

旁边屋子，一位戴眼镜的账房师爷，听到动静赶到这边公事房里来了。他看了看架势，试图为陈局员解围，就赔着笑脸对王天杰等人说：

"各位是不是走错了衙门？真要民团经费，也该去县衙门要。"

"少说废话！"余契瞪那眼镜师爷一眼，说，"我等就是要来你三税局要！"

陈局员苦着脸坐在那里，嘴里仍小声嘟哝：

"我这县征收局，哪里有啥子民团经费拿给你？"

"民团经费管它有也好，没有也好，"王天杰一点不客气地说，"反正今日里我等既然来了，没拿到银子，我等肯定是不会走的。"

说罢，王天杰向余契、张光森、李晁父等人使个眼色。余契等会意，即分头带人闯进了三税局各间屋子，将里面的官府人员一律驱逐，实际上控制了整个荣县三税局。

只是在接管三税局里面的银库时，才发生了一点冲突打斗。

守银库的两名三税局厘丁，不肯离开，亮出守库的长棍腰刀，要想动武。

哪知，王天杰、余契等人对此早有准备。带去的十八人中，就有民团训练所几名身有武功的团丁。带队接管银库的余契，见守库厘丁想动武，回头大喝一声：

"来人，把这两个不识好歹的家伙，给我拿下！"

话音刚落，身后闪出两名壮汉，一人扑向一名守库厘丁。两名壮汉不愧武林高手，功夫了得，稍亮点本事，即将那两名守库厘丁打翻在地。

两厘丁各吃了几拳脚，手中长棍腰刀亦被收缴。至此，整个县三税局十数名吏员及厘丁，无人再敢说一个"不"字。

余契等人将包括陈局员在内的县三税局全体人员，集中在天井院子里。王天杰站在台阶上，朝这些人大声宣布：

"从今日起，这里就没你们啥子事情了，你等各自回家去吧！"

荣县三税局自此被王天杰完全接管。三税局的银库亦被砸开，所存尚未交省的八百多两官银，被搬去了禹王宫民团训练所。

其后，王天杰派人又秘密送至五宝民团，做了日后五宝起义的军饷。

陈局员如丧家之犬一般被赶出了门，本想立即去县衙门，找柳知县告急求救，可是来到县衙时，却见衙门大门已被王天杰训练所团丁以及赵叔尧手下袍哥以"县保路同志会"名义设卡阻住，他根本无法进去。

走投无路的陈局员，在城边上找家不起眼的小旅店，住了一夜。他本打算赴省汇报，向上司讨个主意该何去何从。

陈局员一夜苦思，第二天早上，这个混了二三十年官场的"老衙门"，终于想明白了。自风潮以来，一切迹象显示，这个朝廷恐怕气数已尽。大乱将至，自己于官场再待下去，弄不好死无葬身之地。

想明白了这一点，陈局员在旅店借来纸笔，写了一份简短辞呈，从邮局寄去省藩司衙门。然后独自打道回府，回川东老家去了。

王天杰接管荣县三税局，这个动静闹得也真是算大。消息传开，不仅全县震动，就是整个川南各州府县，也大为震动。后来，连省城几大官衙也给惊动了。

两天后，在龚郁文、赖君奇等人策划运作下，以县保路同志会总部名义实施发动的全县范围的"保路抗粮抗捐"运动在荣县县城及各乡村市镇轰轰烈烈地开展起来。

荣县历时两个来月的保路运动，至此迎来了真正的高潮。就全川来说，罢市、罢学，以至抗粮抗捐等举措，其他州府县也有；但强行接管县三税局，偌大一个川省，似乎只有荣县才有。

在这个意义上，王天杰是在用具体行动，落实罗泉井会议分手时，龙鸣剑所再三嘱咐的，"荣县要争取成为全川之先，乃至天下之先"。

6. 一份出人意料的请柬

这天上午，柳知县早饭之后，就待在自家内室书房里，愁眉苦脸地闲坐着，一副无所事事又无所适从的样子。

自从保路风潮从省城闹到荣县以后，各样烦心事情是一桩接着一桩，让柳知县心绪根本清静不下来。

有一阵子，各处闹事的消息接连不断，一个县衙门，上至他这个知县，下至普通差役，一天到晚忙得个鸡飞狗跳，穷于应付。

可奇怪的是，自从那天的先皇牌位事件以后，全县罢市、罢学，这两天县三税局被接管，暴发了全县范围的"抗粮抗捐"风潮，却只见县保路同志会总部那里各式各样人物进进出出，热闹非凡，而他柳某主政的县衙门这边，反而相对清静多了。

正常情况下，一个县衙门的三班六房，再怎么说，也得有数十人之多。大一点的县，包括吏员杂役在内，可有上百人之数。

可是这两三天，从早到晚，一个县衙门冷冷清清，人影子都见不到几个。

他这个知县，基本上是无公可办。

柳知县名叫柳桑春，云南人，举子出身。入川多年，也算得上一个老州县。任荣县县令后，柳知县为官相对还比较廉洁，也重视教育，在县境内办了好些学堂，坊间官声不算太差。

但柳桑春这人，思想观念比较守旧，一向反对革新，甚至连维新派、立宪派的观点立场，他都容不下，对革命党更是视为洪水猛兽。

柳知县之所以在县城拘捕张智剑等革命党，长期关押不肯保释，还有一个重要原因是，他在侦办革命党事情上，立功心切，想以此获得上司赏识，借此高升。

因为他看到，邻近的富顺县，原任知县王琰，就是因为在富顺县令任内，因捕获镇压革命党卖力，获得川督赏识，从富顺调至成都任县令。后又升至省督兵备道主官，最终成了川督赵尔丰的左膀右臂。

不过，以后的事实证明，辛亥年间的荣县知县柳桑春，仍抱着这种想法来对付时局变化，明显是打错了主意。

就在柳知县愁眉苦脸、心神不定地在内室书房徘徊踱步时，一名差役从县衙门房那里送进来一封请柬。

"大人，这是民团训练所刚刚送来的，请大人过目。"

柳桑春从差役手中接过请柬，心内好生奇怪。这种时刻，居然还会有请柬送到县衙里面来。

柳知县在书案前坐下，一脸狐疑地打开请柬仔细地看，看过之后仍是一脸狐疑。

请柬是民团训练所王天杰写来的。内容很简单，就是邀请他今日上午，一定到禹王宫民团训练所去一趟,"有要事相商,中午置薄酒以待"。

柳桑春一时陷入了沉思,心里举棋不定。

"中午置薄酒以待?"柳知县重新站起身,心神不定地徘徊踱步,"哼,好个置薄酒以待!这王天杰莫不是为我设下一场鸿门宴?去,还是不去?可惜现在自家身边连个可商量出点主意的人也没有一个。"

思绪转到这里,柳知县心里难免烦恼又有些焦躁。这时,他尤其怀念过去身边有两大师爷辅佐,尽心尽力为其出谋划策、排忧解难的好时光。

柳知县身边的两大师爷,一个是尚在衙门任职的刑名师爷范某,另一个是已经告老还乡的夏师爷。

夏师爷请辞归乡后,县衙门里面,柳知县能依靠的可随时为他出谋划策,拿点主意的幕僚,就只有刑名师爷范某了。

然而这位范师爷,却是另外一种类型的人。讲学问,他不如夏师爷。他只不过是读了几年乡村私塾的童生,连秀才都没考上,身上无功名。讲资历,他入衙门当师爷的时间,比夏师爷整整晚了十二年。在夏师爷面前,他就是个"小字辈"。

然而,范师爷会钻营,会讨好上司,入衙门没几年,他就当上了县衙的刑名师爷,混成了一名真正的"衙门老油子"。平时不露声色,却城府极深,心中又没有什么规矩与敬畏,凡于己有利的事,可为自家捞好处谋实惠的事,往往趋之若鹜,不择手段。

为此,范师爷遭到包括夏师爷在内的有识之士的非议,人们总是对他敬而远之。在坊间,范师爷的口碑亦很差。

可是,柳知县对这个范师爷,却比较赏识。这一是范师爷这人善于迎合讨好上司,察言观色,溜须拍马是他的强项;二是这范师爷确实有点小聪明,脑子转得快,经常为柳知县出点歪门邪道的主意,为其排忧解难,或是挡一点衙门内外的风沙。

此前有德高望重的夏师爷站在他前面,范某在县衙门里面,尚不敢过于张狂。如今夏师爷去职返乡,范师爷俨然成了荣县衙门的第一高参,柳知县身边的当红师爷,一时风光无限,好不得意。

范某也就更加在县衙内外,利用权势地位,大肆营私舞弊,为自己捞取好处。不过,范师爷此举,客观上也为荣县革命党的活动提供了便利。有些时候,甚至可以说,范某为荣县革命党大开了方便之门。

比如,王天杰当初办五宝民团时,那至关重要的官府批文和关防以及后来在县城开办民团训练所这些手续都是龚郁文通过朋友关系，几次向范师爷送银子红包，才得以顺利办成的。

又比如，张智剑因革命党事情案发被捕，关进县大狱，最初处境极差，还上了镣铐。后来，其舅父也是通过向范师爷行贿送银子，才得以改善张智剑的狱中处境，使其不至于遭狱卒虐待，甚至病死狱中。同是党人的赖君奇，能几次进县大狱探监，并趁机向张智剑暗通消息，告知其狱外保路风潮情况及局势发展，走的也是范师爷的门路。

另有消息称，张智剑革命党一案，向上司邀功心切的柳知县，曾想速判速决，或是"解犯进省"，让省督衙门发落，都被范师爷婉言劝阻，未能办成。

当然，范师爷如此行事，自己没少得好处。但客观上确实也帮了荣县革命党不少忙。

世上没有不透风的墙，范师爷个人捞好处，暗中帮革命党忙的这些事，也渐渐传到了柳知县耳里。从此，他对范师爷多少有了一点儿戒心。

范师爷自己也有所察觉，行为上有所收敛。加之后来保路风潮乍起，范师爷多少也算世事洞明之辈，敏锐感觉到这回真正怕是"要变天了"。

况且他也听说过，坊间关于"逢辛亥天下必有大乱"的传言，也就有意无意渐渐拉开了与柳知县，甚至与整个县衙门的距离。

衙门当差时间，范师爷经常是三天打鱼两天晒网。许多平时该他管该他过问的事，他如今不闻不问，听之任之。有时，甚至柳知县那里有事，要听听他的见解，或是要他出出主意，范师爷也唯唯诺诺，不肯说真话，甚至顾左右而言他。弄得柳知县很恼火，但拿他又毫无办法。

这最近半个来月，县同志会与官府的对抗升级，范师爷又从私下途径，得知县内革命党活动加剧。种种迹象表明，官府大势已去。

范师爷思之再三，干脆来个明哲保身，一走了之为妙。于是，他向县衙告了半个月病假，离开县城，到乡下亲戚家"养病"去了。

这正是如今柳知县身边，有了急事难事，却没有一个可以帮忙出主意，甚至能挺身而出，为之排忧解难之幕僚的原因。

7. 王天杰拘押柳知县

那天上午，柳知县为去不去民团训练所赴王天杰的宴请，犹豫再三，举棋不定之时，最后想到了县衙的赵书办身上。

赵书办也算是荣县县衙的资深吏员，人很老实，办事也稳重。五十多岁了，快要到告老还乡的年龄，在衙门办事当差就更加小心谨慎。"不求有功，但求无过"，是他这几年一直信奉的为人处世原则。

因赵书办这样的好好先生品性，柳知县对他不是太看重。平时问事，很少问到他名下来。但如今，身边已是无人可问了，所以柳知县才想到了赵书办身上。柳知县寻思，其在县衙门当差这么些年，也经历过许多事情，到底也算老衙门了。此时无人可用之际，听听他的说法也好。说不定，这赵书办真能出点什么主意呢。

心思转到这里，柳知县就让跟班把赵书办唤到内室书房里来了。

赵书办体态略胖，须发皆白，走路四平八稳，颇显老态。其时正在公事房里，一边拿一把大蒲扇慢悠悠扇风，一边自得其乐地喝茶碗里的毛峰绿茶。

听跟班说柳知县传他此刻去内室书房"有事相商"，赵书办简直有点受宠若惊。印象中，县令亲自传他去内室书房议事，这许多年来，一次都没有过。他赶紧丢了大蒲扇，随跟班往内室书房走。

"大人，在下向大人请安！"赵书办向柳知县施礼之后，有点惶恐地问道，"不知大人唤在下何事？"

"赵老师，请坐下说话。"柳知县带点客气地说，让赵书办在旁边一张方凳上坐了下来，还叫跟班给他上了一碗盖碗茶。

柳知县的客气让赵书办更加诚惶诚恐，他半个屁股坐在方凳边缘，送上来的盖碗茶也不敢轻易喝，而是小心放在旁边茶几上。

"大人有事请吩咐，在下一定尽心竭力去办。"

柳知县沉吟片刻，将那份请柬递给赵书办，让他看了，又说：

"赵老师，你看这事，本县是去好，还是不去为好？"

"这个，我看，"赵书办把那份请柬看了又看，一时不好回话，"这事，在下的意思，当然，对方既是邀请了，按道理上说，应是该去一去的。不过，这事，当前这种时候，在下认为，还是须慎重思量一下为好。"

赵书办这番话，说了等于没说，把个柳知县听得有点不耐烦了。沉吟片刻，就直截了当问他：

"赵老师，你直说无妨，这民团训练所，本县到底是去还是不去？"

赵书办立时涨红了脸，好一会儿说不出什么话来。发了一阵呆，他突然带点决绝的口气对柳知县大声说：

第七章 革命党大闹县城

"大人，若大人允许，在下愿陪大人一起去这民团训练所走一趟。纵便有什么风险，在下愿与大人生死与共，同历风险。"

赵书办这番表态，让柳知县最后下了去民团训练所走一趟的决心。他心里在说，哪怕设下的是一场鸿门宴，本官也要去走它一走，看到底谁怕谁？

此刻时候已经不早，一行人当即动身。因禹王宫离县衙本身不远，且县衙那条大街两头街口上，可令"文官下轿，武官下马"的先皇牌位还立在那里，出行坐轿多有不便，柳知县此刻去民团训练所，也就没坐他那四人抬的官轿，而是一路步行。

但是，为显一县之尊出行的声势与气势，随行者除赵书办外，还有随身跟班以及县衙的刘捕头，以及两个手拿"水火棍"，身挎长腰刀的衙役。刘捕头及两个衙役，算是既为柳知县此行壮声势又兼护卫。

一行人到了禹王宫，那随身跟班先进门通报。不一会儿，只见王天杰在龚郁文陪同下，一脸笑容地迎了出来。

"哎呀！柳知县来了！贵客，贵客！里面请，里面请！"

两人将一行人迎至客厅。客厅里，已经摆好两桌酒席。差不多已是午饭时间，王天杰也就没安排茶叙谈事，而是主客直接入席。

王天杰将柳知县、赵书办以及刘捕头安排坐了主桌，其余的随身跟班、衙役等坐了次席。王天杰及龚郁文，还有训练所及民团的几位高层副手，均在主桌就座。

因天气热，酒席也就比较简单，没上那些大鱼大肉的菜，而是清淡的小荤小炒为主，佐以豆花、酸菜豆瓣汤之类既清热解暑又富地方特色的菜品。

酒也喝得不多。王天杰及龚郁文，还有柳知县、赵书办等人，都是浅尝辄止，礼节性表示表示。双方也互相敬了酒。只有那个刘捕头，在民团几位副手相劝下，喝得多一点儿。

酒席上，也没谈任何正事，主宾仅是礼节性寒暄，说点无关紧要的闲话。一顿酒席下来，什么事情也没发生，气氛虽谈不上亲热，但也友好和善。赵书办私下在想，先前以为是赴鸿门宴，现在看来大概是虚惊一场了。柳知县心里却仍存几分疑虑，不过又不好表现出来。

酒席之后，柳知县和赵书办两人被请去另外一处地方茶叙。而刘捕头及随身跟班、衙役等则被留在了客厅，由民团几位副手陪着喝茶消闲。

那是禹王宫后院的一间屋子，屋内陈设极为简单，一张方桌，几把椅子。奇怪的是，屋角还摆放着一张木床。

王天杰、龚郁文，以及柳知县、赵书办围着那张方桌，四个人在椅子上坐定，各占一方。

当即有团丁送上来四碗盖碗茶以及烟袋、纸捻等。几个人喝了一会儿茶，王天杰才开口谈及正事。他望望柳知县，语调平和地说：

"柳知县是主政我荣县的父母官，公事繁忙，难得有空闲时间，到我这民团训练所来走一走。机会难得，不知柳知县对我民团训练所各桩事务，有啥子见教？万望当面指示。"

柳知县一听，连忙表态说：

"王监督客气了。本县早听手下人说，这民团训练所，各项事务都办得不错。今日眼见为实，各样事情真是不错。嗯，不错。"

王天杰一笑，不慌不忙喝了口茶，说：

"柳知县平时公务多，日理万机，不容易出来一次。如此机遇难得，本人就想趁此机会，大胆向柳知县求教一桩事情。还万望知县大人鼎力相助，不让本人失望为好。"

柳知县听罢此言，顿时意识到对方的难题来了。但他还是硬着头皮，向王天杰问道：

"就不知王监督那里，到底是一桩什么样的事情？"

停顿片刻，又说："只要是不与朝廷王法以及与省督衙门规矩相违的，又在本县职权范围以内的，本县一定认真办理。"

王天杰又是一笑，与龚郁文对望一眼，开口说：

"本人要说的事情，说大不算大，说小也不小。就是那张智剑的事，他是我朋友。过年前以啥子革命党事情被你柳知县着捕快逮了去，至今还关在县大狱里面受苦。"

柳某一听提到张智剑的事，立时脑壳都大了，还有点难堪起来。

王天杰和龚郁文都注意到，坐在桌子对面的柳知县，神色变得尴尬。王天杰也不管他，继续说将下去：

"柳知县，我听说，县衙办案的，至今也没找到张智剑是革命党的证据，他本人也无相关口供。我就在想，是不是求教你柳知县，看在本人面子上，由我王天杰出面保释，把张智剑取保出狱。柳知县，你看这事可不可以？"

"这个，这个，我看……"柳知县迟迟疑疑，吞吞吐吐，半天说不出个所以然，"王监督，这个事情，不是本县可以做主的，还望多多包涵，体谅本县的苦衷为好。"

"你是主政荣县的主官,一县之尊,咋个不可以做主?"王天杰带点不客气地说,"况且,抓张智剑,是你柳知县下令抓的,如今保释要放,你柳知县难道就不能做主了?"

"这事,我看,"柳知县仍在那里吞吞吐吐,不肯答应,"这事,恐怕得上报省督衙门。"

他看了看王天杰,再看看龚郁文,又说:

"此前革命党的案子,都须报省。由此,保释张智剑的事,恐怕也得上报省。这事情不是本县可以做得了主的。"

王天杰对此似乎早有准备。他笑了笑,口气变得不是那么友好了:

"看来,柳知县还是不想给本人这个面子了。"

"这事,本县确实难以做主,请王监督见谅。"柳知县仍坚持。

旁边一直坐着没有出声的赵书办,这时插进来想为柳知县解围,说:

"据老夫所知,张智剑的案子确实报了省的。当初报省公文,是县衙范师爷拟的,老夫曾过目。"

王天杰没有理他,转头朝龚郁文使了个眼色。龚郁文会意,喝口茶,起身出了屋子。

没多一会儿,龚郁文又回来了,坐下时,冲王天杰微微点头示意。

柳知县这才发现,与龚郁文一起来的,还有两个团丁。两人手执长矛,身挎腰刀,一左一右,守在屋子门口。

此时,王天杰朝柳知县笑了笑,说:

"柳知县不想给本人面子,你官位在身,我王天杰也没啥子好说的。不过,柳知县平时难得有空出门走走,今日既然来了,不妨在我这里多待几天,静心清闲清闲也好。"

说罢,冷笑一声,拂袖而去。

还没等柳知县、赵书办两人回过神,龚郁文站起来,把赵书办叫出屋子,先指了指两个把门的团丁,然后口气严厉地对他说:

"老兄你也看到了,柳知县要在这里多待几天。你老兄若是想陪陪柳知县一直待在这里,那我另外给你找个地方。若是不想陪柳知县待在这里,老兄你就回去吧。"

赵书办这才如梦方醒,前脚不赶后脚地一走了之。这个当了一辈子"好好先生"的县衙书办,这才知晓,自己今天办了一件大蠢事,亲手把自家上司送入了"虎口"。

他一路走，一路思前想后，越想越后悔，越想越怕。他担心柳知县日后万一回归县衙，会迁怒于他，甚至加害于他。

他又想到，上个月衙门官俸只拿到一半，县衙吏员杂役人等，皆口有怨言，人心惶惶。前不久三税局被接管，如今知县被扣，本月的俸禄银子恐怕更无指望了。连养家的银子都拿不到了，这衙门差事还有啥子干头？

如此一想，赵书办彻底醒悟了。回到县衙，他不发一言，匆匆收拾起自家东西，又写下一份辞呈留在公事房里，当天就动身赶回老家去了。

至于留在客厅喝茶的刘捕头，以及知县随身跟班、衙役等，并不知晓发生了什么事。直到民团训练所的人出来，向他们告知：

"柳知县有点事，要在这里多待几天。你等不用留这里等候了，各自回县衙去吧！"

众人大惊。带队护卫知县大人安危的刘捕头以及两名带刀衙役，似乎不想就此干休。

可是，还没等他们有所动作，民团训练所几名团丁已围了上来，不由分说，先出手将两名衙役的腰刀给下了。带队团丁还厉声警告说：

"快滚！别自讨苦吃！少跟老子在这里找麻烦！"

再眼看客厅外面，一众手执刀棍的团丁，早已戒备森严。刘捕头等方知大事不妙，这是在人家地盘上，自己再怎么厉害也斗不过人家，只好一个个灰头土脸地离开了禹王宫。

柳知县自此即被软禁于民团训练所。直至后来王天杰筹划"荣县起义"，带训练所民团人马主动撤离县城去了五宝，柳知县才被手下人接回县衙。

第八章　省城风云突变

1. 赵尔丰诱捕同志会领袖

经与手下亲信密谋策划，9月7日，赵尔丰以"议事"为名，将四川保路同志会领袖蒲殿俊、罗伦、张澜等骗来总督衙门。

这些人到齐后，赵尔丰自己并不露面。之后，令总督衙门卫队队长张麻子扣捕了蒲殿俊、罗伦、张澜等九人。之后，又派出大批军警，查封了保路同志会总部等几处地方，并全城戒严，四处搜捕抓人。

赵尔丰出此重拳，是想采用"擒贼先擒王"手段，将保路风潮强力打压下去。

罗泉井会议后，王天杰、龚郁文两人与龙鸣剑分手。龙鸣剑返成都，与省城周边党人及袍哥领袖联络商议，筹划"全川总起义"的事情。

王天杰与龚郁文则回荣县，策动本地革命力量，与全川总起义相呼应，着力将荣县打造为"领全川之先"的一个革命样板。

王天杰、龚郁文两人，也不负龙鸣剑大哥之厚望。罗泉井会议后，返荣县不到一个月，在县内其他党人及县同志会配合下，就策划实施了一系列"革命组合拳"行动，且大获成功。从当初的罢市、罢学，到全县抗粮、抗捐，再到强行接管县三税局，获得了一笔官银做起事军费。如今，又设计扣留了柳知县，让荣县官府群龙无首，处于瘫痪状态，实现了"擒贼先擒王"的战略目标。

如此一系列动作下来，发动"荣县大起义"的条件基本成熟了。

王天杰、龚郁文以及赖君奇等一众革命党人，都很高兴，也很盼望龙鸣剑从成都那边早日传来"全川总起义"的号令。荣县这边将立马起义，攻下县衙，宣布"荣县脱离清廷，实现独立"。然后再挥师北上，与其他各路同志军会合，会攻成都，实现全川独立。

令所有人没想到的是，就在此时，传来了成都发生大血案，局势突变的惊人消息。

1911年9月7日这天，正是农历辛亥年的七月十五日。因当年农历六月是闰月，下半年的节气都往后推迟了好多天。

农历七月十五，是中国传统的中元节。按民间习俗，这一天，家家户户要烧"袱子"，敬祖先。但这些祖先，都是已辞世的亡人，即已入阴间成了"鬼魂"。

所以百姓就把中元节，俗称为"鬼节"。又有歌谣称："七月半，鬼乱窜。"

这一阵，省城保路风潮闹得厉害，官府与保路同志会的对抗升级，局势分外紧张。尽管如此，传统的中元节，大家还是要过的，各家各户门口，该烧的"袱子"纸钱，还是要烧。该敬的祖先，还是要敬。

这天早饭后，成都大街小巷，一些住家户就在自家门口或院子里，摆上祖宗牌位，点起香蜡，烧起了"袱子"。

所谓"袱子"，其实就是包起来的纸钱。民间认为，中元节这天，家家户户辞世的祖先，都出来领取后代敬奉的纸钱。如此多的"亡人"归来，怕分不清敬奉谁家是谁家，就须写明才好。于是，就须将纸钱一沓沓用专门的印纸包好。这种印纸，由纸火铺专卖，印有花纹格式。外面再写上"敬献故□□祖考□□公冥收裔儿（或裔孙）□□手具"等字样。再于香烛牌位前，磕头焚烧以祭祖。

中元节祭祖，当时在四川民间是家里面的一件大事。其重要性，堪比清明节的上坟扫墓、冬至时的为祖先"送寒衣"，家家户户都不敢马虎。有些讲排场的大户人家，还请来和尚或道士，在家里诵经"做道场"，以祭祖先。城里城外的寺庙还会做"盂兰会"，供市民祭祖。

本来，按习俗，祭祖先应是在下午三点以后，"烧袱子"更是在黄昏之时。但是，一些性急的人家，还是上午就开始动手了。反正省城已罢市、罢学，市民也好，商家也好，闲待在家里没啥事情干，就早早点起香蜡，烧起了"袱子"。

一时间，省城里面，四街八巷，烟气弥漫，烛光和烧"袱子"纸钱的火光闪闪，时有木鱼声及诵经声响起。

这天一大早，赵尔丰就着令手下亲随和武巡捕，分头通知保路同志会各位负责人，说是总督府昨天夜里接到北京电报，并声称是"绝好消息"。要各位立即到总督衙门，商议相关事宜。

保路同志会各位领导人，大都是书生气十足，主张以理服人、以理抗争的书呆子，且对中央朝廷，包括川督赵尔丰在内的官方高层，抱有幻想。接此通知后，还以为真有其事，猜想朝廷的态度是不是有了松动，于是，被请之人，一个个兴致勃勃地来总督衙门，等候议事。

旧时的总督衙门，老百姓多称之为制台衙门。因为，清时的总督，握有统率调动军队的军权，老百姓称之为"制军"，尊称为"制台"。

四川省的制台衙门，设在成都著名盐市口与春熙路之间的督院街。

当天从早饭后开始，省谘议局议长蒲伯英，省谘议局副议长兼四川保路同志会会长罗纶，川汉铁路公司经理彭兰菜、副会长张澜，以及刚卸任不久的前省电报局长胡嵘等，先后来到总督衙门。

胡嵘因同情同志会，半个多月前才被撤职。如今，干脆公开站到保路同志会一方，为同志会出力，所以今天也被请来。另外在座者，还有议员，股东，学界代表等，皆是著名人士。

当天上午，被武巡捕找到并送至总督衙门的，一共九人。据说，本来名单上还有两三位，但那天上午一直没被总督衙门的武巡捕找到，所以侥幸逃脱。

这些人，每到一位，都被戈什哈引到大花厅就座，送上一碗盖碗茶喝茶等候。花厅里面，却不见一个官员出面接待相陪。

来得早的，已经坐在那里，足足喝了一个多小时的寡茶，把一碗浓茶差不多喝成了白开水。等了这样久，不说看不见赵尔丰露面，连他手下几个亲信的影子也没见到。

在座的名流人士中，有人等得不耐烦了。胆子比较大点，又敢于出头说话的，就想起身闯到大帅府的签押房，看看赵尔丰到底在搞什么名堂，怎么把众人请到了这里，自己却迟迟不出来与代表们见面？

可是，这几个人，无一不被花厅门口值守的大帅府卫兵，态度生硬且蛮横地挡了回来：

"大帅有令，一律在这里喝茶等候。不得擅自行动！"

这就奇怪了。明明是被请来议事，怎么反被限制了人身自由？有人又从窗户望见，花厅外面走廊及督府院子里外，有人来来回回走动。又见督府各处均增添了武装卫兵站岗，像是有什么事情将要发生。心中不免疑惑，且暗地里有些担心。

那天上午，最后一个被武巡捕带进大花厅落座的客人，是有翰林名头的股东大会会长，人称"颜翰林"的颜楷。

颜楷虽年岁不高，但其身份资格，在眼下成都文人圈子中算是最高的。他当年赴京城殿试，被皇上亲自点过状元，曾任过翰林院编修，并有宫中侍讲学士头衔。"颜翰林"雅号就是如此来的，在省城各界广受崇敬。此次保路事起，深孚众望的颜翰林义不容辞地出任了股东大会会长。

有意思的是，大概是因为有这种身份和资格，在一众保路同志会高层中，颜翰林算是最讲究排场的一个。每去总督衙门这些官府地方，颜楷总是一身官袍，乘坐蓝呢四人大轿，身后还要带上两名跟班随身伺候。

今天也是如此。但就在颜翰林落座不久，端起刚送上来的那碗盖碗茶，还没喝上一口，花厅外面，突然响起杂乱的脚步声。

众人惊疑间，抬眼望去，只见一个身材高大，一身军装却满脸凶相的汉子，带一队帅府卫士和巡防军士兵气势汹汹闯了进来。

在座者都是几次出入大帅府，同赵尔丰当面打过交道的。大家当然认得，这是赵尔丰大帅府卫队队长——山东人张麻子。见此情景，屋子里那些人不禁倒吸了一口冷气，感觉今日事情似乎不妙。

这个张麻子，土匪出身，当年绰号"草上飞"。此人颇有武功，且枪法很好，据称可"百步灭香"，即夜晚可在百步之外，用手枪击灭一支燃香。张麻子被赵尔丰看中，收作随身卫士。他跟随赵尔丰转战川边多年，一直对赵忠心耿耿，好几次护主有功，被提升为卫队队长。

大家也都知道，张麻子行事一向凶狠霸道，也是个杀人不眨眼的家伙。当年，赵尔丰在川边七村沟对藏族百姓大开杀戒，张麻子奉命带卫队士兵，等候在后门处杀人。那些领了奖品，不知死神已在等候的边民，兴高采烈从后门鱼贯而出，张麻子候在门外，抡起"鬼头蛮刀"，出来一个砍杀一个。他一口气连杀六人，真正连眼都不眨一下。事后，赵尔丰对张麻子大加夸奖。

这天进屋来，张麻子站在那里，先是不出一声，只不怀好意地盯着在座各位，一个挨一个看上一眼。如此看了一圈后，张麻子猛然发话：

"奉大帅口谕，你们这些人，都是对抗朝廷，图谋不轨的首要！"

又回头向身后大喊道：

"来人哪！给老子一齐绑了！"

张麻子话声刚落，那些卫士和巡防军士兵如狼似虎般猛扑上来，两人对付一个，将蒲伯英、罗纶、彭兰荪等保路同志会领袖，包括颜楷这样功名在身、德高望重的名士，一个个反剪双手，用指头粗的麻绳绑得紧紧实实。

人被绑定，张麻子一个一个依次看过一遍，似乎在点数。其后，眉毛一扬，恶狠狠给身边士兵下令道：

"给老子拉出去！看老子今天拿不拿得出点王法来！"

一行人被押出花厅，来到督府院子里。在张麻子指挥下，巡防军士兵们将他们一个接一个依次反绑在院子里那些大树上。一共是九人，皆着体面长衫，亦皆光头。其中，颜翰林穿的是一件比较华贵的开襟纱袍子，一样反绑在树上，大辱斯文。

张麻子站在那里，怒气冲冲将被绑者审视一遍，又余怒未消地转身走几步，于廊阶处一挥手，高叫道：

"传宰把手！"

督府院子外面，立即有人回应："传宰把手！""传宰把手！"

所谓"宰把手"，即坊间对刀斧手的俗称。一时，"传宰把手"的喊声，把督府街门里里外外，平时待在各间屋子里办事，今日却暂时被限制了行动自由的大小官员都给惊动了。那些官员小吏，一个个听得目瞪口呆，有人说："怎么回事？莫非今日真要开杀场？"

有人回应道："就算要杀人，也不会在督府院子里杀，怎么会传宰把手进仪门？"

有人说："恐怕是同志会那帮首要，今日要溅血了。刚才听上房的刘师爷说，赵大帅口谕，今天一早，武巡捕就把那帮首要一个一个找来请在大花厅集聚，等候大帅发话。"

又有人说："是该拿点王法出来。同志会那帮人已闹得不成样子了。我听说，前天那些人把《川人自保商权书》都弄出来了，说是要搞四川独立。你想，赵大帅再不拿点王法出来，同志会那帮人还不知会闹成啥样子！"

在一众人等的惊疑议论声中，一帮彪形大汉，每人执一把军中牛耳拨风刀从仪门鱼贯而入。

这伙刀斧手，在张麻子指挥下，依次立于被绑者身后。举眼望去，刀斧手一色上身赤裸，将发辫盘在头上，一个个怒目圆睁、凶神恶煞的样子。

此时此刻，督府院子四周，已站满了持一色五子快枪全副武装的巡防军士兵。这些巡防军，同军中刀斧手一样，也是在头天晚上半夜时分，就秘密调进城了。一直开到总督衙门里边，散在各处，等候赵尔丰命令。

现场气氛异常紧张，除了手执刀枪的士兵，督府院子内已不许任何人通行走动。只有张麻子不停地进进出出，他时而气势汹汹朝手下卫队士兵高喊喝令一声，时而恶狠狠对那些被绑者怒骂一两句脏话。

2. 赵老四、赵老九出面当"好人"

头顶上方，大块乌云之中，竟然开了一道口子漏下来一束太阳光，把督府院子照得通亮。在那束阳光下，众刀斧手手中那柄快刀，更显寒光闪闪，格外耀眼。

一眼望去，那些刀斧手，一个个把腮帮子鼓起，牙齿咬得直响。有的人，还不耐烦地不时拿缠在腰间的那块专用的揩刀布将手中那把快刀擦了又擦，似乎只等一声令下，即要行刑砍头。

从"座上客"，转眼变成被绑待宰的"阶下囚"，这种巨大的落差让那九个保路同志会领袖和代表一时目瞪口呆。

这些人，绝大多数是没经历过什么大的磨难的谦谦君子。平时，连上刑场亲眼看一看砍脑袋瓜儿的场面都不敢，哪见过如此吓人阵仗？

眼下，活生生被绑在那里，周身动弹不得，偶尔对赤裸上身的刀斧手以及手中那柄牛耳拨风刀瞧上一眼，就吓得魂飞魄散。几个胆子小的人，禁不住全身瑟瑟发抖，连半句话也说不出来。已经有人在默默垂泪了，有的人更是失声开哭。

不过，其中倒是有两个有点胆量的人，如股东大会副会长张澜。张澜身材高大，长方脸上蓄有两撇又黑又浓密的八字胡须，很有威严相。

张澜在省城文人圈子中，素以有胆有识闻名。早年留学日本，深受孙中山影响。返国后，张澜就任顺庆府（南充）官立中学堂监督（校长），大胆力行新学，名震川北。周边各州府县的青年学子，包括后来的朱德元帅等，都舍近求远，投到张澜名下求学。

面对清廷腐败、变法不成的天下危局，张澜曾向学子们大声疾呼："要亡国灭种了！现在，你们什么都不要管！一句话，就是牺牲身家性命，去救国家！"所以，张澜不怕杀头。

此刻，他望见张麻子在督府院子里进出，就朝他高声喊道：

"你要砍脑壳？张麻子，你有本事把'诛语'写出来呀！"

所谓"诛语"，即古时人犯行刑正法前，官方司法机构派出的"监斩官"，验明正身后，现场批下的"砍头令"（即"诛杀命令"，所以俗称"诛语"）。

张澜这时高喊"有本事把'诛语'写出来"，是在嘲讽张麻子此番举动完全违反法律，是非法之举！

另一位不怕事，敢出言抗议的，就是颜翰林颜楷。颜楷也是个不怕事，甚至当着赵尔丰的面也敢顶撞直言的人。

前不久，赵尔丰把几个股东大会首脑请到督府上院对话。谈着谈着，话不投机，赵尔丰当下沉起脸，语带威胁，说：

"你们再如此任性，不知退让，哼！我看——"

颜楷一听，立时把手中折扇指向赵尔丰，正色顶撞道：

"有什么了不得呀？无非是流血罢了！血，本身是人流的，我等四川人难道还怕流血吗？"

赵尔丰当时脸都气青了，赶紧端茶送客，双方不欢而散。

此刻，见张麻子等人不理，张澜又大声喊：

"你张麻子敢杀人，赶快把证据搬出来给大家看呀！"

听见这话，张麻子又朝张澜这边望上一望。冷笑一声，转身而去，并不理他，仍是在那里忙上忙下，指挥一切。

"你去喊赵尔丰来！"一边的颜楷见此，也大声喊道，"张麻子，你有本事就去把赵尔丰喊过来！我要问他赵尔丰，家有家规，国有国法，凭啥子要随便绑人杀人？还有没有朝廷王法？"

此时，颜翰林已是怒火中烧，不禁放开喉咙破口大骂起来：

"张麻子，你去问赵尔丰，没有提审，没有定罪，就要杀头吗？怎么昏聩到如此地步！"

据称，这最后几句话，是当年"戊戌六君子"之一刘光第在被杀当天从刑部监狱提出来面对一众监斩官时骂出的话。几个人被捕入狱后，突然听到"提犯人出监"的传呼号令。康有为之弟康广仁闻之，以为即将受刑，大哭。刘光第曾任职刑部，知晓相关程序和规矩，就安慰他说："不要哭。这是提审，不是就刑。"

等到他们一行被从刑部监狱之西角门押解出来时，刘光第突然意识到，这次是真正要押去菜市口刑场砍头了。因为监中规矩，只有要绑赴刑场问斩的，才会走西角门。"不审就杀"，这是妄行，所以刘光第要开骂。

颜楷在京师就多有变法思想，尤为推崇为变法而遇难的川人先辈刘光第，曾多方了解刘光第生平事迹，刘光第临刑前这番话，就是颜楷从当年刑部监狱一个刘姓老狱卒那里了解到的，记忆尤深。此刻，他就用这话来骂赵尔丰。

张麻子这些人，听颜楷指名道姓对赵尔丰开骂，多少有些意外，也只好由着张澜在那里叫骂，并不多理睬。

这样磨了好一阵工夫。有时，张麻子会来到院子里，高声大叫两句：

"准备好啦！等大帅把电话打完，就出来点标子啰！"

这边，张澜和颜楷又高声在喊："张麻子！你要砍就砍，要杀就杀！何必啰啰唆唆？"

张麻子仍是不理张澜、颜楷叫骂。过了一会儿，他又转过身去，像是在对外边什么人吼上一声两声：

"快啦！快啦！大帅在会见藩台臬台各位大人。等一会儿端茶送客，就要动手了！"

如此反复折腾了好一阵。突然，随着走道上响起的一片杂乱脚步声，一群身着华贵官服的人涌进院子。

还没等走近，远远就听这些人在喊：

"刀下留人！赶快刀下留人！"

"赶紧松绑！赶紧松绑！"

被反绑在树上的蒲伯英、罗纶、颜楷、张澜等人抬头望去，认出为首者是督府衙门营务处的田征葵田大人，兵备处的王琰王大人，身边还有两个重量级人物——赵尔丰的两个儿子，即被人称为"赵四大人"的赵尔丰四子赵老四，被人称为"赵九大人"的赵尔丰九子赵老九。

一伙人赶至近前，赵老九装模作样回头呵斥左右：

"还站着干什么？还不赶快去把大人的衣帽送上来？"

一众卫士赶快将那几个待宰者一个个松绑。赵老九、赵老四、田征葵、王琰等，露出笑脸向惊疑未定的一众阶下囚作殷勤邀请状，称：

"大帅已发话，请各位大人到五福堂聚议开会。大帅已候在那里了。各位大人请！"

于是，在一众官员随从簇拥下，刚刚被松绑的蒲伯英、罗纶、颜楷、张澜等人，又一个接一个被迎至五福堂入座，好烟好茶招待一番。片刻之间，这些人又经历了从"阶下囚"再到"座上客"这种身份转换。

据称,这是赵尔丰采纳手下师爷谋士的鬼点子,精心策划出来的一番"假行刑"诡计,意在吓吓这帮书生,又显示出官方可能采取的"霹雳手段",以达到对这批保路同志会领袖施压的目的,化解因保路风潮引发的这场危机。

但另有消息说,赵尔丰当天有心要开杀戒,打算在一众保路同志会领袖中,提两个出来当场砍头示众,以图杀一儆百。所以,才会有张麻子那一番杀气腾腾的举动。只是,在最后关头,赵尔丰这番险恶打算,在清廷派驻省城的最高武官、坐镇将军衙门的满族将军玉昆那里碰了壁。玉昆将军担心,此举会进一步激怒川人,使局势恶化,坚决不肯附议赵尔丰呈送朝廷的奏折。

总督衙门这边事发之前后,赵尔丰曾与玉昆将军通过一番电话。事起之时,那九个首要已在督府院子里上了绑,赵尔丰又多次着手下亲信,急赴将军衙门与玉昆将军交涉。

可是这位满人将军只是摇头,坚决不肯松口。玉昆将军虽是满族人,又深得朝廷和皇族信任,可在对眼下大局的处置方面,他比赵尔丰要谨慎得多,也清醒得多。

无奈之下,赵尔丰只好来个急转弯,暗令张麻子收手,再改派赵老九、赵老四、田征葵、王琰等出来唱红脸,转圜收场。

不管此番说法是否真有其事,总之,那天在总督衙门,赵尔丰到底没敢对蒲伯英、罗纶等几个人大开杀戒。

事情眼看要弄成个不死不活的"软吃台"(方言,指事情半途而废,开始强硬,中间出变故,最后失败告终),赵尔丰并不甘心。他关起门在内书房里走来走去,心里面很有点烦躁。

玉昆那个老家伙真是糊涂!赵尔丰在内书房里走了一圈,心里骂道。

再走两圈,心里还是在骂:玉昆真是个糊涂东西!跟老子装疯作怪!

赵尔丰极不情愿来个"软吃台"。在保路风潮没打压下去之前,对这些令他大伤脑筋的同志会高层人物,赵尔丰不想轻易放过。

赵尔丰在内书房里走了一圈,他心里想的是:

要不是玉昆那个糊涂东西作梗,老子非砍你等逆党首要的几个脑壳不可!不过,就算我暂且不砍你等脑壳,莫非本大帅就不敢关你押你?

这一想,赵尔丰又有了个主意,他当即传话下去:

"把这些人通通送到来喜轩,给我软禁起来!"

赵尔丰既发话,五福堂内的气氛又有了变化。刚才还在对蒲伯英、罗纶、颜楷、张澜等笑脸相迎的赵老九、赵老四、田征葵、王琰这些人,一个接一个,借故溜之大吉,再也不见影儿了。

片刻工夫,两位师爷模样的人与一帮督府武巡捕走进来,对蒲伯英、罗纶等人说:

"大帅有话,请各位大人到来喜轩用茶。"

如此,一行人被引进了来喜轩。蒲伯英、罗纶等人,你望我,我望你,不知今天赵尔丰要弄个什么样名堂。

罗纶问身边的蒲伯英:"说到五福堂开会,久等不见赵尔丰人影子。如今又弄到这来喜轩,他赵尔丰今天到底在搞什么把戏?"

脸色黑黄、身材稍嫌矮小的蒲伯英,今天以为是晋见赵尔丰,特地穿了夫人为他新买的一件质地甚佳、做工讲究的鹅黄色纺绸汗衣。可是先前那番士兵蛮横捆绑,已将那身纺绸汗衣弄得皱皱巴巴,有些地方还留有污浊绳印。蒲伯英一直在心疼这件被弄得不成样子的汗衣。他望罗纶耸耸肩,无可奈何地笑笑,没作声。

旁边的张澜忍不住,带点无奈又带点怒气地说:"管他搞什么把戏!我等连砍脑壳都不怕,莫非还怕他另外什么西洋把戏?"

颜翰林摇着手中那把丝绸折扇,也说:"不管他,安心喝茶,到了开饭时间,他赵尔丰总要拿饭来吃呀!"

话音刚落,茶还没喝上一口两口,有衙门杂役搬进来几张木床。正奇怪间,又有下人送上来草席、被褥、枕头以及木盆、毛巾、水瓶等物品。

待一一放置妥当,一位上房师爷模样的人走进来,带点客气地说:

"各位大人,大帅口谕,外间局势很乱,为各位大人安全考虑,各位就留在这来喜轩里,暂且住他几日。各位大人,喝茶抽烟,读书写文章,悉听尊便。需要点什么,亦可随时相告。只是,不得出这来喜轩范围就好。请各位大人体谅。"

此时,来喜轩门口、走廊上已有督府卫队士兵值守。蒲伯英、罗纶、张澜等才知道,他们这些人被赵尔丰给软禁了。

张澜又要开骂。罗纶笑了笑说:"表方兄,这里连张麻子也不在,你骂给谁听?还是既来之,则安之吧。"

3. 制台衙门"开红山"

转眼，已经时值正午。大概真如歌谣所唱："七月半，鬼乱窜。"这天，成都的天气也有些反常。清早起来，还红日高悬，满城阳光。临近正午，老天爷却突然变脸。一时间，只见皇城坝周边，包括督院街一带，竟是黑云压城，时而阴风四起，大街上残剩的纸钱残片乱飞。

虽说时节上已经是立秋过了，但那几天，省城内外竟是暑热不减。每天火辣辣的大太阳，颇让人感受到"秋老虎"的威力。

中午这阵，太阳不见了，但暑气不消，似乎反倒让人感觉闷热得难受。

大街上，有个四十来岁的中年汉子，抬起头望了望天，又望了望黑云压城四周颇有些异样的街巷，开口骂了句：

"鬼天气，说变就变！看这阴风惨惨的，莫非当真是'七月半，鬼乱窜'？"

没想到，这时真正有点"鬼乱窜"了。制台衙门所在的督院街方向，突然有几个人一边飞跑，一边神情激动地向街边市民高声大喊道：

"救蒲先生！"

"救罗先生！"

满街市民望着那几个人，惊疑间，不知到底出了什么事。

"救蒲先生！""救罗先生！"

那几个人仍在飞跑，边跑边高喊。显然，这是在传递某种告急音讯。

有市民瞬间就明白过来，是不是蒲先生、罗先生这些保路同志会领袖，遭到了什么不测？

街上，又有市民恍然大悟，叫道：

"原来如此啊！我这才明白了，昨天半夜里，街上怎么过那么多兵！我半夜起夜，听见街上响动，在门缝里看了看，满街都在过兵，多得不得了。原来是赵尔丰专门调进来逮蒲先生、罗先生的啊！"

街边上，有市民跟着高声大喊："救蒲先生！""救罗先生！"

喊声越来越多，也越来越响。多数市民愤怒起来，为川人保路争利的蒲先生、罗先生竟然遭难了，这还得了？那么好的蒲先生、罗先生凭什么要遭难？凭什么？凭什么！情形紧迫，眼下救人要紧！救人要紧啊！

没多大工夫,成都全城轰动了。有人开骂:"赵尔丰这次把事做绝了!"

有人就叫道:"走!到制台衙门去,大家去救他们!"

周围无数人应和:"对,大家都去!去救蒲先生!去救罗先生!"

"赶快救蒲先生!""赶快救罗先生!"

四面八方都有人在喊,汇成了一波接一波的声浪。这声浪,由近至远,又由远至近。如此循环往复,不断扩散开来,又不断加压,如当天午后那压城的黑云,在中元节的成都街巷盘旋不去,压得人仿佛喘不过气来。

大街上,一些市民转身朝总督衙门的督院街方向跑。他们要去总督府一探究竟,一心要为蒲先生、罗先生这些好人帮上一点忙。

此时此刻,这些市民心中,只有一个单纯的愿望:救蒲先生!救罗先生!救保路同志会诸君子!

开始,朝总督衙门那里去的市民还不太多,后来,多数市民受到感染,也加入人流,一齐朝总督衙门涌去。没多大工夫,涌向总督衙门的人流越汇越大。

据目击者称,那天,跑在最前头的是一帮年仅二十来岁的小伙子。皆发辫盘在头上,身穿一件粗布汗衫,有的人甚至光穿一件布背心,下身是半截布裤。

这些年轻小伙,每人手里拿着一张"黄纸条"——市民一看即知,那是自保路事起后,同志会发动大家敬奉的先皇牌位。这伙年轻人,一个个满脸涨得通红,头上颈上青筋暴起,又流着汗水。

这些人,一边在街上跑,一边口里连声在叫喊:

"兄弟伙,走起!到制台衙门,到上院!蒲先生遭难了!罗先生遭难了!救蒲先生!救罗先生!"

一眼望去,街上跑的那些人,不仅脸涨得通红,有好多人连眼睛也红了。那眼里似乎既有怒气,又明显有一股凶气射出来。他们一边朝制台衙门跑,口里一边叫喊:

"兄弟伙,到制台衙门去,到上院去!蒲先生、罗先生遭难了!被赵屠户关起了!大家要赶快,去救蒲先生!去救罗先生!兄弟伙,赶快!"

在如此气氛带动下,朝总督衙门那里去的市民越来越多,人流越滚越大。有些是去看热闹的,有些是被身边市民挤进去的。

一时间,通总督衙门那几条街巷,竟是人如潮涌,水泄不通。那一片叫喊声浪,也一浪高过一浪,朝总督衙门那里压将过来。形势骤然紧张。

总督衙门这边，似乎对此早有防备。如此大的阵仗，已不是张麻子手下那帮大帅府卫队可以镇得住堂子的。

好在赵尔丰与营务处田征葵，以及赵老九、赵老四等几个亲信，事先做了预案。他半夜将本来驻在城外的两营巡防军秘密调进城驻守在总督衙门里面，就是为局势突变暗中做的准备。

赵尔丰知道，眼下一触即发的严重局势下，对保路同志会领袖下狠手的任何举措，不管是直接砍头诛杀也好，把人逮起来暂时关押也好，都可能引起公愤，触发民变。

为保险起见，当天，他不仅在总督衙门里面驻扎下了两营巡防军，还特地从凤凰山新军营里调来一营新军，加强总督衙门里外的警卫布防。

不过，赵尔丰对新军不大放心。他早就接到过密报，说驻扎在凤凰山的新军里面，混有不少革命党。由此，赵尔丰对新军一直怀有戒心。这天，他让营务处田征葵现场指挥调度，将调进城的那一营新军分别安排在总督衙门周边几道街口布防守卫。而督院里边，则全是他一手打造的巡防军。

那天下午，在如潮市民涌向总督衙门时，他们碰到的第一道武装阻挡，自然是新军队伍。那些新军士兵，着装非常整齐耀眼。头戴遮阳帽，身穿黄色细斜纹军服、黄腰带、黄皮鞋，一色五子洋枪。不过，这些新军士兵却显得有点文质彬彬样子，不像川边调过来的巡防军上兵，一个个凶神恶煞，对老百姓张口就骂，伸手就打。

"把蒲先生放出来！"

"把罗先生放出来！"

这股逼人的强劲声浪混合着省城街道上的闷热暑气，与蜂拥的人潮一起汹涌而来，势不可当。

总督衙门前那个街口，一队新军士兵排成人墙，把手中的五子洋枪横端起，不准蜂拥而来的人潮通过。

起先，看见大批似乎狂热得失了理性的市民，手上揣着，头上顶着先皇牌位，高叫着涌来，新军士兵们虽是阻挡，虽是高喊："退回去！不准来！"但态度行动上，并不坚决。新军士兵们更没有把枪举起来把枪口对准人群。

如此，狂热要去"救蒲先生，救罗先生"的市民，把这一队新军士兵逼得步步后退。新军士兵们也没出手打人，也不出手抓人，仍只是口里高喊：

"退回去！不准来！"

涌上来的那些市民大众使劲挥着先皇牌位，高叫着，呼一下涌上来，与新军士兵们挤作一团,搅成一团。

新军士兵们也只能一退再退。从督院街西口,退到西辕门;再从西辕门,退到总督衙门前的头门。

此时,那支新军士兵组成的人墙活生生被市民队伍挤开,撞出一个大口子。市民大众朝那个口子,一拥而去。

总督衙门前的第一道防线,就这样被市民成功突破了。

"把蒲先生放出来!"

"把罗先生放出来!"

无数喊叫声汇成的超强声浪,与蜂拥的人潮一起,朝总督衙门汹涌而去。还是举着先皇牌位那伙年轻人,一路喊叫着跑在最前面。狂热的市民紧跟其后,一齐涌进了总督衙门。所有的人,完全忘了眼前面临的危险。

总督衙门里面,与刚才在路口布防的那一队新军士兵比起来,完全是另一番情景。辕门和仪门内外,早有站好队全副武装的巡防军布防。上院大堂上,除了巡防军,还有张麻子亲自指挥的督府卫队。

大花厅以及赵尔丰签押房、内书房这些要害地方,四周全是大兵队伍。

尤其是从花厅门前台阶处到两侧厢房走廊,布成了一个"簸箕阵"。此处站队的士兵,分内外几层布防。

外几层,是持一色五子快枪的巡防军士兵;内两层,则是持手枪和执鬼头蛮刀的壮汉。有些是督府卫队的人,有些是巡防军士兵。

在指挥上,赵尔丰也做了安排:辕门和仪门内外,由营务处田征葵指挥;大花厅一带,则由张麻子以及赵老九指挥。他自己则在内书房坐镇,由赵老四协助,统揽全局。

手里举着先皇牌位的那些民众,一路喊叫着,跑着挤着,一下子就涌进了总督衙门临街那道西辕门。

西辕门里边,进门就是一个大坝子。只见满坝子都是人,成列成行都是兵。有巡防军,也有刚才从大街上退回来的新军士兵。士兵们手中端着洋枪,有的枪上还有刺刀。

仪门台阶前,以及两侧鼓吹台那些地方,有军官模样的人在大声吼叫:

"不准过来!不准过来!退回去!通通退回去!"

涌进西辕门里那些民众根本不听,根本不理。或是他们根本就没听见,仍是一个劲朝里涌,边涌边大喊:

"把蒲先生放出来!""把罗先生放出来!"

第八章　省城风云突变　179

　　在狂热市民的拥挤冲击下，那些成列成行的士兵队伍很快被人潮冲垮。虽有军官坐镇指挥，也控制不住。几百民众，转眼就涌进了仪门，局势真正失控了。

　　营务处田征葵神情紧张，一直在仪门里边东张西望，指挥布防的士兵，试图抵挡来势汹汹的人潮。眼见民众涌进了仪门，已经逼近督院大堂，局势完全失控，田征葵更是紧张万分。

　　眼下，田征葵和几位头顶官帽、身着官袍官靴的负责官员，站在堂口台阶上，一脸焦急，神情紧张地商议着什么。有人说，其中就有赵老四和赵老九。

　　片刻，田征葵满头大汗，嘴里向队伍里军官模样的人喊叫：

　　"告诉那些暴民，快对那些暴民发警告！赶快发警告！若是他们敢再朝前走，就要开枪了！"

　　那些军官也大声在叫喊着什么。可是，谁也没真正听清，那几个军官脸红脖子粗吼叫的是些什么话。总之，当时场面极为混乱，所有的人都在喊，都在叫。包括军官，包括士兵，也包括田征葵和几位负责官员。

　　那已经涌进了仪门的几百民众，还在一个劲地叫喊：

　　"把蒲先生放出来！""把罗先生放出来！"

　　守卫在大堂里层以及大花厅一线的张麻子，此时已是怒火冲天，暴跳如雷。他左右手各端一支手枪，在大堂里外来来去去，东跑西跑。嘴里不停地骂人：

　　"狗东西，不许后退！给老子顶住！"

　　这边刚骂了几句，又提着手枪赶到另一边，朝他看着认为值守不得力的一个巡防军士兵，狠狠踹了两脚，嘴里骂道：

　　"混蛋！不准退！听见没有？不准退！给老子顶住！你信不信？再退，老子一枪毙了你！"

　　片刻，张麻子隔着密密麻麻的士兵队伍朝大堂台阶那边喊：

　　"田大人在哪里？赵九爷、赵四爷在哪里？怎么还不下命令开枪？造反暴民都打到大堂里面来了，怎么不下令开枪？大帅的安全还要不要？还有没有一点王法？"

　　没多大工夫，张麻子又在那里吼叫：

　　"田大人，下开枪令啊！再不下开枪令，我找赵大帅去！大帅安全要紧啊！朝廷的王法要紧啊！"

　　其实，张麻子有所不知，那天开不开枪镇压，决策层事先是画了一道底线的。这道底线就是,"闹事暴民"决不能踏上督院大堂前那几步台阶,冲进大堂。上了台阶冲大堂,军队立即开枪。

这道底线,不知是赵尔丰亲自画的,还是在现场负责指挥的田征葵与赵老四、赵老九一起商议定下的。

张麻子不是核心决策圈子的人,所以不知,还一个劲地在那里喊:"下开枪令啊!下开枪令!"其实开枪令上头早就下了的,只是时机未到而已。

转眼之间,那几百民众组成的人潮已逼近大堂台阶。这时,出现了制止当天事变向最坏结局发展的片刻机遇。

眼见当下的局面已经无法收拾,站在大堂台阶上那几名负责官员中,有人朝拥过来的那些民众发出了一个似乎带点妥协性的提议。

那官员立于台阶上,望此时离台阶仅几步之遥的民众,大声喊道:

"你们不准再走了!你们有什么话,可以派代表上来申诉!听见没有?你们派代表上来!"

听见这话,那些民众似乎也有片刻的犹豫。他们停下了脚步,一时间也没再叫喊,脸上眼里显出一种茫然迟疑之色。

不过,短暂犹豫也好,茫然迟疑也好,都只有片刻工夫。仅仅过了一会儿,最多就那么三几分钟,立在大堂台阶前犹豫发呆的那些民众中,一直打头冲在前面的几个年轻小伙,突然之间,又把手中那先皇牌位高举起来,口里再次叫道:

"把蒲先生放出来!""把罗先生放出来!"

随着叫喊声,这几个年轻小伙一起拥上了大台阶。随后拥上来的,是大批情绪激动的市民。

"混账!赶快滚下去!听见没有?不准上前半步!"

"田大人有令,再不退下去,就开枪打!"

可是,已经上了台阶的双脚哪里会退回去?于是,转瞬之间,就见士兵手中的枪平举起来了。无数黑洞洞的枪口指向了那些高举先皇牌位一齐发狂发喊、朝着台阶往前拥的民众。

"砰——砰!""砰——砰!"

大堂里面,响起了清脆的枪声。

"砰——砰!""砰——砰!"

仪门里外和西辕门那边也响起了枪声。整个总督衙门,四面八方,一时枪声大作,子弹乱飞。大堂台阶前后,仪门里外,那些刚才还高举先皇牌位,在叫喊着放人、拼命往上冲往前拥的民众纷纷中弹倒地。

一直冲在前面的那伙年轻人,差不多都被迎面飞来的子弹打翻在地,没有一个跑脱。其中那么两三个人,枪响之时,似乎还并不明白发生了什么情况。

可能在此之前,并未见识过官军的洋枪会打死人,未闻过真正的火药味,所以一时真呆了。待看见身边的人倒下去那么几个,并有鲜红鲜红的血不断从身上冒出来,这些人才意识到,赵尔丰手里的巡防军可不是吃素的,巡防军手中的洋枪更不是吃素的。

民众这才发慌了,也害怕起来,赶快反身往外面逃。

可是,哪能逃得出?随着排列成阵的士兵第二次、第三次齐射,那些反身往外面跑的年轻人基本上也被排枪打翻,非死即伤。

片刻工夫,大堂前那个院坝里,刚才拥进来的市民立马倒下三四十人。鲜血染红了铺地的石块方砖。

除了散落一地的黄纸先皇牌位、市民逃跑遗落的草鞋烂布鞋,烟杆、蒲扇、篾笆扇之类物品,以及那几十死伤者以外,满坝子都空了。

仪门内外,西辕门那一带,枪声更多、更密集。被子弹击中打翻的死伤者,自然更多。连北边走马街臬台、南边南打金街那些地方,也有枪声,也一样子弹乱飞。

那一天,制台衙门里外,真叫尸横遍野,血流满地,令人触目惊心。自明末张献忠的"屠川"以来,几百年间,成都老百姓还真没见过成都闹市大街上一次性打死打伤这么多人!而且是光天化日之下!

大街上,只听有市民高声大喊:

"制台衙门'开红山'啰!制台衙门'开红山'啰!"

在现场目睹此番情景的市民,尤其是刚才随人流一起拥进总督衙门,而且进入了仪门里外突遭士兵枪打却侥幸死里逃生的那些人,更是吓得面无血色、满脸惊恐,飞也似的沿街边往远处乱跑,一心想的,是如何躲开子弹,跑得越远越好。

满街都是人在跑,且边跑边喊:

"制台衙门'开红山'啰!制台衙门'开红山'啰!"

有人在喊:"不得了!制台衙门巡防兵开火了!一坝子都是死人!"

又有人喊:"巡防兵追起来了!快关铺子呀!巡防兵杀出来了!赵尔丰要'开红山'啊!"

"开红山",原系土匪黑话,意指杀人多,形容"鲜血染红的尸体堆积如山"。后来老百姓借用此语,意指不分青红皂白地肆意屠杀,对无辜民众大开杀戒。

只不过,由官府官军出手"开红山",而且在制台衙门"开红山",真是出人意料。成都老百姓对这次大血案的震惊程度,对赵尔丰赵屠夫的愤恨程度,可想而知。

总督衙门里外响起的密集枪声以及先前拥进来的几百民众那一番叫喊声,被软禁在来喜轩里面的蒲伯英、罗纶、张澜等人也听到了。此时,几个人已经用过了武巡捕送进来的午饭,正在屋子里喝茶歇息。

突然之间,四面八方响起的密集枪声把这些人着实吓了一大跳。

上了点年岁的颜翰林颜老先生,常年有饭后午睡的习惯。今天虽被赵尔丰软禁了,老先生仍抱着既来之则安之的想法,收拾收拾仍上床照睡不误。

哪知,颜老先生刚刚合眼迷糊片刻,就被枪声惊醒了。他一下子从床铺上坐了起来,瞪起眼睛四处张望,嘴里不住发问:

"啥子事?啥子事?哪里打枪?哪里在打枪?"

一屋子的人你望我,我望你,都一样不明究竟,也完全给吓蒙了。包括在屋子门口站岗值守以及在走廊里巡视的那几个武巡捕,也有点不知所措。

"到底出了啥子事?到底啥子事?"一时间,彼此都在发问。

有人说:"这是洋快枪开火的声音,而且是接连开火,像是军队在打仗。莫非是有啥子队伍来攻城?"

又有人在说:"这种连发的洋快枪,只有赵尔丰手下的巡防军和驻扎在凤凰山的新军才有。莫非新军也调到城里来了?"

有人说:"不对啊。真有攻城战事,应在城门口方向。"有人回应道:"如果是远郊那些地方,枪声不会这般近。这洋快枪开火的声音,分明就在总督衙门里啊。莫非是有队伍已经攻到总督衙门里来了?"

又有人在说:"这种开火法,太不寻常了。我活了几十岁,都没碰到过。肯定是发生了事变,而且是大事变。一定是出了什么大事!就在这里,在总督衙门。"

几个人在那里一边竖起耳朵细听,一边你一言我一句,议论纷纷。同时,也担心着自己的命运,怕突然事变会让自身处境更危险,也怕局势失控,自己死在乱兵刀枪之下。

所以几个人都显得愁眉锁脸,心事重重,又有点担惊受怕。

他们无论如何也想不到，这密集枪声是因他们几个人的事情而起。他们根本想不到，因他等几个人的被囚，有那么多的成都市民会成群结队到制台衙门请愿，要求赵尔丰放人。

他们更想不到，赵尔丰会为此大开杀戒，在成都制造一起血流成河的惊天大惨案。

4. 曹笃小巷意外巧遇龙鸣剑

赵尔丰在成都制造大惨案后，革命党最早向外地州县传递惨案消息，并号召各州县同志军趁机举行反清起事，得助于被世人称作"水电报"的玩意。

这份"水电报"，是用数百块长约八寸、宽二三寸的楠竹片写上"赵尔丰先捕蒲罗，后剿四川，各地同志速起自保自救"等字样，浸上一层桐油后，投入锦江，使之随水漂流至锦江下游的川西、川南，从而向各地示警，号召各州县同志军起事。

此举看似简单，却如同电报一样，传递消息迅速快捷，范围又极广泛，实际效果奇好。因此，无论在当时，还是后世，这"水电报"的发明，都大受称赞，可称名垂千古。而当年发明这"水电报"的，正是自贡籍志士曹笃、龙鸣剑、朱国琛等三人，这是他们的得意之作，亦是即兴之作。

当天，曹笃、龙鸣剑及朱国琛三人，两个在城内，一个在城外。

几个人都是家不在省城，似乎"无祖可祀"。况且，三人都是革命党，自小受新文化熏陶，崇"新学"，追求新思想，对中元节祀祖，"烧袱子"这些带点封建迷信色彩的事情，向来不感兴趣。

所以中元节这天，曹笃、龙鸣剑及朱国琛等人根本不关心"鬼节"不"鬼节"的，都在忙自己的事。

保路风潮闹起后，省城同盟会干将龙鸣剑、曹笃等因身份地位原因都未成此次运动的实力人物，更未进入保路同志会的领导层。

成都同盟会力量不强，人员分散，且大多身份地位低微，社会上没什么声望和影响，非但赶不上重庆，甚至连一些州县也不如。

这也是龙鸣剑等不看好省城，把举事重点放在下面州县的原因。况且，他们这些党人，在政治抱负、目的、手段方面又同主张改良的这些立宪党有原则性分歧。所以，龙鸣剑等真正的革命党，对这次保路风潮，从起事开始，也仅仅是把它作为宣传组织民众、动员民众的一种手段。

那天早饭后不久,龙鸣剑从下榻的那家小客店走出来,朝锦江书场走去。他要去书场旁边的那家常去的茶园,会两个外地朋友。

这次来省城,龙鸣剑没落脚在朱国琛那里,而是住进了八宝街旁边一家小客店,是有原因的。

因为这次与他同来省城的,还有一位泸州会党人物。此人不是同盟会会员,与龙鸣剑也不是深交,就不好带他到九眼桥农事试验场那里去。

自资州罗泉井会议之后,龙鸣剑在全川各地哥老会人物中,已是享有大名。不仅成都周边,川西一带州县的袍哥界领袖,如秦大炮秦载赓、新津侯保斋以及胡重义、侯国治、孙泽沛等对龙鸣剑很是推崇,就连川北、川东那些地域的哥老会人物也为一识龙鸣剑龙大哥感到荣幸。

这一阵,龙鸣剑大部分时间往返于省城和川南一些州县之间,经常不在成都。况且,他在省城并无固定落脚处,所以各路哥老会人物来省,真正能见到龙大哥的并不多。

在锦江书场一侧茶园里,早有约好的两位外地朋友,在此喝茶等候。两位朋友都是哥老会人物,一位来自川东酉阳,一位来自川北绵州(绵阳),都是当地保路同志会领袖介绍而来,专为结识赫赫有名的龙鸣剑龙大哥的。

昨天下午,与龙鸣剑同住小客店的那位川南会党人物,因急事离开了省城,返回泸州去了。不然,龙鸣剑会带他一道来锦江书场,与川东和川北的会党朋友见上一面。

这天,朱国琛在城外九眼桥农事试验场里,忙自己的那一大摊事。待中午时分,该忙要忙的那些事大致理得有些头绪了,朱国琛突然觉得,下午是不是该去城里面走一趟。

不知怎么搞的,吃饭时好像有某种不安的感觉袭上心来。

朱国琛举眼望了望,远处的锦江楼,在越聚越浓的大片黑云之下显得阴郁而孤独。楼顶上那天象也颇觉异样,仿佛预示着将会有什么事情发生。

"会有什么事情发生呢?"朱国琛闷闷不乐地想,有些心神不定。

他听说龙鸣剑又到省城里来了,这次却没落脚在他这农事试验场里来。朱国琛想了想,就决定下午去城里走走,说不定就把龙兄碰到了。当然,最好再去蚕桑学堂把曹笃找到,三个人找个地方喝茶,探讨眼下时局,再好不过。

"我到城里去一趟。晚饭就不回来吃了。"朱国琛对正在院子里忙着的两名小工说,"说不定夜晚有事,也就留宿城里了。场里的事情,你俩就多照看些。"

朱国琛交代一番后，脱去在场里常穿的那件粗布汗衫，换了件干净体面的细布短衫。又仔细细数了数身上带的零钱。心想，不论下午找到他们哪个，除了吃茶，说不定晚间还要下馆子喝酒吃饭，还是多带点零钱为好。

他哪里想到，此刻，曹笃也正朝九眼桥这边走。他是想赶去九眼桥农事试验场，看看龙鸣剑在没在那里，又知不知道赵尔丰大开杀戒，制台衙门发生大惨案的事。

东大街一带，沿途仍有人家在"烧袱子"。大街上，烟雾弥漫，纸灰乱飞。不过，随处可见市民三五几人站在一起，东一堆，西一堆，叽叽喳喳地说着什么。

那些人，一个个神色有异，兴奋中带点紧张，显然是在谈论先前制台衙门那边巡防兵开枪杀人的事。

曹笃经过一家剃头铺子时，看到一个长得瘦筋筋的剃头匠，腰里还围着一块布围腰，站在自家铺子门口与相邻的那家杂货铺老板以及左边铁锅铺的两个年轻小工摆谈，几个人正谈得起劲。

只听剃头匠说："巡防兵好凶啊！说是制台衙门那边，一坝子都是死人！"

杂货铺老板手里捧一把黄铜烟袋，吸了两口，带点内行样子说：

"咋个不凶？巡防兵用的是九子洋枪，只要一开火，枪筒子就打出来九颗子弹。你说凶不凶？"

年轻小工伸了伸舌头，惊讶地叫道：

"我的妈呀！一开火就打九颗子弹！怪不得死那么多人！"

剃头匠又说："说是巡防兵在大街上，见人就开枪打！"

杂货铺老板看了走过来的曹笃一眼，说：

"巡防兵是赵大人从川边调过来的。在川边那些地方，就把不听他号召的百姓杀了不少。遇上不讲理的巡防兵，怕是得躲开点。"

两个小工听了这话，又连连伸舌头。还一齐站在街沿上，踮起脚尖，朝督府衙门那边张望，似乎在观察审视，巡防兵到底会不会从大街上杀将过来。

曹笃心中有事，无意细听这些街坊龙门阵，急匆匆地赶路。

哪知刚到城门口，那城门轰隆隆就被人给关上了。只听见有人在喊：

"戒严，戒严！关城门了！"

举眼望去，城门口那边，几个守城兵勇，或拿着腰刀，或舞着长矛，恶声恶气驱赶没来得及出城的民众。一个兵勇头目，站在前面，向那些想出城的市民高喊：

"一律不准通行！大帅府有令，即刻全城戒严，所有城门关闭，不准通行！"

曹笃心里叹息："到底迟了一步，看样子，今天是没法出城了。"

站了一会儿，只好闷闷地往回走。好几个街口，都有兵勇在值守，严峻脸色中，似乎带点杀气，恶狠狠盯着过往行人看。对曹笃这些出不了城又返回来的市民，倒也没多为难，说明白是因出不了城才又返回来的，守卡兵勇也就放行了。

顺着东大街走了几个街口，曹笃在心里想，既然出不了城，今天是见不到龙鸣剑和朱国琛了。各街口又戒了严，不如回自家蚕桑学堂，看看学堂那些人会不会有更多消息。

这样一想，曹笃就拐进一条小巷子，想走近路回蚕桑学堂。虽说戒了严，各小巷口子却也没兵勇值守，市民纷纷从小巷子来往，躲避戒严。

曹笃一连钻了几条小巷，看看快到蚕桑学堂了，突然之间，听到小巷迎面过来的那些行人里，有人在喊他。定睛一看，来人正是龙鸣剑。

"哎呀，是龙兄啊，我正到处找你！"曹笃既意外，又相当惊喜，"却没想这里碰见。"

"我也正找你呢，"龙鸣剑也显得很高兴，说，"刚才去蚕桑学堂找你，都说你不在。"

曹笃问龙鸣剑："龙兄，你这是往哪里去？"

龙鸣剑说："没找到你，我想出城到九眼桥找朱国琛。"

"戒严了，城门已经关了，出不了城的。"曹笃对龙鸣剑说，"刚才我也是想去九眼桥朱国琛那里，却没出去城，才又返回来的。"

曹笃看小巷里面人来人往，不是说话的地方，想起刚才走过的那条小巷有家茶铺，就对龙鸣剑说："龙兄，你我找个地方喝茶去，到茶铺里再详谈。"

两人进了那家小茶铺。因有戒严令发布，又听说巡防军在大街上随便开枪，见人就打，原先在茶铺里喝茶的茶客，大多都怕了，急匆匆归家而去。内堂里面，此时空无一人。

曹笃和龙鸣剑在内堂找了张桌子坐下，向茶老板要了两杯成都花茶，边喝边说。

各自讲了听来的同志会高层一帮人被诱捕，以及其后总督衙门前那场血案的一些情形。

两人都很气愤，赵尔丰公然抓捕同志会高层，尤其是胆敢对请愿民众开枪，制造天大血案，这点是龙鸣剑和曹笃都没想到的。

曹笃感叹一声说："龟儿子赵尔丰太霸道了，说变脸就变脸。同志会高层那些人，昨天还是座上宾，今日里就成阶下囚，阴险如此，奸诈如此，举世少见！"

龙鸣剑说："赵尔丰公然抓人还不是主要的，关键是他胆敢下令对请愿民众开枪，搞出一场大屠杀。这才是罪不可恕，真正罪该万死！"

曹笃注意到，平时一向沉稳、不大喜怒于色的龙鸣剑，说这话时差不多已是咬牙切齿、怒不可遏的样子了。

喝口茶，龙鸣剑又说："清王朝以来，本省历经了那么多川督，没有哪一个川督，敢光天化日之下，在总督府门前、省城大街上开枪杀人。赵尔丰如此凶恶霸道，真正的前无古人，后无来者！"

曹笃恨恨道："赵尔丰'赵屠夫'这个名号，这回是真正坐实了。可说是屠夫本色不改！"

龙鸣剑沉思片刻，说："直到今天事变前，同志会高层那些人对赵尔丰还抱有幻想。上午我同川北一会党朋友喝茶时，他还在说，据与省城同志会有较多交道的某位会党领袖说，据他所知，特别股东会高层那些人，对赵尔丰一直抱有好感和期望，说是看好季帅对路事的处置。"

曹笃"哼"了一声，说："现今他等成了赵尔丰的阶下囚，就知晓赵季帅的手段了。"

赵尔丰，字季和，所以省城官场和士子乡绅上层人物中，能与赵尔丰打上一点交道的，都当面称赵尔丰为季帅或赵季帅。

曹笃看了看龙鸣剑，又说：

"所以说，我一直都认为，立宪派那些人成不了大事。他们只想改良，不愿革命，总是寄希望于朝廷，做出点改革姿态，施行一点新政出来。"

龙鸣剑点点头，眼露沉思之色，说：

"不是说我有先见之明，甚至说高瞻远瞩，但回想起来，当时，在风潮起来后，我确实感到，以立宪派为首的特别股东会那些人，与我等革命党人，追求的目标并不一致。"

沉思片刻，龙鸣剑又说："幸亏上个月，设法开了那次罗泉井会议，把川内同盟会与会党力量正式联结在一起，且绕开了同志会仅限于保路、争路权这个有限内容与风潮主题。尤其是，把各地同志会一律改为同志军这一招，可说是举措正确,且改得及时。"

龙鸣剑深深感叹一声,又说:"看看,这不是发起全川举事的机会来了?悲愤之余,深觉此突发事件,正是激化全社会反朝廷怒火、唤起民众起事的最好机会,我等必须有所动作。"

曹笃赞同地说:"对头,龙兄,我等正应该利用赵尔丰制造血案的机会,发动民众来个全川大举事,大起义。"

"现在,关键是要把赵尔丰制造血案的消息,快速向各州县传递出去。"龙鸣剑带点忧虑地说,"可眼下连城门都出不去,何谈发动民众?"

曹笃说:"必须想点办法,尽快出城去,龙兄,你我来想点办法吧。"

不知不觉,已到晚饭时间。曹笃说:"龙兄,你我找个地方去吃晚饭吧。再仔细商议,看看能不能寻到一个出城法子。"

两人就离了茶铺,往城门口那边走。

5. 冒险趁夜"缒城而下"

城门口那一带背街小巷,酒馆饭店本来就不多。因为临时戒严,有好多家都关门不做生意了。曹笃、龙鸣剑两人走了好一阵,才在离城门口半里路的一条小巷里找到一家小馆子安坐下来。

饭馆老板是个中年人,郊县口音,略瘦,脸色有些阴郁。店堂里外,就他一个人应付生意,又是老板,又当厨师,还要兼跑堂打杂的店小二。

后来细问之下,两人才知道,原来饭馆老板有一个侄子,二十来岁,在东大街一家布店当店员,也是街面上袍哥堂子中小老幺那类角色。保路风潮闹起来后,他成了那一条街同志会的活跃分子。

今天同志会高层被捕,街上同志会发动民众去总督衙门请愿,那侄子也在其中,而且冲在打头阵那伙人之中。总督衙门卫兵及巡防军士兵开枪,那侄子也是第一批中枪者之一,腰部及腿上各挨了一枪。所幸没当场丧命,其后被同伴及好心街邻救下,用门板抬了回来。

家人哭哭啼啼跑到馆子来报信时,已是半下午的时辰了。

饭馆老板当时忙生意分不开身,只好让在店内跑堂打杂的另一侄子去帮忙料理。这也是老板脸色一直阴郁的由来。

曹笃随便点了两个菜,要了半斤酒,与龙鸣剑对喝。两人心思不在,一顿酒饭匆匆吃完。

招呼老板来结账时，曹笃特意对店老板说：

"天气有点热，我们就不另外找茶铺子喝茶了，就在你这店子里喝吧。麻烦你再给我俩泡两碗青茶来，茶钱和在酒饭钱里一并结算。"

凭空又卖得两碗茶钱，店老板当然愿意，且满心欢喜，阴郁的瘦脸上多少有了点笑意。

两碗滚烫的青茶很快送来。省城这等背街小饭馆难得遇上曹笃、龙鸣剑这种有点身份、善解人意又出手大方的客人，店老板待他两人就很为殷勤巴结。偶尔还会走过来，说上几句闲话。

其间，曹笃好似有意无意地向店老板打听夜晚城门及城墙守城兵勇值守巡游情形。

龙鸣剑在一旁，大致猜出了曹笃想走跳城墙出城的路子。不过他又转念想，省城的城墙，不比县城那种，不是一般的高。他两人又都是个胖子，若是趁夜去跳城墙，出事的可能性很大。恐怕此办法不一定行得通。不过，他心里想是这样想，口里却没说出来，而是任凭曹笃去与店老板周旋套话。喝了一阵茶，看看天色已经暗下来了，曹笃突然望龙鸣剑说了一句：

"龙兄，你就在这里喝着茶等我，我有点事，去去就来。"

说罢就起身往外走。龙鸣剑不知曹笃葫芦里在卖什么药，也不好多问，只得由他去了。

其间，在店内跑堂打杂的那侄子回来了。年轻人又热又渴，一脸疲惫，进店就拿起柜台上的茶壶，一口气喝下大半碗凉茶，才开口说话。

坐下来，他边擦汗水边对饭馆老板说："二莽哥伤情还是有点凶。不过，请来的太医看了脉象说，今晚上倒是死不了。"

那侄子还说，五爷想把二莽哥送回太平场乡下去养伤。但今日城里戒了严，城门也关了，出不了城。五爷说，看明日城里还戒不戒严，城门打不打开。若是城门开了，明日里就把二莽哥送回乡下养伤。到时若需要人手，会喊人过来带信。

饭馆老板听了，没说什么话，只是问那侄子，吃没吃饭，若没吃饭，就自己去厨房随便弄点饭菜来吃。

此时的天色，已是完全黑尽了，外边小巷子里行人也逐渐稀少。巷口那边，倒有两三个在外面一边纳凉一边摆闲龙门阵的人。

又隔了大概半个钟头，曹笃也回饭馆来了，一副神秘兮兮的样子。

龙鸣剑和店老板都望见，曹笃手里多了一个灰白色的麻布口袋。里面胀鼓鼓的，也不知装的是啥子东西。

曹笃将那麻布口袋放在桌子脚下，当着店老板的面，对龙鸣剑说：

"刚才有个熟人，托我给他朋友带点东西过去。"

喝口茶，又说："说是带到骡马市那里一户人家。天气这样热法，又黑灯瞎火的，只好明天再送过去了。"

店老板笑笑，没作声，看了曹笃一眼，转身忙自己的事情去了。龙鸣剑觉得，店老板那笑似乎别有深意。曹笃也不管他，继续喝自己的茶，与龙鸣剑说点闲话。

两人待在店里又喝了半个钟头左右的茶，曹笃看看外面，巷子里已几乎没了动静，这才对龙鸣剑说："龙兄，时候不早了，你我也该回去了吧。"

说罢起身，提起那个灰白麻布口袋，谢过店老板，就要往门外走。两人快出门时，店老板突然没头没脑地对正在店门口竹椅上纳凉的侄子大声说：

"三娃，听说往西半里多路有处城墙，烂了好大一个缺口，也不知是不是修整好了？"

坐在竹椅上的侄子，不明白此时问他城墙缺口的事，到底是何用意，却也立时回话说：

"还没修整好的。前天我还去城墙上走过，那烂了的缺口还是老样子。"

曹笃和龙鸣剑对望一眼，当然心领神会，明白店老板在朝他俩暗示点什么。两人当即朝饭馆老板友好地点点头，再次道谢一声，离店而去。

此时已是夜深，二更将近样子。小巷子里空无一人，四周很安静，远处时不时有几声狗叫。走出饭馆好一段路，曹笃看四下无人，才把手中那麻布口袋打开，朝龙鸣剑面前展示一番，悄声说：

"龙兄，这些绳子，等会儿有大用场。你我今晚要出城，全靠这东西了。"

龙鸣剑低头一看，那麻布口袋里，是几大卷绳子。

"你是说，等会儿用它缒城而下？"

"当然。"曹笃有几分得意，"不缒城而下，今晚你我怎么能出得了城？"

走了几步，曹笃又告诉龙鸣剑，在饭馆喝茶时，他就想到了用绳子连接，从城墙上缒城而下之法，不过当着饭馆老板之面不好明说。况且，能否找到可用于缒城的绳子，心里也无把握，所以没说。

出饭馆后，走了好几条背街，东问西找，终于寻到一家杂货铺。那杂货铺已经关门，不做生意了。曹笃又费了些工夫，才把店门叫开。曹笃对杂货铺老板谎称，自己明天一早要搬家，要买好多结实绳子来捆家具。最后，出了比平常高一点的价钱才买来这几大捆绳子。

两人出了小巷，依照饭馆老板先前那番提示，往西边一路而去。行了差不多半里路，拐个弯，掉头朝城墙脚下走。

借助微弱星光，曹笃和龙鸣剑摸黑在那一片零乱住房夹缝、小巷通道里东走西钻，好不容易才摸到城墙脚下。

"你别忙上去，"龙鸣剑对拿着麻布口袋的曹笃说，"我先去看看情况，听见我拍了巴掌你再上来。"

说完，他就悄悄顺着台阶摸上了城墙。四下里静悄悄的，城墙上下里外，看不到一个人影。龙鸣剑又张望了一会儿，见四周确无动静，就朝城墙脚下轻声拍了三下巴掌。

听到城墙上的巴掌声，曹笃提着麻布口袋，也静悄悄摸上了城墙。

登上城墙，举目四望，周遭万籁俱寂，远处有一点零星灯火。两人顺着城墙上的通道往西边摸去，不远处，终于看见了饭馆老板所说的那个烂缺口。

那地方垮塌了一角，看样子垮塌有一段时间了，城墙石头和一些泥土砖石散落四处，似乎也没人来管。

垮塌那地方连箭垛也没有了，比完整城墙矮了差不多一人高。曹笃和龙鸣剑趁四下无人，先后扶着残墙跳了下去。

下到缺口处，不仅城墙上看不到他两人了，还缩短了与地面的高度，便于缒城而下。

曹笃从麻布口袋里拿出那几捆绳子，两人就细心将其连接起来，编绞成一根可以承受一个人重量的粗绳。

省城的城墙，足有两丈多高。两人将编好的那根粗绳，一头系牢在一块城墙巨石上，一头顺城墙往下。试了试其长度，似乎还够不到下地面的高度，但也差不了太多，若到时轻跳一下，即可平安落地。

曹笃让龙鸣剑先下，说他来断后，保险一点。龙鸣剑不肯，一定要曹笃先下，他自己来断后。并说，曹笃人要胖点，先下去这样更保险。

两人推让了一会儿，曹笃说服不了龙鸣剑，时间紧迫，只好答应他先下去。

在龙鸣剑扶助下，曹笃双手握牢粗绳，将身子慢慢悬在了城墙之外，然后双脚蹬着城墙外侧，一步一步往下移动。

"小心！"龙鸣剑俯身在缺口边上，紧张万分地叮嘱道，又细心照料着那绳子的状况，"曹兄，小心点！"

好不容易，曹笃一步一步终于下到了粗绳的尽头，离地面还有三四尺高的样子。

曹笃鼓足了勇气，狠心往下一跳。由于没有经验，又有点心慌，跳下来落地不稳，摔了个大跟斗。幸而无伤，拍拍尾股又站了起来，笑眯眯朝城墙上轻声喊：

"龙兄，你要小心点！我都摔了一跤！"

倒是龙鸣剑有经验些，早年又练过一点武功，只见他手握绳子，脚蹬城墙，三下两下就下到了绳尾。然后纵身一跳，就稳稳当当站到了地面上。

虽是冒险缒城墙，到底得以出了城，且有惊无险，他两个都很高兴。那缒城粗绳也不要了，两人顺着城墙脚走了一段，终于绕过护城河上了大道。

赶到九眼桥河岸边，已是夜深人静。农事试验场那里，篱笆院子自是大门紧闭，但隔着篱笆空处仔细一望，里面却透出一丝灯光。

"看来，朱国琛这小子还没睡。"曹笃喜滋滋地对龙鸣剑说，"这家伙也是个夜猫子。"

说罢，就伸手去敲门。还没敲几声，门里就有了响动。

"是哪个？哪个在敲门？"先是小工陈三在问，后来又是朱国琛在问。

"哪个？你曹三爷，"曹笃大声说，"曹三爷驾到，快快开门！"

篱笆院子大门当即打开。

"哎呀，果然是曹兄！还有龙兄！"开门的朱国琛一阵惊喜，"你俩来得太好了。"

6. 九眼桥发送"水电报"

朱国琛让小工陈三把篱笆院子大门关严闭紧，几个人兴高采烈朝园子里走去。

进了里屋，朱国琛打来凉水给龙鸣剑和曹笃两人洗脸擦汗，关切地问：

"你两个是咋个出城的？城门下午就关了的嘛。我本来想进城找你两个，还没走到城门口，就听说城门关了，城里还戒了严，不准进出，我就倒回来了。"

曹笃一边擦汗，一边带点夸张地说：

"咋个出城的？我和龙兄是从城墙上飞下来的。"

"从城墙上飞下来？那么高的城墙你敢飞？"朱国琛一脸狐疑，当然不信，"不摔死，只摔断腿脚，都算你曹兄命大。"

曹笃一笑，说："你不晓得，我曹三爷和龙兄都是练过武功的人，会飞檐走壁嘛。"

又说："不信你问龙兄，我两人是不是飞的城墙？"

朱国琛转头问龙鸣剑："龙兄，是不是当真飞的城墙？"

龙鸣剑在一边听了也好笑，就说："是从城墙下来的，不过不是飞下来的，是用绳子缒城而下。"

朱国琛就对曹笃说："你看你是不是乱说，缒城而下就是缒城而下，哪个是飞檐走壁吗？"

曹笃就说："也不是乱说，缒城而下多少也算跳城墙嘛。"又带点得意地说，"若是放在你这个白面书生面前，你未必敢跳。"

朱国琛不服气，说："未必我就不敢跳，到时，一样敢缒城而下。"

几个人说笑一阵，朱国琛突然想起，就问龙鸣剑和曹笃两个人吃过晚饭没有。

曹笃向来为人豪爽直率，在朋友面前不拘小节惯了，他风趣地说："我和龙兄晚饭倒是吃过了。不过呢，你朱场长若是等会儿安排消夜，我俩还是可以陪一陪。古话说，舍命陪君子嘛。"

朱国琛大笑，说："你个曹笃，有名好吃嘴，哪个不晓得？等会儿要想吃夜宵，打个招呼就是。酒菜，还有面食，我这里都是现成的，想吃随时都可以整来。"

片刻，又说："不过这要吃夜宵，对你曹兄来说，必须有个前提。这个前提就是，你曹兄必须连夜写篇讨伐赵尔丰的檄文。"

朱国琛看着曹笃说："这篇讨赵檄文，虽不一定要你像唐代骆宾王讨伐武则天那样，既骂人骂得畅快淋漓，又佳句连连，文采飞扬，但是你骂赵尔丰，起码要骂在点子上，骂出点水平，让人读了觉得痛快过瘾。如此，一定弄顿最好的消夜，让你曹笃这个好吃嘴吃得心满意足。"

曹笃一笑，对朱国琛说："写篇讨赵檄文还不容易？来来来，你给曹三爷把纸笔墨砚拿来，我当场写给你看就是。骂赵尔丰，骂不出水平，骂不痛快，你不开钱就是。"

如此一说，三人的话题转入了正题。

龙鸣剑听罢两人言谈，沉思一会儿，开口向两人说道：

"要说，写一篇讨赵檄文也不是啥子难事。可我觉得，眼下要紧的，不是写不写讨赵檄文的问题。最要紧的，是如何把赵尔丰在成都大开杀戒的事迅即传将出去，让全省全国知晓，促使各州县同志军迅速揭竿而起，群起举事。"

龙鸣剑看了看曹笃和朱国琛两人，又沉思着说：

"这才是我们三个今晚上必须商量出个结果的大事情。"

曹笃和朱国琛两人听龙鸣剑这一说，也停止了说笑，都说：

"对头，对头，这才是大事。"

朱国琛还补了一句："哪怕今晚上，你我三个熬夜熬个通宵，也要整出点名堂来。"

曹笃就朝他说："所以说我让你准备点消夜，就是这个道理。说不定，今晚上我们三个硬是要熬个通宵。"

朱国琛说："熬个通宵事小，一顿消夜更是不值一提，就怕到时没整出点名堂来。"

龙鸣剑点点头说："整出点名堂是关键。眼下的难题是，如何把赵尔丰抓捕蒲先生、罗先生，在成都屠城的消息向各州县传出去。"

曹笃想了一阵，叹息道：

"当今传递消息，最快速、最有效的办法是发电报。听说为防消息走漏，赵尔丰除了关城门实施戒严，还派巡防军接管了邮电局。不要说发电报，连普通信件都寄不出去。赵尔丰那老贼简直把坏事做绝了。"

几个人又说起赵尔丰这次下手，除了把蒲、罗等同志会高层一网打尽，还下令在总督衙门大门前向请愿民众开枪大屠杀，死伤了很多人的事。

曹笃说，他下午在东大街，听街上有些市民在说，打死打伤的请愿民众，加起来起码有好几百人。

朱国琛正待说话，在旁边听他们闲扯的小工陈三，这时插进来说，晚饭后，他与场内另一小工郑二娃两个人去九眼桥闲走。听街上那些人摆龙门阵，今日赵大帅在城里"开红山"，总督衙门开枪杀请愿民众不说，那些巡防兵还跑到督府街上，见人就拿枪打。那些人说，这次"开红山"，成都一两百年都没见过了，死伤听说上千。

陈三这番话，自然无从查证。但三人心中对赵尔丰那种怒火，又再次被点燃起来。几个人包括小工陈三在内，对此又议论纷纷，边议边骂，说赵尔丰这人屠夫本性不改，刚坐上四川总督这个位子，就大开杀戒，活该千刀万剐！"

小工陈三恨恨地说："要是今后同志军杀到成都，活捉了赵尔丰，应该拉他龟儿子到盐市口，来个五马分尸才好！"

几个人骂是骂，议是议，却始终没想出一个如何向各州县传递赵尔丰在成都屠城、号召同志军趁势群起举事的好法子。小工陈三又去忙自己的事去了。

此时二更已过，夜色深沉。一时议不出个头绪，曹笃起身上厕所。路过篱笆院子靠河一侧时，见小工陈三蹲在那里，在摆弄、清点一大堆楠竹片。这些竹片，长约八寸，宽二三寸。

曹笃随口问了一句："这些楠竹片子，你弄来干啥？"

陈三回答说："朱场长喊我整的，说是拿来写花草植物名字的。"

曹笃当时听了，也没有在意。朱国琛这个农事试验场，临河而建，篱笆院子外侧，即是府河。曹笃小解时，府河在离他不足三尺的脚下，潺潺流淌。

望着脚下不停奔流而下的府河水，又联想刚才在陈三那里看到的那些楠竹片，曹笃脑子里突然灵光一闪，顿时有了主意。

他回到陈三那里，抓起几块楠竹片，说："我拿几块来有点用。"

转身就兴致勃勃朝里屋走。一进门，曹笃就朝龙鸣剑和朱国琛两人兴奋地大声说道：

"办法有了，我想到一个好办法了！"

龙鸣剑和朱国琛两人望着曹笃，有点莫名其妙，不明白他何以那样兴奋。

曹笃把那几块楠竹片，摆在几个人喝茶的茶几上，对两人说：

"刚才不是说，要寻找一个快速传递消息的好办法，这办法如今有了！我想到一个好办法，你两个看要不要得？"

朱国琛问："你有啥子好办法？"

曹笃不正面回答，却指着屋子外面那府河反问朱国琛：

"朱兄，我先问你，你说说看，这条府河流向哪里？"

朱国琛不解，问："府河流向哪里，与你我今天晚上商议的事有啥关系？"

"这你就不懂了，"曹笃一笑，扬扬得意地说，"岂止有关系，而且是关系重大。你先说说看，这条府河到底流向哪里？"

龙鸣剑似乎有所领悟，仔细想了想，开口道：

"府河系岷江水域，岷江流经成都以下好多个州县。远至夹江、嘉定、犍为；再远，可至叙府、南溪，直到泸州。"

"对头！"曹笃赞同地点点头，面露欣喜之色，说，"起先说到，赵尔丰派巡防军接管了邮电局，电报发不出去的事，如今我突得灵感，可自己动手拟个电报，从水中发出去，姑且命之为'水电报'。"

曹笃把那一块楠竹片拿在手中，展示给龙鸣剑和朱国琛两人看：

"你们看，这楠竹片儿，写上我们想要写的字，就成了一份电报。再投入府河，让其顺水而下，流入岷江。楠竹片不会沉入江底，只能漂浮在水面上，沿江的州县都可以看见。只要我们写得多，投入府河的楠竹片越多，各州县可以看见的人也越多。被人打捞起来，再传递出去，那就真成了一份又一份告急并号召起事的电报。你们说是不是？"

"好主意！"龙鸣剑听罢，赞赏之词不觉脱口而出，"曹兄这主意好！如此一来，赵尔丰那老贼想封锁血案消息就封锁不住了。"

朱国琛这时也对曹笃的突发灵感得来的好主意，真心叹服了。他竖起大拇指称赞说：

"曹兄，你脑瓜子是要灵光些，这主意想得好。到时吃夜宵，当兄弟的多敬你一杯。"

龙鸣剑又转头问朱国琛："朱兄，你去找小工陈三问问，这种楠竹片一共有多少？"

朱国琛去外面找陈三，很快进来回话："陈三说，有六七百片之多。"

"有这个数可以了！"龙鸣剑向来行事果断，他对朱国琛说，"朱兄，你让陈三把那些楠竹片全部抱进来，我们说干就干吧。"

朱国琛和陈三一起，很快就把那些楠竹片抱进里屋来。朱国琛又转身去自家房里，取来笔墨砚台。

万事俱备，曹笃对龙鸣剑说："龙兄，你大局观更好，看问题也更深刻。这水电报之电文，该如何写，还是你龙兄来拟定吧。"

龙鸣剑没表态，但也没推辞，等于是默认了。他在竹椅上默坐了一会儿，又起身在屋子里来回踱步。好几分钟后，龙鸣剑提笔在一张纸上写下两行文字。

写罢，交给曹笃和朱国琛分头过目。曹笃和朱国琛两人看了，对个别地方与龙鸣剑一起反复推敲，做了些修订。最后，形成共有二十一个字的定稿。

这就是我们现今看到的水电报全文。那二十一个字是：

赵尔丰先捕蒲罗，后剿四川，各地同志速起自保自救！

这份如今已名垂千古的水电报，实际是号召全川革命党以及会党人员发动总起义的动员令。

这二十一字的水电报，其核心内容，在这八个字，那就是"后剿四川，自保自救"。前一句，告明形势的凶险：赵尔丰马上要动手"屠川"了；后一句，则指出现今的对策，在于大家起来"自保自救"。

四川历史上，曾经历过几次大的"屠川"。最近的，也是最凶残的有两次，一次是明末张献忠的"屠川"；另一次，是清军入川后的嘉定屠城等一系列大屠杀。那真是血流成河，尸骨成山啊！川人对此是记忆犹新。

如今，听说赵尔丰赵屠夫又要来"屠川"，其心理上的震动程度、愤恨程度可想而知。

可以说，龙鸣剑、曹笃和朱国琛三个人，正是体察到了四川民众这种普遍害怕再经历一次"屠川"可怕场景的心理，指出了自保自救的出路。实际上，是对全川民众做了最佳的起事动员。

当夜，龙鸣剑、曹笃以及朱国琛三个人熬了一个通宵，书写制作这种水电报六百多份。直到把小工陈三整起的那一堆楠竹片全部弄完才罢手收摊。

他们三人每写毕一堆，就由陈三拿去浸上一层桐油，当即投之锦江，让其随水漂流，直下川西、川南各水码头，向各地示警。

这数百份水电报，大多数随水漂流到了岷江下游，先后被沿江船工、渔民等民众发现后捞起。有识字的人看后，见事关重大，急送各地袍哥码头或当地同志会总部。

会党或同志会那些负责人，又用"鸡毛快信"的形式向各州县、各乡镇传递了赵屠夫要"屠川"，各地应立即举事以自保自救的指令。

顿时，"赵尔丰杀人屠川"的消息，风一样传遍川西、川南各地。各州县同志军见之闻之纷纷起事。据称，仅仅两天工夫，各地起事同志军已达二十万之众。

当夜，这种向各州县党人及同志军告警并号召起事的水电报，也被赵尔丰手下成都警务厅的水上警察，在锦江及其下游好多个河段发现。

当天值勤的水上警察，急忙捞起一看，见事关重大，赶快送到顶头上司那里。

其上司一见，着实吃了一惊："这不是要造反吗？"

此人也不敢大意，赶紧上报。如此层层上报，当天就被送到了总督衙门。

第二天一早，这种八寸来长、两寸多宽楠竹片做成的水电报摆在了赵尔丰的书案上。

赵尔丰最初看到这所谓水电报时，还多少有些不以为然。其时，内书房里还坐着营务处的田征葵、兵备处的王琰等几个亲信，以及赵老四、赵老九。

"这算什么玩意？"赵尔丰拿起书案上那楠竹片仔细看了看。

又望了望一直在椅子上坐着，脸色有些焦急不安，似在等他发话的几个亲信。

在内书房里走过两圈，赵尔丰又将楠竹片拿在手中，掂了掂分量。翻过来覆过去看了又看，鼻孔里不觉哼了一声。

"这种小儿科，也能闹出名堂？"

他又读了一遍楠竹片上所写那些文字，禁不住冷笑一声，望在座的几个人说：

"说我先捕蒲罗，这倒是确有其事。"

然后话锋一转，朝在座的亲信人等带点感慨地发话道：

"但要说我赵尔丰要剿四川，完全是打胡乱说，造谣惑众。试问，我赵尔丰是朝廷任命的堂堂四川总督，四川民众，都是我治下的黎民百姓、衣食父母，该我敬重。况且，来省城走马上任之际，正逢风潮，民生不宁，本督安抚还来不及，我剿他干啥子？简直一派胡言！"

"大帅向来爱民如子，此前护理川督时即有口皆碑。"

田征葵、王琰等一众亲信立即讨好地应和道。

"此一定是乱党所为，"田征葵说，"其意在挑拨大帅与四川民众的关系，造谣惑众，图谋不轨。对这种造谣生事的乱党分子查出来了一定要严办，决不宽恕！"

众亲信退下后，赵尔丰把赵老四、赵老九两个儿子留下，叮嘱一番，让他们多注意各方动向。

其后，赵尔丰有点不屑地把那楠竹片随手丢在书案一侧，心中暗想：

这也能闹出名堂，我就不姓赵。自保自救？哼，只要老子有兵在，还怕你那些乱党号召自保自救？

直到两天后，接到城防方面报告，说周边有十万以上"乱党"与同志军聚集省垣周边一带，准备"扑城"，眼下成都，已是四门告急。

赵尔丰这才有些慌了，慌忙调兵遣将，四处灭火救急。

第九章 "荣县首义"

1. 王天杰发动"五宝起义"

赵尔丰枪杀请愿民众的消息以及号召川人大起事的那份水电报传到荣县之时，王天杰正在五宝。

其时，荣县的局面又出现了大的反复，形势一度还比较紧张。这是因为，赵尔丰诱捕并软禁蒲伯英、罗纶、张澜等同志会领袖时，就向全川各州府县各级官衙，发出了取缔各地同志会、搜捕"乱党"与"同志会暴民"的指令。

荣县县衙那些人，此前已经将拘押在禹王宫民团讲习所的柳知县接回了县衙门，柳知县重新坐镇官衙主事。

柳知县复职之时，正好收到省督府的相关指令。仔细看过，他暗自冷笑一声，心里说：

你同志会几爷子，也有今天！

又想起那几天王天杰、龚郁文等人设下鸿门宴，自己被囚禁在禹王宫的情形，更加咬牙切齿。又暗自骂了一句：

"王二胖、龚胖子，我看你几爷子今日里还凶不凶得起？你几爷子就等着吧，看本知县以后如何收拾你这伙乱党！"

此时的民团讲习所，早已是人去楼空，不说王天杰、龚郁文等人不见踪影，连鬼影也不见一个。

柳知县不甘心，当即派刘捕头带一帮人马，并有绿营官军协助，赶去荣县保路同志会总部，一面查封，一面抓人。

同志会尹广心、刘纯等几名负责人，事先得了风声，各自躲了。柳知县派来的捕快人等扑了个空，要抓的人一个也没抓到。但同志会总部被贴了封条，各街区、各行业、各乡镇的同志会分会亦被查封取缔。全县境内，同志会一切活动，都被宣布为非法。

与此同时，衙门捕快及耳目，在绿营官军协助下，四处搜捕上了黑名单的那些"乱党"分子以及"暴民"。

龚郁文、王天杰、赖君奇、黎靖赢、杨允公、李晁文、赵叔尧、刘念谟、余契等革命党，通通都在搜捕黑名单上。

王天杰此时正在五宝，且有实力雄厚的民团人马，官府捕快也好，绿营官军也好，皆鞭长莫及，没有能力和本事去五宝抓人。

但留在县城的革命党，风头之下，不得不各自找地方临时躲一躲，暂避其锋芒。

杨允公与赖君奇一起躲在城外二十余里的乡下赖君奇一个亲戚家里，龚郁文与黎靖赢则干脆躲进了大佛寺。

龚郁文与当时大佛寺的方丈，私交甚好，两人时有往来，常于寺内品茗谈经。但保路风潮起事后，龚郁文忙于革命党事情，大佛寺来得少了。此时正好借机与方丈终日闲坐，谈点佛家学问或禅宗。

李晁文、刘念谟等人，则由赵叔尧安排，分头住进了袍哥头面人物家里。这些袍哥头面人物，衙门捕快是不敢轻易得罪的。

余契则去了长山桥，暂住在小学堂一个同事那里。

"成都血案"后那封号召川人起事的水电报抄稿，以及省城周边同志军号召全川起事会攻成都的"鸡毛文书"，是仁寿县袍哥那边送过来的。

此后，井研、威远等地也送来了内容相同的鸡毛文书，都是当地袍哥堂口主事的大爷派人专送赵叔尧的。

赵叔尧一看事情重大，即派人去了大佛寺，趁天色黄昏，城门口盘查不太严的时候，将龚郁文接到家里商议。

龚郁文看过水电报抄稿，以及几封鸡毛文书，当即说：

"还等啥子？事情都到这一步了，立马揭竿而起，举兵起事啊！"

赵叔尧略有迟疑，说："可是，龙鸣剑龙大哥那边，怎么没有消息呢？"

龚郁文到底见识要多些，处事更决断些，他说：

"事不宜迟，自古兵贵神速，龙大哥那边没有消息，可能有他那边的原因。但眼下局面，我看不必再等，决不可贻误战机。"

当时赵叔尧和龚郁文都不知道，这个号召川人大起事的水电报正是出自龙鸣剑龙大哥等人之手。

龚郁文和赵叔尧当即议定，立即发动荣县起事。龚郁文让赵叔尧派人，将水电报抄件和号召全川起事会攻成都的鸡毛文书连夜快马送到五宝。

赵叔尧派出的送信人抵达五宝时，已是天将拂晓的五更时辰。

在场口岗卡前被守卡团丁拦住后，送信人向团丁出示了鸡毛文书，说还有赵叔尧赵大爷、龚郁文龚大爷的重要口信，请立马带他见王团首。

王天杰昨晚与军师宋秀才及两个团副商量了起事后，民团征战县城乃至征战省城的分工以及相关军费军需等具体事宜。几个人商议到深夜，上床入睡较晚。

此时，王天杰尚在睡梦中。被叫醒后，听说有人连夜送来龚郁文的紧急文书，他顾不得刚刚天亮，自己仅仅睡了三四个钟头，立马起身。并让手下把送信人领来司令部见面看信。

匆匆看过水电报抄件以及号召起事的鸡毛文书，先前还有点睡眼惺忪的王天杰，顿时睡意全消。

又仔细问了龚郁文、赵叔尧的口信，王天杰果断决定，当天即在五宝宣布起义。

他一边让手下把骑马赶了一晚上夜路的送信人，领去洗脸，吃饭，歇息，一边让人分别通知昨晚与之议事的军师及两个团副，立马来司令部商量起义大计。

军师宋秀才年纪大了，瞌睡少些，已经起床，正在屋外坝子喝早茶。团丁一请即到。

两个团副年轻，昨晚睡迟了耽误了瞌睡，仍在呼呼大睡。团丁费了好大劲才把两人叫醒，两人揉着眼睛嘀咕着来了司令部议事。

有手下人送来茶水，王天杰将那水电报抄件以及号召起事的鸡毛文书先后给宋秀才及两个团副看了。几个人对省城此番局势突变，皆觉吃惊。

王天杰又讲了龚郁文、赵叔尧连夜从县城带来的口信，恨恨地说：

"这个赵尔丰赵屠户，竟敢在省城开红山，还要动手屠川，我等决不能坐以待毙！就照水电报上说的，必须起来自保自救。"

喝口茶水，王天杰又语气坚定地说：

"好在我们这里，事先已经做了起事准备，只要一声令下，即可出征。我的意思，今日即宣布起义，然后挥师直取县城。县城打下后，联络各方，再说会攻成都的事。"

两个团副，此时瞌睡全消，且来了精神，立马表态说：

"对头，今日即起事！先取县城，再取省城，拿下赵尔丰，把他狗东西来个五马分尸才解恨！"

军师宋秀才将那水电报抄件及鸡毛文书看了又看，最后也赞同即刻起事。

在当天早上的商议中，王天杰做出了两个决定。

一是，其手下的五宝民团，正式更名为荣县民军。这是四川近代史上，首次打出的"荣县民军"旗号。

二是，当天下午即举行起义誓师，正式向社会各界宣布荣县民军在五宝起义。

其时的五宝民团，仅五宝一地已达一千人规模。加上从县城民团训练所带来的二百来人以及长土寨子堡三百多人的盐工支队，共有一千五百人以上。

这个实力，足以拿下荣县县城那支绿营官军。

早饭后，王天杰与军师宋秀才两人商量起义后分工。考虑宋秀才年纪大了，不宜随军征战，就留守五宝负责军需后勤事务，兼顾寨子堡的盐工支队。

王天杰既像是随意，又像是郑重其事地对宋秀才说：

"说不定有朝一日，民军回师川南，合攻自流井，这盐工支队就大有用武之地了。"

当天午时三刻，王天杰召集留在五宝的民军所部一千余人，在场口举行反清起义誓师。当地一些有声望的乡绅应邀出席，五宝内外成千上万民众得到消息都赶到现场围观看热闹。

场口坝子上，一杆上午赶做的荣县民军大旗竖在坝子中央。几门罐子炮、猪槽炮一字排开，在夏日阳光下闪闪发亮，特别引人注目。

参加起义的一千余民军战士，身上虽是服装各异，手中拿的武器也形形色色，长短不齐，但一个个精神焕发，士气很高。

王天杰站在临时搭起的台子上，发表了激昂有力、鼓动人心的誓师讲话。

他说，五宝民团从今日起，更名为荣县民军，并正式举行反清起义。今天这个大会，就是荣县民军举行反清起义的誓师大会。

王天杰说，满族入侵，强占我中华两百多年。扬州十日，嘉定三屠，不知屠杀了多少汉族同胞！如今赵尔丰又在省城大开红山，在成都屠城。赵尔丰下一步还想动手屠川，再来个扬州十日，嘉定三屠！我等中华血性男儿，决不能坐以待毙！

台下，即有民军战士高声回应："我等血性男儿，决不坐以待毙！"

有些人更是大声怒喊："决不能让赵尔丰再屠四川！"

连在场围观看热闹的民众，也高声大喊：

"赵尔丰再想屠川，老子们就跟他拼命！"

"要得！赞成！就该起来跟赵尔丰拼他一拼！"

王天杰将那水电报抄件及鸡毛文书朝台下扬了扬，说："省城的同志军，已经向全川发来水电报，号召全川同胞起来自保自救。这就是县城兄弟昨天晚上紧急送来的水电报，我给大家念一念。"接着，王天杰将水电报那二十一个字，一字一顿地大声连读两遍。

读罢，王天杰又说："我荣县民军，今日举行反清起义，就是奋起自保自救！不是赵尔丰来屠杀我等，就是我等发愤而起，举兵起事自保自救，杀到成都去捉拿赵尔丰！除此以外，没有第二条路可走。我等中华热血同胞，堂堂七尺男儿，岂有等着赵尔丰再来屠川的道理？今日不反，更待何时？"

王天杰最后说："荣县民军今日起义，我王二胖带手下一千多兄弟，当着五宝各位父老乡亲的面，在这里誓师。誓师后，先取县城，再取省城，一举拿下赵尔丰，为四川除害！为天下除害！不达目的，决不罢休！"

王天杰誓师讲话后，有一名乡绅代表上台发言，说了些勉励鼓劲的话，并代表五宝商会当场向民军捐赠六百块银圆，用作出征军费，祝荣县民军六六大顺，旗开得胜，首战告捷！

其后，鞭炮齐鸣，鼓乐大作，起义誓师大会在民众掌声和民军战士呐喊声中圆满结束。

起义誓师那天，王天杰安排杀了几头肥猪，其中有四头猪是当地粮户捐赠民军将士的。另买了十只山羊，捞了几筐塘鱼，让誓师民军饱餐一顿，整装待发。

当晚子时，王天杰率队出征，向荣县县城进发，准备攻打县衙。

2. 挥师轻取荣县县城

根据事先掌握的情报，荣县县城内外的绿营官军分别设有两个兵营，共有官军三百来人。其兵营，一座在城外二佛寺，另一座在城内南华宫。

此外，县衙门还有数十名捕快、衙役等。

誓师起义之前，王天杰就与军师宋秀才及团副等制订了奔袭县城的作战计划。民军作战目标，主要在三处：一是城外二佛寺兵营，二是城内南华宫兵营，三是西街县衙门。其中，南华宫兵营官军实力最强，有官军近两百人，负责县城的城防及城内治安。

根据作战计划，王天杰将一千余人的民军分为三队，由他和两个团副各带一队。每队三百多人，各负责攻打一处目标。王天杰亲率一队做前锋，攻打南华宫兵营。

王天杰率领民军前锋，一夜急行军，抵达荣县县城南门时，已是拂晓时分，天色渐亮。

王天杰指挥手下人马，以战斗队形散开，准备攻城。却没料到，民军前锋逼近南门时，城门已经洞开，无人把守。城楼及城墙上，亦无一兵一卒守卫，只偶尔有一些早行的客商旅人和那些做早市生意的乡民在城门进进出出。

王天杰心生疑惑，立城外山坡处，遥望那南门内外的动静。他想起《三国演义》中诸葛亮设"空城计"的典故，又想起古代一些空城设伏的战例。思索之下，怕其中有诈，遂派出两名探子前去侦察，一探虚实。

两探子在城门里外、城楼上下侦察一番，回来报告说，确实无人把守，似是空城一座。

王天杰得报，稍做思索，当即挥师进城。按预定方案，他首先带民军精锐人马，直扑南华宫。

岂料，南华宫这里，如南门的情景一模一样，大门半掩着，亦无兵把守。冲在最前面的几个民军战士朝虚掩的大门处放了几枪，门里边仍毫无回应。民军战士齐声发喊，一气冲进了大门。

王天杰带人逐屋搜索，这才发现，偌大一个兵营里面，竟是空无一人。绿营官军的一些物品丢得乱七八糟，满地皆是。灶间库房里，还有好几缸来不及搬走的米面杂粮，地上亦散放几大筐蔬菜。看来，这伙绿营官军逃离得比较匆忙。

原以为会遭遇绿营官军的抵抗，甚至会有一场恶战，完全没料到兵不血刃就把南华宫兵营给占领了。

"龟儿子不敢应战！"王天杰前前后后看了一圈，面带轻蔑地骂了一句，"平时耀武扬威，真正有事，龟儿子脚底下抹油就开溜了！"

此时，其他两队民军人马也先后进城。负责攻打城外二佛寺兵营的那团副带了两名亲随卫士赶到南华宫这边，向王天杰报告说，他们在二佛寺也是扑了个空。兵营里面，空空荡荡，官军的影儿都见不到一个。那团副请示，下一步应做何举动？

王天杰思索片刻，对团副指示说，让他将手下那队民军就驻二佛寺兵营里面，负责城外的警戒。

那团副转身正要走，王天杰又把他叫回来，郑重交代说，除城外的警戒，荣县通往自流井以及威远、井研方向的几条大路都要派出游动哨，注意路口动向，防止官军反扑县城。

如此，两座兵营已经被起义民军完全占领。三处作战目标，就只剩下县衙门一处了。王天杰将手下那队民军分作两路，一队民军在南华宫继续清理搜索，留驻此兵营，并警戒周边动静。他自己再带其余人马，直扑县衙。

此时，负责攻打西街县衙那队民军，在团副带领下已经进了县衙门，却也是扑了个空，正在逐屋搜索。

举目望去，整个县衙空无一人，一片凌乱。王天杰刚进县衙门，行至大堂台阶处，就见几个民军战士闹闹嚷嚷，将一个上了年纪的老衙役从伙房那边押了过来。

"报告团首，抓到一个俘虏！"为首那民军战士，向王天杰兴高采烈地报告。

那老衙役被民军战士发现时，正在伙房那边煮早餐稀饭。此时吓得脸色发白，支支吾吾话都说不明白，两条腿一直在打战。

王天杰让人把老衙役带至大堂里仔细询问，从老衙役口中多少了解到一些情况。

原来，这个老衙役本是守县衙大门的门房，年过六旬已到了去职归家的年纪。但其家境不好，想多存下点养老银子，就找柳知县求情，在衙门再待几年。柳知县看其可怜，人也老实，准其留在伙房打杂，兼打理大院花草。

昨天下午，王天杰在五宝举行反清起义誓师大会，并即将进攻县城的消息被官府安排在五宝的探子耳目当晚就报回了县衙。大惊失色的柳知县急忙召集驻在南华宫兵营以及二佛寺兵营的绿营营官来县衙紧急商议守城之策。

晚清末年的绿营官军，军纪很差，军心涣散，且军饷不足，武器装备也差。平时欺负老百姓，或是吓唬吓唬窃贼棒客，倒是可以做做样子。但真正要上战场打仗，是没啥战斗力的。两个营官对自家手下绿营官军的实力，以及王天杰手下民团的实力，心知肚明。况且，两人都是贪生怕死之辈，岂肯拿自己性命去为柳知县拼死守城？

两位营官当时嘴上答应着，可一回到兵营，却收拾起自家钱财及贵重物品，带上几个亲信，悄悄弃营而走。

营官一走，整个兵营乱了套，底下那些哨长、士兵根本就不想打仗，也不敢打仗。一时树倒猢狲散，各自拿些能拿走的东西，乱哄哄一走了之。

柳知县虽说是一介文人，官位也不过是代理知县，但多少知道一点地方官应该"守土有责"的道理。所以明知自家实力有限，恐怕不是攻城民军的对手，但与营官急商守城之策后，也只得硬着头皮，一直坐镇县衙，临时召集衙门三班六房人等在县衙大堂紧急议事，布置分派守城守县衙事宜。

自保路风潮起来后，荣县县衙与川内各级官府一样，处于混乱状态。县衙内，所谓"三班六房"，一直无法正常运作。近日因县三税局被接管，每月的衙门薪俸，均不能如期到手，一众吏员杂役更是人心涣散，好些人都萌生去意。

这天晚间，柳知县东拼西凑，费了九牛二虎之力，好容易才集合了三十来人，还不到平时三班六房人员的一半，其中有十来个带刀捕快以及持水火棍的衙役丁勇。

这些人乱七八糟集聚县衙大堂内，交头接耳，说点刚才听来的坊间传言和小道消息。多数人心神不定甚至面色惊恐，一副大难临头的样子。

柳知县坐在大堂内他平时审案议事专用的那把太师椅上，把手中一块惊堂木拍得嘭嘭直响：

"各位雅静！各位雅静！下面听本县说话！"

惊堂木狂拍一阵，大堂里稍稍安静一点。柳知县正打算安排守县城守县衙的事，突然有一名衙门探子急慌慌闯进来报告：

"大人，大人！不好了！南华宫兵营那里，绿营官军都跑了！他等没有去守城墙城门，而是弃营弃城而走！小人发觉事情不对，特赶回来向大人禀报！"

"啥子？你说的啥子？"柳知县一惊，忙问，"绿营官军没有去守城墙城门，而是弃营弃城而走？真有这事？"

原来，这探子是柳知县派出去负责与南华宫兵营那边沟通守城事宜的联络人。他先在南门城楼处等待兵营官军赶过来守城墙城门，久等不至，却见有绿营兵勇，三三两两，肩背手提，带着大包小包财物，穿过城门，弃城而去。探子疑惑之下，赶到南华宫那边一探虚实。这才发现，整个兵营已经成了一座空营，遂赶快跑回县衙禀报。

刚安静了一点儿的大堂，又乱糟糟哄闹起来了。有人已打算开溜。

柳知县强作镇定，再把手中惊堂木拍得震山响：

"各位雅静！各位雅静！下面听本县说话！"

哪知话音刚落，又有一衙门探子闯了进来。那人气喘吁吁、慌里慌张向柳知县报告说：

"大人，大人！城外二佛寺兵营里面，绿营官军都跑了，几道城门都没人守卫！小人特赶回来向大人禀报！"

柳知县大惊失色，手中那块惊堂木也掉在了地上。两座兵营官军皆弃营而走的消息彻底把他整蒙了。大堂里顿时闹开了锅，有人顾不得官场体统，大声说：

"绿营官军都跑了，这城还咋个守？又如何守得住？白白送死罢了！"

说完，冷笑一声，自顾自出了大堂。其他人亦知事情不妙，也不待柳知县发话，一个接一个离他而去。

片刻工夫，一个大堂里面，临时召集来的那三十多人一下子走了一大半。整个县衙乱了套，师爷、典史、书办、三班六房、捕快杂役纷纷各打主意而散。包括刚才去打探消息的那两个探子站那里愣了愣，也转身走了。

还留在柳知县面前等候他吩咐安排的，不过是十来个上了点岁数的老衙役、老门房、轿夫、伙房厨工，或是平时实在太胆小的老公事、三两个捕快杂役人等。

柳知县好一阵才回过神来，方知大势已去。他叹了口气，朝还站他面前等着他发话的那十来人，无力地挥一挥手，说：

"算了，你等也散了吧。"

当天夜里，柳知县匆匆收拾了自家财物，在随身跟班护卫下，出了县衙。又重金雇了一台滑竿，带着一名亲随到威远县一个亲戚家去了。

不过，事到如今，他还是存有一丝幻想：说不定哪天整个大局扭转，他柳某还会回到这荣县来。因此，临走时，柳知县安排了两个人留守县衙，以便将来有朝一日，对上司也有个交代。

其中一人，就是这个曾当过门房的老衙役。柳知县交代他留守县衙，照看一切。待局势安定后，他柳某回到县衙，除了补够他薪俸，还额外有赏。老衙役为此还对柳知县感恩不尽，叩头不已。另一留守人，是现今的一个门房，姓张，年近五十。

民军攻县衙时，为探虚实，曾在大门处，对县衙里面放了几枪。其时，张姓门房正在去伙房的半路上。老衙役一大早就去伙房煮稀饭，他是想看一看，现今煮好没有。听见大门处的枪声，张姓门房顿觉事情不妙，顾不得通知老衙役，一个人从后门跑了。

正在伙房煮稀饭的老衙役，耳朵有点背。县衙伙房又在后院深处，那几声枪响他竟浑然不觉，直到被搜索而来的民军战士俘获。

王天杰从老衙役断断续续的叙说中，也大致弄清了县衙内当时的情形。他沉思片刻，也不想为难这个年过花甲的老衙役，就一面示意民军战士将其放了，一面对老衙役说：

"老人家，你可以走了，带上你自家的东西回家去吧。伙房煮的那锅稀饭，你都可以拿走。不过，老人家，我要告诉你，这县衙门已经被我民军占领了，荣县县衙也被推翻了。这里也不是你待的地方了。现今，那帮狗官都跑了，四处兵荒马乱，你最好赶快离开这里。不然，再有什么事，我等也顾不过来了。老人家，你听明白没有？"

王天杰这番话，那老衙役听得半懂不懂。不过，基本东西他还是弄明白了——他不会被抓去坐牢，或者直接砍脑壳了。

他不免对王天杰千恩万谢，叩头不已。然后收拾起自家东西，出了县衙，回墨林乡下去了。

煮好的那锅稀饭，老衙役使劲吃，也只吃了一半。剩下的一半，他舍不得丢掉，想了想，就拿个瓦罐子装着，打算带在路上吃。

3. 砸县大狱救出张智剑等革命党

这时，龚郁文、赵叔尧等带着接应人马也赶到县衙来了。

这批接应人马，有三四百人，主要是赵叔尧和张植如两个当地袍哥龙头老大，在县城及周边拉起来的以袍哥为班底的队伍。此外，有一些周边的团丁人马。

昨晚半夜时分，龚郁文、赵叔尧等人才获知王天杰已带民军在五宝正式誓师起义，并即将转攻县城的消息。龚郁文、赵叔尧等很是高兴，商议之下，连夜召集组织起这支三四百人的武装，准备接应王天杰民军攻城。

却没料想，民军攻城如此顺利，不费吹灰之力就把县城打下来，还把象征官府的县衙也占了。

两方人马在县衙会师，大家都很高兴。王天杰带点遗憾地对两人说：

"可惜迟了一步，让柳知县那狗官跑了！听说头两天，他还派县衙捕快以及绿营官军到处搜捕抓人。"

"就是，害得我与黎靖赢跑到大佛寺去躲了两天。"龚郁文颇有感触地说。

"你还好点，"赵叔尧笑着说，"杨允公与赖君奇两人躲在城外二十多里乡下的亲戚家。余契跑得更远，去了长山桥小学堂以前的同事那里。"

几个人正笑谈，龚郁文突然想起一事，一拍脑袋，朝王天杰和赵叔尧大声说：

"哎呀，差点儿忘了，赶快去救智剑兄啊！智剑兄怕还关在县大狱里面呢！"

龚郁文这一说，把王天杰和赵叔尧两人都提醒了，说：

"对头，赶快去县大狱把智剑兄救出来！"

这时，赖君奇也赶到县衙来了。他也是得知民军已经把县衙占了的消息，想着赶紧去县大狱救张智剑等人。他尤其担心柳知县等人逃跑时，会让狱卒下毒手，生怕张智剑等会有什么三长两短。

赖君奇在前面引路，王天杰、龚郁文、赵叔尧等急忙朝县狱那边赶去。只见牢门紧闭，一众狱卒全部跑光了。

但仔细听，牢房里面却有动静。有人在喊，亦有敲打铁门的响声传出来。

"里面的人还活着！"赖君奇有些激动地说，"但愿智剑兄也安好无恙。"

"快去拿铁锤来！"王天杰回头对手下人下令，"把牢门给砸了！"

没多一会儿，有民军战士找来铁锤和撬棒开始砸撬牢门上的铁锁。

撬锁砸门的响声传进牢房，里面的动静更大了。有人在兴奋地高声大喊，敲打铁门的响声也越加猛烈。

高声喊叫，猛打铁门的囚犯中就有张智剑和另一个笔名叫"华春"的革命党。

华春三十来岁，犍为县罗城镇人，辛亥年春节后在荣县长山小学堂当历史教员。两个多月后的清明节，因革命党案子被捕入狱。

华春出事，纯属偶然。清明节前，小学堂放了几天春假，让师生们各自返家扫墓祭祖，兼带春游散心。华春也就回了罗城老家。

上坟祭祖后，华春于清明节第二天一早，即动身返长山小学。哪知半路上却出了事。

进入荣县地界不远，半道有个乡场。进乡场的大道路口，突然临时设了个岗卡，有三名当地厘丁团勇在盘查过往客商小贩及过路行人。

其实，这是三税局厘丁与当地民团中的不良团勇相互勾结，变相敲诈勒索过路商贩和赶场乡民的一种手段。

盘查中，那些被厘丁团勇相中的过路行人，往往要被反复纠缠盘查，不肯放行。最后被盘查者总是要出点血，或是送上一点小钱，或是送上一点所售物品，当作"买路钱"，才能最终舍财免灾，得以过卡走路。

华春不是客商小贩，也不是赶场卖东西的乡民，而是堂堂正正小学堂教员，身穿长衫的读书人。所以这天过岗卡时，他并不在乎，甚至正眼都没瞧那三名厘丁团勇一眼，就大模大样走过去了。

可能正是他这种不屑的样子，把其中一名厘丁惹恼了。那人喝住他，说：

"转来！你那口袋里装的是啥子？拿过来检查检查！"

听说要检查他的随身口袋，华春也有点毛了，不客气地回那厘丁两句，说：

"我凭啥子要拿给你检查？我又不是客商小贩，也不来赶场卖东西，我是正儿八经小学堂的教员。哪个说小学堂教员可让你随便检查？"

见华春这番态度，那厘丁更火了，他气势汹汹地冲华春喝道：

"县衙官府有告示，随便哪个过此岗卡，随身口袋都必须拿出来检查！"

华春也不示弱，反问道：

"县衙官府有告示？官府告示在哪里？你拿出来给我看看！"

两人在那里争执起来，一个非要检查不可，一个偏不肯拿来检查。双方越吵越激烈，另外两团勇上前帮忙，人多势众，华春的随身口袋就被那厘丁一把夺过去了。

厘丁趁华春被两团勇纠缠住之机，强行打开了他那随身口袋，一阵乱翻。这一翻，就翻出事情来了。华春口袋里，放着这次趁春假之机，带在身边随时一读的几册"禁书"。其中有邹容的《革命军》、陈天华的《警世钟》，还有华春在罗城老家的党人朋友借给他看的几册《鹃声》《民报》等革命期刊。

那厘丁读过几年私学，能识字，也知道一点官方查禁革命党书刊、缉拿革命党的事情。他一看见这些东西，顿时高声大叫起来：

"好啊！你原来是革命党，怪不得你那口袋不敢拿出来检查！"

之后又哈哈大笑道："老子今天要发财了，终于逮到了一个革命党！"

原来，那厘丁也是县衙捕房的一名线人，知道县衙悬赏捉拿革命党的很多情形。县衙捕房有规定，线人每举报捉拿到一名革命党，都可得到一份不菲的赏银。

几名厘丁团勇一拥而上，把华春掀翻在地，又拿出一根绳子绑了起来，随身口袋也一并收缴了。

三人当即把华春扭送到乡场上。场街里面，县三税局设有一个征收点，与当地民团团部相邻。华春当天即被关押在民团团部。

第二天，荣县县衙来了两个捕快，将华春五花大绑押回了县衙。

柳知县听说又抓到一名革命党，很是高兴。因为多抓到一名革命党，就多了一份向上司邀功的本钱。押回县衙的第二天，他就亲自升堂问案。

堂审中，华春亦坚决不承认自己是革命党，但随身口袋里那几册革命党书刊，却是现成的证据。

柳知县听华春不承认是革命党，很是发怒，让衙役当堂打了华春一顿板子。草草过堂之后，发话给其戴上镣铐下在县大狱里面。

因华春是外地人，在荣县无亲友，亦无人为之疏通救助，当然就没法向狱卒送钱免灾，由此在狱中吃尽了苦头，饱受狱卒虐待迫害。经常挨打受骂不说，有病还不给医药。入狱时强壮结实的年轻汉子，几个月下来，被折磨得骨瘦如柴，有次得了痢疾未能送医，几天不能进食，还差点丧命。

后来，张智剑知道华春也是革命党，很为关心同情。私下通过其舅父给相关狱卒一些好处，让他等不要再虐待折磨华春了，其在狱中的日子才好过了一些。

张智剑此外还对华春提供了力所能及的帮助，比如说将家里送来的食品衣物等分出一些给华春。

华春后来也知道张智剑是革命党，两人相知相怜，结为难得的狱中难友。虽不是同处一个囚仓，趁有时狱卒不在，两人可以隔着狱栅说几句闲话，甚至可以谈点对时局的看法。

由于华春一直不肯招供，直到这天早上王天杰带人砸狱救人时，他还戴着脚镣。

听到外面有人砸门砸锁，又见县狱里面平时作威作福的一众狱卒如今一个也见不到了，张智剑、华春以及还在县狱关押的数十囚犯当即知道自己有救了，大家都特别兴奋激动。

华春更是双手将脚镣铁链提起来，用力去砸大牢铁门，嘴里还兴高采烈地狂呼大叫：

"张兄，我等有救了！定是我革命党，打进县衙来了！啊呀，老天有眼！我等革命党也有重见天日的今天！"

"华春兄,"张智剑也兴奋地大声回应,"当然是革命党攻进了县衙!肯定是!说不定是王二胖手下的民团,王二胖王天杰是我党人朋友,手下民团厉害得很,还有新式罐子炮!县衙官军哪是敌手?"

又说:"华春兄,出狱后干脆到我家去住,你我要喝一次大酒,一醉方休!"

华春听了,连说:"要得!要得!你我喝一次大酒,我两兄弟一醉方休!"

转头又用脚镣铁链狂砸铁门,砸罢,忘情大笑:

"哈哈,老天有眼啊!老子今天好痛快!"

王天杰着人用铁锤砸牢门铁锁时,县狱大牢外面,已经集聚了一批闻声赶来的民众。还有更多的民众陆续赶来。他们大多是狱中被关押囚犯的亲友,少部分是看热闹的市民。

集聚那批人中,就有张智剑的母亲和舅父,还有多次来狱中探视张智剑的高太医。他们都是一大早听人说县衙被王天杰的民军攻占,赶紧到县狱来接人的。

张智剑舅父走到半途,又想起什么事,遂又回去,耽误了一阵才又赶来。这时,他身后多了一个手提竹篮子的店员。

高太医一看,竹篮子里面装着好多盘一百响鞭炮,还有一个酒瓶、数个酒杯,此外还有数段大红绸。

"我要让智剑等人在喜庆鞭炮声中出狱,再喝点烈酒,以除晦气。"舅父兴致勃勃地说,"然后,再让智剑身披大红绸子,走街过巷,喜庆归家。"

说话间,县狱外面最厚实的那道大牢门的大铁锁已被砸烂,牢门打开,人们一拥而进。拐了个弯,见通道里面第二道牢门亦关闭上锁。不过,这道牢门及铁锁不如狱外大牢门那样厚实,用大锤砸门锁的民军战士几锤下去就将那门锁给砸了。

周围民众一阵欢呼。里面第三道牢门,是将二监与大狱隔开的一道木门,门锁更简陋些。砸锁的民军战士一使劲,就将那牢门连锁带门给砸烂了。

外面的人拥进大狱,分别呼喊着名字,寻找自家的亲人。民军战士又挥锤将各囚仓的木栅栏一一砸了,县狱里面被关押的全部囚犯,终于重见天日,获得了自由。

那些人虽是蓬头垢面,但见到亲人仍然健在,不禁抱头痛哭。有些人则兴奋地大喊大叫,又哭又笑。

不过,也有少数几个窃贼及刑事犯,有点不知所措,也没亲人来接他们,一个个瞪大眼睛东张西望,仿佛不明白到底发生了什么事情。听说已获释,似乎还不敢相信，不敢轻易出监。

张智剑的母亲和舅父，还有高太医，囚仓牢门及木栅栏刚一砸开，他们一眼就看见了囚犯中的张智剑。他母亲喜极而泣，拉住他只是哭，好一阵什么话也说不出来。

张智剑虽说在狱中关了大半年，却因有其舅父及高太医等关照，也没吃好大的苦，脸上气色及精神都还不错，让亲人看了稍觉宽心。

其舅父将一段大红绸子披在张智剑肩上。又从酒瓶里倒出一杯酒，让其喝下去除晦气。几个人拥着张智剑，就要往外面走。张智剑连说：

"不忙，不忙，我还有一个朋友。"

当即把在另一个囚仓的华春叫了过来。张智剑对母亲、舅父和高太医等人介绍说：

"这是华春兄，是我的难友，也是革命党。"

张智剑又让舅父将红绸子给华春披上，一样喝了杯去晦气的烧酒，一行人把身披红绸的张智剑和华春簇拥着出了县狱。

一跨出县狱大门，张智剑舅父就让跟来的店员点燃鞭炮欢庆。立时，十数盘一百响鞭炮"哔哔剥剥"好一阵爆响，现场气氛达到高潮。

鞭炮声中，王天杰、龚郁文、赵叔尧等亦走过来与张智剑见面。

张智剑与几个党人朋友已是半年多不见面了，初入狱时，张智剑甚至曾经想过，此生可能再也见不到他们了。这时真是百感交集，想说的话太多，一时也说不了那么多话。

王天杰关切地对张智剑说：

"智剑兄，这些日子你受苦了。我几次听赖君奇说，你在狱中表现得很坚强。智剑兄真不愧是个硬汉，没有为荣县党人丢脸。好样的！"

张智剑感激又兴奋地握着王天杰的手，连声道谢的同时，当即表示，他想立刻加入民军队伍中来，为革命效力。还说：

"二胖兄，我跟着你去打成都，活捉赵尔丰！"

还把身边的华春，向王天杰、龚郁文、赵叔尧等做了介绍。

王天杰笑眯眯地拍了拍张智剑肩膀，说：

"智剑兄，眼下你先回家去歇息休养两天，补补身子再说。为革命效力，日后有的是事情可做。真要出发打成都打赵尔丰的时候，再来喊你，要不要得？"

龚郁文、赵叔尧等人也劝张智剑先回家去歇息休养，补补身子再说。

之后，张智剑与华春两人，在其母亲、舅父和高太医等人陪同下，周身挂满红绸，在震耳鞭炮声中，被一大帮民众簇拥着，昂首游走了城内几条主要大街，以欢庆革命胜利。

所经之处，行人驻足，商家市民围观，皆喜笑颜开，鼓掌欢呼不已。又有民众再次放起鞭炮，还有人敲锣打鼓，吹起唢呐，尽情狂欢。全城真是一派少有的节日景象。

一些上了点岁数的老人，见此情景，惊愕之余，不免对人感叹道：

"想当年，一众举子，十年寒窗苦读，再赴京殿试，好不容易有人千里挑一金榜题名，中了状元。归乡后身披红绸，打马游街，光宗耀祖，好不风光。如今，被官府下狱的重罪囚犯，却也能身披红绸，打马游街风光一回。这种事，几百年难遇。看样子世道真是要大变了啊！"

出狱当天，张智剑也真的请华春同自己一道归家，好生歇息休养了几天。其后，不待身体完全恢复，又立马找到王天杰、龚郁文等人，态度坚决地要投入革命大潮，参与其后民军北上攻打成都的那些事。

后来，龙鸣剑、王天杰等率荣县民军挥师北伐时，张智剑亦在军中，任同志军东路军总部参谋。

而华春则返回了罗城老家。据说，后来他亦参加了当地的同志军。

4. 龙鸣剑飞马返荣县

攻占县衙后，砸烂县狱救出张智剑等人后，王天杰与龚郁文等相约上午在县衙花厅碰头，议计民军下步行动。

至于眼下这支民军的驻防休整，王天杰与手下两个团副商议后决定，原先分成三队的建制暂时不变。驻防地也分三处：一处是城外二佛寺兵营，一处是城内南华宫兵营，另一处是城内原民团训练所老地方。

又安排了城防和几道城门的守卫，以及城内治安维护等事宜。王天杰将自己的司令部，暂时设在了县衙内。

从昨天下午誓师起义，又率众连夜奔袭县城，王天杰通宵未眠不说，到现在饭都没好好吃上一顿，水没正经喝上一口，他真有些累了乏了。

此时，已是平时的早饭时间了。顺利进占县城和县衙，一直紧张着的心稍感放松，王天杰这才觉得又饿又渴。

他在大堂上走了一圈,在平时县大老爷常坐的那把太师椅上坐下来,一口气喝下亲随刘四娃不知在哪儿弄来的一碗冷茶,抹抹嘴巴又吩咐道:

"四娃,肚子饿了没有?要是饿了,上街去弄点吃食来。"

这个刘四娃,是王天杰当年投师习武时一起练拳结交的小兄弟。后来离开荣县外出闯荡跑码头,几年下来也没混出啥子名堂。

王天杰后来办五宝民团,刘四娃听到消息后,专赴五宝来投靠。王天杰就留他做了贴身亲随兼保镖,日夜带在身边。

王天杰如今当了堂堂的荣县民军司令,刘四娃相当于司令部副官长兼卫队队长。

刘四娃正要走,却见龚郁文急匆匆进来。王天杰就问:"龚兄来得正好,吃过早饭没有?"

龚郁文一边擦汗一边说:"一早事情太多,早饭没来得及吃。"

王天杰就吩咐刘四娃说:"多弄点,龚大哥就一起吃吧。"

刘四娃走了两步,又回头问:"二爷,要不要弄点酒?"

王天杰瞪他两眼,说:"革命还未成功,喝什么酒?等过几天同志军会师打下了省城,再喝!"

龚郁文一笑,补了句:"等打下成都,攻取总督衙门活捉了赵尔丰,二胖,你我大醉三天,干不干?"

王天杰一听大乐,拍手道:"当然要干!赵尔丰那老贼,我要亲手剐他两刀才解恨!赵尔丰老贼杀了好多四川人!"

不一会儿,刘四娃与两个亲随抬进来一鼎锅绿豆稀饭、一笼猪肉大包。还有两碟下饭菜,一碟是凉拌猪头肉,一碟是泡萝卜皮拌辣子红油,就是当地人俗称的"熟油海椒"。王天杰、龚郁文两人一看,顿时胃口大开,抓起碗就吃。

几个人吃得正高兴,县衙大门外西街街口,响起一阵急促马蹄声。

马蹄声由远而近,举眼望去,两人骑马一前一后从街口飞奔过来。

及至县衙大门,民军卫兵上前盘问后放行。两骑者扬鞭跨马,拐进了县衙大门。在县衙大堂处,前面那人飞身下马,直向大堂闯了进来。

王天杰、龚郁文两人正诧异,正要让刘四娃去过问一下,此人已急匆匆闯了进来。抬眼望去,来者短裤汗衫,脚穿草鞋,腰挂一柄长剑,一副赶了急路的样子,脸上身上全是汗水。后面是个年轻汉子,身挎腰刀,卫士模样,也是一身汗水。

再仔细一看,两人不觉大喜过望。穿草鞋挂长剑那人,正是龙鸣剑龙大哥!

王天杰连忙起身相迎，大叫道："哎呀！龙大哥！你从省城来？几时来的？"

龚郁文也站起来，十分欢喜地说："龙大哥来得正好！"

两人又问："吃过早饭没有？"

龙鸣剑兴冲冲答道："刚进城，还没来得及吃呢。"

又回头向两人介绍了身后那身挎腰刀的年轻汉子。这人是资州罗泉井民团团丁，钟岳灵派他来一路做龙鸣剑的随行护卫。

王天杰说："大哥，我们正商议挥师北上打成都的事。你来得太好了！"

龙鸣剑看看王天杰，又看看龚郁文，也一脸兴奋和快意。说：

"我赶到县城，就听人说，王二胖从五宝带来的起义民军，已经把县衙攻占了，还解救了好多关在县狱的囚犯。我猜想你们接到水电报后会有所行动，没想你们行动这么快。"

龙鸣剑用汗巾擦了把头上、背心的热汗，又说：

"刚到城门口，又碰到才从县大狱救出来的智剑兄被众人簇拥游街贺喜。智剑兄告诉我，王二胖王司令及龚大哥都正在县衙里，所以就赶过来了。"

原来，赵尔丰悍然制造成都血案的当晚，龙鸣剑与曹笃、朱国琛三人，在九眼桥农事试验场那里几乎是通宵未眠。

在府河岸边，三人发完那几百封用楠竹片做成的水电报后，天色已经快亮了。三个人当时有预感，一场前所未有的大变局即将到来。于是转而商量，在大变局到来之际，他们几个人到底何去何从？又该如何分头行事？

三个人当时都觉得，既然革命高潮就要来了，发动全川大起义的时机成熟了，那自己就应当投身其中，不能只说不做。

最终商量的结果是，龙鸣剑返荣县，组织发动荣县起义。曹笃赴富顺及自流井，尽可能地组织发动当地的起义。最后发动各路同志军会攻成都，争取革命在全川的胜利。

朱国琛当时已经决定，立刻把自己的农事试验场关掉，全身心投入革命高潮中去。但农场的房子、资产、人员等这些具体事务的处理，至少也要花两三天时间，他一时走不了。朱国琛就和龙鸣剑约定，待他把这几样具体事情快刀斩乱麻地处理掉后，即返回老家荣县来参加荣县起义，再一起会攻成都。

可惜几天后，朱国琛把农场的遗留事情处理完准备返荣县时，因几路同志军扑城，成都通外面的通道大部分关闭。朱国琛返荣县受阻，没能参与荣县起义。后来，他与另外的党人朋友，设法去了重庆，参加了张培爵领导的重庆起义。

那天离开九眼桥农事试验场后,龙鸣剑考虑到,此番返荣县事情重大,军机紧急,就设法从军营一个朋友那里借来一匹快马,当天出发,日夜兼程往荣县赶。

怕路途上有什么意外,又带了一口长剑防身。行至半途,龙鸣剑又想到了钟岳灵及其手下的民团。心想,何不顺便去罗泉井走一趟,把钟岳灵也发动起来。于是,就改变行程专门去了资州罗泉井。

哪知,到了钟岳灵那里,才知道钟岳灵已经从当地袍哥那个渠道接到了水电报及发动起事的鸡毛文书,正在布置民团起义的具体事情。

当得知水电报正是龙鸣剑与曹笃、朱国琛三人在九眼桥农事试验场发出的,钟岳灵简直又惊又喜。那农事试验场,钟岳灵是去过的,还在那府河边上喝过茶。他十分感叹又高兴地对龙鸣剑说:

"老师,你等功德无量啊!如此事情,待革命成功,必将载入史册。老师,你等将青史留名啊!"

"钟兄过奖了,"龙鸣剑神情淡淡地谦虚说,"当时,我和曹笃、朱国琛等一心只想如何把赵尔丰制造成都血案的消息尽快传送出去,并趁机把各地同志军发动起来,没去想青史留名不留名的事。"

不过,从神色上看得出来,听钟岳灵如此说,龙鸣剑心里还是很高兴的。

钟岳灵看龙鸣剑显出一种劳累样子,脸上气色也不是太好,就想留他休息一下,好好吃饭再走。但龙鸣剑急于赶回荣县,想把荣县起义早日发动起来,便不肯多留。他喝了点水,匆匆吃了点东西,顾不得骄阳似火,四野里暑气逼人,就要跨马上路。

钟岳灵劝他不过,怕路上有失,特派了一名身有武功的团丁,骑马随行护卫。

龙鸣剑和那护卫团丁,一路策马疾行。进入荣县地界,天已经完全黑了。又摸黑赶了二三十里路,龙鸣剑还要往前走,随行那护卫团丁怕万一路上出了事,他回钟岳灵那里不好交差,坚决不让走了。两人才随便找个路边鸡毛小店勉强住了一宿。

今天一大早,两人又跨马赶路。在离县城三十多里的一个乡场上,听有人说,王天杰从五宝带来的民军今早上已经把县城打下了。龙鸣剑这才知晓,荣县起义已经发动起来了,而且又旗开得胜打下了县城,取得开局成功,不觉喜出望外。

两人更加快马加鞭，往县城赶。刚进南门，正碰见身披红绸子刚出狱就被民众簇拥着游街的张智剑和华春两人，龙鸣剑见到张智剑，又惊又喜。他跳下马来，向张智剑问候祝贺了几句。从张智剑口中知道王天杰和龚郁文正在县衙，就飞马赶来。

王天杰和龚郁文听龙鸣剑讲了这番经过，又见龙鸣剑和那充当护卫的团丁都是一副远行赶了急路的样子，周身热汗，颇有劳累感。又问过两人，一路上亦未进餐，就连忙招呼他两人坐下，一起吃大肉包子就绿豆稀饭。

此时，刘四娃已打来一盆凉水，让两人简单洗洗脸，擦擦汗。王天杰又吩咐刘四娃，赶快去给那两匹马喝水喂料。

王天杰这才坐下来，几个人边吃边谈。

龙鸣剑连夜赶路，真正是又累又热，又饥又渴。他一连喝过了两碗稀饭，吃下三个大肉包子，方才感觉恢复了些精神体力。

三个人把一顿早饭吃完，小坐片刻，就一起去花厅谈事，主要商议荣县民军的下步行动以及如何挥师参与北伐成都等事宜。

钟岳灵派来做护卫的团丁，护送任务完成，当天即辞行返回罗泉井。临走时，王天杰吩咐刘四娃送了一点茶水费给他，作为护送龙大哥的报答。那团丁接过钱，欢欢喜喜道谢而去。

5. 县衙花厅议事

三个人在花厅坐下不久，刘四娃与两个亲随很快提来一把大炊壶，连带茶叶和几个茶碗，为几个人弄好茶水才转身离去。

正式议事之前，三个人喝茶闲聊了一会儿。王天杰提到那个水电报的事，夸赞道，那真是言简意赅，字字珠玑。短短二十一个字，既把事实说得清楚明白，又把大家心里想说的话都说出来了，让人读了无不激愤满胸，拔剑而起。

龚郁文说，想出这个水电报主意的人，才不简单。

龚郁文是为数不多的见过水电报原件的人。那天晚上，赵叔尧派人来大佛寺，把他接到家里商议起事大计，首先就让他看了那个被称为水电报的楠竹片。他当时的第一感觉，就是这主意想得好，点子绝妙。

听王天杰和龚郁文这样说，一直默默喝茶的龙鸣剑沉吟一会儿，才对两人实话实说，这个被称为水电报的玩意儿，是成都血案的当晚，他与曹笃、朱国琛三人在九眼桥农事试验场，鉴于情况严重而紧急，苦思之下，想到的一个不得已办法。其实里面也没啥子更深刻、更复杂的道理。

王天杰一听，也如钟岳灵当初的反应一样，是又惊又喜又佩服。他简直是跳了起来，对着龙鸣剑竖起大拇指，大声说：

"哎呀，了不得！厉害！龙大哥太厉害了！这样绝的主意都想得出来，真是太高明了！想出水电报这主意的，三个人中有两个就是荣县人，也说明我荣县人厉害！"

王天杰又说："龙大哥你信不信？我说此举将名垂青史，一定会名垂青史！"

听到王天杰这些过誉之词，龙鸣剑只是温和地笑笑，直到听王天杰说出名垂青史这样的话，龙鸣剑才朝他连连摆手，说：

"二胖，你不要张起嘴巴乱说！当时我和曹兄、朱兄只想到如何早点把成都血案的消息传出去，而且传得越远越宽广的地方去越好，以便早日把全川同志军发动起来。如此而已，哪里会想啥子名垂青史啊？"

王天杰却说："龙大哥你太谦虚客气了，我说水电报这事要名垂青史就一定会名垂青史！不信我们以后看。"

在一旁的龚郁文，这时接过话说：

"要我说，水电报这主意，想得的确有点绝。你想，府河通岷江水系，流域非常广阔。任何一个州府县的沿江码头，或是来往于江上的船工、渔夫只要一捡到，都会当作一封拯救川人的告急文书，送到当地袍哥或地方民团那里。袍哥或民团头头一看事情紧急，就会通过他们自家的鸡毛文书向各地通报转送。"

龚郁文喝口茶水，沉思片刻，又朝龙鸣剑说：

"你们是血案当晚半夜时分到天亮拂晓前，把水电报竹片陆续投入府河的。我们荣县这地方，既非江边，离岷江水系也隔着一两百里地界。"

龚郁文神色及语气中带着明显的赞赏之情，继续朝龙鸣剑说道：

"可是，据赵叔尧兄说，他是在当天下午晚些时候，就是傍晚天擦黑时，就先后接到从仁寿及威远两个地方转送来的水电报及告急鸡毛文书。你看好快，还没用上一天，消息就从省城传到了我们荣县这里。所以说，大家将其称为水电报，真是恰如其分。"

王天杰说："龙大哥你信不信，我敢在这里打赌，你和曹兄、朱兄发明的水电报一定会在今后载入史册。说不定有朝一日革命成功，世人要建造个革命博物馆，将这水电报作为展品，供世人瞻仰礼拜！"

要说，这事还真让王天杰给说中了。由于水电报在四川辛亥革命进程中所起的特殊作用和巨大贡献，如今，水电报不仅载入了众多史册，其原件作为四川辛亥革命的重要物证，已成为重要革命历史文物，不仅存展于荣县当地首义博物馆，还收藏展示于全国很多省市博物馆。

当然，有一点是王天杰当时没料到的，那就是，自己与龙鸣剑一起作为"荣县三杰"，也进入了史册，千古流芳，名垂青史。

关于水电报的事，那天就议论到这里。其后，三个人就转入商谈正事，即民军下步该如何行动。首先，龙鸣剑就向王天杰和龚郁文两人说道：

"龚兄、二胖兄，兵法上说，知己知彼，百战不殆。我首先想知道的是，眼下我们这支荣县民军，到底有多少实力？"

王天杰当即回答说："从五宝带来的民军，共分三个队，每队四百人样子。如此总算起来，我手下的荣县民军大约有一千二百人规模。"

随后王天杰又向龙鸣剑简单讲了这三队民军的驻防情况，以及防备官军偷袭和卷土重来的部署安排。

龙鸣剑听了，微微点了一下头，似乎对此表示认可和满意。

王天杰看了看龚郁文，又说："至于龚兄那里，还可能号召得了七八百人。两者加起来，大概可以搞起个两千人的队伍。"

龚郁文一直在喝茶，等王天杰把话说完，他才不慌不忙地向龙鸣剑解释道：

"二胖兄说我号召得了七八百人，大致情况是这样的：首先，双古坟那边，有个绿林好汉首领陈华丰。他手下有支几百人的绿林武装，不管在当地还是整个县境里面，势力都不算小。"

龚郁文看了看龙鸣剑，再看看王天杰，继续说道：

"这个陈华丰，身上还真带点传奇色彩。他入绿林前，曾经加入过袍哥组织，还有些辈分，为人也很讲义气。陈华丰上山落草之前，同我一位江湖朋友很有些私交。从罗泉井回来，我就一直想在陈华丰身上打点啥子主意，想说动陈华丰把那支几百人的绿林武装带下山来参加同志军。前一阵，经过沟通，我和那位江湖朋友专门去双古坟那边的山寨走了一趟，见了陈华丰。"

听龚郁文讲到这里，不仅是龙鸣剑，连王天杰对此都显示出强烈兴趣。此前，王天杰对这事多少知道一点，但知之不详。

"其实，陈华丰之所以落草，是因为吃了官府一次大亏，不得不铤而走险。那年，陈华丰老家，发生了一件棒客劫案。陈家在当地乡下，也算大户人家。另外当地有个姓邓的大粮户，两家一直不和。那次邓姓粮户遭深山棒客抢劫，损失了一些钱财。此前，陈邓两家有些过节，当地尽人皆知。"

龚郁文沉吟片刻，又继续说道：

"邓家去县衙报案时，硬说这伙劫财棒客是陈家引来的。理由就是，陈华丰过去认识这伙棒客的头目。邓家其实是想借官府势力整倒陈家，在当地一家独大。邓家于是花银子打点官府人员，而其时县衙接案主事的，正是那位刑名范师爷。得了邓家银子，他当即以勾结土匪的罪名，着捕快来乡下抓人。陈华丰得人暗通消息，事先躲了。其父却被拘走，关于县大狱。后陈家花了好大一笔钱，才将陈父保释出来。其父身体本来不好，受此冤狱，归家不到三月，即含恨离世。"

龚郁文拿过茶碗，缓缓喝下口茶，又说：

"陈华丰本来就是血性汉子，这杀父之仇，他岂能忍？半个月后，他从外地带了两个袍哥小兄弟趁夜潜回老家。先在邓家后院粮仓放了一把火，趁邓家人等一片慌乱，忙于救火之机，把主事的邓家父子一并杀死。然后连夜将家人接走，安顿于外地。自己即带手下兄弟上山落草。由于陈华丰人缘好，各地袍哥小兄弟来投奔他的很多，仅一两年就拉起了一支几百人的队伍。"

接下来，龚郁文又对龙鸣剑和王天杰讲了他如何说服陈华丰放弃绿林生涯，下山参加同志军的事。龚郁文说："在山上那两天，我陆陆续续对他讲了同盟会革命，组织民军起事，推翻清朝廷的道理。陈华丰表示愿意加入民军。他那里有五六百人，武器装备都是现成的。"

为了彻底打消陈华丰的顾虑，让他放心带队伍下山，龚郁文还按江湖规矩与陈华丰结金兰之交，拜了"把兄弟"。加上同去的那位江湖朋友，三个人在关公牌位前，磕头跪拜，拈香结盟，每人还当场喝了一碗鸡血酒。

此举很出陈华丰意外，也让他大为感动。在他心目中，曾留学日本，就读于著名早稻田大学的龚郁文，完全属于社会精英人士，是市民大众公认的上层名流。如今，竟然肯与他这个已沦落为"棒客"，为正统社会所不容的绿林人物，结为兄弟，平起平坐，让他觉得是莫大荣光。况且，把手下队伍拉下山，由土匪棒客转变身份为同志军，其间还存有民族大义、革命大义，何乐而不为。

因此，陈华丰很真诚，又心悦诚服地对龚郁文说：

"龚大哥，从今日起，一切都听你的。我陈华丰，决心唯你马首是瞻。我手下这支队伍,你龚大哥说开到哪,我就开到哪。一切听你吩咐!"

龚郁文下山时,就与陈华丰约定,让他先把队伍进行必要的整顿,做好拉下山的准备。这边一旦宣布起事,正式组建同志军,就通知他把手下人马带下山来,改编为同志军。

龚郁文对龙鸣剑说:"陈华丰那五六百人的队伍编入荣县民军是有相当把握的事。"

龙鸣剑和王天杰两人,对龚郁文亲赴绿林成功收服陈华丰队伍一事,也表示赞赏。龙鸣剑说:"龚兄此事办得漂亮。我还在日本东京的时候,就聆听过中山先生的教诲。中山先生说,凡我中华同胞,管他是帮会袍哥人物也好,绿林好汉也好,只要他是赞成推翻腐朽清廷,愿意立志革命,都可以发展成我们的盟友。"

龚郁文又说:"还有,就是在县城及周边,哥老会的两个龙头大爷,赵叔尧和张植如,在社会上很有影响和势力,手下也号召得了四五百人的队伍。赵叔尧就不用说了,他本身就参加了同盟会,是个革命党。他手下的人马,就是我民军的人马。今早上,他得到民军攻县城消息,还带手下人马,准备在城里接应呢。"

龚郁文呷了口茶水,接着说:

"至于张植如,大前天,我专门与他相约,在西门外风雨桥酒楼喝酒叙谈,谈的就是如何接应全川同志军大起义的事。相谈之下,张植如也有意,在我们起事之时率他手下全部人马加入起事同志军。这样一算,几者相加,整个民军队伍两千人绰绰有余。"

待龚郁文说完,王天杰又补充道:

"还有刘念谟那里,听说最近也一直在招兵买马。他那里,可能也有好几百人。"

想了想,王天杰又说:"再加上我五宝民军在龙潭、桥头、荣边、鼎新等场镇的分团以及贡井长土的盐工支队,合起来,搞起个三千多人的队伍,不会有啥子难度。"

龙鸣剑听过两人这番详细介绍,几乎有点喜出望外,说:

"我荣县民军短时间就能组建起几千人的队伍,简直太好了。"

又说:"若全川各州县,都能拉起荣县民军如此实力的起义队伍,何愁对付不了赵尔丰那点官军人马?清廷在四川的统治垮台,革命在全川的胜利,简直指日可待!"

6. 民军"誓师北伐"

接下来，龙鸣剑又和王天杰、龚郁文两人商议当下这支起义民军所面临的战略性决策问题。

占领县城，打下县衙，标志着这次荣县起义已获得全面成功。而且，以眼下荣县民军之实力，短时间内，荣县境内外官军要想反扑，重新夺回荣县县城，几无可能。

一开始，三个人之间，对这个问题产生了一点分歧。

龚郁文首先表明了自己的看法。他说，起义民军占领县城打下县衙，应该说是很不错的一个开局。省内其他地方怎么样，现在没确切消息，还不好说。但起码在川南，在威远、富顺以及仁寿、井研等周边几个县，还没听说有哪个县城被起义民军占领、县衙被义军打下的事。荣县是走在前头，是首先起义取得成功的县，也完成了当初罗泉井会议时，龙大哥关于"荣县争取争全川之先"的嘱托。

"不过，鉴于我民军在县城立足甫定，根基还不太稳，我认为，眼下应立足于先打牢根基之后，再相机向荣县周边地域发展。比如说，向威远、富顺、井研出兵，帮助当地起义同志军把县城打下来。"

说到这里，龚郁文特别向王天杰、龙鸣剑强调说：

"尤其是进军贡井、自流井两大盐场，那里的盐税银子可是朝廷的经济命脉啊。如若我民军把贡井、自流井两大盐场占领，砍断了其银钱命根子，没有了军费银子，他赵尔丰拿啥子来打仗？并且，我民军控制了那里的盐税银子，就有了雄厚的军费。购置枪支弹药也好，招募新兵扩大民军规模也好，都不在话下。"

把这些话说完，龚郁文停下来，拿过茶碗喝口茶，望望似乎一脸不同意的王天杰，又看看一直沉思不语的龙鸣剑，沉吟片刻，又开口说道：

"眼下这里的局势是县衙那一帮狗官连同绿营官军都跑光了，这县城也空了。由此，我想，当务之急，就是趁此时机把我们新的革命政权建起来再说。其名称，叫荣县民军政府也好，或者直接就叫荣县军政府也好，总之是我们自己的政权。新政权建起来以后，我民军政府一面保境安民，让老百姓休养生息；一面整编训练队伍，充实军力，再与其他州县起义民军一道，出师北伐成都。如此，进可攻，退可守，岂不两全其美？"

待龚郁文把这些话说完，原先就露出一脸不赞成的王天杰，快人快语，抢在龙鸣剑之前表态说：

"哎呀，大胖龚兄，你这个主意好是好，就是太保守了。眼下立即建个荣县民军政府，进可攻，退可守，当然是好。不过，我们最紧要的不仅仅是着眼于一个荣县，而是该着眼于全省，乃至全国。"

王天杰看了一眼龚郁文，继续说道：

"至于说向荣县周边发展，哪怕就是把贡井、自流井打下来了，把两大盐场占领了，把那里的盐税银子夺过来做军费，我觉得还是有点小打小闹，难成大的气候，甚至有点偏安一隅的味道。"

这时，王天杰朝沉思不语的龙鸣剑看了看，又说："古人兵法说，擒贼先擒王。眼下四川的贼王，就是赵尔丰。所以，我们的当务之急，就是以我们荣县民军的全部实力，立即挥师北上，兵发成都，与其他地方的起义民军会合，会攻成都。待全力打下成都，攻进省督衙门，生擒贼王赵尔丰。

"只待把省城占领，省督衙门攻下，把赵尔丰赵屠户拿下，我们就立即通电全国，宣布四川独立。等省城拿下来了，再回师川南，贡井、自流井两大盐场也好，荣县周边的仁寿、威远、富顺、井研等县城也好，我民军要去拿下占领，可谓易如反掌。"

说到这里，王天杰的情绪上来了，只见他脸上泛起红光，眼里闪着激动神色，兴奋地大声向龙鸣剑和龚郁文说：

"到那时，再全国一齐响应，各省都起来学四川起事，也纷纷独立。那样，清王朝不就垮了吗？全国革命不就成功了吗？"

龚郁文先是被王天杰说成太保守，后来又说他建荣县民军政府的主张"有点偏安一隅"，龚郁文自然不服，差点与王天杰争论起来。后来转念一想，王天杰向来就是快人快语的性格，也就没与他多争论。

不过，在场三个人中，既然有两个人意见相左，就只有看第三人的看法了。

这第三人，也就是龙鸣剑。况且，大家都尊他为大哥，他的话，常常有一言九鼎的作用。此时，王天杰也好，龚郁文也好，都想听听龙鸣剑的看法，而且当然希望龙大哥能站在自己一边。

王天杰甚至有些等不及了，几次催促龙鸣剑，说：

"龙大哥，你说说看，是不是该先去打成都，先把赵尔丰这个贼王给擒了杀了，把四川闹独立了，再来说其他事情？"

龚郁文虽说没有什么更多表示，但他内心里面还是想听到龙鸣剑说出支持自己主张的话。可是，这次龚郁文要失望了。

起先在两人争论时，始终沉思不语的龙鸣剑其实心里也一直在思索，在占领县城之后，荣县民军的去路问题。龚郁文与王天杰的两种不同方案提出来后，他又认真权衡比较这两种方案各自的利弊。这也是他一直沉思不语的原因。

不过，他最终选择了支持王天杰，而不是支持龚郁文。

龙鸣剑在他们两人停止了论争，都把目光转向他时，就知道该自己表明态度了。于是，他看了两人一眼，缓缓开口道：

"龚兄，王兄，你们各自说的都有道理。郁文兄说应首先成立民军政府，向荣县周边发展；二胖兄说应先挥师北上，兵发成都，把赵尔丰拿下，把四川独立了再说。应该说，都有道理。只是，我认为，有道理的事，又该排个先后顺序，分出个轻重缓急。"

龙鸣剑又说："这个先后顺序，轻重缓急，是对当下整个局势而言的。我说的整个局势，是指全川，乃至全国的大局势，而不是单指荣县的局势。"

听到这里，还没等龙鸣剑再说下文，龚郁文已经知道龙大哥是要站在王天杰一方，而不是站在自己一方。对此，他虽说是有点遗憾，也有点不甘，但还是准备放弃自己的意见了。

一是，龙鸣剑德高望重，无论是在朋友圈子，还是在革命党人圈子里面，都是大家公认的大哥。

二是，龙鸣剑一直是四川革命党的负责人之一。况且他久居省城，关系多、消息灵通，向来处于核心地位。由此他看问题、分析问题的角度不一样，往往能高瞻远瞩，看到一些别人所不见的东西。

所以，龚郁文对龙鸣剑的大哥地位向来是心服口服的。如今龙鸣剑大哥既然亮明了自己的主张，龚郁文就理所当然地认为，自己就不要固执己见了，服从龙大哥，跟随龙大哥才是正理。

果然，只听龙鸣剑接下来说道："由此看，我们荣县民军当前的动向和布局，应当着眼于全川全天下这个大局。而眼下全川的大局是什么？就是各州府县起义同志军，挥师省城，兵发成都，合力把省城打下，把省督衙门占领，把赵尔丰拿下。刚才二胖兄说，擒贼当先擒王，这话有些道理。眼下赵尔丰就是全川的贼王，是我革命党和同志军的心腹大患，必须先除之而后快。赵尔丰不除，四川革命不可能成功。"

龙鸣剑大哥支持自己的看法，让王天杰特别开心和满意。龚郁文既然心里主意打定，一切听龙鸣剑大哥的，也就没再说什么。

事情就这样定了，以王天杰从五宝带来的这支民军为基础，尽其所能地组建一支多达数千人的民军队伍，择日北上，与其他地方的同志军一道，会攻成都。

兴高采烈的王天杰，站起来高兴地大喊：

"待革命成功，我王二胖就解甲归田。什么事都不干，只想去周游一趟世界。"

龚郁文接过王天杰的话头说：

"二胖，等革命成功，你真要周游世界，把你龚大哥也带上。你我两哥子说说笑笑，一路有伴，出国坐大轮船，还有火车、飞机，那真是快活又风光！"

王天杰连忙说："要得，要得。"又转头望微笑不语的龙鸣剑说，"龙大哥，到时干脆我们三个一起去周游世界。你们两个的旅费都由我帮你们出，要不要得？"

龙鸣剑也以半开玩笑的口气回应说：

"咋个要不得？反正有人出钱，白吃白喝的事，当然要得嘛。"

一番说笑后，三个人又觉得，荣县民军这次挥师北伐，会攻省城，属于正义之师，最好把声势搞大一点。

龚郁文就说："昨天下午，二胖在五宝起事时，办了个誓师大会。要不，这次北伐省城也开个誓师大会。既可师出有名，号召民众，亦可鼓舞士气。"

龙鸣剑、王天杰也说好。就此决定，后天在县城开万人誓师大会，宣布荣县民军北上会攻省城。

由此，这次由王天杰在五宝发动的起义，就正式成为荣县起义。

这次荣县起义，是全省各州府县保路同志军中，最先举起义大旗并且取得成功与胜利的，所以史称这次荣县起义为"荣县首义"。

吴玉章先生在《辛亥革命》一书中，对此做了评价："荣县起义，发动于8月初，比武昌起义要早两个月。"

孙中山先生更为之感慨："若没有四川保路同志军的起义，武昌革命或者要迟一年半载的。"

7. "不杀赵尔丰，决不再入此门"

那天下午，龙鸣剑、王天杰、龚郁文三个人的县衙花厅议事，还有一项重要决定。那就是，参加北伐成都的全部民军队伍，在正式出发作战之前，都须进行集中整编与必要训练。

这个想法，也是龙鸣剑提出来的。照龙鸣剑的意思，各方集聚的民军、各场镇来的民团队伍及袍哥队伍，武器也好，人员也好，肯定比较杂乱。必须进行适当整训，方可参战。

王天杰、龚郁文都说这个主意好。因此三个人决定，凡参加北伐的民军所部，一律集中整训几天，再兵发成都。

至于集中整训的地点，几个人议过来议过去，做了好一番商议，最后选定离荣县县城六十来里的乡场双古坟。

这是因为，双古坟位于荣县西北方向，正在民军北上成都的必经大道上。又离县城数十里，差不多要出县境了，民军在那里集结，荣县西北方向、西面与北面的场镇民团队伍，都可直接开去双古坟，不用再来县城多跑冤枉路，省事得多。

此外，双古坟场镇也比较大，场街住房较多，另有几处庙宇、祠堂等，可容得下几千人的队伍。

此外，选择双古坟，还有一个重要原因——当初龚郁文与陈华丰约定的碰头地点正是双古坟。一旦接到龚郁文关于起义的确切消息，陈华丰就将自家手下那几百人的绿林队伍，带下山驻扎双古坟，等候龚郁文的进一步指令。

商议之下，几个人又做了简单分工，各负其责，然后分头行事。

王天杰当即去找赵叔尧，同他商量向各场镇发紧急鸡毛文书的事。

两人商量的结果，最后以王天杰所任荣县四十八个乡镇民团总团首，以及哥老会名义，向全县主要场镇的民团和袍哥堂子发出紧急鸡毛文书，派专人快马星夜送至各场镇袍哥堂口。

该紧急文书告知，当地民团接通知后，立即组建北上打成都的民军分团或支队。文书里面，附带了每个乡镇民团应派出的团丁人数，并要求自备武器以及起码七天的粮食。限三日之内，赶到荣县双古坟集合，整编训练后北伐省城。

龙鸣剑一个人留在县衙，制订民军整编训练的具体方案及细节。同时，亦静心思考下步北伐成都的进军路线，以及初步作战方案等。

龚郁文则让王天杰找了一匹马，他当天下午即骑马赶赴双古坟，通知等在那里的陈华丰。王天杰怕路上不安全，专门派了两名全副武装的团丁，骑马护卫。

三匹快马，一路不停歇，赶到双古坟时，天已经完全黑了。在场口陈家祠堂里，龚郁文找到正等候消息的陈华丰。

当天临近中午时分，陈华丰已得知消息，王天杰带起义的五宝民团已经打下了县城，占领了县衙。陈华丰为此很是高兴，所以一直在等龚郁文的消息和指令。他心里想，这种时候，龚郁文那边一定会有消息传来。

如今见龚郁文亲自赶到这双古坟来了，陈华丰欣喜异常，连忙安排手下人为大热天远道而来的龚大哥打水洗脸擦汗。又盼咐亲随，赶快去场街添置酒菜，为龚大哥一行接风。

饮谈间，龚郁文一面向陈华丰告知了民军占领县城后的当下局势，一面讲了下午与龙鸣剑和王天杰等商议的民军将在双古坟集中整编后北上会攻成都的决定。龚郁文要陈华丰迅速回山寨将手下那绿林武装集齐，带到这里来等候整编北上。

龚郁文一行当晚在双古坟住了一夜，第二天一早，三骑原路返回县城。陈华丰则回山寨集合队伍。

龚郁文将他与陈华丰联络的情形，向龙鸣剑、王天杰两人讲了。考虑到民军大队人马开赴双古坟驻扎整训，会有相当多的后勤保障事情，须事先筹划落实；又想到，他和龙鸣剑、王天杰三人中，只有自己最适合充任军需管后勤事情，所以就自告奋勇，当民军的军需官，专管后勤及粮草供应事宜。龙鸣剑、王天杰两人当然万分同意。

于是，龚郁文当天便带两名得力手下，去双古坟打前站，对数千民军的住宿等后勤事宜事先做必要准备。

县衙花厅议事两天后，经认真筹备，荣县民军北伐誓师大会在县衙门前广场如期召开。

当日，县城几条主要大街上，张灯结彩，鞭炮声震耳，人人喜笑颜开，小孩子成群结队，在大街上跑来跑去。此番景象，比年节时还热闹。

上万县城民众与两千多全副武装、整装待发的荣县民军，集聚广场上。

临时搭建的一个木台子前面人山人海，万人攒动。十数面民军战旗迎风飞扬，气氛空前热烈。

赵叔尧主持大会。其后，龙鸣剑、王天杰两人分别上台发表了誓师演讲。

龙鸣剑在民众的欢呼声中，慷慨陈词，向民众宣传讲解，眼下为何必须举旗起义，兴兵北伐，推翻反动清王朝的道理。

龙鸣剑从两百多年前清人入关讲起，痛说其侵略铁蹄踏遍我华夏大地，大开杀戒，屠杀我汉族同胞的罪行。他描述了"扬州十日，嘉定三屠"的惨景惨状，然后讲到前几天，赵尔丰在省城屠杀为保路请愿的民众，在成都大开杀戒。

这时，龙鸣剑话锋一转，以激越清亮的嗓音，向广场民众问道：

"眼下，赵尔丰为镇压保路运动，已经在成都举起屠刀，大开杀戒，重演当年'扬州十日，嘉定三屠'那般惨景。其后，赵尔丰还想要把屠刀指向各州县，在全川屠城。我等此时不举旗起义，难道就等着赵尔丰那个老贼来我荣县屠城？"

此时，现场与会民众，对清朝廷，尤其对川督赵尔丰已经痛恨到了极点。誓师大会广场上，爆发出一片"快杀快杀"的怒吼声。

有人高喊："赶快杀到成都去！把赵尔丰这个老贼给杀了！"

有人狂呼："赵尔丰不杀，天理不容！"

接着，有人又喊："我荣县男儿，多有血性汉子，此时不反，更待何时？"

众人又是一阵怒吼："快杀！快杀！"

龙鸣剑演讲后，王天杰以荣县民军司令的身份情绪激昂地登上台子。因刚才龙鸣剑的演讲，已经将举旗起义兴兵，北上打赵尔丰，推翻清王朝的道理讲得很透彻了，他的此番讲话，就没再讲什么革命大义。

王天杰着重从这支荣县民军是荣县父老乡亲的子弟兵这个角度讲起。

他说："我们这支即将北伐出征的荣县民军，都是荣县子弟，是我荣县的有志男儿，堂堂正正的血性汉子，包括我王天杰在内，都是荣县广大父老乡亲的子弟兵，承载保家安民、保护荣县父老乡亲的重担。这次出师北伐，去成都征讨赵尔丰，也承载着荣县父老乡亲的期望与重托。"

王天杰说："在这里，我代表出征的荣县民军，向各位父老乡亲宣誓保证，我们这支子弟兵，在战场上决不会拉稀摆带！也决不会给广大父老乡亲丢脸！这次出征北伐，不打下省城，不生擒杀掉赵尔丰，我荣县民军决不还乡！"

现场有人高喊:"民军是荣县人的子弟兵!"

"支持子弟兵出征!"

"子弟兵!好男儿!"

众人又是一阵怒吼:"快杀!快杀!"

"快点杀到成都去,把赵尔丰给杀了!"

怒吼之后,宣布誓师大会结束。广场上鼓乐齐鸣,万众欢呼,战旗飞扬,鞭炮声震耳。

龙鸣剑、王天杰跨上战马,数面民军战旗引路,在民众欢呼声中绕场一周,随即带队出征。成千上万的县城民众,父老乡亲,结队一路随行,一直送至南门城下也不肯离去。

出了南门,在城楼下面,骑在那匹追风马背上的龙鸣剑,转头望了望一路送行而来依依不舍的父老乡亲,心有所感,突然情绪激动起来。

龙鸣剑昂首马上,猛然拔剑在手,只见他双眼含泪,一手握缰,一手高举那柄亮光闪闪的银剑,大声对送行的家乡父老起誓:

"各位父老乡亲做证,这南门城楼做证,不杀赵尔丰,我龙鸣剑决不再入此门!"

情绪激昂的龙鸣剑,将此誓言连说三遍。见此,那些送行的父老乡亲,包括王天杰、龚郁文在内的民军众将士,皆大为感动。

"众位父老乡亲请回!众位父老乡亲请回!"

龙鸣剑、王天杰等民军首领,再三向一路送行的民众拱手致谢。

民军大队人马刚出南门不远,就见大路上几个汉子匆匆,急步而来。

待几个人走近,为首一人突然用地道的荣县口音向骑在马上的龙鸣剑高声打招呼:

"龙兄,你们这队伍是朝哪里开?是不是当真要去打赵尔丰啊?"

龙鸣剑闻声抬眼仔细一看,不觉又惊又喜。他当即从马上一跃而下,兴奋地迎着对方跑去,朗声喊道:

"永珊兄,是你啊!几时回的四川?你回来得真是太好了!"

众人举眼望去,此人一身留学生装束。风尘仆仆,一脸汗水,却器宇轩昂,目光有神。

来者,正是受同盟会总部指派,回四川主持全川同盟会事务的荣县籍著名革命党人吴玉章。

8. 吴玉章受命返荣县

龙鸣剑和吴玉章在日本留学时就相识，两人既是同乡，后来又先后加入同盟会，成为留学生里面难得的既有同乡之情且志同道合的好朋友。

吴玉章，名永珊，荣县双石桥蔡家堰人，生于 1878 年。吴玉章天资慧敏，聪明过人，却忠厚笃诚，性格坚韧沉毅。自幼好学，尤喜读史书，小小年纪就写得一手好文章，在家族及同学中有"金玉文章"之誉。后来，干脆取名为"玉章"。

1903 年，时年二十五岁的吴玉章，东渡日本留学，欲谋强国之策，就读于东京成城学校。留学期间，逐步接受了民主革命思想，随即追随孙中山先生，在同盟会建立的第二年（1906）即加入同盟会。

1910 年夏，孙中山与黄兴等拟集中革命力量，在广州与清王朝实行"决战"，在全国各地设立了三十多处秘密机关。四川同盟会即以吴玉章的名义，在广州设立吴老翁公馆作为四川同盟会员的秘密机关。吴玉章自始至终参与了秘密机关的筹备与建立。

1911 年 1 月，吴玉章奉孙中山、黄兴之命，专赴日本采购军火，为发动大规模广州起义做准备。

广州起义定在当年 3 月发动。1 月到 2 月，吴玉章在日本每采购到一批军火，即派参加起义的同盟会员运往香港。他在日本连续采购了六批军火，大部分安全送回国内。其间，多次遭遇风险，都被他机智应对，最终化险为夷。

有一次，吴玉章特意身穿和服，脚下是木屐，腋下却各拴了大量子弹。刚从秘密住所出来，就遇到一名日本警察。吴玉章镇静自若，有意与那警察拉开了一段距离，跟在其后，艰难地走了大约半里路。没料到，横街又钻出一名警察，跟在他身后。此时的吴玉章，虽说惊出了一身冷汗，但其神情举止仍显得镇定自如，像是什么事情都没有，自顾自地走路。

如此又走了一里路，好不容易遇到一条横街，才从容拐了进去，甩掉了前后两名警察。待到达目的地，卸下那些子弹，吴玉章一身内衣已湿透。

另外一次，吴玉章采购到一批军火，因自己太忙，就让另一同盟会员负责运出一只装有一百二十支手枪的皮箱。货到车站后，因皮箱太沉引起车站人员怀疑，将货扣下，幸好未开箱。吴玉章得报大惊，若事情被泄漏，报纸必然登出消息。而前两批军火尚在途中，必然也面临危险。他当即与另一党人赶去横滨，设法救险。两人商议时，灵机一动，去商店买了只一模一样的皮箱，又装上一样沉的物品，准备调包。

当晚调包计尚未实施，同来那党人先冒险去车站行李房，恰好遇到一位好说话的看守，与之周旋良久，终于将那皮箱取出。两人这才彻底松了口气，不仅那一百二十支手枪保住了，而且整个购运军火计划也没有暴露。

最后一批采购来的军火，由吴玉章亲自押运回国。然而，刚抵香港，就传来广州起义失败的消息。面对搜捕，吴玉章和熊克武等只好匆匆再次奔赴日本。

四川保路风潮爆发后，当年6月，吴玉章从日本回国。在上海，吴玉章没见到宋教仁，宋教仁却委派吴玉章担任同盟会四川分会负责人。

其时，宋教仁主张在内地，尤其长江流域发动革命，这样影响大，成功有望。吴玉章认为，此主张比较符合实际，就毅然返川。

吴玉章先是从上海乘坐轮船，到湖北宜昌，再换乘宜昌专门入川江的蜀通轮船。其时，长江水运条件较差，大轮船无法入川。这种蜀通轮船很是简陋，由一只机器船小火轮牵带着一只拖驳船一路并行。而且就是这种简陋蜀通轮船，也要请外国人来管理，船长、技术人员都是外国人。这让身为留学生的吴玉章大为感慨，也深受刺激。

然而，让吴玉章等更为气愤，更不能容忍的事，还在后头。船抵码头过夜时，因为天热，一些旅客就离了拥挤不堪的拖驳船，到一些小划子上纳凉睡觉，只用绳子把小划子系在拖驳船上。哪知第二天天亮，轮船人员并不等这些旅客全部回到拖驳船上，只由小火轮鸣了声汽笛，就立刻开船，甚至着人砍断系小划子的绳子，将那些来不及回拖驳的旅客遗弃不管。此时风大浪急，差点儿把几只小划子掀翻江中。惊慌失措之下，那些旅客高声呼喊，哀号求救。

见此情景，吴玉章实在不能容忍了。他和另外几个人立即在船上旅客中鼓动，让大家聚于餐厅开会。全体旅客都很愤怒，齐声痛骂船长，不顾乘客生死。那位洋人船长一怒之下，竟然拿出手枪威胁大家。此时，吴玉章挺身而出，上前与洋船长据理力争。轮船买办见事情闹大，众怒难犯，出来把洋人船长劝回房里去了，又下令将小划子上那些旅客接上了拖驳船。

一场风波才得以平息。一会儿，只听那买办对洋人船长说：

"那帮人都是留学生，谁也惹他们不起。"

吴玉章返川时，正是保路运动风起云涌之际，在宜昌，见到那里的川汉铁路公司职工，正在为保路而斗争。一路上，人们表现出来的都是对清政府非常不满的情绪。这对吴玉章触动很大。

路过重庆时，保路风潮已经闹得很大了。吴玉章先后与在渝党人谢持、杨庶堪等见了面。

不过，其时重庆党人似乎并没有借保路风潮之机发动起义"干大事"的打算，只是派了朱之洪作为铁路股东代表，去省城做些合法斗争。吴玉章略感失望。可惜他当时没见到张培爵。后来，正是张培爵力主并发动领导了"重庆起义"。

在永川，吴玉章见到满街的皇位台、先皇牌位和"文官下轿，武官下马"的牌子，心里还颇觉有趣。进入川南地区，他感觉整个大局比其他地方更火热，形势更好。

果然，刚回到荣县，就听到荣县起义成功的喜讯。所以见到龙鸣剑，吴玉章是又兴奋又激动。

那天，两人站在路边，龙鸣剑只匆匆向吴玉章介绍了王天杰，又简单谈了荣县起义经过以及北上会攻成都的计划。吴玉章很是高兴，连声说好。

此刻，北伐在即，军情紧急，龙鸣剑不敢久留，握着吴玉章的手很激动地说：

"永珊兄，你回来就好了！同志会仅靠立宪党是难成大气候的。必须组织起同志军把民众发动起来同官府斗，革命才有出路。"

龙鸣剑又一再嘱托吴玉章说："我马上就要到前线去了。荣县这里，一切大计，还望老兄细心筹划安排才好。"

说罢，龙鸣剑与吴玉章匆匆握别，沿大路策马飞奔，追赶前方先头部队去了。

吴玉章望着龙鸣剑远去的背影，以及从身边走过往前方开进的一列列昂首阔步、士气正旺的民军队伍，真是又高兴又感慨，心里说：

"如此下去，中国到底有希望了！"

第十章　过水乡民团出征

1. 小学堂国文教员要带兵去打成都

　　过水场，是荣县县城南边的一个小乡场，距县城不过二十来里。
　　过水地处浅丘，原名叫过水坳。之所以得名"过水"，据民俗学者考证，是因为该场镇是建在旭水河与沙溪河的分水岭上，故名过水坳，简称"过水"。
　　这个乡场，成市不算早，清乾隆时期始成集市。其后，住家户、商户陆续增多，才开始建有场街，始成一个乡镇的格局。
　　俗话说，"麻雀虽小，五脏俱全"。这过水场，乡场虽小，也一样开有袍哥堂口，设有管事、袍哥大爷等。晚清年间，甚至还追随办新式洋学堂之风，过水场里办有一所过水乡小学堂。
　　小乡场办新式小学堂，在荣县境内所辖四十八个乡镇中，还不多见。
　　这天晚上，在过水乡小学堂任教的国文教员周虚成，归家甚晚。周虚成就在场口东头的小学堂里面住。
　　过水乡小学堂校址，原来是乡场上一个大户人家的祠堂。乡场办小学堂时，就改建成校舍。现今就只开有初小一年级、二年级两个班，共有学生六十多人。
　　这种小乡场，离县城也近，能有条件进小学堂念书的农家子弟还真不多。
　　周虚成是中午刚吃过午饭，被乡场上袍哥大爷钟炳文着人请去钟家商议事的。
　　家人做好了晚饭，左等右等，一直等到天都擦黑了，屋子里已点起了油灯，周虚成才终于跨进家门。

周虚成进门时，他儿子、妻子都注意到其脸面上虽略显疲惫劳累，却带一点兴奋之色。

其妻子暗自猜想，今日他归家特迟，面色却向好，肯定是去办了一件什么开心事情，或是意外碰到了什么高兴事。

正想问个究竟，又转念一想，她男人在外面很正得起（方言，厉害）样子，一副老练稳重的读书人模样，在家里面却不大稳得起事，心里有啥子高兴或不高兴的事，没好久就总会对家人说出来。

周虚成匆匆洗了个脸，擦了擦身上的汗，就在饭桌边上坐下来。果然，端起筷子刚吃了两口饭，周虚成就没头没脑地望家人说了句：

"过两天，我要带兵打成都去了。"

看儿子、妻子都带惊奇样子望着他，周虚成又对妻子补了一句：

"你明天，要给我准备七天的口粮，带在身上，后天一大早就要动身。"

"要走七天？成都那么远，"听说男人要带兵去打成都，其妻很惊奇，也很高兴，用颇带关切的口气说，"七天的口粮够不够？"

其妻扒口饭，又说："要不，我给你准备十天的口粮，多几天保险点，要不要得？"

周虚成说："有七天口粮就够了。带多了，行李太重，行军走路都不方便。"

脸上颇带高兴之色的周虚成，已经吃完饭，放下筷子又说：

"场上民团钟团首钟大爷说的，这回民军势大，各县民团加起来，还有袍哥，总数不下一二十万。他赵尔丰手下，调得动的巡防军才好多人？说是总共才几千人。所以钟团首说，可能要不了七天，民军就把成都打下来了。成都打下来了，官仓一开，吃的穿的有的是。路上带那么多口粮干啥子？不是找麻烦事干？"

周虚成儿子周祯十来岁，正在过水乡小学堂上初小二年级。此时正在灯下一笔一画认真写作业。听老爸说要到成都去，又好奇又兴奋，当即停下笔，问：

"阿爸，你到成都去干啥子？"

"我要带兵去打成都。"

听父亲说要带兵去打成都，周祯连忙问道：

"打成都？阿爸，你带兵到成都去打哪个？"

"打他龟儿子赵尔丰去。"周虚成喝了口茶，又说，"赵尔丰他龟儿子，在成都总督衙门开红山，死了好多人。"

那时交通不便，出远门也靠走路。周祯长到十来岁，连县城都没去过。只听父亲说过，荣县县城，有十个过水场那么大还不止；而省城成都，又比十个荣县县城那么大还不止。对成都，小周祯早就心向往之。他立即缠住父亲说：

"阿爸，我想跟你一起去，要不要得？"

"你想跟我一起到哪里去？"

"跟你一起去打成都！"

周虚成哈哈一笑，笑毕，拍拍儿子的小脑袋，说：

"娃儿，这次老汉儿带兵去成都打赵尔丰，不是像平时你们在乡坝头、田边上，打响竿儿战，或是泥巴战火。我们这次去，是要真刀真枪地打。"

周祯说："不管啥子战，我都想跟你一起去打。我不得怕！"

周虚成说："娃儿，这次去成都打赵尔丰，怕是要流血死人的哟。"

周祯说："流血死人我也不得怕！"

周虚成慈爱地摸了摸儿子的头，又说：

"这些事，你大了才懂得起。娃儿，眼下你要好生点读书，这才是你的正事。"

匆匆把饭吃完，又喝了几口茶，周虚成走出门，跨过小学堂一侧的几道田坎，朝对面半坡上几户农家院子走去。

他是要找到坡上的林二娃以及郭子耳、李大炮等几个民团队员，告知本乡民团，将随县民团总部北上打成都的事。

周虚成要赶紧通知他们，明天一天，几个人定要准备好自家的武器，并带足七天的口粮。后天一大早，统一在乡民团团部集中，随队出征。

周虚成既是过水乡小学堂的国文教员，又是乡场上袍哥堂口的一名管事，辈分是"仁字旗"五排袍哥。

四川保路风潮事起，过水场乡袍哥堂口，受上头哥老会安排布置，也卷入了保路运动，办起了乡场民团。

周虚成身为小学堂教员，有文化，有见识，很受人敬重，很快就成了乡上民团的智囊人物。民团里外，包括管事的仁字旗袍哥大爷钟炳文，都把周虚成看作军师。

过水乡场民团，也是王天杰统帅指挥下的荣县四十八个乡镇民团之一。

这天中午，过水乡袍哥堂口主事的管事大爷钟炳文，接到王天杰从县城那边派专人快马急送的鸡毛文书。

过水乡民团，一直是过水乡袍哥堂口主其事，由堂口主事的管事大爷钟炳文任团总。平时，民团的日常事务也由钟炳文主持定夺。

钟炳文是三代大粮户出身，家里乡场上数一数二的富室大户。在过水乡一带，里里外外，钟家很有些势力。当地兴起"嗨袍哥"，有财有势的钟炳文被兄弟伙推举为大爷。

钟炳文当时看了文书，深觉兹事体大，赶紧着人把民团军师周虚成请过来，两人紧急商议。

在钟炳文家小客厅里，两人一边喝茶抽烟一边商议，差不多整了一个下午才算把事情定了下来。

2. 乡场袍哥大爷带队亲征

过水坳是个小乡场，乡民团一共也只有六十多名团丁。

两人商议一阵，决定在这六十多团丁中，首先要除去年龄稍大或年龄实在太小那种。两人拿出该乡民团团丁花名册，一个一个过目审定。适合出征的先打个记号，两人商议确定之后，再由周虚成拿笔，在一张纸上记下名字。不宜出征走远路的，则画上一个叉。

比如，有两个老猎户，年纪都在五十上下。当初，是看两个猎户自家有鸟枪，不需要民团给他们发武器，就让其报名当了团丁。这回打成都的事，要出征那么多天，跑那么远的路，五十上下的老头儿了，恐怕会让他俩吃不消。

再如，场口过水坳茶铺，陈老板家里那个陈三娃，眼下才十五岁多，要到今年腊月底过年那时才满十六岁，团丁中就数他年龄最小。建乡民团时，最先没他的事，是他自己缠到团首钟炳文，硬要来当团丁。打成都的事，让他去恐怕也不合适，他家里大人也不会放他去。

其他，体质较弱较差的，也不能远走出征打仗。乡场正街布店那小伙计苏老四，年龄倒不大，三十出头，但有哮喘老毛病。平时出来轮换执勤，站岗守卡子，有时都会毛病发作，叫他跟随队伍去打成都，那简直是要他的命。

还有就是家里有事，实在走不开的那种。西边场口半坡上住家的刘火娃，办民团的事很热心，人也实在，还当上了团丁小队长。可是三天前，他老母亲过世了，眼下还是守孝期。议到刘火娃名下，钟炳文对周虚成说：

"刘火娃要为他老母亲守孝，打成都的事，也把他免掉算了。"

周虚成点点头说："这个当然。人家老母亲过世了，再如何，也要守上七天的孝。守孝期不出门外走，天经地义。"

钟炳文就在花名册上刘火娃名字那里，画上了一个叉。

两人在那里商议来商议去，费了半天工夫，才议定这三十人的出征团丁名单。

出征民团的三十人名单大致确定下来，周虚成与钟炳文两人才终于松了一口气。两人停下来歇口气，各自抽烟，喝几口凉茶，或是起身走一走，说几句闲话。

重新坐下来，周虚成又将那份初定名单，仔仔细细又过了一次目。其中一两个又觉考虑欠妥的，再提出来与钟炳文商议一番，该调整的最后又做了一次调整。出征团丁名单，就这样最终定了。

此后，周虚成默默喝茶，一时无言，似在思索什么事情。几口凉茶喝过，又沉吟片刻，周虚成才望钟炳文缓缓开口道：

"钟团首，我这里还有一事想与团首商量商量，听听团首的意思再定。"

正在一门心思抽水烟的钟炳文，听周虚成这样说，就把白银水烟袋从嘴巴上拿开，点着头说：

"周老师，都不是外人，有啥子话，但说无妨。"

周虚成就说："我在想，此番民团出征成都打赵尔丰，事不寻常，责任重大不说，其间还可能有生死考验。我的意思，我们两个民团负责人都必须亲自参加，带队出征为好。你看要得不？"

钟炳文一听这话，连忙把白银水烟袋放在茶几上，对周虚成竖起大拇指赞道：

"周老师高见，周老师高见！本人也是这样想的。此番出征打成都，事关重大，你我作为过水民团一团之首，带队亲征，责无旁贷。当然是你我两人，一齐出马为好。"

说完这话，钟炳文还拿手理了理上唇两边修剪得很整齐的八字胡须，有点自得地朝周虚成笑笑。

在钟炳文眼中，在过水乡这样小乡场上，周虚成算是很有学问见识的人物。作为团首的钟炳文，虽说是袍哥大爷出身，在过水乡一带很有些势力，但可惜的是，他从小没读过什么书，早年上过两年乡村私学，缺少点文化与见识。当上民团团首以后，他很知晓自己的弱点，所以，他对在县城读过新学堂，还到过自流井的周虚成素来就敬重。

周老师不仅是个读书人，在县城的中学堂读过两年书，还去过贡井、自流井这些繁华热闹地方谋过职，特别是还去过成都省城，开过眼界。由此，钟炳文以过水乡小学堂校董的名义，把周虚成拉进了袍哥，还在堂口上封了个管事虚职。

袍哥堂口也好，民团也好，有些大事紧要事，都须请他周老师过来，帮忙商议策划，出个主意什么的。

这次随县民团北上打成都，钟炳文自家认为，他作为一团之首，亲自带团出征自是义不容辞。

可是，钟炳文转念又想，自己少见识缺文化，又没出过远门，听说成都那样的大地方，街多巷子多，街道又多又长，而且条条街看起来都差不多。

钟炳文就想，真要打进了成都，要是又打起巷战，就怕自己带民团队伍，一下子钻进了哪条巷子，连方位都弄不清。要冲，不知该朝哪方冲；要退，也不知该朝哪方退，如此岂不坏事？跑点冤枉路还是小事，就怕因此贻误了军机，害民军吃了败仗。

这样一想，钟炳文深知，眼下凭自家那点见识本事，碰到去打成都这等大事，还硬是有点虚火。他怕带不好这个队，如俗话说的，"穿不伸展这件衣裳"，最后坏了整个荣县民军的大局。

如此考虑，钟炳文就有心让周虚成同自己一道，带过水民团出征。一是大事小事，有个帮手；二是周老师既为民团军师，主意点子肯定比自家要多些，一旦遇有什么难事急事，身边也有个商量出点主意的人。

想是这样想，但钟炳文又顾及周老师一介文人，出征打仗这些事非其本职。况且，他还要在小学堂任教，家里有老有小，他走不走得开，也是大问题。

如此这般，几番念头在脑子里转来转去，钟炳文也就迟迟不好开口。

没料到，周虚成自己倒主动提出来要随民团出征，把他不好说出口的心事给解开了。钟炳文显得很高兴，对此提议当然求之不得，所以连声说好。

两人随即决定，钟炳文作为民团团首，任这次出征打成都的过水乡民团总领队。周虚成作为民团军师，任出征打成都过水乡民团总队副。

其他那三十名出征团丁，两人连夜分头通知。

事情商定，已经是晚饭时辰，钟炳文此刻心情不错，就要留周虚成吃了夜饭再走。还说："周老师，平时你事情多，有时请都请不上门。此刻已是吃夜饭时辰，周老师既然在这里，干脆吃点便饭再走可好？"

又颇有兴致地说："我酒柜子里，还有朋友过节送的一瓶泸州大曲，你我夜饭时，喝两杯怎样？"

周虚成摆摆手说："谢了，谢了，钟团首，晚上事情还多。夜饭吃过，还有那么些团丁要挨着通知。有些人不明白的，可能还得费点功夫讲讲道理。所以夜饭就不在你这里吃了。"

又说："你那瓶泸州大曲，就让它留起，等打下了成都，荣县民军班师回乡，摆庆功宴时，再拿它出来，你我一醉方休，那才叫一个好！钟团首，你看要不要得？"

钟炳文听过，沉思片刻，对周虚成说：

"民军班师回朝时，庆功宴当然要摆。不过，此番出征，是过水乡民团成立以来，开天辟地第一次。我想，此番出征的壮行酒，恐怕也得喝它一喝。"

看周虚成没表示反对，钟炳文又说：

"我看干脆这样，明天中午，找家馆子摆几桌，此番出征的三十名团丁，人人有份，都请来下馆子，喝一杯壮行酒。明天一早我就找人去办。吃饭喝酒的一切费用花销，也不要民团开支，就由我钟某钟大爷办招待。"

周虚成一想，出征前大家聚一聚，喝一回壮行酒，鼓舞鼓舞团丁的士气，也是好的，就点头说：

"要得。喝点壮行酒，给大家鼓鼓士气倒是不错。"

又说："钟团首，到时你来对团丁讲讲话，鼓舞大家士气吧。"

钟炳文听了高兴，也不推辞，又对周虚成说：

"鼓舞士气的话，我倒是可以讲它三句两句。但是那些革命造反道理，却说不好。还是该你周老师来讲一讲才好。"

周虚成就说："要得，我来做点补充，但鼓士气的话还是你钟团首来说。"

喝壮行酒的事，也就这样定了。两人商定，等会儿通知出征团丁时，一并告知对方。

从钟炳文那里告辞出来，周虚成多少有些兴奋，又微微有种得意感、满足感。如今，他已是过水民团这次出征成都的总队副了，不仅仅是一介文人书生。

这才有归家后，在饭桌子上对妻儿家人说出的那句"我要带兵打成都去"的豪言壮语。

3. 木匠石匠纷纷请战出征

周虚成走出场口,来到大路边上半山坡一处农家院子。几户乡民在院坝里歇凉消闲,看见周虚成上来,纷纷起身招呼让座。

其时,小学堂教员在当地很受乡民尊敬。年龄稍大的,一律尊为"大先生";年龄稍小的,也尊为"小先生"。周虚成又兼有袍哥堂口管事以及乡民团军师的职务,在一众乡民心目中,那更是有身份有地位的人。

有人连忙递过来茶碗,又递过来烟杆,恭恭敬敬喊道:

"大先生请用茶!"

"大先生请吃烟!"

周虚成很客气地与乡民打招呼,又笑嘻嘻谢绝了递过来的烟茶,说:

"我来找林二娃、李大炮几个人谈点事。他们人呢?"

旁边就有乡民一笑,说:

"找林二娃还不容易?他几个人天天晚上都在林二娃家打牌,不到夜深不会散。林二娃的婆娘叨都叨不走。周老师,要不要我去跟你喊?"

周虚成当即摆摆手说:"不麻烦你喊,那我自己去。"

林二娃家在院坝边上,正屋是一排三间小青瓦平房,在过水乡下,就算上等住房。林二娃那年还不满三十岁,年轻力壮,干农活是把好手,农闲时又帮人做点木匠活,家境也还不错。

但这人就是有个毛病,好赌。闲时,常约几个哥们来家玩牌赌钱。不过赌资也不大,一晚上输赢也就十多二十枚铜钱而已。赌资再大点的话,就超过了这帮赌友的经济承受能力,再没人敢上场。

站在林家堂屋前,周虚成举眼望去,昏黄油灯下,林二娃光着膀子当庄家,正在发牌。郭子耳、李大炮两人也在,还有一位小名叫郑老幺的中老年男子也在场。

几个人围着桌子打牌,吵吵嚷嚷,兴致正高。桌子旁边,还有几个看热闹的小孩时不时也帮着叫喊助威。

这种情形下,周虚成不想进屋,他站在堂屋门前院坝里喊了声:

"林二娃、李大炮,你几个出来一下!有点事!"

几个人在堂屋打牌,都在兴头上。光着膀子的林二娃,一面在发牌,一面兴高采烈在说笑点什么话，闹得正欢。周虚成喊第一声，几个人都没听到，继续在屋里大呼小叫，哄笑不止。

周虚成又提高声音，喊了第二声：

"林二娃、李大炮、郭子耳，你几个出来一下！要谈点事！"

林二娃这才听到屋外有人在喊。回头仔细一瞧，看见是周虚成，"哎呀"一声，赶忙丢下牌，跑出门来，恭恭敬敬朝周虚成先请了个安。

早几年，林二娃还未成家之前，其家境还可以。他老汉是当地一个小粮户，略有家资。场上办过水乡小学堂那年，他老汉把已经年满十七岁的林二娃送进小学堂读书。心想让他读点书，多少有点文化，将来才有更大出息。

已长得人高马大的林二娃，成了过水乡小学堂一年级年纪最大的小学生。

可惜的是，林二娃不是读书的料。一年级两个学期下来，除了体育，林二娃每门功课，都是全班倒数第一。与同学打架倒很得行，打遍整个学堂无敌手。

在小学堂读书没劲，林二娃自家也不想再读下去了。第二年，他满了十八岁，家里让他成了亲。几个月后，他老汉不幸染病身亡。林家也家道中落，小粮户变成了普通农户，再也读不起书了。林二娃要养家，农闲时，投师学了点木匠手艺，就此成了个乡村木匠。

林二娃在小学堂读书时，周虚成是教国文课的老师。林二娃尤其爱听周老师讲历史故事，对周虚成又敬重又佩服。后来离开了小学堂，每次见到周虚成，林二娃都是礼数周到，恭敬异常。

而在周虚成来说，平时他有读书人的习性，一般不轻易出门。哪怕当上了乡场上袍哥堂口的管事，也是如此。所以，林二娃对今晚周虚成主动来他家里找他，简直是又惊又喜，嘴里叫道：

"是周大先生周管事啊！稀客稀客！屋里坐，屋里请坐！周大先生，你吃过饭没有？"

又回头朝里屋喊："娃儿他娘，快给周大先生泡碗茶来！泡好茶！"

在小学堂读书时，林二娃对周虚成称周老师或周先生。自周虚成当上了乡场上袍哥堂口的管事，林二娃也照一般乡民那样，对周虚成改口称"周大先生"或称"周管事"。

郭子耳、李大炮两人也赶紧走出来，都朝周虚成请安问候。

周虚成嫌天气有点闷，不想进屋，就说：

"林二娃，你把板凳搬出来，坝子里凉快。我们就在坝子里说话。"

又回头招呼住郭子耳、李大炮两人，说：

"你两个也有份，都去把板凳搬出来，一起坐坐，听我说个事情。"

郭子耳，三十来岁年纪，与林二娃既是近邻，平时又相处甚好，无事时常到林二娃这里来玩牌或是吹牛闲聊。

郭子耳是个石匠，力气和手艺都不错。其左耳内侧有个小肉瘤，当地人称"子耳朵"，由此得了个"郭子耳"的绰号。时间一长，无人再喊他本名。

再后来，连他媳妇也喊他"郭子耳"，而且屋里屋外都喊，声喊声应，他也不生气计较。

乡人口里称的"李大炮"，其实是个小个子男人，年龄比林二娃、郭子耳更大十来岁，近四十岁的年纪了。

李大炮为人老实，做农活是把好手。之所以得个"大炮"的诨名，是平时吹牛闲聊，他喜欢说大话，难免时常放"空炮"，就得了个"李大炮"雅号。

屋里打牌的四个人中，唯一没被周虚成叫到的是猎户郑老幺。但他也是乡民团的团丁，所以也走出来与林二娃他们坐在一起，听周虚成到底要谈个啥子事。

几个人刚坐下来，还没开口谈正事，林二娃媳妇已经把泡好的一碗青茶笑盈盈地给周虚成送了过来：

"周大先生，请喝茶。"

周虚成接过茶碗，赶忙道谢。

"今天我专门到坡上来找你几个，是要谈点事，而且是件大事。"

"周管事，有啥子大事？"

一听说有大事，几个人顿时来了精神，纷纷发问。

乡村日子，尤其像过水乡这种离县城较远乡村的日子，单调且寂寞，平庸而又漫长。那些不甘寂寞的年轻人，平时巴不得有点什么事情发生，管他是大事还是小事，也管他是好事还是坏事。总之，有事情发生，给平庸单调且寂寞的乡村日子，添点乐趣，添点刺激就好。

坐在矮竹椅上的周虚成，喝了口茶水，看了看林二娃、郭子耳、李大炮三个人，语调有些严肃，说：

"乡民团要开出去了，要去打成都！"

几个人听了又惊又喜，连忙问："乡民团当真要去打成都？是不是真的啊？"

"这种大事情，哪个还会乱说，"周虚成严肃地说，"县城民团总司令部指令都下了的。咋个不是真的？"

"哎呀，这才巴适！"林二娃听周虚成这样说，欢喜得直拍手。

"周管事，有我在没得？"郭子耳连忙问。

"周管事，是不是还有我？"李大炮也问。

周虚成说："你两个都在出征名单上。"

郭子耳、李大炮两人立时也喜滋滋的。

"今天中午，荣县民团总指挥送来紧急鸡毛文书，"周虚成说，"全县各乡镇民团要随县民团北上打成都。下午，钟团首和我商议决定，过水乡此番组一支三十人的民团队伍出征。"

周虚成依次指了指林二娃、郭子耳、李大炮三个人，说：

"你几个都在三十人名单上。明天一天，要准备好自家的武器，带足七天口粮。后天大早，在乡民团团部集中，随队出征。"

"还有，民团钟团首还要出钱办招待，明天请大家下馆子喝壮行酒。"周虚成说，"具体哪家馆子，明天才定得了。反正，中午吃饭之前，你几个都到团部来等候就是。"

"哎呀，好安逸！还要下馆子吃大餐，喝壮行酒！"几个人都拍手欢呼起来。

4. 老猎户也要报名出征参战

一边的郑老幺，听说周虚成所打招呼的人，有林二娃、郭子耳，还有他一向瞧不上眼的李大炮，都在要出征去打成都的团丁里面，端端没他的事。

郑老幺四十多已近五十岁，是个猎户，住家离场口一里多地。他与林二娃所学艺拜师的张木匠是从小在一起的"毛根朋友"，所以与林二娃极熟，关系也一直不错。

平时闲来无事，郑老幺也常来林二娃这里走动走动，吹牛谈天摆龙门阵，有时也参与打牌，搞点小输赢高兴高兴。

郑老幺上山打了三十多年野物，是乡场上的老猎户，枪法也好。因其年岁偏大，下午钟炳文与周虚成商议出征人选时，郑老幺连同另一个年岁偏大的老猎户就没放在三十人名单里面。

郑老幺在一边听说没他的事，就赶忙朝周虚成赔着笑脸说：

"周管事，我也要跟你们一起去打成都。我是猎户，枪法好，打成都我也要去！"

周虚成笑了笑，说："你年岁大了。此番出征打赵尔丰，可能有生死，钟团首和我两个商量，就没把你放在名单里面。"

郑老幺说："周管事，别看我年岁大，我进山打野兽时，转山跑路，有些年轻人都跑不赢我。再说，我也不怕死，不怕流血。都一大把年纪了，未必我还害怕死？无论咋个，这回我也要跟你们一起去，要不要得？"

林二娃、郭子耳、李大炮几个人也在一边帮郑老幺说话：

"周管事，就让郑老幺去嘛。反正多一个人，也不坏啥子事。口粮也是他自家带起来。多一个人，还多一份力量。"

"周大先生，郑老幺枪法真的打得好，上回还进山打了几只野兔。野兔跑那么快，又那么小，他都一枪一个。这回上成都打赵尔丰的巡防军，郑老幺说不准也会一枪一个。"

见几个人都帮郑老幺说话，郑老幺自己又不住求情，周虚成态度有些松动了。又暗想，郑老幺枪法好，真的上了战场，面对赵尔丰的巡防军，郑老幺若是真的一枪一个，那不晓得好巴适，那是给过水乡民团长脸增光啊。

周虚成沉吟片刻，就望郑老幺说：

"这事我也做不了主，三十人名单是下午我跟钟团首一起定的。干脆这样办，明天上午，你也一起来乡民团团部，我跟钟团首再商议一下，看能不能在名单里面再添上你一个。"

郑老幺听周虚成这样说，当然很高兴。林二娃、郭子耳几个人也为他高兴。

林二娃还说："郑老幺，今晚上回去，赶紧把你那两把鸟枪找出来，该修整的修整，该检查的检查一下，看拿出来打不打得响？还有，鸟枪的子弹也要带够。"

郑老幺看他一眼，说："还要你林二娃来说？我那两把鸟枪，平时都保养得上好八好的。随时拿出来随时就可以打，跟新枪一样。至于鸟枪子弹，倒是恐怕少了点。不过不关事，我可以找坡对门的跟他借一点。等打完成都回来，如数还他就是。"

这边交代完毕，周虚成还要走山坡那面，有几家团丁那里去逐个通知，几个人就散了。

第二天上午，乡民团团部热闹非凡。三十人名单里那些团丁陆陆续续都来了，有些人还把随身武器也带来了。长矛、马刀、鸟枪、打火药的火铳，甚至还有关刀，形形色色，五花八门。

林二娃带的是把长腰刀，据他说，这把长腰刀是当年太平天国之遗物，是"长毛"使用过的。那年，他到程家场做木工活路，在主家邻居那里发现的。林二娃爱不释手，最后用半串钱换过来的。

郭子耳带来的是一支锈巴巴的长矛。这种长矛，俗称"苗杆子"，是他平时在果园守夜，防贼偷果子时用的。

郑老幺只带了一把鸟枪来，是两把鸟枪中最好的那把。枪果然保养得好，枪筒、枪栓、枪把子都擦得亮光光的。

上午周虚成一来，就跟钟炳文说了郑老幺的事。钟炳文先仍是嫌郑老幺年岁大了，要一起去打成都，怕是不大合适。

他说："打仗的事，不像平时上山打野鸡野兔，累了可以找个地方，坐下来歇口气。打仗的事，该冲就要冲，该撤就得撤。郑老幺年岁大，该冲的时候，冲不上去倒不要紧，该撤的时候他撤不赢，被人家俘虏了咋办？"

后来周虚成就跟他说，郑老幺枪法好，进山打野兔，他一枪一个。若是上战场打赵尔丰巡防军，郑老幺不说一枪一个，就是两枪打他一个，也是好事情嘛。

钟炳文一听，立时来了兴趣，连声说：

"郑老幺的枪法是不是当真那样好？若果真如此，不说一枪一个两枪一个，就是三枪四枪打他一个巡防军，也是要得的。"

又说："那就把郑老幺名字添上去好了，多一个就多一个。到时，我跟县总团王天杰总指挥求个情，多添一个名额恐怕得行。就说多添这个人，是神枪手，指望他上阵时，多干掉几个巡防军。"

于是，郑老幺就补进了这个出征名单里。过水民团这次出征成都的团丁，就由三十人变成了三十一人。

中午那顿壮行酒的酒席，摆在场街丁字口过水酒楼上。八仙桌子，满满坐了四桌，因多添了一个郑老幺，有张桌子还"挂了一个角"。

也谈不上啥子好丰盛的宴席，不过就是蒜苗回锅肉、芋儿烧肥坨子肉、烧白、老腊肉、红油豆腐、萝卜汤等几样家常荤菜。但有一个共同特点，就是大油大肉，十分合这些乡民团丁的胃口。团丁们普遍家境不好，平时除了过年过节，难得吃上一顿油荤。

酒是当地一家酒坊酿造的纯高粱白酒，一共拿来二十斤装一个酒坛。钟炳文专门出面，给大家打了个招呼。说是今天饭菜可以随便吃，喝酒却只能喝个六七分。因为明天早上一大早就要开拔。若是今日喝酒喝多了，喝醉了，恐怕误事。

开席前，钟炳文作为团首先讲了几句。钟炳文确实也讲不出什么大道理，但大致意思是表达清楚了。

钟炳文最后勉励各位团丁，说上了战场，就不要怕死，不要贪生怕死，缩头缩脑，当缩头乌龟。上了战场，要听从司令官号令。一声令下，喊冲就冲，喊打就打。又勉励大家要争取立功，说，战场立了功的，除县民军司令部有奖外，他过水乡民团钟大爷这里，也有奖赏。奖赏多少不论，该奖好多就奖好多，总之，希望在座各位，人人都能在他钟大爷这里讨到奖赏。

周虚成随后也站起来讲话，他讲出的道理要多些。周虚成从当年清军入关讲起，他说，清军入关后，霸占了我中华几百年，欺压我汉人，是我全中国汉人的大敌。现今，保路运动兴起，我等各地汉人群起举事，先建同志会，眼下又改建同志军去打成都。

周虚成说，为啥要打成都？因为赵尔丰竟敢在总督衙门那里"开红山"，屠杀为保路请愿的市民大众，死了好多好多人。省城里面的同志军，发了水电报出来，号令全川同志军起事，会攻成都。我们过水乡民团，就是荣县同志军之一。这次，我民团随全县同志军一道出征，去打成都，就是要杀他总督赵尔丰，把四川重新变成咱们汉人的四川。

两人讲话之后，钟炳文端起自己酒杯，依次给每个团丁敬了一杯"壮行酒"。

这顿壮行酒，真是喝得高兴痛快，也真是过水乡场上多年难得的一顿"大酒"。民团成立那时，也喝过一顿酒，但气氛、场面远没今天这般热烈悲壮。这天，有些团丁真正是抱着上战场赴死的决心与心情来喝这顿酒的。

这天的"壮行酒"，从中午一直喝到下午三四点钟才收场。那个二十斤装的酒坛，硬是喝了个底朝天。若不是团首钟炳文招呼打在前头，只准喝个六七分，中间又站出来做了干涉，那一帮团丁就算是再拿十斤酒来，恐怕也会喝光。

第十一章　北伐成都之旅

1. 双古坟的整编与决策

龙鸣剑、王天杰带领的荣县民军主力，与周边各场镇同来的民团队伍，当天傍晚时分即抵达双古坟场镇。其他有些民团远道赶来，在第二天才陆续在双古坟会合。

荣县民军主力到双古坟时，前一天先期来打前站的龚郁文，连同当地绿林首领陈华丰以及大小头目，等候在场口列队迎接。

亦有不少当地民众，兴高采烈，扶老携幼，围在场口迎接民军队伍。有的人家，还用木桶或大瓦缸为民军将士送来茶水。

数面民军旗帜开道，龙鸣剑、王天杰骑着战马，率先头部队进入场街时，又是一阵鼓乐齐鸣，鞭炮声大作，围观民众欢呼声四起。

进驻双古坟后，民军司令部设在陈家祠堂。这是打前站的龚郁文事先多方考察，并与当地民团首领、袍哥大爷商量后定下的。其他各部，分驻场街内外各处庙宇、祠堂、学校以及一些民家院落里面。

陈华丰手下那支近三百人的绿林武装，当即编入荣县民军。

在双古坟训练整编民军所部期间，也商议确定了民军司令部领导层人员。

商议的最终结果是，王天杰任荣县民军司令，龙鸣剑任参谋长，陈华丰任副司令，龚郁文任军需处长兼监军，余契任司务长，负责主办民军伙食。

民军各部在双古坟安顿下来后，面临的主要任务，一是整编，二是最基本的军事训练。

当初在商议研究行动计划时，决定荣县民军所有人马在双古坟整训时间为三天。其间，一边整编训练队伍，一边筹备北上进军的粮草装备。

在双古坟，民军整编队伍的事情，进行得倒还比较顺利。倒是训练这事，弄得不太理想。

王天杰五宝起义带出来的那一千多战士，此时已成为荣县民军的主力，其建制及人员配备上都比较完整，且有一定实战经验，整编基本上不费啥子力。队伍训练方面，王天杰及其几个手下平时也都抓得比较紧，所以这部分主力整编训练，基本没让身为民军司令的王天杰和身为参谋长的龙鸣剑操多少心。

陈华丰手下那支绿林武装，建制相对完整，亦有一定实战经验。因要对付官军围剿以及土匪之间的"黑吃黑"，警惕性很高，平时也经常训练。整编及训练事情上，也没遇到什么大的难处。

较有难处的是，其他各场镇调来的那些民团队伍，如过水乡民团那三十多名团丁，是临时召集起来，带有凑合性质的。人员构成，年龄身份也形形色色，参差不齐。整编及训练这些事，以前基本上没弄过，所以问题甚多。尤其队伍训练一事，要在两三天时间内解决好，真是颇有难度。

这天，已是在双古坟整训三天的最后一天。早饭后，荣县民军战士统一的军装就发下来了。所谓军装，其实就是每人一块包在头上的白布帕子以及一件毛蓝布粗制上衣。这套简陋军装，还是负责民军后勤供给的龚郁文，带领几名得力助手费了九牛二虎之力才办妥的。毕竟民军有好几千人。一人一块白布帕子，一件毛蓝布上衣，一共就是几千块白布帕子，几千件毛蓝布上衣。从布料供应，到经费筹集，再到缝纫制作，两三天办成也真是件不容易的事情。

军装发下来，民军顿时士气大振。毕竟，这些民军战士，大多是农家子弟，平时日子过得清苦，哪怕过年时节，也难得穿上一件新衣。如今当上民军战士才一两天，就得了一件崭新的衣服以及一块白布帕子，所以一个个都笑逐颜开，喜气洋洋。

当然，毛蓝布上衣是统一做的，而民军战士们则有高有矮、有胖有瘦，每个人穿在身上，就有长有短，有大有小，情形大不一样。有的人身材瘦小，新衣穿在身上，显得阔大超长。有的人长得高大壮实，这毛蓝布上衣穿上身，则是紧紧巴巴，连扣子都扣不上。

不过，反正是不要自己花钱的新衣服，不要白不要。早上军装发到每个战士手上后，几处民军临时军营里，都是兴高采烈，笑闹声一片。

有的人试穿上身后，兴致勃勃在屋子里走来走去，让同伴们反复鉴赏评论。有的人一直在那里嬉笑吵闹，兴奋不已。有人更是大声对同伴说：

"眼下发件新衣服算啥子？听说，王司令发了话的，待日后打进了省城，拿获了赵尔丰，不单要发新衣，每个人还要发银圆饷银，让大家拿回家去过热闹年。那才巴适！"

当即有同伴接话说："真要是发银圆饷银，我就拿回家买头肥猪过年。那肥猪儿杀了，拿一半过年请亲戚朋友，另外半边肥猪做成腊肉，一家人可以吃到打谷子时节。好安逸！"

另一个民军战士就说："过年猪我倒不想买，要是打进省城发了银圆饷银，我就拿回家，再添点钱做本钱，在县城开个店铺，做点小生意。那才安逸！"

说到杀肥猪，当天民军在场上，倒真是杀了二十只肥猪。因是民军第二天一早就要开拔出征，司令部决定当晚全体民军战士会餐打一次牙祭。

余契这位读书人出身，当过小学堂教员，现今改行充当民军的司务长，专门负责民军伙食。他也真是能干，就职以来这些天，把民军的伙食办得有声有色，上上下下都颇得好评。

得知司令部决定给民军打牙祭，余契头天就忙起，带手下人去附近乡间，找乡民购得十多只肥猪。又在场镇上购得几头，凑齐二十只。

会餐当天，一早就将二十头肥猪杀了，再购得一批蔬菜副食。当晚那顿会餐打牙祭，虽说没有"九大碗"的排场与丰盛，但全体民军战士，还是一个个吃得心满意足，脸泛红光。

这天晚上会餐后，在陈家祠堂一间大屋里，龙鸣剑、王天杰、龚郁文、陈华丰几个民军领导人，围坐灯下，商量第二天的进军路线以及相应作战方案。

其时，从荣县北伐成都，有三条进军路线可供选择。

第一条是，从荣县出发，经仁寿，到华阳，再到成都。

第二条是，经仁寿，到新津，再到双流，最后到成都。

第三条是，从荣县到威远，再到资州，到简阳，最后到成都。

三条进军路线中，最佳选择，是第一条，从荣县出发，经仁寿，到华阳，直到成都。

几个人正商量时，前几天派出去在华阳一带探听敌情，兼与秦载赓、侯宝斋所部联络的探子回到了双古坟。当时考虑华阳是会攻成都的必经之地，对华阳一带官军兵力和布防，必须打探清楚才好，所以龙鸣剑、王天杰事先就朝华阳方向派出了两名探子。

两名探子回来后，听说几个首领正在司令部议事，未及吃晚饭，就赶到陈家祠堂来了。

据探子所报，因各地接水电报后，纷纷起事，赵尔丰怕省城有失，加强省城周边布防，华阳以东以南一带，官军所部甚是空虚。

那探子喝了口凉茶，又说，与秦载赓、侯宝斋所部亦接上了头，还被下面的人引见，分别见到了秦、侯两位司令。两人都希望，荣县民军能早日北上，与他们所部会师后，合攻成都。

秦载赓还专门托探子给龙鸣剑、王天杰带了个口信。秦载赓口信说：

"龙兄，王兄，现数方同志军对成都扑城甚急，赵尔丰抓不到缰了。华阳一带官军甚是空虚，正可乘机而进击。盼龙兄、王兄率荣县民军早日北上，与兄弟所部会攻成都。"

王天杰一听大喜，没等其他人表态，当即一拍桌子，说：

"事不宜迟。我看，干脆明日一早开发，直取华阳。"

龙鸣剑沉思着，没有出声。这时，陈华丰开口说：

"北上华阳之前，中间还有一个仁寿县城，听说也有官军布防。"

王天杰很干脆地回答：

"我看，那就先把仁寿打下来再说。"

王天杰看了看龙鸣剑，又说：

"我民军先把仁寿打下来了，起码算个小胜吧。如此，再乘势而为，与秦载赓、侯宝斋所部联合起来，一鼓作气先攻华阳，再取成都。你们认为怎样？"

这时，沉思着的龙鸣剑也开口了，他说：

"二胖兄先打仁寿，再攻华阳的建议，我看倒是可为。此举既可鼓舞士气，也可检验一下我民军的战力。"

听龙鸣剑如此说，龚郁文、陈华丰等也纷纷表示赞成。当下，对王天杰"先取仁寿，再打华阳"的主张，几个人再无异议。

接下来，王天杰和龙鸣剑商量着，又对进军仁寿的路线和军力做了一番布置与安排。

大事既定，王天杰即让人分头传令各部，做好明早开拔，向仁寿进军的各项准备。

2. 清军武字营起义来投

第二天一大早，龙鸣剑、王天杰等即带领荣县民军正式出征，北上直取仁寿。

民军队伍正在场口大坝子整队集合，即将朝仁寿方向开拔时，突然出现了情况。

场口半山坡上，民军先头部队派出的岗哨，突然吹响了牛角号。有哨卡战士在高喊：

"有情况！有情况！"

呜呜吹响的牛角号声中，又有哨卡民军在喊：

"有一队官军，朝场街开来了！"

随即，有一名民军哨卡战士飞奔而来，急慌慌向龙鸣剑、王天杰等头领报告：

"报告司令，有一队官军开过来了！有好几十人，还带有枪炮武器！"

全场顿时大惊，不知到底是咋个回事，坝子上的队伍也有些骚动。王天杰当即令陈华丰带人前去查询，并让先头部队做出战斗警戒。听说对方还带有枪炮，又让已经整装待发的炮队，赶快去高处抢占制高点，架好炮位。

倒是龙鸣剑显得镇定些，他稍做思索，断定这支不请自来的官军，如果是来袭击民军的，不可能选择在清晨这种时刻，而且明目张胆走大路来袭击。其间必然另有原因。

想到这里，龙鸣剑转头对王天杰交代一句：

"你照看好队伍，我过去看看到底是啥情况。"

说完，龙鸣剑就带上一名司令部卫兵，匆匆朝场口大路那边跑去。刚到半路，场口那边的陈华丰就跑回来了。见到龙鸣剑，陈华丰就说：

"龙大哥，情况搞清楚了。没事的，那队官军，他们是来投奔我们民军的。"

龙鸣剑听陈华丰这样说，立时也放心了。此时，场口大路上，已经看得见那官军队列了。

举眼望去，只见缓步走过来的那队官军，有四五十人，装束与平时人们所见的官军，有很大的不同。身上是一色灰军装，头戴遮阳帽。随身带的武器，不是腰刀，也不是长矛，而是新式洋枪。其中，几个士兵还扛着一门洋炮，另有一名士兵打着一面绣着红字的白色旗帜，上书"武字营"三个大字，很神气地走在最前面。

龙鸣剑在省城时，曾与驻凤凰山的新军官兵，打过一些交道。眼前的这队武字营官军，从衣帽装束，到随身带的武器，很像新军。

这队武字营官军，带队的是个姓刘的营官。龙鸣剑和陈华丰代表民军，上前接洽。

刘姓营官听人介绍说，龙鸣剑和陈华丰分别是民军的参谋长和副司令，他立马下令队伍停步稍息。自己跑上前来，恭恭敬敬向龙鸣剑和陈华丰各敬了一个军礼，然后大声说：

"报告龙参谋长，报告陈副司令，在下刘业成，是驻井研县武字营之营官。慕荣县民军之大名，特带手下兄弟前来投奔，请两位长官点验。"

龙鸣剑细问之下，才知道，这个武字营，原是驻井研县绿营官军之所部。因这支武字营，武器装备都是新式洋枪洋炮，所以其军装之衣帽装束，照新军一样装扮。这支新式洋枪洋炮装备起来的武字营，是绿营官军的精锐之师，很受当局看重。

以赵尔丰为首的省督院及将军衙门，特地将这支精锐的武字营，部署在井研与荣县交界的地方，主要是防范荣县革命党与当地民团的异动。因为赵尔丰获悉的情报一直在说，荣县革命党在当地势力很大，而荣县地方民团很多都被革命党控制了。

赵尔丰的如意算盘是，一旦发现荣县革命党与民团有异动，立即调遣这支精锐武字营，开赴荣县，配合驻荣县绿营官军，予以坚决镇压。

王天杰带领荣县民军在五宝起义后，当局得知消息，果然令这武字营开赴荣县，镇压起义的荣县民军。

然而，令当局没料到的是，这武字营的带队营官刘业成，是井研民团首领陈孔白的朋友，两人相交甚好。刘业成虽不是革命党，但是受陈孔白影响，思想观念上已倾向革命党。尤其是从陈孔白嘴中，知道了王天杰其人其事，对这个从未谋过面的王二胖，视之为英雄豪杰一般，真是又景仰又崇拜。

如今赵尔丰却命令他带兵去打他所崇拜的英雄豪杰，镇压起义的荣县民军，作为带队营官的刘业成，内心可谓极度矛盾，痛苦不堪。可是军令如山，不执行上级命令，可能会遭军法处置。

刘业成苦思良久，在进退两难、走投无路之际，索性率队投奔民军而去。

刘业成营官一向治军有方，在武字营中威望很高。平时手下那些士兵、哨长均视之为兄弟，听说要举队投奔民军，都表示愿意跟着他走。

最开始，刘营官本想率这武字营投奔陈孔白的民军。但是去井研县城的一路上有其他官军布防，不易通过。况且，其时陈孔白手下民军，去向未明，有的人说其已经离开了井研县城北上。

这时，有消息传来，说王天杰带领民军在五宝起义后，已经打下了荣县县城。刘业成遂决定，干脆就近投奔王天杰的荣县民军。

经过一天行军跋涉，好不容易到了荣县县城，却得知，龙鸣剑、王天杰已带领荣县民军誓师北伐成都去了。

刘业成率这支武字营，在荣县县城稍做休憩，子时动身，一路追到这双古坟来了。天亮时分才赶到，正好碰到民军整队即将出发。

听罢刘营官这番叙说，龙鸣剑和陈华丰等人大喜之下，连忙引其过来与王天杰相见。

王天杰亦是喜出望外，握着刘业成营官的手，连说：

"欢迎，欢迎！有刘营官武字营兄弟相助，我荣县民军更是锦上添花了！"

他又喜滋滋地向全体民军战士做了介绍，并带头鼓掌欢迎刘营官及武字营官兵投奔民军。立时，全场掌声雷动，士气大振。

王天杰与龙鸣剑简单商量后，临时决定，将武字营的两门新式罐子炮及其炮手，编入民军的炮队。其余的二十来支洋枪及枪手，则编入民军的快枪队。刘营官任快枪队队副。

编整完毕，王天杰与龙鸣剑即率全体荣县民军将士，踏上了北伐成都的征程。

这支荣县民军，真正是自清兵入关以来，四川民众第一次见到的王者之师。五宝起义第二天，民军即攻进荣县县城，占领了县衙门，砸破县狱救出囚犯。这些消息迅速传开，民众将这支荣县民军视若天兵天将，欢喜得不得了。

由此，荣县民军所到所经之处，无不受到老百姓热烈欢迎。沿途所经场镇村落的居民乡民，自发集聚路口，纷纷送水、送饭、送煮好的鸡蛋等吃食。

有的民众，甚至拿出自家衣服、草帽、斗笠等物品，乃至银子铜钱，要赠送民军。

"同志军大哥，请喝口茶再走！"

"同志军大哥，这几个煮鸡蛋，你们一定要带走啊！带到路上慢慢吃吧！"

更有民众一再叮嘱:"同志军大哥,请用饭!吃饱了饭,好打赵尔丰!"

还有人说:"把赵尔丰和手下那帮贪官污吏打跑了,满天下老百姓就有好日子过了!同志军兄弟,老百姓拥戴你们!"

民军队伍开拔前,龙鸣剑、王天杰等即制定了严格军纪,规定民军上下,所到之处,一律不准扰民,不得乱拿乱收老百姓物品钱财,违者军法论处。

因此,民军将士对沿途老百姓赠送的物品和吃食只是道谢,却一律不收。

但那些热情民众,一路追着队伍,坚持要送。一路上的情形往往是,有的民众拉住一位民军战士,硬把东西塞在战士手上,转身就开跑。那战士把东西端在手上,想送回去,但送那东西的人早跑远了,不知该交到谁手里。弄得那些战士,捧起塞在手上的东西,不知该怎么办才好。最后,只好交给上级队长处置。这些场面,真使那些民军战士感动。

龙鸣剑好几次目睹这样的情景,心里也有点感叹。后来见到王天杰,两人说起这事,他带几分感慨地对王天杰说:

"二胖,老百姓一路追着送物品吃食那些情景,你看见了吧?多好的老百姓啊!古话称,得民心者得天下,失民心者失天下。反动清王朝失了民心,所以天下老百姓群起造反。而我等兴仁义之师,反官府反朝廷,得天下民心,老百姓就拥戴支持,就自发前来劳军。我等民军,就是老百姓自己的军队,你我不为老百姓拼命,真说不过去。"

王天杰也感叹道:"龙大哥说得太对了,得民心者得天下。等打跑了赵尔丰,推翻了清朝统治者,实现了四川独立,建立了共和新政,不管谁来坐省督那个位子,都应该好好为老百姓办事。"

3. 旗开得胜轻取仁寿县城

挥师北上的第二天中午时分,荣县民军先头部队,逼近仁寿县城。

民军先头部队也好,王天杰、龙鸣剑坐镇指挥的民军主力也好,一路倒没遭遇什么麻烦。

不过县城在即,前方敌情不明,陈华丰带领的先头部队不敢盲动,传令所部停下待命,等待大部队上来。

仁寿县城是当年一处重镇所在。威远、荣县、自流井等地通往省城的大道,必经仁寿县城。况且,这又是荣县民军出师以来面对的第一座城池,龙鸣剑、王天杰等在攻城之前也十分慎重，赶紧派出几名探子，去探听官军布防情况。

时近中午，太阳已经升得很高了。离县城几里地的大道旁边，有座废弃的土地庙。民军队伍，由各队官带着，散集在周围坡地、大道两侧暂时歇息休整，等候行动命令。山坡高处，安置了警戒哨。

土地庙一侧，有棵大黄桷树，多少可以遮阴。王天杰、龙鸣剑、陈华丰、龚郁文几个民军首脑，聚在黄桷树下的阴凉处，商议下步攻城事宜。

此战是挥师北上的首战，王天杰、龙鸣剑等不敢大意。攻城之前，对如何布置兵力，如何围城，首番强攻不下该如何应对等，都做了仔细研究考虑。王天杰还把炮队调到了最前线，十来架猪槽炮、罐子炮都布好了炮阵，炮口对准县城。

刚刚才从武字营投奔民军的几名炮手在一名哨长指挥下，也带着那门新式罐子炮参加了布阵，还干得特别起劲。

龚郁文长得人高马大，又是个胖子，在烈日下急行军，虽说是骑马，也弄得周身是汗。

几个人正商议着，大道那头从县城方向过来一男子，兴冲冲快步走来。这人边走喊：

"王司令官！龙参谋长！好消息！有好消息！"

王天杰、龙鸣剑一看，正是民军先前派出的前去打探仁寿县城情况的一名探子。

"报告王司令官，龙参谋长，还有龚监军！仁寿县官已经跑了！"探子气喘吁吁地说，"今天一早爬起来跑的。"

"你说什么？"龚郁文顾不得擦汗，迎上去急忙问道，"仁寿的县官跑了？"

"就是。"那探子赶路太急，走得满脸尘灰夹汗水，面色上却很是兴奋，"全跑了！县衙都空了，连那些捕头县差狗腿子也跑得一个不剩！我亲眼去看过的。"

"别急，你先喝口水，慢慢说。"龙鸣剑递给那探子一碗茶水，关切地说，"把情形讲清楚仔细点。"

探子大热天跑了这许多路，也真是热了、渴了。他接过碗，也不客气，咕噜咕噜将那大半碗凉茶水一口气喝干，抹了抹嘴角的茶水和脸上汗珠，才又说：

"自领命打探，起初，我走到县城远远观望了一阵。只见城楼城墙上并无官军守卫，城门口也没兵丁把守，老百姓随便进出。我心中生疑，还不敢贸然进去。就装起问路，向周围路人打探。一问，才说县衙的县令今天一早就跑了，说是怕荣县那边的同志军打过来。我想了想，就自己大胆进城详探。没想到果真如此。整个县城，竟是见不到一个官军。县衙里面，连捕快衙勇都没一个。我高兴惨了，赶紧跑回来报告。"

"会不会是官府在搞啥子诡计？"陈华丰绿林出身，与官军打过交道，也很吃过官府一些苦头，所以心有疑虑，"狗东西想摆个空城计，好引诱我民军上当？"

王天杰望向龙鸣剑。龙鸣剑正往县城方向打量，思索着什么，一时没有出声。

"这事倒要慎重。"龚郁文一向行事比较稳重，这时不免带点疑虑地望王天杰说，"首仗吃亏不得。这首仗吃了亏，会影响民军士气。"

龙鸣剑还是不说话。王天杰看看自己敬重的大哥，身为参谋长的龙鸣剑不作声，自己也不好发话。毕竟，龙鸣剑比自己有经验，遇事更有主意。况且，这是与正规官军的对阵，不比打龙团山土匪郭麻子那一帮乌合之众。也许，按龚胖子的主意慎重行事更好。

这时，大道那头，又一名民军探子风尘仆仆赶回来了。所探情形，与前一个探子打探来的一模一样：仁寿县城是座空城，全城只有老百姓，知县、官军都跑光了。

几个人听罢，高兴异常。这次，不等参谋长龙鸣剑拿主意，王天杰立马向身边的传令官发话：吹过山号，集合队伍，全队朝仁寿县城开进！

过山号鸣鸣鸣吹响，满山遍野地回荡。四面八方仿佛都在回应。荣县民军数千人马，分前、中、后三个梯队，在当地民众的注视和欢迎下，士气高昂、精神抖擞地开进了仁寿县城。

仁寿县衙，如此前的荣县县衙一样，确实空了。黑漆大门洞开，县衙里外见不到一个人影。倒是有几只野狗野猫在大堂和院子里乱跑觅食。也有一些淘气又胆大的小儿，趁机钻进这平时警卫森严的官衙里面，好奇心十足地东张西望。

一般市民百姓，对官府官衙一向心存几分畏惧和戒心。所以今日，尽管当官当差的都跑了，但敢到县衙大门里面来走一走的，还是很少。

王天杰、龙鸣剑等将司令部设在县衙。民军所部，部分驻在县衙，其余分驻县城里几个大的庙宇会馆，又在县城四处张贴出"安民告示"。

兵不血刃就轻松拿下仁寿县城,荣县民军上下都很高兴,也很兴奋。这是自五宝举事以来,包括荣县县城在内,民军拿下的第二座县城。各营各队,一片欢声笑语,喜气洋洋。

龙鸣剑怕让胜利喜悦冲昏了头的民军官兵弄出什么事情来,再次发出了"不准扰民"的严厉军令,并让各营在县城里外及各险要处派出警戒,严防官军偷袭。

龚郁文是文人出身,平时喜欢喝上两口。这几日行军大队伍中,又身处司令部,不敢破例,把酒瘾给压下去了。如今取了仁寿县城,心里面高兴,自然就想喝它两口。

不过,他不敢在司令部当着王天杰、龙鸣剑的面喝。

在司令部闲坐一阵,喝了几口凉茶水,龚郁文对王天杰、龙鸣剑称,想去街上走走,就一个人出了县衙。王天杰、龙鸣剑也知道这龚胖子是想借故去外面找酒喝,彼此对望一眼,没说什么。

两人也知道,龚胖子平时在荣县文人里面,自称"酒中之人",无日不饮。这次挥师北上以来,一连三天,滴酒不沾,也真是难为了他,所以也就默许他了。

刚出县衙,龚郁文正碰上迎面而来的陈华丰。陈华丰是去营里查完哨,回司令部吃晚饭的。

龚郁文心里一喜,正好,有个酒伴了。二话不说,拉上陈华丰就走。

"哪里去?"陈华丰一愣,不知有什么情况。

"走,找家馆子喝酒去。"龚郁文笑嘻嘻凑在他耳边轻声说。

陈华丰出身绿林,当然想喝两杯。往日里占山为王当绿林好汉,不说拿下这样一座县城,就是攻下或占领了哪个小乡镇,也要纵兵狂庆,大饮大吃它三天。如今不同,是同志军了,有军纪军令,不敢造次。所以,他虽是善饮之人,但挥师北上后,仍严格约束自己,从未私下沾过一口酒。

陈华丰见龚郁文拉他喝酒去,起初,还不免多有犹豫。后来一想,龚大哥是党人,又与王天杰、龙鸣剑私交甚好,几个人兄弟相称,龚大哥外出喝酒,大概是王司令官和龙鸣剑参谋长许可了的。这一想,就随龚郁文走了。

两人在大街上走了一圈,在县城东街,龚郁文抬眼望见一家挂着汇丰园招牌的酒楼,就对陈华丰说:

"这家汇丰园,有个招牌菜叫汇丰粉蒸肉,是仁寿名吃,我们进去吃两笼粉蒸肉吧。"

店家见生意上门，看装束，像新来的同志军，很是热情招呼，也小心伺候，生怕有什么不周到地方，给店里惹祸。

两人进店堂，龚郁文选了二楼靠窗雅座。他是怕被手下民军将士万一撞见了，影响不好。

下酒菜品，自然是店家招牌菜汇丰粉蒸肉，又要了两个冷盘，一斤当地高粱酒。几杯酒下肚，两人话多起来。

陈华丰说："大哥啊，今天我算是见识了，咱同志军硬是威风啊。我等人马还没到，官府官军都爬起来跑了。堂堂知县知府大人啊，怕到如此地步，少见！"

陈华丰绿林出身，平时，不管他们如何人多势众，在老百姓面前威风八面，却都是他们躲官军、怕官府，而不是官军官府躲他怕他。今日里真奇了，官府官军还没见同志军的面，早早就爬起来跑了。

此外，今日里见到老百姓对同志军那种发自真心的拥戴关爱，也让陈华丰感慨不已。过去，老百姓对他们绿林队伍除了怕，就是恨。今天这样沿途欢迎，自发来大道上，送水送饭送衣物，过去想都不敢想啊！陈华丰深感自己"弃暗投明"，率手下队伍参加同志军这步棋确实是走对了。

龚郁文听罢，微微一笑，又呷口酒，才说：

"知县知府算好大回事？过几天打到成都，他川督赵尔丰，也怕只有开跑。"

龚郁文脸上显现出某种不屑之色，吃下一筷粉蒸肉，又说：

"他跑就是死。你想，昨天听龙参谋长说，收到东路同志军送来的情报，单是咱东路同志军，各州县的人数加起来，总共就有二十万人之多。"

"总共有二十万人？"陈华丰很是吃惊的样子，眼珠子都瞪圆了，"我的天！"

"赵尔丰他巡防军有多少人马？"龚郁文哼了一声，说，"赵尔丰从川康调过来的巡防军，就只有十多个营。满打满算，也就两万人的样子。两万巡防军人马，要抵挡东路同志军二十万人，等于咱十个人打他一个，他抵挡得住？所以我说，面对同志军的会攻成都，他赵尔丰，不跑就是死！"

说完，龚郁文把杯子里那点酒很爽气地一口干了，胖墩墩的脸上有掩饰不住的快意。陈华丰听了，也很是高兴。当时两人都认为，仗就这样打下去，大败赵尔丰，攻下省城，似乎指日可待。

一斤高粱酒喝得差不多了，陈华丰突然问龚郁文，说：

"龚大哥，我问你，要是等咱同志军把成都打下了，把全川都拿下了，会不会像《三国演义》书上讲的，照诸葛亮六出祁山那样，再去北伐，去攻打北京？最终把皇帝老儿拿下？"

龚郁文那端起杯子的手，又放下来了。他想了想，说："攻打北京？这事恐怕不会那个样子吧。"

沉吟片刻，龚郁文望一望陈华丰，又说：

"据我所知，现今全国各省，都在举事。只不过，那些省份举事的队伍不叫同志军罢了，但都是孙先生的同盟会领导着的。最后攻打北京的，就不必由我们四川的同志军这么远挥师远征去打了。"

"那么，若是连北京都打下来了，你说的那个同盟会孙先生，"陈华丰就问龚郁文，"会不会是让他来当皇帝坐天下？"

龚郁文觉得好笑。不过，还是耐心向陈华丰解释说：

"革命成功后，就没有皇帝了，还坐什么天下？从今以后，中国也再不会有皇帝了。"

"没有皇帝？"陈华丰吃了一惊，眼睛瞪得天大，赶忙问，"没有皇帝了，谁来坐天下？我是说，那个管天下黎民百姓的最高位子，由哪个来坐？"

"总统。"龚郁文又是一笑，笑后，才郑重其事地说，"那时，将由总统来坐那个管理国家大事的最高位子。"

"总统？"陈华丰想不明白，就问，"总统是个啥子东西？"

"总统就是，"龚郁文想了想，说，"总统是老百姓自己选出来，代表老百姓管理国家的人。"

龚郁文看陈华丰瞪大眼睛望他，就进一步解释说：

"这个人，可以是政治家，也可以是带兵打过仗的军人，还可以是有学问的读书人，或者是做生意的商人，甚至是个普通老百姓。但是有一条，这就是，他必须是老百姓自己选出来的。这一条是关键。"

陈华丰还是一副似懂非懂的样子，龚郁文看时候不早了，这些道理一时也说不明白，就说：

"陈兄，这些龙门阵，待以后有空再慢慢摆谈。总之，眼下我等民军，先把成都打下了再说，那才是革命成功的第一步。成都不打下来，何言革命成功？来来，你我两个把这点酒喝了，早点回营里喝茶去吧。"

4."探子"原是自己人

荣县民军占领仁寿县城后，稍做休整，即按预定作战方案，向华阳方向的苏码头、秦皇寺一带进军。

此时，其他州县的同志军，也在拿下当地乡镇县城之后，陆续向省城周边靠拢，对成都形成合围之势。从整个局势来看，大战一触即发。

这天清晨，荣县民军正向中和场部署兵力，军营里突然闹开了，说是抓到了一名探子。

这探子，是编入先头部队的过水民团发现的。

过水民团那三十一名团丁，最早编在民军后续部队里。其时，荣县民军的建制，大体上分成三个部分。其一，是以陈华丰手下绿林队伍为主体的先头部队；其二，是以王天杰五宝民团为骨干的主力部队；其三，是其他各乡镇民团合编在一起的后续部队。

按这个建制所做的战斗部署，后续部队中的各乡镇民团，基本上就是承担点支援警戒以及清扫战场、搬运粮草物资等辅助性任务。

攻占仁寿县城时，虽然最终没真正打仗，但事前做战斗预案时，龙鸣剑、王天杰主持的民军司令部，就是按这个建制排出的各部队战斗序列。过水民团所在的后续部队，自然是最后一批进城的民军人马。

对此，不仅过水民团中的林二娃、郭子耳、郑老幺、李大炮这些人感觉不过瘾，连团首钟炳文也觉得不过瘾。

几个人都把北伐成都的事，想得简单了点。他们以为，今后去取成都，如同取仁寿县城一样容易，官军听说同志军来了，也是不战而逃。大家基本上不咋个费力，就把省城给打下来了。

"人家走前头的，把肥肉吃了，把骨头也啃了，我们留在后面，只能喝点人家剩下的汤汤水水。"林二娃带点抱怨地对几个同伴说，"这个仗，打起来还有啥子意思？"

"就是，就是。"几个人纷纷点头，且都有点想去打先锋的样子。

林二娃看大伙都赞同他的说法，也很高兴，就说得更加来劲，他说：

"到时候，我这把长腰刀，还有郭子耳的苗杆子，都还没怎么见血，"又朝郑老幺那里示了示意，"你郑老幺那把鸟枪，也没开两枪，成都就打下来了。等回了过水，要是别个问起，取成都那一仗，你们是怎么打的？自己都有点不好意思说，你们说是不是？"

郭子耳、郑老幺、李大炮几个人也有同感。大家商量了一下，就找团首钟炳文，要他去找上头说一说，争取把过水民团调到先头部队或是主力部队中去。

其实钟炳文自己也有这种想法，但他觉得自己人微言轻，又不大会说话，就去找团副周虚成商量，说了大伙的要求和他自己的想法。

作为小学堂教员的周虚成，与龚郁文认识，且平时有些交道。他拗不过团首钟炳文，想了想，就硬着头皮去私下找龚郁文反映请求。

龚郁文沉吟一阵，说这事他做不了主，就把周虚成一起带到司令部，找王天杰、龙鸣剑当面谈。

王天杰正在司令部和龙鸣剑、陈华丰商议向华阳的进军事宜。起初对周虚成所谈之事，王天杰不太感兴趣，觉得凭过水民团那点人马和武器，调到先头部队打先锋，实在有点不合适。

但后来听周虚成说，民团里有个老猎户是个神枪手，枪法好，进山打野兔，他一枪一个。

王天杰一听，也立时来兴趣了。他当即拍板，把过水民团编到先头部队里面去，并当面向陈华丰做了交代。

如此，过水民团全部人马都转进了先头部队营房。林二娃和郭子耳、郑老幺、李大炮这些人，也包括团首钟炳文，都高兴得不得了。一个个摩拳擦掌，跃跃欲试，巴不得早点上战场一试身手。

这天早上，接到开拔命令，过水民团这几十团丁早早就做好了个人的准备。只等号令一下，就朝中和场进发。

此时，郭子耳突然有点内急，想解大手。就趁号令还未下来之机，走出营地，找了个无人处的荒地解便。

待他匆匆解完大手，正返回营地时，却发现先头部队营房外面，有一个人向大门里探头探脑、欲进未进的样子。此时先头部队全部人马，正整装待发，营房大门口已经没有了岗哨卫兵。

郭子耳见此人形迹有些可疑，就大喝一声：

"你是干啥子的？来营房门口东张西望干啥子？"

那人见有人盘问，骤然吃了一惊，转身就要跑。这更让郭子耳生疑，就赶上前几步将其拦下，并往营房里面拉。

进了营房大门，有民军战士在大道上走动，郭子耳就朝那些人大喊：

"抓到了一名探子！抓到了一名探子！"

这一喊，整个营房就惊动了，许多人都跑过来帮忙抓探子。有些人大声喊着：

"大胆探子，敢来打探民军营地，定然是官府派来的暗探！"

有些人则高叫：

"绑起来！拿绳子绑起来！送到司令部去，把他砍了祭旗！"

那人更是吓得面色卡白，一脸惊慌，却一面挣扎，一面分辩：

"我不是探子！我不是探子！"

这一闹，很快就把先头部队总指挥陈华丰惊动了。他听说抓到了探子，也知事关重大，赶紧过来查问。郭子耳等人把探子扭到陈华丰面前，郭子耳绘声绘色讲了当时他发现及抓住探子的经过。

陈华丰举眼看去，那暗探个子不高，嘴巴生得有点扁。人很年轻，仅二十出头的样子。穿一件细布汗衫，脚下是双麻耳草鞋。虽是相当惊吓，面色举止却带几分文静。

听其说话，像是广安、大足那一带的口音。

在陈华丰面前，那人也一直在辩解，说他不是探子。

陈华丰问他姓啥子，叫啥子名字。

那人说他姓蒲，名字叫寿昌。

陈华丰就问他："你说你不是探子，那你到底是干啥子的？"

那人迟疑一下，回答说："我是个染匠。"

陈华丰就问他："既是染匠，你跑到军营来张望啥子？"

这一问，那人又吞吞吐吐，一下子回答不上来。

旁边就有人气势汹汹大喊：

"明明是个探子，还说是染匠！陈总指挥不要听他鬼扯！绑起来砍了算了！"

听说要砍他，那年轻人吓得浑身发抖，迟疑片刻，又连连向陈华丰央求道：

"我真的不是探子，总指挥大人，请带我去见王天杰司令或者是龙鸣剑大哥好吧！"

陈华丰一听此话，感觉这人似乎有点来历。沉吟片刻，就亲自将他带到司令部，来到王天杰、龙鸣剑面前。

王天杰和龙鸣剑也听说抓到探子的事，两人正在议论，陈华丰带着那探子就到了。

一见到王天杰与龙鸣剑两人，那探子立马喊冤，大声道：

"王司令官，龙鸣剑大哥！你俩到底来了，他们冤枉我呀！"

王天杰和龙鸣剑被弄得莫名其妙，却只听那年轻人大声喊冤叫屈，哭诉道：

"我被他们冤枉了，他们硬说我是探子。王司令官，龙鸣剑大哥，我不是探子。我姓蒲，叫蒲洵，字寿昌。我是受省谘议局长蒲殿俊的委派，到荣县找吴玉章先生谈些重要事情的。他们说我是探子，是个误会。我被冤枉了！"

王天杰和龙鸣剑一听，这才明白手下民军战士当真是整错了。连忙走过去，吩咐赶快松绑，同时对他表示歉意。又安排手下人搬来一把椅子让其坐下说话，并送来茶水。

一番交谈之下，才知道，这个叫蒲洵的年轻人，原来是省谘议局长、省城保路同志会会长蒲殿俊的侄子。更要紧的是，这个蒲洵虽说才二十多岁年纪，却也是同盟会会员。

近日，蒲殿俊知道吴玉章已经返川回了荣县，就派侄子蒲洵代表自己赴荣县与吴玉章一谈，想让其来省城共商大局。

蒲殿俊一直很敬重吴玉章的才干与学识，亦知道吴是受孙中山先生委派，回川主持四川同盟会事务的负责人。

蒲洵领受任务后，出成都南门往荣县赶路。昨晚行至于此，听人说，王天杰、龙鸣剑率领的荣县民军，北上会攻成都，已经开到这里来了。

蒲洵就想，吴玉章会不会也在军中呢？若吴玉章也在军中，自己到荣县不就是白跑了？

于是，今天一大早就赶来军营打探，没料到被人误以为是探子。

王天杰和龙鸣剑听了这些话，两人就商量，如何把蒲洵安全送至荣县，与吴玉章会面。至于吴玉章去不去省城，由他自己拿主意。

此时，龚郁文亦来了。王天杰和龙鸣剑就有了一个主意，那就是，干脆让龚郁文陪同兼护送蒲洵至荣县，与吴玉章见面。

这是因为，龚郁文身高体胖，这一阵管军需后勤，一个人跑上跑下，忙前忙后，杂事繁乱，颇多劳累。加之，天气又热，龚郁文这个大胖子渐渐有些身体不适。但他都苦熬着，勉力支撑着。

龙鸣剑知道了这事，就和王天杰商量，眼下大战在即，民军可能会和赵尔丰手下官军有一场恶战。到时怕龚大胖子适应不了这种随军冲锋陷阵、快进快退的战时节奏，可能发生意外。龙鸣剑就建议，不如让龚郁文留在后方，不再让他随军出征。王天杰想到龚郁文的身体情况，也同意了龙鸣剑的意见。

如今，恰好碰到蒲洵这事，王天杰和龙鸣剑两人当即就决定，由龚郁文陪同蒲洵返回荣县。他原先分管的军需后勤那一摊子事，交给余契负责。

于是，龚郁文和蒲洵在两名民军战士护送下，当天即踏上返荣旅程。

令人意想不到的是，后来荣县民军会攻成都战事失利，王天杰率民军回师荣县，与吴玉章等成立荣县军政府，这个差点被当作探子的蒲洵，因能写会说，行事公正，又是外乡人，竟被推荐为军政府第一任首脑（知事）。

第十二章　首战失利

1. 横梓场遭遇战

龚郁文陪蒲洵回荣县安排妥当后，王天杰和龙鸣剑即率民军主力，按预定作战方案，向成都南郊的秦皇寺、苏码头方向进攻。

荣县民军先头部队，逼近离成都只有二十里地的中和场时，先前派出去的两名探子先后跑回来报告说，前面发现敌情。

探子报告称，赵尔丰派出城来与同志军作战的巡防军，已经开到了横梓场，正在那里布防。

总指挥陈华丰问探子："赵尔丰的巡防军，有好多人马？有没有炮？"

探子想了想，说："巡防军有一两千人的样子，有没有炮倒是没看清楚。但巡防军手里拿的，都是一色五子快枪。"

此时，得到消息的王天杰和龙鸣剑也赶到先头部队来了。王天杰从探子口中了解到这些敌情后，与龙鸣剑、陈华丰简单商量了一番，当即向民军部队下了向巡防军开战的进攻令。

王天杰还以民军司令的名义，大声向民军战士宣布：鉴于民军缺乏快枪，而赵尔丰巡防军，手里都是清一色新式快枪，因此本司令宣布，凡是从巡防军手里缴获到的快枪，不管是五子快枪，还是九子快枪，也不管他是哪个，谁缴的快枪，就归谁所得！

王天杰这一宣布，使全体民军战士顿时骚动起来。那场景，真是个个兴奋，人人争先。要知道，自出征以来，手里有把新式快枪，即大家俗称的"硬火"，是每个民军战士的梦想。

队列中，手里只有一把长腰刀的林二娃，兴奋地对并排站在身边的石匠郭子耳和李大炮说：

"只要见到了巡防军，老子们就首先冲上去，一刀把他砍了，再把他手里的快枪缴过来，老子们今后打仗就用硬火了，哈哈，好巴适！"

又朝站在身后的猎户郑老幺说：

"郑老辈子，那个时候我手里有了硬火，你的那把鸟枪就眼气不到我了哈。再好的鸟枪，也没得快枪'关火'（方言，指某一行业的内行人士、权威人士），是不是？"

听林二娃这样说，郭子耳也稳不起了，就朝林二娃说：

"二娃，等会儿打冲锋的时候，我两个跑得快的跑一起。他几个跑得慢的，跑后面点没关系。碰到巡防军，我们可以先两个打他一个，你用长腰刀砍，我拿苗杆子戳。先整翻一个，把快枪缴过来，再来对付第二个，再缴他一杆快枪。如此，你我一人一杆快枪。管它五子快枪也好，九子快枪也好，总之是硬火，那才巴适！"

站在身后的郑老幺不服气，说：

"你林二娃能缴巡防军五子快枪，别个就不能缴？我没你跑得快，但我这杆鸟枪的子弹总比你跑得快。你还没跑过去，我鸟枪的子弹已经打在巡防军身上了，他那杆五子快枪缴过来，你说，该算哪个名下？"

郑老幺这一说，把林二娃弄得一时无话可说。一侧的李大炮，正待参加进来说点什么，出发的命令已经下了。几个人慌忙停了争论，拿起自家手里的家伙就随队伍出发了。

荣县民军大部队，刚进发到横梓场地段，就和巡防军的前卫部队迎面相遇。

立时，发现敌情的过山号就"呜嘟嘟"地吹响了，一种又紧张又兴奋的情绪迅速在民军阵列中传递着。

横梓场外边，那一带地势平坦开阔，西南方有一条河。此时已经秋收之后，稻谷收尽，全是一片干田。巡防军似是背河而战，官兵们在那一片干田上掘壕布防。

从荣县民军布阵的半山坡上望去，巡防军官兵的举动看得一清二楚。那一队巡防军，有几百人样子，清一色黑布包头，黄色军装，灰布裹腿。手里则是一色新式五子快枪，每人背上一把鬼头大刀。

民军战士，这是第一次见到被称为赵尔丰精锐之师的巡防军，不免议论纷纷。

"看呀，那就是巡防军！"

"巡防军穿的啥子军装啊，怪难看的！"

"怪不得喊他们乌鸦兵，脑壳上的包头布比乌鸦还黑！"

虽说是周围山坡上，已经可望见数以千计的民军围了过来，满山遍野都是民军人马，一阵阵过山号吹得"呜嘟嘟"直响，大战在即，可那一队巡防军似乎并不慌张，也不大在乎，仍各自干着自家的事情。

有意思的是，其时，有一批巡防军正在吃早饭，另外一批巡防军就在外围警戒。等那批吃完饭，就轮换另外一批吃饭。吃完饭那批，则负责外围警戒。以后的打仗、冲锋、退却等，巡防军那一帮人亦是如此。如同下操一样，一切显得训练有素，有条不紊。

相比较起来，荣县民军这边，就明显缺乏规矩，一切都显得杂乱无章。什么事，总是有点一哄而起、一哄而散的样子。

周围山坡上的民军战士，都是第一次面对敌军，且过去从未交过手，胜负还是个未知数。此时大家普遍求战欲望很强，士气很高。大多数人都跃跃欲试，巴不得早点一声令下，大家如猛虎下山一般，向那些巡防军猛扑过去，打他个落花流水。

不过，让民军战士不解的是，司令部那里，总攻令却迟迟没有发布。

有些民军战士等得心焦，待在树荫下、野草丛中，手里拿着自己的武器，坐下了又站起来，站起来了又坐下，不停地朝山下巡防军那里张望。

总攻令迟迟没发布，是有原因的。原来，王天杰和龙鸣剑等民军一众首领，是在等炮手架设临时炮台和选定炮位。也是事有凑巧，那天早上出发后，荣县民军大部队一路急行军，炮队因带有沉重的炮身炮架以及大批炮弹，就赶不上行军速度，落在了后面。

更为糟糕的是，途中过一道独木小桥时，新近投奔民军的武字营过桥不慎，携带的那门新式罐子炮连带两个炮手翻倒在小河里面。

众人费了好大力气，才将那门罐子炮打捞上岸。可是就此耽误了好些工夫，没能赶在总攻令发布之前进入阵地。

而先到的那门罐子炮，虽说是赶到了民军布阵的山坡上，也选定了炮位，架设起临时炮台，但关键时候，忙中出错，炮身出现了故障，一时无法开炮。几个炮手弄得手忙脚乱，一身是汗，却怎么也摆弄不好。

王天杰和龙鸣剑将司令部临时指挥所设在山坡高处的一棵老松树下。

两门被寄予厚望的新式罐子炮，关键时刻却不能发挥作用，王天杰急得直跺脚。龙鸣剑虽然沉稳不言，但从眼里的神色看，他内心也是焦急的。

作为先头部队总指挥的陈华丰，已经来这临时指挥所向王天杰和龙鸣剑催促过问好几次了。他说，自古用兵，士气可鼓不可泄。眼下他手下民军战士求战欲望很强，士气正高，若迟迟等不到总攻令，士气可能会受影响，大不如前。

王天杰一听陈华丰这话，真的发急了。他一咬牙，朝龙鸣剑说：

"怎么样？龙兄，开打吧？"

龙鸣剑沉吟片刻，也点点头，说："那就打吧。"

如此，王天杰终于下了总攻令。陈华丰当即返回阵地，安排先头部队的对敌冲锋。

2. 巡防军快枪有点凶

战事打响，民军的两门罐子炮开不了炮，炮队原有的几门抬炮、猪槽炮先后开炮。稍后，两门老式牛儿炮也开了炮。

顿时，横梓场外那一片开阔之地，炮声震天动地，惊得雀鸟乱飞，山野回响。民军炮队阵地上，炮弹发射引发的阵阵硝烟，四处弥漫，经久不散。

可惜的是，民军炮队的那些土炮，虽说齐刷刷一齐开了炮，但是，那老式抬炮也好，猪槽炮、牛儿炮也好，都射程有限。土炮射出那些火药和铁渣子，根本打不到巡防军的阵地那里，而是落到干田里或田坎上，对巡防军形不成一点杀伤力，只能壮壮自家声威罢了。

这一片突然而起的炮声，把在干田那一带布防的巡防军给吓了一大跳。只见那一大帮士兵闻声而起，一个个操起身边快枪，或卧于田坎之上，或半卧在土壕里面，纷纷进入作战状态。

炮声响起的同时，发动总攻令的过山号，一齐"呜嘟嘟"地吹了起来。

蓄势已久的几千民军战士，从山坡阵地上一跃而起，一路呐喊着，一路朝山下猛冲。那阵势，真有点猛虎下山的味道。

"冲啊！冲啊！"

"冲！冲！冲！杀他龟儿子巡防军！"

一时间，满山遍野都是隆隆炮声以及此起彼伏的民军呐喊冲锋声。

林二娃手里紧紧捏住自己那把长腰刀，一股劲地从半坡上往下冲。郭子耳两手抓牢苗杆子，紧跟他身后几步远，仿佛生怕林二娃把自己甩下一样，也埋头猛冲。

李大炮动作要迟缓些,郑老幺年龄大了,一不留神,被他两个甩下好几丈远。至于小学堂教员出身的团副周虚成以及团首钟炳文,更是落在了后面。

不过,他们几个人,还是端着自家武器,随大伙一起往坡下直冲,要使出全身力气与那些巡防军拼死一搏。

民军冲锋队伍中,也有少数拿着枪支的战士。枪支形形色色,各式各样,有老旧的火药枪、明火枪,也有猎户郑老幺那样的长筒鸟枪,也有较新式的来复枪以及类似巡防军用的那种五子快枪。其中,新式快枪是极少数。

多数拿枪的民军战士,都没啥战斗经历,更无经验。这首次与巡防军对阵,放枪难免就有点盲目。有些人,边跑边打枪,也不管自己这枪筒里开的火,是否真正打到了巡防军士兵身上。

更有些人,基本上是朝天放的空枪。他等边跑边打枪的目的,只是为自己壮壮胆。

在一片干田里布防的巡防军,战斗开初未做任何还击。那帮黑布包头,脸面也黑黝黝的士兵,一个个将身子伏在田坎上或土壕里,双手端着自家那支快枪,每个人都做好射击准备,却并未开枪。

这支巡防军,是四川总督赵尔丰手里的一张王牌。其装备精良,训练有素,作战凶狠,在藏区历经大小十多次战斗,战斗经验相当丰富。

据说,还在川边地带对付当地人时,赵尔丰这支精锐的巡防军在战场上就有两种战法。

一种是以驱散为主的战法击败对手,只图最后取得胜利,不在于要杀死杀伤对方多少人马。参战的巡防军士兵,对阵开枪时,只要先击中了对方几人,造成死伤后,余下的开枪射击,子弹大都朝人头之上而去,并不再真正对着人打。如此战法,并不会造成对方多大的伤亡。

另外一种战法,则是以杀死杀伤对方战斗人员为主。巡防军士兵开枪,一律在较近距离之内,充分发挥五子快枪、九子快枪的杀伤力。一战下来,对手伤亡很大,损失惨重,日后对巡防军一提起就畏惧三分。

这回赵尔丰从川边藏地把这几千巡防军调来成都,主要是守住省城,保住省督府和自己的位子。农历七月十五中元节那天,省督府卫队和巡防军对请愿的市民直接开枪,造成重大伤亡,已经惹了众怒激起民变。这才有近几天,数以万计的外地同志军扑城,围攻成都。

面对如此严峻的局势,赵尔丰虽说焦头烂额,但头脑还是清醒的。这就是,守住省城，保住省督府为要，对扑城的同志军，以驱散击退了事，不必非要杀死杀伤对方多少人。对巡防军指挥官下达的命令，明显就是取第一种战法。

前两天在成都东边的牛市口以及南郊的红牌楼遭遇战，巡防军都是如此战法。

今天在这横梓场外，与荣县民军对阵，巡防军显然也是取如此战法。在巡防军官兵看来，这些外县来扑城的同志军，不过就是一群不经打的乌合之众，不堪一击。

当呐喊冲锋的民军战士，冲到有效射击距离内时，巡防军士兵手里的快枪响了。当然，第一排子弹，是朝人身上打的。

民军阵列中，冲在最前头那几个人，当即应声而倒，他们成了北伐出征以来荣县民军中的第一批阵亡者，过水民团的林二娃就在其中。

战斗开打后，一心要奋勇杀敌，从巡防军那里夺下一支九子快枪的林二娃，一直呐喊着冲在最前头。他冲下山坡以后，学其他冲锋者那样，半弓着身子，紧握长腰刀，嘴里时而高喊一两声，时而低喝几句：

"巡防军，老子们不得怕！冲！冲！砍翻他一个，老子们就够本！冲！冲！"

此刻，林二娃那句"夺他一把九子快枪，就归老子……"还没来得及说完，就中枪倒地。手中那把长腰刀，落在他脚下的干田中。

最前头那几个人倒地后，巡防军第二排子弹又打了过来，也是朝人身上打的。冲锋落在林二娃身后仅几步之遥的郭子耳，是中弹倒地者之一。

巡防军这两排枪响之后，一直在呐喊冲锋的民军战士，在短暂惊愕之后，大多数人转身就开跑。

直到这时他们才明白，巡防军士兵手里的快枪，确实是"硬火之硬火"，而民军战士手里的那些大刀、长矛、羊角叉、火药枪、鸟枪、明火枪等，根本不是其敌手。双方交战时，民军连对方的边都没沾上一点，就被迎面飞来的快枪子弹击中，非死即伤。

荣县民军那天在横梓场的全面溃散，自此开始。

3. 兵败如山倒

当然，冲锋的民军部队中，也有少数没转身就跑，而且敢于与凶狠的巡防军对抗一下的。其中,有从原来民军快枪队新编入冲锋先头部队的十来个持快枪的战士,以及那天投奔来的官军武字营十来个快枪手。

这些战士,或多或少有一些作战经历,遭巡防军枪击后,他们没跑也没有慌乱,而是立即卧倒于地,就近找个田坎土埂隐蔽下来,然后拿起自家的快枪或来复枪朝巡防军对射回击。

不过,这一点点反击,效果相当有限。民军方面二十来支快枪,对阵巡防军数百支快枪,力量对比悬殊,并不能改变整个战场的态势,领头冲锋的荣县民军先头部队,大多数人都转身跑了。

前锋部队的这次溃散,对整个民军产生了巨大的冲击,战场形势顿时逆转。刚才还士气高涨、信心十足、等候进行第二波冲击的大部队,还没弄清到底是怎么回事,就被从前方回跑的那些民军战士所形成的溃散浪潮卷进去了。

有些人,甚至连巡防军士兵的面也没见到,只听见枪响,子弹在乱飞,前边败退下来的那些人在跑,他们也转身随大流往回跑。

身为前锋部队总指挥的陈华丰,招呼不住,也招架不了,到最后,他自己也只好带着几个亲信卫士往后撤。否则要么被巡防军俘虏,要么被快枪子弹击中,非死即伤。

"咋个会朝后头跑?"身处中军的王天杰,在山坡上看得明白,急得直跺脚,"这陈华丰咋个指挥的?咋个不把人拦住?"

站他身边的龙鸣剑,紧锁眉头,一直没说话,默默注视着局势变化,似乎显得有些无奈,又有点力不从心。

旁边有人说:"巡防军九子快枪确实厉害!打过来的子弹那么密,那么凶!土枪土炮抵挡不住!"

王天杰对此回答当然不满,就回他一句:

"巡防军快枪子弹再凶,也该抵挡住,这是打仗!不该掉头就朝后头跑啊!"

说完这话,王天杰又朝身边的龙鸣剑说:

"龙兄,要不我俩下去亲自压压阵,先把阵脚稳住再说。"

然而没等龙鸣剑回应点什么,负责司令部警卫的刘四娃,就从坡下跑上来,神色紧张又带点焦急地报告说:

"报告司令,报告参谋长,巡防军已经朝这边追过来了,司令部在这里不太安全。是不是该转移一下?"

王天杰正为战事不利在发急,就狠狠瞪刘四娃一眼,没好气地说:

"这是打仗!还讲啥子安全不安全的?少废话!"

而此时的龙鸣剑,其实比王天杰还着急。眼下这种局面,自是大出所料。可是,此时的战场形势是,民军部队已散,人心已乱,已经不是他们两个统帅可以控制得住的。

但尽管如此,龙鸣剑身为参谋长,整个民军统帅之一,值此战局危急时刻,他也没有轻言退却、轻言放弃的道理。因此,当王天杰说要他俩亲自下去压压阵脚,先把局势稳住再说,龙鸣剑也就答应了。

如此,王天杰、龙鸣剑两人,不顾刘四娃的反对,毅然决然地带身边的卫队跑下小山坡,试图制止民军部队的溃散。

"你跑啥子跑?该抵挡一下的,还是要抵挡一下嘛!"王天杰挥舞着手里那支毛瑟枪,又急又气地朝那些往回跑的民军战士大声吼,"你等这样往回跑,如何对得起荣县的父老乡亲?"

气急之下,王天杰还朝一个自己把梭镖丢了只顾逃命的民军身上狠踢了一脚,嘴里骂道:

"怕死鬼!你跑啥子跑?回荣县后,你还有脸见人?"

那人是城北民团的团丁,王天杰认识的。在双古坟整编训练时,因为训练不认真,王天杰还曾经"刮过他的鼻子"。

龙鸣剑、陈华丰,包括刘四娃及司令部卫队的一帮卫兵,也在帮着阻拦民军部队溃散,想极力稳住阵脚。

然而,俗话说,兵败如山倒,民军部队溃散的局面,怎是龙鸣剑和王天杰等少数几个人能扭转得了的?

对面,已经跑出阵地朝民军追击的巡防军,又是一排快枪子弹打来。落在后面撤退不及的民军战士,又有几个人中枪倒地。

此时,民军队伍更是大乱,大家争先恐后都朝后面跑。原先跑得慢一点的,怕被追击的巡防军撵上,更怕被快枪子弹打中,也纷纷加快了脚步,逃命要紧。

眼见巡防军越追越近,密集的快枪子弹带着刺耳的响声在头顶上乱飞,刘四娃十分焦急地说:

"王司令、龙参谋长,看样子今天是抵挡不住了!巡防军都朝这边追过来了,司令、参谋长,我等还是早撤为宜!"

王天杰和龙鸣剑、陈华丰等首领,脑子里还在犹豫,思忖该不该撤时,顷刻之间,已经被不成队形、乱糟糟涌过来的民军溃散人潮卷了进去。此时,他们完全身不由己,撤与不撤,已经不是他们自己可以做主的事了。

顷刻之间,刘四娃及司令部卫队的那些卫兵也被卷在溃散人潮中。

刘四娃也算精明能干,危急时刻,他没有忘记自己的职责,无论溃散人潮如何拥挤,周围的环境如何混乱不堪,他始终跟在王天杰和龙鸣剑身边,不离左右,保卫他们的绝对安全。

同时,刘四娃还设法将挤散的卫队卫兵召集在一起,形成一道"人肉屏障",将王天杰和龙鸣剑紧紧保护在其中。

正由于刘四娃的忠心耿耿与精明能干,在民军整体大溃败的危急混乱时刻,王天杰和龙鸣剑两位民军主要统帅得以毫发无损,平安撤离到了安全地带。

4. 秦大炮率部赶来接应救援

民军的这次溃退,一退好几里。溃散的民军,混乱奔逃,互不相顾,已经失去了战斗力。各队队长及营官也被卷在溃散人潮中,想指挥也根本指挥不了队伍。

巡防军一直尾随其后,在后面紧紧追击。不过,此时巡防军士兵打出的快枪子弹,更多是在民军战士的头顶上乱飞,只有少数巡防军士兵才是朝人身上开枪。所以这时的荣县民军,真正的伤亡不算太大。

一直退到一个叫苏码头的地方。那块大的平坝子已经到了尽头。那一带,地形地貌有了明显变化,四周是一片起伏的浅丘。溃逃民军才稳住了一点阵脚。

进入浅丘地形后,巡防军的追击也放慢了速度,对民军咬得不是那么紧了,大概是惧怕民军会有什么埋伏。由此,败退下来的民军也得以稍稍停下来喘口气。

此时,已经是下午时分了。王天杰和龙鸣剑、陈华丰等民军首领,正想利用这个机会重新集结队伍,收拾残局,再做下步打算,突然,西北方向山丘处,出现了一支队伍。远远望去,那队伍人数不少,起码有数千之众。其先头部队,离荣县民军集聚的那个小山头,只有两三里路远近。

正喘息未定的民军,立时又骚动慌乱起来。有人惊慌大喊:

"快看！那边又有队伍开过来了！咋个回事？"

又有人喊："糟糕！我们是不是被包围了？"

个别民军战士，立马收拾起东西，又想开跑。

不过，有些眼尖的人，又发出疑问：

"开过来那支队伍，看样子不像巡防军，也不像绿营官军，倒有点像哪个地方的同志军。"

这一说，大家的情绪稍稍安定下来，

众人正惊疑间，有人突然高兴地大喊起来：

"哎呀！我认出来了，那支队伍不是官军，是秦大炮！是秦大炮手下的同志军！"

原来，他已经认出，那支队伍中有人扛着一面大旗。那旗子正中央，绣有一个大大的"秦"字，所以脱口喊出"是秦大炮"的话来。

当即有人高喊："秦大炮来了！秦大炮来了！秦大炮带同志军增援我们来了！"

有人更是兴奋大喊："援军来了！援军来了！好安逸！"

说话间，那队伍越赶越近，有人看见队伍中有另一杆大旗，旗子上有"井研民军"四个大字，就喊道：

"是井研民军！援军是井研民军！"

有人看见队伍中有人抬着土炮，又高声喊道：

"援军还有炮！也是土炮，还不止一两门！"

秦大炮带民军赶来接应增援的消息，当然也传到王天杰和龙鸣剑那里来了。其时，刘四娃已将王天杰等司令部人员护卫至一个小山冈上。

王天杰听了这个消息尤其兴奋。他站在山顶上，一面朝那方张望，口里一面说：

"秦大炮果然不愧是秦大炮！够哥们儿！他这些人马来得正好，来得太及时了！"

又回头望身边的龙鸣剑说：

"秦大炮这时能赶过来接应增援，于我荣县民军来说简直是雪中送炭！龙兄，你说是不是？"

战局略微稳定，眼下又突然见到秦大炮井研民军来接应增援，龙鸣剑先前一直紧锁的眉头，终于有些舒展开来。他朝王天杰点点头，应答说：

"当然是雪中送炭。秦大炮井研民军这人马，来得太及时了！"

原来这天,秦大炮秦载赓本是带着其统率的井研民军两千多人的队伍,往华阳一带进军,参加各州县同志军合围成都的战斗。哪知,行至半途,就接到前方探子的报告,说是荣县民军已经在横梓场那边同赵尔丰派来的巡防军打起来了。

秦大炮得报,当即下令所部加快行军速度,赶往横梓场同巡防军交战,增援王二胖、龙大哥带领的荣县民军。

却没料到,刚赶了二十里路,一个钟头的样子,又有探子赶来报告,说是荣县民军已经战败了,正往苏码头那边撤退,巡防军在后面一路追击。

秦大炮得此消息,又赶紧通知所部人马,掉头往苏码头这边赶来,接应败退的荣县民军。

秦大炮统率的井研民军没同巡防军交过手,尚不知其虚实如何。如今见实力比自家民军强得多的荣县民军与巡防军甫一交手就战败了,方知其战力不可小视。

不过,秦大炮到底也有些作战经验,他带人马抵达荣县民军集聚的那个小山头脚下,看清尾追其后的巡防军,虽说追得不是太急,但仍把荣县民军咬住不放。

秦大炮当机立断,也来不及与山顶上的王天杰和龙鸣剑打个招呼,就命令手下炮队,把仅有的几门土炮迅速在半坡上选好位置,将开炮阵地筑好。

几门土炮架来后,秦大炮也不管打得准还是打不准,立马下命开炮。

"给老子轰!轰他龟儿子巡防军几炮再说!"

几个炮手得令,就接连朝巡防军那边轰了好几炮。在旷野间骤然响起的炮声,一时听起来有点惊天动地。

秦大炮这一招还真见效。几门土炮一连几炮打了过去,虽说没轰到巡防军的任何人,倒是把巡防军的那股骄横气焰多少给镇住了一点。

巡防军带兵的管带,见民军方面来了增援人马,又还有土炮接应,也不敢大意,当即下令停止追击,改为就地警戒待命。

荣县民军此前横梓场溃败的不利局面,至此得以扭转。包括王天杰和龙鸣剑、陈华丰等高层在内的民军上下下,终于松了一口气,大多数人得以心定。最起码,那种可能遭遇全军覆没的危险,基本上不存在了。

几门土炮轰击把对方镇住之后,秦大炮为节省为数不多的炮弹,也没再让炮队开炮了。他又站高处观察了一下对方动静,见巡防军不再呈进攻追击态势，而是就地警戒，就将手下井研民军布置于第一线，将之与先前对阵的荣县民军隔开。

秦大炮又交代几个带兵头领，要严密注意巡防军动向，做好战斗准备，这才带身边几个亲随上山来与王天杰、龙鸣剑等人相见。

"龙大哥，二胖兄，"甫一相见，秦大炮即抱拳施礼，似还带点歉意地说，"此番兄弟来迟了，实在是得到消息太晚了点，赔罪，赔罪！"

"哎呀！秦大哥说到哪里去了！"王天杰抓住秦大炮的手，感激不尽地说，"多亏秦大哥带人马赶来救援，此刻对我荣县民军来说就是及时雨，也是雪中送炭，简直来得太关键了！"

平时喜怒哀乐不大形于色的龙鸣剑，也真心实意地望着秦载赓说：

"秦大哥别说客气话了，幸亏秦大哥接应及时，否则还不知局面坏成啥子样子！"

几个人客气一番，这才在山头上找个地方坐下来，对眼下战局进行检讨总结，并对今后如何应对巡防军，做一番仔细研究。

说话间，秦大炮见王天杰、龙鸣剑等人一脸疲惫，说话有点中气不足，突然想到，他们肯定中午未及进餐，就问：

"龙大哥，二胖兄，你们中午还尚未进餐吧？"

王天杰与龙鸣剑对望一眼，带点苦笑地说：

"进餐？当时逃命要紧，还进啥子餐？从早饭到现在，大家连水都没喝上一口。"

秦大炮一拍脑袋，似乎怪自己没早点想到这事，然后一个招呼打下去，让手下人把为自己准备的吃食和茶水送上来，给王天杰和龙鸣剑等充饥。

又吩咐手下军需官做出安排，将井研民军的给养分一部分出来优先供给荣县民军战士。

由于败退时局面太混乱，荣县民军又缺乏严格的训练与战术素养，民军战士溃逃时，自顾不暇，其武器装备均损失巨大。几门土炮、罐子炮都弄丢了，随军的粮草基本上也损失了。

秦大炮这一安排，对于处境糟糕的荣县民军来说，又是一次雪中送炭，很关键，也很有用。有了井研民军在粮草给养方面的无私援助，一众荣县民军将士才真正缓过气来了。这对稳定军心、鼓舞士气，也起了积极作用。

当晚，巡防军方面，没再进攻，但也没撤兵，而是就地安营待命。两家民军方面，见巡防军没再表露出进攻态势，也只做出防御布置。除留下少数队伍做出警戒，防备对方趁夜深偷袭外，大部人马就地安营歇息。

那天夜间，双方再无战事，处于对峙状态。

5. 深夜联席军事会议

趁战局相对平稳，当天夜间，两支民军高层举行了一次"联席军事会议"。

荣县民军方面，王天杰、龙鸣剑、陈华丰等首领参加会议。井研民军方面，出席的除了总首领秦载赓，还有他的副手以及手下的两个营官。

这次联席军事会议，主要议题就是，如何应对眼前不利的战局，民军今后的作战方向、战略目标以及相应的战术问题。

经过荣县民军在横梓场与赵尔丰手下巡防军一战，不管王天杰和龙鸣剑也好，秦大炮也好，终于明白了一个事实，以眼下民军的整体实力，根本不是赵尔丰手下巡防军的对手。这种实力差距，不仅表现在武器装备上，也表现在士兵平时进行的军事训练以及所体现出来的战斗素质上。

明白了这个事实，各位民军首领都感到，当初提出的各州县同志军，齐聚省城，会攻成都，一举拿下赵尔丰，从而实现四川独立的战略预想，实在是过于乐观了。

各州县民军或同志军会攻成都，一举拿下赵尔丰，从而实现四川独立这个战略构想，是在那次资州罗泉井会议上形成的。罗泉井会议之后，各地同志会先后转变为同志军。赵尔丰制造"成都血案"之后，各地同志军趁机举事，自保路风潮以来的全川局势，终于迎来了高潮。

当时好多人，包括在座各位民军首领在内，都乐观地以为，各路同志军聚齐十万二十万之众，以人数上的绝对优势合攻成都，一举打败赵尔丰手下官军，是轻而易举的事。

这次联席军事会议，由秦载赓主持。由于民军吃了败仗，战场局势不好，会议一开头，气氛比较沉闷。各位首领都不愿先说话，尤其荣县民军那边，王天杰、龙鸣剑、陈华丰等人都默不作声，似乎在等别人先说。最后，还是王天杰耐不住，首先开了口。

王天杰说："龟儿子巡防军，快枪是太厉害了。快枪子弹一排排打过来，我民军这边，快枪没得几杆，光靠火铳鸟枪这些杂七杂八的火器，根本抵挡不住。人再多也抵挡不住。更不要说标子、马刀这些短家伙了，你人还没挨到人家，对方快枪子弹就打过来了。巡防军快枪，当真是有点凶。"

秦大炮点点头说："也倒是，听说现在巡防军的武器装备比凤凰山那边的新军还更好，粮草弹药供给也比新军更充足。我还听说，巡防军到了成都后，营官士兵的饷银都是发的双份。"

这时，龙鸣剑插话进来说：

"巡防军是赵尔丰拿来保命的，各方面当然要向着他们。"

喝了口茶壶里的冷茶，龙鸣剑又说：

"赵尔丰为保军饷银子，专门派了四个营的巡防军进驻自流井，控制盐场，保证其盐税收入。"

"四个营的巡防军？恐怕有两三千人啊！"陈华丰说，"今天与我们交手的巡防军，也才几百人的样子。看光景，就只有一个营的规模。今后要去打自流井，怕是要拿点话说。"

秦大炮的副手插话说："听说赵尔丰这回从川边藏地调过来的巡防军，有十多个营，差不多万把人的队伍。都是他当年在雅州亲自坐镇训练出来的，又在川边同藏兵打了多年仗，很有战斗力。"

陈华丰说："怪不得，巡防军打起仗来这般霸道。"

提起巡防军这个话题，大家的话多了起来，会议气氛变得活跃些了。尤其这天在战场上，与巡防军直接交过手的荣县民军几个人。似乎一天的切身经历，让他们更有发言权。

王天杰说："龟儿子巡防军，不仅武器装备好、九子快枪凶，就是平时的军事训练也比我等民军高了一大截。简直没法比。

"我们这批民团团丁，大多数只在双古坟临时训练三天，与训练有素的巡防军相比，说得不好听一点，就是一群乌合之众。打冲锋时，一窝蜂上，不知进退。对方一阵快枪打来，见打倒了几个人，又一窝蜂转身开跑，完全不听上头指挥，拦都拦不住。这不是乌合之众是啥子？"

有人感叹说："照这个样子，没有哪个州县的同志军有实力打得赢龟儿子巡防军。"

停了片刻，又说："除非把凤凰山的新军拖得到我们这边来。据说新军的快枪比巡防军还更多，还有新式洋炮。"

有人就说："把新军拖到我们这边来？怕莫得那么容易的事。"

总之，看得出来，在座诸首领似乎都对巡防军有了几分畏惧心理。

这时，一直紧锁眉头、眼露沉思之色的龙鸣剑，缓缓开口道：

"所以，当下我们该认真商量研究一下，当前我民军的战略目标，是不是该做一点适当调整？"

龙鸣剑这里民军原来制订的战略目标是：各州县同志军会攻成都，一举拿下赵尔丰，实现四川独立。

夜已经很深了。成都平原一带，白天的暑气已基本退尽。清凉的夜风从平坝那边吹来，为苏码头山丘地带带来阵阵凉意。

入夜后，巡防军将营地移到与民军相邻的一座山丘上。两军隔着一座山头对峙，互相警戒着，防备对方偷袭。夜营的灯火，在营地周边及一些小道隘口通宵亮着。

那晚联席军事会议，还有一个很重要的内容，这就是，两家民军的联合或合并事宜。当时，在座各位头领都觉得，现今战局不利，民军是处于弱势的一方，哪怕是俗话所说的抱团取暖，两家都应该联合起来，以形成合力，进而设法扭转战局。

其次，为统一指挥，也为对内鼓舞士气，对外壮大声势，将荣县及井研两家民军合并一体，组建成一支军力声威更强，旗号更大更响亮的新民军队伍，也势在必行。

事情一经提出来，两家主要头领都表示同意，民军合并的事就这样定了。

要为这支新民军队伍取一个既合适又比较响亮有号召力的名头，在座各位头领，还颇动了一些脑筋。

最初有人提议，从两家民军名称里各取一字，叫井荣民军或荣井民军。这建议提出来，多数人都觉得不合适，给否定了。

秦大炮和王天杰都摇着头说："名头不够响亮，名头不够响亮，另取一个为好。"

后来又有人建议，说："干脆取名叫下川南同志军，如何？"

众人议了议，仍觉得其名头不够理想。

这时，龙鸣剑就问秦载庚：

"秦兄，听说张达三、侯国治等首领，在新津、大邑一带拉出来起事的民军队伍，打出的是川西同志军的旗号，是不是确有其事？"

秦大炮说："确有此事。张达三、侯国治等组建的新津大邑民军，就是打的川西同志军旗号，又叫四川西路同志军。"

龙鸣剑经过一番思索，就提议说：

"不如将合并后的民军所部，改名为四川东路同志军总部。这个名头，大家觉得怎样？"

秦大炮第一个表示赞成，说：

"四川东路同志军总部，这名头好。东路同志军，再加上总部二字，既响亮又霸气。到底龙兄见识要高明一些，所取的名头与众不同。"

王天杰也点头赞叹：

"有了总部名头，就更有号召力，今后以此统率联络各州县同志军，建成一支更大的民军队伍。"

在座各位头领也都纷纷赞成说好。这支新民军队伍的取名一事，也就如此定下来了。

大事既定，秦载赓、王天杰等两家民军首领，就决定第二天即着手进行合并整编具体事宜。剩下的事情，就是确定这新建立的四川东路同志军总部领导班子。具体说，原来的两家民军首领中，由谁来担任大首领？

龙鸣剑在革命党人中资格最深，又是见过孙中山先生，由孙先生亲自委派回四川主持革命党工作的。况且，他还有着省谘议局议员身份，又是罗泉井会议的发起人，在座各位头领都认为龙鸣剑理所当然是四川东路同志军总部大首领最合适的人选。

秦大炮首先提议说："这个大首领，还是龙兄来担任最合适。"

王天杰对秦大炮的提议也表示赞成，他说：

"对头，龙大哥资历深，见识广，由他来出任大首领，再好不过。"

在座其他首领亦赞同。却没料到，龙鸣剑自己却坚决不肯答应。他说：

"我缺乏统兵才干，只适合干点参谋助手的工作。秦大哥德高望重，出任东路同志军总部大首领，更为合适。"

又转头看着王天杰说：

"二胖兄年轻有为，最近出任我荣县民军司令也干得不错。所以，我建议，二胖兄出任东路同志军总部二首领，大家看合适不合适？"

由于龙鸣剑的坚持，最后形成的决议是：秦载赓出任东路同志军总部大统领，王天杰出任东路同志军总部副统领，人称二统领。这也是王天杰后来又被人称作"王二统"的由来。

至于龙鸣剑自己，则仍是担任东路同志军总部参谋长一职。秦载赓手下那个团副，任东路同志军总部副参谋长。陈华丰仍任东路同志军前部总指挥。其下各营官队官，大致保持不变。

直到将近三更时刻，这次重要的联席军事会议才结束，与会民军首领方回营歇息。

6. 过水民团出征后事

那天的横梓场战事，过水民团的三十余人，都在打头阵的先头部队中，随大家一起冲锋。

当林二娃、郭子耳等几个冲在最前头的，被巡防军快枪子弹击中倒地时，老猎户郑老幺以及团副周虚成和团首钟炳文，因步子及动作稍慢，落在其身后十来丈远的地方。

猎户郑老幺身上是双枪，肩上背着一杆，手里拿着一杆，都是鸟枪。当然，手里拿着准备随时开火那杆鸟枪，要"关火"一点。上山打野鸡野兔百步穿杨，用的就是这杆。

周虚成手里拿的武器是一把羊角叉，这是出发的前一天，才临时从一个学生家里借来的。周虚成是个小学堂教员，读书人出身，自然对如何使用刀枪之类极为陌生。好在双古坟训练时，他找懂得点武术的团丁虚心请教，才多少知道一点战场上面对敌人时，手中的这把羊角叉该如何个用法。

团首钟炳文的武器，则是一柄古剑，说是战国时代之古剑，颇有点来历，被他家视为传家之宝。传说当年他祖上雪夜中救了一位道士，该道士为报恩，赠予这柄古剑。古剑一直悬挂在他家堂屋，据说可辟邪免灾。

这次过水民团随民军出征，钟炳文特意把这柄古剑带上，是想为北伐成都战事讨个好彩头，来个旗开得胜。

坊间有传言称，荣县民军誓师北伐那天，龙鸣剑在县城南门楼下，执剑在手，望各位送行父老乡亲发誓："不杀赵尔丰，我龙鸣剑决不再入此门！"其手里所执的，正是钟炳文这柄古剑。

据说当时是有人向龙鸣剑建议："过水民团团首钟炳文那柄古剑，是其传家之宝，可辟邪免灾。赵尔丰是四川的大邪大灾。若用钟团首那古剑起誓，何愁赵尔丰不除？"

果然，龙鸣剑用此古剑起誓，其后将古剑归还给钟炳文。

那天在横梓场与巡防军交战，民军刚开始溃散时，钟炳文和团副周虚成，还有猎户郑老幺，都落在冲锋队伍的后面。

看见那些转身开跑的战士里边，有过水民团的团丁，钟炳文挥舞着手里的古剑，还想要制止他们开跑。

"回去！通通跟我转回去！你跑啥子？"钟炳文怒气冲冲朝那些团丁挥着古剑，口里开骂，"听见枪响就跑，死了几个人就掉头开跑！这成啥子章法？打仗哪有不死人的？回去！通通跟老子回去！"

团副周虚成也挥起手里的羊角叉，帮着团首钟炳文试图拦住那些转身开跑的团丁，阻止他们往回跑。

可惜的是，此时此刻，大势所趋之下，人流如潮涌，他两人哪里拦得住？那些开跑的团丁，此时逃命要紧，已经顾不得他是团首还是团副了，绕开他两个的阻拦，依旧照跑不误。

此时随队冲锋者中，没掉头开跑的，只有那一二十个手拿快枪与巡防军对打的快枪手，以及像过水民团的钟炳文、周虚成和郑老幺等少数战士。

但钟炳文的古剑、周虚成的羊角叉都是短兵器，与交手的巡防军相隔距离较远，根本打不到对方。两人这才知道，战场上真实的打仗与原先头脑中想象的打仗，根本就不是一回事。

钟炳文急了，突然想起民团中有个神枪手郑老幺，就连忙回头朝他大喊：

"郑老幺！郑老幺！你这个神枪手拿来干啥子的？快开枪打啊！朝龟儿子巡防军打啊！"

郑老幺经钟炳文这一吼，似乎才回过神。他慌忙停下步子，照平时进山打野鸡野兔那样，取半跪射击姿势，屏气凝神地瞄准后，用手中那鸟枪朝远处的巡防军开了一枪。

这一枪虽说是瞄准了的，但毕竟鸟枪射程有限，子弹没落在巡防军身上。

"郑老幺！隔远了，隔远了点！要再跑近点打！"钟炳文又朝他大喊，"离巡防军近点再打！"

郑老幺弓起身子，又朝前方跑了二十来步，伏在一处田坎边上，准备再开枪。这次，他换了一支长筒鸟枪。这支鸟枪，枪筒更长，射程自然更远。

这回郑老幺更是用出全副心思，举枪朝离他最近的一个巡防军，屏神静气瞄准。之后，他打出了开战以来的第二枪，嘴里还骂道：

"龟儿子巡防军，老子们就不肯相信，这一枪还打不倒你！"

郑老幺这一枪打出去，居然产生了效果。枪响之后，只见那巡防军士兵身子一歪，倒在了那块干田里。这是那天两军对阵中，为数不多的被荣县民军击中的巡防军死伤者之一。

离郑老幺身后仅一丈多远的钟炳文,把这番情景看得十分清楚。他高兴地大喊:

"打中了,打中了!神枪手果然名不虚传!龟儿子巡防军挨了一个!打得好,打得好!"

手中挥舞着那柄古剑的钟炳文,兴高采烈地又朝郑老幺大声喊:

"郑老幺,好生点打!再开它几枪,把龟儿子巡防军再干掉几个!"

然而,话音刚落,对面巡防军那边,又是一排密集的快枪子弹打来。钟炳文躲闪不及,右腿中了一枪,倒在田坎边上,那柄古剑落在几尺之外的草丛中。

其时团副周虚成正隔他只几尺远。见钟炳文受伤倒地,赶忙过来救助,问:

"团首,你中枪了,要不要紧?"

钟炳文"哎哟,哎哟"呻唤了两声,说:

"周团副,我怕是脚杆被打断了,站都站不起来。"

周虚成蹲下去看那伤情,见出血不多,似未打断骨头。他就从斜背的一个灰布口袋里扯出来一块白纱布,把钟炳文的伤腿包扎了起来。

又转身去招呼不远处一名还没回跑的团丁,带命令的口气吩咐他说:

"钟团首中枪了,你来背他一下,朝后方撤退,搞快点!"

那团丁姓江,长得人高马大,体格壮实,家里排行在四,人称江老四。又因为平时脾气有点犟,大家又喊他"犟拐拐"。他本是个挑水匠,常年在场街上为茶馆饭店及其他铺子挑水送水。

钟炳文是乡场上的袍哥大爷,江老四早年在钟家当过长工,平常在乡场上,一些事情多得其关照。所以听团副周虚成发话,叫他背受伤的钟团首,江老四二话不说,背起钟炳文就往后方开跑。

周虚成举目四望,眼见民军大势已去,靠他几个还在这里坚持的人是扭转不了战局了。一直以来,就盼着"带兵打成都",首次交战,就打成这个样子,周虚成心里觉得很窝囊,多少有点不甘心。但眼下这局面,他实在是无可奈何。

周虚成重重叹了口气,看江老四背起钟炳文已经走远了,也只好招呼那几个还没跑掉的团丁,一起收拾起自己的行头把子,紧随其后,一路小跑着往后方开撤。

而老猎户郑老幺,就没那么幸运了。其时,他正伏在田坎边上,举着手中那支长筒鸟枪，打算朝巡防军再开一枪。却没料到，对方那排密集的快枪子弹打了过来，他首当其冲，被一颗子弹击中头部。

郑老幺还没来得及叫喊一声，当场身亡。倒地时，两支鸟枪，一支拿在手中，另一支还背在肩上。郑老幺成了过水民团的第三个阵亡者。

周虚成带着过水民团，跟随着溃散的民军残部，一路朝后败退。好在江老四体格壮，力气好，又是挑水匠出身，擅于负重远行。一路上，实在跑不动了，才停下来略为歇一口气再走。

其间，周虚成自己还替换着背了钟炳文一两次，好让江老四喘一喘气。但周虚成毕竟是读书人出身，体质弱，力气小，背起个大活人没跑几步，就跑不动了。他自己气喘吁吁不说，脚下走得慢了，就要掉队。

背上的钟炳文见掉队了，生怕被后面尾随追击的巡防军追上来做了俘虏，或是再被巡防军的快枪子弹打中，就在背上大声喊：

"江老四，江老四！还是你来背！周团副跑不动了，还是你来背我！"

江老四就立马把钟炳文接过去，自己咬牙背起又开跑。如此，他几个虽说落在后面一点，但到底跟上了民军大部队，没有失散。

一直随民军残部退到苏码头这边，民军大部队站稳脚了，又得到井研民军的救援，背后的巡防军也停止了追击，钟炳文及周虚成、江老四等几个人才知道这下有救了。起先一直悬吊吊的紧张心情，也才彻底放松。

安定下来后，周虚成稍稍喘了口气，又来给钟炳文验伤。周虚成闲时也读点医书棋谱等杂书，略懂得一点医理，识得一些民间单方草药。这次出征成都，他就带有一点治痛医伤的膏单丸散以及一些救急的中草药之类，装在随身的两个灰布口袋里，以备急用。

两个布口袋，他自己随身带一个，另一个让一名团丁带着。周虚成实际上也成了过水民团的"随军太医"，出征以来，民团上下有啥子头痛脑热，小伤小病，都来找周虚成求治给药。

周虚成仔细看钟炳文那只伤腿，好在这一枪是打在小腿肚上，未伤及要害处。

有意思的是，危险刚刚过去，钟炳文突然想起他那把古剑。忙问，他那把古剑当时怎没一起带出来？听说古剑已经丢在了那里，他捶胸顿足，连连叹息。

又对照料他的江老四带点埋怨地说，当初背起他往后方跑的时候，该仔细看看那把古剑在不在身边。若是在身边，也该顺便把那古剑带着。因为那把古剑是他钟家的祖传啊，如此弄丢了，实在可惜。

在旁边的周虚成听钟炳文还念念不忘他那把古剑丢失不丢失的事，就忍不住说他两句：

"起先那一刻，要不是人家江老四力气好，跑得快，命都差点没了，还说啥子古剑不古剑啊？"

钟炳文听了，自己叹口气，才不再说啥子古剑的事了。毕竟，今天危急时刻，是周虚成和江老四一起救了他一命。要说起来，周虚成和团丁江老四应是他钟炳文的救命恩人。

当天晚上及第二天上午，荣县民军进行了一番清理整顿。过水民团也做了适当整顿。

这次随队出征的过水民团，连团首钟炳文在内共三十一人。在横梓场与巡防军的这场遭遇战中，共牺牲四人，伤两人，算是乡镇民团中，伤亡比较严重的一个。

四名死者，除林二娃、郭子耳、郑老幺外，还有一个姓宋的团丁。此人三十来岁，原是场街一家酱园铺子的店员，也是在巡防军第二次射击时，被快枪子弹击中胸部，当即倒地身亡的。

两伤者中，团首钟炳文腿部受伤成了跛子，另一伤者黄姓团丁，是个乡下裁缝，腰部被子弹击中，但非致命伤，经紧急处理包扎后，自己尚能走路。

鉴于钟炳文受伤，难于再参加今后的作战行动，周虚成经请示总指挥陈华丰同意，就安排江老四与另一名团丁护送钟炳文及腰部受伤的黄姓团丁返荣县治伤。

另外，在溃散撤退途中，团丁又走失数人，现有人员已不足二十人。陈华丰就将过水民团与另一乡场民团合并。那民团情形更差。原本有四十人，经横梓场一战，一死数伤。伤亡情况没过水民团严重，但溃散撤退时，走失包括开小差的团丁，达十数人之多。在苏码头清理整顿时，其残部不足二十人。

鉴于周虚成在这次横梓场战斗中表现很不错，两民团合并后，陈华丰就将周虚成从团副提拔为团首。

钟炳文腿上的枪伤，当时因未及要害，仅做了简单包扎处理。返荣县途中，因天热伤口感染化脓，一度还很严重。好在护送他的江老四两人，在仁寿县城里面找了个专治外伤的名医，为其诊治，保住了命，也保住了那条伤腿。伤情好转后，又雇了一抬滑竿，好不容易才将钟炳文护送回荣县过水场。

那个腰部受伤的黄姓团丁，回乡治愈后，仍当裁缝。钟炳文其后一直将江老四视为救命恩人，在各方面对其都多有关照。

四名死者，因当时战场情形紧急且混乱，尸体都丢失了。后来下葬，家人都是为之做的"衣冠坟"。

团首钟炳文拿出一点家资，又在袍哥堂子以及几个大小粮户那里募了一些款，为几个死者隆重办了丧事。

发丧那天，整个乡场，家家户户门口，都设立了香案，点有香烛，有的人家，香案上还摆放有供品酒水。在钟炳文、周虚成等人张罗下，还重金从外地请来一有名道士，整整在场街做了七天道场。死者家人也分别得了一点安葬费和抚恤金。

钟炳文腿伤治好后，虽仍当着团首，但没大管民团的事了。民团具体事务，由团副周虚成在主持。周虚成在场上袍哥堂子里的排位，也由"仁"字袍哥五排，升至"一排大爷"。

周虚成主持过水民团事务后，对民团做了一番整顿。那些在横梓场大战中开跑的团丁，除个别认错态度好，真心愿意今后将功补过的外，其余一律开除出民团。

然后，他另招了一批人较可靠、各方面素质较好的年轻人进入民团。其中，有不少是他当年的学生。

过水民团的规模和实力，反而因此得到加强。周虚成还在他任教的过水乡小学堂里面开办民团讲习培训班，为期三个月，每天有几十人参加团练，以图后举。

如此，在反对袁世凯的"二次革命"中，周虚成带领的过水民团亦参加了王天杰领导的"讨袁战事"。

7. 省城周边的转战

联席军事会议第二天，拂晓时分，两支民军队伍，突然从宿营的那座山头集队开拔，与呈对峙状态的巡防军脱离了接触，并很快撤离苏码头地区。

一直处于戒备状态的巡防军，发现情况后，因对民军意图不明，也没跟踪追击，而是保持观望。早饭过后，这支巡防军部队也撤离了苏码头，重回成都南郊一带布防。

本来，那晚联席军事会议曾经有这样一个安排，即两家民军队伍一起退到仁寿县城，对这支新的东路同志军总部进行必要的整编与训练，然后再向一些州县进发。

但最后时刻，王天杰对这个安排有些异议，说：

"这次北上会攻成都，与赵尔丰的巡防军也只在横梓场才真正干了一仗，而且是吃了败仗，连省城的边边也没摸到一点点。如此就撤走去其他州县，实在是心有不甘。"

端起大茶碗喝了两口凉茶，王天杰又说：

"我在想，是不是可以考虑，我们再打三两仗再走。哪怕不能正面与巡防军对阵，只是将队伍分散开来，摸准机会与小股巡防军干上一两仗，争取获得点小胜，也是好的。这样，既可鼓舞我等民军士气，对外也可扩大我东路同志军总部的声威和影响。大家觉得，此议可与不可？"

没料想王天杰这话一出，竟获得了多数人赞同，其中甚至包括一向行事稳重的龙鸣剑。今天横梓场一仗，实在出乎其意外。虽然他也明白，以民军现有实力，确实不是巡防军的对手。但内心里面，他同王天杰的想法一样，确实心有不甘。总想用点什么办法，多少取得点小胜，从巡防军那里找回一点面子。

那晚会议最后的决定，就做出了一点小的变动，将全部人马撤到仁寿县城整编训练的日期，稍做推迟。两支民军部队不再与巡防军正面对阵打仗，而是抽调一些有胆识与战斗经验的民军战士，分别组建几支可以独立作战的精锐小分队，在省城周边活动，寻找战机。

这个变化，实则是将对付巡防军的战术从正规的正面作战转变为非正规的游击战。

这样，东路同志军总部组建后一段时间，两支民军部队实际上仍是分开行动，各自为战。

那一阵，两支民军分别打着东路同志军总部的旗号，在省城南郊周边一带的中兴场、中和场、秦皇寺、苏码头、铁庄堰、煎茶溪等地转战，与驻防的巡防军周旋。

据统计，秦载赓、王天杰及龙鸣剑统辖的东路同志军总部，在省城周边一带与巡防军及绿营官军大大小小交战二十余次，其间互有胜负，各有伤亡。

当然，应当承认，巡防军拥有武器装备及军事训练方面的优势，交战中是胜多负少，战事中的伤亡人数也比东路同志军更少。

但是，东路同志军方面，毕竟取得了一些小胜，对于鼓舞士气，破除民军队伍中一度存在的"巡防军不可战胜"的恐惧心理起了相当大的作用。尤其是王天杰统辖指挥的东路同志军，在这一系列战事中，积累了与巡防军交手的实战经验。

破除对巡防军的恐惧心理以及获得较多的实战经验，不管于统帅王天杰来说，还是于东路同志军来说，都相当可贵。几个月后，王天杰带领以荣县民军为主体的东路同志军以及同志军盐工支队，挥师东进，合攻贡井、自流井两大盐场，终于取得了对驻防盐场巡防军的黄泥塘大战及炮打天后宫两场大战的胜利。

东路同志军总部，在省城周边一带与巡防军的二十余次交手中，有些战事相当惨烈。

其中，最悲壮惨烈的一仗，要数那次在籍田铺与巡防军炮队的一场伏击战。

那次伏击战的主角，是陈华丰指挥下的东路同志军前锋部队派出去的一个小分队。其主要成员，是陈华丰在山寨做绿林好汉时一同落草的手下兄弟，后来一起下山投奔民军成了民军战士。

那天，这个三十余人的小分队，被总指挥陈华丰派出来，在籍田铺一带活动，寻找合适战机对巡防军或绿营官军下手。

带队的，是前锋部队的一名营官。这名营官姓何，三十多岁，长得人高马大，脾气又有点莽，落了个"何莽子"的绰号。当年在山寨，是陈华丰手下一个小头目。

何莽子遇事敢冲锋陷阵，不怕死，敢亡命，很受陈华丰器重。投奔民军后当上了营官，成了陈华丰手下得力助手。

当天天气很热，大路及山野间几乎没有风。那一带树林也很少，已经高高升起的太阳晒得人身上火辣辣的。

何营官一大早就带着这三十余人出来，在这一带转悠了大半天，一直没发现一点儿敌情，寻不到下手的机会。

一行人在山野间转来转去，走得又热又渴，何莽子就让大家在半山坡一个破庙子里歇歇脚。一面派人去找点水来喝，一面派出两名探子分别去两条大路侦察探路，打探敌情。

十点钟左右，派出去的一名探子，急匆匆赶回来向他报信：

"报告营官，前方大路上，有巡防军的一个炮队，由马拉起，正朝这边开过来！"

"巡防军炮队？有几门炮？"

"一共有两门炮，四匹马。两匹马拉一门炮，都是罐子炮。"

"好哇！"何营官何莽子立刻来了精神，"两门炮，四匹马，老天爷给老子送大礼来了。"

又回头问身边的那名姓刘的队副：

"我等连炮带马，一并给他收了！要不要得？"

"咋个要不得？当然要得。"刘队副喜滋滋说，"老天爷送的礼，不收白不收。"

那刘队副是他山寨时的结拜兄弟，也是个不怕事、敢亡命的人。不管当年当草寇，还是后来入了民军，向来是肯为他打头阵的汉子。如今听说要劫巡防军的炮和马，当然也一样来了精神，表现踊跃。

"随炮队护卫的巡防军多不多？大概有好多人？"何莽子问。

探子说："护卫的巡防军人数也不多。连同炮手，在二十人上下。"

何莽子这时心里多少有了底。他想，自己这边，有三十多人，哪怕一个对一个，也稍微占点优势。况且，他等在明处，我等在暗处，打它一个伏击战，打它一个措手不及，还是可能有胜算的。

何莽子这次下决心伏击巡防军的这个炮队，实在是那两门罐子炮、四匹高头大马对其太有诱惑力了。

陈华丰指挥下的前锋部队，这些天一共派出去四个小分队。其他三个小分队，这几天都多少有些战绩和战果。要么是打死打伤一两个巡防军或绿营官军兵勇，要么是缴获了一两支快枪。东路同志军总部，仍是实行过去那规矩，不管何人，凡从巡防军手里夺到了快枪，那快枪就归谁拥有。所以队伍上下，夺快枪的积极性很高。而且这几天，确实就有人夺到了快枪，让好些人眼红得不得了。

尤其让人眼红的是，两天前，另一个小分队居然伏击了绿营官军的一个运粮车队，战果颇丰。一共打死一名押运兵勇，打伤两名。最关键的是，还缴获了两支五子快枪、一辆马车、两头骏马以及车上运的几百斤粮食。

这事不仅在前锋部队轰动了，连总部头头都知道。王天杰及龙鸣剑都对此夸奖一番，总部还发布命令，专门奖励有功人员。

那个小分队上上下下都觉得脸上有光，连陈华丰这个总指挥也觉脸上有光。

可是，唯有他何莽子带领的这个小分队，连续多天，毫无战绩。这让他脸上有点挂不住了。要知道，他一直是陈华丰手下的得力干将啊。

这两天，陈华丰虽然嘴里没说什么，更无任何一点责备之意，但看得出来，他眼里露出某种失望。这让何莽子心里很难受，他暗地里咬牙发誓，一定要弄出点大的动静来，让大伙看看我何莽子，到底是个何等人物。

从昨天开始，揣着要弄出一点大动静出来的心思，何莽子带着自己手下人马，都是一大早就出门，在巡防军或绿营官军常出没的大道周边，转悠设伏，希望能碰到点"情况"。

到底是运气不佳，昨天何莽子带手下人顶着烈日暴晒一整天，一队人马又累又渴，夜色降临后才疲惫归营，可是，白转悠设伏一整天，什么情况也没发现，战果更是没有。

今天，何莽子听从手下人建议，改变了方向。昨天去的是秦皇寺方向，今天就倒过来，改走籍田铺方向。没料到，这一改，到底把运气改过来了。在这里，就真碰见了巡防军的炮队。

四匹好马、两门罐子炮，对何莽子及其手下来说，其诱惑力真是太大了。哪怕不能全夺过来，就是夺下一两匹马、一门罐子炮带回营里，那肯定会闹出天大的动静来。

要知道，自出师北伐以来，从来没听说过哪支同志军队伍，从巡防军手中夺取过一门罐子炮的，更不要说荣县民军了。

正因为如此，何莽子下了伏击巡防军炮队的决心。况且，手下那帮民军战士，此时士气也高。他们如带队的何莽子一样，这几天都憋着一股劲。

何莽子做出决定后，当下将三十余人的民军战士分成两队，他和刘队副各带一队埋伏在大路两侧的山坡草丛中，对巡防军炮队进行伏击。

大约十分钟后，前方大路上响起了清脆的马蹄声以及炮车车轮碾压路面的沉闷声响。举眼望去，二十来名巡防军兵勇，护着两台炮车，从大路那头缓缓而来。

参加伏击的同志军这边，没有快枪，仅有两支火铳，还是当年在山寨时带下山的武器，何莽子和刘队副那边各有一支。其余民军战士，所持的均是长矛及腰刀马刀一类，也是在山寨时用的武器。

待炮队进入伏击圈，何莽子立起身来，打了个响亮的呼哨，这是当绿林好汉时动手打劫的信号。呼哨一响，埋伏的民军战士一跃而起，呐喊着往坡下冲。两支火铳亦同时开火。

因是打伏击,双方隔得距离不远,火铳就发挥了威力。这两枪打出去,立时打翻炮队两人,一名是炮手,一名是护卫兵勇。

可惜的是,火铳这种传统火器,不能像快枪一样连发,必须打一枪再装一次火药。在现代战争中,已经过时。不能连发,就不能给对方继续予以打击杀伤,也无法压制对手。

而巡防军那边,二十来名兵勇炮手,却有十多支快枪,武器上有压倒性优势。况且,巡防军平时训练有素,多年在川边藏地那么凶险的环境里,早就演练过对付伏击的战术战法。

所以,虽说一死一伤,但其余人员并不慌乱,而是沉着应战。巡防军兵勇炮手立即散开,各自利用炮车,或是路边石头草丛为掩护,向包围过来的民军战士展开反击。

巡防军火力强大,第一批快枪子弹打出来,立时将从两边山坡上冲下来的民军战士打倒了四五个,其中包括刘队副以及何莽子这边的那名火铳枪手。

尽管如此,参加伏击的民军战士,仍是憋住一股劲,呐喊着不怕死不要命地冲了过来。巡防军第二波快枪打来,又放倒了两三人。队副手下那个火铳枪手,装完火药后也终打出了第二枪,又打翻炮队一名兵勇。

没等巡防军第三波快枪打出,何莽子及手下二十来个民军战士已经冲到了停着炮车的那大路上,与巡防军兵勇展开了面对面的肉搏。

这批曾经当过"草寇""棒客"的民军战士,包括带队的何莽子在内,一个个怀着对官府官军的深仇大恨,边骂边厮杀,全然置自家生死于度外。

"老子跟你拼了!"

"老子们自造反那天起,就把脑袋别在裤腰带上过日子,今天老子们陪你玩命!"

这种面对面的肉搏厮杀,双方人数基本相当,巡防军快枪威力发挥不出来,两方大致处于势均力敌的状态。战到后来,有的民军战士干脆扔了手中腰刀长矛,抱住对方一名兵勇或炮手,赤手空拳肉搏。

有的人把对方摔倒,两个人就在大路上或路边草丛里翻来滚去。一会儿我压在你身上,一会儿又翻过来你压在我身上。双方不仅用手用脚,情急之时,还用上了牙齿。

有个叫伍三的民军战士,与巡防军一名炮手搏杀多时,不分胜负。对方是个大个子,力气比伍三要大。两人从大路上翻滚到路边草丛里,又从草丛翻滚在干田中。伍三被对方紧紧压在身下。

情急之中，伍三寻到一个机会，突然咬住对方一只耳朵，且用劲往死里咬。炮手没料到这一手，痛得哇哇大叫，力气也减弱了。伍三趁机翻了上来，反把对方压在身下。

最后，伍三竟活活撕咬下对方半只耳朵，那大个子炮手丢下半只血淋淋耳朵，向来路那头落荒而逃。

民军战士这边，越战越勇，士气大振，渐渐在厮杀肉搏中占了上风。

正在这时，山那边，突然响起一阵急促马蹄声。片刻之间，巡防军一支马队从大路那头急驰而来。凶神恶煞的巡防军骑兵挥舞着锋利马刀赶到炮队搏杀现场，看着民军战士举刀就砍。

原来，前不久就发生过巡防军一门罐子炮差点被民军半途劫走的事。这支炮队出发后，巡防军管带担心其路上安全，就派二十名骑兵组成马队，作为应急救援人马。这里枪声一响，那边巡防军管带当即知晓出事了，立刻派出马队赶来救援。

巡防军骑兵一到，战场上的平衡立刻被打破。正肉搏厮杀的二十来个民军战士，被增援的巡防军骑兵当场用马刀砍死砍伤七八个。其余十来人，包括何莽子在内，全部被生擒，只有伍三侥幸逃脱。

伍三个子虽小，动作却相当机灵，脑瓜子也转得快。巡防军骑兵冲过来时，他正帮着一民军兄弟与对方一兵勇厮杀。巡防军骑兵冲到，先是挥刀砍翻了那民军兄弟，又掉转马头，欲再砍伍三。

伍三见势不妙，转身就跑。他知道再跑也跑不赢骑兵，就没朝着大路跑，而是往山上跑。山坡上有荒草杂树，有土坑崖坎，不方便骑兵追击。

伍三那天一口气跑上坡顶，又连跳两道崖坎，才逃过了巡防军追击。然后孤身一人，跑回民军总部报信。

其余十来人，包括何莽子及几名轻伤者，全部被巡防军五花大绑捆成一团。

巡防军带队者，先还想劝降。何莽子哪里肯降，对着劝降者怒目而视，厉声大骂：

"狗杂种，要杀便杀，要剐便剐！少跟老子说废话！"

其余被俘民军战士也高声怒骂不止。带队的巡防军骑兵哨长大怒，喝令手下人将炮车上的一桶煤油提下来，分别浇在何莽子以及被绑民军战士身上，然后残忍地用火引子点燃，立时烈焰冲天。

何莽子为首的十余民军战士，就这样被巡防军惨无人道地活活烧死。

随后，为防意外，巡防军那边连两门罐子炮及十余死伤者一并原路撤回营地。

籍田铺这一战，是荣县民军自横梓场大战之后，伤亡最大、战况最惨烈的一战。何莽子带的那支三十来人的小分队，只有伍三和一名探子侥幸逃脱。

那天，那名探子打探的是另外一条路。打探消息后赶来，战事已结束。见到战场惨状，连忙返回大营报信。

王天杰及龙鸣剑等人得报，大惊亦大悲，连忙让陈华丰前往处理后事。陈华丰亲自带人赶去现场，将何莽子等死者遗体仔细收拾带回。一律白大绸裹尸，然后存放在仁寿郊外某寺庙里。

后来，东路同志军转战州县，陈华丰派人将这些死者遗体护送回荣县。还专门做了七天道场，才隆重安葬。

第十三章　转战川南各州县

1. 战略大转移

籍田铺一战后，考虑到民军损失太大，王天杰及龙鸣剑等首领，暂停派小分队在省城周边寻找机会对巡防军或绿营官军进行袭击骚扰。商议之下，率部退回了仁寿县城。

派人与秦载赓联系后，第二天，秦载赓亦率本部人马到了仁寿县城。东路同志军将司令部设在天后宫。

东路同志军总部这面大旗，在仁寿县城正式树起来了。附近周边，包括仁寿、威远县的一些小股、分散的同志军以及民团纷纷慕名前来投靠。一时间，仁寿县城里外集聚了近万民军队伍。

秦载赓、王天杰、龙鸣剑等，分头将之编入同志军各部，并进行了相应整编。东路同志军势力大增，又逐渐恢复了北伐成都之初的元气。

对总部高层来说，如何确定东路同志军进军方向以及民军的未来战略，就成了当务之急。

一连两天，秦载赓、王天杰、龙鸣剑、陈华丰等几个总部首领，聚在仁寿天后宫司令部里商议研究今后作战计划和进军方略。

在对敌我力量进行一番对比以及对各方态势进行详细分析后，大家都认为，现今成都周边，赵尔丰重兵布防，巡防军武器弹药占优且补给充足。

以东路同志军队伍现有实力，再执行北上会攻成都的原定计划，恐怕有相当难度。不如改变计划，回头向川西、川南几个州县发展，在这些地方立足后，再伺机进取省城。

当下决定，兵分两路，大统领秦载赓率一部留仁寿一带，伺机打下威远，再与其他各路同志军联络一起，合力围攻自流井。

二统领王天杰，与龙鸣剑参谋长率东路同志军一部，即原荣县民军主力，从水路顺江攻嘉定府。若顺利，则挥师沿岷江直下宜宾，再取泸州。

外围打下川南州府重镇后，再北上攻隆昌、富顺、内江各县，最后合攻自流井。如此，整个川南，将是同志军天下。

两路人马在仁寿县城分手的前一天晚上，与秦载赓有交情的当地袍哥领袖，专门在城里有名的怡苑酒楼订了一桌酒席，款待东路同志军总部各路首领。秦载赓、王天杰、龙鸣剑、陈华丰等总部高层，皆应邀入席。

在座的当地知名人士，除了两位袍哥领袖，还有仁寿商会会长及仁寿中学堂校长，几个人对秦载赓、龙鸣剑、王天杰等民军首领慕名已久。见面之下，频频向几位首领敬酒劝菜，席间气氛颇为热闹友好。

不仅如此，当地袍哥界县与商会，还分别向东路同志军两路人马，各赠送一千块大洋用作军费。

那晚的酒席，像是分手宴席，除龙鸣剑外，秦载赓、王天杰、陈华丰等人都喝得有点多。从怡苑酒楼出来，在街口分手各自回军营时，秦载赓带点醉意地对龙鸣剑、王天杰等人说：

"龙大哥，二胖兄，今宵这顿大酒喝得痛快。今宵一别，不知好久才能再与两位喝酒了。"

又说："龙大哥，二胖兄，等你们把嘉定府打下来，再回师荣县。我在这仁寿一带整得差不多了，就相机打下威远。到时，我跟你两个带信过来，一齐合攻自流井。你我到自流井会师，痛快喝顿大酒，要不要得？"

王天杰听了，也带点醉意地对秦载赓说：

"咋个要不得？自流井牛肉弄得好吃，听说自流井的火鞭子牛肉尤其好吃。等到了自流井会师，你我痛快吃顿火鞭子牛肉下烧酒，那才巴适得板！"

秦载赓一听，大乐，说：

"好哇！吃自流井火鞭子牛肉下烧酒，你二胖兄做东，我秦大炮请客，来他个一醉方休！"

几个人笑谈一阵，依依惜别，各自返营。当时谁也没想到，这晚的酒席，竟是秦载赓、龙鸣剑、王天杰三个人最后一次聚在一起喝酒。

几个月后，他们三人之中，只有王天杰一个人最后率东路同志军打下贡井盐场，并率部进驻了自流井。而彼时，秦载赓和龙鸣剑两人，已经不在人世了。

所以，那年春节前，王天杰在自流井有名的鹤鸣酒楼，与手下将士喝年节酒时，席上佐酒凉菜中，就有那道名菜火鞭子牛肉。王天杰突然忆起，在仁寿分手时秦大炮说的，到了自流井会师，他请客"痛快吃顿火鞭子牛肉下烧酒"的事，不觉触景生情，黯然神伤。

嘉州府，就是现今的乐山市。其时，除了嘉定县，另有高一级的嘉州府。嘉定县衙和嘉定府衙两级衙门，均设于城内。嘉定府，是川南重镇之一。

其时，岷江上尚无桥，攻嘉定，就需备有战船，以运载攻城人马。

王天杰与龙鸣剑率东路同志军所部，从仁寿进军夹江，又认真备战数日，备下数艘大船做运兵战船。

然后兵分两路，水陆进发，直扑嘉定县城。

2. 同志军强攻嘉定府

当时，嘉定城里，驻有绿营官军八百来人，另有部分临时征来的地方团练协助守城。因此，嘉定城里的守军在千人左右。而王天杰、龙鸣剑所率东路同志军，其主力共有两千来人，在兵力上占优势。

不过，官军是守方，凭险而守，以逸待劳；同志军是攻方，远道而来，长途奔袭，军需粮草供养有限，处于不利境地。

由此，最好的战法是强攻，一鼓作气，速战速决，一举攻下嘉定府。

可是，强攻嘉定的战事并不顺利，驻守嘉定府的清军武器好，且城墙坚固。当天，东路同志军多次强攻，未有进展。

接下来，两军激战三天三夜，反复冲杀，双方互有伤亡。同志军作为攻方，伤亡比官军更重，却始终未将城池攻破。

看久攻不下，王天杰心中的火气上来了，一咬牙，下令组建敢死队，并且要亲率敢死队攻城。

龙鸣剑等军中高层，怕其有失，当然不肯。纷纷劝道：

"司令是一军之主。大战当前，军中无主帅不行。哪有司令亲带敢死队打头阵之理？"

几番争执之下，最后，带队前锋营的陈华丰站出来，愿代替王天杰率敢死队攻城。

陈华丰本是绿林首领，荣县起事时，经龚大哥联络策动，率所部投奔荣县民军。入民军后，一路所见所闻，对其触动甚深。不仅一改身上旧有的绿林习气，在北上会攻成都各次战斗中，还能身先士卒，带头冲锋陷阵。

这次东路同志军进军嘉定，他被委任为前锋营带队营官。

这天拂晓，陈华丰率二百多人的敢死队，分乘四艘战船，携攻城云梯及数百斤炸药，整装待发。王天杰、龙鸣剑指挥东路同志军主力做接应。

陈华丰率敢死队出发时，王天杰、龙鸣剑送至岸边。又让卫队长刘四娃准备了两坛酒，登船前，每人喝了一碗壮行酒。

在军鼓军号声及两千多民军战士呐喊助威声中，四艘战船离岸，转眼踏进激流，闯入岷江主道。每艘战船载六十名敢死队队员，各携炸药二百斤及攻城云梯等向对岸挺进。

另外，王天杰还备了十艘大船，每艘可载民军战士一百人。往返两次，可将两千人的攻城民军全部渡完。

守城官军慌忙应战，城墙上一通枪炮，往江中乱打。陈华丰白布缠头，上衣脱出一只袖子，半身赤裸，手执一把鬼头大刀，挺立在最前头的第一艘战船上，指挥船队顶着枪炮奋勇向前。每个敢死队战士，都是这身装束：白布缠头，半身赤裸，手执一把鬼头大刀，随时准备搏命。

在这艘战船上掌舵的，是当地袍哥推荐来的一位老船工，在岷江水道闯荡多年，对那一段水道之水势水性了如指掌。船入江心后，他熟练地将战船驶离主水道激流，并灵活躲避恶浪冲击及炮袭，逐渐靠近对岸码头。

第一艘战船靠岸之后，第二艘、第三艘战船亦相继靠岸。第四艘战船却不太顺，先是舵手经验不足，在主水道处遭遇激流，处置不当，被冲下数十丈方得以驶离主水道。更糟的是，其靠岸处，距城上官军炮台更近，在其杀伤力最大的射程范围之内。

第四艘战船离岸边仅三四丈时，突被城上的罐子炮击中，而且是连中两炮。那战船当即被炸翻沉没，船上一百名民军战士及二百斤炸药全部落水。

其时，正是岷江汛期，水深流急，落水民军战士大部分被洪水冲走，幸存者极少。二百斤炸药及攻城云梯等也损失殆尽。如此，对整个攻城计划影响颇大。陈华丰制定的敢死队用炸药炸塌城墙，敢死队队员从炸塌口冲进，一举攻下嘉定府的攻城预案，大受挫折。

陈华丰当绿林领袖时，曾经有过用炸药攻城的实战经历与经验。

那年，在荣县与威远县交界的山区，有一个老财主兼土豪大户，后来又做了当地民团团首。建起私家武装后，又花巨资建造了一个寨堡，成为当地一霸。

该寨堡如自流井有名的盐商寨堡大安寨、三多寨一样，建筑得阔大而坚固。对外宣称防匪，实则是该大户以强凌弱，独霸一方，做当地土皇帝的根据地。

该土豪大户，本来与陈华丰这个绿林首领，并无什么恩怨，两者打交道也不多。但在该土豪与陈华丰的一个对头结交后，情形就完全变了，甚至扣押陈华丰手下过境的人与货。陈华丰派人交涉良久，最后把人放出，却把货留下，并让人带话：

"我不怕他带人来问罪。老子这寨堡、寨墙比县城的城墙还坚固厚实，老子不怕他。有本事自己带人来取！"

陈华丰听后，忍无可忍。他心里明白，若不把这土豪吃下去，这绿林江湖上，就再没他陈华丰的容身之地了。几经谋划，他决定带手下人马远途奔袭。对那座"比县城的城墙还坚固厚实"的寨墙，他决定采用炸药攻破。

行动前，他找懂爆炸的内行，进行了测算并制定了具体行动方案。这个内行，就是在籍田铺一战中阵亡的何莽子。

何莽子落草前，当过挖煤工，对井下炸药爆破技术及操作尤精。陈华丰让何莽子拿出了一个用炸药攻破寨墙的可行方案。

各事齐备后，有天深夜，陈华丰带手下人马远途奔袭，天亮前赶到荣县与威远县交界处，将那土豪寨堡团团围住。该土豪大户带团丁家丁仓皇应战。

陈华丰手下人马攻寨半日无果，其实是在为掘地道安埋炸药打掩护。

下午三时，诸事弄妥。陈华丰一声令下，何莽子带人将几百斤炸药的火信引燃，山崩地裂一声巨响，寨堡那厚实寨墙被炸开一个丈余宽的大口子。陈华丰带手下人马从缺口里蜂拥而入，寨堡瞬间被攻克，该土豪大户就此家破人亡。

陈华丰也名声大震，其炸药攻城的手段和本事名扬县内外。当年龚郁文说服陈华丰下山投奔民军时，就对王天杰、龙鸣剑等介绍过其用炸药攻城的本事，王天杰等对此印象深刻。

这次随民军北上会攻成都，王天杰特别交代陈华丰把炸药带足，说不定在围攻省城时能派上大的用场。

他对陈华丰说："万一同志军围了城，赵尔丰那个龟孙子和手下巡防军把几道城门关了，躲在城里面顽抗，我们民军就拿炸药去炸攻城墙。省城的城墙再厚实,也经受不起炸药吧。陈大哥,到时就要你来大显身手了,是不是?"

陈华丰所部带了足有一千斤的炸药,准备拿炸药去炸省城城墙。哪知出师不利,民军与赵尔丰手下巡防军横梓场一战,便大败而退,连省城的城门都没看到,更不要说拿炸药去炸省城城墙了。

陈华丰让手下所带的那一千余斤炸药,毫无用武之地,反在溃败的慌乱中,丢掉了两个骡马挑子,损失二百来斤炸药。

这次攻嘉州城,陈华丰让敢死队把那剩下的八百来斤炸药全部带上了。打算在敢死队拼死一搏时,用炸药炸塌嘉州城墙,真正显出其炸药攻城的本事。

却没料到,攻城之战还未真正开始,最后那艘战船就被守城官军的罐子炮击沉,不单损失了数十名敢死队队员,而且,战船上那二百斤炸药也沉于江中。在陈华丰看来,这是最要命的。

仅靠剩下的六百余斤炸药,能否把嘉州城的城墙炸塌,炸开一个缺口,陈华丰自己也没有把握。

不过事已至此,作为敢死队指挥官的他,已经没有了退路。心思转到这里,陈华丰努力让自己冷静下来。他把已登岸的一百多名敢死队队员,于沙滩上寻找一个官军枪炮够不着的隐蔽处,重新集结后组队。

陈华丰同自己手下的一个彭姓副手,经仔细观察挑选,选定嘉州城墙一处相对薄弱的地方,作为爆破点。对攻城炸墙,这个彭队副也很有实战经验。

上次炸土豪寨堡,就是他同何莽子一道充当攻城主力。

之后,彭队副主动向陈华丰请战,由他带人去那城墙处掘坑埋炸药。陈华丰想了想,就同意了。因为现今手下人中,没有比彭队副更懂炸药攻城手段,更有实战经验和本事的人了。

彭队副从敢死队中挑选出二十人,携铁锹、锄头等,分头隐秘地摸到了那城墙地段。开始挖坑时,守军尚未觉察。

后来动静弄大了点,城墙上守军发觉了,就想方设法干预破坏。那里是死角,枪炮打不到,守军就从城墙上用石块砸。甚至搬来巨石滚木,轰隆隆从城墙上滚砸下来,有一两次,挖坑的敢死队,还真被巨石或滚木砸中了三两人。彭队副见状,一面加强了防护,一面加大了挖掘力度。

陈华丰观察到如此情况,当机立断,即刻又向那里派出了二十来人的增援人马,以确保挖掘点安全。有了这批生力军支援,挖坑进度大大加快。

在彭队副指挥下，埋炸药的坑道逐渐成形，且向城墙脚下伸进。此时，城墙上的守城官军已无法观察到坑道进度与动静了。但守军大致猜到民军掘坑后用炸药炸墙攻城的意图。

但此地段离城门尚远，官军怕遭遇民军伏击，不敢派出兵勇出城驱赶。守军就调派枪手守在城墙上，试图用快枪火力封锁民军运送炸药的运输通道。

作为敢死队攻城总指挥的陈华丰，自然料到了守城官军会有这一招，他略一思索，当即从敢死队中挑选出二十四个人，编为三个组。每个组八人，各带二百斤炸药。

这二百斤炸药做成四包，每包五十斤。由两人负责运送一包，保证其送到城墙脚下彭队副带人掘的那个土坑里。

陈华丰给每个敢死队队员下了死命令——无论有多危险，也无论多大的伤亡，每个组都得把自己那二百斤炸药运送到城墙脚下，交到彭队副手上。

这二十四个人，简直就是敢死队中的敢死队。在运送炸药到城墙脚下的途中，每个人都有被快枪击中非死即伤的危险。这批被选入敢死队的民军战士，大多是陈华丰当年在山上做绿林好汉时的手下兄弟。此时个个毫无惧色，似乎都抱定了大不了一死的决心。

此外，陈华丰还安排了火力组以及掩护接应组。火力组集中了敢死队所有的火器，包括仅有的几支快枪、来复枪，以及火铳、鸟枪等，各自趋前找好有利地形及射击位置，以吸引和压制城上守军火力。掩护接应组战士，则以佯攻姿态进入阵地，以掩护敢死队队员的那批炸药运送，并随时在发生意外时予以接应。

那五十斤一包炸药，两个敢死队队员负责运送一包。各事安排已定，陈华丰一声令下，三个组的敢死队从第一组开始行动。

两人扛起一包炸药就开跑，或并排而行，或一前一后，前后呼应。为躲闪守城官军快枪子弹，往往是跑出几步，就近找个隐蔽处躲一躲。

若一时没合适隐蔽处，则就地卧倒一会儿，卧倒时，将炸药包紧紧压于身下，以防被快枪子弹打中引爆。守军火力一旦出现间歇，当即一跃而起，扛着炸药包又开跑。跑出几步十来步，又隐蔽躲身或卧倒等待。

其间若有运送者不幸被守军快枪子弹击中倒地，与他同行的另一敢死队战士会立即上来接替中弹者，接过炸药包又开跑。如此循环往返，最终达到将那炸药包安全送到城墙脚下坑道里为止。

第一组四包炸药送妥，第二组又开始行动，之后是第三组。不到一个时辰，除其中一包发生意外，三组共七个炸药包都送到了彭队副手上。

发生意外的是第三组最后两包中的一包。当时，两人离城墙脚那坑道仅两三丈远了，眼看大功告成。两个敢死队战士卧倒了一会儿，猛然跃起扛着炸药包做最后冲刺时，城上守军一排快枪子弹打来，正好击中那炸药包。随着轰天一声巨响，两名敢死队战士当即被炸身亡。

其中一人，正是上次在籍田铺一战中侥幸逃脱的伍三。这次攻打嘉州，他又找到攻城总指挥的陈华丰，坚决报名要求参加敢死队。

攻嘉州城的前一天晚上，是伍三的二十四岁生日，平时几个要好兄弟还设法在外面弄了点酒菜，在兵营里为他庆生，小热闹一番。

眼见那炸药包被击爆，总指挥陈华丰心里不禁暗自叫苦。八百斤炸药，现今仅剩五百多斤，他担心这点炸药，爆破威力不够，不足以把比那土豪寨堡更坚实的嘉州城炸塌。

不过，事已至此，他已经没有退路。必须按原定方案，把攻城计划继续进行下去。陈华丰一咬牙，转身向身边的号兵下达了吹响牛角号的命令，向江对岸的王天杰、龙鸣剑发出可渡江的信号。

两名军号兵手里的牛角号，当即使劲吹响起来。一时间，"呜嘟嘟"的过山号声响彻岷江两岸。

3. 嘉定攻城战惨烈收场

守在江对岸的近两千人的民军队伍，有一半已登上战船，正养精蓄锐，整装待发。

一直在岸边等得有点心焦的主帅王天杰和参谋长龙鸣剑，听见江对岸传来的过山号信号，知晓陈华丰那边攻城炸药已安置妥当，不觉大喜。

王天杰当即令旗一挥，大声下令："开船！"

泊在江岸边的十艘大战船，满载一千名民军战士，立马离岸扬帆，顺着岷江滚滚波涛，向对岸驶去。王天杰在第一批战船上亲自督军。龙鸣剑留在江岸边，准备率队随第二批战船渡江。

守城官军当即向船队发炮轰击，炮弹落在战船四周，溅起阵阵水花。所幸第一批渡江的十艘战船，无一被守军炮弹击中，民军战士亦无伤亡，成功靠岸登陆。

王天杰率一千名民军战士登岸后，即与陈华丰敢死队会合。那十艘大战船，则返回对岸接送龙鸣剑率队的近千人民军战士渡江。

大约一个时辰之后，龙鸣剑所率第二批民军队伍，在一阵高似一阵的牛角号及呐喊声中，亦成功渡江。

此时，王天杰已经知道了炸药现已不足六百斤的事实。王天杰、龙鸣剑和陈华丰三人碰头后，对是否仍旧按原计划爆破攻城，做了紧急商议。

王天杰和陈华丰的意思，眼下大军已渡江，开弓没有回头箭，主张原攻城计划不变。龙鸣剑则要显得审慎些。

炸墙炸药不足，能否炸垮城墙已是未知数，面对这个现实，龙鸣剑对是否实施原定的攻城计划，确实有几分犹豫。

可是，眼下局面是，大军已集结渡江，且士气正旺，不攻城又咋办？莫非原路退走，返回对岸再待时机？此时此刻，作为全军参谋长的龙鸣剑，确实内心十分纠结。

"龙兄你看咋办？"王天杰带点焦急之色，走过来再次向龙鸣剑发问，"今天这城，你看攻还是不攻？"

王天杰实际上是在催着龙鸣剑表态了。龙鸣剑此时如已渡江的民军一样，也是没有退路了。

龙鸣剑沉吟片刻，尽管内心纠结，但还是咬牙向王天杰点点头，说：

"还能咋办？这城，只好攻吧，事已至此，不攻不行啊！"

王天杰见龙鸣剑表态了，当即做出攻城部署。与龙鸣剑和陈华丰商议过，将这两千来人的民军攻城部队分为三队。

陈华丰带敢死队打头阵，负责炸药炸城以及城墙炸出缺口后带头冲锋陷阵。除原先一百多人的敢死队外，王天杰还另拨出三百来人归陈华丰指挥，增加先头部队实力。

王天杰自己，亲率一千人携带数十架云梯等攻城器械，做攻城主力。待陈华丰敢死队炸城得手，城墙被炸出缺口，即全面展开攻势，除城墙被炸缺口作为一个进城通道外，他还将指挥民军战士从多处攻城。既可架云梯翻城墙，亦可砸城门而入，让守城官军自顾不暇，疲于奔命。

至于龙鸣剑，则带领余下的数百人作为接应后援人马。哪里情形紧急，需要支援接应，即带人增援哪里。

其实，这是王天杰有意照顾龙鸣剑。他深知龙兄身体不太好，更擅长运筹帷幄，而不是冲锋陷阵。打头阵做先锋这些角色，更应该是他王二胖以及陈华丰这些人来充当。

安排部署已毕，王天杰一声令下，这天的攻城大战正式打响。

陈华丰趋前几步，向守在城墙坑道边上的彭队副下达了点火开炸的命令。彭队副立马带两个爆破手，亲自下坑内点火。为保险起见，彭队副安排接通的是三根引信火绳。

见三根引信全部点燃后，彭队副等三人才向坑外飞奔而出，并迅速找个可藏之处躲身。

片刻工夫，只听惊天动地一声巨响，埋炸药城墙处，火光四起，浓烟冲天，城墙果然被炸出一个缺口，石头、墙砖、泥土等纷纷垮塌下来，散落一地。

"冲啊！不怕死的弟兄，随我来！"

陈华丰白布缠头，上身半赤，右手握一支毛瑟枪，左手执一把鬼头刀，身先士卒，带着一帮敢死队朝缺口处冲锋。几百敢死队和打头阵的民军战士，一路呐喊狂吼着，跟随陈华丰，向那城墙缺口猛冲猛打。

王天杰见炸城墙得手，张臂大吼一声，指挥一千余人主力，携带数十架云梯，开始全线攻城。

一时间，嘉州城外，牛角号此起彼伏，呐喊声、冲杀声惊天动地。面对潮水般涌来的民军战士，守城官军当时真有点慌了，怕城破遭灭顶之灾，于是调集人马全力抵抗。

攻城民军士气高涨，势如破竹，冲在最前头的是实施爆破的彭队副以及手下三十余名敢死队兄弟。因为他们当时就守在城墙脚下炸药坑道边，离那城墙缺口最近。

彭队副带着手下几十名敢死队战士，趁浓烟尚未散尽，空气里还弥漫着呛人硝烟味之时，就从城墙缺口冲进了城内，与守城官军展开厮杀。

彭队副及手下几十名敢死队，是最早从缺口冲进城内，同时也是那天唯一一批冲进了城内，与守军面对面肉搏厮杀的民军战士。

可惜的是，正当陈华丰身先士卒，带着敢死队朝城墙缺口发起冲锋时，意外发生了。城上守军集中快枪火力，向冲锋的民军战士一阵猛射。一排子弹迎面打来，冲在前头的陈华丰不幸中弹倒地。与陈华丰一起被快枪子弹打中的，还有十余名敢死队战士，倒地后非死即伤。

陈华丰中弹以及十余名敢死队战士倒地，对攻城民军产生了不利影响，民军士气受到打击不说，进攻的势头及步伐也相应受到压制。

有些敢死队战士，为躲避快枪火力，放慢了冲锋的速度，有些人本能地就地卧倒，以免被飞来的子弹打中。

加之，总指挥陈华丰倒地，彭队副又冲入城里去了，城外的敢死队大部分人马，一时陷于群龙无首、无人指挥的状态。敢死队势如破竹的攻城势头，明显受阻。

与此同时，由于炸墙炸药分量不够，城墙虽被炸开了缺口，但缺口不大，第一时间从缺口冲进城内的敢死队员不多。待后续的敢死队战士躲过一阵快枪火力，再次向那城墙缺口发起冲锋时，城上守军已经对缺口进行了封锁。除了从城墙上投下不少巨石、滚木阻塞缺口通道外，更用棉被浇上煤油点燃后，丢入那缺口里面。

顿时，城墙缺口处燃起熊熊大火，把那小小的缺口通道完全封死。至此，再无民军敢死队战士冲入城内。

再说王天杰这边，他统帅指挥的一千余民军主力，按预定攻城方案，做了两手准备。一是若城墙炸塌得厉害，其缺口宽大，攻城主力可随敢死队前锋，从城墙缺口处杀入，一举攻下城池；二是倘若城墙炸得不是那么厉害，先冲入城里的敢死队可设法杀退守军，打开离得最近的那道城门，让民军主力从城门顺利杀入城内，与守军决战。

可眼下，预定方案中的两种情形，任何一种都没有出现。

王天杰目睹了刚炸开的城墙缺口，突然被熊熊大火封死，敢死队冲锋受阻的情形。一会儿，又传来陈华丰被快枪子弹打中，生死不明的消息。他当即意识到，战局已经复杂化，且战场事态发展明显对民军不利。

他立马对身边的卫队长刘四娃下令，让他安排几名卫士以及军中专治外伤的太医，前去对中弹的陈华丰进行抢救。王天杰口气严厉地命令刘四娃：

"记住，活要见人，死要见尸！听清楚没有？"

刘四娃领命而去后，王天杰顾不得与参谋长龙鸣剑再做商量，当即指挥民军主力开始全线攻城。城墙缺口被封阻进不去，仍采用老办法，各自架云梯爬城墙。

两道城门未能从里面打开，无奈之下，就只好调遣力气大的民军战士，十数人抬起一根巨木，轮番撞击那厚实城门，以图从外面撞开，破门而入。

一时间，嘉定城内外，号角齐鸣，喊杀声震天。最后，龙鸣剑所带那几百人的接应人马，也完全投入这场攻城大战中去了。双方打得难解难分，但攻城方进展不大。

先说那两道城门，因建造得十分厚实坚固，抬巨木轮番撞击攻城，始终未能将其撞开。民军反而屡遭城楼上的官军快枪攻击，造成一些伤亡。后来，只好停止撞击城门。

如此之下，同志军攻城的手段，基本上只剩下架云梯爬城了。其间，倒是有两三次，有少数攻城民军战士凭云梯爬上了城墙，在城墙上与守城官军展开搏斗厮杀。

只可惜，守军见势不妙，一齐蜂拥而上，利用人多的优势，一面将攻城云梯蹬垮，一面又围剿已经爬上了城墙的民军战士。毕竟城墙上的民军战士人数太少，又无后续人马支持，最终寡不敌众，或死或伤，被守城官军逐一剿灭。这等于也宣告了那天东路同志军攻城战的失败。

最惨烈的是，先前用炸药炸城成功，最早从城墙缺口冲进城里的彭队副以及他所带领的几十名敢死队战士，因为其后城墙缺口被守军燃起的大火封阻，得不到后续部队的支援顿成孤军，陷入官军层层包围中。

这批头缠白布的敢死队战士，多数是当年追随陈华丰上山的绿林好汉，对生死一向置之度外。如今虽成孤军被包围，却毫无惧色，反是越战越勇，狠劲十足。

尤其是为首带队的彭队副，本是一位魁梧汉子，在山寨时，就是陈华丰手下勇将之一。这天的攻城之战，他身为敢死队的队副，早就抱着不惜一死的决心。早在战船渡江之时，他就与陈华丰装束一模一样，白布缠头，一只袖子缠在腰间，上身半裸，右手毛瑟枪，左手鬼头刀，身先士卒，冲锋在前。

从城墙缺口冲进城后，最初他是想带敢死队直扑州衙县衙，擒贼先擒王。当他回头一看，城墙缺口被大火封阻，敢死队后续人马没能跟进，便掉头沿一条小巷往城门口冲。试图杀退守城门官军，打开城门，放攻城民军主力进城，一举攻占嘉州府。

当冲到离那城门只隔一条街时，却在巷口遭到一队绿营官军围堵。这是嘉定州衙见城墙被炸开，紧急调来封阻缺口的援军。此时，彭队副所带冲进了缺口的人马，死的死，伤的伤，伤亡已经过半。跟在身边的敢死队，已不足二十人，处于陷入重围，孤立无援的境地。

但敢死队战士们，毫不退让，依旧拼死冲杀。尤其领头的彭队副，他枪打刀劈，左右开弓，一连放倒了好几个绿营兵勇，使官军不敢靠近。最后，有兵勇登上房顶，居高临下，用快枪朝他连开数枪。彭队副身中数弹，终于倒地不起，壮烈捐躯。冲进城里的敢死队其余战士，或先后战死，或伤后被俘，终是全军覆灭。

如此，双方激战一整天，王天杰、龙鸣剑率的东路同志军主力近两千人，始终没能攻下州城，自身却遭受重大伤亡。尤其是损失了陈华丰与彭队副前锋部队的两名悍将，敢死队已经是名存实亡。

更难的是，作战损失的人员与枪支弹药，一时很难得到补充。而守城官军那里，不仅凭险而守，而且人员与枪支弹药的补充都有充足保障，不怕与民军一直对打下去。到了午后，眼看这场攻城之战再难有所作为，王天杰与龙鸣剑商议之下，只好含恨退兵。

原来同志军渡江的那些战船，为躲避官军炮火，已经离岸驶去。王天杰和龙鸣剑只好带民军残部，沿江往上游撤退，再设法另找船只过江。

守城官军怕中民军埋伏，也未敢出城追击。持续数天的嘉定府大战，以东路同志军主动撤离而宣告结束。

4. 五通桥夜话

当天晚间，怕嘉定官军趁势偷袭，王天杰和龙鸣剑两人决定连夜带部队撤离嘉定境内，在离嘉定数十里的五通桥驻营休整。

这场嘉定府攻城战，民军伤亡十分严重。幸运的是，带敢死队冲锋时中弹的陈华丰，被刘四娃派出的几名卫士冒着极大危险从战场上抢救了下来。

那天陈华丰身中两枪，一枪打在手臂上，另一枪击中腹部。其时，陈华丰已昏迷，血流不止。幸得两处枪伤均非致命伤，军中太医又抢救及时，一面包扎止住了出血，并施以枪伤用药，一面又赶紧调制一碗急救汤药，从其口中灌入。半个时辰之后，陈华丰终于苏醒过来，大难不死。

王天杰和龙鸣剑这才松了一口气。两人商量后，派出专人将陈华丰送当地医馆救治。待伤情稳定后，送回荣县养伤。

经此一战，王天杰、龙鸣剑所率东路同志军，除了战场伤亡外，人员散失亦多。原先两千多人的大军，现今各部加起来，仅剩数百人。而且，更为严峻的现实是，军中弹药以及军费粮草奇缺。如此，这支东路同志军，显然再无实力去实施当初制订的"先取嘉定，再顺江而下，直下宜宾，再取泸州"的战略计划。

商议之下，王天杰、龙鸣剑两人决定，将东路同志军残部撤回荣县暂做休整补给，待战力恢复后，再做打算。

战事失利，难免军心不稳。撤军途中，又离散了一批人员，还遣返了一批伤病者，原东路同志军主力，剩下还不到五百人。

在五通桥宿营的第二天，队伍散住在镇上一座古庙以及一些民居大院里。同志军司令部，设在离街口半里地的陈家大祠堂里。

那两天，龙鸣剑愁眉苦脸，显得心事重重。他甚至有自责心理。因为这次东路同志军走水路攻嘉定，再取宜宾、泸州的整个战略行动正是他的主张，且是他力排众议，大声疾呼，非此不可。如今却面临首战嘉定，城池未下，反而损兵折将的严峻现实。为此，龙鸣剑一直深感自责。

龙鸣剑内心深处，还有一层更深的忧虑。这层忧虑，他甚至对王天杰都不愿说出来。那就是，眼下这支同志军，甚至包括其他地方的同志军，不仅打不过赵尔丰手下那十多营精锐的巡防军，连地方州县的绿营官军也打不过。那么，凭什么去打垮赵尔丰，从而实现四川独立，进而推翻反动的清王朝，建立共和政体呢？

这个忧虑，一直埋在龙鸣剑内心深处，成了他脑际中一个挥之不去的阴影。这个阴影造成的负面情绪，也影响了他的健康。

王天杰是天生的乐天派。虽说战事不利，难免有时心烦，但他在军中依旧谈笑风生，对同志军未来大局，似乎仍然很有信心。看龙鸣剑这两天整日里愁眉不展，王天杰反而担心龙兄，他的体质本来就差，生怕他因此把身子弄垮，就时不时劝慰他，甚至还说点笑话来乐一乐，让龙鸣剑把心放宽一点。

五通桥的黄桷树，全川有名。场镇几个街口以及陈家大祠堂门前院坝，都有几株大黄桷树。古枝苍劲，绿叶如盖，颇有一番景致。河岸边不时有阵阵清风吹过来，给人带来几许凉意。

这天下午，龙鸣剑在正屋里闷闷喝了一会儿茶，又信步走出祠堂大门，在门前院坝黄桷树的树荫里，找个地方坐了下来，望着远处若有所思。

傍晚时分，看天色有点阴，似雨未雨的样子，王天杰让刘四娃去街上弄了点烧酒卤菜之类，在祠堂正屋里，与龙鸣剑隔着一张小茶几对坐，陪龙鸣剑喝酒解闷。

两杯酒下肚，吃了点卤菜，王天杰对龙鸣剑说：

"龙兄，古人有说，胜负乃兵家常事。也就是说，带兵打仗，输赢都是常事，不必太过计较。你整天愁兮兮做啥？"

看龙鸣剑没作声，王天杰喝了口酒，又说：

"依我说，龙兄，这打仗如同打牌，有赢有输，也有输才有赢。会打牌的，这次打输了，下次好生点打，把它赢回来就是。你看是不是这个道理？"

龙鸣剑仍是默然喝酒，对此不置可否，看上去依旧心事重重的样子，话说得不多，也少有动筷子。

王天杰从摊在桌子上那一张荷叶包着的下酒菜中挑出一大块卤牛肉，蘸点辣椒面，放在龙鸣剑碗里，示意他多吃点菜，不要喝闷酒。

王天杰自己连筷子也不肯用，直接拿手抓起就吃。他选了一块带脆骨的猪耳朵肉，多多蘸上辣椒面，吃得津津有味。那块猪耳朵肉吃完，王天杰似未尽兴，又拿手抓，再吃了块卤香嘴。吃完，还舔了舔沾在手指上的卤汁和辣椒面，才余兴未尽地对龙鸣剑说：

"龙兄，你觉不觉得这吃卤味东西，不管卤兔脑壳，还是卤鸡爪、卤鸭爪、卤牛肉、卤香嘴，都一定要直接拿手抓来吃才更有味道。不信你试一试，用手抓真的比用筷子吃，更爽快更有味。"

喝了一大口烧酒，再吃了块卤牛肉，王天杰望着龙鸣剑又说：

"龙兄，你吃没吃出来，这五通桥的卤菜又是一种味道？比荣县西门桥那家最有名的卤菜摊子，味道似乎还更好。"

王天杰说这些话，就是想把龙鸣剑的兴致引到一些有趣的事情上来，别老去想那些吃败仗的烦心事。

看龙鸣剑还是默默喝酒，不大想说话，王天杰又说：

"刚才我说这打仗如同打牌，有输有赢。而且，也要输得起赢得起，要会输也才会赢。不管早年在五宝，也不管后来在荣县县城，我虽谈不上是个赌徒，但打牌进赌场，也经历见识过一些。说起赌场输赢，那些赌场资深老辈有一句话，不知龙兄你听没听过？"

"一句什么样的话？"龙鸣剑问道，似乎多少有了一点儿兴趣。

"赌场老辈那句话，是这样说的，"王天杰郑重其事地望着龙鸣剑，说，"在赌场，不管你当时赢了多少，也不管你当时输了多少，但只要你还没下牌桌子，就还没有真正的输赢，也不能定最终的输家赢家。只有你离了牌桌子那一刻，才知晓你到底是输家还是赢家。"

龙鸣剑不作声，好像在品味王天杰这番话，又好像对这番话不以为然。

"龙兄，你仔细想想，这话看似简单直白，其实极有道理。"

王天杰把荷叶包里剩的最后几块卤菜多数刨进龙鸣剑碗里，自己只夹了块卤香嘴，边吃边说：

"眼下我等这起事闹革命，与朝廷打仗，与赵尔丰打仗，其实与赌场打牌是一个道理。只要我们同志军没下牌桌子，就不能断定谁输谁赢，是不是？谁是真正的输家，谁是真正的赢家，只有我们认输下了牌桌子，才可最终断定，这话对不对？"

王天杰抓起自家面前的杯子，将那半杯残酒一口喝光，把空杯子往桌上重重一放，说道：

"龙大哥，你听我说句心里话，不管这次同志军会攻成都如何不顺利，也不管你我这回攻嘉定如何吃了败仗，我王天杰这里放一句话，只要我这条命还在，哪怕只剩我一个人，哪怕只剩下一口气，我王二胖就永远不会离开这张与赵尔丰斗输赢的牌桌子。一句话，我王二胖只要人在命在，就始终要在同志军全川举事的这张牌桌子上，与赵尔丰斗输赢。"

听王天杰这样一番话说出来，此前一直默然喝酒的龙鸣剑也不免有些动容。他认真看了看王天杰，嘴上没说什么话，心里却暗自想道：

真看不出来啊，这个王二胖，从荣县起事算起，也才一两个月工夫，无论眼界方面，还是见识方面，都有如此大的长进。看来，时势真正造就英雄。

这时，龙鸣剑又想，哪怕就从王二胖看，我东路同志军也后继有人，说不定要不了多久，这王二胖还会后来居上。这样一想，龙鸣剑心情也好了很多。

两人正说着，祠堂大门口突然传来一阵嘈杂之声，似是许多人在那里吵闹。王天杰连忙叫在外屋伺候的刘四娃去大门口问一下，看到底是什么情况。

片刻工夫，只见刘四娃带着一个大门卫兵急匆匆走了进来。刘四娃指着大门卫兵报告说，刚才，大门口来了一帮当地盐工，一共有三四十人之多。声称要立马见王司令，或者见龙参谋长，说是有要紧事情。

"卫兵不让他们进来，"刘四娃说，"双方因此吵闹。现进来请示司令和参谋长，到底让不让他们进来？"

王天杰和龙鸣剑对望了一眼。王天杰说："走，龙兄，你我到祠堂大门口看看！"

龙鸣剑略做沉思，恐有不测，阻拦说："司令乃一军之主，眼下情况不明，不宜妄出。还是我先去看看。"

王天杰听龙鸣剑这样说，也不好再加阻拦，只得由他先出去看一看再说。

5. 扩充队伍，喜迎转机

哪知没一会儿，龙鸣剑就回来了，且面带一点喜色。进门，就朝王天杰说：

"二胖，好事情，是好事情。那都是本地盐工。前一阵子，五通桥这一带井场，普遍不景气，好多井灶停灶歇业。那帮盐工丢了饭碗，好多人眼下生活无着。听说我东路同志军路过五通桥，就结伙前来投奔。"

王天杰一听，乐得眉开眼笑，双手一拍，连说："当然是好事，当然是好事！"

他想起当初在五宝，听从恩师宋秀才的建议，在长土、艾叶两地招收失业盐工，组建同志军盐工支队的事。现今正愁队伍减员，何不如法炮制，多招点失业盐工来，补充进我东路同志军队伍。这样一想，就连忙又问："他们来了多少人？"

龙鸣剑说："今晚来的有四十多人。我问带头的那个人称张大哥的大个子，那张二哥说，有些盐工因家住得有点远，来不及通知。有些人又因情形不明，怕来了同志军不接收，碰壁跑冤枉路，所以只在家里等候消息。张二哥说，若把这些人算进来，肯定超过一百人。"

听龙鸣剑这样说，王天杰又是双手一拍，说："有一百多人，够编成半营同志军了。"

走了几步，又说："这些人，来得正是时候。"

龙鸣剑说："我看今晚时间太晚了，各方准备不及，就告诉那张二哥说，明天上午，把那些人一起都找来，再正式收留入伍。有好多就收好多，一律来者不拒。"

"龙兄说得对，正是有好多收好多，一律来者不拒。"此时的王天杰，已是心情大好。他对龙鸣剑说，"龙兄，我等也要学韩信用兵，多多益善。"

两人重新在小茶几前对坐下来，龙鸣剑朝着王天杰说道：

"考虑到眼下的实际处境，我对带头的张二哥以及在场那四十多个盐工都讲了，我们东路同志军是同盟会领导的革命军，是为保路保家推翻清朝廷，在四川就是打赵尔丰的民众军队。我们不是绿营，先给大伙说清楚，暂时没有军饷可发，只有饭吃。想要军饷的，就别来。"

王天杰赞同地说:"龙兄说得好,就是先把招呼打过,把话说清楚,我等同志军闹革命,暂时是没有军饷可发的。"

停了片刻,又问:"那帮盐工怎么说?"

龙鸣剑笑了笑,说:"带头的张二哥以及那些个盐工也还明大义,都说,知晓同志军是为全川老百姓保路保家,打赵尔丰的。况且,他们也是井灶歇业倒了饭碗,日子没法过了才来的。只要有口饭吃就行了,哪会想要军饷?"

同志军败退之际,竟然有生力军来投奔。消息传开,从营官到普通战士,上上下下都很高兴。东路同志军内部,士气亦为之一振。

作为司令的王天杰,那天一整天都是心情大好。晚上,王天杰和龙鸣剑两人,在祠堂大门口那棵参天黄桷树下乘凉喝茶时,王天杰还笑嘻嘻地望着龙鸣剑说:

"龙兄,我说得怎么样?我东路同志军攻嘉定,虽说战事吃了败仗,却还有这么多人主动来投奔。这说明了什么?说明我同志军的确是得道。正如古人说的,得道多助,失道寡助。此言不差。"

喝了口茶后,王天杰又说:"同志军得了天道,才会有民众相助。所以说,一个小小的嘉定之败,没有什么了不起。还是先前那句话,胜败乃兵家常事。就如牌桌子上打牌,有赢有输,输赢都是常事。这次不走运打输了,下次运气来了,又赢回来就是。"

此时的龙鸣剑,心情也大有好转,他望着王天杰笑了笑。喝口茶,带点玩笑的口气说:

"二胖,你这套打仗如同打牌的说法,倒真让人大开眼界。是你首创的吧?我记得,好像《孙子兵法》上没有这一条。"

王天杰见龙鸣剑心情终于好转,也很高兴,就同样带点玩笑口气回应说:

"《孙子兵法》上哪儿会有?龙兄,告诉你吧,这是我王二胖发明的王氏兵法。"

"好啊,王氏兵法,"龙鸣剑一听就笑了,连声说,"有意思,当真是有点意思。"

王天杰听龙鸣剑说有点意思,自己更乐了。想了想,又说:"既然你龙大哥都说有意思,那这事当真值得做了。你看这样好不好?以后每带兵打一仗,下来之后,我就把打此仗的心得以及见解之类,通通记下来。"

王天杰又说:"等打完了赵尔丰,全川平定,整个天下平定,我等同志军都解甲归田,我再找个清静地方,把它整理整理。能成书当然最好。哪怕不能成书，写成点零散篇章，让故旧新朋茶余酒后看看，指点评议一番，也是乐事。龙兄，你说要不要得？"

"咋个不要得？当然要得。"龙鸣剑微笑着点点头，说，"二胖兄，你把它真写下来了，不仅可给故旧新朋茶余酒后指点评议，若是写得好，还可流传于世。"

见王天杰有点动了心，龙鸣剑不禁进一步打趣道：

"二胖兄，我还有个建议，若是能成书，还要传之于世，连书名我都替你想好了。这部兵法书，干脆就叫'王二胖兵法'。你看要不要得？"

"要得，要得。此书名甚佳。"王天杰乐得哈哈大笑，"此书若成，我一定请你龙大哥来为我的《王二胖兵法》作篇序言。龙兄，你我一言为定，到时，你莫要推辞啊！"

那晚上一番饮茶叙谈，王天杰和龙鸣剑两人都显得非常开心。自嘉定攻城战失利以来，两人好像还没这样开心过。

然而，真正令两人开心的事，还在后头。第二天上午，那个人称张二哥的领头人，果然带了一批盐工来到同志军兵营。一点数，居然破百，共有一百一十多人。

到了中午时分，又有第二批失业盐工赶来，这批有五十来人。也是由张二哥把消息找人带过去，闻讯赶来的。

两批盐工，一共有一百六十多人。而且来投奔的这些盐工，大都年轻力壮，生机勃勃。才吃了败仗、兵员大减的东路同志军，一下子增添了这样一批有生力量，军心士气顿时大振。

更让王天杰与龙鸣剑高兴的是，据张二哥说，犍为、马踏、井研等地井场周围也有一批失业盐工。

张二哥还对王天杰和龙鸣剑说，他已经托人带信过去了。估计队伍开到那些地方时，还会有相当数量的盐工前来投奔同志军。

王天杰和龙鸣剑看张二哥能干，头脑也比较清楚，在这些盐工中有相当号召力，在队伍整编时，就让他当了一名营官。

张二哥当上营官后，更加积极肯干，办事也有一定能力，后来成了军中骨干。再后来，龙鸣剑率队分兵打叙州府，张二哥随军转战叙州，成了龙鸣剑身边重要助手之一。

果然如张二哥所说，东路同志军回师荣县途中，沿途的马踏、三江以及犍为、井研周边一些乡镇，又陆续有失业盐工前来投奔。几批共两三百人之多。与此同时，原先离队散失的一批民军战士，陆陆续续找来归队。又托当地袍哥头面人物出马，收编了附近三个乡镇的民团。三支民团队伍，共有三百来人。

由此，东路同志军自从在五通桥休整、回师荣县以来，又发展到九百多人，实力大增。

同志军一下子又拥有了近千人的队伍，那两天，王天杰一天到晚乐得嘴都合不拢。龙鸣剑原本一直紧锁的愁眉，这时也基本上舒展开来了。

东路同志军行进到长山桥，进入了荣县县境。此时，突然接到秦载赓从仁寿送来的"鸡毛快信"。

秦载赓在信中说，他已联络了好几支同志军队伍，总数加起来有一两万人之多。几位首领一商量，既然不再会攻成都了，就打算于8月底或9月初，几支人马合力围攻自流井，直取盐场，截断赵尔丰的军饷来源。

秦载赓信中的提议，正合了王天杰、龙鸣剑的心意。前两天，王天杰和龙鸣剑商议，回师荣县休整后，往临近的威远、富顺两县扩张发展的同时，联络其他同志军，相机打下自流井、贡井两大盐场。计划夺得丰厚盐税银子，立足川南，日后时机成熟，再取省城。

王天杰看了秦载赓的"鸡毛快信"，很是兴奋。他把那信反复看了两遍，很高兴地对龙鸣剑说：

"秦大炮这回又与我等想到一块了。若我等几路同志军人马会合在一起，真把自流井、贡井打下来了，断了赵尔丰巡防军的军饷银子，我看他赵尔丰拿啥子来打！"

本来，按预定计划，东路同志军要在长山桥休整几天。从五通桥出发后，队伍沿途经马踏、三江等地，包括犍为、井研两县周边，不断有人投奔加入。这批新参加同志军的人很杂，有失业盐工，有当地民团团丁、袍哥人士，有乡下村民，亦有城镇底层民众。其中，还有少数各中小学堂学生。

鉴于这种情况，龙鸣剑就向王天杰建议，在正式回师荣县之前，最好找个地方停留几天，对队伍适当进行一番休整训练，以便回到荣县时，在父老乡亲面前，同志军的军容军纪显得光鲜一点，规范一点。

王天杰觉得此言有理。当时选定的队伍整训地点，正是长山桥。接到秦载赓的"鸡毛快信"时，整训刚进行了一天。原定整训五六天，接信后，王天杰急于赶回荣县，以会师打自流井。

王天杰本来就是个急性子，他仿佛是怕迟了，会赶不上秦载赓所约定的会师打自流井的大事情一样，坚持第二天再整训一天，便集合全队向荣县开去。

龙鸣剑遇事比王天杰沉稳得多，考虑问题也比较周到。龙鸣剑觉得，原定整训五六天的，如今草草整训两天就开拔，整训完全达不到预期效果。东路同志军以如此军容军纪出现在家乡父老乡亲面前，很不妥当，甚至有点丢同志军的脸，所以坚决不肯答应王天杰只再整训一天，就向荣县开拔的意见。

这是两人在同志军行动事情上，第一次产生分歧。在龙鸣剑看来，东路同志军在长山桥的整编训练最少要整训四天，才多少能达到预期效果。王天杰到底拗龙鸣剑不过，勉强地接受了这支同志军至少在长山桥整训四天的意见。

接下来的两天，龙鸣剑和王天杰抓紧队伍的整编训练，同时一面商议，回师荣县后，如何按照在仁寿县南华宫制定的"立足州县，迅速建立新政权"的方略，依托荣县这个根据地，挥师东进，先取贡井，打下贡井后，再乘胜合攻自流井。

6. 龙鸣剑分兵打叙州

在长山桥整训的第三天，龙鸣剑和王天杰在同志军今后如何行动的问题上，又一次产生了分歧。

在长山桥整训时，王天杰把东路同志军司令部设在有名的长山桥小学堂里面。

这个小学堂，曾经是荣县同盟会的一处秘密联络机关。按坊间说法，是"革命党的一个窝子"。龙鸣剑曾经几次来过小学堂。有一次，还专门与熊克武相约在这里秘密碰头，商议同盟会在全川的发展大计以及组织起义等机密事情。

王天杰没来过这里，但听说过党人在这小学堂里的一些传奇故事。比如说在此当教员的余契，为了获得那些党人同事的信任，竟然当众从水池里抓金鱼活吃的典故。

后来有一次，王天杰还当面问过余契，当众抓金鱼活吃的典故，是不是真有其事，弄得已成了荣县民军军需官的余契，脸面上还有些不好意思。

自保路风潮以来，长山桥小学堂也罢课了。如今，除了一位守门的杂工，整个小学堂空无一人。东路同志军来长山桥整训，就将小学堂做了司令部。

这两天整训事情上上下下都抓得紧，效果很好。见整训事情大有起色，王天杰和龙鸣剑两人心情都不错。尤其是两天前，又有周边乡镇两个民团专来长山桥投奔同志军。两个民团共有近三百人，如此，东路同志军总兵力一下子就超过了一千二百人。

那天晚饭后，王天杰和龙鸣剑两人在小学堂里面那个水池边上喝茶乘凉。

两人喝了几口茶，说了一阵闲话，龙鸣剑突然神情郑重地对王天杰说：

"二胖兄，有一件事想与你商量一下，看可不可行？"

王天杰一愣，觉得有点突然，但看见龙鸣剑脸上神情郑重，不知是怎么回事，只好"嗯"了一声，静听下文。想想，又说了一句：

"龙大哥，你我又不是外人，有什么话，龙大哥你尽管说。"

龙鸣剑看了看王天杰，语气缓慢地说：

"二胖兄，我要说的，是这样一回事。就是眼下这支东路同志军，我认为可以兵分两路。"

"兵分两路？"王天杰有点不解，"如何兵分两路法？"

"一路按原有计划不变，先回师荣县，再挥师东进，先取贡井。"龙鸣剑胸有成竹地说，"把贡井打下来后，再与秦大炮等各路同志军合攻自流井。"

说到这里，龙鸣剑停顿了一下，眼里露出一种沉思之色。停了片刻又说：

"而另一路，则是分兵攻打叙州。等拿下叙州后，再乘胜攻取泸州。等打下泸州，再挥师北上，从南面合围自流井。如此，整个川南一带都成了同志军的地盘了。"

王天杰听了，一时没有说话。他不明白，龙鸣剑此时怎么会突然提出这个兵分两路的行动方案。

见王天杰脸上似有不解之色，龙鸣剑解释说，当初东路同志军总部刚成立时，在仁寿县城的南华宫与秦载赓等首领召开的军事会议上，提出来的"立足州县，迅速建立新政权"的方略以及在此基础上制订的"先攻嘉定，再取宜宾，再下泸州，最后合攻自流井，将川南建成同志军根据地"的战略计划，都是十分正确而且切实可行的。只不过，前不久的嘉定攻城战失利，同志军实力受损，才暂时放弃了此行动计划。

龙鸣剑喝下一口茶，又说，现在东路同志军经扩军整训后，实力大增，因此，原先制定的"先攻嘉定，再取宜宾，再下泸州，最后合攻自流井，将川南建成同志军根据地"的战略计划，应当再次提到同志军行动日程中来。

龙鸣剑就此向王天杰说，当下东路同志军，应当兵分两路，一路按原计划不变，先回师荣县，再挥师东进，与秦大炮等各路同志军合攻自流井。而另一路，则是攻叙府、夺泸州，最后挥师北上，从南方合围自流井。

看王天杰一时没做回应，龙鸣剑又对他分析了兵力情况。龙鸣剑说，按现有东路同志军兵力，共有一千二百多人。若是平分，每一路可有六百余人。表面看，一支不足千人的民军队伍，实难以有大的作为，但其实不然。回师荣县这支不用说了，回荣县老家这里，只要你二胖兄登高一呼，东路同志军再招收一两千人入伍，肯定不成问题。再加上在艾叶寨子堡那支同志军盐工支队，合攻自流井的队伍足可以达两三千人。

至于攻叙府、夺泸州这一路，也不会担心到时兵力不足。龙鸣剑对王天杰说，据他所知并有联系的，仅宜宾孔滩、一步滩、王场、百花场这些地方，就有好多当地袍哥以及民团希望加入这支东路同志军。真到攻叙府、夺泸州的时候，组建成两三千人的队伍，不会是太难的事。

龙鸣剑看了王天杰一眼，说眼下难的是带兵将领问题。王天杰依旧没作声。

龙鸣剑说到这里，停下来喝了口茶，沉默片刻，才带着一丝缅怀之色说，这场嘉定攻城战，给东路同志军带来的最大损失，是伤了陈华丰，阵亡了彭队副，损失了两名带兵猛将。龙鸣剑对王天杰继续说道："眼下军中，很难再找出一个可以独当一面的带兵将领。"

说完这话，龙鸣剑不由得叹了口气，短暂地沉默了一会儿，才朝王天杰说，这两天，他一直在思索这个事情。现在，他终于想到了一个解决办法。

龙鸣剑先前说这些话时，王天杰不知他真实意图何在，就一直抱着静听下文的态度，听他说下去。但当他听龙鸣剑说出自己的那个解决办法时，王天杰真是大大吃了一惊。

龙鸣剑说，率另一路人马去攻叙府、夺泸州的将领只能是他本人和王天杰两人中的一个。而荣县的许多事，离了他王天杰还不好办，因此，带队攻叙府夺泸州的主将，只有他本人来担当最为合适。

听龙鸣剑说出这样一番话，王天杰彻底沉默了，一时不知所措，甚至乱了方寸。

这些年从参加同盟会，正式成为一个思想激进的革命党人开始，到创办五宝民团，筹办荣县民团训练所，再到担任荣县四十八个乡镇民团团首，一直到五宝起义，最后誓师北伐，会攻成都，如此一步一步走来，哪一步，哪一桩，都离不开龙鸣剑明里暗里的策划、指点、帮助和关照。在这个意义上说，龙鸣剑龙大哥既是他革命道路上的领路人，也是他谋事成事、纵横沙场的主心骨。

对王天杰而言，没有龙鸣剑龙大哥的引路、扶持、襄助，就没有他王天杰的今天。

所以听说龙鸣剑要与他分开，王天杰无论从心理上、感情上，还是带兵打仗的具体行动上，他都难以接受。

"龙大哥，"王天杰沉默一阵，终于带点商量，亦带点恳求地对龙鸣剑说，"好不好带队攻叙府夺泸州的事，另选其他人去？你龙大哥还是与我一起回师荣县后再做商议。"

"另选其他人去？"龙鸣剑反问道，"那二胖兄，你看其他人，选哪个去为好？"过了片刻，又再问，"眼下这东路同志军里面，这带兵主将，除了你我，又哪里选得出来？"

龙鸣剑这一说，倒真把王天杰的口给封住了，一时无话可说。他默默喝了两口茶水，又带着一点商量语气对龙鸣剑说：

"龙大哥，好不好你还是与我一起先回师荣县？至于打叙府泸州，到底何人领队去，回荣县再做商议可好？"

听王天杰这样说，龙鸣剑只是摇头，表示不赞成。他说：

"自古用兵，都要讲究一个战机。战机不对，往往事倍功半。况且，从用兵路线看，回师荣县后再分兵打叙府，要走许多弯路。时机上也不合算。所以说，要打叙府，再下泸州，还是此地此刻分兵为宜。"

总之，那天晚上，王天杰始终没能说服龙鸣剑，放弃其分兵打叙府的主意。因见龙鸣剑去意已决，王天杰明白，再深说乃至争论下去，不仅于事无补，还可能会伤了两人和气。最后，王天杰只能勉强接受了长山桥整训后即兵分两路的行动方案。

见王天杰终于答应下来了，龙鸣剑仿佛松了口气，面色也开朗起来了。两人就如何分兵，简单议了议，当晚就各自回房安寝。

第二天，是东路同志军长山桥整训的最后一天。早饭后，各营各队的整训，在各自营官队官带领下，按原计划进行。王天杰和龙鸣剑两人，则在司令部关起门来详议兵分两路的具体细节。

那天一清早，王天杰一觉醒来，脑子里想的就是，这龙鸣剑龙大哥，经过昨晚一夜思索，今天会不会突然改变了主意，不再坚持要分兵了？可是早饭时，王天杰暗中观察龙鸣剑神色，未见有改变了主意的样子。龙大哥与他交谈之中，也未曾有只言片语提到要改变昨天主意的事。

王天杰不觉微露失望之色，一股浓烈的怅然情绪深埋心间，他明白，与龙鸣剑龙大哥的分别，已是不可避免之事了。

对如何分兵的具体方案，倒是进行得比较平顺，没有太大分歧。反是两人都在为对方着想，竭力想让对方在兵员实力上以及武器装备方面占点优势，自己方面少一点，差一点不算啥。

最后的方案是，东路同志军现有的一千二百多人，双方平分，每一路有六百余人。其成员上，随王天杰回师荣县的，主要是以五宝民团为主的荣县籍战士，可称"子弟兵"；随龙鸣剑出征叙府泸州的，基本上是嘉定之战后沿途招收的新人，其主力，是张二哥为首的一批盐工。

武器装备方面，东路同志军现有的六门土炮，亦是平分，每边三门。原本嘉定一战之后，军中仅剩两门土炮。后来，投奔而来的马踏民团和三江民团，各带有两门土炮。东路同志军一下又有了六门土炮，就专门成立了一个炮队。

本来，王天杰坚持龙鸣剑那一路，应分得四门。还说，甚至六门土炮包括整个炮队，全部给龙鸣剑出征叙府，都是可以的。

王天杰对龙鸣剑说，荣县毕竟是大后方，是自家窝子。不管兵员数量，还是武器装备方面，回了荣县后，他都好想办法。而龙兄孤军在外，又人生地不熟，办起这些事情来，恐怕有些难度。

而龙鸣剑坚决不肯将整个炮队全部带走。最后，也只好将炮队平分了事。

方案既定，下午就对全军宣布了东路同志军自此兵分两路的行动计划，并按这个方案进行了重新整编。

龙鸣剑所率出征叙府泸州那一路，张二哥被任命为队副，成了龙鸣剑的重要助手。

7. 把酒而别

当天晚上，王天杰吩咐刘四娃弄了点酒菜，他和龙鸣剑在司令部房间里关门把酒叙谈。

这些年来，王天杰和龙鸣剑不知在一起喝过多少次酒。可是，没有哪一次像这天晚上这样，把酒叙谈的气氛显得那么沉重，那么令人伤感。

刚开始对饮，两人都只谈正事，尽量不去碰触"自此离别"这个令人伤感的话题。

龙鸣剑仍然保持着平日那种沉稳冷静的神色，对王天杰谈了些回师荣县后，应当注意及首先要解决的一些具体事宜。对东路同志军下一步挥师东进，与秦大炮等各路同志军合攻自流井等相关战略战术要点，龙鸣剑也谈了一些自己的看法和建议。

龙鸣剑一再告诫王天杰，回师荣县后，首先要做的是，把县衙门为代表的旧政权推翻后，建立起革命的新政权。

在这件事情上，龙鸣剑让王天杰多与尚留守荣县的吴玉章商量着办，多听吴玉章的主意。

龙鸣剑对王天杰强调，这件事，是比挥师东进，与各路同志军合攻自流井更重要，更迫切的一件大事。回师荣县后就须全力去筹办。

王天杰用心听着，并不时拿旁边桌子上的纸笔，将一些要点记了下来。

对于王天杰一再感叹的，龙鸣剑离开后，他就缺了主心骨，身边再无人为其出主意，为之当参谋把关的问题，龙鸣剑为王天杰推荐了两个人。其中一个是龚郁文，另一个则是如今留守五宝的宋秀才。

龙鸣剑对王天杰说，龚郁文这个人，曾经留学日本，有见识，亦有谋略。关键一点，龚郁文看问题以及遇事行事风格比较成熟稳重，值得信赖。

龙鸣剑端起杯子，浅浅呷了口酒，看了看王天杰，神情很是郑重地告诫他：

"二胖兄，每逢大事，特别是生死关头，若是有郁文兄在身边，你就一切听郁文兄的。此话你一定要记住。"

这话，好像怕王天杰记不住似的，龙鸣剑一连说了两次。

"好的，"王天杰点点头说，"谢谢龙大哥提醒，我记住了。"

由于有龙鸣剑的此番特别告诫与提醒，王天杰回荣县后对龚郁文这个老大哥就特别尊重，基本上做到了言听计从。

但可惜的是，几年后，王天杰在面临生死关头时，竟然把龙鸣剑这番特别告诫给忘了，或者说有意无意地忽视了。其时，他没有听从龚郁文老大哥的建议，让他付出了包括自己生命在内的惨痛代价，连龚郁文老大哥的生命，也在那次错误决定中给赔上了。

至于宋秀才，龙鸣剑说，虽然他至今没与宋秀才见过面，但从王天杰讲述中，他已经大致知道了其人其事。龙鸣剑说，这宋秀才虽说是乡村秀才出身，但其熟读兵书古籍，且讲究学以致用，不是书呆子类型。更难得的是，此人有智慧，有计谋，善于出点子主意，是个当军师的料子。

龙鸣剑要王天杰一定要善待宋秀才这种人才，带在身边，遇事多听他的主意，肯定大有好处。

王天杰对此也点头称是，说：

"龙大哥放心，宋秀才是我恩师，在五宝民团里，我一向对恩师言听计从。"

两人边吃边谈，谈兴很浓。两人似乎都意识到，动乱之下，战事频繁紧迫，此番别离，或长或短，或遥遥无期，多少事难以预料。他俩今后何时能再相见，能这样两人对坐，把酒叙谈？实在是个未知数。所以，两人似有许多话要说，虽然两人平时都不是爱流露感情之人。

尤其是王天杰，那晚上的把酒夜叙，他始终流露出一种依依惜别的情绪。而龙鸣剑则更多的是就事谈事。当然，他内心里面，肯定也有惜别之情，只不过他把其藏到了内心深处，不轻易表露出来而已。

酒过三巡，龙鸣剑似乎把他认为分别前应该向王天杰交代，或告诫提醒的事，都交代提醒得差不多了，这才带点惜别的神情，说了些类似江湖儿女、兄弟情谊之类的话。

王天杰此时多少有点酒意了，他听了龙鸣剑这番充满兄弟情谊的话，鼻子一酸，眼泪差点流出来了。突然，他颇为动情地恳求龙鸣剑说：

"龙大哥，我舍不得离开你啊，你还是与我一起回师荣县吧！打叙府下泸州的事，等回了荣县，或是打下了自流井，你我再做商议吧！"

可是，龙鸣剑分兵打叙州的决心已定，哪是王天杰几句兄弟情谊之言可以轻易改变过来的。最终，两人还是在长山桥舍泪作别。

第十四章　荣县军政府横空出世

1. 吴玉章坐镇下的荣县

当初，王天杰与龙鸣剑率荣县民军誓师北伐时，刚好在城门口碰见风尘仆仆从省外赶回荣县的吴玉章。龙鸣剑握着吴玉章的手，很激动地说：

"永珊兄，你回来就好了！同志会仅靠立宪党，是难成大气候的。必须组织起同志军，把民众发动起来同官府斗，革命才有出路。"

又一再嘱托吴玉章说："我和天杰兄马上就要到前线去了，荣县这里，一切大计，还望老兄细心筹划安排才好。"

其时，龙鸣剑显然把他和王天杰誓师北伐后，家乡荣县的一切革命大业，委托给了吴玉章。

那么，留守荣县的吴玉章，在王天杰与龙鸣剑走后，到底又有哪些作为呢？

应当说，当龙鸣剑、王天杰、龚郁文、余契、张智剑等一大批著名革命党人随军出征后，荣县县城里，革命党方面，出现了短暂的权力"真空状态"。

一些代表官方或维护官方的传统旧势力，又趁此机会复活了。甚至，有些人还比较嚣张，公开与革命党方面叫板，并试图进行清算。

可以说，吴玉章当时面临的，就是这样一种近于孤军作战的不利局面。

王天杰与龙鸣剑率民军誓师北伐的当晚，荣县城里一位名叫张子和的豪绅，请了一次客。应邀赴酒席的宾客众多，大都是县城里有头有脸的士绅。

张子和兄弟俩，当年在荣县城里面算是有身份有地位的人。张子和本人，曾经在朝廷邮传部任职，属于做过京官的人，在当地士绅中相当有名望。其弟弟张子玉,也曾经做过云南昭通府知府,官至州府级。张家在荣县县城是有名的望族。

吴玉章留日前,曾经在张家做过两年"专馆老师",每次返回荣县故里,大都在张家留宿。因这种特殊身份,当晚的酒席,吴玉章也应邀在座。

却没料到,酒席间,有人突然对以王天杰为代表的民军发难。因张子和与张子玉是县城有名的望族士绅,就有人拿出一位名叫郭慎之的劣绅向县衙控告王天杰的一份禀状,当场请张子和兄弟过目。

这位郭慎之,在城里城外广有田地房产,在县城和义街还开有一家名叫富有号的大当铺,是县里有名的富豪。郭慎之还一度主持过县三税局。

郭慎之在禀状里状告王天杰在保路风潮的高潮期,强行占领、接管了县三税局,并将县三税局里的八百两官银劫走,做了民团军费。

郭慎之这份禀状,是县衙有些人在背后支使他写的,意图在合适时候追究王天杰等的罪责。

王天杰率民军占了县衙时,他们不敢拿出来。王天杰、龙鸣剑率荣县民军誓师北伐,前脚一走,这班劣绅后脚即蠢蠢欲动,把这禀状拿出来,欲秋后算账。

郭慎之在禀状中,竟然称王天杰等为"匪"。该诉状称:"县三税局被匪劫去官银八百两,请县衙予以追究。"

有人当场拿出郭慎之这份禀状,要张子和兄弟签署并报县衙。其时,郭慎之亦在酒席现场,但他自己不作声,在一旁静观局势。

在场的吴玉章,一见此事,顿时怒不可遏。他当即挺身而出,对此举当众予以批驳怒斥。他站起身来,大声对张子和兄弟俩、郭慎之以及酒席上的各色宾客说:

"王天杰与龙鸣剑领同志军去打赵尔丰,是替我们大家争铁路,争人格。朝廷奸臣当道,出卖川人的路权,川人群起保路,组织同志会保铁路,争路权,何罪之有?"

郭慎之以及酒席上的各色宾客,面对吴玉章如此质问,一时无话可说。

"赵尔丰光天化日下在成都开红山,杀了那么多保路争权的民众,这种滥杀无辜的恶人不除,川无宁日,国无宁日!"

吴玉章一双炯炯有神的眼睛环顾在座者,语调格外慷慨激昂,厉声质问道:

"王天杰与龙鸣剑他们的所作所为,是为国争权,为民除害。他们做的,是正大光明的事情，怎么能说他们是土匪呢？这不是颠倒黑白吗？"

吴玉章这番陈辞与质问，说得在座各位士绅面面相觑，哑口无言。作为宴席主人的张子和，也不敢轻易表态。连郭慎之本人也噤若寒蝉，且有点坐立不安起来。

在座者中，有些同情且暗中支持革命党人的乡绅，就点点头说：

"同志军打赵尔丰，替我们大家保铁路、争路权，是对的。事情没错。"

"既然事情没错，"吴玉章接着话头继续说，"他们为了打赵尔丰，不得已动用了一点县人共有的公款，用以添置武器弹药以及供给全体出征战士的口粮，这有什么可非议的呢？"

那些试图现场对王天杰发难的人，见势头不好，也只得悄悄将那份诉状收了起来，不敢再吱声。

吴玉章见此情形，索性一不做，二不休，他侧转身来，朝着坐在另一桌酒席上的郭慎之，点名道姓地说：

"像郭老先生这样富有的人，照理说，是应该拿出一些钱财帮助支援同志军，与全川民众一道，为保铁路、争路权尽点心力，这才是正理嘛。"

然后，吴玉章突然话锋一转，质问道："可你郭老前辈，不但不这样做，反而捏造诬其抢了三税局，禀报县衙门要将他们治罪，"吴玉章转头扫视酒席上各位乡绅一眼，开口道，"我想今天在座诸君，都是深明大义者，是不会赞成郭老先生这番主张的。"

停了片刻，吴玉章又转身点着郭慎之的名说："郭老前辈，你得仔细想一想，这件事情上，应该如何是好！"

郭慎之原本就有点忌惮吴玉章日本留学生的身份，又曾听人说，他是同盟会总部派回四川的负责人，心里更虚火。如今当众遭吴玉章此番义正词严的训斥，他更是大为惶恐。

郭慎之招架不住，连忙说："这是我一时糊涂，现在明白了，现在明白了。"

又让人将那份禀状拿出来，当众撕毁了。

吴玉章见此举在众乡绅面前镇住了堂子（方言，立威的意思），灵机一动，索性来个乘胜追击。他略做停顿，威严的目光在出席酒宴各位士绅的脸面上扫了扫，又开口说道：

"王天杰与龙鸣剑他们，如今带领同志军北伐成都，去为我们在前线打仗。我们众人在后方，理应为之继起支援。如何支援法？在此我提议，全县民众，无论乡绅富室，还是商户乡民，均按租按税捐款，为他们筹集军饷。"

吴玉章这一提议，有理有据，张子和与张子玉两兄弟，首先表示了赞同。在座士绅虽心里不情愿，但找不到反对的理由，亦只好同意或默认。

那晚的酒宴上，作为革命党人的吴玉章，可谓大获全胜。

首回合获胜后，吴玉章没有放松，而是乘胜挺进。酒席一散，他看准时机，当即召集各方人士商议，讨论按租按税捐款，筹集同志军军饷事宜，让事情落到实处。为前线的同志军筹款的问题，就此得到较好解决。

手里有了经费，许多事都好办了。在仍留在县城的革命党人刘念谟、赵叔尧、赖君奇等人的配合下，吴玉章接着实施了一系列举措，以支援民军前方战事，巩固荣县这个大后方。

没几天，正好龚郁文护送蒲洵回到荣县来了。见到龚郁文和蒲洵两人，吴玉章非常高兴。

早年在留学日本时，吴玉章和龚郁文两人就认识。相见之下，吴玉章握着龚郁文的手，说：

"郁文兄，你回来得正好。我这里许多事千头万绪，且正是用人之际。你回荣县来了，正好为我出出主意，当当参谋，或是直接分点担子。"

想了想，又说："龚兄，你回国返乡的时间比我早得多，对县上保路风潮前后的事，知根知底，算是个老荣县了。干脆，你来把这副担子接过去，我来帮你打下手？"

龚胖子一笑，说："吴兄，你这是把话说到哪里去了？在东京的时候，你吴兄就是同盟会总部有名的干将，组织能力极强。只有我龚胖子为你吴兄打下手的，哪里有你吴兄来跟我打下手的？"

两人说罢，哈哈大笑。龚郁文又向吴玉章介绍蒲洵，还说了这次回荣县，就是龙鸣剑和王天杰专门安排他护送蒲洵的。省城保路同志总会会长蒲殿俊让侄儿蒲洵专赴荣县，就是为给吴玉章带来重要口信。

蒲洵当即向吴玉章转达了蒲殿俊的口信内容。不过，在吴玉章看来，蒲殿俊的这个口信倒没有什么特别值得重视的内容。蒲殿俊作为保路同志总会会长，全省立宪派主要负责人，不过是站在立宪派立场上，向吴玉章转达了立宪派的一些政治主张。因为蒲殿俊已经知道，吴玉章是东京同盟会总部派回四川的负责人，所以希望吴玉章予以支持与合作。蒲殿俊还邀请吴玉章，有机会来省城走一走，说不定还可以共事。

吴玉章听过蒲殿俊这番口信后，淡淡一笑，未置可否。但他还是热情招待蒲洵，因为他从龚郁文那里已经了解到，蒲洵也是同盟会会员。况且，现今正是用人之际，见蒲洵年轻能干，脑子也灵活，就暂留身边当一名助手。

吴玉章征得张子和同意，把蒲洵安排在张家暂住，以便可随时商量些大小事情。

龚郁文与吴玉章见面后，则单独约了个清静地方，两人喝茶详谈。龚郁文向吴玉章简略介绍了荣县民军出征以来的一路情形以及龙鸣剑与王天杰带回来的口信。

其实，吴玉章已经从其他渠道，知道了多路同志军队伍，与赵尔丰精锐巡防军对阵时交战不利的一些消息。

尽管荣县民军北上那天，见到率军出征的龙鸣剑和王天杰眼里脸上，对打败赵尔丰信心满满，但吴玉章以自己的眼界，和多次参与同盟会组织的反清起义的经验，意识到这次民军北伐，会攻成都的事，恐怕不会如他们预想中那样顺利。

如今陆续传回来的消息，似乎都印证了吴玉章当初的预见和判断。吴玉章进而想到，若会攻成都战事不顺，荣县民军就有回师荣县的可能。

这样一想，就更加意识到，巩固荣县这个大后方，使之成为革命党控制的民军之可靠根据地，更是眼下工作的重中之重。

2. 王天杰率同志军回师县城

与龙鸣剑分手后，王天杰即率东路同志军从长山桥启程，向荣县一路进发。

当天傍晚时分，同志军行进到距县城仅数十里的度佳场。王天杰下令全军就地宿营，不再赶路。本来，若军情紧急，队伍当晚是可以开抵县城的。王天杰下令宿营度佳场，他心里面是有所考虑的。

一是，从长山桥出发的沿途，又先后接收了两个乡场的民团，队伍总数，又超出了一千人。宿营度佳，正可抓紧时间，对这部分新入队人马进行必要整编。

二是，队伍深夜进城，有扰民之虑。况且，当初荣县民军誓师北伐时，是大白天轰轰烈烈、热热闹闹离开县城的。如今回师归来，虽不说轰轰烈烈、热热闹闹，但至少也要正大光明地回师，不能给民众留下偷偷摸摸归来的印象。

第二天一早，一千余人队伍集聚在度佳场口，王天杰站在队前鼓动一番，要求每个战士要雄赳赳气昂昂地出现在荣县父老乡亲面前，又讲了必要的军风军纪。王天杰说，总之一句话，不能给东路同志军丢脸。

中午时分，队伍抵达县城西门外。事先得到消息的龚郁文、刘念谟、赵叔尧、赖君奇、蒲洵等人，赶到城门口迎接。吴玉章这天恰好回双石铺老家去了，没在县城。

为迎接王天杰率东路同志军回师荣县，龚郁文、赵叔尧等人也组织了一些民众在城门口列队欢迎。赵叔尧还利用其袍哥大爷身份，安排手下人请来了一支鼓乐队，并备有鞭炮。

当同志军队伍在大路上出现，众人举眼望去，只见一名健壮民军战士手里高举"东路同志军总部"大旗，走在队伍最前列。王天杰骑着一匹高头大马，威风凛凛紧随其后。

再后面，是炮队的四门土炮。在沿途接收的民团中，东路同志军又添了一门土炮。每门土炮，分别由四名炮手高高抬起，行进在队列中，分外惹人瞩目。其后，才是各营队列。

因王天杰司令事先打过招呼，虽然天热行军，一上午走了几十里远路，所有的同志军战士，依旧一个个精神焕发、神采飞扬地出现在民众面前。

立时，城门口锣鼓敲响，唢呐高奏，鞭炮声惊天动地。民众的掌声、欢呼声此起彼伏。

在城门口，王天杰一眼看见欢迎队列中的龚郁文、刘念谟、赵叔尧、赖君奇、蒲洵等人，当即跳下马来，与众党人朋友一一握手致意。

"二胖兄辛苦了！"

"二胖兄载誉归来，劳苦功高，家乡朋友好高兴，好高兴！"

"不好意思，这次回师归来，要让大家失望了！"王天杰欢喜之中，脸上多少有点愧色，老老实实对众兄弟朋友说了大实话，"这次北伐出征，会攻成都，没把龟儿子赵尔丰拿下来，嘉州城也没打下。兄弟无能，只好率东路同志军回师荣县，再做打算。"

"二胖兄，话怎么这样说？自古用兵，非在一城一地之得失。"赖君奇带点安慰性地说，"有进有退，一张一弛，乃用兵之道。二胖兄回师荣县，等于暂时把拳头收回来，待以后更有力地打出去，对不对？"

"二胖兄带兵出征，今又率师回荣，不管怎么说，薄酒总是要喝一杯的。"赵叔尧先是亮出袍哥大爷的礼数，其后，又亲亲热热拍了拍王天杰的肩膀，说,"今晚上,本大爷已在这风雨桥酒楼,订下了一桌酒席,为率师回荣的二胖兄接风。在场各位,一并来当个陪客,陪远道归来的二胖兄,好好喝两杯吧!"

"要得,要得!今晚上一定陪二胖兄,痛痛快快喝它两杯!"

龚郁文、刘念谟、赖君奇、蒲洵在场人等,连声叫好。

一众朋友在队列中一直没见到龙鸣剑的身影,不免有点奇怪,就向王天杰打听。

"二胖兄,怎么没见到龙大哥呢?"

"就是,是不是他留在后面压阵?"

就连龚郁文也不知道龙鸣剑已经分兵另带人马打叙州去了,也问王天杰:

"二胖,是不是龙大哥身体不大好,安排在后续部队里?"

"不是,"王天杰摇摇头说,"龙大哥不在这支东路同志军里面,他另带人马打叙州去了。"

"嗬哟,龙大哥打叙州去了?"众朋友一阵惊叹,"二胖,你这东路同志军厉害啊!"

王天杰闻声一笑,又擦了擦头上不断往外冒的汗水,对大家解释道:

"我和龙大哥在长山桥分的兵,各带一半人马。我带兵回师荣县,稍事休整后,再与秦大炮等多路同志军合攻自流井。龙大哥带人马先打叙州,若顺利,再下泸州。我和龙大哥约定了的,日后在自流井会师。"

听王天杰这一说,一众朋友自是赞叹喝彩不已,纷纷为之叫好,都说,如此下去,全川革命成功,实在大有希望。

言毕,一众朋友及民众前呼后拥地簇拥着王天杰进城,王天杰仍将东路同志军司令部及主要兵营设在禹王宫。

这里再说当时县城内外的情形。当龙鸣剑、王天杰率荣县民军誓师北伐后,县城内外,革命党方面的力量一时出现真空。整个荣县局势出现了一些反复。

在那批地方官僚和守旧派看来,当时无论全国还是全省,整个局势仍然有点扑朔迷离,还没到最糟糕的时候。

其时,武昌起义尚未爆发,就全国来说,清朝廷还没被推翻,仍在行使中央权力。就四川来说,川总督赵尔丰也还在台上,控制着成都及大部分州县局势。而且,有消息说,钦差大臣端方奉旨入川,带领镇压保路风潮的精锐之师湖北新军,已经过了内江,抵达资州,三两天即可赶往省城,协助赵尔丰巡防军，控制成都及周边局势。

再说，自革命党起事以来，省内外各地起义不断。川内一些州县，也发生过革命党起义局部成功，甚至占领县城的情形。

当初，王天杰五宝起义后，率民军直扑县城。驻县绿营官军不战而逃，荣县柳知县等吓得躲了起来。后来见民军全体出征，王天杰、龙鸣剑、龚郁文等主要革命党人亦随军出征，柳知县等见有机可乘，一度想卷土重来。

柳知县带几个手下又重回荣县，并想去县衙归位，却遇到吴玉章等人迎头阻挡，未能得逞。如今听说王天杰率民军再回县城，柳知县赶忙一走了之。

却说这天郭慎之等劣绅，听到王天杰率军回师荣县的消息，怕王天杰为那禀状的事找他算账，吓得赶忙收拾东西离开县城，躲到乡下去了。

当天晚上，赵叔尧果然在西门风雨桥酒楼，摆了两桌上等酒席，为征战归来的王天杰接风。

王天杰带着卫队长刘四娃，以及东路同志军的三个主要营官，应邀赴席。龚郁文、刘念谟、赖君奇、蒲洵一众党人朋友自然也在座。除此之外，赵叔尧还请来了县城里面仁字旗、义字旗等几个有声望的袍哥大爷，以及张子和、张子玉两兄弟为首的几位乡绅作陪。

王天杰带兵外出征战一月有余，基本上没吃到熟悉可口的家乡菜，也未喝到酒味醇厚、味道浓烈的家乡酒。那晚上，党人朋友、乡绅袍哥等宾客轮番上来敬酒献酒，王天杰一行，热热闹闹喝了一顿大酒。

酒席过后，龚郁文与王天杰单独找了个清静地方，喝茶细谈。茶叙间，龚郁文对王天杰谈及那天与吴玉章详谈的情形以及对时局的分析。

龚郁文特别提到，为防止出现像上次民军大部队出征后，地方官府旧势力欲趁机复辟的事情再次发生，他和吴玉章两人都认为，最好是建立一个革命党自己的新政权机构，代替原来的县衙门，管理各方。如此一来，即便是民军主力再次外出征战，这边县城内外，仍有革命党自己的政权机构管理控制着，杜绝官府旧势力趁机复辟的事。

王天杰听了，也觉得此议甚好。他拍着手掌说："对头，对头，咱革命党就是该建立自己的新政权机构，自己管理县政。哪怕以后同志军再出征了，这大后方也由我革命党管理控制，让我同志军出征无忧。"

因为刚才在酒席上酒喝得多了点，王天杰觉得有点口渴。他端起茶碗，大口大口喝下两口茶水，又对龚郁文说："此次回师荣县之前，那晚上我和龙大哥在长山桥喝酒夜谈，龙大哥也专门谈到这事。他对我说，此次北伐成都，仅从战事看，我同志军似乎没打几场胜仗，战绩不佳。但从今后革命大计来看，却是大有收获。其中很重要一条，就是广泛建立各州县革命新政权，作为同志军大后方的重要性和必要性。"

想了想，王天杰又说："我和龙大哥随时都要带兵出征，管不过来这后方的事。待过两天玉章兄回了县城，与他商议商议。若是他本人去处另有安排，不愿再待荣县这里做事，管理县政，那这新政权机构的县大老爷，干脆你龚大胖来当，要不要得？"

龚郁文望王天杰一笑，说："二胖你说哪里去了，我龚胖子不是当官的料，哪敢当啥子新县大老爷？若玉章兄不愿当，还是找其他人来当吧。"

3. 成立荣县军政府

第二天，吴玉章即赶回了县城。他在双石桥已听到王天杰带着东路同志军大队人马回师荣县的消息，所以急匆匆赶回县城来了。

吴玉章从双石桥赶回县城，太阳已快落坡了。暑热天气，又赶急路，吴玉章走得一脸尘灰，一身热汗。在张子和家匆匆洗漱洗漱，来不及喝口茶，就找到龚郁文那里，然后一起到禹王宫见王天杰。

此前，王天杰与吴玉章并不太熟。见到吴玉章和龚郁文两人，王天杰相当高兴，说："两位哥子来得正好。天气热，我叫刘四娃做了一大锅肉骨头煮海带绿豆汤，又清热，又解渴。等会儿在我这里吃海带绿豆汤，再弄点凉菜下烧酒，巴适得很。"

又叫人给泡了两碗毛峰青茶，在大殿当门处摆上茶几竹椅，三个人品茗而谈。禹王宫大殿高朗阔大，当门处又时有穿堂风，比其他地方要凉爽些。

三人说了些闲话，吴玉章先是关切地向王天杰问了问东路同志军下一步打算，以及龙鸣剑分兵打叙州的情况。然后话题转到关于建立新政权机构，由革命党自己管理县政这事情上。

吴玉章对王天杰和龚郁文两人说，这事必须尽快去做。要趁东路同志军东征自流井之前，还驻扎在县城，有部队做后盾之机，建立革命党新政权机构。

王天杰点点头说："吴大哥说得对，是该趁东路同志军出征自流井之前，办好这件事。"

喝下一口茶，王天杰又对吴玉章和龚郁文两人说："不过同志军东征，也就是这两三天的事。原定这回在荣县县城，最多休整三天就走。因是东路同志军总部大统领秦大炮，从仁寿那边送信来，各路同志军合攻自流井的期限，就大致在那个时候。这事我与龙兄在长山桥分手的时候，就大致定了的。"

龚郁文说："那这事干脆明后天就办，玉章兄，你认为怎样？"

吴玉章想了一下，说："明天肯定来不及了，就暂定后天吧。"

三人就把正式建新政权的日子，定在了后天。龚郁文平时喜欢研究点易经之类，亦略懂历法，他当即掐指推算了一下，面露喜色，对吴玉章和王天杰两人说：

"后天是辛亥年的八月初四，虽不说是什么黄道吉日，也大致是个可以做事成事的好日子。新政权确定后天正式建立，这八月初四日子不错。"

接下来，三个人就商议，这革命党新政权机构该取个啥子名称才合适。

王天杰说："既然是我革命党的新政权，就不能再用过去县衙门那种名称。"

想了一下，又说："那可不可以叫荣县同志军政府？"

龚郁文就提议说："荣县同志军政府，这名称有点拗口，干脆叫荣县军政府更好。"

吴玉章略做思索，表示赞同，说："荣县军政府这名称倒是合适，念起来也响亮，也别有一番意义。"

"荣县军政府"这名称，就这样确定下来。三个人最后要商议的，是军政府负责人，让谁来担任为好。

王天杰想起昨晚上和龚郁文那番茶谈，就对吴玉章说："吴大哥，我和龚胖昨晚在说，主持县政这事，若是吴大哥没有另外安排，可否由你吴大哥来首任？"

又说："吴大哥见多识广，又是同盟会总部派回来的，德高望重，出任军政府负责人再适合不过了。"

吴玉章却没有作声，脸上露出沉思之色。王天杰见此情形，想必吴玉章是另有考虑了。

隔了会儿，王天杰又带点半开玩笑的口吻，朝龚郁文说："再不然，龚胖，这军政府首脑还是你龚胖子来担当算了。反正我和龙大哥要随时带兵出征，管不了后方县政的事。"

龚郁文哈哈一笑，回应说："二胖，昨晚上我都跟你说了嘛，我龚胖子生来不是当官的料,哪敢担此重任!"

这时,沉思着的吴玉章开口了,他对两人说道:"谁来担任荣县军政府首脑这事,我倒考虑有一个合适人选。"

"是哪个?""吴大哥看中的是哪个?"王天杰和龚郁文两人连忙问。

"蒲洵,"吴玉章口里缓缓吐出一个名字,"是差点被你们当探子处置的那个蒲洵。"

看王天杰和龚郁文脸上神色多有不解,吴玉章对两人说出了自己做一番见解:

"既然是革命党新政权的首届军政府,必然会受到各界注目。我的想法,第一,蒲洵是外乡人,这表明我等荣县本地的革命党起来闹革命,推翻清王朝,不是为自家想做官发财。第二,蒲洵这个外乡人来主持县政,他在荣县没有七大姑八大姨,也无亲朋故友,这些杂七杂八的关系,处理事情少了许多牵扯,肯定要公正得多。第三,蒲洵这人,本身也是同盟会会员,经过我这一阵暗中考察,他人虽年轻,但肯动脑子,办事也认真实在。让他在这一职位上锻炼锻炼,说不定今后也会成为革命事业的一个人才。"

吴玉章这一番话说下来,王天杰和龚郁文也表示同意,都说:"那就蒲洵吧。"事情就这样定了。

谈及军政府机构的组建,吴玉章提议,革命政权初创,百事待举,县政机构也不宜过大,应精兵简政,精打细算为好。三个人商议一番,最后决定军政府内仅设四个部门,分别管理民政、军政、财政、邮政。

对四个部门的负责人,吴玉章与王天杰和龚郁文三人也做了商议,暂定蒲洵兼管民政、刘念谟主军政、王勋甫主财政、赵叔尧主邮政。

把这些事情商议确定,已到了晚饭时间。手下人过来请示,晚饭摆在哪里吃,王天杰吩咐说:"就把饭菜摆到这里来,这里凉快。"

晚饭酒菜倒也简单,一大盆温热大骨头煮海带绿豆汤,一盘麻辣凉拌耳叶子,一盘卤排骨下酒。三个人一边吃,一边聊,决定明天先开个预备会。把城里的同盟会会员以及相关人士找来通报议一议,等于先开个军政府成立的预备会。

第二天的预备会,如期在禹王宫召开,与会者近二十人。预备会由王天杰主持,吴玉章做主要发言,向大家详细介绍了他和王天杰、龚郁文三人商议的荣县军政府成立方案。龚郁文做补充发言。最后,与会者一致通过了这个方案。

辛亥年八月初四（1911年9月25日），这是一个可以载入史册的重大日子。全国第一个完全脱离清政府统治的革命新政权——荣县军政府，在这一天横空出世。

荣县军政府成立大会，在县城原先的学衙门举行。王天杰主持大会。吴玉章在会上发表了激动人心的演讲，获得阵阵掌声和欢呼声。

王天杰以激昂的语调，地道的荣县口音，字正腔圆，几乎是一字一句地向台下宣布：

"我代表东路同志军总部，向各位宣布，荣县军政府正式成立！"

话音一落，全场顿时鼓乐喧天，鞭炮炸响，台下群众掌声和欢呼声一浪高过一浪。

荣县军政府成立的时间，比武昌起义还早了半个月。无论在四川，还是在全国，都算得上"首义实先天下"。

第十五章　秦大炮遇难始末

1. 秦大炮突然到访

　　荣县军政府成立后，县政管理的主要方面虽说是蒲洵在主持，刘念谟、王勋甫、赵叔尧分别掌管军政、财政和邮政，但实际上，军政府一些重大事情和举措，还要靠吴玉章和龚郁文拿主意。

　　王天杰则把主要精力放在东路同志军的兵力补充、整编训练以及武器装备的购置等事情上，为东征自流井的战事做准备。

　　最让王天杰感到高兴的是，通过外地袍哥的特殊渠道，同志军终于购置到两门最新式的罐子炮和二十来支快枪，现正在运回荣县的路上。这两门最新式罐子炮、二十来支快枪的添置，将会使东征自流井的东路同志军战力大增。

　　正当各项准备进行得差不多了，王天杰打算派人专赴仁寿与秦载赓联系，以确定东路同志军与秦所部合攻自流井的时间以及战事时，秦载赓本人却出人意料地到荣县来了。

　　那天上午，王天杰正在司令部里忙着，大门口的卫兵突然进来报告，说仁寿那边过来的秦大统，已经来到荣县，声称要见司令官。他们一行正在门房等候，是见还是不见？

　　那卫兵是最近新招收入伍的，从没见过秦载赓，所以特进来请示。

　　王天杰当然没想到，秦载赓在事先没打招呼的情况下，会到荣县来找他，所以一时以为是自己听错了。

　　"你说的秦大统，"王天杰有点发蒙，问道，"是哪个秦大统？"

"仁寿那边的秦大统,高高大大一个人,骑一匹枣红色高头大马。"卫兵说,"他说是你王司令的好兄弟,专从仁寿那边到荣县来会你。"

听卫兵这一说,王天杰这时终于相信,来者是秦载赓秦大炮无疑了。

"天哪,那是我东路同志军真正的大统领啊!"王天杰朝卫兵喝道,"还不赶快请进来!"

他自己也立马起身,出门朝禹王宫大门口赶。

半道上,正碰见刘四娃将秦载赓一行迎进了兵营,朝司令部这边走。刘四娃早饭后出兵营办事归来,在门房正看见秦载赓一行在那里候着,连忙将之迎了进来。

"哎呀,果然是秦大哥!"王天杰趋步上前,一把拉住秦载赓的手直摇,口里说,"秦大哥,你是几时从仁寿动身的?怎不事先带个口信来?我知道是秦大哥要来,肯定先到城外接官亭等候,为大哥置酒接风!"

秦载赓冲王天杰哈哈大笑,说:

"啥子接风不接风的,还提啥子接官亭?我秦大炮又不是官。再说,你我兄弟之间也用不着搞那些俗礼!"

王天杰也一笑,回应秦载赓说:

"你秦大哥,是东路同志军大统领,我是二统领,你算是我上司。上司就是官,对不对?"

两人一路说笑,进了司令部。如今的刘四娃也算能干,没等王天杰发话,他早已安排手下人送来凉水,给秦载赓一行洗脸擦汗。

片刻工夫,又备好几个客人的茶水,送了上来。同时,又把秦载赓一行的几匹马安排去喂水喂料。

忙完这些,刘四娃才找王天杰请示,晚上的接风酒席该如何安排。王天杰略一思索,发话说:

"秦大哥是东路同志军大统领,又不是外人,接风酒席,也不用摆到外面酒馆酒楼那些地方去了。就在这我这司令部里摆上两桌,我等和秦大哥几个兄弟,就像梁山兄弟那样,大块吃肉,大碗喝酒。图的一个高兴与自在,秦大哥,你说是不是?"

秦载赓听罢,又是一阵朗声大笑,连说:

"要得,要得!我和你二胖就是梁山兄弟,走到哪里都要大块吃肉,大碗喝酒,来个一醉方休!"

刘四娃转身要走,王天杰又把他叫住,吩咐他去把吴玉章和龚郁文以及蒲洵、刘念谟、王勋甫、赵叔尧等人都请到这里来。

王天杰交代刘四娃，就说东路同志军秦载赓大统领已经到荣县来了，务必来此一见，也为秦大统领一行接风洗尘。

喝茶寒暄一阵，王天杰见秦载赓似是轻车简从，就问秦载赓：

"秦大哥，此番是独自来荣县，手下人马去哪里了？"

秦载赓就说："这回我是个人出行，手下人马还留在仁寿整训。"

和王天杰茶叙时，秦载赓始终未见龙鸣剑露面，又听刚才王天杰对刘四娃吩咐，要找来的人中也没有龙鸣剑的名字，不免心中疑惑。坐了一阵，终于发问道：

"怎么没见到鸣剑龙兄呢？是他身体欠安，还是另有什么事外出了？"

王天杰听秦载赓这一问，才说：

"龙大哥分兵打叙州去了，眼下不在县里。"

秦载赓听说分兵打叙州，立时大有兴趣，赶忙向王天杰详细打听。又感叹：

"厉害，还是你二胖兄和龙兄厉害！不仅在县里建起了军政府，还分兵去打叙州。我秦大炮真是有愧，自叹不如！"

秦载赓又向王天杰详细过问荣县建军政府的事，包括领导人员构成、部门职权等。他声称返仁寿后也要建起一个同志军的军政府。

秦载赓这次到荣县来，其中一个主要目的，就是详细了解建军政府的事情。他一心想在王天杰这里打听一点内中详情，用他自己的话说，叫作"取点真经"，然后打算在仁寿如法炮制，也建一个同志军的军政府。

王天杰一听，高兴地说："好啊！你回去把仁寿军政府建起来，以后，威远、井研也都建起同志军军政府，整个上川南几县就连成一片，都是我同志军的天下。那多好啊！"

喝了两口茶，王天杰又对秦载赓说：

"等会儿玉章兄和郁文兄以及在军政府主事的蒲洵、赵叔尧等人都来，有些具体事，还可向你秦大哥详细介绍介绍。"

秦载赓就问王天杰："你二胖有没有在军政府里面担任点啥子职务？"

王天杰朗声一笑，说："我在军政府任哪样职务？我带兵打仗的事都忙不赢，还任啥子职务？"

想了想，又说："秦大哥，若是你真把仁寿军政府建起来了，我劝你秦大哥也别在军政府任啥子职务。你我这种人，只适合上战场带兵打仗，冲锋陷阵似乎还可以，却不是做官的料。秦大哥，你说是不是？"

秦载赓连连应声说："正是，正是！你二胖的想法和我的想法一模一样，简直一模一样。"

喝口茶，又说："我都想好了，待把狗东西赵尔丰除了，四川独立，革命成功，我就把手下队伍解散。解甲归田后，找个清静地方，最好有山有水那种，我这辈子没啥别的嗜好，就喜欢打猎钓鱼，所以要有山有水。闲时上山打猎，临水泛舟钓鱼，岂不乐哉？"

秦载赓这一说，把王天杰的兴致也勾起来了。他兴致勃勃地对秦载赓说："秦大哥，解甲归田后，你干脆搬到荣县来住。我们荣县这里，真正是有山有水，而且是好山好水，青山绿水，美不胜收。另外还有大佛寺、二佛寺。闲时，小院品茗，读点杂书；兴时，打猎钓鱼，进寺拜佛，日子过得优哉游哉，岂不快活？"

两人正说得热闹，吴玉章和龚郁文两人先到了。龚郁文以前和秦载赓是见过的，算是熟人。秦载赓和吴玉章，两人虽是第一次见面，但都从圈子内外的言谈中，熟知对方，且彼此怀有敬意。

加之，秦载赓和王天杰一样，都是言行坦荡、待人处事很豪爽实在之人，几口茶的工夫，三言两语之下，彼此就亲近了起来，气氛亦相当融洽。

听王天杰说，秦载赓此来荣县，是想了解一点筹建荣县军政府的情况，打算回仁寿县也建起同志军的军政府，吴玉章和龚郁文两人就先后谈了当初筹建军政府的情形以及建起来后这一阵运作的大致状况。

几个人茶叙谈论间，蒲洵、刘念谟、王勋甫、赵叔尧等人也陆续来了。见面后，大家都很高兴，谈兴甚浓。

当天的接风洗尘酒宴，就摆在禹王宫大殿里，一共摆下两桌。上桌的菜肴，倒没啥特别之处，不过是几样常见的荣县风味家常菜，也谈不上什么大鱼大肉。

酒却是正宗旭水河畔大佛寺脚下那家百年老酒坊酿造出的高粱酒。这批高粱酒，皆土陶罐装，红泥封口，在大佛寺崖下一天然山洞做成的酒窖里封存了五年以上，所以酒味特别醇厚，浓香扑鼻，喝得再多也不上头烧心。

这天上桌的主人也好，宾客也好，除吴玉章和龚郁文少数人外，都是善饮之人。酒宴上气氛又好，你来我往，皆开怀畅饮，喝到人人似乎都有了点醉意。

最后散席时，秦载赓将酒碗里那点残酒，一口干了，还有点余兴未尽地望着酒罐,对坐在一侧的王天杰高声说:"好酒,确实是好酒!"

打了个酒嗝,又说:"仁寿那边没有大佛崖,也没有大佛寺,所以酿不出这等好酒来!"

王天杰看秦载赓对这老酒坊高粱酒似有恋恋不舍之意,就说:

"秦大哥,既然你喜欢这酒,干脆这样,我就让人整它个十罐二十罐,给你备着。你从井研返回时,让你带回仁寿去慢慢喝,要不要得?"

秦载赓一听,顿时喜不自禁,连声说:

"要得,要得,有啥子要不得?不说十罐二十罐,就是四十罐五十罐,我一样带回仁寿去慢慢喝!"

两人一番笑谈,有人就说:"好了,好了,四五十罐太多了点,秦大哥拿也拿不动,有个二十罐足够了。"秦载赓听罢,一样地点头称好,众人皆带醉而归。

秦载赓一行去井研后,王天杰还真派手下人,特意去大佛寺脚下那家百年老酒坊,为秦载赓备下二十罐窖存期五年以上的陈年老酒。

令所有赴酒席的人没有想到的是,秦载赓这位东路同志军大名鼎鼎的秦大统,此去井研后竟一去不返,再未能返回荣县来。

对许多人来说,那晚上与秦载赓喝的那顿酒,真正成了"最后的晚餐"。

2. 秦统领县衙交锋

秦载赓一行在荣县小住了三天,从吴玉章、龚郁文等人那里了解了筹建军政府各方面的情况,又和王天杰商议了下步同志军东征,合攻自流井未来战事的种种情形,就告别王天杰、吴玉章、龚郁文等,离开荣县,往井研去了。

秦载赓此行往井研,是有原因的。此前在仁寿时,秦载赓就接连得到井研那边传来的消息,说是井研县城的局势有些反复。

消息称,井研县令苏某是个老滑头、两面派。在革命党、同志军得势时,假意归顺同志军,甚至表示愿意"反正",脱离清朝廷,为同志军效力。

可是,当陈孔白率井研当地同志军,北上会攻成都时,这个县令苏某却态度大变,对革命党阳奉阴违,大搞两面派。一时弄得井研县城逆风四起,人心浮动,市民对保路风潮以来曾经一度大好的局势,又心存疑虑,采取观望态度。

本来，对于井研那边的事，秦载赓并未多管。因为自保路风潮以来，井研县里面，革命党也好，同志会、同志军这些事情也好，都有陈孔白在那边顶着。

陈孔白与王天杰、龙鸣剑一样，都是秦载赓志同道合、情同手足的好朋友。而且陈孔白能文能武，才华出众，打理一个井研县里的事情，绰绰有余。

最初听到井研县局势有反复的消息，秦载赓虽说有些不安，但并未多在意。他想的是，井研那边的事情，自有陈孔白在把握掌控。这些情形，我秦载赓知道，陈孔白那里，也肯定知道。他听到这些消息后，对事情如何处置，肯定会有自己的想法和举措。

所以秦载赓对井研的局势反复，当初并未太上心。哪知到荣县的第三天，仁寿大本营那边，就派来两骑快马给秦载赓送来一封紧急信件。

这封急信，正是陈孔白从成都郊外派专骑送来的。

陈孔白在这封急信中对秦载赓说，自他带兵离开井研后，一些奸人在井研兴风作浪，造成井研局势不稳。据他打听到的情况，事情的根子在原县令苏某身上。

陈孔白在信中颇带忧虑地说，倘若大家都坐视不管，保路风潮以来革命党和有志之士在井研取得的革命成果有被葬送的危险。

有鉴于此，陈孔白在信中拜托秦载赓，希望他如有可能，就近去井研走一趟。利用他秦载赓的声望和影响，代自己把县里有些事情该管的管一管，该理的理一理，尽可能地把井研局势控制住。

陈孔白在信中说，他眼下在省城那边，情形有点吃紧，一时分不开身。所以只好带信来，拜托秦载赓抽空把井研的事情办一办。

陈孔白不知秦载赓去了荣县，只把这封紧急信件送到仁寿兵营里。

仁寿大本营见是急信，又是陈孔白派人送来的，不敢有误，当即派专骑送到荣县来。又怕路上有失，加派一卫士护送。

秦载赓与陈孔白，虽年龄相差悬殊，却情同手足。本来，这次赴荣县找王天杰主要是为建军政府的事，打算取到经验后，立马返仁寿把当地的军政府建起来，完成一件大事。

如今接到陈孔白这封急信，秦载赓当即改变了主意，他觉得去井研走一趟，把那里的事情代陈孔白管一管、理一理，是他这个老大哥义不容辞的责任。

其实，陈孔白托秦载赓去井研，还包含另外一层意思。那个县令苏某，一度与秦载赓关系尚好。苏某曾经在华阳县当过知县，而秦载赓正是当地天字第一号袍哥大爷,在县城内外势力很大。苏某鉴于地方治理许多事情上需要袍哥大爷配合与协助,所以主动拉近与秦载赓的关系。

王天杰对秦载赓去井研一事,不好多说什么。想了想,只是提醒秦载赓要注意安全,说:

"既然井研那边有奸人在兴风作浪,那局势就有点复杂。俗话说,明枪易躲,暗箭难防,秦大哥此去还是要小心点才好。"

沉吟片刻,又说:"要不我这边派出一队人马,随秦大哥一路去井研?一是保护你,二来也壮壮同志军声威,让那些别有用心者不敢轻举妄动。"

秦载赓听罢,哈哈一笑,连连摆手,称:

"多谢,多谢,不劳烦天杰兄再派人马随往。"

笑罢,又大大咧咧地说:"什么明枪暗箭,我秦大炮从来不吃那一套。"

王天杰听他这样说,也不好勉强,只得由他了事。

第二天,秦载赓即带着他那十个亲随卫士,动身去了井研。

秦载赓一行来到井研后,先没惊动苏某,而是找了几个袍哥人物做了一点调查私访。一番访查下来,秦载赓感到当地的局势,正如陈孔白那封紧急信件所说,不太稳定,有些地方还有反复。而且,多数人所指,局势不稳之根子,正是在苏某身上。

秦载赓思索良久,第二天上午便直奔井研县衙而去。

其时,苏某一个人正在花厅闲坐,不知在盘算些什么。听见脚步声,一回头,只见秦载赓威风凛凛地带着十来个武装卫士,出现在花厅门口,苏某顿时吃了一惊,心里有点慌了。

秦载赓在袍哥界,在同志军里面以及在民众中的巨大声望,作为县令的苏某当然知道。见秦载赓不请自来,他当然感到吃惊与不安。

"哎呀,是秦统领!贵客,贵客!"不过,到底是当过县令的人,苏某很快让自己镇定下来,赶忙招呼手下人敬烟献茶,"秦统领几时到的井研?有失远迎,有失远迎。"

"贵客算不上,"秦载赓坐了下来,烟未抽,茶未喝,却直愣愣来了一句:"本人是无事不登三宝殿,倒是有一桩事情,正要向苏知县请教!"

"好说,好说,"此时的苏某,不知秦载赓此行意图何在,只好硬着头皮表态,"只要是本人能办到的,秦统领尽管说,本人一定尽力去办。"

"也没有啥子办不办的,"秦载赓盯着他,直截了当地问道,"我听说,孔白兄带同志军北上会攻成都离开井研后,你想趁此机会,把官府衙门重新给恢复起来，有没有这事？"

"哎呀，秦统领误会了，完全误会了！"

苏某这才明白，此番秦载赓专门到井研来，是上门兴师问罪的。他面带惊恐地看了看秦载赓身后那十来个武装卫士，冷汗都冒出来了。他生怕这个一向火气甚大的秦大炮，火气一来，就下令手下卫士把他拖出去，一刀砍头。

同志军举兵起事时，好些地方的县令没来得及跑脱，就被抓到砍了头。所以苏某赶紧狡辩：

"秦统领误会了，完全没有这个事。大势如此，我苏某哪有胆子敢恢复昔日官府衙门，来跟同志军对抗？"

又说："这次在下之所以回到县衙来，是想处理两桩当时没来得及处理的要事。"

看秦载赓锐利的眼光仍在盯着他，苏某做贼心虚，脑子里想了想，说：

"这两桩事都很是要紧，事关大局，令在下不得不回县衙来处理。否则在下会于心不安，也对不起各位同志军兄弟以及全县父老乡亲。"

秦载赓看他说得一本正经，不像在鬼扯，自己态度上就多少有所缓和，他沉思片刻，问道：

"你说说看，到底是哪两桩事？"

3. 秦统领中计蒙难

苏某看秦载赓有了一点儿兴趣，心里也放下了几丝紧张。他端起杯子喝了口茶，缓一缓情绪，又干咳两声，就开口朝秦载赓仔细讲了起来。

苏某说："这两桩事情，第一呢，就是找出原先由在下掌管着的原井研县衙门之关防大印。这关防大印，上次在下离开县衙时，怕有失，着人藏在一隐秘之处。"

苏某看看秦载赓脸色，又说：

"同志军占领井研县衙门之后，也四处搜找过。因手下人藏得仔细，没能将此关防大印查找出来。"

秦载赓记得，当初是听陈孔白说过，井研县衙门之关防大印，不知被藏到什么地方去了，同志军始终没能搜出来。原来如此，这苏某够狡猾的。

只听苏某又说："这次回县衙来，就是想找出来上交给同志军。在下上回没及时将此物送交同志军方面，已是大错。如今在下有所反省，以为不能错上加错，所以此番回县衙，首要一件事情，就是责令当初那经办人把关防大印找出来，献交给同志军。"

秦载赓听过，点点头，说：

"这旧衙门关防大印，是代表清廷官府权力之物，现清廷官府已倒，这玩意倒是应当交出来。"

苏某见此话得到秦载赓认可，很是高兴，自己也更加安心。他端起杯子喝了口茶，又说：

"这第二桩事情，更是关系重大，此事办下来，在下可为同志军支持一笔军费。"

"可为同志军支持军费？"秦载赓听了，果然大感兴趣，说，"这事可当真？"

"当然当真，"苏某连忙说，"这种事情，又是在你秦统领面前，哪敢随便说玩笑话。"

秦载赓就说："愿闻其详。"

苏某喝口茶，缓缓说道：

"事情是如此而来：当时，县城里同志会起事之前，县衙银库里是藏有一笔银子的。这原本是该上缴省城的，却没来得及缴。此外，县三税局，当月也交了一笔银子，由县衙银库代存。两笔银子加起来，有千余两之数。"

秦载赓就问："两笔银子如今在什么地方？"

苏某眼珠子转了几转，说道：

"这两笔银子，如今正由在下托可靠手下人仔细保管着。只听在下安排，随时可将其取出来。"

眼下，各路同志军军费都有些吃紧，能意外获得千多两银子补充军费，秦载赓当然乐意。就问：

"这两笔银子千余两，今明两日可否取出？"

苏某沉吟一会儿，开口道：

"今天怕是来不及了，因为还涉及账目查对及银钱移交等种种手续。"他转了几转眼珠子，又说，"若是让手下人把事情加紧点去做，大概明日上午之内，是可以把这些手续弄完，将银子尽数取出的。"

苏某起身踱步，思索了一会儿，对秦载赓说：

"秦统领，我看这样好了，首先，那井研县衙关防大印的事，眼下我即刻便可办理。至于那千余两县衙银库之银子的事，明日下午你再来，定可移交完毕，将那些银子亲自交到你秦统领手上。"

说毕，苏某向身边亲随交代，让其去把某人叫来。没多一会儿，那人来了。此人姓黄，原是县衙的一个老书办。这人很忠诚，办事可靠。上次苏某撤出县衙时，就将重要的关防大印交给他保管。黄书办将关防大印带回乡下老家，用油纸层层包好，置入一陶罐里面，再埋于院内花坛之下。

这次苏某欲重振县衙，恢复官府旧制，取出关防大印就成了首要之事，因为那代表皇权。苏某发话后，黄书办连夜回老家，挖开花坛，从陶罐里将其取出，又小心带回县衙。

此刻，苏某当着秦载赓的面，吩咐黄书办将关防大印取出来，交给对方。黄书办似不肯照办，苏某不得不把话说了两次，他才有些不情愿地去了。

不一会儿，黄书办将关防大印取了出来。但老夫子不肯直接交给秦载赓，而是交给了苏某，然后头也不回地一个人走了。对这个守旧且古板无礼的小老头，秦载赓虽心有不快，却也无可奈何。

待黄书办出了门，苏某这才带点歉意地将关防大印交给了秦载赓。

秦载赓将此关防大印，仔细看过，确定无误后，点点头，说了声："好。不错。"顺手将其递给了身边一个亲随，让他保管好。

关于库银的交接，苏某约定的是明日下午。秦载赓也不好多说什么，就起身告辞。

苏某要殷勤置酒席相待，秦载赓说了声："晚间尚有事要办，酒席就免了。"遂带卫士离了县衙。

秦载赓离去后，苏某好像变了一个人，独自待在县衙花厅里，闷坐良久。此时的他，一脸沮丧，心情差到了极点。

刚才秦载赓的不请自来，从天而降，把他近来一直在筹划的县令复辟计划完全给打破了，一种强烈的失落感充溢全身。

刚才他向秦载赓谈的两件事，倒是真有其事，但按照他当初的设想，剧情却完全不同。

按苏某的如意算盘，他是想趁陈孔白带兵出征，留下权力真空之际，把旧县衙恢复起来。况且他听坊间传言，多路同志军在省城周边与赵尔丰巡防军的交战中都吃了败仗。并研当地一些守旧乡绅及一些旧县衙官吏，都纷纷来找他游说鼓动。说是省城没有被同志军攻破，赵尔丰赵大帅还在台上掌权。更何况，京师的朝廷还在。同志军虽然人多，不过是一些乌合之众，成不了大的气候。那些人就鼓动他趁此机会，把旧县衙恢复，重新掌权管事。

秦大炮一来县衙，完全打乱其计划，苏某当然心有不甘。

晚上，苏某让亲随弄了一点酒菜，一个人在花厅喝闷酒。一顿酒饭吃完，苏某已经略有醉意。正想随便找本书翻翻，然后上床歇息，这时，门房进来通报，说是邓团首求见。

苏某先是一愣，随后脑子里灵光一闪，连声道：

"请进，快请邓团首进来。"

这个邓团首，就是邓大兴，是井研县城郊某乡场的一个大粮户，后来做了民团团首。

这个邓大兴，思想观念及政治立场十分守旧，非但不参加保路运动及同志会，还很抵触，甚至公然反对。

邓大兴公开与同志会作对，当时陈孔白想收拾他，经苏某为之求情，才放了他一马。哪知陈孔白一走，这邓大兴就又神气起来了。

当天晚上，苏某与邓大兴商议多时，弄出来一个算计秦载赓的险恶计划。

第二天上午，苏某将库银中一千银子据为己有，剩下千余两银子，让县衙司库在下午秦载赓来时转交给他。自己却称有急事，带着亲信及私吞的一千银子，悄悄离了井研，远走高飞。

第三天早上，秦载赓带着县衙司库交来的千余两银子，在一众卫士护卫下，离开井研县城。

一行人刚出城不久，在一处山坳，突然半坡上一声锣响，树林里涌出一帮人来，有三四十人之多，皆持刀拿枪，气势汹汹。

这帮人拦着一行人的去路，为首汉子朝秦载赓等高声叫道：

"要过此路，留下买路钱！"

秦载赓先是一惊，心想，大清早的，撞了鬼哟，现今这种世道，离县城又这么近，还会有拦路抢劫的棒客？

秦载赓心中疑惑，遂上前朝对方大喝一声：

"你等哪里来的？白日清光，还敢拦路抢劫？也不睁开眼睛看看，老子是什么人？"

看那伙人不肯退让，秦载赓冷笑一声，朝对方说：

"告诉你娃儿，老子是秦大炮秦载赓，东路同志军大统领，你等敢来抢我？"

这时，人群中站出来一中年汉子，皮笑肉不笑地朝秦载赓抱拳施礼，说：

"不好意思，秦大哥，此番得罪了。听说秦大哥在县衙得了一笔银子，那是我井研官府的国库之银，外人不好轻易拿走的。今天没有别的意思，希望秦大哥把那笔国库银子留下来，其他都好说。"

此人正是邓大兴。那天晚上他与苏某商量过，特带人在此山坳设伏，拦截秦载赓一行。

秦载赓一见是邓大兴，顿时大怒，厉声朝对方喝道：

"邓大兴你个奸贼，今日里胆敢来拦老子的路，会有你好果子吃？告诉你，赶紧让开了事。惹毛了，别怪老子认不到人！"

邓大兴此番有备而来，哪里肯相让，他阴笑两声，说：

"秦大哥既然如此横来，今天就别怪兄弟不客气了。"

说完，那三四十人一起退到一高处，摆开打斗架势。秦载赓及其卫士一边，虽说人少，也是见过阵仗的，自然不会胆怯退缩。双方摆开架势，准备展开一场较量。

然而，恶斗还没开始，站立高处的邓大兴，手中小旗一挥，口里大喊：

"轰，给老子轰！"

只听半坡树林两边，各有土炮轰出。随着两声炮响，秦载赓这边倒下三四人。

随后又是两炮打过来，秦载赓当即中弹身亡，手下卫士非死即伤。邓大兴那三四十人一拥而上，将秦载赓所带那千余两银子以及几个袍哥首领相送的几百两赠银洗劫一空。

最终，仅两个腿脚敏捷的秦载赓卫士，带伤跳崖逃脱，赶回大本营报信。

4. 杀害秦载赓凶手伏法

秦载赓在井研被暗算遇害的消息传回荣县，王天杰、吴玉章、龚郁文等都非常震惊。

尤其是王天杰，震惊之余，又深感悲伤痛惜。与此同时，他还有点自责，心想要是当初坚持不让秦载赓单身赴井研，或是自己派几个得力手下陪他一道去井研，或许秦大哥就不会遭此暗算。

"秦大哥这回还是太大意了，"王天杰对龚郁文颇带感慨地说，"苏某那种朝廷狗官，是能够轻易相信的吗？"

龚郁文也有同感，叹息说：

"秦大哥性情豪爽耿直，一向对人坦诚相待，这原本是不错的。可是，对人不论来路去处，不管品性如何，都一律信之，这就不完全对了。"感叹一声，又说，"古人说，害人之心不可有，防人之心不可无。这话确有道理。"

其实，龚郁文这番话，不只是说的秦载赓，也是有意说给王天杰听的。

在龚郁文看来，王天杰也有秦载赓类似的毛病，那就是性情豪爽耿直，对人坦诚，但有时对人过于坦诚信任，缺了起码的防范之心。

"再说那个奸人邓大兴，"提起那个直接派人设伏，暗杀秦载赓的奸人邓大兴，王天杰更是恨得咬牙切齿，"老子哪天把那个狗东西抓到了，一定亲自砍他几刀才解恨！"

接下来，王天杰果然就安排了几个得力探子，四处查访苏某及那个邓大兴的下落。王天杰还分别做了悬赏：查获苏某者，赏十两银子，而查获奸人邓大兴者，更是重赏二十两银子。

几名探子奉了王天杰之命，知道此事重大，又有重赏，就干得特别认真卖力。几个人先后几次去了井研县城，又去荣县、井研一带乡镇，甚至远赴嘉州等省城周边地方，明察暗访，查找两人下落。

查访搜寻一番下来，苏某一直下落不明。原来，事情发生后，苏某知道谋害了秦载赓，在同志军那里，是个天大事情。他担心同志军方面日后找他算账，事发的第二天，就收拾东西匆匆离开了井研。

以后几经查找，也无多少头绪。有消息说，苏某去了川东重庆一带；又另有消息称，苏某去了老家贵州。

倒是搜寻那个邓大兴之事，后来有了下文，这也印证了功夫不负有心人那句古话。

王天杰派出的探子中，有一个姓孙的小伙子。此人生性机敏，脑子也比较灵光，加入同志军之前，曾经在荣县县衙捕房当过半年多跟班捕快，也因此掌握了一点查案搜寻本事。

这次领命搜寻苏某及邓大兴之后，他还认认真真动过一番脑筋。苏某搜寻无果，几名探子商议一番只好放弃，几个人就将重点转到查寻搜捕邓大兴身上来了。

商量一番下来，孙姓探子在心里寻思，邓大兴是井研当地人，在外地亦无多少人脉关系。因此，他远走高飞的可能性不大。暗害秦载赓事发后，他要跑，不可能跑好远，应是躲在荣县、井研周边一带，最可能是某处的小乡场。

孙姓探子主意打定，就将着眼点转到荣县和井研周边的乡场集镇一带，一心把这奸人给搜寻到手，以便邀功请赏。

为此，孙姓探子还在井研当地找来两个认识邓大兴的闲人，来充当自己的线人。每人多少给了一点茶水费，并对之许下日后的好处，让这两人分头在荣县、井研周边一带乡场集镇四处游走闲逛，一旦发现邓大兴踪迹，即赶来向他报告。

他自己，也是每天走一处乡场，县城东南西北的小乡场小集镇，换着地方依次走，希望哪怕是大海捞针，也要把邓大兴捞出来。或许最后撞了运气，到底把那奸人给捞了出来。

虽说如此，却是一连好多天，孙姓探子和手下两个线人都是白跑路，白费功夫了。邓大兴依旧踪迹全无，连人影子都没见到一个。

这天，下午时分，孙姓探子一个人在西门一家小茶铺里闷闷喝茶，神色显得有些不大开心。

这也难怪，一连几个赶场天，他都是起早摸黑，在县城周边小乡场小集镇转来转去，不可谓不辛苦。可是起早摸黑辛苦了这么些时候，到头来竟是一无所获。

孙姓探子一面闷头喝茶，一面又在心里寻思，难道是自家判断有误，这个龟儿子邓大兴，也如同知县苏某一样，跑到外地去藏身躲祸了？若这个邓大兴去了外地躲藏，这事情就难办了。

正胡乱转着这样一些念头，小茶铺门口，突然走了一个人进来。

那人进来之后，站在店堂前四处张望。一眼看见在内堂窗边闷头喝茶的孙姓探子，那人大声招呼一声，然后欢喜万分地赶了过来：

"哎呀！你哥老倌在这里啊？你让我找得好辛苦！这县城的茶馆茶铺，我都找遍了，原来你哥子是在这茶铺喝茶。我来县城后直接去了你家。你屋头的人说，吃过午饭你哥子就出门喝茶去了。我就一路找起，大大小小茶馆茶铺，我起码找了二三十家，才在这里把你哥老倌找到。"

那人兴冲冲走到茶桌前，刚开口说了句：

"事情有眉目了，那个邓……"

一句话没说完，就被孙姓探子制止住，朝他说：

"这里不是说话的地方，我俩找另外地方说去。"

两人出了茶铺，孙姓探子突然想到，此人可能还没吃午饭。问他，果然没吃。抬眼望见街边有家卖抄手面食的小店，午饭时辰已过，店堂空无一人，正好谈点事情，就跨了进去，向店家要了两碗大肉抄手，一并送给那人吃，两人边吃边谈。

那人也真是饿了，狼吞虎咽把一大碗抄手吃下多半，才小声和孙姓探子说起正事。

他说，这些天，他天天都在那些小乡场东走西转。终于在昨天上午，在县城西边四十来里那个小乡场茶铺里面发现了邓大兴的踪影。

他也假装成赶场的茶客，进茶铺买了碗茶坐下来慢慢喝，并暗中观察邓大兴动静。一路尾随跟踪，查实了他的落脚处后，天色已晚，他在当地找个小客店住下。

今天一早，他就匆匆赶了几十里路，到县城来报信。

孙姓探子一听，简直喜出望外，待那人把两碗抄手吃完，心中也有了主意。他审时度势，觉得仅依靠他一两个人的力量，要把邓大兴生擒，并安全押回荣县县城，恐怕有些难度。为确保万无一失，必须请求荣县军政府派出支援人马。

主意打定，孙姓探子就将那人带去了荣县军政府。相关人员听说查到了邓大兴下落，也很重视，当即上报。

因事关重大，军政府首脑蒲洵、主管军政的刘念谟以及实际负全责的吴玉章，都先后出面接待了两人。

几个人商量之下，觉得事不宜迟，当即派出一支由四名精干人员组成的小分队，执行抓捕任务。小分队立马动身，随孙姓探子和线人远行四十余里，于当晚抵达那小乡场，落脚于场上小客店。

第二天天不亮，小分队突袭那农家小院，将还躺于床上的邓大兴抓获。当即五花大绑，押送回荣县县城。

擒到了杀害秦载赓的凶手邓大兴，军政府上上下下都很高兴。蒲洵与吴玉章商量过，按王天杰当初的悬赏，重赏了孙姓探子二十两银子。

孙姓探子分出二两银子，给了那线人，又在县城一家酒楼办了一桌上等酒席，宴请其他几名探子同事。众人皆大欢喜，一醉方归。

吴玉章又派人致信王天杰，讲了邓大兴被抓获一事，想听听他如何处置。还问他要不要回县城一趟，亲自来处置邓大兴。因为吴玉章知道，秦载赓是王天杰最要好的知己之一，秦载赓不幸遇害，王天杰一度悲痛不已。

抓获邓大兴时，王天杰正远在成佳场，忙着东路同志军准备东征自流井的各样事情。大战将至，军务甚紧，王天杰作为全军统帅，忙得根本无法分身。

得知邓大兴终于被擒获，王天杰很高兴，他颇带感慨地对龚郁文和军师宋秀才这些人说：

"秦大哥死在邓大兴这种奸人手上，真正有点可惜了。不然，我等东征自流井又多了一员猛将。"

良久，叹口气，又恨恨地说："邓大兴这个奸人，老子恨不得弄他来千刀万剐，才解老子心头之恨！"

本来，王天杰还想把邓大兴弄到成佳场来，为东路同志军东征自流井出征誓师祭旗。后来军师宋秀才以及龚郁文等人说，成佳场地方太小太偏，在这里处置影响不大，还是在县城当众处置，既可提升军政府的权威，又能鼓舞振奋民众士气。

就此，王天杰简单给吴玉章复信一封，要点就两句话："就地处决，当街示众。"

吴玉章接王天杰复信后，与蒲洵、刘念谟等商议过，即安排人员将五花大绑的邓大兴押出来，在县城几条主要大街游街示众一遍，然后拉到和义街火神庙，在蜂拥而来的民众目睹之下，将奸人邓大兴于戏坝上砍头示众。

消息传开，民众无不为之拍手称快，都说荣县军政府终于为秦大炮报了仇。

第十六章　同志军东征自流井

1. 同志军盐工支队成立

在王天杰率东路同志军合攻贡井的战事中，无论是起初的黄泥塘大战，还是后来决定性的炮打天后宫之战，有一支同志军队伍发挥了关键性作用。这就是其后大名鼎鼎的东路同志军盐工支队。

贡井之西，往荣县方向，在艾叶滩场镇与长土镇之间，山冈上有一座胡姓大盐商所建的寨堡。寨堡始建于光绪初年，占地四十多亩，周边有条石筑的寨墙，南北两道寨门，一边通长土，一边通艾叶。寨墙高十余米，也算当地一处要冲之地。

当初，王天杰打造五宝民团，曾遇当地团丁不足之困扰。欲扩大兵源组建五宝民军举事，就向军师宋秀才问策。

宋秀才毕竟也算饱读诗书之士，虽不说如诸葛亮那样，有一肚子奇谋妙计，但观大局，看事情，也多少有些远见。宋秀才抽着叶子烟沉思一阵，对王天杰说起贡井艾叶、长土"人市坝"的事。

"那天从贡井动身回五宝，经过长土的时候，我就专门拐进去，到场口的人市坝走了一趟，亲眼见识见识。里面果然兴隆得很，满坝子都是人。求职上工的各色井工、辊子匠、吆牛匠、白水客、黄水客、抬工、脚夫、马夫、厨子，以及泥木石三种工匠，都是应有尽有，任随东家雇主挑选。"

王天杰本是问策扩大团丁兵源的事，宋秀才却扯到艾叶、长土"人市坝"的见闻，心中颇有不解。只见宋秀才看了看王天杰，又说：

"人市坝那一大批打工者，真正能被雇主选中的，十股中不占一股。原因是，眼下盐商自己都日子难过，井上灶上，用工都极有限。如此僧多粥少，许多人一大早赶来，在坝子里站上半天，最终也只能失望而归。"

宋秀才说的也是实情。其时，贡井地区的"西厂"，其盐产已占整个富荣盐场产量的百分之四十。然而，产盐虽多，那几年，川盐销量却不大好。全省来说，各大盐场，均面临产大于销的处境。本身盐卖不出去，再加上地方不太平，官场腐败，盐商成本增高，仅就贡井及周边范围的西厂来说，除一些大盐商外，中小盐商日子普遍难过。许多盐商支撑不下去了，被迫减产，甚至关井歇灶。

自同治年间，朝廷准许"川盐济楚"开始，自流井、贡井两大盐场，产销两旺。盐商因盐致富，东西两场市面兴盛，地方繁华，来井场上工求饭碗的外来打工者，不在少数。不仅周边荣县、威远、富顺、宜宾等州县，连江津、永川、铜梁那些地方，也有不少人携家带口，到自流井贡井来打工谋生。井场兴旺，盐商日子好过时倒没啥。一旦盐商日子普遍难过，关井歇灶，势必造成数以千计的盐工成批失业，生活无着。

这时，只听宋秀才郑重建议道：

"既是如此，我就在想，团总你何不派点人，去艾叶滩长土这些地方，在人市坝里面，从那些找不到事干的盐工中挑选精壮者，招来五宝当民军，岂不很好？"

宋秀才看王天杰赞同他这个主意，也很高兴，不过，他还有一番深层考虑。他想，贡井、自流井这些地方，百十年来，被世人称为"银窝窝"，有"富甲全川"之说。要打仗，得有银子做军费。若真打起仗来，这两处地方肯定成兵家必争之地。与其到时再抱佛脚，不如早点布局，在当地弄出些动静，打下一点基础。

"团总，"宋秀才端起盖碗茶来喝过两口，轻轻把茶碗放在桌子上，又说，"招盐工来五宝当民军，还有一大好处。那就是贡井、自流井这两处产盐地方，向来是川省有名的金窝银窝。今后民军起来后，难免不会向这些富庶地方攻打进取，以丰军饷。到时，这些入伍盐工熟门熟路，更是大有用处。"

听了宋秀才这番话，王天杰更为高兴。心想，恩师不愧秀才出身，果然棋高一着。不过他转了转念头，又有些发愁，朝宋秀才说道：

"若按官府规定，我等地方民团，只准就地招丁。五宝民团怎好跨地界，去贡井、长土那些地方招丁？地方官府岂不会出面干涉？"

"这事好办。"宋秀才一笑，十分有把握地说，"我早就想过了，这桩事情，可设法与当地袍哥联络,让当地有声望的袍哥大爷为咱民团代招代办。"

王天杰当即决定,派人往贡井、长土、艾叶滩等地招兵。

宋秀才对贡井一带很熟悉,在当地也有些人脉关系。宋秀才主意打定,便向王天杰请命,说自己可亲赴贡井,办理在失业盐工中招一批团丁来五宝的事。

王天杰又选派了两名手下,随宋秀才去贡井办理招丁事宜。两名手下,一个姓陈,人称陈大头;另一人姓胡,小名胡老幺。

贡井在五宝民团势力范围之外,且驻有官府精锐凶狠的巡防军,所以宋秀才此行不敢大意。

宋秀才虽说是长居五宝这种偏僻之地,可毕竟早年在旭川书院上过学,又在贡井那些繁华地方做过几年盐商文案师爷,也算见过一些世面的人。

三个人出行前,都化装变了点身份。两个团丁打扮成跑生意的客商,宋秀才扮作催款收账的账房师爷。

三个人一前一后,先到长土镇上,后又去了艾叶滩。贡井巡防军的哨卡查得严,宋秀才等人没敢冒险过去。走了长土、艾叶,三人又上了寨子岭。实地考察打探一番,宋秀才已经有了主意。

思量之下,他看中了寨子岭这块地盘,决定把此番招兵的秘密据点,就设在岭上的寨堡里面。这一是因为,寨子岭地处长土镇和艾叶滩场镇之间,属于两不管的地方;二是因为这寨子岭地势高,又相对僻静,搞点事,容易遮人耳目。

主意打定,宋秀才拿出一点铜钱,让陈大汉和胡老幺以客商小贩名义在寨堡内租了几间空闲的草屋,做了落脚之处。

第二天,宋秀才带陈大头去了艾叶滩,胡老幺则一个人去了长土。他们先是分别在两处的人市坝转悠,观察了解失业盐工现状,然后坐坐茶馆,与茶客及店老板说说闲话,有意无意打探此地袍哥情形。

2. 宋秀才寨子堡招兵

几天下来,宋秀才等人把当地方方面面情形打探了解得差不多了。

宋秀才就带上事先备好的王天杰的名帖,又备了几样礼品,一行人收拾得衣衫体面,登门拜访了当地袍哥码头上的几位老大,其中最有名的是长土镇的张老五和艾叶滩场口码头上的朱光头。

其时，因率部剿灭了尖山悍匪郭麻子匪众，五宝民团和团首王天杰的大名，在长土、艾叶滩、贡井一带，乃至东厂的自流井这些地方，名声已经很响亮了。大名鼎鼎的王团总，派人携礼品登门来访，也是于自家相当有面子的事。

张老五已年过六旬，在当地袍哥大爷中，辈分最高。他十几岁就随长兄入了袍哥，在圈子里混了四十多年，手下徒子徒孙众多，在地面上很有威望。远近码头都尊他为老大。

朱光头四十岁出头，早年秃顶，袍哥码头上笑称"光头"。他算后起之辈，却为人强势，敢于出头，在当地民团中，占了个团副位子，手下也有一帮兄弟伙。

这两个人在码头上都属于呼风唤雨的人物。作为当地袍哥大爷，为发展势力，他们大都喜欢交结江湖朋友。对主动上门的宋秀才一行，两位老大很是热情，以礼相待。置酒设宴接风不说，对所求所托之事，也是满口答应。

长土张老五听宋秀才说明来意，沉吟片刻，摸了摸嘴角上的八字胡，说：

"这事好办。长土、艾叶滩那几处人市坝上，多的是找不到饭吃的盐工。只要你说，让他有口饱饭吃，你要招多少有多少。"

宋秀才说了自己的难处，说是他五宝来的人，不好在这些地方公开出面招丁。

张老五听过，沉吟片刻，说："这也不难，我叫手下管事出面，帮你招人就是。说是为井灶上招的人，哪个也不好说不是。"

宋秀才连忙道谢，说："这样最好。只是，有劳张老辈费心了。"

隔天，宋秀才又携礼品登门拜访艾叶滩场口的朱光头。

朱光头更是爽快，听宋秀才说明来意，他胸口一拍，连声说：

"这事好办，好办得很，简直小事一桩。宋师爷你只管放心，这事交给我来处理。我让手下兄弟伙帮你去办，不必你老辈亲自费心。"

又热心朝宋秀才说道：

"这几天，你老辈干脆就住我这里放心吃酒喝茶。我陪你摆点闲龙门阵。不出三天，不招来个三几百人，我朱某也不好意思来见你。"

宋秀才也是赶忙称谢，说：

"朱大哥如此费心，甚是难得。这里先代王团总致谢了。以后有机会，王团总另行登门，再向朱大哥道谢。总之，多谢朱大哥盛情相助。"

又谢过了朱光头留住留吃的好意，说：

"都是江湖朋友，低头不见抬头见。来日方长，彼此打交道的时候还多。今后朱大哥不管来荣县还是到五宝，要办啥子事，只要打个招呼就是。"

到底袍哥老大说话讲信用，办事也实在。几天工夫，两处地方就分别为宋秀才招来三百盐工。

宋秀才与陈大头和胡老幺等，分头登记，又经目测挑选，各留下二百多人，组成一支近五百人的盐工团丁队伍。其余人等，每人给了十文铜钱做茶水费，打发走了。

招丁事情大体有了头绪，宋秀才让陈大头和胡老幺在寨子堡这里留守，料理各事。他独自返回五宝，向王天杰面陈一切。

看见宋秀才回了五宝，王天杰很是高兴，连忙说：

"恩师，你回来得正好！我这几天，忙碌得很。你回来正好可帮我料理些事情！"

当晚，王天杰着厨子弄恩师喜爱的下酒菜，两人边吃边谈。宋秀才仔细讲了贡井招丁情形。王天杰听了，很是满意。想了想，说：

"眼下五宝民军组建已毕，举事誓师，开拨在即。干脆，你把新招的那四百多盐工带回五宝来，充实民军实力，一并去打荣县县城。"

王天杰有恩师在身边，越说越兴奋，仰头把杯子里那酒一口干了，兴冲冲地对宋秀才说：

"待我民军攻占荣县县城，再相机北上，与其他各路起事队伍，会攻成都。若是合力将省城打下，全省大局已定。起码在咱们四川，革命就算成功了，是不是？"

宋秀才神色似有迟疑，待王天杰把话说完，他才停下筷子，缓缓说道：

"这次在贡井那边新招的那四百多盐工，讲身体，倒是精壮有力，士气也旺。不过，我考虑的是，这四百多人从未入过伍当过丁，未经训练。况且，眼下手头武装也少，连马刀、梭镖都没得几把。要马上编入队列，怕是不是有些太急了。"

其实，宋秀才没把话说透。他的见识和思虑比年轻好胜的王天杰要深沉一些，他觉得眼下的王天杰似乎把事情想得简单了点。宋秀才估计，荣县境内，官军实力不强，以五宝民军的实力拿下县城恐怕不是太难。

但省城是有那么好拿下的？据他所知，赵尔丰手下那十多营巡防军，久经战事，武器又好，弹药也足，是有那么轻易打败的？况且，省城还有操练已久的新军。这些，都是民军的大敌，不太好对付。

所以，按宋秀才之看法和思虑，还得有长远打算，事先有远谋之策才好。不过，王天杰眼下兴致正高，他不好泼冷水，只能侧面建言。想了想，才又说：

"我是说，那批盐工，要马上编入队列，恐怕是来不及。眼下，举事誓师后，攻荣县县城，再相机北上会攻成都，是五宝民军的头等大事，不能耽误时机。可不可以这样，司令和我干脆分头行事。"

这时，两人已吃完酒饭。王天杰让手下泡好一壶五宝青茶送上来，他和宋秀才慢慢喝着，继续商议。宋秀才对王天杰说道：

"我仍返贡井，把新招的那四百多盐工队伍，加紧训练装备起来，做五宝民军的后续之军。"

宋秀才拿着自己那柄几乎不离身的叶子烟杆径自抽起来，抽过两口，又说：

"如此做的好处是，从大局来说，司令统帅的咱五宝民军，真正叫作进可攻，退可守。司令统帅的先头部队，会攻成都进展如顺利，我等亦可将那几百人的后续之军，开上来做援军，充实攻打省城的民军。倘若攻成都进展不太顺，须另做打算，比如说，拿下贡井、自流井这两处富庶之地，增加民军财源。那时，经过训练的那批盐工，正好可做打贡井、自流井的主力。岂不更好？"

宋秀才这番话，终于打动了王天杰，他做了决断，说：

"恩师此话有理，我俩分头行事好。我仍按原计划，举事誓师后，朝荣县县城一路打过去。恩师你返贡井那里，把新招的那四百多盐工队伍，加紧训练，以便日后留用。恩师，贡井那边的事就拜托你了，一切交你全权负责。"

事情就这样定了下来。宋秀才返贡井之前，王天杰还把五宝民军的两位武术教头分派给他，让他带去贡井，以训练那几百盐工，又拨了相应的组建军费以及一批武器。

辛亥年八月，保路同志军起事后，寨子岭这寨堡就成了同志军的一个重要营寨。

3. 盐工支队出征

时令已是盛夏。这些天，天色刚亮，寨子岭山上的牛角号便会悠悠响起。

牛角号，当地坊间又称"过山号"，意思是说它吹将起来，号声就会过山翻岭，传得很远很远。古时，牛角号经常被当作军号。

自寨子堡盐工民军的军营建立，当地老百姓就看见，每天大清早这牛角号一吹，寨子堡里外，新组建的盐工民团几百号人，按各自的分队，出操的出操，训练的训练，一派热火朝天景象。

宋秀才与王天杰谈过的第二天，即带钱带人返贡井。寨子岭那里，陈大头和胡老幺也算得力，已把那四百盐工编队组建完毕，并进行了简单整训操练，就等宋秀才回来定夺一切。

如今手里有了钱，手下有了人，且王天杰也发话让他全权负责，宋秀才当然放开手脚大干一场。

首先，宋秀才参照五宝民军和官军的建制，编为三个营，每营一百二十人。每个营又分为三个队，每个队四十人。每个队又分为四个棚，每个棚十人。各设营官、队官、棚长。其余四十人，分做后勤、警卫、杂役等职。

队伍组建已毕，宋秀才又分别安排工匠人等，修整寨堡的寨门，坚固寨墙。又在上岭的各要道口，设置了卡口，并派出了岗哨，由各营队分兵昼夜把守，各队还安排了夜间巡逻。

没几天，王天杰调配给民团的两门猪槽炮，也运送到了寨子岭。宋秀才亲自选了地势，在岭上通往长土和艾叶滩的要道口，筑了两个炮台，防备官军偷袭。

贡井天后宫里，早就驻有官府的安定营官军。巡防军开到自流井后，又往贡井派驻了巡防军一营。寨子岭离贡井也就一二十里路程，若是急行军，不到一个钟点即可抵达。对这些官军，宋秀才不得不防。

同时，宋秀才知晓"师出有名"的古训。由此，这支队伍打出什么招牌，还是让他很费了一番思索。

王天杰五宝誓师后，已带领五宝民军拿下了荣县县城，正拟北上。五宝民军，已正式更名为荣县民军。不久又传来消息，荣县民军誓师北上时，统一改称同志军。

得此消息，宋秀才心里有了主意，暗想：同志军这个名号好，对民众有号召力。

转念又想到，须考虑这支队伍系由井场盐工组建这种特色，一旦开仗，或须进军贡井、自流井两处井场，方能更得人心。

主意打定，宋秀才、陈大头、胡老幺以及两位武术教头商量一番，正式打出了"同志军盐工支队"招牌。

宋秀才也设了一个司令部,便于指挥调度,宋秀才成了这支队伍实际上的最高负责人。但顶上有王天杰当司令,他不便再自称为司令,就自任总指挥。平时,仍习惯于别人称他"宋师爷"。

宋秀才从小熟读古书,知道有所谓"千军易得,一将难求"。眼下这支几百人的队伍如何选将,自是头等大事。

陈大头和胡老幺,是跟随他一起从五宝过来的,信得过,也有些能耐,就分别做了营官。两位武术教头,其中一位也做营官,另一位留在司令部当他的助手,相当于参谋长角色。还剩下一名营官,选谁来担任呢?

宋秀才了解到,手下队伍中,有个姓熊的盐工,原是长土一家盐井上的锉井工。身高一米八,长得强壮有力,脚长手长,人称"熊大汉"。宋秀才后来还知道,此人读过一年私塾,能读书识字。招来民团后,操练和做事皆很认真,为人实在,也敢于出头。

尤其听身边人说,这次修整寨堡寨门,牢固寨墙,熊大汉很肯出力。红火大太阳之下,无论抬石头、扛木料,也无论上寨门、爬寨墙,熊大汉均带头趋前,很卖力,弄得满头汗水,一身泥污也在所不惜。

宋秀才心中有数,空闲时找他来问话摆谈。交谈一番后,觉其谈吐也不错,有些见识。心中遂想,这熊大汉,恐怕倒是一个当营官的人才。

这天,宋秀才让胡老幺通知熊大汉到自己屋里来。

"总指挥,你找我?"熊大汉被宋师爷如此单独召见,还是第一次。初见之下,不免有些拘束。

"你坐下说话。"宋秀才指了指旁边一张木凳,让他坐下来,又倒了一碗凉茶,递给熊大汉。

宋秀才先是与熊大汉聊家常,问了他一些基本情况。熊大汉均如实回答。宋秀才自己沉吟一会儿,然后告诉熊大汉,决定委任他为营官。

熊大汉对此大感吃惊,又有些惶惑,连忙对宋秀才表示,恐怕自己不是当营官的料。

宋秀才笑了笑,说:"熊师傅,不用多说了,我看你就是当营官的料。这事不会错。你只需尽力而为,好好干去吧。"

熊大汉迟迟疑疑,勉为其难地走马上任,当上了一名营官。

当上营官后,熊大汉果然能干负责,把手下那个营队各事安排得井井有条,且赏罚分明,很得人心。宋秀才又让熊大汉推荐了几个人,考察后,分别委任为营副及各营的队官、棚长等。

以后的事实证明，熊大汉本人以及他推荐的几个人都没看走眼。在接下来的黄泥塘大战以及攻打贡井的战斗中，熊大汉等几个头目，身先士卒，带头冲锋杀敌，且有一股不怕死的猛劲，均有战功。

尤其熊大汉兼任炮队队长之后，其操控下的罐子炮，在黄泥塘大战和炮打天后宫的两次大战中，均发挥了关键作用。

4. 成佳场整训

东路同志军这支近三千人的队伍，三天前在荣县誓师后，由王天杰亲自带领东征贡井和自流井。前一天，一路挺进到成佳场，暂做休整。

此前，熊大汉带队的那支由盐工组成的贡井盐工同志军，奉王天杰之命，从寨子岭向荣县县城开拔，与大部队会合作战。

经过半个多月的训练，这支盐工同志军掌握了一些格斗方法以及基本作战要领，战力大增。出发前，四百来人的队伍还统一换了着装，皆身着一色毛蓝布短衫，青布短汗套，脚穿麻耳草鞋，有的还打有绑腿。一个个手执刀枪棍棒，威风凛凛，士气高昂。

队伍开拔时，寨子堡大门前十分热闹欢腾。有不少得到消息的盐工家人，一大早就赶到岭上来为亲人送行。队伍出发前，寨堡大门口燃放了两串"千子响"鞭炮，一帮小孩欢天喜地抢鞭炮。

鞭炮响过，只见一位头发胡须皆白的七旬老盐工，手捧一个瓷碗，颤颤巍巍地站在队列前边，代表盐工父老乡亲为这支特殊同志军送上一碗"壮行酒"。

按当时的说法，这队盐工同志军，是要随王二胖王司令的队伍一起，北上会攻成都。因此，须发皆白的老盐工，向领队的熊大汉敬酒时，用苍老的声音说：

"大汉，你带的是咱盐工子弟兵。盐场父老乡亲为你敬上这碗酒。喝了酒好打仗，要一直打到省城去，活捉赵尔丰！"

熊大汉一声令下，四支牛角号喧喧嚷嚷吹了起来。一杆同志军大旗在前方领路，手执各式刀枪棍棒的盐工同志军，雄赳赳沿大道下山，一群小孩欢喜叫闹着，追随队伍跑了好远。

向县城开进的贡井盐工同志军，刚过成佳场就碰上了浩浩荡荡开过来的王天杰大部队。

两军会合后，王天杰听从军师宋秀才的建议，在成佳场休整三天。一是两军会合之后，部队要进行编整及人员的安排调整，二是要制定向贡井进军路线以及进攻策略和军力的部署等，这些都需要认真商议确定。

然而，正是在成佳场的三天休整期间，熊大汉迎来了自己人生道路上的一个重大转折，让他在后来的黄泥塘大战及随后的鹅儿沟之战中，大放光彩。

成佳场休整的第一天，趁着盐工同志军训练之余的空闲，熊大汉和两个手下盐工，在场街闲走。在场口一个坝子里面，正逢东路同志军的十来个炮手在那里拭擦两门罐子炮的炮身，并校整炮位。

其时，王天杰手下的这支东路同志军，已经装备了两门罐子炮。

这是他通过他叙府老丈人的关系，托人从云南购得的。刚运抵荣县不久，尚未经过实战。王天杰料到，这次同志军东征贡井和自流井，他们和驻防盐场的巡防军主力会有一场恶战，就让人将两门罐子炮带在军中。

他和师爷宋秀才当时想的是，这两门罐子炮，就算到时起不了什么大作用，但一旦开战，朝巡防军轰他几炮，不说要轰死轰伤好多人，就壮壮自家军威也是好事。

成佳场一休整，挑选出来做炮手那十多人就加紧训练并试炮，熊大汉和两个手下就过去看稀奇热闹。

熊大汉为人爽快随和，没多大工夫，就和一帮炮手混熟了。从炮手们的摆谈中了解到，十多个炮手中，其实过去都没弄过这种罐子炮。其中只有几个人与当时民团的那种老式"牛儿炮"打过交道。

熊大汉当凿井工已经好几年，平时在井场上，与一些铁器匠人也多打过交道，对各类铁器玩意儿并不陌生。他在旁边看那些炮手摆弄了一阵，自己对这铁家伙的原理以及操作方法，也大致弄明白了个七八分。

那些炮手长得人高马大，为人又爽快，又是凿井工出身，其中有个人半开玩笑地对他说：

"熊师傅，我看你对如何摆弄这罐子炮还多少有些在行，不如你去找王司令说说，干脆来我们这里当炮手，大家在一起也更觉有趣。如何？"

哪知，说者无心，听者有意，熊大汉当真对当罐子炮手有了强烈兴趣。他当天中午就去找了王天杰，要求调他去当一名罐子炮手。

熊大汉已经当了多时的盐工队队长，王天杰自然是知道他。眼下听到他要求去当罐子炮手，觉得有点大材小用，难免多有犹豫。

这时，在一边的师爷宋秀才却说：

"熊师傅去当罐子炮手，我看也未尝不可。不妨让他去试一试，说不定到时真有大用处。"

师爷宋秀才这一发话，王天杰当即改变了主意。王天杰向来对其恩师的意见建议，差不多都是言听计从。他知晓宋秀才不仅学问大，还善思索，看事情往往比常人深一层。而事后又往往证明，恩师的主意，确实要高过包括自己在内的好些人。

熊大汉就此当上了一名罐子炮的副炮手。从当天开始，一连三天，他都待在罐子炮旁对那大家伙反复打量研究。对其结构、装卸过程、操作技术、瞄准及开炮要领等一一仔细琢磨，努力熟练掌握之。

熊大汉对铁器机械类玩意儿，似乎天生就有一种常人不及的本领，他脑子灵光，手上也来得，三天下来，熊大汉对罐子炮的了解和掌握以及操作技术等，已经不亚于任何一个罐子炮手了。

最后一天下午的试炮，王天杰与军师宋秀才也亲来现场观看。场口那坝子上，人山人海，挤满了看热闹的民军及当地民众。人们都想目睹一下，这罐子大炮发炮的威风。

离场口对面两三里的那半山坡上，立了六个炮靶。两门罐子炮，各试三炮，看哪门炮及炮手更厉害。

此时，熊大汉已成其中一门罐子炮的副炮手了。眼见围观的人太多，王司令及军师等高层也到了现场，那主炮手突然有点怯阵，就悄悄央求熊大汉说，让他当主炮手，来试打这三炮。

熊大汉仔细望了望那主炮手，见他神色上是真有些心虚，想一想，也就答应下来。熊大汉是个有决断担当、敢于面对挑战的人。他此刻答应当主炮手，负责试打这三炮，是有一定风险的。

也许面临的压力太大，也许对这种新式罐子炮的掌握到底还有些生疏，试炮时，另外那一门罐子炮的主炮手和副炮手都显得有点紧张。试打那三炮，仅有最后那一炮，在离炮靶几步远的地方爆炸，将炮靶周围的泥土树叶打得冲天一两丈高，先打那两炮，则是离炮靶甚远。

轮到熊大汉这门罐子炮上阵时，熊大汉面色坚毅，很有信心，充分显示出敢出头、敢当重任的大将风度。炮弹装毕要瞄准开炮时，熊大汉动作沉稳老练，从容不迫，完全看不出他是仅接触罐子炮才三天的炮手。

熊大汉第一炮打出去，虽未命中，但离炮靶只有几步距离。熊大汉这下更加有数了，当下又仔细观察了炮靶，再调了调炮口和瞄准器，沉着地放出第二炮。这一炮打出去，不偏不倚，炮弹端端正正落在炮靶上，将其炸了个粉碎。

周围顿时响起一片拍掌声，喝彩叫好声。连王天杰司令及宋秀才等同志军首领也露出了赞赏的笑容。熊大汉依旧不露声色，沉稳老练地瞄准另一个炮靶，将最后一炮打了过去，这一炮仍是端端正正命中了炮靶。

如此，熊大汉又获得了一个满堂彩。当天下午的试炮结束，熊大汉一跃成了十多名炮手中的第一主炮手。王天杰也很满意，深感宋秀才看人到底要高人一筹。其实，这还不是最主要的，宋秀才当时让熊大汉当炮手，是着眼于战时之需。

师爷宋秀才当初看中熊大汉，是看重其头脑灵活，行事有决断和魄力。他料想，同志军要拿下贡井和自流井，必将与巡防军有一两场生死大战。战场情形，往往千变万化，这两门罐子炮是东路同志军最看重的武器，一定要让其在关键时候发挥作用。

师爷宋秀才就想到，要做主炮手的人，除具备熟练用炮放炮技术外，还必须要有灵活头脑和相当的决断力。同时，熊大汉长得高大壮实，且力气大，又是盐担子出身，惯于负重走远路。

5. 黄泥塘遭遇战

三天休整后，这天天刚亮，王天杰即令东路同志军兵分两路，一齐朝艾叶滩方向进发。艾叶滩是贡井西去荣县的一道门户，驻贡井的巡防军在此有重兵布防。

从艾叶滩一条大路西去，进入荣县地界，离成佳场不远，就有个叫黄泥塘的地方。

这黄泥塘，地势不算险要，周围也几乎无险可守。可是在当年，这里却经历了贡井地区近百年难见的一场生死大战。

这场大战，其实是一场遭遇战。交战的双方，一方是赵尔丰派驻贡井的清军精锐巡防军所部，另一方则是王天杰新近补充整编近三千人的东路同志军主力。

贡井巡防军带队的将领，是姓马的一名管带。其手下，有五百多人的巡防军一营，另有原本就驻防贡井的盐务巡防军（即安定营）以及绿营兵勇近三百人。

那天，得探子报，说来袭的同志军大队人马，已经过了成佳，正向艾叶滩方向打过来，马管带即派出巡防军主力，并有部分安定营及绿营兵勇助阵，从艾叶滩出发，往西迎战。

该巡防军行至黄泥塘时，正与王天杰率领的东路同志军狭路相逢。接下来，两军在黄泥塘一带，展开了一场生死大战。

毕竟这是一场遭遇战，双方狭路相逢，猝不及防，哪一方也没做充分准备。不过，此仗的开头，巡防军占有一定优势，同志军方面也确实吃了一些亏。

这是因为巡防军一向装备精良，训练有素，而且久经沙场，作战经验丰富。尤其是巡防军使用的是一色九子快枪，其射程远，命中率高。两军一开始接触，打头阵的前面两队兵勇，抢先一排九子快枪打出去，当即放翻了十来个同志军战士。

王天杰见此情景，当即指挥同志军人马呈散兵队形展开，并利用周围地形地貌隐蔽自己。又回头大喊：

"快点把罐子炮调上来！快点把罐子炮调上来！轰他龟儿子巡防军！"

可惜的是，关键时刻，偏偏这门罐子炮及炮手们不争气。

那门罐子炮搬上一个土坡后，几个炮手在那里手忙脚乱，好不容易将炮架起来了，也校正好目标及焦距，可是，不知哪个环节出了毛病，弄来弄去，那罐子炮就是开不了炮。

指挥战事的王天杰急得直跺脚，气得破口大骂也无济于事。此时他才后悔，不该把熊大汉及另一门罐子炮派在另一支同志军队伍中。

好在他已经派人骑快马去通知，正向贡井方向开进的另一路同志军，即刻改变目标，抄近路赶到黄泥塘这边来，参加这边与巡防军的遭遇战。估计熊大汉等炮手带着的一门罐子炮也很快会随部队赶来助战。

在军师宋秀才劝慰提醒下，王天杰也很快冷静下来。此时的王天杰，已不是一名没见世面的民军首领了，经过一系列东征西战，他也有了相当的战地经验和指挥应变能力。这场遭遇战，王天杰不仅临阵不乱，还充分显示出其大将之才。

他手下的这支同志军，先后经历过成都围城大战以及后来的嘉定之战等大小战役，其一批骨干战士已多有作战经验。

第一轮交火过后，同志军前锋队伍，从最初那点慌乱中回过了神，当即呈散兵队形展开，并利用周围地势，尽量隐蔽自己，再寻合适机会回击对手。后续大队人马，也相应抢占有利地形，终于顶住了巡防军的第一波凌厉攻势。

如此一来，开头凭着九子快枪火力优势，占了先机的巡防军，并未能将当初被他们视为一伙乌合之众的这路同志军击垮击退，反而陷入了一场阵地战中。

王天杰带着两名得力手下，登上附近一个山岗高处。他借助一块大石头的掩护，仔细观察了敌情和双方态势，并对战局可能出现的变化，做了一番分析比较。

王天杰观察到，与他对阵的这支巡防军，只不过数百人之多。而自己手下这支同志军，加上即将赶来助战的那些人马，一共有三千多人，人数占绝对优势。此刻一定要稳住阵脚，沉着应战，只要用兵得法，完全能够击败对方，并获取大胜。

况且，此次率东路同志军东征的目标，就是先取艾叶滩，再一举攻下贡井。如果连这股巡防军都不能战胜，如何再谈攻下贡井一事？

主意打定，击溃这股巡防军以获大胜的决心，也就定下了。王天杰与军师宋秀才，以及几个核心头目简单商议之后，对同志军的战场态势和部署做出重大调整。

一方面，他将手下同志军分为三队，自己与两个得力头领，各带一队，从左中右三个方向，对巡防军形成包围态势。另一方面，等另一路同志军赶到黄泥塘，立即从后方堵住巡防军退路，并发动总攻，予以合围歼灭。

部署既定，王天杰坐镇中央一路，正面抗衡并牵制巡防军。另两队同志军，从左右两侧进击，对巡防军形成包围态势。

一时间，黄泥塘一带，方圆数里之间，密集枪声铺天盖地，一浪高过一浪，双方的喊杀声、拼搏声四起。同志军的牛角号，巡防军的军号声，此起彼伏，仿佛也在斗个高下。

却说那边，熊大汉等炮手带着另一门罐子炮，此刻正与贡井盐工同志军的大多数人，列队在另一路同志军中，向艾叶滩开进。

接到王天杰派出的快马飞报，熊大汉当机立断，与带队首领商议过，立刻带上那门罐子炮，抄近路朝黄泥塘赶去。

宋秀才到底不愧为军师，他让熊大汉改行当炮手，确实是有远见。这时，熊大汉盐担子出身，力气大，惯于负重走远路的优势，就充分发挥出来了。

罐子炮的炮身比较笨重，平时行军或转移阵地，或是用骡马运，或是由两人抬。此刻，战场情形紧急，只见熊大汉将一百多斤重的炮身扛在肩上就朝黄泥塘方向大步开跑，并一路领先。

在他带动下，其他炮手，有的扛炮架，有的扛炮弹，亦跑步紧紧跟上，参加围堵巡防军的黄泥塘之战。

这路同志军中多有贡井盐工，熟悉这一带地形山势和路况，走的都是近路，省了不少时间。不仅如此，熊大汉一边跑，一边还向带队的同志军首领建议，他们此去，一是参加合围之战，二是最好派出部分人马，抄住巡防军的后路。

同志军首领采纳了熊大汉的建议。因此，这一路同志军就抢占了艾叶滩后方山岭，以堵巡防军退路。

如此一来，从整个战局形势看，前后左右四路同志军，就分别从砖房子、古佛寺、石辊冲、艾叶滩后山等四个方向，真正形成了对这支巡防军的包围。

熊大汉这路援兵赶到黄泥塘之时，王天杰那路同志军与巡防军的战事正紧，互有攻守也互有伤亡。从战场形势看，双方处于胶着状态，胜负难分，但巡防军在火力上占有优势。

这路援兵参战，当然让同志军一方士气大振。熊大汉所带炮手是援兵中最先赶到战场的先头人马。熊大汉观察了一番地形，指挥炮手将这门罐子炮阵地设在一个山坡高处。

炮位一架好，熊大汉亲自操作开炮。他仔细观察瞄准后，朝巡防军阵地上人最多的一处地方首先开了第一炮。

当天的黄泥塘大战中，熊大汉这门罐子炮一响，胜利的天平就开始往同志军这边倾斜了。

巡防军方面，从来不知晓也没见识过同志军方面有如此威力巨大的新式罐子炮。

熊大汉第一炮打过去，炮弹直接在巡防军阵地上开了花。由于那地方人员密集，一声巨响过后，巡防军就倒了一片，伤亡达数人之多。

"妈呀！这同志军还有炮哇？这等厉害！"

连带队的马管带对此也大吃一惊。没等巡防军官兵回过神，熊大汉的第二炮又打了过来，同样伤亡数人。

那天黄泥塘大战，熊大汉操作他那门罐子炮一共开了近二十炮，直到把当天所带那点炮弹打完为止。这二十炮中，除一炮稍有偏差，一炮卡壳未发外，其余十多炮，每一炮都在巡防军头顶上开花，中弹者非死即伤。

第十六章 同志军东征自流井

同志军如此强大的战力，是自保路风潮起事以来，与全川民军的交战经历中，巡防军从未遇到过的。

黄泥塘大战中，同志军这罐子炮的参战，除造成对方人员严重伤亡外，对巡防军心理上的打击可谓灾难性的。

在巡防军与民军的交战史上，巡防军自恃装备精良，人多强势，从高层将领到下面兵勇，一向没把同志军这类临时组织成军的民军放在眼里。而且从与同志军交战以来，大小交战数十次，从成都围城之战，到前不久的自流井马鞍山大战，都是巡防军获胜。

因此巡防军上下，对同志军多少是有些轻视的。却没料想，在黄泥塘这里，巡防军遇到了王天杰这个强劲对手。更没料到，王天杰手下这支同志军，竟然拥有罐子炮这样厉害的武器！

被罐子炮连轰十多炮的巡防军，面对如此战局，难免军心动摇，陷入恐慌。连带队指挥的马管带，也弄不清同志军到底还有多少路人马，到底还有多少这种罐子炮。马管带内心里面有了一丝畏惧心理。

因罐子炮发挥威力带来的战局扭转，坐镇中路指挥的王天杰当然看得清楚。王天杰本来也是个性情豪爽、心直口快的汉子，眼看巡防军被熊大汉一顿罐子炮轰得人仰马翻，抬不起头，完全没有了开仗之初，仗着九子快枪火力厉害，横冲直撞那股威风劲了，他不禁欢喜得跳脚，口里连声喝彩叫好：

"轰得好！轰得好！龟儿子罐子炮厉害！真厉害啊！"

他已经看清楚那些炮弹，是从艾叶滩长土镇方向那边打过来的，料想那是熊大汉那门罐子炮在开炮，就兴高采烈对身边的宋秀才说：

"恩师高明！恩师高明！熊大汉硬是个人才！这一仗打完了，一定要给他记一个大功！重赏他一笔银子！"

又眼见战场情形发生了逆转，王天杰就同军师宋秀才商量，是不是该对巡防军发起总攻，将之一举击溃。

军师宋秀才一时沉吟不语。他仔细观察一番，看到对巡防军的包围圈已经构成，就同意王天杰下达总攻命令。

立时，四路同志军的牛角号，呜嘟嘟地吹起了冲锋号，几千同志军战士呐喊着，人人当先，向被包围的巡防军奋勇冲锋，一路杀去。

本来就准备不足，有些轻敌的巡防军哪见过如此阵仗，马管带命令之下那个由攻转守的防线，还没有布置妥当就遭此冲击，巡防军顿时阵脚大乱。一些兵勇顶不住同志军冲锋，开始往后退却，甚至开跑。那些带队的营官哨长，想拦也拦不住，防线始显崩溃之相。

王天杰等首领见巡防军阵脚已乱，加大了对其防线进攻冲击的力度。巡防军更是招架不住，全线开始溃退。

站在一个山坡上的马管带，眼见本方阵脚已乱，自知在生死搏杀的战场上，肯定大势已去。作为主将，他明白，此刻再如何督阵，再如何指挥，也已经回天无力了。

马管带也是巡防军里一员能征惯战的勇将，随赵尔丰南北转战多年，一直是胜仗多，败仗少。像这样子全线溃败的情形，更是一次没有。

这时，他虽说心有不甘，但到底也是明白人，料想此战败局已定，要保全自己，也顾不上其他了，唯有一走了之。

马管带站在山坡上，再次打量了一下山势和战场情形，最终长叹一声，收起长刀和手枪，在几名贴身卫士保护下，跨上那匹枣红马坐骑，打算开溜。

骑在马上，马管带察看各方去处，见黄泥塘侧翼一处山岗方向正是两路同志军合围的接合部，再仔细望了一会儿，发现那里参战同志军人数较少，似有机可乘。马管带就带着一小队精锐卫士，抢先纵马向那里奔逃而去。

有这精锐卫队持三十多支九子快枪，在前面拼死用一阵猛烈火力开道，马管带及一批随从和少数巡防军残部，终于从那里打开一个缺口，冲出了同志军包围圈。

却说熊大汉的炮位在山坡高处，他看得明白，眼见马管带骑马开溜，就将那门罐子炮的炮口掉转过来，口里骂道：

"你想跑？没那么松活（方言，轻松），看老子再轰你两炮！"

说罢，对着冲出了包围圈的马管带那些个骑兵连开两炮。可惜因炮口掉转，开炮时来不及瞄准，两炮皆未打中，眼睁睁看马管带一行逃之夭夭了。

熊大汉不解气，张口骂道："等会老子打到贡井来了，再收拾你龟儿子！"

6. 同志军强攻贡井

荣县同志军历经著名的黄泥塘大战后，在王天杰指挥下，一路攻势不减。又听从宋秀才建议，再次兵分两路先后攻取了艾叶滩、长土镇这两个巡防军外围据点，对盐场重镇贡井及自流井形成合围之势。

此时，从整个战局来看，对自流井呈围攻之势的各路同志军，其中来头及实力最大,攻势也最猛的,主要有两路。

一路是从仁寿、威远方向来的由周鸿勋统率的川东南同志军。这路同志军势力最大,有数千人之多,新式快枪就有两百多支。

另一路则是从荣县方向来的由王天杰统率的东路同志军总部,有近三千人。快枪数量虽不及周鸿勋的川东南同志军,但有两门威力很大的罐子炮。

黄泥塘大战之后,王天杰听从军师宋秀才建议,让全军休整两天,养精蓄锐。其后,王天杰率东路同志军向贡井发起总攻。

当年的贡井盐场及街市,其地形地貌,比现今要复杂得多,也险峻得多。那时没有公路和贡井大桥,从长土镇到贡井街区,尤其鹅儿沟那一带,地形十分复杂多险。

驻守贡井的巡防军,司令部设在旭水河对面的天后宫,在各要道口子上重兵布防,形成易守难攻的态势。

王天杰率东路同志军合围贡井后,巡防军坚守各据点,战事一度激烈且相当胶着。在好几个要道口子附近,双方展开攻防战,互有伤亡。不过,同志军稳步推进,逐渐扫清了巡防军的外围据点。

至中午时分,王天杰指挥东路同志军,基本上扫清了贡井的外围据点,尤其是占领了鹅儿沟背后山头制高点。巡防军退守旭水河对岸天后宫一带,依山隔水继续顽抗。

午时刚过,王天杰一声令下,东路同志军先头部队开始向旭水河对岸天后宫巡防军据点发动总攻。

总攻之初,同志军士气旺盛,攻势很猛,却在过河冲锋时受阻。其时,贡井街区,连接旭水河两岸的只有一座当地人称为"平桥"的过河桥。

平桥是座石板桥,桥长二十余丈,桥面仅三尺来宽,可供两人并行。巡防军在桥头有据点并筑有工事,用二十来支快枪封锁住桥面。

同志军的头两轮冲锋,皆未成功。第一次冲锋,同志军战士刚冲上桥面,即遭巡防军快枪阻击。第一轮排枪子弹打过来,即有数人中枪,落入旭水河中。第二轮快枪打来,又有数人落水,只好暂停冲锋。

第二次,同志军先头部队带队的张姓营官,挑选了三十名精壮战士,亲自带队冲锋。张营官原是陈华丰手下,一向敢打敢冲敢亡命,也是当年做绿林好汉时山寨的"四大金刚"之一。

陈华丰嘉定之战受伤后,一直在养伤,不能出征。这次东征自流井,王天杰与军师宋秀才商议后,委任张姓营官为先头部队带队营官。在两天前的黄泥塘大战中，无论是带队攻坚，还是合围追击，张营官都表现不错，受到王天杰和军师宋秀才夸奖。

这天东路同志军围打贡井，王天杰仍然任命张营官为先头部队总指挥。

如此，张营官更加立功心切，以报答王天杰和军师宋秀才对他的赏识。见争夺贡井平桥的第一次冲锋失利，张营官有点待不住了，他决定亲自上阵，自己带队冲锋。

张营官带队冲锋时，也像陈华丰嘉定攻城战带着敢死队冲锋那样，白布缠头，一只上衣袖子脱下来缠在腰间，呈上身半裸状，右手握一支毛瑟枪，左手执一把鬼头刀。

其余三十名精壮战士，也学张营官样子，白布缠头，上身半裸，一手毛瑟枪一手鬼头刀，准备冲锋。没毛瑟枪的，则是持一支锋利长矛。这模样，完全就是视死如归的敢死队架势。

为确保这次冲锋得手，张营官将同志军先头部队所有的二十多支快枪全部集中起来，为冲锋战士做掩护，试图压制巡防军桥头据点的火力。

一切准备就绪，进攻的牛角号吹响，同志军二十多支快枪一齐朝桥头据点开火。张营官趁势带三十名敢死队战士，一路呐喊着朝平桥冲锋。

此次冲锋，开初比较顺利。因巡防军的火力一时被压制，张营官率敢死队一路冲锋，没多大工夫，就冲到平桥中段。其间，仅一名战士中枪倒地，但未落入桥下。哪知，平桥冲过了一半，起先被压制住的巡防军火力，突然缓过气来，桥头据点一阵快枪向冲锋者迎头打来。

冲在最前头的张营官首先中枪，从桥上滚落下水。其后又有数名冲锋战士中枪，或落水，或倒地，非死即伤。见此，其余冲锋战士只好倒回。冲锋再次受挫。

战事消息传到临时指挥所，王天杰甚是恼怒，一气之下，甚至想组织冲锋敢死队，自己亲临平桥现场督战。

军师宋秀才先是沉吟不语，其后，用商议语气说道：

"司令，如此打下去，我方伤亡太大，不是个办法。依我之见，不如另想主意。"

"恩师可有什么好主意，不妨一说。"王天杰见此，多少也冷静些了，又诚心向宋秀才讨教。

"我看，"宋秀才沉吟一会儿，进言道，"可让熊大汉用罐子炮轰他一轰。"

熊大汉所携的罐子炮在黄泥塘大战中立了大功，其显示出的能耐本事，有目共睹。为此，王天杰与军师宋秀才商量后，已委熊大汉兼任炮队队长。

不过今天对贡井发起总攻，鉴于贡井繁华，人口密集，怕开炮时稍有不慎就会伤及无辜，所以王天杰开战之初，并没打算使用熊大汉所带领的炮队。

如今战事进展不顺，宋秀才就重新把心思转到了炮队身上。

"恩师之见，是让熊大汉用罐子炮轰击平桥据点？"

"不是炮轰平桥，"宋秀才曾在贡井客居多年，熟悉贡井一带山势地理，说，"平桥是贡井唯一过河桥，万一不慎轰垮轰塌，市民出行会多有不便，所以不能贸然开炮。"

宋秀才沉思着说："依老夫之见，要轰，就用罐子炮轰老街子背后那个天后宫。"

"轰天后宫？"

"对，就是直接炮轰天后宫。"宋秀才点点头说，"据老夫所知，贡井巡防军的司令部，就设在天后宫里面。古话说，擒贼先擒王，把天后宫巡防军司令部打了，就是行擒王之术。若成，可以不战而胜。"

王天杰当即把熊大汉叫到临时指挥所来，当着军师宋秀才的面问他，能不能在不伤及周边其他房屋情况下，用罐子炮轰击天后宫？并说那里是巡防军司令部，把其轰垮轰塌了，等于来个黑虎掏心，一下子把巡防军打趴打输。

熊大汉看了看王天杰，又看了看军师宋秀才，思索片刻，说："可能有点把握。"

王天杰对这番回答不甚满意，追问道：

"到底有几分把握？九分？十分？还是七八分？"

熊大汉迟疑一下说："可能有七八分吧。"

王天杰还想说什么，旁边的宋秀才为熊大汉解了围，说：

"七八分就七八分吧，足够了。好好干去，争取把七八分把握，变成九分十分把握。"

熊大汉点点头，遂领命而去。

7. 巡防军挂出"汉字旗"

熊大汉此前长期在长土、艾叶一带井场做工，对贡井十分熟悉。

他知晓，鹅儿沟山头是贡井市区各处的制高点，能俯瞰整个贡井街区。

他就率手下炮队将两门罐子炮架在鹅儿沟山岗顶上。

选好架炮地点，熊大汉一边指挥手下架炮，一边说：

"前天在黄泥塘，算你的马儿跑得快，没轰到你。今日你躲进了天后宫，要跑就没那么容易了。"

不过，他记起刚才王天杰和军师宋秀才要尽量做到有九分十分把握，只轰天后宫，不伤及其他民房的叮嘱。熊大汉看手下架好炮，就亲自过来操作。炮口瞄准了目标，他嘴里说：

"老子今天就来轰你几炮，看你往哪里跑？"

几个炮手为两门罐子炮分头装好炮弹。

一切就绪，熊大汉又各自观察瞄准一番，手拿令旗一挥，下令道：

"开炮！朝天后宫轰！"

两门罐子炮同时开炮。只见炮口火光一闪，两枚炮弹从鹅儿沟山顶上，直朝旭水河对面的天后宫飞去。

只听"轰！""轰！"两声巨响，一枚炮弹落在了天后宫花园内，将花园那棵白果树一下子斩断为两截。

另一枚炮弹，则直接轰到了天后宫后楼，那正是巡防军司令部所在。后楼那楼檐被轰去一角，落下的砖石断木当场砸伤几个巡防军官兵。

在半坡上指挥所里观察指挥战局的王天杰，对此看得一清二楚，不禁高兴地叫喊起来：

"打得好！打得好！熊大汉打罐子炮的本事确实了得！"

稍停，又对身边的军师宋秀才说道：

"再朝天后宫开他几炮，看他们还守不守得住！"

话音刚落，只见鹅儿沟山顶上的罐子炮又是两炮轰了过去。

这两炮打过去时，巡防军首领马管带正在二楼的司令部里面思考对策，差点被飞来的炮弹击中。

他着实吓了一大跳，慌忙跑出屋子，往楼下安全地方躲。

却没想到，楼下值守司令部的一名卫兵，已经胸部中弹身亡。司令部里面，另外还伤了三人。

马管带虽被罐子炮轰得招架不住，却到底是朝廷武将，深知守土有责，当然不想认输，还想带兵与同志军对抗下去。

这时，他手下的一个营官见事情不妙，也知道清廷大势已去，不想与之同归于尽。可他不敢直接向马管带进言，就悄悄找到军中文书陈师爷，请他去对马管带说明利害，不要再打了，否则可能全军覆没。一众下属中，陈师爷在马管带面前多少可以说上一点话。

陈师爷在那里犹豫再三，最后，他终于找到马管带，向他建言说：

"大人，同志军人多势众，又有罐子炮这种厉害东西，我想，这样硬打下去，弟兄们伤亡更大，不是个办法。在下的意思，还是另想办法为好。"

两军对垒，仗已经打到这种地步，还有什么办法可想？其实大家心里都明白，只有举旗投降这唯一的一条路可走了。

马管带听了半天不吭气。作为一名带兵之将，显然，他是不想走举旗投降这一步的。

这时候，鹅儿沟山上的罐子炮，又是两炮轰来，天后宫后楼再被轰塌了一角。

楼内外巡防军，又是一死数伤。此时，巡防军上下，军无斗志，人心涣散，马管带这才不得不认输了。

又是一阵沉默，马管带终于发话，让人在天后宫后楼顶上，举起"汉字旗"。这面"汉字旗"也是马管带听从陈师爷的主意，让人偷偷准备的。

其后，又听从一个营官之言，安排十多个嗓门大的兵勇，齐声朝外面同志军高喊：

"不打了！我们不打了！同志军爷们，大家都是兄弟，请放开一条生路！"

喊了一阵，见对方没有动静，但罐子炮没再打了，兵勇们又齐声高喊道：

"同志军爷们，我等也是汉人兄弟，我们不打了！请放我们撤出贡井！"

隔着一条旭水河，交战双方好一阵静默。

"这些巡防军，到底还是害怕罐子炮！"在临时指挥所里观察战局的王天杰兴奋地对身边的人说，"他们再不投降，老子就又轰他几炮，看他们扛不扛得住！"

直到此时，王天杰才感到，此战把几个月前北伐成都时与巡防军首次交战，兵败横梓场的"一箭之仇"给报了，心内生出无比快意。

沉吟一会儿，王天杰听从军师宋秀才之言，接受巡防军投降，放他一条生路。之后，传令手下同志军，从包围圈里让出一条通道，放巡防军撤走。

当天晚些时候，马管带率巡防军全部人马退出贡井，撤回自流井去了。

自此，贡井全境被同志军占领。当晚，贡井各条街上，庆祝同志军大捷的鞭炮锣鼓一直响了大半夜。

贡井井场有个名叫黄敦三的大盐商，在贡井也算有名望的盐绅。其公馆是一座占地颇宽的大庄园，取名"黄谊堂"。

黄敦三是个十分顽固守旧的人，在贡井保路风潮、同志会闹得凶时，他曾威胁他井灶上的盐工：

"哪个敢参加同志会，哪个敢造反，老子就倒他的甑子！"

同志军打下贡井后，一些民众，尤其是黄敦三井灶上的盐工对黄很记恨，就向同志军控诉了黄敦三此前的恶行。

同志军有些人一时气愤不过，就闯进黄谊堂，将庄园里的粮食、家具、财物等打散了分给附近的一些贫苦人家。最后，还一把火烧了他的黄家庄园。

当天，黄敦三本人正好有事在外。得到这个消息，他连夜出走，逃匿乡下避祸。自此之后，黄的产业和声望不复从前。

8. 东路同志军进军自流井

王天杰率领的东路同志军攻占贡井后，其主力部队，驻防包括长土、艾叶滩在内的贡井西场地区。

其时，多路同志军陆续抵达自流井周边，已对驻防自流井之巡防军形成合围之势。

辛亥年农历十月初七（1911年11月25日），清廷派往四川镇压保路运动的钦差大臣端方，在资州被自家带入川的起义新军所杀。起义的湖北新军，退出四川改道回鄂。

同日，成都宣布独立。此前，四川总督赵尔丰已被迫辞职。省内好些州县陆续被同志军占领，宣布"反正"易帜。

端方被杀的消息传来，赵尔丰派驻自流井的清军最高首脑、巡防军徐统领，当天晚上在陕西庙司令部里，彻夜未眠，苦思对策。此时他心中想的，已不是效忠朝廷和赵尔丰，而是如何保全自身以及手下官兵的性命。

第二天早上，苦思一夜的徐统领，仍未想到保全自家及官兵性命的良策。

沉思一阵，他让亲随去将心腹师爷柳秀才请来，商议对策。柳师爷是川北广元人，秀才出身。原系赵尔丰军中文书，颇有见识，平时与徐统领私交不错。此番受命带四营巡防军坐镇东西盐场，徐统领特向赵尔丰请准，带柳师爷一起来自流井，在自己身边做亲信幕僚。

徐统领当着柳师爷的面，不好将如何保全自身性命那些话和盘托出。沉吟片刻，他才忧心忡忡地对柳师爷说：

"师爷，你看照眼下局势，这自流井，我巡防军是否还守得住？"

柳师爷当然已看出了徐统领的忧虑。自个心想，我巡防军的靠山川督赵尔丰，早已经下台了，如今，连钦差大臣端方都被杀了，成都也宣布独立了，这自流井已经被多路同志军团团围住，成了孤岛，如何还守得住？眼下，如何保全自家及这两千多巡防军弟兄的生命安全，寻求自救之路才是上策。如何还去说自流井守不守得住的事？

不过，这番心思又不好对徐统领明说。喝了两口亲随送上来的茶水，柳师爷朝徐统领缓缓吐出一句：

"大人，依老夫之见，乱局之下，保全自身最重要。"

至于当前乱局之下，该如何保全自身，柳师爷则没明说。

"师爷，这保全自身，"徐统领看看柳师爷，再次求教说，"这保全自身之策，师爷可有高见？"

柳师爷喝着茶水，一时没有应声。沉默一会儿，终于开口说了一个主意：

"大人，我看，不妨派人去大安寨走一趟，看看能否寻到一点自保之道。"

"派人去大安寨？"徐统领一时有点茫然，似乎不明白内中玄机。

"对头。"柳师爷点点头说，"上大安寨找三畏堂王家当家人。或许可让其出面，为我等巡防军上下谋得一条自保之道。"

柳师爷文人出身，平时公务之闲，常在十字口、灯杆坝等热闹街市坐茶馆，对自流井地方情形比徐统领等巡防军高层熟悉得多。从同治年朝廷"川盐济楚"开始，"王三畏堂"就是自流井盐商首富。三畏堂王家的公馆，就在大安寨内。

柳师爷的意思，当前乱局之下，或可请王家掌门人出面，尝试在当地乡绅中联络协调，为巡防军谋得一个可靠的自保之策。

徐统领想了想，觉得柳师爷这个主意不错。又怕其他人办不成事，就让柳师爷亲自上大安寨，说动王家人出面相助。

柳师爷当即雇了一台滑竿，在两名卫兵护卫下，上了大安寨。

柳师爷此番大安寨之行，倒是不负徐统领使命。在寨内那座古色古香的豪宅里面，柳师爷见到了王家掌门人王作甘。

王作甘本是日本留学生，是自流井少见的有开明思想的盐商后代。这一阵，眼见各路同志军围城，巡防军据守顽抗，大战一触即发，他也在为自流井盐场安危以及百姓之生命财产忧心。

听柳师爷说明来意，王作甘爽快答应相助。但他对柳师爷提有一个条件，那就是，徐统领本人，必须在公开场合，当众向大家表示脱离清廷，愿意"反正"，自己才能为之协调各方，保证巡防军安全撤出自流井。

柳师爷一行返陕西庙司令部，向徐统领复命。

眼见大势已去，徐统领思索一阵，只好答应王作甘提出的条件，同意当众宣布"反正"。

王作甘听了柳师爷回话，当即来到市区，分别拜望联络井场有名望的乡绅，于各方积极奔走协调。又先后派人与已经攻占了贡井的东路同志军司令王天杰，以及围攻自流井最有实力的两路同志军首领协商，请他们暂缓进攻，力争和平解决巡防军撤离自流井的事情，让盐场免于战祸。

经王作甘等安排，两天后，井场知名乡绅集聚于湖广会馆（湖广庙）。徐统领当着自流井一众盐商乡绅、士子文人的面，宣布率部"反正"。并当场摘下自家官帽，剪去头上那条长辫子，以示"反清"信念。

三天后，徐统领就带所部四营巡防军全部撤离，离开了自流井。但其手下部分巡防军乱兵，却趁机抢劫了"大清银行"和八店街的商铺、盐号和银楼。那一带商家店铺，损失十分惨重。

巡防军撤离后，多路同志军陆续开进自流井。到后来，先后进驻自流井的同志军队伍，达七支之多。其中有威远同志军杨绍南所部，威远同志军甘东山所部；大邑同志军侯岐山所部；仁寿同志军秦省三（秦大炮之弟）所部；邛州同志军周鸿勋所部；此外，还有一支由李松海与蔡三带领的自流井本土同志军。

这些同志军队伍，形形色色，参差不齐，人数多的达一千多人，少的队伍也有两三百人。其中，以自称川南都督的周鸿勋实力最强，所部一千多人，有不少快枪。周鸿勋所部进入自流井，就开始抢占地盘。抢占了陕西庙巡防军司令部，作为自己的司令部。

王天杰的东路同志军所部，驻防在被称为西场的贡井地区。本来，他见进驻自流井的同志军已有多路，地盘有限，就不想去凑那个热闹了。

他与军师宋秀才商议此事，宋秀才却有不同看法。宋秀才沉吟一会儿，对王天杰进言说：

"司令，依本师爷之见，我东路同志军，还是应派出一支人马，进驻自流井。其一，传统的东西两场，向来以东场自流井为主。百十年来，川人有说自流井是个银窝窝，从来不曾有贡井是个银窝窝之说法。可见，无论是外边名气，还是实际地位，自流井都强于贡井。故此，一直以来，自流井都是兵家必争之地。"

宋秀才抽了两口叶子烟，又喝了点茶水，望王天杰继续说道：

"其二，当初司令从荣县出兵，出征誓师时，对大众宣布的是东征自流井，而不是东征贡井。由此，我东路同志军也决不能只到了贡井就止步，而应分兵进驻自流井为要。"

宋秀才这番考虑是对的。自古以来，在世人心目中，自流井、贡井东西两个井场，一直是东场自流井为主，西场贡井为副。况且，东路同志军誓师时提出的是东征自流井，岂能只打下西场贡井就止步？

宋秀才一席话，让王天杰猛然醒悟。他当即选派了一支近三百人的精锐队伍，由他自己亲自率领，军师宋秀才亦随同，进驻自流井。

这支近三百人的东路同志军精锐，其中一半是熟悉井场情况的熊大汉盐工支队人马。开进自流井后，釜溪河东岸市区中心已无屯军地方。其营地只好驻扎在釜溪河西岸的双牌坊一带。

王天杰之东路同志军司令部，设在原李门武馆一侧的李家大院里面。

熊大汉随王天杰到了自流井的当天，就听说巡防军乱兵抢劫大清银行和八店街商铺银楼的事。另外，还有消息说，乱兵闯入名妓李四妹豪宅，欲行不轨，路过的打更匠何舵子，挺身救美，见义勇为而被杀。

身为土生土长的自流井人，熊大汉等同志军盐工听到这些消息后，极为愤慨。又听说抢大清银行的那部分巡防军乱兵，往资州那边跑了。

熊大汉就去找王天杰，向王天杰请战说：

"司令，巡防军那伙烂兵，竟然抢了大清银行和八店街，还滥杀无辜，太可恶了。我特来向司令请求，让我带盐工同志军支队全部人马，去追击那伙抢劫的巡防军乱兵，为自流井父老乡亲讨个说法。"

王天杰听了，一时拿不定主意，去征求军师宋秀才意见。宋秀才笑了笑，说：

"那伙巡防军乱兵，自有资州那边的同志军收拾他，何须你我派人去远途追击？"

王天杰听了，朝熊大汉等人发话："暂且按兵不动。"

熊大汉等人这才恨恨作罢。哪想没几天，真有资州那边的消息传来，那部分巡防军乱兵果然被资州同志军一举围歼了。

第十七章　"荣县三杰"不同归宿

1. 攻叙府龙鸣剑卧病百花场

1911年11月初，已经是入冬时节，天亮的时辰越来越晚了。

这天早晨，天还没亮透，叙州府郊外百花潭乡场，东路同志军赴叙泸分部兵营里，每天例行的操练进行得有条不紊，热火朝天。

这几天，因总指挥龙鸣剑身体不适，带队操练的民军首领是已从队副升为副总指挥的张二哥。

龙鸣剑是因前几天叙府周边一带突然降温，天气骤寒而染病卧床的。

在天气骤寒这种日子，外出时身上衣衫不足，没来得及添衣加袄的人，以及自身体质单薄的人，都容易染病。这同志军兵营里，有好几个人因此而染病了。

龙鸣剑与王天杰两位统领，在长山桥实施兵分两路作战计划，决定王天杰率东路同志军主力，回师荣县。对部队整训扩编后，再挥师东进，先取贡井，再与秦大炮等各路同志军，合攻自流井。

而龙鸣剑则率东路同志军另一路，分兵攻打叙州。等拿下叙州后，再乘胜攻取泸州。等打下泸州，再挥师北上，从南面合围自流井。

最终目的，是将整个川南地区，建成同志军根据地。

当时的分兵方案是，东路同志军现有的一千二百多人，双方平分，每一路六百余人。炮队六门土炮，也平分。

宜宾孔滩、一步滩、王场、百花场这些地方，就有好多当地袍哥以及民团。王天杰的意思，六门土炮包括整个炮队，全部给龙鸣剑出征叙府都是可以的。但龙鸣剑始终不愿接受，最后平分了事，一家各有三门土炮。

两人按这个方案进行了重新整编。龙鸣剑所率出征叙府泸州那一路，张二哥被任命为队副，成了龙鸣剑的重要助手。

不过龙鸣剑这次叙府染病，又与以往略有不同。他身边亲信人等也大致明白，龙总指挥这回兵营染病，除了天寒降温，更主要的还是劳累所致。

此外，因时局发展，局部地区出现的一些不利变化，让他手下这支分师下叙州的民军，一下子处于暂时困境之中。民军一时进退两难的困境，导致龙鸣剑心情不佳，更使其病症加重。

长山桥分兵之前，龙鸣剑作为参谋长，处于军中二号人物地位。从带队操练，到战场作战指挥，主要由司令王天杰具体操持。龙鸣剑更多是扮演运筹帷幄，出点子、拿主意的角色，军中大事小事，皆有王天杰在前面顶着，不必他龙鸣剑操更多的心。

而分兵以后则不同，龙鸣剑身为总指挥，司令及参谋长角色一肩挑。这支民军队伍所有行动，大事小情，包括带队行军、整编操练、作战指挥，都须他自己亲力亲为。

自与王天杰分兵独自向叙州进兵以来，龙鸣剑一直处于超负荷状态，兵营上下，对此有目共睹。

这天民军的早间操练，虽说天气寒冷，带队操练的民军副总指挥张二哥，仍按与龙鸣剑一起制订的练兵计划，操练得一丝不苟。规定的一个小时早间操练，其中半个钟头为集队操练，另外半个钟头为单兵操练。

集队操练，除了列队列阵之步操跑操，还有阵法演练。其中又分攻防阵法，即进攻或退却的整体攻防以及作战时的阵法演变与开合。单兵操练，则有隐蔽、冲锋、卧倒、跃起、单人或多人格斗、厮杀等科目。

这两天龙鸣剑不在，张二哥作为带队操练的副总指挥，也很是认真负责，各样规定科目，都进行得秩序井然。

早间操练完毕，解散了队伍，民军战士纷纷散去，三三两两往厨房走，等候开早饭。带队操练的副总指挥张二哥，等手下卫士把操练的一些器械收拾完毕，这才迈开步子往营房驻地大步走去。看得出来，此时的张二哥眉头紧锁，带点心事。

龙鸣剑卧病在床已经好几天了，张二哥为此十分焦虑。他虽文化不高，也没好大见识，但多少也明白一个道理——军中不可一日无主帅。以前不管是看戏，还是茶馆里听说书，都是这样讲的。

眼下这支民军队伍里，龙鸣剑就是主帅。主帅不能视事理事，难免军心不稳。

张二哥正寻思，早饭后要不要派人再去百花潭场上走一趟，请一个坐堂太医来营房，给龙鸣剑仔细摸脉叩诊一下，或是换一换药方。

这时，突见龙鸣剑的随身勤务郭老三急匆匆跑过来，口里叫道：

"张二哥，张副指挥，不得了啊！龙总指挥突然吐起血来了，止都止不住！"

张二哥大吃一惊，也急忙随郭老三往营地司令部赶去。龙鸣剑的卧室，就在司令部隔壁一间屋子，好方便他休息与工作。

卧室里，司令部几个卫兵及勤务正乱作一团。有的半坐在床上，为龙鸣剑轻轻拍背，有的端着温热开水，在床前时不时地喂上两口，试图为他止咳。

龙鸣剑侧卧在床上，面色十分苍白，有时忍不住咳嗽一两声。可每咳一下，口中即会有带血的痰块吐出来。小名叫黄老幺的司令部卫队长，在旁边着急得不得了，可是又不知该如何办才好。

黄老幺是荣县双石人，与王天杰的卫队长刘三娃是结拜兄弟，武功很好。原先是卫队队副，长山桥分兵后，王天杰安排其随龙鸣剑出征叙府，担任了司令部卫队长。

黄老幺任卫队长后，一直忠心耿耿，尽职尽责。行军遇战时，他不离龙鸣剑左右。驻地宿营，他同龙鸣剑住一间屋子，总是把自己的床摆在门边，以便护卫照应。

张二哥大步来到病床前，关切地问："龙大哥，现在好些不？情形不要紧吧？"

他看了一下痰盂里面龙鸣剑吐出来那带血的痰块，又说：

"我这就派人到场街上去，赶紧请一个太医过来给龙大哥看看。"

龙鸣剑朝他摆摆手，似乎是示意不必兴师动众，又挣扎着想坐起来。可是，身子一动，又引来一番咳嗽，且又吐出带血的痰块。张二哥连忙按住龙鸣剑，不让他坐起来。

张二哥又回头招呼黄老幺，要他即刻骑马并带一副滑竿到百花潭场去，把场上诊所坐堂太医请一个到营房来为龙鸣剑诊治。

黄老幺办这种事倒利索，没到一袋烟工夫，他就把百花潭诊所一名太医接到营房来了。

这太医姓刘，是个五十来岁的小老头，头戴一顶毛线帽子，穿一件半新棉袍，在当地算有点名气的资深坐堂太医。早晨诊所刚开门，刘太医还在堂前椅子上喝早茶，就被黄老幺风风火火用滑竿接到了营房。

见到刘太医进屋，一屋子的人，包括张二哥在内，都像见到了救兵。张二哥迎上去拉着太医的手说：

"刘太医，辛苦你了，我们龙总指挥病势有点加重了，都在吐血了！刘太医，麻烦你赶紧想个办法，先把血止住才好！"

又请刘太医在病床前一把木椅子上坐下，勤务郭老三赶忙为太医泡茶，送上水烟袋。

病床上的龙鸣剑，仍是侧卧着，不时咳一两声，吐出点带血色的痰。

刘太医不愧为资深太医，尽管一屋子的人都拿焦灼急切的眼光望他，他却神色沉稳安然地坐在椅子上，先是接过郭老三送上来的盖碗茶，轻轻呷了两口，又把水烟袋接过来，不慌不忙抽了两口水烟。

放下水烟袋，刘太医才起身察看病床前痰盂里，那些带血痰块是啥样子，带血量究竟有多少。

看过，又坐于床前，为龙鸣剑切脉，望苔，察看气色，再详细叩问病情。刘太医一番望闻问切后，又察看龙总指挥那些带血痰的吐血量。坐下来，沉思一阵，这才握笔开方。

方子开好，刘太医将药方交到张二哥手里，说：

"可去场上那药铺里，照方抓药。"

思索片刻，刘太医又说："先吃上两服，看看情形再说。"

临走，刘太医回过头朝病床上的龙鸣剑，柔声安慰了两句：

"龙总指挥，好生将息将息（方言，休息），病症不大要紧的。吃上两服药，养几天就会好的。"

张二哥要将出诊费拿给他，刘太医坚决不要。还说：

"民军为老百姓打仗，龙总指挥是民军司令，本太医为龙总指挥诊脉开点药方，不过举手之劳，何来酬劳之说？"

对封好的出诊红包，刘太医坚决不肯收下。两人很推辞了一番，张二哥只好作罢，道谢不已。

来到外屋，张二哥追出来，带点不放心地朝刘太医询问：

"太医，龙总指挥这吐血病症，是怎么引起的？到底要不要紧？"

刘太医沉吟了一下，说：

"龙总指挥这病,是感染风寒引起的,邪气侵犯肺上所致。加上他连日思虑太重,遇事急火攻心,体内郁气不解,病症便加重。"

迟疑片刻,刘太医又告诫张二哥说:

"张副总指挥,古医道有说,风寒可治,心病却难医啊。让龙总指挥日后多多放宽心,少忧虑点事情吧。如此,病体才能转危为安,恢复得快。龙总指挥若一味心事连连,愁眉难展,日后恐怕要想再恢复,就有点难了。"

在军营门口,张二哥仍让黄老幺安排滑竿,把刘太医送回百花潭场街诊所。临别,刘太医又语重心长地朝张二哥说:

"张副总指挥,你等要多向龙总指挥进言,让他多把心放宽点。眼下自己病势如此,军中大小事情尽量少担待一些。至于时局方面,病中也暂且少理会一点才好。"

张二哥站在军营门口,目送刘太医的滑竿远去,他心里却在思量,刘太医这些话到底该如何向龙鸣剑说才好。

2. 面对心病太医也束手无策

刘太医那天开出的药方,龙鸣剑照方服药,最初倒是有些效果。首先,吐血吐得厉害的病症,暂时是止住了。一连两天,龙鸣剑没再大口吐血,偶尔痰中带点血丝,但不太严重。同时,咳嗽症状也减轻了许多。

见此,张二哥及卫队长黄老幺、随身勤务郭老三等司令部上上下下,多少都松了一口气。最起码,感觉凶险情形不会有了。

不过,病中的龙鸣剑,仍是体质虚弱,几乎不能下床。其精神状态不太好,进食也差。一天三顿都让厨房特做的病号饭,但龙鸣剑吃不进去。张二哥及勤务郭老三等都劝他尽量多吃点。说病中不仅要"恨病吃药",还要"恨病吃饭"。但龙鸣剑拿起筷子,就是吃不下去。

进食不佳,身体缺乏充足营养,自然恢复就慢。张二哥对此有点焦虑,又想起那天刘太医临别那番话,犹豫一阵,还是对龙鸣剑原话说了。

龙鸣剑听了,一时没出声。良久,看了看张二哥,才叹了一口气,说:

"张二哥,你不是不知道,自与天杰兄商议实施'捣叙救荣'战略,在长山桥分兵,你我带此民军队伍转战叙州,原拟拿下叙州后,再乘胜顺江而下,再克泸州。然后挥师北上,与天杰兄所率东路同志军主力,合攻自流井。倘如此，各州县联在一起，整个下川南都成了我同志军的地盘，革命就算局部成功了。"

话说到这里，躺在病榻上的龙鸣剑，眼里竟然显现出近段时间以来，难得一见的几丝亮光。可惜，这一点难得的亮光，很快就从龙鸣剑眼里消失了。

"可眼下局面之发展演变，大大出乎当初预料啊。"话说到这里，龙鸣剑又忍不住咳嗽一两下，喘气不已。

张二哥连忙安慰他几句，说："龙总指挥，眼下你正在病中，不要想太多，还是保养身体要紧。"

喘了几口气，咳嗽稍微平息了一些，龙鸣剑又说：

"长山桥分兵以来，不仅原来与天杰兄商定的攻打叙州计划受阻，让你我这支民军不得以暂且屯兵于百花潭乡场上，进也进不得，退又无处可退，真可谓进退两难。"

龙鸣剑这里讲的，也是实情。长山桥分兵以来，虽说他率领的这支民军，由张二哥等人出面，沿途招募了一批原井场失业盐工和杂工，又合并了三个地方民团部分人马，民军规模由分兵时的六百多人，扩充至一千二百多人，兵力比原先增加了一倍。民军装备上，通过几个地方袍哥人物或民团首领，以及王天杰老丈人赵员外的关系与资助，购得了一些武器弹药。其中有十来支来复枪，甚至还有两门新式罐子炮。军饷方面，也有充足保障。民军实力，比此前增强了不少。

但是，作为一军主帅，龙鸣剑也知道，要一举攻下城墙高厚又有两千多官军守卫，且有大江做屏障的叙州城，必须有相当周密的谋划与准备。

此前，他和王天杰率领东路同志军，强攻嘉州一战就是例子。有数千之众东路同志军，还有陈华丰等绿林出身的勇将，用炸药炸垮城墙，并亲率敢死队冲锋，但伤亡惨重，最终也没能将嘉州拿下。

这让龙鸣剑意识道，像嘉州、叙州这种官府重镇往往易守难攻，单凭他这支民军的实力，是难有胜算的。

由此，在进军叙州的途中，他通过各方关系，联系了叙州府周边好几支同志军及民团人马，一起合攻叙州。

一开初，合攻叙州的事情还比较顺当。由于龙鸣剑此前在同志军及袍哥与民团领袖中的巨大声望，好几支同志军及民团队伍都愿意参加合攻叙州之战。甚至，有的同志军首领还提出，愿意把手下队伍直接交归龙大哥指挥。

当时经多方联络，叙州府周边的南溪、江安、高县、横江等数支同志军队伍，加起来有八九千人之众，况且，各地同志军及民团，队伍士气正高，武器装备也不错。

龙鸣剑与几个首领一合计，觉得这等实力对付守城那两千多人的官军，有很大把握。于是约定了合攻叙州的日期。

可是，待龙鸣剑率手下这支民军，抵达叙州郊外百花潭，即将兵临叙州城下时，情况突然发生了大的变化。

首先，是从高县开过来的那支同志军，行至半途意外遭到当地绿营官军的伏击，数十人或伤亡或被俘，更要命的是，其首领身负重伤差点丧命。同志军无力再战，只好退回高县。

而南溪、江安那两个地方的同志军，约两三千人的队伍，原定乘船走水路，参加合攻叙州的战事。却没料官府事先侦知消息，仿曾国藩湘军战太平军之战法，用数道大铁链封锁住长江，阻断了同志军水路攻叙州的通道。

南溪、江安两路同志军，又试图改走陆道合围叙州。无奈官军在多个通叙州的要道处设卡，沿路重兵布防。

那两路同志军因半道受阻，无法在预定时期赶来，参加原计划的合攻叙州战事。其他叙府周边的数支同志军，也因这样那样的原因，不能如期赶来参加围攻叙州之大战。

如此，最后按预定日子赶到叙州郊外的，除龙鸣剑这支民军外，就只有横江当地的一支同志军。

那支横江同志军实力不强，仅有六百多人的队伍，武器装备也较差，除长矛大刀外，只有一点老式抬炮、火铳、鸟枪一类。

两支同志军加起来，还不足两千人的队伍。靠这点实力，要去攻打重兵布防的叙州，根本无取胜的可能。龙鸣剑率领的这支民军，就此受阻于一江之隔的百花潭乡场，对叙州望江兴叹。

想到这里，龙鸣剑再叹了一口气，对张二哥又说：

"自实施'捣叙救荣'战略以来，从全川大的局面看，虽说各州府县同志军皆如期起事，并得以联手会攻成都，可是，省城周边的几仗打下来，同志军没能如愿将省城拿下，实现擒拿川督赵尔丰的意图，战略转移后，各路起事民军，进展也不太顺利。局势总这样反反复复，如此下去，大局堪忧。"

龙鸣剑病情时好时坏，病状反反复复，恢复不到此前那番健康状况，张二哥心内对此十分焦虑。他担心若局势出现一些大的变化，或荣县那边传来不太好的消息，龙鸣剑受到刺激，很可能一下子病情加重。

由此，张二哥就想让龙鸣剑尽量减少些军中事务，安心养病，一切待他病情彻底好转，身体恢复了再说。

龙鸣剑却说，自己作为一军之主，责任重大，哪有不亲自处理军机之事的道理？所以，无论张二哥等如何进言如何劝说，他尽管卧于病榻中，仍每日坚持亲自视事。

龙鸣剑还做了硬性规定，凡军中大事，必报他知道并做最后决断。军营之外的各种消息，凡与全川与荣县大局有关的，不管是好消息，还是坏消息，也一律要亲报于他知晓。违者，将"军法处置"。

所以，尽管有刘太医的谆谆进言，张二哥等人还是不敢对龙鸣剑隐瞒坏消息。哪怕有些消息，会刺激龙鸣剑，让他病情加重，甚至令其吐血病症复发。

自分兵以来，龙鸣剑与王天杰所率东路同志军主力之间，一直保持着信使往来。三五天之内，就会有军中信使，持私人密信或军情通报之类，往返于荣县大本营及叙州军营两地，彼此互通消息，交换情报。

所以，王天杰也好，龙鸣剑也好，对彼此的情况，对两支队伍经历的战事战况、面临的局面等，大致还是很了解掌握的。

王天杰率主力回师荣县后，与吴玉章一起，筹划建立了全川乃至全国最早的革命新政权荣县军政府的情况，龙鸣剑也是知道的。这消息很令龙鸣剑欢喜与兴奋，他让张二哥马上在军中传达了，以鼓舞全军士气。

军务之余，龙鸣剑还对荣县军政府的建设、施政与运行等问题，做了一些深入思考，然后提出一些具体建议，写于信中，交信使带回荣县，供吴玉章、王天杰等人参考。

由于吴玉章、王天杰等领导人的杰出才干与艰辛努力，起初不管是成立荣县军政府，还是准备东征自流井，荣县大本营那边传来的大多是好消息。

可是，近段时间以来，荣县那边传来的，就不全是好消息了。龙鸣剑风寒染病，发展为吐血症以来，张二哥等人正犹豫着，若有较严重的坏消息，该不该向龙总指挥如实相告之时，一个惊天的坏消息，说来就来。

3. 情系荣县军政府

这天，突然传来东路同志军统领秦载赓，在井研县中计，被奸人所杀的消息。这消息，是王天杰致龙鸣剑的私信中写到的，张二哥等人想瞒也是瞒不住的。

当时，病榻上的龙鸣剑，正卧床静养，随身勤务郭老三端着一碗刚煎好的中药汤水进了屋子。

"龙总指挥，该吃药了，趁热喝了吧！"郭老三把那碗中药放在床前小柜子上，轻声招呼说。

龙鸣剑被郭老三扶起身，半坐于床上，正欲端起碗吃汤药，这时，张二哥进来说，荣县那边的信使来军营了，带有一封王天杰写给龙鸣剑的信。

龙鸣剑一听信使有王天杰的来信，放下手里的药汤碗，连忙就问："那信使呢？现在在哪里？"

张二哥说："信使正在厨房吃饭。"

龙鸣剑又问："天杰兄那信呢？在哪里？"

张二哥只好劝他："龙总指挥，你先把药汤喝了再说，等会药汤凉了不好。我这就去拿信。"

其实，王天杰那信正在张二哥身上。他不想立刻把信交给龙鸣剑看，是因为刚才在厨房陪信使吃饭的时候，就听信使讲了秦载赓在井研县遇难的事。他怕王天杰的信中会讲到这事，由此刺激龙鸣剑，引来病情反复。

在张二哥及郭老三再三劝说下，龙鸣剑好不容易把那碗已经温热的中药汤水喝下。他又催促张二哥，赶紧去信使那里，把王天杰那信取来让他过目。

张二哥没法，只好出门去，一个人在兵营里优哉游哉逛了半个多时辰。直到龙鸣剑又派勤务郭老三来催问，他才不甚情愿地回到屋里来，掏出王天杰那信让龙鸣剑阅看。

果然不出所料，龙鸣剑看着看着，脸色就变了。突然，龙鸣剑大叫一声："哎呀！秦载赓秦统领遇难了啊！"

龙鸣剑把王天杰那信看了又看，眼泪也下来了。到后来，他再也控制不住，在病床上号啕大哭起来：

"秦载赓，我的好兄弟呀！你怎么说走就走了啊！"

张二哥及郭老三等人见势不妙，连忙过来劝解安慰：

"龙总指挥，你要节哀！多保重自己身体为好！"

"龙总指挥，个人身体要紧，你眼下在病中，不宜太过伤心了！"

龙鸣剑半躺在病榻上流着泪说：

"你们不知道呀，他秦载赓秦统领对革命做出了多大贡献！"龙鸣剑悲痛难忍，对张二哥等人大声说道，"你们可知道？可以说，当初，没有他秦大炮秦载赓，就不会有资州罗泉井会议；没有资州罗泉井会议，也就没有全川各州县的同志军；而若是没有同志军在各地起事，也就不会有如今的革命局面，也不会有荣县军政府这些事啊！"

尽管张二哥、郭老三等人一再劝慰，龙鸣剑依旧哀情难忍，悲伤不已。他又让张二哥把那信使叫来，仔细问了秦载赓井研遇难的一些细节。问过之后，又挣扎着要起身，立马给王天杰写封回信，张二哥等人怎么拦也拦不住。

当天晚饭之前，龙鸣剑半躺在病床上，一边流泪，一边写信。这封给王天杰的回信，他写写停停，耗费的时间最久。一直到军营中已经响起了开晚饭的牛角号声，龙鸣剑才把这封回信写毕。

在这封给王天杰的回信中，龙鸣剑不仅交代了秦载赓后事的料理，以及如何对杀害秦载赓奸人及凶手进行缉捕，还着重谈到了如何巩固荣县军政府以及东征自流井等事宜。

龙鸣剑还特别提醒王天杰说，一定要从秦载赓遇害这件事情上吸取教训，提高警觉，加强他自身以及吴玉章等民军领导人的安全护卫，避免类似事件发生。

当天晚间，悲伤的龙鸣剑连晚饭也没吃。无论张二哥、郭老三等怎么劝说，龙鸣剑拿起碗筷，总是一口也吃不下去。

到了半夜时分，让人最担心的事终于发生了。已是夜间三更天样子，为秦载赓遇害悲愤不已的龙鸣剑，突然病症复发，又在吐血了。

而且，其症状比几天前更严重一些，不是痰中带血，而是直接口吐鲜血。

见此情景，一直守候在床头照顾龙鸣剑的郭老三难免有些惊慌失措。他赶快让司令部一名卫士，去把此前差不多守候了半夜，已经回自己房间睡觉的张二哥，重新叫了过来。

张二哥及黄老幺得到消息，匆匆赶到。一看那龙鸣剑吐血的架势，张二哥就知道，此番非连夜去惊动刘太医不可了。

他当即安排黄老幺带上人和滑竿，再去百花潭场上医所，把刘太医接到军营里来。

可是，刘太医平时不夜宿医所，他家住离场口两里地的刘家院子，每天早出晚归。黄老幺带着滑竿，在百花潭场上费了好大一番功夫，才在医所人等帮助下，于刘家院子将刘太医接到。回到军营里，天色已经蒙蒙亮了。

龙鸣剑躺在病榻上，时不时吐出一口鲜血。张二哥、郭老三等人守在床头，急得不得了。刘太医倒像是早料到龙鸣剑病势会有这种反复似的，依旧是面色沉稳，言谈举止不急不躁。

刘太医依次诊脉，望苔，察看气色，叩问病情。一番望闻诊切下来，他重重叹了口气，才提笔开方。

药方开好，刘太医将单子递给张二哥，说："仍去场上药铺照方抓药。"

沉吟片刻，又说："先吃上两服，看看情形再说吧。"

张二哥照例让黄老幺骑马赶去场上药铺抓药。这次来军营，刘太医还特地带来了几枚长短不同的银针，在龙鸣剑身上相关穴位处，分别扎了几针，以疏通肺上血脉，安神养气，调节阴阳平衡。

一番功夫做过，面对病情加重的龙鸣剑，刘太医又叹了口气，先是轻声安慰两句。沉吟片刻，有点欲言又止，迟疑一下，终于说道："龙总指挥，本太医这里有两句进言，不妨说来供君一听。总指挥病势如此，身体要紧，应是多多保重，自己好生将息。其他事情，当放则放，当宽心则宽心，病症才会由重转轻，由急转缓。所以，既来之则安之，个人保重养息为要。"

说罢起身道别，仍不要任何礼金，出门而走。

刘太医开的那两服药服过以后，加上那一番扎针功夫，倒真是把龙鸣剑的吐血症状给止住了。张二哥、郭老三等差不多终日守候在病床前的那些人，多少松了一口气。

但对张二哥来说，他心里仍有隐忧，担心龙鸣剑哪天又会因时局变化，或是啥子突发坏消息刺激，引发反复。

张二哥的这份担心，不是没来由的。果然，没到一周时间，龙鸣剑的吐血病症，就因一个突发坏消息刺激复发。

该消息称，官军与荣县民军在荣县成佳场进行了一场大战。结果官军大胜，荣县民军大败，伤亡惨重。龙鸣剑得知此消息，又急又气，悲痛难忍，吐血病症再次复发，多日不能下床。

此时的龙鸣剑，自知病情长此下去，恐怕不是办法。思索之下，他写了封致王天杰、吴玉章的长信。

信中，龙鸣剑对王天杰、吴玉章两人说，一定要千方百计保住荣县这个革命根据地。为此，他为荣县军政府和东路同志军献上了六策。

这六策分别是：求贤、筹饷、练兵、造械、保民、慎行。

最后龙鸣剑说，自己病情日重，恐今后难于统兵，他要王天杰赶快派人来，最好是王天杰亲自来把这支队伍带回荣县。

龙鸣剑将这封信写好，派军中信使快马急送荣县大本营那边。怕造成军心不稳，信中有些内容连张二哥他也没告诉。

这封急信送走后，龙鸣剑就一直盼着荣县大本营那边会有回音传来。可惜的是，此时王天杰正忙于东征自流井的战事，根本无暇分身他顾。

而吴玉章，此时正在考虑离荣赴渝的事。重庆那边，又是写信又是发来电报，催促吴玉章尽快赴渝。吴玉章的本事，更主要是行政管理方面及处理疑难事情方面，而不是领兵打仗。

因此，那些天龙鸣剑左盼右盼，盼来的却是一个更加令他伤悲的"坏消息"。

4. 壮志未酬，龙鸣剑病逝军中

那天下午，龙鸣剑起床去军营上厕所。自染病卧床以来，龙鸣剑大小解都是用身边亲随郭老三为他准备的便桶解决，平时很少去军营上厕所。

这两天，龙鸣剑吐血症状止住后，仍继续服刘太医开的药方，病情有明显好转，甚至可以下床走动走动了。

下午，一阵江风吹来，从清早就罩起的薄雾，竟然散了，天上晃出了一点阳光。午睡过后，风吹云散，军营内外更是遍地落满明晃晃的阳光了。

龙鸣剑看天气尚好，就不愿再在屋里解便，而是执意要去军营大厕所方便。又想顺便在军营走一走，享受一下这么好的阳光。卫队长黄老幺和亲随郭老三拗不过龙鸣剑，只好随他而去。

一千多人的一座军营，大厕所方便的人自然很多，且叽叽喳喳，一边解便，一边说话闲扯的人也不少。正是在上厕所的摆谈中，龙鸣剑无意中听到了那个"坏消息"，即传说中"荣县失守"的消息。

当时，有两个民军战士边上厕所边闲扯。其中一个说：

"听说，荣县军政府已被官军打下了，你知不知道？"

另一个战士正是荣县人，很关切地连忙问：

"你是说，荣县失守了？"

那人说："我是先前在乡场上，听茶馆里有人在说，不知是不是真的。"

两人这番话恰好被龙鸣剑听到了，他大吃一惊。当即把那战士带回司令部详问。

原来，那名战士午饭后，去场街上买点日用东西。之后看时间还早，就在场口茶馆里喝茶消闲。荣县失守的消息，正是他在茶桌上听两个茶客摆谈的。

龙鸣剑一心要弄明白事情是否属实，就让黄老幺立即去场口那家茶馆做详细打探。

得到消息的张二哥，也赶到龙鸣剑这里来了。其实，张二哥此前也听到了军营中有人在私下议谈荣县失守的事。他对此半信半疑，也派了人出去做进一步打探了解，却不敢让龙鸣剑知晓，担心其病情由此加重。

不料龙鸣剑到底还是知道了这事。张二哥怕此突如其来的坏消息造成龙鸣剑情绪波动，甚至急火攻心出意外，所以丢下军营中的其他事，匆匆赶来。

这时，龙鸣剑的精神状态已经不太好了，心事重重的样子，神色又有点焦躁，一个人在屋子里走来走去。

一个时辰以后，去场上打探消息的黄老幺终于回来了。黄老幺向龙鸣剑和张二哥报告说，场口那家茶馆里，午饭过了不久，确实有茶客在摆谈荣县失守的事。

最早是从两个做烧酒生意的茶客口中说出来的。两茶客都是叙府人，长年在自流井、富顺一带跑烧酒生意。两人前天在自流井，就听那边坊间有荣县失守的消息在传，说是同志军建的荣县军政府都被官军打下来了。

黄老幺还说，后来不仅场口那家茶馆，场街上的酒馆饭店、烟馆布店这些地方，也有人在议论传谈这消息。他分别仔细打听过，消息大都是从自流井、富顺那边过来的，也有从荣县过来的。

"这么多人都在说，看来，"龙鸣剑沉吟，神色不安，"这消息，有点像真有其事了。"

"我看恐怕不一定吧，"张二哥宽慰龙鸣剑，"再说，王司令那里，也没军报或书信传过来。若确有此事，荣县那边，无论如何是会有消息送过来的。"

龙鸣剑听了，一时没有作声，后来也没再说此事。晚饭前，龙鸣剑还接受张二哥建议，在军营中下达了一个"不得在军营中乱传荣县失守消息"的军令，为的是"防止扰乱军心"。

但龙鸣剑内心深处，忧愁更甚。恰恰那两三天，荣县大本营那边，不管军报也好，王天杰书信也好，都没音讯传来。龙鸣剑就更加相信荣县失守那坏消息是确有其事了。

当天晚上，龙鸣剑晚饭吃得很少，也不怎么说话。亲随郭老三伺候着，把晚间那服中药服过后，龙鸣剑就早早上床安睡。

上半夜倒没什么事。哪知到了下半夜，龙鸣剑突然又开始咳嗽，且越咳越猛。睡在同一房间，以方便随时照料的郭老三被惊醒，忙披衣起身伺候。

郭老三赶紧去厨房，打了一碗热水过来，试图让龙鸣剑喝一点热水止咳。然而，此时已旧症复发的龙鸣剑，那番咳嗽猛烈得哪是一碗热水能止住的。

咳嗽声惊动了卫队长黄老幺。不一会儿，睡在隔壁的张二哥也被惊动了，慌忙披衣起身，赶了过来。

而此时，咳嗽止住的龙鸣剑，又在开始吐血了。张二哥见情形不对，只好再遣黄老幺去场上接刘太医来军营。

此刻，天色已微微发亮了，军营里面，民军战士已经开始晨练。

张二哥去安排好晨练，又匆匆赶回，刘太医已经为龙鸣剑摸过脉，望闻问切之后，正在扎针兼按摩止咳。

经刘太医细心扎针按摩一番，龙鸣剑剧烈咳嗽终于止住些了，但病势仍重，不时大口大口吐血。

刘太医开好药方，一言不发地把药单子递给张二哥，又回头望望病榻上的龙鸣剑，告辞出门。

张二哥追至屋外，拉住刘太医的手，急切问：

"太医，龙总指挥这样子，不要紧吧？"

刘太医望望张二哥，又回头望一望龙鸣剑那屋子，沉吟片刻，直言相告说：

"要紧不要紧，也不完全是我太医说了算。龙总指挥若总是这样事事操心不已，过度忧虑悲伤，恐怕就是暂时把吐血症止住了，以后的情形也很难说的。"

沉默片刻，刘太医又对张二哥说：

"龙总指挥病势若如此反反复复，本太医身处乡场，毕竟医术有限，你们可去城里另请名家高手吧。"

张二哥心里明白，这大概是刘太医见龙鸣剑病势危重，已无力回天，说的一种托词，由此也更加忧虑。

龙鸣剑自此卧病不起，再也没有离开过病床。军营中各样事情，基本上全部交由张二哥，以及下面几个队长、队副在打理。一些重大事项由张二哥向龙鸣剑汇报请示后，大家商量着办。

直到此时，下面几个队长队副，对龙鸣剑病情之严重可能还不太了解。

但张二哥及卫队长黄老么,也包括亲随郭老三在内几个龙鸣剑身边亲信人物,实际上,对其恢复健康,重返民军统帅地位,已经不抱多大希望了。

最让张二哥心焦的是,万一龙总指挥病情加重,有个三长两短,这么大一个摊子,谁来收拾支撑啊?张二哥心里明白自己的分量,无论从资历、声望,还是实际本事,如俗话所说,他是"穿不伸展这身衣裳"的。可眼下龙鸣剑病势如此,今后如何,只有靠老天爷保佑了。

不过数日,军营中,又有消息传来传去。说是不单荣县军政府被官军打下,连王天杰、吴玉章这些首领也被官军捉住,眼下生死不明。

龙鸣剑闻此消息,更是悲痛欲绝,一连两天,几乎水米未进。那天下午,他挣扎着,突然从病榻上起身,来到房门口,手扶门框,朝荣县方向遥望。

一直在身边伺候的两个亲随,见门外风大,几次劝他回屋歇息。龙鸣剑仿佛没有听见的样子,仍倚在门框处痴痴遥望。

遥望良久,龙鸣剑长叹返身,勉强握笔写下一首七言绝句。

这首七言绝句,被后世称为龙鸣剑的"绝命诗",全诗如下:

> 槛边极目望三荣,思绪愁云四野生。
> 不识同群还在否,可怜我哭不成声!

1911年11月27日,卧病不起的龙鸣剑,于宜宾郊外赵家大院与世长辞。终年三十四岁。这个赵家大院,坐落于徐场场口一个叫杨家湾的地方。

下葬那天,周边一带赶来为龙鸣剑送葬的民众,多达一万三千多人。

龙鸣剑去世后,那支一千多人的同志军,果真如张二哥所料,军中无主帅,人心涣散,队伍没两天就散了,各奔西东。

首先,龙鸣剑一走,全军上下顿失凝聚力。从几个地方民团合并来的那批战士,也由原先的首领带回了各自的民团。有的人后来入了当地同志军,有些人则各谋其事。

那一帮以五通、犍为一带失业盐工为主的战士,仍集聚在张二哥周围,推举他为统领。不过,后来张二哥那支三两百人的队伍,并未带去荣县,回归荣县军政府。因为当时都在传说荣县失守的消息。张二哥不知消息真假,不敢冒险。

最后张二哥带着那三两百人队伍,辗转回了犍为、五通老家那边。路上又散失了一些人,到五通时,队伍已经不足两百人。其后由张二哥带着,加入了乐山那边的同志军。

只有龙鸣剑身边的亲随郭老三以及卫队长黄老幺等近两百荣县籍战士，在黄老幺带领下，取道回了荣县。其中多数人，后来还参加了王天杰东征自流井的战事。

5. 吴玉章筹建内江军政府

吴玉章是1911年11月20日离开荣县的。

其时，荣县军政府已成立了两个多月，县政及军政各事大体已步入正轨。王天杰所率的那支东路同志军，正忙于东征自流井的战事。

11月21日，吴玉章偕吴庶咸抵达自流井。其时，自流井已被多路同志军四面围攻。从大的局面来说，自流井的官方驻军巡防军及安定营，处于四面楚歌的不利境地。

但在自流井东西两个井场之地，尤其自流井街市一带，仍是巡防军的天下。各处要道，均被巡防军及安定营重兵把守。有些地方，还设了岗卡，盘查来往行人商贩。闹市各条街巷，时不时有巡防军巡逻警戒，他们甚至强行进入一些客栈旅店，对住店旅客任意搜查盘问。

总之，自流井街市内外，处处大战在即、险象环生。吴玉章和吴庶咸两人赶了一天路，抵达自流井已是黄昏时分。大街上好些店铺，已点亮了灯笼。一些抢夜市的商家小贩，也在街沿支起了夜市摊子，并向路人大声招揽生意。

进自流井街市后，如何住店，两人小有分歧。吴庶咸看巡防军各处警戒森严，主张为保险起见，干脆从竹棚子翻坡，去关外找个不起眼的小客店一住。

吴玉章沉思片刻说：

"不对，越是风暴的中心越安全。在眼下的自流井，这陕西庙的巡防军司令部，就是风暴的中心。我俩干脆去陕西庙附近，找个客店住下来，包管无事。"

这样，两人就在陕西庙不远处的兴隆大客栈住了下来。这里离巡防军司令部，也就咫尺之遥。

吴玉章选择住兴隆大客栈，还有一层心思。这次赴内江，再转重庆，为防路上出意外，两人都穿的是立领斜纹咔叽学生服，下身是西裤配皮鞋，一副留学生打扮。当然，赶路时穿皮鞋不便，两人仍穿草鞋。只是要进入贡井、自流井两处街市时，才换成皮鞋。

要说，这一招还真有效。在进贡井、自流井街市前的两处岗卡，守卡兵勇对入卡的行人及商家小贩，搜查甚严，所带背包或竹筐篮子之类，里面装有什么物品，一律要搜查一遍才放行。

轮到吴玉章和吴庶咸，守卡兵勇见两人这副打扮，盘问也没盘问，搜查也没搜查，就挥挥手，予以放行。

两人过卡之后，还听放行他们那个兵勇，在背后对另一个守卡兵勇小声在说：

"龟儿子两个是留学生，惹不起这些人！"

吴玉章和吴庶咸听了，相视而笑。

离开自流井后，两人一路奔波赶路，路上还有惊无险地过了两个官军设的哨卡，终于在11月23日那天傍晚，到达了内江。

当时内江的局面，与同志军围攻其后又彻底占领的自流井，以及已正式成立了军政府的荣县，有些不同。

当时的内江局势，介于荣县与自流井之间。荣县成立了同盟会主掌的军政府，自流井则暂时还是赵尔丰巡防军的天下。而内江这里，却是同志军与巡防军，各占一块地盘，基本上平分秋色。

巡防军地盘，在内江知县衙门所在地及靠东边一带街市。同志军却占着街市以西那一大块地盘。同志军这边，占的地盘更大，且人多势众。巡防军那边，地盘较小，人数上也处于劣势，但武器装备更好，火力更强。

抵达内江后，吴玉章与吴庶咸两人，马上和内江同志军方面取得了联系。

内江同志会总部里，其时主事的是喻学庵等同盟会会员。这个喻学庵，吴玉章是知道其人其事的，多少算是熟人。喻学庵是在广州起义中担任敢死队队长，最后成为著名黄花岗七十二烈士之一的喻培伦的父亲。

喻培伦在广州起义中战死的消息传来，也是同盟会会员的喻学庵，虽是悲痛，但没有退却，而是更加努力投身反清革命中。

全川保路风潮起来后，喻学庵即与内江当地同盟会会员一起，率先成立了内江同志会，并担任总部主要负责人。

参加完7月的资州罗泉井会议，喻学庵返内江后，即联系当地袍哥首领，将内江同志会改建为内江同志军，正式举起了武力反清的大旗。

吴玉章与喻培伦在东京留学时即相识，两人既是四川同乡，又都是同盟会会员，关系极好。喻学庵应算是父辈，但喻学庵久知吴玉章其名，又知他是同盟会总部派回四川，领导全川同盟会的负责人，因此对他也十分尊重，并寄予厚望。

"哎呀，玉章吴兄来内江了？"喻学庵认出了吴玉章与吴庶咸，顿时喜出望外，大声说，"简直是贵客光临，欢迎，欢迎！"连忙令手下安排茶水及晚上为吴玉章接风的酒菜。

吴玉章又向喻学庵介绍了同行的吴庶咸。

当天晚上，喻学庵置了一点酒菜，在总部一间客室，为远道而来的吴玉章及吴庶咸两人接风。内江同志军总部几个高层作陪。

席间，几个人边吃边谈。吴玉章对喻学庵及几个高层人物介绍了荣县的一些情况。尤其是着重谈了组建荣县军政府的经过，以及王天杰率领东路同志军准备东征自流井，截断赵尔丰军饷银子的计划。

喻学庵及几个总部高层听得津津有味，对吴玉章、王天杰等人之本事大加赞赏。

喻学庵自当了总部负责人后，一直感觉他身边可用之人太少，尤其是那种能为他分点担子，可称其左右手的人物。

饭后，喻学庵与吴玉章、吴庶咸茶谈时，就对吴玉章两人说，两位仁兄既然来了内江，不如就留在这里，助我一臂之力，共同把内江的革命事情办好。

吴玉章看喻学庵这里确实需要人相助，否则内江的局面难以打开。与官府及巡防军的对峙僵局，还会持续一段时间，胜负难料。

同时，看在已故喻培伦兄的分上，也该助其一力。商量之下，就答应暂留内江，助喻学庵把内江局面打开了再说。

喻学庵听了大喜，三个人商议之下，做了分工。喻学庵作为内江同志军统领，吴玉章与吴庶咸，分任他的左右助手。吴玉章在总部分管行政事务，吴庶咸则管军事行动，相当于参谋长角色。

从第二天开始，吴玉章和吴庶咸两人，就在内江同志军总部，协助喻学庵打理各项事情。

也可能吴玉章两人真是坊间所谓的"福星"，也可能是革命大势真到了一个转折点，吴玉章两人到内江第三天，也就是11月25日，一个振奋人心，震动全川甚至震动全国的的消息，就从邻近的资州传来。那就是，清廷委派的钦差大臣，从湖北带新军来四川镇压保路风潮的端方，在资州被起义新军斩杀身亡。

内江距资州仅数十里，消息当天晚些时候就传了过来。喻学庵一听，兴奋得不得了，喜不自禁地直拍桌子，说：

"那些新军兄弟干得好啊！端方这个龟孙子活该挨刀！"

端起茶碗喝了两口茶，喻学庵又转头对吴玉章及总部几个人说：

"吴兄，你没看见，端方带兵过内江那两天，打马过街时，那耀武扬威的样子！钦差大臣架子摆得天大！完全是要把保路风潮打下去，要把四川踏平的样子！"

成都宣布独立的消息，是成都邮政局的同志军通过通电传过来的。通电说成都宣布脱离清廷，彻底独立了，正在筹划成立蜀汉军政府。

内江邮政局的同志军很兴奋，当即把成都宣布独立的通电，抄好了送到同志军总部来。主事的喻学庵更是兴奋，大声说：

"格老子，干得好啊！今天是啥个日子？好消息简直接连不断！刚刚资州那边送来消息，说钦差大臣端方，被他自己带入川的新军杀了，这边又传来成都宣布独立的通电，简直是双喜临门啊！"

这时，总部里边就有人建议说：

"我说，何不趁这个势头，点起我等同志军人马，现在就去把他县衙门，还有那巡防军兵营，一并给打下来？"

喻学庵一拍脑袋，说：

"对头，眼下肯定人心慌乱，军无斗志，事不宜迟，我等这时发兵，定可大胜而归。"

吴玉章和吴庶咸也说此刻机会难得，可趁势先取县衙，再打兵营。天黑前，哪怕同志军只拿下一处地方也是不错，毕竟眼下官府是大势不再。

喻学庵当即下令，调动内江同志军全部主力，兵分两路，由他和一个副统各率一队，直扑内江县衙门和巡防军兵营。

吴玉章留守总部，准备接应。吴庶咸则随喻学庵带队出击，在军中协助指挥。

此时，端方在资州被杀，以及成都宣布独立的大好消息，已在同志军上下传开，全队士气大振。

却没料到，等喻学庵和吴庶咸带的那队同志军人马，赶到县衙门时才发现，偌大一个内江县衙门，已是人去楼空。不说知县、师爷、典史、书办这些官员，连捕快、衙役、门丁、轿夫这些人等，也跑得一个不剩。

喻学庵留下一小队人，搜查接管县衙门财物。自己和吴庶咸又带队去增援打城外兵营。哪知，城外巡防军兵营那边，也是一座空城。从营官到兵勇，也是一个不剩，都逃跑了。

不到一个时辰，内江同志军兵不血刃，就把县衙门和巡防军兵营两处重要地方给占领了。转眼整个内江县，都成了同志军的天下。

喻学庵虽已是父辈年岁，却和王天杰一样，是个性格豪爽且有些外露的人。他当晚又在同志军总部置了不少酒菜，庆祝同志军大捷，兼款待吴玉章和吴庶咸，一众高层作陪。

喝酒吃菜间，喻学庵兴致勃勃地夸吴玉章和吴庶咸，果然是两位"福星"，到内江一来，这里不仅双喜临门，同志军还一举夺下了县衙和巡防军兵营两处要地，整个内江，顷刻间成了同志军天下。

吴玉章和吴庶咸当然也很高兴，但坚决否认"福星"一说。说这都是大势所趋，也是内江同志会和同志军此前一番努力的必然结果。眼下几件事凑到一起来了，不过水到渠成罢了。

一顿酒饭吃过，喻学庵把吴玉章和吴庶咸两人，以及那位副统留下来喝茶议事。喻学庵要与几个人商议内江的大局，以及眼下首要该办的事。

喻学庵对吴玉章说："吴兄，你见识广，经验多，你来给我们出出主意，看我们这里，怎么利用这番大好形势，把内江的革命打开一个新局面。"

吴玉章沉吟片刻，说：

"我说，是不是先把内江军政府尽快给建立起来？"

旁边当即有人赞同说：

"对头，我们应当赶快把内江军政府建立起来，这是首要大事。军政府建立起来，许多事情才好办。"

喻学庵也是个说干就干的人，一说要建内江军政府，他当即拍板决定，第二天就干，先把军政府成立起来再说。

几个人连夜商定了成立军政府的相关事宜。一是，第二天开军政府成立大会的地点，以及组织民众参加，还有会场布置和宣传等各样杂事。二是，这内江军政府的机构设置及主事人员安排。

因吴玉章有筹建荣县军政府的经验，喻学庵就让吴玉章主讲，并主要按吴的意思，来组建这个内江军政府。

当晚，几个人商议到深夜，才弄出个基本头绪。

第一，军政府成立大会于明天上午晚些时候召开，地点在内江城区的天后宫。天后宫的戏台比较大,可做成立大会主席台。

第二,军政府设民政、军政等部。最后商议结果是,喻学庵德高望重,在内江功劳甚大,任内江军政府首任知事。吴玉章擅长管理及行政事务,出任军政府民政部部长。吴庶咸懂军事,出任军政府军政部长。

1911年11月26日,内江军政府成立大会,在城区天后宫如期召开。成立大会非常隆重,那天,天后宫内外,同志军的旗帜招展,军号声、鞭炮声响个不停,有近万民众前往天后宫参加成立大会。

主席台上,喻学庵主持大会。简短开场白之后,由吴玉章发表了慷慨激昂的演说。

多年后,吴玉章在回忆这次演讲,以及成立内江军政府的这段难忘经历时说:

"我在戏台上宣布革命宗旨,主张建立革命政权,立刻展开革命旗帜。群众欢呼万岁,声震瓦屋。我当时如意大利的马志尼在舞台上宣布独立一幕的重演。我从奔走革命最荣幸快活之事,无过于此的。"

吴玉章在群众的一片欢呼声中,正式宣布成立内江军政府,内江彻底脱离清王朝的统治。

其后,成立大会通过了喻学庵任内江军政府首任知事,吴玉章出任军政府民政部部长,吴庶咸出任军政府军政部长等提议。

时年,吴玉章仅三十三岁。

6. 吴玉章重庆平叛

内江军政府成立后,吴玉章的组织管理能力再次得到发挥。在他的主持调度下,军政府各项事务,运作处理得井井有条,为任知事的喻学庵减轻了不少担子。

本来,喻学庵一直想把吴玉章留在内江,甚至还提出,让吴玉章来任军政府知事一职。但此时,邮政局一连几天送来重庆军政府发过来的电报,要吴玉章即刻赴渝。

喻学庵见吴玉章挽留不住,只好提出,无论如何也要把吴庶咸留在内江,协助他工作。如此,吴庶咸就留了下来,吴玉章一个人独自赴渝。

离开内江后,吴玉章中途在江津待了一天,会了一位当地的同盟会友人,顺便考察了一下当地革命局势，于12月初抵达重庆。

重庆这边，之所以一再电招吴玉章即刻赴渝，是有原因的。

其时，刚成立不久的重庆蜀军政府，遭遇了一场内部危机。而且，这危机的严重程度，可造成蜀军政府的分裂，甚至被颠覆，极需吴玉章这种在同盟会内有相当地位，有实际能耐，又富有胆识决断的资深党人来协助处置。

重庆蜀军政府成立于11月22日。当时，有同盟会会员身份的新军军官夏之时，率在龙泉驿起义的新军等千余之众，由浮图关进入重庆。当天，在渝党人杨庶堪、张培爵等，通电全国，宣布重庆独立，蜀军政府在原巡警总署成立。张培爵任军政府都督，夏之时任军政府副都督。

省城那边，虽已于11月27日成立了大汉四川军政府，但其时赵尔丰尚在成都，军政府里面，立宪派党人亦多，局势尚不明朗。由此，党人掌权的蜀军政府张培爵等决定发兵西征讨赵。

蜀军政府的西征军，拟兵分三路，西征成都。当时任命参谋长但懋辛兼中路支队长；总司令林绍泉兼北路支队长；第一纵队长向寿荫为南路支队长。

军政府任命下达后，却遭到抵制，有人不执行命令不说，还公开撕毁任命书，大闹总督府。这人就是身为总司令的林绍泉。

这个林绍泉，原是赵尔丰手下新军的一名教练官。他既非革命党人，也不支持或倾向革命，只是一个偶然机会混入了起义军中。

原来，赵尔丰派他带人去资州迎接端方。哪知在龙泉驿，正碰上夏之时率新军起义。林绍泉见大事不妙，就投靠了起义新军，一路进发到重庆。

林绍泉在新军中，军阶及地位比夏之时高。蜀军政府初建，党人政治上还比较幼稚，对军权不太重视。为尊重他，夏之时就推荐林绍泉，就任军政府总司令一职。

但林绍泉并不满足，且有野心，与一些新军军官暗中勾结，试图伺机颠覆立足未稳的军政府，自任都督。

蜀军政府西征任命书一发，林绍泉就借题发挥，公开闹事。他以军政府有人在排挤他为名，带枪闯入总督府，当着张培爵、夏之时的面，将自己那份任命书撕毁，还破口大骂不止。

幸亏当时有人劝阻，才没闹出更大动静来。林绍泉恨恨而退。

接下来，林绍泉一方面支持手下亲信军官到处扰民，在公众中败坏军政府声誉；另一方面，又试图收买张培爵、夏之时的卫士。同时，还暗自密令原部下余某，从泸州调防军一营来重庆，配合其政变（余某带兵来渝时，林已失败)。

一时,社会上传言四起,人心惶惶。张培爵此前没带过兵,有点书生气。夏之时此前地位不高,在军中缺乏必要威信。两人都感到有点"压不住堂子",所以急盼吴玉章赴渝相助。

军政府内外党人都知道,吴玉章曾担任同盟会总部评议员,是孙中山信得过的人,这次又经总部派遣主持四川同盟会,众望所归。况且,在成立荣县、内江军政府等大事上,吴玉章亦显示了杰出才干。由此,张培爵也好,夏之时也好,对吴玉章都期望很高。

接风宴后,张培爵、夏之时两位都督与吴玉章,再加上杨庶堪,四个人在总督府关门密谈。

仔细听完几个人的情况介绍后,吴玉章沉吟片刻,说:

"我的看法,这事必须严肃处置。"

看了在座各位一眼,吴玉章带点决断地又说:

"眼下军政府初建,必须要严明法纪,才能维护革命政权。"

吴玉章沉思了一会儿,果断建议,应当以军政府名义,立即召开紧急会议,"实行军事裁判,以整顿军纪"。

吴玉章这个建议,当即得到大家赞同。有吴玉章撑腰,身为都督的张培爵气魄也来了,胆子也壮了。他当即表态说:

"事不宜迟,这个紧急会议,干脆今晚上连夜召开,如何?"

事情就这样定了,召开军政府全体成员紧急会议的通知,当即发出。为安全计,通知规定,凡出席紧急会议人员,一律不得携带武器。与此同时,对整个总督府内外加强了警戒。

紧急会议由都督张培爵主持,夏之时副都督介绍事情经过。哪知,平日骄横惯了的林绍泉,根本不把张、夏两都督放在眼里。

夏之时话音刚落,林绍泉即站了起来,气势汹汹带点挑衅的口吻说:

"要说罪,我林某罪多得很!砍关防,其罪一也;撕委任状,其罪二也;辱骂都督,其罪三也;闹军政府,其罪四也。今天我就想看看,看你们能把我林某怎样!"

说完,他坐了下来,还有恃无恐地环顾左右一番。果然,出席会议人员,慑于林绍泉的权势淫威,竟然没有一个人敢说什么话。杨庶堪不是军政府成员,没有出席会议。

会场死一样沉寂了两三分钟,正当林绍泉有点扬扬得意,再次环顾左右时，吴玉章不慌不忙地站起来发言了。

一开始，林绍泉也没把年仅三十多岁的吴玉章放在眼里。却没料想，吴玉章的发言，起初并不说具体事情，而先从革命道理讲起。他说：

"我们革命党人，革命的宗旨是推翻清朝的专制政府，实行民主政治，解除人民痛苦，并不是以暴易暴。我们革命党人是不悔鳏寡，不畏强暴的。主持正义，打抱不平，正是我们革命党人的本色。"

讲到这里，吴玉章突然话锋一转，朝林绍泉那边看了一眼，口气严厉起来，说：

"如果我们今天刚一胜利，就横行霸道，和清朝官吏一样，实在违反革命初衷。所以，我认为对违反法纪的那些人和事，该严肃纪律的，就得严肃纪律！该法办的，必须法办！"

那天晚上，吴玉章的发言，实际上变成了他宣传革命党人理念，以及必须严肃军纪法纪的一次演讲。吴玉章本身口才就好，具有很高的演讲水平，他一气讲了一个多小时，把在场者深深打动了。大家对吴玉章所说的，无不赞同，无不折服。

而起先还骄横跋扈、不可一世的林绍泉，却越听越不是滋味，越听越感到坐立不安。

吴玉章当然注意到这些情况。他决定来个因势利导，趁热打铁，立刻就建议说，应当把这个紧急会议，改为"军事裁判会"。

在座者多数表示赞同，并纷纷推荐吴玉章来担任裁判长。

主持会议的张培爵，也顺水推舟，当即做出决定，马上开军事裁判会，并委任吴玉章为裁判长。

吴玉章也不推辞，慨然坐上了临时设置的裁判长席位。军事裁判会开始后，吴玉章胸有成竹，一条一条地历数军政府成立，林绍泉担任总司令一职以来的罪行。然后大义凛然地宣布，"林绍泉违背了革命宗旨，危害了人民利益，无异企图推翻革命政府"，按照军法，应当"判处死刑"！

此时的林绍泉，已经面如死灰，此前的骄横威风全不见踪影了。在场与会者，多数赞同这个判决。夏之时副都督的态度却稍有犹豫。

加之，另外也有几个人为林绍泉求情，并愿意担保，吴玉章沉吟片刻，这才改判宣布说，决定免林绍泉一死，但立即撤销其一切职务，遣送回湖北老家。

这时，只听吴玉章语气严厉地大喝一声：

"来人，把触犯军法的林绍泉，押出去！"

张培爵事先安排的几个卫兵，当即持枪闻声而入，将林绍泉扣押。这个紧急会议及其后的军事裁判会，完全达到了预期效果，蜀军政府面临的一场政变危机，迎刃而解。

次日，夏之时安排一个姓曾的军士，雇船送林绍泉回湖北。大概夏之时也觉得前晚军事裁判会上，表现得太过软弱，有点不妥，怕日后留下隐患，就对曾姓军士私下交代，让其半道上伺机将林除掉。

当船行至一个叫野骡子的地方时，趁林绍泉在船头小解之机，曾姓军士乘其不备，将之推入河中毙命。

12月8日，吴玉章又主持军事法庭，将阴谋参与叛乱的舒伯渊、周维新、周少鸿、汤维烈等林之爪牙，处以死刑。林绍泉从泸州调渝企图增援其政变的那一营部队，也被军政府瓦解。

至此，以林绍泉为首的少数新军军官所策划的一场未遂政变，被彻底粉碎。

为重庆军政府顺利平叛，是吴玉章继成立内江军政府之后，为四川辛亥革命所做的又一杰出贡献。作为亲历者之一，也是辛亥革命元老之一的向楚先生，在其回忆录中评价说：

"此次勘定反侧（指平息了动乱），奸不得发，实得力于玉章到渝主持大计。"

第十八章　王天杰蒙难始末

1. 不愿做官，解甲归田

为辛亥革命及荣县独立做出杰出贡献的著名"荣县三杰"中，要数王天杰后来的遭遇最为不幸，其结局也最为悲惨。

辛亥革命成功后，本来，王天杰已将手下那支东路同志军尽数遣散，自己也解甲归田，回荣县老家王家坝过闲散平静日子。

1912年开春不久，王天杰受朋友之邀，专门到成都一走，并约好友龚郁文一路同行。

盛情邀请王天杰专到成都一走的朋友，各种路数都有。有过去在同志军中的一些战友乃至部下，后来又投军来到省城的；也有当年因秦大炮关系相识，与之有交情的省城周边各县袍哥领袖；还有一些已在省城军政各界有了相当权力地位的荣县籍人士。

总之，那一阵，盛邀请王天杰到成都一走的信函电报，就有数十封之多。面对这些盛情邀约，王天杰有些坐不住了。有一天，他拿着几封信函电报，去找龚郁文讨主意。

龚郁文一笑，说："这有啥子为难的？你仁兄去成都走一趟就是。"

王天杰摸了摸脑壳，还是有点为难，说："成都那么大，我一点都不熟。好些地方，我连庙门都摸不到，恐怕会让人笑话。"

想了想，又说："除非大胖你陪我走一趟。"

如此，那年清明节之后几天，在龚郁文陪同下，王天杰果真去了省城。

其时，民国初建，省城各处呈现一派天下已定，百业待兴的蓬勃气象。

民众对新建的民国体制，以及四川军政府热情很高，虽说有些人对此番千年之变，多少有点不解与迷茫，但大多数人对前景表示乐观，对未来充满期望与信心。

由此，省城各界人士，包括大多数民众，对在这次保路运动以及四川独立中做出贡献的革命功臣，有着很深的敬意。

此时的王天杰，虽年仅二十多岁，但其最早领导五宝起义，其后又有一系列传奇经历，尤其是主导成立全川最早的民军政府——荣县军政府的业绩，被许多省城民众赞赏，不仅视之为辛亥功臣，而且是传奇色彩很浓厚的英雄人物。

因王天杰曾经在东路同志军中任过秦载赓之后的第二统领，一些省城民众，就亲切地称呼王天杰为"王二统"。

王天杰到成都后，无论在什么地方，一经露面被人认出，好些民众就会很欢喜且有点兴奋地对人大声说：

"快看，王二统来了！你看，那就是王二统！"

当即就有人围上来，朝王天杰左看右看，议论不已。热心的，还会上前招呼问候几句，或是过来敬烟献茶。

其时，荣县人但懋辛在成都府任知事，在省城亦有公馆。听说王天杰、龚郁文到成都来了，但懋辛就向手下捕头发话：

"这个王二统，既然到了省城，怎么不来看我？快去，快去！跟我把王二统接到公馆来，我要陪这个小老乡，好好喝一顿大酒！"

捕头领命而去，派了好几个手下兄弟，在省城东寻西找。几经打听，才在盐市口附近青石桥街上，一家荣县人开的盐号里，把王天杰、龚郁文两人找到。当即备轿，把两人接至但懋辛公馆。

但懋辛在民国时的四川，可是个尽人皆知的人物。他是荣县方家冲人，生于光绪十一年（1886），天资聪明，幼时即好学，熟读四书五经，且善思考。

十四岁时，但懋辛与熊克武就读于荣县书院。1904年，但懋辛赴日本留学，得以同孙中山、黄兴等同盟会领袖相识。1905年，由孙中山及黄兴主盟，但懋辛在东京加入同盟会，是最早的同盟会会员之一。

辛亥年四月，但懋辛参加了著名的广州起义。起义失败，但懋辛与熊克武躲藏在一公厕。他主动将一条假辫子让给熊克武，助熊逃脱，而他自己被官军所俘。幸亏审讯时，遇广东巡警道道台王雪橙，该人是四川华阳人，对但懋辛这个年轻同乡，颇生怜悯之心。又敬重其堂审时一副大义凛然、视死如归的气概，有心要救他一命。于是在其供词上，亲笔加上"自首"两字。后经两广总督张鸣岐批示："着即押解回籍，交地方官严加管束。"但懋辛就此捡得一命。否则，广州黄花岗烈士墓里，会多一个四川人，而且是荣县人。

辛亥年八月，但懋辛返四川参加辛亥革命，一度在重庆蜀军政府任参谋长。后调泸州任川南军总司令。民国元年，川渝军政府合并后，但懋辛调成都府任知事。

"你个王二统，怎么到了省城，都不来看看我？"那天两人一见面，但懋辛就半开玩笑地朝王天杰、龚郁文两人说。

"哎呀，但兄但知事，"但懋辛比王天杰要年长两岁，经历也比王天杰要丰富一些。王天杰连忙双手抱拳，朝但懋辛连连致意，又打着哈哈说，"我怕但兄但知事公务繁忙，怎敢轻易上门打扰？"

但懋辛一听，当即就笑了，说："民国初建，百废待兴，平日里公务是有些忙。不过再忙，像你王二统这种荣县老乡来了，也得约来聚一聚，喝一点老酒，摆点家乡龙门阵是不是？"

没等两人表态，但懋辛又朝王天杰说：

"今天既然你王二统和龚兄，一起来了我这里，别的不说，酒是要喝一场的。"

王天杰和龚郁文两人对望一眼，只听但懋辛又说：

"也正好，前几天有人从泸州那边，给我送来了两瓶好酒，说是当地百年老窖酿造出来的。今天就拿出来开了，我等几个荣县老乡，好好品尝一顿那老窖酒，怎样？"

中午，但懋辛果然设家宴款待王天杰、龚郁文两人，还特意找了成都府衙门供职的两个荣县人作陪。

一个是衙门文案师爷，姓陈，荣县双古人，是个前清秀才，与龚郁文也认识。另一个是但懋辛的远房侄子，在成都府衙门任警卫。两人都是但懋辛当年带来出去的荣县老乡。

席间，但懋辛还郑重其事地朝王天杰说："二统，干脆你到我这里来，我们一起共事怎样？"

沉吟一会儿，但懋辛又说："先到底下保安团，从团副干起，等有了点资历与实践，再升团长。"

喝下一口酒，但懋辛很豪气地说："总之一句话，只要我但懋辛在政军两界一日，就有你王二统在的一个位子。你看如何？"

但懋辛又看了旁边的龚郁文一眼，又说：

"至于龚老师，也可一同到我这里来，任个咨议或顾问什么的都可以。早听说龚老师学问很大，也便于随时请教。不知两位意下如何？"

听罢但懋辛此言，王天杰哈哈一笑，说，"但兄，这位郁文龚兄不简单得很。我跟你说吧，龚兄不仅学问很大，还熟研《易经》，懂阴阳之术，平时既可与人看相，掂字拆八卦，还知天象。有时夜观天象，从星象图观天下大势。郁文龚兄，真正高人一个。"

但懋辛一听，当即对龚郁文大感兴趣，连连抱拳施礼，说："哎呀，本人有眼不识泰山，还望龚老师多多包涵。"

又说："待吃过午饭，下午喝茶时，不妨请龚老师为本人看看相，或是掂字起个卦，看一看命中之天意如何。"

那一顿酒饭，吃得十分尽兴。几个人，把那两瓶泸州百年老窖好酒喝了个精光。

饭后，两个作陪者，陈姓文案师爷和在衙门任警卫的远房侄子，均告辞退下。主客三人下午在花厅喝茶。其间，但懋辛果然请龚郁文看了看相，后来又掂字卜卦。

龚郁文在看相卜卦之前，即对但懋辛有言在先。他说：

"但兄，事先申明一句，一般我是不会为朋友熟人看相或卜卦的。这是因为，我看相也好，掂字卜卦也好，从来就是有啥说啥，直言相告。因为那是天意，或命中注定。可是，有些人命相不好，或是掂字起卦中有灾祸，若对朋友熟人直言相告，就可能得罪他们。若不直言相告，甚至讨好胡说，则有违本人良心，亦违天意。所以，此话说在前头，到时别怪在下冒犯。"

但懋辛点点头，很大度地说：

"龚老师放心看去，你尽管有啥说啥，直言相告无妨。不管命相好坏，本人不会多心。你我都是留过学，接受过新式教育的人，既可以将其看成命中注定，也可以将其看成人生戏言，一笑置之了事。"

龚郁文点头说："那就好。"

遂摆开架势，为但懋辛看相。照例先看面相，再看手相。手相看过，龚郁文又盯着但懋辛脸面，看了又看，沉思不语。最后，又掏出随身带着的一副卜牌，让但懋辛随口说了一个字，遂为之起了一卦。起卦后，龚郁文在那里推演，好一阵，依旧沉思不语。

但懋辛在一边，与王天杰对坐喝茶，有一句无一句地聊天，说点闲话。虽说他面色平静，谈笑如常，但心里面，其实仍多少有些不安。尽管但懋辛自己也说过"不管命相好坏，尽管有啥说啥，直言相告无妨"这些话，但他还是怕龚郁文万一说他命相不好，弄出来的结果，于他今后人生事业有碍，甚至有灾有祸，那可就是一件恼人之事。

正忐忑着，没料到龚郁文推演摆弄一阵，又沉思不语一阵，却突然面色开朗起来，且微微带点笑意。少顷，龚郁文收起演卦之长牌，端起面前没大动过的那碗盖碗茶，揭开盖子缓缓喝过一口，才对但懋辛开口道：

"恭喜但兄，在本师看来，老兄面相是好面相，手相亦是好手相。都是福相，也即坊间俗称的大富大贵之相。"

看了看坐在上位，面色已经明显带了喜色的但懋辛，龚郁文又说：

"至于但兄之卜卦推演，亦是上等卦象，可谓十年之内，无灾无祸。总体看，但兄真可算吉人天相，命理极佳。可喜可贺！"

但懋辛一听此话，正忐忑不安着的心，一下子就放了下来。他顿时望着王天杰、龚郁文两人眉开眼笑，一旁的王天杰见此，也连忙朝但懋辛抱拳贺喜，说：

"恭喜！恭喜！恭喜但兄，天生如此好命相！"

再喝过一口茶，龚郁文看了看正向但懋辛抱拳贺喜的王天杰，又朝但懋辛望上一眼，说：

"要说喜，但兄还有喜，而且还是大喜。在下依命理卦象推断，三年之内，但兄在职位方面，还会百尺竿头再朝上走，高升一步。"

龚郁文此话一出，当即语惊四座。不仅是坐主位的但懋辛大喜过望，就连坐客位的王天杰，以及在客厅里担任警卫的卫士，在一旁伺候照料的贴身副官亲随，听见这话，也都喜笑颜开，一个个乐滋滋的。

不过，但懋辛虽说心中欢喜，但嘴里仍要客气几句。同时，更坚定了把王天杰、龚郁文两人留在自己身边的想法。

也不知是龚郁文看相或卜卦确实很准，还是但懋辛自己本来就吉人天相，官运亨通，后来但懋辛果然一路高走，在川省政军两界显赫一时。最后当上了川军军长，还一度兼任过省政府省长。

当然，王天杰也好，龚郁文也好，两人都没接受但懋辛相邀一起共事的提议。从以后的历史进程看，或者说是"事后诸葛亮"之见，若是王天杰、龚郁文当时投到了但懋辛帐下，在后来"二次革命"，起兵讨袁时，王天杰就可以大有作为，而不是为响应"二次革命"，匆匆忙忙拉起一支荣县民军，在当地起兵讨袁，孤立无援境地下，最后惨遭失败。

那次去省城，王天杰还有一个极大的失误——与在川军任职的周骏相识，最后还结了金兰之交，拜了把兄弟。周骏出身新军，投机革命后，在川军当上了一名团长。

其时，王天杰名声正盛。他指挥数千人的东路同志军，与正规巡防军部队大战并取胜，最后打得巡防军挂白旗投降。这种战绩，在全川成百上千支同志军队伍中，可说是唯一的。

由此，省城政军两界高层，很看重王天杰的军事指挥才干。有消息说，军界高层一直想把王天杰招至川军中，委以重任。

周骏本身就是一个趋炎附势、善于钻营的小人。听到这些消息，他辗转托人与王天杰结识，并在省城一家高档酒楼，设宴款待王天杰。席间，周骏极尽吹捧之能事，说了不少殷勤献媚的讨好话。王天杰本身是个没啥心计的人，一度被周骏迷惑。最终与周骏结了金兰之交，拜了把兄弟。

龚郁文在一边看得很清楚，认为周骏这番举动，动机不纯。且他看周骏之面相，就断定其深具小人之相。他再三提醒王天杰，对周骏这种人，一定要防着点。

哪知，王天杰对龚郁文的进言，并不放在心上，还说：

"古话说，人上一百，形形色色。大千世界嘛，肯定啥子人都有。能打交道的，就多打点交道。难于打交道的，就少打点交道。如此而已，何必太在意？"

后来，果然如龚郁文所料，两年后"二次革命"起兵讨袁时，王天杰在永川死于周骏之毒手。不仅如此，还把龚郁文的命也赔上了。

2. "二次革命"起兵讨袁

省城归来后，王天杰真正过起了一种田园诗书生活。这次去省城，除了访友拜会各方人物，王天杰还同龚郁文一起，先后逛了杜甫草堂、武侯祠这些名胜。

到这些有着深厚历史文化积淀的地方走一走，王天杰感触甚深。

这些名胜古迹，王天杰此前也来过，但那时年轻，阅历少，可以说还未真正懂世事。只不过像一般游客旅人一样，匆匆一走，未能领悟到其中蕴含的丰富厚重历史文化内容，尤其是其中的精髓。

而这次不同了，一是这两年经历了保路运动、五宝起义、荣县独立等重大革命事件，以及其后的北伐成都、东征自流井一系列战事，可谓经历过大风大浪，王天杰比此前成熟多了，阅历也丰富多了。

二是，这次时间充足，不再像过去那样走马观花，只图"到此一游"了事。他有闲可以待在那里，对有兴趣的东西，如武侯祠那些对联，草堂寺里杜甫那些有名诗篇，驻足仔细观看品读，领略其精髓。

三是，此次有龚郁文为伴。龚大胖书读得比他多，眼界学识也比他强。这两处名胜，龚郁文来过多次，很知道哪些地方要细看深看，哪些地方不必太在意。有些地方，龚郁文还为王天杰做了必要的讲解介绍。

由此，这次逛杜甫草堂和武侯祠，王天杰感觉收获颇多。诸葛武侯及杜甫诗圣给他的教益多多，令其对人生，对社会，对历史文化的了解和理解也更深了一层。

不过，王天杰这种田园诗书的生活，并没有维持多久，就被国内时局的一场大变故给搅乱了。那便是袁世凯"称帝复辟"。

1912年2月，清朝最后一个皇帝宣统正式退位。中华民国当即成立，定都南京。

中华民国成立后，孙中山就任临时大总统。而此时，北洋军阀出身的袁世凯，手中拥有北洋重兵，是当时最大的实力派。

袁世凯利用手中兵权，进行各种阴谋活动，威逼孙中山辞职。1912年4月，各方压力下，孙中山被迫让位。袁世凯成功窃取了中华民国大总统职位，并将国民政府迁都北京。

然而，已经当上了大总统的袁世凯，并不满足于此。在身边一些小人鼓动下，利令智昏的他，居然逆历史潮流而动，做起了"复辟梦"，一心要当皇帝。

袁世凯复辟封建王朝，想当皇帝之举，遭到宋教仁等国民党人的强烈反对。袁世凯由此痛恨国民党人，并进行疯狂迫害与镇压。宋教仁时任国民党代理事长，是除孙中山之外国民党人最有声望的领袖。

如果说，孙中山是国民党的精神领袖，"教父"级人物，宋教仁则是国民党的主要筹建人。孙中山在日本成立同盟会，宋教仁和黄兴，是其主要推手之一。1911年，宋教仁与谭人凤、陈其美，在上海组建同盟会中部总会，宋教仁亲任总务干事。此同盟会实为中国国民党的前身。

1913年3月，中华民国第一届国会选举结束。经宋教仁鼎力奔波操作，在国会选举中，国民党获得大胜，极有可能取得"组阁权"。袁世凯对此大为恐慌。

正当宋教仁欲循欧洲内阁制惯例，以国民党党首身份，行使组阁权时，当年3月20日，袁世凯暗中支使洪述祖等，于上海车站将宋教仁刺杀，企图为自己实现皇帝梦扫清道路。

宋教仁去世时，年仅三十一岁。

宋教仁遇刺，激起了全国党人的愤怒。川籍党人黄复生、谢持，以及宋教仁的秘书等人，秘密组织"铁血团"，欲进京暗杀袁世凯，可惜未能成功。

1915年12月12日，袁世凯正式登基做了"皇帝"，改国号为"洪宪"，将公元1916年定为"洪宪元年"。

说起袁世凯"称帝"，当年还有个流传甚广的坊间传说，或者叫民间政治笑话。

当年，袁世凯曾在青楼结识了一个名叫沈玉英的苏州名妓，袁对其甚好。后来袁世凯落难，身上的钱也花光了。沈玉英不仅收留了他，让其住在自家，还拿出自己卖身的私房钱资助袁世凯。

其后袁世凯东山再起，得势后，亦感念其恩，将之正式收为姨太太。却说袁世凯登基做"皇帝"，举行"祭天大典"的前一夜，两人在房中谈及此事，沈玉英就问，自己是不是已经是皇后了？

袁世凯说："你一个婊子，也想当皇后？"

沈玉英也不肯示弱，就对袁世凯说："你一个流氓，也想当皇帝？"

两人言毕，皆哈哈大笑。

沈玉英虽说是个"青楼女子"，说的话却不无道理。袁世凯从本质上看，其实就是一个流氓，一个奸诈弄权，野心十足，为窃取利益和权力，不择手段的"政治流氓"。

袁世凯"称帝"消息传开，全国大哗。一些有识之士，群起声讨，纷纷通电反对。一些忠于孙中山三民主义及共和理想的地方实力派，则宣布地方独立，并举兵讨袁。这就是近代史上有名的"二次革命"。

四川的熊克武、但懋辛及重庆"辛亥元老"杨庶堪等，群起响应。

8月4日，时任川军第五师师长的熊克武，与杨庶堪、但懋辛等，在重庆宣布"通电讨袁"。随即，"四川讨袁军"在重庆成立。同时，川东、川北、川西等地积极响应。

袁世凯登基当"皇帝"的消息，传到荣县，王天杰气愤地对朋友和家人说："袁世凯这个龟孙子，野心实在太大了，不但窃取了辛亥革命果实，想做终身总统，还想当皇帝。这不是开历史倒车是啥子？"

又说："我等革命党人，追随孙中山先生，抛头颅，洒热血，好不容易才推翻了清王朝，建立了共和。袁世凯这个龟孙子，却来开历史倒车，要想恢复帝制，实在可恨！"

没两天，王天杰又收到熊克武写给他的一封亲笔信。熊克武在信中说，袁世凯窃取总统大权后，还不满足，大开历史倒车，要想恢复帝制，还大肆镇压反对他的革命党人。这时不起来反袁，我等革命党人，还更待何时？

王天杰立马去找龚郁文商量，又将熊克武那封私信，给龚郁文看过。

王天杰决定再次起事，响应熊克武等"二次革命"之号召，举兵讨袁。

3. 保卫县城的白石铺之战

然而，真正要举兵起事时，王天杰这才发现，此时面临的局面，与几年前的五宝起义相比，竟是完全不可同日而语了。

首先，是面临的大局不一样，缺乏相应的民众基础。当年，全川的保路运动风起云涌，县城也好，各乡镇也好，到处都成立了保路同志会。

其时，只要有人振臂高呼，可谓一呼百应。荣县独立、誓师北伐、会攻成都等，就是在这样的大局基础上搞起来的。

可眼下的局面，仅就荣县县城来说，民众基础比当年差远了。没有同志会在各界、各行业的鼓动宣传，县城民众对"二次革命"也好，"举兵讨袁"也好，反应都比较冷淡，完全没有了当年参与保路运动的热情和积极性。

其次，是组织领导问题。当年五宝起义，以及荣县独立和誓师北伐这些重大行动，从上到下，都有同盟会在参与领导和组织。而眼下的举兵讨袁，进行"二次革命"，则缺乏同盟会会员在这样的组织领导核心。

再次，也是最大的难题，是眼下在荣县的王天杰，要想再度举兵，实在是缺兵少将。

当年，王天杰举事，上有龙鸣剑这个带头大哥，身边还有一众党人及袍哥界朋友鼎力相助。一旦行动，可谓要风有风，要雨有雨，众星捧月，如鱼得水。而现今，身边仅有龚郁文、陈华丰等寥寥数人。

还有一个难题就是，王天杰欲再度举兵起事，无论在军费筹集，还是武器弹药方面，也是相当缺乏。此前五宝起义，王天杰办民团，得老父亲及岳父赵员外出资，充作军饷及购买武器装备。后来革命成功，王天杰将有数千之众的荣县民军遣散，又变卖了不少家产做遣散费。

如今，王天杰家产早已不比当年，再要拿出家产做举兵起事军费，难度相当大。

王天杰要再度举兵，所有这些都是挡在他面前的拦路虎。但王天杰是一个意志坚强的人，对理想、对真理的追求也相当执着。人生路上，他从来不怕任何困难。

王天杰与家人商量，获支持后，拿出一点家产。又分头找各方朋友，筹措到一点资金，几经努力，勉强把举兵军费凑齐。

至于兵员，原荣县民军旧部，遣散后大多各回原籍。现今，有些人依旧归乡务农，有些人自己立业做点小生意，成家生子，家有羁绊，不再可能出来应征入伍。

好不容易，王天杰在荣县里外，召集到少数旧部，再新征了一些民团团丁，拉起了一支三百多人的队伍。这是川南地域组建起的第一支"讨袁军"。

不过，王天杰这支"讨袁军"，武器装备也极为缺乏。原东路同志军那些武器，包括几门罐子炮，以及那些新式快枪，在队伍遣散时，早就处理掉了，现今已是踪迹全无。

王天杰新建"讨袁军"，也只好沿用当年五宝起义的老办法，从民间筹集长矛、大刀、鸟枪、猎枪、抬炮等传统老式武器。同时，在县城郊外，搞起小型军火厂，日夜不息地赶制一批武器。

讨袁军组建起后，王天杰在荣县向全省全国发出通电，宣布兴兵讨袁。

当时的川督胡景伊，是袁世凯的忠实爪牙。1912年3月20日，成都大汉军政府与重庆蜀军政府合并，成立四川军政府。却没料想，四川军政府成立后，被胡景伊窃据了军政大权。

胡景伊得知王天杰在荣县组建了"讨袁军"，通电讨袁，大为震怒。思索之下，令驻防乐山一带的川军刘存厚师，发兵荣县，予以镇压。

刘存厚得胡景伊电令，就近派出驻井研的乔营长，率两营川军部队，进击荣县。

此时,"讨袁军"初建,武器装备不足,也未经正式整编训练。王天杰尚在病中,得报乔营长率川军来袭,带病仓促应战。保卫县城的战斗就此打响。

王天杰与龚郁文、陈华丰等,率荣县"讨袁军"出西门迎敌。两军在城西二十里的白石沟相遇,遂展开激战。

这场白石沟之战,是辛亥年前后,发生在荣县城郊的真正大战,也是唯一的一场大战。

应当说,白石沟之战,也不算真正攻防大战,其实应是一场遭遇战。双方事前都没筑有阵地工事布防,都是临时展开队伍,各抢占有利地形,向对方出击。

这场大战,无论从人员数量,还是武器装备方面,来袭川军都占有优势。

王天杰这支"讨袁军"系临时起事,队伍建得比较仓促。人数上,也只有三百多人,不足一个营编制。乔营长所率川军,足有两个营,七八百人的兵力。

双方武器装备上,王天杰"讨袁军"战士,持有的多是传统长矛、大刀、羊角叉、鸟枪、猎枪、抬炮等,火力严重不足。

而川军装备精良,士兵一色新式快枪,还有小炮。且这些川军训练有素,亦有相当作战经验。

如此的实力对比,这场白石沟遭遇战,似乎还没开始,胜负就可以断定了。不过,作为荣县"讨袁军"主帅的王天杰,历经辛亥革命中的几场大战,已经是一个比较成熟,有丰富实战经验的指挥官。

此时,"讨袁军"实力明显弱于对手,但他毫不示弱,更不退缩,仍从容指挥队伍就地散开,利用地形,抢占制高点,沉着应战。

王天杰有黄泥塘大战的经验,那次,他率东路同志军东征自流井,在贡井西去的黄泥塘,与赵尔丰派驻盐场的巡防军相遇,双方展开激战。最终,他带领的东路同志军,竟然打败了赵尔丰的精锐之师,取得一场大胜。

不过,当时王天杰军有三千多人的队伍,手里还有几门威力很大的罐子炮。而如今,手里仅有三百多人,也没有了罐子炮,很难压制对方的快枪火力。

尽管如此,王天杰登上白石沟靠县城一侧山坡高处,观察了周围地势,以及对方态势,心中对战局大致有了底。

其间,还有个小插曲。双方正式开战之前,龚郁文突发奇想,称自己可以孤骑独闯敌阵，向对方晓以大义，交涉一番。万一说服了来犯的川军，让其自动退军，双方免于开战，岂不为好。

王天杰和陈华丰、赖君奇等，对此均有疑虑，认为不太可行，也有点冒险。但龚郁文坚持要试一试。王天杰也只好勉强答应，让其一试。

于是，龚郁文空手独骑，一路高喊着："川军兄弟们，我是来办交涉的，别开枪！"一路朝川军阵地那边走。

哪知，没等龚郁文走到一半，凶狠霸道的川军，就朝他连开数枪。龚郁文当即身中两枪，从马背上翻滚落地。陈华丰见势不妙，不顾个人危险，飞马冲过来，将中枪的龚郁文救起，扶于马上，再返回自家阵地这边。

万幸的是，龚郁文虽身中两枪，却都打在手上，非致命伤。

王天杰果断指挥着把军中仅有的三门抬炮，迅速在半山坡选好炮位，架起来就照对方轰了几炮。

这种老式抬炮，是民团装备的土炮，射程不远，杀伤力也不大，但能起一些威慑作用。果然，三门抬炮一连几炮打过去，虽说没给来袭川军造成什么伤亡，但把阵脚稳住了。

对面乔营长所率川军，见"讨袁军"这边有炮，虽说是土炮，倒也不敢大意。乔营长怕川军造成大的伤亡，就不敢下令强攻，而是将队伍分散开，各自选地形先隐蔽保护自己，再择机发动进攻。

如此之下，这场遭遇战，就变成了两军的一场攻防大战。双方互有攻守，战局成胶着状态。

王天杰让龚郁文指挥三门抬炮，时不时朝川军那边轰上一两炮。又令陈华丰带一支精干突击队，选对方薄弱之处，不时呐喊着发起突击，以压制川军的进攻势头。

在两军互有攻守态势下，这场白石沟大战打了一个多时辰，双方互有伤亡，却不分胜负。

乔营长见正面进攻受阻，川军一时难以取胜，心里也不免焦躁。他登上一个山岗高处，观察了一下战局及双方阵势情形，沉思一会儿，突然计上心来。乔营长当即将手下一个营副，以及一个连长叫到身边，低声吩咐几句。那两人即分别领命而去。

不一会儿，川军阵势就出现了一些变化。正面方向，川军重新展开攻势。实际上，这是想引诱"讨袁军"上当的一次"佯攻"。川军的另外两队人马，正悄悄从侧翼运动包抄，试图对"讨袁军"形成前后合围，一举击溃歼灭。

却不知，实战经验丰富的王天杰，对此早有防范。白石沟之战打响后，王天杰在正面战场之外，左右两座山岗之高处，分别布置了两处探哨，密切注视敌方动向。一发现异常情况，立即报告。

乔营长派川军人马从侧翼包抄的举动，当然逃不脱探哨的眼睛。两处探哨发现敌方动向后，当即用牛角号报警。左右两座山岗上，先后响起了牛角号声。

王天杰一听牛角号响起，心里即明白了对方意图。同时，他也观察到正面战场上川军的一些可疑变化，当即识破了乔营长之诡计。

眼见手下这支"讨袁军"，要陷入敌军前后夹击、包抄合围的险境，王天杰与龚郁文和陈华丰简单商量过，当机立断，下令全军撤出战斗。

军令一下，撤退的牛角号呜嘟嘟地响了起来，全体战士立即开始行动。

阵地上，"快撤！""赶快撤退！"的叫喊声、招呼声，此起彼伏。龚郁文坐镇中军，王天杰和陈华丰断后，荣县"讨袁军"全部人马，快速向县城方向退却，躲过了川军包抄合围的危险。

此白石沟之战，面对训练有素，人数与武器装备占优的正规川军，荣县"讨袁军"仅付出了伤亡十数人的代价。

带队伍脱离了险境，这支荣县"讨袁军"何去何从，是摆在王天杰面前的一大难题。作为一军统帅，首要关注的，肯定是整个部队和手下将士的安危。而作为一个荣县男儿，则要关注与保护县城内父老乡亲，以及商家民众的生命财产安全。

撤退途中，王天杰一路走，一路同龚郁文和陈华丰紧急商量对策。三人商量的结果，决定荣县县城不能守了。一是，大军压境，县城无险可守，要守，靠手中这点力量也守不住。二是，县城攻防战一旦开打，炮弹子弹没长眼睛，城内父老乡亲、商家民众之生命财产，定然遭受很大损失。

所以，王天杰同龚郁文和陈华丰商量后，决定弃城而走，不在县城与川军交战。

王天杰率"讨袁军"退出县城后，乔营长即带川军大队人马，欲占领荣县县城。却没料到，川军队伍刚抵达西门外的接官厅，即遭到阻拦。

有意思的是，出面阻拦川军开进县城的，是三个外国人。这三个洋人分别是"洋教堂"的王牧师、白牧师，以及教会医院的康医生。

像当年的清政府一样，以乔营长为首的川军，对国人可以狐假虎威，凶狠霸道，对洋人却不敢招惹，只能忍气吞声。经三个洋人一番交涉阻拦，乔营长只好答应，川军不进县城，驻扎于城外。

如此，乔营长带来的两营川军，一个营驻二佛寺，另一个营驻大佛岩山脚下。

4. 永川受阻，闯周骏师部不幸被害

从县城退走后，怕乔营长所带川军乘机追击，王天杰带着这支"讨袁军"，一撤就撤到双石桥才驻扎下来。

此时已是傍晚时分，场街上一些商家店铺，已点亮了夜市灯火。几百人的队伍，在场上那个小学堂，以及场口一大户人家的祠堂安顿了下来。

"讨袁军"战士，从早晨出发前吃了一顿早餐后，直到宿营，一整天水米不沾，此刻已是饥肠辘辘。宿营下来，龚郁文赶忙督促烧水做饭。王天杰又让陈华丰去安排场镇外的岗哨和警戒。

晚饭之后，王天杰又亲自带着陈华丰，一起去检查了岗哨及夜间警戒情况。

当晚，王天杰顾不得一天紧张战事的劳累困顿，与龚郁文、陈华丰、赖君奇几个人，在灯下商量这支"讨袁军"，何去何从，出路又在哪里。

几个人商量来商量去，对未来前景都没啥子把握。荣县短时间是打不回去了，因为从实力对比，无论如何，他们手中"讨袁军"这点人马装备，是打不过乔营长那两营装备整齐，又训练有素的正规川军的。

荣县打不回去，这支"讨袁军"又往哪里去？

有人就提议说："不如干脆朝重庆开，去投奔熊克武。"

对去重庆投奔熊克武的提议，龚郁文却不太赞成。他沉思了一会儿说：

"去重庆投熊克武之举，道理上是不错。能顺利抵达重庆，找到熊克武'讨袁军'大部队，固然是好。可是，恐怕事情不会那样顺利。"龚郁文口气一转，说出了自己心里的担忧。

迟疑片刻，他对王天杰和陈华丰两人说：

"问题是，我等这'讨袁军'，能否顺利抵达重庆？就是个问题，其间变数很多，风险也极大。据我所知，这一路上，都有川军驻防挡道。这些驻防川军大多数是效忠胡景伊的，会不会让我等通过，这事眼下就无把握。说不好，还可能会把我等这点人马趁机吃掉。这更是你我不得不防的事。"

龚郁文行事向来稳重一些，想事情看问题的眼光，也比其他人要深一点，远一点。他这番话一说出来，众人你望望我，我望望你，一时都无话可说。

但不去重庆投熊克武，这些人马又朝哪里去？几个人对此虽议论纷纷，各有说法，也确无更好主意。

沉默一会儿，龚郁文看了众人一眼，说：

"既然没有更好的去处，我看，不如找一个合适可靠的地方，把队伍暂时安顿下来。看一看大局如何发展，等待时机，再做打算。"

陈华丰就说："要说暂时找个安顿地方，我原先落草当山大王那双古山里，倒是合适可靠。"

王天杰对龚郁文这个建议，却不大赞成，他说：

"这支'讨袁军'若去双古那深山里，在外人看来，岂不成了落草当山大王？使不得，万万使不得。"

王天杰的意思，这支"讨袁军"，还是去重庆投熊克武为佳。他对众人说：

"我等这次再次举兵起事，是响应孙中山先生二次革命之召唤，讨伐篡夺了革命成果的袁世凯。既然叫'讨袁军'，就该走向讨袁的第一线，战斗在讨袁的第一线。此去重庆投熊克武，应是我荣县'讨袁军'的最佳选择，也是最好出路。不然，何以叫'讨袁军'？又何以对全县父老乡亲交代？"

王天杰作为全军主帅，当然说话更有分量，龚郁文也不便再说反对话语。事情就这样定了下来。随即让传令兵向各队队长传下命令：

"明天一早生火开饭，饭后即整队往重庆方向进发。"

王天杰当然不知，当晚他做出的其实是一个错误的决定。他更不知道的是，这个时候，在川督胡景伊各部川军的合力攻打下，熊克武之"讨袁军"已经战败退走，撤离了重庆。只不过当时因通信条件差，他这边没得到确切消息而已。因此，他即便率手下人马，顺利抵达了重庆，又哪里能找得到熊克武？王天杰毕竟太年轻，思索问题、行事都有点冲动，不够成熟。这也是他的悲剧所在。

龚郁文尽管对此行重庆有不同意见，内心对此多有忧虑，但也不好再说点什么。当晚，夜深人静之时，龚郁文睡前还悄悄卜了一卦。

一番推算下来，龚郁文眉头紧皱，忧虑更深。卦象显示，此番重庆之行，竟是凶多吉少，颇不吉祥。

这番卜卦推算情形，龚郁文不便多说，只是闷在心里。

果不其然，接下来的事情不出龚郁文所料，这也更加深了龚郁文心中的忧虑。

王天杰等带着这支几百人的"讨袁军"，走走停停，数天之后，好不容易行进到永川地界，却遇到一支川军队伍拦路阻截，被迫停了下来。这支阻截他们的川军队伍，是师长周骏所率的川军第二师。

开始，王天杰得知阻挡他们的川军，是周骏所部，完全没有在意，反而放下心来。他对龚郁文说："龚胖，这算不算是大水冲了龙王庙，自家不识自家人？周骏是我的把兄弟啊。那年在成都，我和他两个是拜过把，结过金兰之交的。周骏年长我几岁，我认他为大哥，他认我为兄弟。"

王天杰思索片刻，又朝龚郁文说道：

"龚胖，你看这样做好不好？我给周骏写封亲笔信去，看他卖不卖我的面子？信中只求他让部下放开一条通道，让我等到重庆去了事。至于两人政见合与不合，他反袁还是拥袁，暂时不去管他。"

王天杰看龚郁文没作声，又说："我想，就凭我和他周骏把兄弟一场，这点面子，恐怕还是要给的，龚胖你看要得不？"

要说，王天杰和周骏，两人还真是互相换帖，结了金兰之交，拜过把兄弟的。

这番情形，龚郁文其实是知道的。不过，俗话说，此一时，彼一时，如今的周骏，手握重兵，而王天杰，无权亦无势，两人地位悬殊，又久无往来，周骏还认不认你这个把兄弟？还卖不卖你王天杰的面子？这点却是未知数。最关键的是，此时两人已是政见不合了。川督胡景伊是袁世凯忠实爪牙，周骏如今跟着胡景伊跑，必然视"讨袁军"为对头，哪里还会卖你王天杰的面子？

当然，眼下赴渝受阻，进退两难，写封信去试一试，也未尝不可。龚郁文就没有否定王天杰写封亲笔信致周骏交涉一下的举动。但个人料想，此举不会有多大意义，得做另外打算。

果然不出龚郁文所料，王天杰这封亲笔信交过去，一连两天，周骏那里竟是毫无动静，连回音也没有一个。

更让人不安的是，有派出去的探子回来报告，说是周骏所部这两天又有异动，有一支数百人的队伍，大约一个营，已转到"讨袁军"的后方，距他们仅十数里之遥。

这才让王天杰、龚郁文、陈华丰等"讨袁军"高层，大为不安起来。

"龟儿子!"陈华丰愤愤然说,"周骏这小子,不仅阻了我等去重庆之路,连退路也给老子断了啊!周骏那龟儿子,到底想干啥子?"

龚郁文沉思着,一时没有作声,但面带忧虑之色。

面对这突发情况,王天杰与龚郁文、陈华丰两人商量,究竟该何去何从。三个人商量来,商量去,办法不外乎两个:其一,趁前后两路川军尚未合围之时,强力突围;其二,就地解散队伍,化整为零,分头混出包围圈。

"如此坐等下去,我看不是个办法,"王天杰神色严峻,想了想,朝龚郁文说,"实在不行,干脆我亲自去川军那里跑一趟,找周骏当面交涉交涉,让他放我'讨袁军'一马,你看要不要得?"

"那不行吧,"龚郁文摇了摇头,带点忧虑地说,"我的意思,恐怕得另想办法。"

"另外有啥子办法可想?"王天杰叹了口气,说,"事已至此,还能有啥子更好的办法?眼下局面,哪怕头顶上真有刀子,该去乘(川南地域方言,承担责任、重担的意思)的也得去乘,自己想躲也躲不掉。"

龚郁文显然不赞成王天杰此举,再次摇了摇头,不过,眼下他也拿不出更好的主意。

单枪匹马去面见周骏,一面叙当年金兰之交结拜之情,一面又对之晓以大义,以放这支"讨袁军"一条生路,王天杰的决心已定。

龚郁文再三劝说,亦无济于事,最后只得依他。

其实,就当时来说,王天杰这支"讨袁军"最好的出路,既不是东走重庆,也不是往西退回荣县,而是应该设法脱出周骏川军的包围,南走泸州,再从泸州南下进入云南。其时,熊克武、但懋辛等率的那支"四川讨袁军",在重庆失利后,已经借道去了云南。以后从云南东山再起,打回了四川。

可惜,当时消息不通,王天杰这支"讨袁军",失去了险处逢生、重整旗鼓的一次机会。

两人决定去见周骏之前,私下里,龚郁文又悄悄地卜了一卦。这次卜卦结果更糟,竟然是个"凶卦"。龚郁文深深叹了口气,担心王天杰此去,凶多吉少。

最终,龚郁文决定陪王天杰走这一趟。说不定到时随机应变,可帮忙给他出出主意。哪怕就是死,也是共赴大义,死得其所。

主意打定,龚郁文坚决要陪王天杰一起去师部见周骏。

这天下午,周骏正在处理一些军务事情,突然,师部副官带着大门口卫兵进来通报,说是王天杰本人,在一名叫龚郁文的胖子陪同下,来师部求见周师长,目前正在大门处卫兵室等候。

周骏先是一愣,随即不由自主地冷笑了两声。心里说,王天杰你小子知不知道,你这叫不请自来,送货上门啊!又冷笑了一声,你小子来得正好,省得我周某派兵去干上一仗。

在室内踱了几步,周骏朝副官发话说:

"先把那两人带到内室小客厅,给我暂时扣押起来,等候进一步发落。"

副官领命而去。王天杰和龚郁文两人,当即被副官领着几名卫兵,带到小客厅。假意说,在此等候周师长接见。

副官退出后不到五分钟,几名武装卫兵即一拥而进,将王天杰和龚郁文两人,分头扣留关押。

此后,周骏在那里思索一阵,让人将师部军法处长传了进来。周骏让军法处长将已关押的王天杰和龚郁文两人,连夜处决。

当天深夜,王天杰即被枪杀于永川城下,年仅二十五岁。

王天杰遇害后,冷酷无情的周骏还下令,不准任何人收尸。自王天杰牺牲后,一连在广场陈尸数天,无人敢来处理后事。

此时,在渝的荣县同乡张志高先生,素与王天杰交好,也十分敬重王天杰的为人与品格。他在重庆得此消息,匆匆赶来永川。

张志高花钱打通了关系,让有关人员同意其处理王天杰后事。

张志高先生着人把王天杰遗体收拾好,以白大绸裹尸,并购置上等棺木装殓。其后,将灵柩运回荣县安葬。

不过,当时县城及荣县全境还被川军控制着,风声甚紧,王天杰家人不敢公开祭奠。

直到第二年,风声稍息,王天杰的家人才敢按旧时习俗,郑重其事为死者做了"道场"。但这个"道场",也不敢做得太隆重,太惹人瞩目。

5. 龚郁文蒙难重庆大梁子

本来,当天晚上龚郁文是逃过了一劫的。他虽然与王天杰一起,同时遭周骏扣押,却侥幸得贵人相助,逃离了虎口。但不幸返乡遇阻,于途中被周骏派出的追捕人员搜出,于重庆市郊的大梁子遇难。

事情经过是这样的：当晚，龚郁文陪王天杰一起去周骏师部交涉，欲为手中这支荣县"讨袁军"队伍，寻求一个相对来说比较安全平顺的出路，却没料遭到扣押，周骏还下达了当天夜间即行处决的秘密指令。

然而在将两人扣留关押时，周骏师部负责经办此事的那位秘书，却突然发现，两名待处"人犯"中的一人，竟是他当年的老师。这人就是龚郁文。

秘书姓刘，江津人。原来，1906年龚郁文从日本留学归来后，也曾一度有过教育救国、实业救国的想法。他曾于1907年在永川创办了一所蚕桑学堂，并以学堂为掩护，从事同盟会革命活动。

这位刘秘书，正是他永川蚕桑学堂的学生。当年在蚕桑学堂，刘姓学生受龚郁文影响甚深，对其颇为敬重。后来刘姓学生投笔从军，进了川军第二师。因文化高，又有学历，颇得师长周骏赏识重用。没两年，就提升为师部副官。再后来，竟然做了周骏的随身秘书。

那天下午，刘秘书去街上买了点东西，刚回到师部，就听有副官在说，师长周骏正在四处找他。

刘秘书赶快去见周骏。

周骏一见刘秘书，即亲自向他交代，当晚要将所扣押的两名异党人员，就地处决。

刘秘书当即带着几名卫兵，去押解所扣两名异党人员。到了那间会客室，刘秘书一见之下，不觉大吃一惊。他一眼认出，师长命令就地处决的两名人犯中的一位，竟然是他敬重的老师龚郁文。

龚郁文也认出了刘秘书，但当着几名卫兵的面，不便作声。刘秘书心里盘算着，一定要设法救出老师龚郁文。可如何个救法，却须仔细思量。

在带卫兵押解两人的路上，刘秘书心里面突然得了一个主意。

到了囚室，刘秘书当着龚郁文的面，朝几名卫兵发话：

"两名人犯，须分开关押。听明白没有？"

刘秘书说这番话时，朝着龚郁文使了使眼色。龚郁文会意，心里在想，对方这是在向他暗示什么。

卫兵果然将龚郁文和王天杰两人，分开关押，一人关了一间屋子。而且关押时，也并未对两人手脚实施捆绑，其仍可自由活动。

却说龚郁文在那间囚室里，一个人反复思索，刘秘书有意将他两人分开关押，又朝他使眼色，到底是有什么深意？思索了一阵，他猛然明白了，对方这是要救他，示意他找机会逃出虎口。

于是，龚郁文就仔细察看，这间囚室里外的各种情形，并暗中注意观察与倾听卫兵的动静。

这位刘秘书，确实是真心想救出昔日恩师。临走，他又专门把负责看守龚郁文的那卫兵，悄悄叫到一边，从身上摸出两块银圆，私下塞给他，说：

"这人是我一个熟人。古话说，得饶人处且饶人。有些事，老兄多关照关照。"

俗话说，钱能通神。那卫兵得了好处，当然明白刘秘书的用意，是要放他这个熟人一马。

那晚上，在看守龚郁文时，卫兵就看管得比较松，有意网开一面，才给龚郁文提供了出逃的机会和可能。

当晚，看夜色已深，外面又没有啥子动静，待在囚室里的龚郁文明白，这是老天给予的最后机会了，过了这个村，再没有那个店，他就断然开始实施出逃行动。

龚郁文早就观察到，这囚室的房门是竹签门，很容易打烂。这时，他用尽全身力气，从里面将反锁的那道竹签门弄坏，整出一个大洞，然后从洞中钻出囚室。

外面很安静，那名看守他的卫兵，早已经不见踪影。龚郁文趁机逃了出去。

不远处即是街市，龚郁文快步朝街市那边走。他明白，现在也还没完全脱离险境，必须尽快寻到一个安全的所在。

街上行人稀少，商店铺子已关了门。不过，还是有三两家做夜宵生意的摊子，零零星星摆在几条街的街角或街沿。此时已是初冬，街头寒气很重，那几个小贩守着冒着热气的摊子，时不时吆喝两声。

那几个夜宵摊子，有卖炒米糖开水的，有卖担担面的，也有卖酸辣水粉的。龚郁文自和王天杰下午在周骏师部被扣押后，就一直没吃东西，连水都没喝上一口，早已是饥肠辘辘。

龚郁文往那几处夜宵摊子望了望，突然灵感袭来，寻得了一个脱离险境绝佳的主意。他走过去，朝几个夜宵摊子仔细打量一番，在那个卖酸辣水粉的摊子前停了下来。

水粉摊子的摊主，是一个四十多岁的中年男子，面容比较和善。他见有买主来了，很是高兴，赶快招呼在一张小竹凳上坐下。

此刻的龚郁文，虽是不幸落难，但他身上其实是藏有一点钱的。

龚郁文先是要了一碗酸辣水粉。因为饿急渴急，那碗水粉很快就风卷残云，连汤带水吃了个精光。肚子里面有了点内容，他感觉人的精神也好得多了。

水粉吃过，龚郁文抹了抹嘴巴，坐在那小竹凳上，却没有走的意思。过了一会儿，龚郁文朝那中年摊主说："老板，你这水粉味道好，再给我煮一碗。酸辣味还可以重一点。"

那摊主听说他还要吃一碗水粉，高兴得简直眉开眼笑，连说，要得，要得。

后一碗水粉酸辣味果然要重一些，龚郁文却吃得比较慢，仿佛在仔细品尝着滋味，又像在想什么心事。

这碗水粉吃过，龚郁文坐那小竹凳上，仍然没有走的意思。他掏出那个银角子，把两碗水粉钱付了。坐了片刻，龚郁文又要再买一碗水粉。摊主正要将一把水粉下锅，龚郁文却把他拦住了，说："老哥子，这碗水粉你不必下锅，我不吃了，也一样地付这碗水粉钱。"

看摊主不解，龚郁文很诚恳地对那中年男子说：

"老哥子，我今天来吃你的水粉，也算你我两个有点缘分。既是如此，有件事情想跟你老哥子倌商量一下，不知老哥子可不可以帮在下一点小忙。"

接下来，龚郁文露出一点愁容对那摊主说，他姓汪，是自流井一家井灶上的账房师爷。这次出来，是到江津为东家收账。却没料昨天下午，离这永川街市还有两三里路时，却莫名其妙被一伙人绑了。也不知那伙人是土匪棒客，还是乱兵。那伙人把他身上财物全都搜了去，又把他关在半山坡一处农家院子里，还说天亮前在山上挖个坑把他活埋了。

龚郁文又说，半夜里趁夜深人静，看守他那人打瞌睡之机，他才逃了出来。这时，龚郁文带点可怜样子对摊主说，如今他身无分文，住不上店，也不敢住店，刚才吃水粉那个银角子，还是藏在鞋袜里才没被搜去的。

"所以，"龚郁文央求摊主说，"小弟想在老哥子家里借宿一晚。这碗没吃的水粉钱，就算我给你老哥子的一点房费，你看要不要得？"

那摊主迟疑一阵，最后终于答应了。一是，摊主本身是个心善也肯做点善事的人；二是这天晚上，龚郁文这个买主，一个人就买了他三碗水粉。平时，他守一晚上的夜宵摊子，也不过就卖得十来碗水粉。生意差时，还卖不了十碗。而今晚上，这买主一个人就买了他三碗水粉，他还是很感念这个情的。

当下，摊主就收了摊子，将龚郁文带回自己家里。那是离市街一里多的一个农家院子，龚郁文在那里借宿一晚，躲开了周骏可能的搜捕。

第二天一早，龚郁文谢过那位好心人，动身往重庆方向赶路。之所以往重庆方向出逃，这是因为龚郁文认为，若周骏发现他逃跑，肯定会派人在通往自流井、荣县那一线搜捕拦截，所以他要反方向往重庆走。

古话说，智者千虑，必有一失，龚郁文的失误正在这里。龚郁文当时最好的选择，应当是立即赶回他们那支"讨袁军"的驻地，并与陈华丰一起，带着部队转移，脱离险境。

其实，当天晚上，陈华丰与几个队长守在驻地里，通宵未睡，一直苦等王天杰和龚郁文两人的消息。直到快天亮时，才得到王天杰已经被杀，龚郁文下落不明的确切消息。

陈华丰和几个队长大惊，怕周骏派兵来围歼，匆匆集合队伍离了驻地，往自流井荣县撤走。途中，人心浮动，队伍散失不少。最后，这支"讨袁军"随陈华丰等平安返回荣县的，仅数十人。

却说那天，龚郁文一路往重庆方向赶路。经过一天跋涉，又要注意躲开一路上的岗哨与搜查，好不容易于当日傍晚时分来到了一个叫"大梁子"的地方。龚郁文又累又饿，也不敢再走夜路，就在街上找家小饭铺，把晚饭吃过，再以汪净波的化名，住进了街尾一家小客店。

这时，龚郁文身上仅有那点零钱，差不多快花光了。要逃回荣县，已经没有了旅费。不得已，龚郁文只好冒险给家里写信，让家人赶快让人送点旅费过来。

大概也是天意如此，龚郁文此次活该命绝。本来，家人是收到了龚郁文的求救急信的，而且，也当即派人带着银圆，赶往这大梁子镇上来。

可惜的是，送钱人半路遭到土匪抢劫，那点银圆全部被搜走。龚郁文在客店等了两天，不见送钱人，又再往家里写急信求救。家人想方设法，又凑了一笔钱，派人送往大梁子，哪知半路又被土匪劫走。龚郁文困在客店，始终没等到钱。

却说第二天，周骏得知龚郁文逃走的消息后，大为震怒，严令所部沿途盘查搜捕，并下了"格杀令"。

所谓"格杀令"，也即旧时所说"格杀勿论"的意思。即任何人，见到此令上所告的人犯，均可将其打死击毙。当局不但不会追究法律责任，还会有奖赏。

与此同时，周骏还派出师部及各团部侦缉队，根据龚郁文的体形相貌，兵分东西两路，对各家客店栈房严加搜查。

如此，在王天杰被害的第五天，1913年9月24日，困守大梁子小客店的龚郁文，终于被周骏师部侦缉队之密探搜出，当即被杀害。

龚郁文遇难时，四十岁，正值年富力强的壮年。

6. 死后哀荣，流芳千古

1912年1月1日，中华民国成立，孙中山就任临时大总统，在南京成立临时政府。吴玉章及杨庶堪受临时政府电邀，作为重庆蜀军政府代表，于1月中旬抵达南京，参加临时政府工作。不久，吴玉章与雷铁崖同时被孙中山先生任命为总统府秘书。

1912年2月12日，清帝宣布退位，辛亥革命得到完全胜利。

此时此刻，吴玉章等在世的川籍党人，每每想到曾经为革命英勇献身、壮烈牺牲的喻培伦、彭家珍、谢奉琦、龙鸣剑、罗叔明等战友，都心情沉重，哀思不止。

正因此，2月中旬，为悼念辛亥革命中牺牲的川籍烈士，吴玉章与在南京的川籍党人商议，决定召开一个追悼死难者的大会，以弘扬民主共和思想，表彰烈士伟绩并寄托哀思。

最后，由同盟会四川分会会长黄复生领衔，以吴玉章等一百零六名川籍党人名义，发布了"追悼蜀中倡义死事诸烈士通告"。这个通告，立即得到全体同盟会会员响应，并得到孙中山先生支持。

当年2月22日，四川革命烈士追悼会在南京召开，孙中山以临时大总统身份，率胡汉民等党国要员出席大会。

孙中山亲拟祭文，由胡汉民代读。孙中山先生在祭文中，对川籍革命党人、川籍革命烈士，给予了极高评价："惟蜀有才，奇瑰磊落；自邹迄彭，一仆百作；宣力民国，厥功尤多。"

追悼会后，孙中山又根据川籍党人呈报，当即以临时大总统名义，签署了一道命令，明令陆军部对邹容、喻培伦、彭家珍授衔为陆军大将军，谢奉琦为陆军左将军，"并按阵亡例赐恤并准崇祀忠祠"。

遗憾的是，此时"二次革命"尚未发生，王天杰、龚郁文等在讨袁斗争中牺牲的烈士，未能享受此项殊荣。

1915年秋，蔡锷在云南起义，通电全国，宣布云南独立，再次举起了"讨袁"大旗。全国各省纷纷响应。

辛亥元老、自流井人曹笃，时在上海，他当即协助陈英士宣布江苏独立，并通电"讨袁"。

在举国上下的反对声浪之下，开历史倒车的袁世凯终于倒台，并于1916年6月，在全国民众的诅咒唾骂声中，一命呜呼。

正是在这样的背景下，王天杰其人其事，得以被重新认识，政府与民众都对其给予足够的荣誉与敬意，进行了公开的表彰和祭奠。

推翻袁世凯的第二年，荣县各界民众，在荣县县城西街两湖会馆，为王天杰及龚郁文两烈士举行了隆重的追悼大会。

大会还设置了专门的灵堂，灵堂正中，高挂着两烈士的遗像。里面放置香烛供品，供人祭奠。

荣县各界，共有一万多民众，参加了追悼大会。

这次追悼大会规模之大，参加人数之多，气氛场面之隆重，在荣县可谓空前。

到了1941年，国民政府在王天杰老家王家坝对面，背靠岩壁修建了一座"王烈士祠"。

烈士祠落成后，国民党元老于右任先生，专来荣县瞻仰祭奠，还为烈士祠题诗一首。诗云：

> 鼓鼙声里奏神弦，又值中兴战伐年。
> 创业艰难人共识，愿将心力续前贤。
> 书生报国气如虹，雄剑举举旧蜀中。
> 今日良金重写象，成仁始信即成功。

于右任先生这首题诗，后来刻成"诗碑"，立于王烈士祠内。

1984年，王天杰后人将此诗碑捐赠给荣县文物管理所，置于著名的荣县大佛寺内，供游人缅怀瞻仰。

中华人民共和国成立后的1951年，四川省人民政府特授予王天杰"烈士"称号，并给家属颁发了"光荣纪念证"。

王天杰的遗骨，早年被家人葬于荣县郊外，富南乡一大队马儿山坟地。

1999年，荣县人民政府决定，重建双溪书阁烈士陵园。王天杰后人接到县民政局通知，要将王天杰烈士遗骨迁葬于重建的烈士陵园。

王天杰后人遂去富南乡马儿山，请工人将王天杰遗骨一一捡拾装好，专车运往烈士陵园，重新隆重安葬。

双溪书阁烈士陵园周边，山清水秀，风景绝佳。作为辛亥英烈的王天杰，终于可以死而瞑目了。

2017年9月初稿
2020年5月二稿
2021年4月三稿
2021年11月定稿

后　记

记得小时候，每逢夏天釜溪河涨洪水，我等小儿总是去河边看涨水后欢喜归家，从我记事起即已双目失明的瞎眼祖母就会问我："河头涨的水，那颜色是红的还是黄的？"

我想了想，就说："河头涨的水，颜色有点红。"

瞎眼祖母往往就会"哦"一声，说："那是荣县河涨的水。"

自此，从瞎眼祖母的口中知道了"荣县河涨的水是红的，威远河涨的水是黄的"这件事。恐怕这是我最早对荣县的认知与记忆。以后才知道，这是因为荣县的地大多是红土地。

釜溪河被自贡人视为母亲河。釜溪河有两大支流，一条是威远河，一条就是旭水河。这旭水河，自贡当地人又称荣县河，曾流经著名的荣县大佛脚下，其河水中说不定沾了点佛家灵气。

这两大支流，在一个叫双河口的地方相交，汇集成釜溪河。从自贡市区穿城而过，再一路南下东去，注入沱江。

釜溪河从市区穿城而过之时，将古老盐场分为东西两场。釜溪河东岸为自流井，坊间称"东场"；釜溪河西岸为贡井，坊间称"西场"。抗战中的1939年，国民政府批准自贡正式建市，市名从自流井、贡井东西两场各取一字，构成"自贡"这个市名。

民国之前，自流井和贡井以釜溪河为界，分属富顺县和荣县管辖。两县官府县衙，都分别在自流井和贡井设立了"分县衙门"。换句话说，只要你往西过了釜溪河，就踏入了荣县地界。

从这个角度看，笔者虽是地道自流井人，祖辈与荣县也素无交集，但从地域上说，还是相连多多。自幼以来，我在釜溪河东西两岸，来来往往了不止千百回。每日喝的水中，亦有沾了大佛灵气的荣县河之河水。再进而推之，我头脑及文字里面，说不定也沾有佛家的悟性与灵气。但愿如此。

当然，这不过是半带玩笑的话。但也部分解释了，为什么我一个非荣县本籍的作家，却要去写这样一部包含丰厚荣县本土历史文化内容的长篇小说。

荣县以县城为主的中心区域，在我家几十公里之外。我与荣县有实质性联系，是在二三十年之后。其时的荣县，还在内江专区版图之内，尚未划给自贡市管辖，两家的关系，也不如现在亲近。

说到这部《荣县首义》，其创作构想及写作灵感，应当比今年已出版的《自流井保路风云》，还要早一些。

记得是几年前，我与友人为什么事去荣县。好客的荣县文友，午饭后陪我们去大佛寺喝茶闲坐。茶叙后，又顺便参观了大佛寺脚下新开馆不久的首义博物馆。在那里，我第一次见识了"水电报"到底是个什么样子，又见识了一些以前未曾见过的史料。其中，尤以"荣县三杰"那些史事，令人印象深刻。

看着看着，突然灵感袭来，一个念头浮上脑际：这倒是长篇小说的好素材！其时，我的《盐商世家》已出版多年，其续集《盐商师爷》也因故搁笔甚久。我正在寻找新的以本土历史文化为大背景的长篇小说素材。

归家后，我致力于搜集与挖掘与此相关的史料。随着搜集挖掘之史料越来越丰富，王天杰、龙鸣剑、吴玉章"荣县三杰"的形象，在我脑际里越来越鲜活生动，也越来越丰满。至此，终于定下了挖掘荣县首义这个尚不为多少作家瞩目的"富矿"之决心。

不过最初的创作构想，是要将这个题材放在整个自贡保路运动及辛亥革命大背景下，与自流井的人和事写在一起。后来，发觉两者相互关联不多，且一部小说体量有限，那许多互不关联的人与事写在一起，不是个好的选择。

于是，我正式将自流井与荣县那些人与事分开着笔。背景仍然是保路运动及辛亥革命那个大的时代与历史背景。这才有了已于2021年5月出版的《自流井保路风云》和这部即将出版的《荣县首义》。写法上，两本书有显著差别，细心的读者自然可以领悟。

正如在《自流井保路风云》的《后记》中我曾经谈过的，这部《荣县首义》出版以后，有关本土历史文化内容的小说，我将不再为之。话再说得狠一点，那就是，"自己多年搜集挖掘与得来的史料，好些还很精彩的故事，宁肯烂在自家肚子里，也不再写了"。或许，还是那句半带玩笑的话："倘若自己能活到 100 岁,那么,从 101 岁开始,回头再来写那些老故事吧。"个中原因,在此不深谈。

  最后,本书出版之际,要再三致谢在这部《荣县首义》写作及出书过程中,为笔者提供了支持帮助的朋友和相关部门。尤其要感谢宜宾文友、狂聊斋掌门人郭占军先生,没有他的大力相助,此书无法顺利出版。还要感谢荣县文联、荣县作协,以及其他一些朋友的支持帮助。

2021 年 12 月初于自贡观云听雨楼